ANJA EICHBAUM
Inselduell

PUPPENTANZ Wer übernimmt das Amt des Bürgermeisters auf Norderney? Umweltbewusst, modern, alleinerziehend – so präsentiert sich die Kandidatin Petra Mertens bei der anstehenden Wahl. Doch noch bevor der Wahlkampf seinen Höhepunkt erreicht hat, wird sie tot am Planetenweg aufgefunden. Mystische Zeichen am Tatort wirken wie eine Visitenkarte des Täters, der ein perfides Spiel mit den Ermittlern zu spielen scheint. Atemlos verfolgt Inselpolizist Martin Ziegler eine Spur nach der anderen und fühlt sich doch immer wieder an der Nase herumgeführt. Ob die Polizeipsychologin Ruth Keiser ihm helfen kann? Sie besucht im Rheinland ihren Freund, der als Journalist nur zu gerne in die Recherchen düsterer Familiengeheimnisse einsteigt. Aber ist das wirklich der richtige Weg oder werden auch sie nur zum Narren gehalten? Die Ermittler sind ratlos. Liegen die Antworten schließlich doch in den Sternen?

© Fotostudio Sandra Seifen

Anja Eichbaum stammt aus dem Rheinland, wo sie bis heute mit ihrer Familie lebt. Als Diplom-Sozialarbeiterin ist sie seit vielen Jahren leitend in der Kinder- und Jugendhilfe tätig. Frühere biographische Stationen wie eine Krankenpflegeausbildung und ein »halbes« Germanistikstudium bildeten Grundlage und Füllhorn zugleich für ihr literarisches Arbeiten. Aus ihrer Liebe zum Meer entstand ihr erster Norderney-Krimi, denn ihre Bücher verortet sie gern dort, wo sie selbst am liebsten ist: am Strand mit einem Kaffee in der Hand. Nach Ermittlungen auf Norderney und an der Ostseeküste, agieren ihre Protagonisten diesmal sowohl auf der ostfriesischen Insel als auch in der Heimat der Autorin.

ANJA EICHBAUM
Inselduell

Kriminalroman

GMEINER

Immer informiert

Spannung pur – mit unserem Newsletter informieren wir Sie
regelmäßig über Wissenswertes aus unserer Bücherwelt.

Gefällt mir!

Facebook: @Gmeiner.Verlag
Instagram: @gmeinerverlag
Twitter: @GmeinerVerlag

MIX
Papier aus verantwor-
tungsvollen Quellen
FSC
www.fsc.org   FSC® C083411

Besuchen Sie uns im Internet:
www.gmeiner-verlag.de

© 2021 – Gmeiner-Verlag GmbH
Im Ehnried 5, 88605 Meßkirch
Telefon 0 75 75 / 20 95 - 0
info@gmeiner-verlag.de
Alle Rechte vorbehalten
1. Auflage 2021

Lektorat: Claudia Senghaas, Kirchardt
Herstellung: Mirjam Hecht
Umschlaggestaltung: U.O.R.G. Lutz Eberle, Stuttgart
unter Verwendung eines Fotos von: © brndtung / shutterstock.com
Druck: CPI books GmbH, Leck
Printed in Germany
ISBN 978-3-8392-2834-0

PERSONENREGISTER

Gert Schneyder, Mordkommission Aurich
Martin Ziegler, Dienststellenleiter Norderney, lebt mit
Anne Wagner zusammen.
Nicole Ennert, Olaf Maternus, Silke Habicht, Ronnie Heit-
brink und Lars Sellin, Polizisten

Ruth Keiser, Polizeipsychologin
Oskar Schirmeier, Journalist

Joseph Thies, Bürgermeister
Petra Mertens, Kandidatin
Klaas Wilko Kroll, Kandidat
Malte Häusler, Kandidat

Mattis und Klara Mertens, Kinder
Elisabeth von Möwitz, Schwägerin
Britta Merlenbusch, Patentante

Daniela Prinzen, geb. Rick
Frank Prinzen
Marthe Dirkens
Anne Wagner

Sabine Hollstein, Sozialarbeiterin
Theresa Westerkamp, Rechtsmedizinerin
Thorsten und Christel Henkel, Dauercamper

Will Reimers, Sternwarte
Mechtild und Hubertus Stock, Bereitschaftspflege
Hendrikje van Hasseln, Tarotlegerin
Dagmar Thies, Ehefrau
Gundula Kroll, Ehefrau
Alexandra Häusler, Ehefrau
Roland Merlenbusch, Ehemann
u. a.

MITTWOCH, 20.03.

Hochmut

»Und Sie sind sich sicher, dass Sie eine Chance haben? Zum Bürgermeister gewählt zu werden, ist selbst für einen Insulaner eine Herausforderung und kein Selbstläufer. Sie aber«, er machte eine Pause, und Petra Mertens war versucht, für einen Augenblick die Augen zu schließen, weil sie genau wusste, was kommen würde, »Sie als Zugezogene, als Frau und als alleinerziehende Mutter, das nenne ich mal Chuzpe.«

Petra knipste das routinierte Lächeln an, das sie schon viele Jahrzehnte beherrschte. Nie hätte sie für möglich gehalten, dass ihr ausgerechnet die Erfahrungen als Weinkönigin vor über 20 Jahren von Nutzen wären. Wenn sie etwas konnte, dann war es Repräsentieren, auf Knopfdruck eine fotogene Haltung einnehmen, einen gewinnenden Gesichtsausdruck aufsetzen.

»Herr …« Nun war es an Petra Mertens, eine Pause einzulegen. So grässlich sie diese Psychospielchen fand, sie waren ein Teil des Konstrukts. Solange sie nicht an den Schalthebeln saß, tat sie gut daran, sich wenigstens teilweise den Konventionen zu beugen. Nach der Wahl würde sie alle Möglichkeiten nutzen, um Kommunikation und Transparenz zu verbessern. Nur, dass ihre Gegner und die konservativen Wähler genau das befürchteten. Deswegen hielt sie in dem Punkt die Füße stiller, als es ihre Art war. Sie hatte schon zu viele Lasten im Gepäck, die immer und immer wieder auf den Tisch gepackt wurden, wie der vor ihr sitzende Journalist bewiesen hatte.

»Klöne«, antwortete er nach einer sekundenlangen Verzögerung und mit einem süffisanten Grinsen.

Ja, sie wussten beide, was für ein Spiel hier stattfand.

»Herr Klöne, stimmt. Wir hatten ja schon einmal das Vergnügen. Ihren Artikel in Ihrem Internetblog über die Insel habe ich durchaus zur Kenntnis genommen.«

»Das freut mich, Frau Mertens. Es dürfte für Sie ja nicht uninteressant sein, was auf der Insel passiert und gedacht wird. Und das lässt sich in einem Blog etwas differenzierter, oder sagen wir sogar unverfälschter darstellen als in einem offiziellen Presseorgan.«

Petra seufzte. So wie Klöne es formulierte, hörte es sich an, als lebten sie in einer Welt der manipulierten Meinungsmache. Weit davon entfernt waren sie sicherlich nicht immer, aber hier in Ostfriesland bezweifelte sie absichtliche Fake News der Presse.

»Zu Ihrer Ausgangsfrage. Die übrigens die x-te Variante der einzigen Frage zu sein scheint, die alle interessiert. Wenn ich mir keine Chancen ausrechnete, träte ich nicht an. Ich bin keine Freundin davon, Energien sinnlos zu verschleudern. Ich habe etwas zu sagen. Ich kann Probleme erkennen und analysieren. Ich arbeite lösungsorientiert. Vielleicht gerade, weil ich eine Frau bin. Ganz sicher aufgrund der Zukunftsperspektive und der Managementkompetenzen einer alleinerziehenden Mutter. Und insbesondere mit meinem Blick von außen. Das alles ist wichtig für die Weiterentwicklung der Insel.«

»Die Weiterentwicklung der Insel? Haben Sie diese nicht vor kurzer Zeit noch als Ihren Lieblingsort bezeichnet? Wie passt das zusammmen?«

»Auch das, was man liebt, darf sich weiterentwickeln. Sehen Sie, ich liebe meine Kinder über alles. Sollte ich deswegen nicht alles dafür tun, dass sie zu der bestmöglichen Version ihrer Selbst werden können? Oder glauben Sie daran, dass alles aus der eigenen Persönlichkeit allein heranwächst?«

Klöne strich über seine Bartstoppeln und schaute sie nicht an, während er mit seinem Bleistift auf dem Block herumkritzelte. Sie ahnte schon, was er aus ihren Worten machen würde, aber was sollte sie tun? Sie konnte immer nur wiederholen, wie sie die Dinge sah und wofür sie stand. Dass es schwer werden würde, war klar. Bei Leuten wie Klöne hatte sie keine Chance. Aber die Insel war im Wandel. Es gab genug Menschen, die sich wünschten, dass jemand käme und die Dinge einmal bei der Wurzel packte, statt immer nur dabei zuzusehen, wie alles schlechter wurde. Wer zuhörte und hinsah, wusste, dass sie genau die Richtige dafür war. Von nichts anderem ließ sie sich Bange machen.

*

»Frühlingsanfang?«, reagierte Ruth fahrig, weil sie von einer Mail abgelenkt wurde, die auf ihrem Bildschirm aufploppte.

»Ja, Frühlingsanfang.« Ruth hörte die Mischung aus Genervtsein und Belustigung durch den Hörer. »Liebe Frau Keiser, was treiben Sie denn da schon wieder? Ich merke doch, dass etwas wichtiger ist als ich, oder täusche ich mich?«

»Sorry.« Ruth drehte sich auf ihrem Schemel, der vor dem schmalen Schreibtisch stand, vom Laptop weg. Sie wusste als Psychologin, dass feinfühlige Menschen es sofort merkten, wenn man beim Telefonieren nicht bei der Sache war.

Und erst recht lehnte sie ein solches Verhalten ab. Theoretisch zumindest. Bei anderen. Oder gefragt nach ihren Wertvorstellungen für zwischenmenschliche Kommunikation. Schuldbewusst senkte sie ihre Stimme. »Ich habe es verstanden. Wenn du mich siezt …«

»Ach, das ist die einzige Art, mir deine Aufmerksamkeit zu sichern? Hätte ich das mal geahnt. Niemals wäre das Du über meine Lippen gekommen.«

»Quatschkopf«, entfuhr es ihr.

Er lachte. »Meine liebe Ruth, wie gehst du bloß mit meinem Sehnen nach dir um? Ich spreche von Frühlingsgefühlen – und du?«

»He! Halt. Stopp. Von Frühlingsgefühlen war bisher keine Rede. Frühlingsanfang war das Stichwort.«

»Oh, wie schade. Für mich ist das fast gleichbedeutend. Wenn du das anders siehst. Vielleicht sollte ich an dieser Stelle …«

»Jetzt ist aber gut. Bleib doch mal ernst. Wo ich dir endlich zuhöre.«

Oskar seufzte theatralisch. »Wie gut, dass mir das gelungen ist. Also, dann noch einmal von vorne. Bis wann hattest du mir zugehört?«

»Fang lieber von vorne an.«

»Oha, mit der Begrüßung also.«

»Nein, mit dem Frühlingsanfang. Manchmal raubst du mir den letzten Nerv.« Ruth lachte auf. »Aber du weißt schon, dass das ein Kompliment ist?«

»Tatsächlich hast du mir in den letzten Monaten ausreichend Gelegenheit gegeben, das festzustellen, ja. Also gut, jetzt mal ernsthaft. Ich dachte über ein gemeinsames Wochenende bei mir nach. Was hältst du davon? Bei uns am Rhein gibt das Frühjahr schon Gas. Es ist herrliches Wetter gemeldet. Über 20 Grad. Ich hätte ein paar gute Ideen, wie wir uns die Zeit vertreiben könnten.«

Ruth lachte erneut. »Letzteres glaube ich dir sofort. Das hast du bei meinen letzten Besuchen eindringlich bewiesen, auch bei schlechtem Wetter.«

»Klingst nicht so, als wärst du unzufrieden gewesen.«

»Das stimmt. Das war ich ganz und gar nicht.«

»Ich wette, du lächelst gerade.«

»Tue ich. Du bist ein Hellseher.«

»Das ist meine Spezialität. Deswegen kenne ich auch die Antwort. Du kommst.«

»Vielleicht musst du an deinem wahrsagerischen Feintuning noch etwas arbeiten. Ich komme. Aber nicht erst am Wochenende, sondern schon Donnerstag. Wenn du magst. Freitag fällt mein Termin aus.«

»Das ist großartig.« Oskar hatte nur einen Moment gestutzt. Nun konnte Ruth die Freude aus seiner Stimme heraushören. »Das ist mehr, als ich zu hoffen gewagt habe.«

»Passt es auch für dich?«

»Ich muss Freitag arbeiten. Aber ich habe keine Sorge, dass du dich nicht auch alleine amüsierst. Hauptsache, eine gemeinsame Nacht mehr. Das ist das Beste, was ich mir vorstellen kann.«

Ruth merkte, dass sie wie ein Honigkuchenpferd grinste. Wer hätte gedacht, dass es sie so erwischte. Am liebsten würde sie sofort ihre Reisetasche ins Cabrio schmeißen. Aber was waren schon 24 Stunden? »Finde ich auch, mein kleiner, großer Quatschkopf. Ich freue mich riesig auf dich.«

*

Petra Mertens verabschiedete das Kindermädchen betont fröhlich und ließ sich dann mit dem Rücken zur Tür langsam zu Boden sinken. Aus dem Wohnzimmer dröhnten die Stimmen einer Wissenschaftssendung aus dem Kika-Fernsehprogramm. Etwas, was sie ihren Kindern erlaubte, während sie über andere Sendungen heftig diskutierten. Heute war sie, wie wahrscheinlich die Mehrzahl aller Eltern, nur froh, dass ihre Kinder für die nächste halbe Stunde abgelenkt waren. Zeit für eine kleine Verschnaufpause, bevor sie den morgigen Tag vorbereiten musste. Die Müdigkeit saß ihr seit dem unbefriedigenden Interview am Nachmittag in Nacken und Schläfe. Auch wenn sie wusste, dass die Fragen von Klöne Teil des Spiels waren, machten sie trotzdem an Tagen wie diesen mürbe. An Tagen wie diesen, an denen sie sich die gleichen Fragen selbst stellte, an denen sie zuließ, dass die Zweifel sich über den Verstand legten und alle guten Argumente beiseite fegten. Die sie durchaus hatte. Das wusste sie, das wussten ihre Unterstützer, ihre Gegner und nicht zuletzt ein immer größerer potenzieller Wählerkreis. Wenn man den Umfragen Glauben schenkte, hatte sie verdammt gute Karten, die Bürgermeisterwahl zu gewinnen.

War sie bereit, den Preis zu zahlen, fragte die Stimme, die sich zwar in ihrem eng getakteten Alltag unterdrücken ließ, die aber seit drei Stunden einfach nicht mehr die Klappe hielt. Petra hatte es mit allen Coachingtipps versucht. Sie hatte »Stopp« gemurmelt, hatte ihren Gedankenfluss umgekehrt, sich abgelenkt und ein paar halbherzige Entspannungsübungen durchgeführt. Für mehr war keine Zeit gewesen. Das Interview, ein Treffen mit der Umweltgruppe und ein Fototermin an der Baustelle eines neuen Personalwohnheims hatten sich nahtlos aneinandergereiht.

Was die Stimme noch gefüttert hatte. Petra fasste sich an die Schläfen. Sie sollte aufhören, ihre Gedanken als ›die Stimme‹ zu betiteln. Wenn einer das mitbekäme, könnte sie einpacken. Das wäre das Ende ihrer kommunalpolitischen Karriere, von der sie doch hoffte, dass sie erst am Anfang stand.

Sie stemmte sich hoch und zog die Tür zum Wohnzimmer zu. In der Küche hatte das Kindermädchen schon klar Schiff gemacht, sodass sie gleich nur dafür sorgen musste, dass die Kinder in die Betten kamen. »Nur«, murmelte sie vor sich hin. Dabei war es meist die größte Herausforderung des Tages. Wenn ihr Ruhebedürfnis auf das Nichtschlafenwollen der Kinder prallte. Wobei sie die Zeit an guten Abenden mochte. Wenn alle im Flow waren, wenn es keine besonderen Störungen gab. Dann genoss sie es, dass selbst der Zwölfjährige mit ins Bett der jüngeren Schwester huschte und die Geschwister mit Engelsaugen darum baten, eine Geschichte vorgelesen zu bekommen.

»Das darfst du niemandem erzählen«, hatten sich beide ausbedungen. Natürlich waren sie längst dem Vorlesealter entwachsen. Aber seit dem Tod ihres Mannes war es so etwas wie ein Heilmittel geworden, ein Festhalten an alten, zumindest für die Kinder glücklicheren Zeiten. Ihr schlechtes Erwachsenengewissen hatte die Gelegenheit gerne ergriffen. Schließlich tat es auch ihr gut. So eng beieinander. In Heile-Welt-Szenarien vertieft, die sie in der Wirklichkeit schon lange nicht mehr erlebt hatte. Sie schluckte. Ihr Mund wurde trocken. Nur nicht daran denken. Schnell öffnete sie die Kühlschranktür und goss sich ein Glas kaltes Wasser ein, das sie ohne Absetzen austrank.

Genauso häufig waren allerdings die Abende, an denen die Kinder eifersüchtig um ihre Aufmerksamkeit und Zuneigung buhlten und jeglichen Streit vom Zaun brachen, der sich ihnen bot. Da ging es um geklaute Lieblingsdecken, um die Zeit des Zähneputzens, um verschwundene Handys, Bücher und CDs, um angebliche Missetaten am Tag. Haare ziehen, boxen, kneifen, treten – all das wurde eingesetzt, um das eigene Recht zu unterstreichen, und keine der Konfliktlösungen, auf die die Schule so großen Wert legte, konnte sie durchsetzen. Es waren die Abende, an denen sie schließlich alle schrien, nur um den anderen zu übertönen, und sie war in diesen Augenblicken keinen Deut besser als die Kinder. Dass einer das hören würde, war ihre größte Angst. Was Mattis mit seinen zwölf Jahren zu nutzen wusste. »Schreist du dann als Bürgermeisterin auch so rum?«, hatte er letztens gefragt. Sofort danach war eine unheimliche Stille eingetreten. Klara hatte erschrocken die Augen aufgerissen, Mattis war aus dem Zimmer gestürmt, hatte sich im Bad eingeschlossen und dort bitterlich geweint. Es war einer der Abende gewesen, an dem sie sich nach dem ersten Schreck laut zugesprochen hatte: »Aber nicht doch. Ich muss nicht perfekt sein, um dieses Amt anzutreten. Wer fragt danach, ob einer der männlichen Kandidaten zu Hause mit den Kindern brüllt?«

Trotzdem hatte sie seitdem oft Sorge wegen möglicher abendlicher Eskalationen. Dass sie deswegen nach und nach die Freiräume der Kinder etwas ausgeweitet hatte, wusste sie selbst. Andererseits bewegte sie sich immer noch in einem Bereich von Regeln und Grenzen, der in anderen Familien schon lange ausgehebelt war. Tatsächlich war sie sogar dazu übergegangen, das Thema Kinder und Familie immer mehr in ihre Wahlkampfveranstaltungen aufzunehmen. Obwohl es ihr anfangs als die größte Hürde erschienen war. Nach dem, was alles war. Weil sie Angst vor den Fragen gehabt hatte.

Nun aber erlebte sie, wie sehr sie Menschen emotional erreichen konnte. Wenn sie ihre eigenen Sorgen hinsichtlich der Kinder thematisierte, wenn sie Unsicherheiten äußerte und auf die Lebensbedingungen junger Familien einging. Gerade, weil es zu ihrem Schwerpunktthema passte. Umweltschutz. Erhaltung der Natur. Die Zeichen der Zeit standen gut für sie. Es tat sich was. Es war Bewegung in der Sache. Schon lange hatte niemand mehr so wie jetzt damit punkten können, wenn er zu einem Überdenken der eigenen Lebensweise aufrief. Hier war sie klar im Vorteil. Als vergleichsweise junge Kandidatin mit 39 Jahren nahm man ihr ab, wenn sie für die Zukunft ihrer Kinder die Stimme erhob.

Aus dem Wohnzimmer erklang gedämpft die Titelmusik von ›logo!‹, dem Nachrichtenmagazin für Kinder. Es blieben ihr zehn Minuten. Die Zeit für sich allein hatte ihr gutgetan. Sie würde den Abend nutzen, um den morgigen Vortrag vorzubereiten, bei dem sie über die Gleichstellung zwischen Mann und Frau in einer modernen Umweltpolitik sprechen würde. Sie holte ihren Laptop aus der Tasche an der Garderobe und stellte ihn auf den Küchentisch. Daneben das Wasserglas und ein Schälchen mit Gummibären. Genau abgezählt, damit es ihre Energiekalkulation nicht allzu durcheinanderbrachte. Aber als kleine Reminiszenz an ihre Heimat. Die rot-gelb-grün-weiß-orangen Zuckerportionen hatten sie schon durchs Abitur und alle ihre Uniprüfungen gebracht. Nun musste sie nur vermeiden, dass Mattis und Klara die Küche stürmten.

Was sie sofort vergaß, als sich ihr Handy meldete. Die schrille Klingel, die an einen alten Festnetzapparat erinnerte, ließ sich nicht ignorieren. Damit drangen nur die wichtigsten Anrufe zu ihr durch. Es blieb ihr nichts anderes übrig. Wahlkampfzeiten.

»Petra Mertens, hallo?«, meldete sie sich.

Als sie auflegte, hatten ihre Kinder die Süßigkeiten aus der Küche entführt und stritten sich lauthals um die Farben. Petra schaute irritiert auf ihren Laptop. Sie war verwirrt. Verstand nicht, was der Anruf zu bedeuten hatte. Wusste nur, dass sie handeln musste. Jetzt. Sofort. Heute Abend noch.

✳

Daniela Prinzen sah sich zufrieden im Frühstücksraum um. Das Essen hatte allen geschmeckt, es war nur wenig übrig geblieben von dem Fingerfood, das sie zubereitet hatte. Der große Suppentopf war sogar komplett leer, wie sie eben bei einem Gang in die Küche festgestellt hatte.

»Möchte noch einer einen Kaffee?«, fragte sie in die Runde. Frank erhob sich. »Den mache ich. Du bleibst jetzt mal sitzen.«

Daniela grinste. Ihr Mann hatte seine guten Seiten nach der Hochzeit im letzten Jahr nicht abgelegt. Immer hatte er im Blick, wie er sie unterstützen konnte. Sie hatten sich ja nicht eben wenig vorgenommen mit einem Hostel auf einer der beliebtesten Ferieninseln der Nordsee.

»Nein. Nein.« Energisch setzte sich die Stimme von Frau Dirkens durch. »Das wollt ihr mir ja wohl nicht antun. Kaffee um diese Uhrzeit?«

»Nun ja, der ein oder andere vielleicht.« Daniela sah fragend in die Runde.

»Aber es ist mein Geburtstag. Liebe Kinder, so geht das nicht.«

Daniela schlug sich an die Stirn. Sie wusste, worauf die alte Dame hinauswollte. Die Teezeremonie fehlte. Frau

Dirkens' ganz spezielle, eigenwillige Version des ostfriesischen Brauchs.

»Aber selbstverständlich sind wir dabei.« Martin Zieglers dunkle Stimme übertönte die Gespräche und das Lachen der Tischrunde. »Wenn ich helfen kann? Soll ich die Flasche aus dem Giftschrank holen?«

Alle brachen in Gelächter aus. Bei Zieglers erster Begegnung mit Frau Dirkens' Giftschrank war er keineswegs entspannt gewesen, befand er sich doch damals als Inselpolizist in der Ermittlung eines Todesfalls. Heute aber feierten sie privat den Geburtstag der alten Pensionswirtin.

»Nichts da, so weit ist es immer noch nicht. An meinen Schrank darf keiner ran. Auch wenn ich mich auf mein Altenteil zurückgezogen habe. Es hält mich übrigens jung, das Treppensteigen.« Und schon war sie aus dem Raum.

»Das Gefühl habe ich auch, dass es sie jung hält«, warf Anne Wagner ein. »Das ist wirklich ein gutes Konstrukt, das ihr hier gefunden habt.«

Daniela nickte. Sie hatte mit ihrem Mann die Pension von Frau Dirkens übernommen, während die alte Dame mit lebenslangem Wohnrecht in das oberste Stockwerk gezogen war. Nach und nach hatten sie begonnen, die in die Jahre gekommenen Zimmer zu renovieren und auf einen neuen Standard zu bringen. Dabei war eine Art Hostel entstanden, die günstiges und trotzdem modernes Ferienwohnen miteinander verband. Etwas, das mittlerweile selten auf der Insel war. Weshalb sie sich über eine mangelnde Nachfrage nicht beschweren konnten. Für Daniela war ein Traum wahr geworden. Ihren Umzug aus dem Rheinland bereute sie noch keinen Tag.

Frank, der in der Küche das Teewasser aufgesetzt hatte, betrat den Raum mit einem Tablett voller Porzellantassen

»Ostfriesische Rose«, den Kluntjes und zwei Sahnekännchen. »Das kann man wohl sagen, Anne. Wirklich eine Win-win-Situation, wie sie im Buche steht. Dass es so glatt läuft, haben wir uns alle nicht vorstellen können.«

»Stimmt es denn, dass du zusätzlich wieder als Friseurin arbeiten willst?« Eine der älteren Freundinnen von Frau Dirkens beugte sich vor und hielt sich die Hand hinter das Ohr.

Daniela lachte. »In der Hinsicht unterscheidet sich Norderney nicht vom Rheinland. Gerüchte verbreiten sich in Windeseile.«

»Ach?« Enttäuscht ließ sich die Insulanerin zurückfallen. »Nur ein Gerücht.«

»Nein, das stimmt auch nicht.« Frank ergriff wieder das Wort, während er die Tassen verteilte. »Wir überlegen noch. Das war ja auch immer einer von Danielas Träumen. Sich selbstständig zu machen mit einem mobilen Friseurservice, stimmt doch, oder?«

»Allerdings. Als ich noch unverheiratet war, wollte ich meine Dienste ›Haarick‹ nennen, ein Wortspiel aus haarig und meinem Mädchennamen Rick. Das passt ja nun nicht mehr.«

»Und deswegen hast du den Traum begraben?« Anne schüttelte den Kopf. »Das sieht dir nicht ähnlich.«

»Natürlich nicht. War nur ein Spaß. Wir sind eher noch in der allgemeinen Findungsphase.«

Anne schaute skeptisch. »Ich könnte mir vorstellen, dass alles zusammen auch zu viel wird. Franks Vollzeitstelle, das Hostel, der Umbau. Und noch ein mobiler Friseurdienst?«

»Deswegen gehen wir das Schritt für Schritt an. Aber Pläne schmieden kostet ja nichts.« Daniela sah zu Frank.

»Nur ein Wortspiel mit meinem neuen Namen habe ich als Frau Prinzen noch nicht gefunden.«

»Du wirst doch wohl nichts bereuen?« Frank drohte ihr mit dem Zeigefinger.

»Nach meiner Teezeremonie bereut niemand etwas. Hier ist das gute Stück.« Frau Dirkens stellte die Whiskeyflasche mit Schwung auf den Tisch. »Also los, Kluntjes in die Tassen, wir wollen loslegen.« Frank hatte den Tee in der Küche aufgebrüht und ihn in der Servierkanne auf den Tisch gestellt. Alle gaben sich nacheinander dem vertrauten Ritual hin. Die Kluntjes wurden mit dem heißen Tee übergossen und knisterten laut. Dann wurde die Sahne vorsichtig mit einem Löffel am Tassenrand eingetröpfelt, sodass die klassische Sahnewolke entstand. Nur – dass hier eben der Schuss Whiskey hinzugefügt wurde, der Frau Dirkens' Tee erst zu der Besonderheit machte, von der alle schwärmten.

»Denn mal auf meinen Seligen, der uns den Whiskey nahegebracht hat.« Frau Dirkens hob die Tasse. »Wer hätte gedacht, dass ich ihn einmal so lange überlebe.«

»Da sollen auch noch viele Jahre dazukommen«, gab Daniela zurück. Ihre Kehle schnürte sich zusammen. Die Pensionswirtin war über viele Jahre zu einem Elternersatz für sie geworden.

»Da habe ich gar keine Sorge«, zwinkerte Anne Wagner.

Daniela lächelte sie erleichtert an. Anne musste es als Ärztin im Inselkrankenhaus schließlich wissen.

»Wie schön jedenfalls, dass ihr alle zu meinem Ehrentag zusammengekommen seid. Insulaner und Zugezogene, wo hat man das schon.« Marthe Dirkens nahm einen großen Schluck aus der Tasse, die sie grazil mit abgespreiztem kleinen Finger in der Hand hielt.

»Jo, Marthe, da bist du wirklich was Besonderes auf der Insel.« Eine der Damen aus Frau Dirkens' Handarbeitskreis erhob die Stimme. »Eigentlich solltest du dich am besten für die Bürgermeisterwahl aufstellen lassen.«

Alle lachten und fingen an durcheinanderzureden.

Doch die Freundin war noch nicht zu Ende. Laut pochte sie auf den Holztisch. »Oder will mir hier irgendjemand weismachen, von den drei aufgestellten Kandidaten könnte man irgendjemanden wählen?« Sie verzog den Mund, als wolle sie gleich ausspeien. »Da kann man froh sein wegen seines Alters, dass man das nicht mehr allzu lange erleben muss.«

✳

Klaas Wilko Kroll stellte sein Fahrrad windsicher an der Hauswand ab und öffnete die Tür seiner Stammwirtschaft. So einen neumodischen Kram wie ein Fahrradschloss brauchte er in diesem Teil der Insel glücklicherweise immer noch nicht. Hier war man unter sich. Insulaner und Ostfriesen. Kein Touri weit und breit. Und weil das so bleiben sollte, war es wichtig, heute Abend die Stammkneipe zu besuchen.

»He, KWK!«, schallte es ihm aus fast allen Mündern entgegen. Nicht laut, nicht euphorisch, sondern nüchtern friesisch, wie es hier als Landesart galt. KWK war sein Spitzname, seitdem er sich zur Wahl hatte aufstellen lassen. Das fanden einige eine witzige Anspielung auf die große Politik in Berlin. Wobei ›große Politik‹ von ihnen allen nur ironisch gedacht und ausgesprochen wurde.

Mit seinen 56 Jahren fand er es an der Zeit, sich noch einmal nach einer interessanten Herausforderung umzusehen. Seine Anwaltstätigkeit auf dem Festland langweilte ihn nach fast 30 Jahren und bot kein Weiterkommen. Das Amt des hauptamtlichen Bürgermeisters schien verlockender, als weiterhin Tag für Tag den Ruhestand herbeizusehnen. Das jedenfalls hatte seine Frau ihm klargemacht.

»Das wird auch mal wieder Zeit, dass du dich bei uns blicken lässt«, haute ihm einer der Thekensteher auf die Schulter. »Wirst ja wohl hoffentlich keiner von denen, die nicht mehr wissen, wo sie herkommen. Denk daran: Wir sind diejenigen, die dich wählen.«

»Weiß ich doch, weiß ich doch.« Mit dem Zeigefinger wies Kroll auf die acht Männer, die sich auf der hölzernen Theke abstützten, und signalisierte dem Wirt, allen einen Schnaps hinzustellen. »Aber noch bin ich nicht gewählt, wie ihr wisst.«

Die Männer tranken alle gleichzeitig und knallten die Gläser zurück auf den Tresen.

»Die Gefahr besteht«, stieß einer hervor.

Klaas Wilko lachte. »Was meinst du mit Gefahr? Dass ich gewählt werde oder nicht?«

Alle brachen in ein dumpfes Gelächter aus. Kroll wusste, wie er die Männer zu nehmen hatte.

»Na, aber ein Selbstläufer wird das nicht, so wie es aussieht«, ließ der Wirt sich vernehmen. Bedeutungsvoll zog er die Augenbrauen hoch. »Auch hier nicht, KWK, das lass dir mal gesagt sein.«

Kroll sah die Männer der Reihe nach an. »Und das soll was heißen? Mach es mal nicht zu spannend.«

Alle schauten auf ihre Hände, die einheitlich um die Biergläser vor ihnen lagen. Kneipenbesucher waren wie Kirchgänger, schoss es Kroll durch den Kopf. Rituale waren es, die die Menschen brauchten. Ob sie die Hände zum

Gebet falteten oder das Glas umklammerten. Beides gab Halt. Und weil die Menschheit genau das suchte, deswegen würde er Bürgermeister werden. Bürgermeister seiner Heimatinsel.

Der Wirt polierte mit einem Handtuch die kupfernen Bierhähne. Er ließ sich Zeit. Kroll wusste, dass es keinen Sinn hatte, ihn zu drängen, wenn er eine ehrliche Antwort bekommen wollte.

»Du bist ja nun mal nicht der einzige Kandidat«, ließ er ihn dann mit einem schnellen Seitenblick wissen.

»Das ist ja keine Neuigkeit.«

»Und die Themen, die uns hier umtreiben, die brennen nun mal. Wird Zeit, dass sich mal einer wirklich darum kümmert.«

»Genau dafür stehe ich.«

Der Wirt richtete sich ein Stück weit auf, drückte den Rücken durch und senkte seine Stimme noch mehr. »Die meisten von uns wissen das. Aber …«

»Aber was?«

»Was man sich so erzählt. Die beiden anderen kommen auch an.«

Kroll gab ein Schnaufen von sich. Er hatte nicht erwartet, dass über seine beiden Gegenkandidaten überhaupt ein Wort in dieser Kneipe verloren wurde.

»Womit denn?«, fragte er und verzog seinen Mund zu einem spöttischen Grinsen. »Mit Möpsen bei der einen und Pomade bei dem anderen? Da glaubt ihr, da könnte man auf unserer Insel was werden?«

Die meisten lachten bei seinen Worten, aber Kroll sah, dass es nicht alle waren. Irgendetwas hatte sich stimmungsmäßig verändert, seit er das letzte Mal hier war.

»Ich weiß nicht, ob man es sich noch so einfach machen

kann.« Der Wirt zapfte ein neues Bier für Kroll und stellte es vor ihn hin. »Besonders die Mertens sammelt Befürworter und Unterstützer um sich. Weil sie Themen anspricht, die alle umtreiben. Wohnungsmarkt. Arbeitskräfte. Weiterentwicklung der Insel.«

»Die Themen stehen auch bei mir im Wahlprogramm.«

»Die Themen ja«, kam eine Stimme von der gegenüberliegenden Seite.

Kroll war es, als würde der ohnehin schon kleine Kneipenraum, der nur aus einem schmalen dreiseitigen Umlauf um die Zapfanlage bestand und keine weiteren Sitzgelegenheiten bot, noch enger.

»Mach noch eine Runde«, wies er an, um etwas Zeit zu gewinnen. Als die leeren Gläser wieder mit einem hellen Klirren zurückgestellt wurden, entgegnete er betont ruhig und besonnen: »So, so, und du glaubst also, dass ich nur Themen habe und keine Antworten.«

»Vielleicht.« Der Angesprochene zog den Kopf zwischen die Schultern. »So richtig eine Lösung habe ich jedenfalls noch nicht von dir gehört.«

»Dann kann ich es dir gerne erneut erklären.« Kroll wusste, er durfte sich nicht provozieren lassen. »Fakt ist doch, wir müssen dringend den ganzen neumodischen Erscheinungen Einhalt gebieten. Sonst ist die Insel weg. Perdu.« Es gefiel ihm, mit einem französischen Wort seine Haltung zu betonen.

Einstimmiges Brummen folgte.

»Unsere ganzen Werte, unsere Bräuche, die Traditionen. Da hat doch keiner der anderen Kandidaten auch nur eine Ahnung von.«

»Der Anzugträger schon. Er ist Ostfriese«, warf der Wirt ein.

»Ja. Stimmt. Er ist Ostfriese. Und ein Mann. Immerhin.« Alle lachten zustimmend. »Aber warum trägt er denn Anzüge und schmiert sich Gel in die Haare? Na? Das wisst ihr doch. Weil er ein Immobilienmakler ist. Und was macht ein Immobilienmakler, der Anzugträger ist, wohl auf Norderney? Für Wohnraum sorgen?«

»Stimmt. Von Luxussanierungen haben wir die Nase voll. Du stehst schon für die richtigen Sachen, KWK«, schlug ihm sein linker Nachbar auf die Schulter.

Kroll kam in Fahrt. Das war sein Metier. »Und warum will der wohl Bürgermeister werden? Weil er das Beste für die Insel will? Oder weil er dann an den Schalthebeln sitzt, um die Insel noch mehr dem Ausverkauf preiszugeben?«

Der Wirt schnalzte mit der Zunge. »Der Schnösel macht uns auch keine so großen Sorgen. Aber diese Mertens.«

Kroll sah ihn zweifelnd an. »Für sie rechnest du dir Chancen aus?«

»Na, wegen mir nicht. Aber hör dich doch mal um. Die wird ernst genommen.«

»Von wem denn?«

»Ich sag es nur ungern. So als Wirt soll man ja seinen eigenen Laden nicht runterreden. Aber schaut euch doch mal um. Wie viele Leute stehen denn abends noch bei mir an der Theke? Und wie viele waren das letztes Jahr, und vor drei oder vor fünf Jahren? Länger zurückschauen will ich gar nicht, dann nehme ich mir einen Strick. Wo sind sie denn, die Einheimischen? Die Insulaner, die dich wählen?«

Kroll zog betroffen den Barhocker an sich heran und setzte sich. »Das meinst du doch nicht ernst.«

»Doch. Das meine ich so. Und ich weiß, dass hier der eine oder andere auch mit der Mertens liebäugelt. Sie hat nämlich etwas drauf. Kann auf die Leute zugehen. Kennt die Sorgen der jungen Familien, weil sie selbst Kinder hat. Sie hat so etwas Modernes, Frisches. Und dann nimmt sie die Umwelt ernst. Unser Wattenmeer. Hat richtig Ahnung davon.«

»Ich fasse das nicht. Bist du ein Überläufer? Hat sie dich angebaggert? Versprichst du dir was von ihr?« Er zeichnete übertrieben eine weibliche Figur nach, weil er wusste, dass das bei den Männern immer gut ankam.

Diesmal schwiegen alle. In ihren Augen lag Gier. Sie wollten wissen, wie es weiterging. Ob er, Kroll, denn die passenden Antworten hätte.

Der Wirt zapfte in Ruhe ein Bier, das er kommentarlos vor Kroll abstellte, obwohl er keins bestellt hatte. Dann goss er zwei Schnäpse ein, reichte ihm eins und stieß mit ihm an. »Nichts für ungut, KWK, ich bin auf deiner Seite. Ich sage dir nur, was ich höre und sehe. Auch hier am Tresen.« Er blickte sich nach den Männern um. »Stell es dir nur nicht zu leicht vor.«

Auf seiner Schulter landete wieder die Hand seines Nebenmannes. »Wir stehen doch alle hinter dir. Du bist schon der Richtige – im Ganzen gesehen. Aber wir wollen wissen, wie es weitergeht mit der Insel. Ich setze auf dich: Du wirst dir doch von einem Weibsbild wie der Mertens nicht die Butter vom Brot nehmen lassen. Jag sie dahin, wo sie herkommt. Zurück ins Rheinland oder sonst wohin mit ihr. Wo kämen wir denn hin, wenn unser KWK gegen so eine die Wahl verlieren würde? Also: Mach was. Zeig uns, dass du die Fäden in der Hand hältst. Wir zählen auf dich, Klaas Wilko Kroll. Verstanden? Und jetzt eine Runde Schnaps auf mich.«

*

DONNERSTAG, 21.03.

Neid

Verdammt. Den Weg nahm er doch jeden Tag. Jeden gottverdammten Tag, den er auf Norderney verbrachte. Und das waren nicht wenige. Sondern zunehmend mehr. War es früher nur der Sommerfamilienurlaub gewesen, so waren sie später dazu übergegangen, alle Ferien auf der Insel zu verbringen. Dann, als die Kinder größer und selbstständiger wurden, kamen die Feiertage und langen Wochenenden hinzu. Es war ein Katzensprung auf die Insel von Nordhorn aus. Und trotzdem lebten sie hier in einer anderen Welt. Besonders, seit sie den festen Stellplatz gemietet hatten. Der Wohnwagen war eine Übernahme gewesen von einem freundlichen Ehepaar, das sie beim Campen über die Jahre kennengelernt hatten.

Heile Welt, nannten sie die kleine Parzelle. Das stand auch auf dem dicken Findling, den sie neben den Eingang gewuchtet hatten. Eine heile Welt, das war die Insel immer gewesen. Und wenn er den Planetenweg morgens mit dem Segway auf dem Weg zum Bäcker befuhr, dann war das Leben für ihn in Ordnung. Später am Tag waren die Wege zu oft von rücksichtslosen Spaziergängern und Fahrradfahrern verstopft, und das brachte ihn um den Genuss des selbstvergessenen Fahrens. Einzig das Damwild und die Kaninchen kreuzten in der Frühe seinen Weg, aber hieran war er gewöhnt.

Der Koffer lag mitten auf dem Weg. Unmöglich, daran vorbeizufahren. Nur deswegen hatte er so abrupt abgebremst. Ob er sonst an ihr vorbeigefahren wäre?

Thorsten Henkel drehte sich um, um sich zu vergewissern, dass sein Kopf ihm keinen Streich spielte. Dass er sich das nicht alles einbildete.

Er zog die Jacke enger, weil ihn fröstelte. Der Frühnebel über der Wattseite und den kleinen Binnenseen, an denen der Weg entlang führte, hatte sich noch nicht vollständig aufgelöst. Deswegen wäre es möglich gewesen, dass er sie nicht bemerkt hätte, wenn er nicht wegen des Koffers hätte halten müssen.

Wie lange es dauerte, bis die Rettungskräfte kamen. Angestrengt lauschte er. Nichts. Das Martinshorn war noch nicht zu hören. Dabei war das Krankenhaus doch gar nicht so weit entfernt. Wobei er sich sicher war, dass kein Notarzt und kein Rettungsassistent mehr helfen konnte. Das ahnte auch er als Laie. Da brauchte er gar nicht hin, um Puls und Atmung zu kontrollieren. Das sah er auf die Entfernung – und das war ihm recht. Schließlich wirkte es von hier aus gruselig genug. Weit aufgerissene Augen, der Mund heruntergeklappt, von den Mundwinkeln aus zogen sich wohl getrocknete dunkelrote, fast schwarze Blutspuren zum Unterkiefer.

Die Polizei, die war wichtig. Denn die Tote hatte eindeutig ein Einschussloch. In der Höhe des Herzens. Dort war die Kleidung zerfetzt, und eine Blutlache hatte sich kreisförmig ausgebreitet. So wie in den Western, die Thorsten als Kind so gerne gesehen hatte. Als er glaubte, der Tod sei ein temporärer Zustand wie der Schlaf. Später wusste er es besser und hatte jedes Zusammentreffen vermieden. Was sich nicht durchziehen ließ. Die Eltern starben. Der Onkel. Sein bester Freund. Was seinen Rückzug auf die kleine Parzelle nur attraktiver gemacht hatte. Seitdem schaute er keine blutrünstigen und tragischen Filme, las keine Thriller. Nichts. Happy Ends waren für sein Seelenheil das Beste. Nur das hier – da war ein Happy End nicht mehr möglich.

Noch einmal blickte er zurück. Die Frau, so verzerrt ihr Gesicht im Tod auch war, schien jung zu sein. Viel, viel jünger als er mit seinen nahezu 70 Jahren. 35 vielleicht, möglicherweise 40. Er war im Schätzen nicht so gut, und bei einer Leiche konnte man wahrscheinlich schnell danebenliegen. Nur gut, dass sie darüber nicht beleidigt sein konnte.

Thorsten Henkel schüttelte den Kopf über seine abstrusen Gedanken. Die Züge der Frau kamen ihm seltsam bekannt vor, aber das war etwas, was ihm mit zunehmendem Alter immer öfter passierte. Dass ihm Fremde vertraut vorkamen und er schneller Ähnlichkeiten zwischen Menschen entdeckte. Ihre kastanienbraunen Haare waren eine Allerweltsfarbe bei Frauen, so gut kannte er sich aus. Das war wie bei seiner Christel, die hatte diesen Grundton auch, mit Varianten in Richtung rot oder einer dunkleren Haselnuss.

Endlich. Aus weiter Ferne klang das Martinshorn durch den Nebel. Gedämpft, aber stetig lauter werdend. Er seufzte erleichtert auf. Gleich müsste er sich nicht mehr verantwortlich fühlen. Er würde eine Zeugenaussage machen und dann sein Segway drehen und zurück zu seiner Christel fahren. Brötchen brauchte er heute keine. Der Appetit war ihm vergangen. In seiner Parzelle würde er den Schrecken hoffentlich schnell vergessen. Am liebsten würde er gar nicht wissen, was aus der Sache würde. Warum, weshalb, wieso diese Frau hier lag. Was ging es ihn an? In seiner heilen Welt spielte das keine Rolle. Nur Christel würde sich wundern, wo er so lange blieb und warum er ohne Brötchen käme. Wenn er ihr etwas erzählte, wäre es aus mit der Ruhe. Da kannte er sie nur zu gut. Er hoffte einfach, dass die ganze Geschichte keine allzu großen Auswirkungen auf das Norderneyer Leben hatte. Wenn er Glück hatte, war es nur ein profaner Selbstmord. Schrecklich, ohne Frage. Besonders für die Frau. Doch die Aufregung würde sich nach ein oder zwei Tagen legen. Und das wäre ihm ehrlich gesagt am allerliebsten.

*

»Polizei Norderney. Olaf Maternus. Was liegt an?«

»Moin. Ich rufe an aus der Wohnung von Petra Mertens. Sie wissen schon. Der Bürgermeisterkandidatin.«

»Ja und?«

»Ich glaube, Sie müssen kommen. Frau Mertens ist nicht da.«

»Ich glaube, ich verstehe nicht, was Sie wollen. Das ist doch kein Anlass für die Polizei, wenn jemand nicht zu Hause ist. Überhaupt. Wieso sind Sie da, wenn Sie nicht die Wohnungsinhaberin sind? Das ist viel eher von Relevanz für uns. Nennen Sie mir bitte Ihren Namen und den genauen Grund Ihres Anrufs.«

»Ich bin die Nachbarin. Und ich habe einen Schlüssel für die Wohnung von Frau Mertens. An Ihrer Stelle würde ich mich auf den Weg machen. Frau Mertens ist nicht in der Wohnung. Ihre Kinder sind es sehr wohl. Allein. Die Kinder sind aufgewacht, die Mutter war verschwunden. Das Bett nicht benutzt. Kein Zettel auf dem Küchentisch oder an der Wohnungstür. Keine Nachricht an mich. Das Handy ist ausgeschaltet. Sie ist nicht erreichbar. Kein Lebenszeichen. Nichts.«

Olaf Maternus runzelte die Stirn. Alle verfügbaren Kollegen einschließlich des Chefs waren ausgerückt. Fund einer weiblichen Leiche am Planetenweg. Die Haare an seinen Armen stellten sich auf. Es würde doch hoffentlich keinen Zusammenhang geben?

Mit aller Professionalität suchte er nach einer beruhigenden Antwort. »Dafür wird es sicher eine harmlose Erklärung geben. So jung sind die Kinder von Frau Mertens doch nicht, wenn ich das von ihrer Wahlvorstellung richtig in Erinnerung habe. Da darf man auch die Wohnung einmal verlassen.«

»Glauben Sie mir. Frau Mertens macht das nicht. Bitte kommen Sie her. Es muss sich einer um die Kinder kümmern.«

»Um die Kinder. Ja, natürlich.«

»Sagen Sie mal. Sie werden doch eine Kollegin vorbeischicken können, oder nicht? Bin ich überhaupt mit der Polizei verbunden?«

Maternus räusperte sich. »Selbstverständlich. Es ist nur so …« Er konnte ihr beileibe nicht sagen, weshalb alle diensthabenden Kollegen ausgerückt waren. »Ich denke, dass ich sicherheitshalber das Jugendamt benachrichtige.«

»Das Jugendamt? Wollen Sie aus der Tatsache eine politische Nummer machen? Weil Wahlkampf ist? Sie haben doch eben selbst gesagt, es könnte einen harmlosen Grund haben. Warum die Pferde scheu machen. Das Jugendamt.«

Er konnte sich vorstellen, wie sie bei den Worten den Kopf schüttelte.

»Also gut. Ich kümmere mich. Bitte bleiben Sie bei den Kindern. Es kann etwas dauern, ja?«

Ratlos legte Olaf auf. Wen sollte er bloß zuerst benachrichtigen? Martin, seinen Vorgesetzten? Der da draußen am Fundort der Leiche genug zu tun hatte? Oder Norden um Unterstützung bitten? Das Jugendamt? Als Erstes würde er versuchen, eine der dienstfreien Kolleginnen zu erreichen. Und dann doch lieber Martin. Er hatte ein mulmiges Gefühl bei der Sache. Das ließ sich nicht von der Hand weisen.

✻

Martin Ziegler strich sich die Haare aus der Stirn. Wahrscheinlich würde er sie doch wieder kürzer tragen müssen. In Situationen wie diesen machte es ihn verrückt, dass sie ihm ständig die Sicht nahmen. Andererseits hatte er keinen größeren Wunsch, als die Augen vor dem zuzumachen, was er vorgefunden hatte.

Noch kniete der Notarzt auf einer Plastikunterlage neben dem toten Körper. Aber es gab keinerlei Reanimationsversuche. Das hatte er erwartet. Doch auf einen oberflächlichen Augenschein durfte sich kein Arzt verlassen.

Wenige Minuten waren das, in denen er, Martin Ziegler, leitender Inselpolizist, über das weitere Vorgehen nachdenken konnte. Vorausahnen konnte, was der nächste Anruf für Konsequenzen haben würde. Wenn er zugeben musste, dass es schon wieder einen Todesfall auf der beliebten Ferieninsel gab. Und zwar nicht irgendeinen, sondern einen unnatürlichen. Möglicherweise sogar Mord. Wenn er eingestehen musste, dass so etwas seit seinem Amtsantritt gang und gäbe war. Was man daraus bei der Kriminalpolizei in Aurich für Schlüsse zog, hatten sie ihm im letzten Jahr deutlich vermittelt. Die Stimme der zuständigen Kommissarin hatte er noch sehr gut im Ohr. Er stöhnte auf, als er daran dachte, dass sie in zwei, drei Stunden wieder vor ihm stehen würde.

Es durfte nicht wahr sein. Als läge auf der Insel ein Fluch seit seinem Amtsantritt.

Der Arzt erhob sich und trat auf ihn zu. »Da kann ich nichts mehr ausrichten. Da müssen die Fachleute aus der Gerichtsmedizin ran. Tut mir leid.«

Er hörte das Mitgefühl in der Stimme des Arztes. Er war ein Kollege von Martins Lebensgefährtin. Ob Anne mit ihm über seine Zweifel und Sorgen gesprochen hatte? Ein unbehagliches Gefühl erfasste ihn. Schlimm genug, wenn Aurich nichts von ihm hielt. Mitleid war das Allerletzte, was er auf der Insel haben wollte. Ob auch Anne …?

Unwillig hob er die Hand. »Können Sie denn schon was sagen? Eine erste Einschätzung?«

Der Arzt zog eine Zigarettenpackung aus seiner Rettungsjacke und zündete sich eine an. »Sorry. Ich rauche nur nach Todesfällen. Aber das muss sein. Also: sieht für mich nach einer tödlichen Schussverletzung aus. Ich will mich nicht endgültig festlegen, ob es ein Suizid sein könnte. Sieht aber weniger danach aus. Auf den ersten Blick habe ich keine Waffe gesehen. Das Ganze hat eher den Charakter einer Inszenierung. Wenn Sie näher rangehen, werden Sie wissen, wovon ich spreche. Ich weiß nur: Wenn das ein Mord ist, dann aber gute Nacht, Norderney.«

»Wieso?« Martin fuhr ein kalter Schauder über den Rücken.

»Haben Sie sie noch nicht erkannt? Die Tote? Ich dachte, wo im Augenblick doch jeder …« Das laute Schrillen von Martins Diensthandy ließ den Notarzt stocken.

Fast wollte Martin den Anruf wegdrücken. Was würde Olaf Maternus schon Wichtiges wollen? Nichts konnte eine so hohe Priorität haben wie der Leichenfund. Doch dann nahm er das Telefonat an und spürte, wie ihm seine Züge entglitten. Sein Blick fiel auf die Frau, die dort hinten an der Stange des Jupiters lehnte. Das konnte doch unmöglich wahr sein. Er starrte den Notarzt an, der an seiner Zigarette zog und tief inhalierte.

Martin ließ das Handy sinken. Der Arzt sprach, als hätte es keine Unterbrechung gegeben, aus der Rauchwolke heraus, die seinen Mund wabernd verließ und sich mit dem Dunst des Morgens zu vermischen schien: »… das Wahlplakat kennt. Das ist eindeutig Petra Mertens, die Bürgermeisterkandidatin. Hundertpro würde ich sagen. Da möchte ich nicht in Ihrer Haut stecken.«

*

Die Plakate waren beschmiert. Alle. Samt und sonders. Es gab kein einziges, das nicht betroffen war.

KWK hatte ein Hitlerbärtchen, und dem Kandidaten der Fortschrittspartei, Häusler, hatte jemand Dollarzeichen in die Augen gemalt. So weit – so banal, weil fantasielos. Am schlimmsten hatte es aus Anne Wagners Sicht die Kandidatin der Zukunfts- und Umweltpartei, der ZUP, erwischt. Und damit die einzige Frau. Die angedeutete Banane an ihren Lippen war eindeutig sexistisch und obszön gemeint. Anne machte so etwas wütend. Der Zustand der politischen Landschaft war ein Trauerspiel, egal, wohin sie sah. Weltweit, europaweit, deutschlandweit. Das brach sich bis in die kleinsten kommunalen Zellen runter. Ein unsäglicher Umgang miteinander. Manipulative Stimmungsmache und ein Toben des Mobs im Internet waren alltäglich geworden.

Bisher hatte sie Norderney für so etwas wie die Insel der Glückseligen gehalten. Klar gab es auch hier Probleme. Die waren ja zuletzt oft genug benannt worden. Stichwort:

Ausverkauf der Insel. Auf der anderen Seite waren das doch Luxussorgen im Vergleich dazu, was anderswo abging. Oft hatte sie sogar ein schlechtes Gewissen, so weit vom Schuss zu sein.

Und trotzdem machte sich auf der Insel etwas breit, was ihr nicht gefiel. Der Respekt voreinander schwand, das Verständnis füreinander genauso. Jeder war sich selbst der Nächste, der Spruch galt mehr denn je. Das »first« reklamierte mittlerweile jedermann für sich.

Anne bremste ab, als ein paar Kaninchen hinter der Kurve ihren Weg blockierten. Die kühle, frische Luft auf der Strecke zum Krankenhaus tat ihr wie jeden Morgen gut. Am liebsten würde sie weiterfahren in die Dünen hinein Richtung Ostende der Insel. Doch dagegen sprach der Dienstbeginn. Wenn sie heute Nachmittag einmal pünktlich die Station verlassen konnte, würde sie eine ausgiebige Runde drehen. Schon seit Anfang des Monats lag Frühjahrsluft über der Insel. Die Tage wurden länger, spätestens in drei Wochen würde die Saison Fahrt aufnehmen, und am Ende des nächsten Monats begann die Tennissaison. Schade, dass Norderney keine Halle besaß. Vielleicht würde sich das ändern, wenn die Insel über die Wintermonate attraktiver wurde. Davon hätten sie doch alle etwas. Anne grinste. Bei der nächsten Wahlveranstaltung würde sie das einfach ansprechen. Mal sehen, was für wohltönende Argumente von den Kandidaten kämen. Schlichtweg Wählerwünsche abzulehnen, traute sich ja kein Kommunalpolitiker in der heißen Phase des Wettkampfs.

Wobei sie schon wusste, wem sie ihre Stimme geben würde. So etwas war mittlerweile eher ein Wählen des geringsten Übels. Aber im Fall von Petra Mertens war das anders. Die Frau überzeugte sie. Sie war authentisch, energiegeladen und lebte vieles von dem, was sie sagte, vor. Bei den beiden anderen hatte Anne das Gefühl, sie sorgten eher für das eigene Wohlergehen. Aber sie wollte nicht ungerecht sein. Sie würde den Job, der mit einigem Klinkenputzen verbunden war, nicht machen wollen. Die vielen unbezahlten Stunden hinter den Kulissen wollte kaum einer sehen, aber sie gehörten für jeden Politiker dazu. Anne wusste das. Ihre Eltern waren beide seit jeher kommunalpolitisch aktiv. Sie stand auf dem Standpunkt, wer nur meckert, muss es selbst machen. Und da sie das nicht wollte, zollte sie so manchem unliebsamen Kompromiss der Politik doch Anerkennung.

Das mit den Plakaten jedenfalls war eine Schweinerei. Anonymes, feiges Verhalten. Nur auf Randale und Zerstörung ausgerichtet. Was sollten denn das für Botschaften sein? Das war für sie nicht ernst zu nehmen. Im Gegenteil. Umso mehr empfand sie Sympathie selbst für die Kandidaten, die ihr politisch fernstanden. Plakative Urteile mochte sie nicht. Basta.

Anne bremste vor dem Krankenhaus scharf ab, weil sie in ihrem Gedankenfluss zu heftig in die Pedale getreten hatte. Fast wäre ihr Fahrrad zur Seite gerutscht, im letzten Moment konnte sie sich auffangen. Das wäre was gewesen, wenn sie sich statt im Arztkittel im Flügelhemdchen auf Station wiedergefunden hätte.

Im gleichen Augenblick hielt neben ihr der Notarztwagen. Ihr Kollege grüßte mit ernstem Gesicht.

»So schlimm?«, rief Anne zu ihm rüber.

»Schlimmer. Ich hatte schon ein Date mit deinem Mann.«

»Ja, ich weiß, dass er früh herausgerufen wurde. Kannst du etwas sagen?«

Der Notarzt zögerte. Zog eine Zigarettenpackung aus der Tasche, sah sie an und steckte sie zurück. »Frag ihn lieber selbst. Spätestens heute Mittag wird auf der Insel nichts mehr so sein, wie es war.«

✻

Über die Identität der Toten bestand kein Zweifel. Da waren sie sich alle einig. Martin Ziegler drückte die Finger gegen seine Stirn, hinter der sich ein dumpfer Kopfschmerz eingetrommelt hatte. Er wusste, was das zu bedeuten hatte. Zu viel der speziellen Teezeremonie und zu wenig Schlaf trafen auf scharfen Nordseewind und extremen Stress. Da würde auch das Einwerfen von Tabletten nichts gegen ausrichten. Ruhe wäre etwas, das helfen würde. Er lachte bitter auf. Ausgerechnet Ruhe.

Sein Kollege auf dem Beifahrersitz schaute ihn schräg von der Seite an. »Was ist los, Chef? Eine Idee?«

»Schön wär's«, grummelte Ziegler. »Ich stelle mir gerade vor, was uns gleich, wenn die Kripo ankommt, an Sprüchen um die Ohren fliegen wird. Von wegen …« Er brach mitten im Satz ab. Es wäre für seine Autorität nicht förderlich, wenn er die abwertenden Einschätzungen von Aurich höchstpersönlich an seine Mitarbeiter weitergab.

Ronnie schien aber zu wissen, was er meinte, denn er nickte ernst vor sich hin. »Ja. Aurich. Ich erinnere mich an das letzte Mal. Braucht man eigentlich nicht.«

»Wer braucht schon Mord und Totschlag? Wir nicht und die Opfer ganz sicher nicht.«

»Schon klar, Chef, habe auch eher gemeint, dass die doch froh sein sollen, wie wir die Dinge regeln. Mit einem kollegialen Führungsstil. Sonst verliert unsereins doch schon nach kurzer Zeit die Lust am Polizeidienst.«

Martin Ziegler wusste das Kompliment zu schätzen, das

in den Sätzen von Ronnie lag. Auf seine Truppe konnte er sich verlassen. Auch auf Olaf Maternus, der eine Zeit lang mit ihm als Vorgesetztem gehadert hatte. Der Feind befand sich in ihm selbst. Er war es, der unter zu großen Rechtfertigungsdruck geriet. Er war derjenige, den die Selbstzweifel immer wieder überfielen. Weshalb er auf Norderney gestrandet war, im wahrsten Sinne des Wortes. Nur, dass die Verbrechen ihn verfolgten, sich nicht darum scherten, was er sich erhofft hatte.

»Jedenfalls haben die von der Kripo und der KTU nichts zu meckern, von wegen unsachgemäßer Spurenvernichtung und so. Wir haben den Fundort abgesperrt und harren der Dinge, die da kommen. Alles richtig gemacht, Chef.«

Martin klappte die Sonnenblende herunter und betrachtete sein müdes Gesicht im Spiegel. »Mag sein. Wobei ich das kaum aushalten kann, tatenlos abzuwarten.«

»Hat Aurich aber extra betont.«

»In so einem Fall verfluche ich das Inseldasein. Was für ein Aufwand, bis der ganze Ermittlungstrupp vor Ort ist. Als wenn es nicht auch darauf ankäme, schnell zu sein. Ich mag gar nicht daran denken, wie viel Zeit ein Täter dadurch gewinnt.«

»Du meinst also, es war ein Mord?«

»Mir fehlt gerade die Fantasie, mir etwas anderes vorzustellen. Petra Mertens hat zwei Kinder. Mir dreht sich der Magen rum, wenn ich daran denke, dass die Kollegen gerade vollkommen handlungsunfähig auf das Jugendamt und die Ergebnisse warten müssen. Was das für die Kinder bedeutet, dass ihre Mutter tot aufgefunden wurde – wirklich, ich will das gar nicht zu Ende denken. Erst recht kann ich nicht daran glauben, dass eine Frau wie Petra Mertens ihre Kinder im Stich lassen würde, um sich selbst zu töten.«

Ronnie schwieg, und Martin konnte sich denken, dass er an die Fälle dachte, wo genau so etwas passiert war.

»Überhaupt – sie war ja voller Zukunftspläne«, unterstützte er eilig seine These weiter. »Wer strebt denn ein politisches Amt an, wenn er aus dem Leben scheiden will?«

»Und wenn es genau deswegen ist?« Ronnies Stimme klang gepresst, als traute er sich nicht, einen Gedanken zu äußern, der ihnen allen wahrscheinlich als Erstes gekommen war.

Martin hob abwehrend die Hände. »Ronnie, ich bitte dich. Wir sind in Ostfriesland. Auf Norderney. Weder im Wilden Westen noch bei der italienischen Camorra.«

»Da bin ich mir manchmal nicht so sicher, wenn ich den einen oder anderen Politiker reden höre.«

»Jetzt lass mal die Kirche im Dorf. Zwischen Wahlkampfreden und einem Mord liegen Welten. Das darf man nicht leichtfertig miteinander vermischen.« Es nervte ihn, wie lehrerhaft er klang. Deswegen schob er schnell hinterher: »Oder gibt's was Konkretes, auf das du anspielst?«

Erstaunt stellte Martin fest, dass Ronnie statt einer prompten Antwort anfing, mit seinen Händen zu knacken, während er den Blick auf die Tote richtete. »Nö«, sagte er schließlich wenig überzeugend. »Nö, eigentlich nicht.«

»Sag mal, Ronnie, willst du mich verhohnepiepeln? Was weißt du?«

»Ach, du weißt doch, wie die Leute reden. Der eine dies, der andere das.«

»Ronnie!«

»Schon gut, Chef, schon gut. Na ja, der Ton gegenüber der Mertens ist nicht gerade freundlicher geworden zuletzt. Ich habe gehört, wie der ein oder andere sich darüber ausgelassen hat, was ihr wohl fehlen würde. Weißt doch, die alten Sprüche: Der muss es nur mal einer richtig besorgen. Die hat wohl lange keinen Mann mehr gehabt.«

»Zum Kotzen.«

»Stimmt. Irgendwie denkt man ja, das wächst sich irgendwann aus.«

»Glaube ich nicht.« Martin dachte an Anne, mit der er zuletzt über die ›Me too‹-Debatte diskutiert hatte. Und daran, dass auch Ronnie dazu neigte, den ein oder anderen Spruch rauszuhauen.

»Na ja, und wenn das wirklich so eine Geschichte wäre? Dass es eine Vergewaltigung war und der Täter Angst bekommen hat?«

»Und dann wüsstest du, wer so darüber gesprochen hat? Also, wer so etwas zumindest mal gedacht und geäußert hat?« Martin sah, wie Ronnie bei seinen Worten in den Sitz rutschte.

»Hm. Ja. Wenn es so was wäre, dann wüsste ich wohl, wer das geäußert hat.«

Martin hoffte nur, dass Ronnie sich nicht aktiv an diesen Sprüchen beteiligt hatte, sondern nur stillschweigend ertragen hatte, wie Freunde oder Nachbarn solche Zoten losgelassen hatten. Aber er war zu lange im Polizeidienst, um nicht genau zu wissen, wie so etwas unter Männern lief.

Schweigend starrte er nach draußen.

»Also gut«, sagte er schließlich. »Ich brauche dazu gar nichts von dir zu hören. Zumindest, solange nicht feststeht, dass der Fall sich tatsächlich in diese Richtung entwickelt. Das werden die Untersuchungen ja zeigen. Aber ich halte es schon für unwahrscheinlich, dass ein Vergewaltiger eine Pistole dabei hat. Letzteres klingt so viel mehr nach Absicht. Aber auszuschließen ist es nicht.«

Ronnie richtete sich erleichtert auf und fuhr sich durch seine stachelig gegelten Haare. »Nee, klar, Chef, dann würde ich auch etwas sagen, wenn das darauf hinausliefe. Aber wir warten ab, ja? Alles andere ist schließlich unseriöse Spekulation.«

Martin kannte seinen Mitarbeiter genug, um die Erleichterung hinter dem plappernden Tonfall zu erkennen. Ronnie war einer der Guten, auch wenn er sich nicht immer dem Gruppendruck entziehen konnte. Aber für ihn würde er seine Hand ins Feuer legen. »Schon gut. Abwarten ist genau richtig. Ich wüsste auch gar nicht, was das mit dem Koffer neben der Leiche sollte, wenn es denn ein Sexualdelikt wäre.«

»Der Koffer, ja«, entfuhr es Ronnie. »Stimmt. Ich möchte nur zu gern wissen, was es damit auf sich hat.«

∗

Nicole war immer wieder überrascht, wie Kinder in Situationen reagierten, mit denen sie vollkommen überfordert sein mussten. Das Erscheinen von Olaf und ihr hatte zwar fragende Blicke ausgelöst, nachdem sie sich aber der Nachbarin und den Kindern vorgestellt hatten, war vor allem der Junge schnell in die Rolle des verantwortlichen Familienoberhauptes geschlüpft. Zuerst hatte er sich bei der Frau bedankt, danach die Arme schützend um seine kleine Schwester gelegt und gefragt, ob sie schon sagen könnte, wo seine Mutter sei.

Früher hatte Nicole geglaubt, dass Kinder schrien und weinten, wenn sie in Sorge um ihre Eltern waren, aber die Erfahrung hatte sie anderes gelehrt. Als wäre es ein magischer Glaube, der sie stark machte, um sich damit vor

Unvorstellbarem zu schützen. Trotzdem wusste sie, dass der Junge und das Mädchen mit unheilvoller Angst darauf warteten, was die Polizei sagen würde.

Dass Nicole nun im Kinderzimmer auf dem Boden lag, während Olaf sich aus der Küche einen Stuhl dazugestellt hatte und mit ihnen Lego und Playmobil spielte, schien ihr schon fast abstrus.

»Kommt Mama gleich wieder?«, hatte das Mädchen vorhin gefragt und sie mit ernsten braunen Augen angeschaut. Bevor sie antworten konnte, hatte Mattis, der Junge, geantwortet: »Was denkst du denn? Klar, kommt sie gleich. Die Polizei passt nur auf, weil kein anderer Zeit hatte.«

»Aber wo soll Mama denn sein, ohne uns Bescheid zu sagen? Das macht sie doch nie. Immer will sie, dass einer bei uns ist.«

»Deswegen ist ja die Polizei da. Mama musste bestimmt wegen der Wahl weg. Du weißt doch: Damit sie Bürgermeisterin wird. Da müssen wir sie unbedingt unterstützen.« Der Junge hatte mit einem schrägen Blick zu Nicole und Olaf geblickt, wahrscheinlich in der Sorge, sie könnten einen Einwand gegen seine Theorie erheben. Aber sie war erleichtert, dass er die Antworten fand, die für den Augenblick beruhigten. Ihr wäre das nicht gelungen.

Stattdessen baute sie nun einen pinken Hundesalon neben der Piratenbucht auf.

»Eigentlich spielt Mattis so was gar nicht mehr«, ließ Klara sie wissen, die langsam Zutrauen zu ihr gewann. »Mattis spielt immer nur an der Playstation.«

»Und du an deinem Handy.« Der Junge klang sauer.

»Ich schaue mir nur meine Serien an. Aber Mama will nicht, dass du so viel Fortnite spielst.«

»Mache ich ja gar nicht.«

»Jetzt nicht. Mama wird sich freuen, wenn sie heimkommt, dass wir mal wieder zusammen spielen.«

»Hm«, antwortete Mattis nur, und Nicole war sich sicher, dass seine Angst mit jeder Minute, die verstrich, größer wurde.

Nicole schnürte es die Kehle zusammen, wenn sie an das kurze Gespräch mit Martin dachte. Mit aller Macht versuchte sie, den Gedanken auszublenden, dass die Leiche, an deren Fundort ihr Vorgesetzter auf die Kripo wartete, etwas mit der verschwundenen Mutter der beiden Kinder zu tun hatte. Selbst wenn das, was Martin gesagt hatte, wenig Zweifel an der Situation ließ.

Bis jetzt hatte Nicole sich nicht dazu hinreißen lassen, allzu viel zu fragen. Wenn es sich bei der Toten tatsächlich um Frau Mertens handelte, dann taten sie gut daran, die Kinder nicht durch Fragestellungen zu beeinflussen. Dann wäre jede Erinnerung wichtig, ohne dass sie jetzt durch Gespräche überlagert wurden.

Trotzdem rutschte es ihr irgendwann heraus: »Und euer Papa? Den seht ihr doch bestimmt auch ab und an. Vielleicht können wir ihn ja anrufen.«

Sie merkte sofort, dass sie einen Riesenfehler begangen hatte. Idiotin, beschimpfte sie sich selbst. Wie eine Anfängerin. Mit ihrem Heile-Welt-Denken von Komplettfamilien. Sie wusste ja, dass Frau Mertens alleinerziehend war. Trotzdem hatte sie dem Familiensystem sofort einen existenten Vater angedichtet. Als wenn sie es nicht kennen würde, die Sorgerechtsstreitigkeiten, die Umgangsverbote von Seiten der Mütter, die abgetauchten Väter, die nicht zahlen wollten. Natürlich kannte sie das. Die ganze Palette. Bis hin zu Gewalttaten und Frauenhaus. Nur hier war sie wohl reingefallen mit ihrer fatalen Neigung zu Friede, Freude,

Eierkuchen. Als wenn es das Komplementärprogramm zu ihrem Job wäre.

Es dauerte einen Moment, bis sie begriff, dass die Kinder sie immer noch entsetzt anschauten und nicht antworteten. Verlegen griff sie zu der Kanone und richtete sie auf die herumstehenden Piraten. »Na, ist ja auch egal, da können wir uns später drum kümmern«, versuchte sie, mit Gemurmel ihre Frage abzuschwächen. »Spielt ihr weiter mit, oder wollt ihr lieber etwas anderes machen?«

Nicole schielte auf ihre Armbanduhr. Hoffentlich war das Jugendamt bald da und konnte übernehmen. Sie hatten doch Erfahrung in solchen Dingen. Es ging ja diesmal um deutlich mehr als um ein am Strand verloren gegangenes Kind, mit dem sie sich auf Norderney manchmal beschäftigen mussten.

Die Geschwister rührten sich immer noch nicht.

Dann räusperte sich Mattis. Täuschte sie sich oder klang die Stimme des Jungen deutlich tiefer als vor wenigen Minuten? Erwachsener sah er auf jeden Fall aus, als er sich halb aufrichtete und sich zwischen seine Schwester und Nicole schob. »Unser Vater? Unser Vater lebt doch nicht mehr. Schon lange.«

✻

»Gert Schneyder, guten Tag, Herr Ziegler. Wir kennen uns dem Namen nach, oder?«

Martin Ziegler hatte sich neben dem Polizeiwagen ausgestreckt und den Kopf im Nacken rollen lassen, als sich hinter dem Pritschenwagen ihrer Dienststelle eine Kolonne von Einsatzwagen näherte. Er bereute nach wie vor jeden Schluck der ostfriesischen Teezeremonie von gestern Abend und die fehlenden Stunden Schlaf, weil er lange mit Anne bei Daniela und Frank geblieben war, auch, als Frau Dirkens sich schon in ihre Wohnung unter dem Dach zurückgezogen hatte. Die Aussicht auf die Mordkommission vom Festland ließ seine Laune in den Keller sinken. Wenn er an das letzte Mal dachte, wünschte er sich nichts lieber als einen klaren Kopf.

Umso erstaunter reagierte er auf den Kollegen. Irritiert schaute er hinter ihn, in der Erwartung, dass ein blonder Haarschopf auftauchte, der ihm in unliebsamer Erinnerung geblieben war.

Der Mann grinste: »Falls sie Frau Lichterfeld vermissen, da muss ich Sie enttäuschen. Sie ist leider im Urlaub. Dieses Mal müssen Sie mit mir vorliebnehmen.«

Martin sah, wie sich das Grinsen verstärkte, als er hörbar ausatmete. Wenigstens das blieb ihm erspart. Alles andere konnte nur besser sein, als der despektierliche Blick, dem er beim letzten Mordfall ausgesetzt war. Die Reaktion des Hauptkommissars, der heute im Einsatz war, deutete darauf hin, dass die Unstimmigkeiten zwischen Aurich und Norderney durchaus nicht unbemerkt geblieben waren. Mit welcher Bewertung wollte er lieber gar nicht so genau wissen.

»Also, was gibt's denn?«, fragte dieser Schneyder und schien sich nicht zu wundern, dass Martin ihm nur wortlos die Hand gereicht hatte. »Eine weibliche Leiche? Wissen Sie schon mehr?« Er blickte zur Fundstelle herüber, hob den Daumen und lobte: »Vorbildlich. Soweit ich sehen kann, habt ihr nur abgesichert und keine Spuren vernichtet.«

Der joviale Ton entspannte Martin sofort. Kein Vorwurf, keine Skepsis in den ersten Sätzen. Er straffte seine Schultern und gab in wenigen Worten wieder, was sie wussten:

»Ein Dauercamper ist heute Morgen mit dem Segway hier entlanggekommen. Er hat die Frau gefunden und sowohl den Notarzt als auch uns verständigt. Eine Reanimation war nicht mehr möglich. Auf den ersten Blick sieht es nach einer Schussverletzung aus. Eine Waffe ist allerdings bisher nicht sichtbar. Wir wollten nicht …«

»Vollkommen richtig.« Der Kripobeamte klopfte auf Martins Schulter, was selten jemand wegen seiner Größe tat. Aber Schneyder, der sicher an der Zwei-Meter-Marke schrappte, überragte ihn noch. »Alles richtig gemacht. Vielleicht liegt sie unter dem Körper oder in den Gräsern. Je nachdem, wie stark der Rückstoß war.«

»Wenn es ein Suizid sein sollte, ist das Aufgebot groß, aber angesichts der Brisanz wollen wir auf Nummer sicher gehen.«

»Der Brisanz? Was genau ist damit gemeint?« Schneyder sprach unaufgeregt und gelangweilt. Martin war sich nicht sicher, ob er das mochte oder nicht. Seltsam fand er es auf alle Fälle.

»Ich dachte, wir hätten es am Telefon erwähnt.«

»Was?«

»Nun, wir gehen davon aus, dass es sich bei der Toten um unsere Bürgermeisterkandidatin handelt. Petra Mertens. Gebürtige Rheinländerin, lebt aber schon einige Jahre in Norddeutschland. Seit drei Jahren auf Norderney. Hat in einer Forschungseinheit gearbeitet.«

»Mit absoluter Gewissheit?« Schneyder knibbelte an seinen Fingern, auf die er angestrengt starrte.

Martin irritierte der fehlende Blickkontakt, aber er holte weiter aus. »Das Konterfei der Frau lächelt uns seit Wochen von jedem dritten Wahlplakat an. Da kann man sich schon relativ sicher sein.«

»Ha! Sie sagen es. ›Relativ‹ sicher. Nicht hundertprozentig.« Das Grinsen flackerte erneut auf, um dann in eine überaus ernste Mimik überzugehen, bei der die Mundwinkel sich drastisch absenkten.

Martin starrte ihn verwundert an. Er wurde nicht schlau aus diesem Mann.

»Bürgermeisterkandidatin, sagen Sie?«, murmelte dieser vor sich hin.

Martin nickte. Es war ihm egal, ob Schneyder das sah. Er schien in seiner eigenen Welt.

»Brisant, brisant, brisant.«

Martin rollte ansatzweise mit den Augen. »Sag ich doch.«

»Gut, das werde ich gleich mit Aurich besprechen. Lassen Sie uns aber erst einmal Orientierung schaffen. Was ist denn mit dem dunklen Gegenstand da hinten bei der Leiche? Ein Koffer?«

»Dazu komme ich gleich. Vorab: Es gibt etwas, was uns sicher macht, dass es sich um Frau Mertens handelt. Sie ist alleinerziehende Mutter. Gerade heute Morgen wurden die Kollegen aus der Wohnung von Frau Mertens verständigt. Eine Nachbarin hat uns informiert, dass die Kinder alleine sind. Ohne zu wissen, wo sich die Mutter aufhält. Die über Nacht einfach verschwunden ist. Was sonst nie vorkommt.«

»Herrgott, wie dramatisch ist das denn?«

Martin zwinkerte mit den Augen. Dramatisch fand er sein Gegenüber mit den überzogenen Reaktionen.

»Ja. Wir sind in großer Sorge. Im Moment sind zwei Kollegen bei den Kindern. Zwölf und acht Jahre im Übrigen. Wir haben das Jugendamt verständigt. Für alle Fälle. Ich dachte, das sollten Sie wissen.«

»Sehr gut. Vorbildlich. Umsichtig.« Schneyder nickte und sah ihn diesmal mit wasserblauen Augen an. »Gute

Arbeit bisher, Herr Kollege. Und nun zu meiner Frage – was ist das dort hinten?«

»Ja, das ist wirklich seltsam. Wir haben uns nur einen oberflächlichen Eindruck verschaffen können.« Martin nickte mit dem Kinn in Richtung Fundstelle. »Stichwort Spuren. Aber der Koffer steht weit auf und …« Er stockte. Alles kam ihm unwirklich vor. Hatte er nicht richtig hingeschaut? Konnte das überhaupt sein? Entschlossen packte er Schneyder am Ärmel seiner braunen Öljacke. »Lassen Sie uns nicht reden. Schauen Sie es sich einfach mal an!«

*

Ruth Keiser atmete hörbar aus, als mit der roten Stange, die hoch hinausragte, der Bonner Verteilerkreis in Sichtweite kam. Obwohl sie heute Morgen früh losgefahren war, hatte der Verkehr auf der Autobahn sie geschafft. In ihrem Mini Cooper fühlte sie sich angesichts der Kolonnen von LKW neben ihr äußerst unwohl. Jetzt aber freute sie sich auf das Wochenende und auf Oskar.

Beim Gedanken an ihn drehte sie die Musik, die sie auf der ganzen Fahrt begleitet hatte, etwas lauter. Die ›Seaside Season‹ von Blank and Jones erinnerte sie nicht nur an die gemeinsame Zeit auf Norderney und in der Milchbar, sondern half ihr, beim Autofahren die Gedanken schweifen zu lassen.

»Dich hat es ganz schön erwischt«, hatte Lisa-Marie, ihre erwachsene Tochter, beim letzten Telefonat lakonisch festgestellt.

Ruth hatte nicht widersprochen, auch wenn es ihr selbst seltsam vorkam.

»Wie oft hast du mich eigentlich am Bodensee besucht, seit ich hier studiere?«

Nur einen winzigen Moment erfasste Ruth das schlechte Gewissen, dann lachte sie hell auf. »Sag nur, das hätte dir gefallen, wenn ich ständig bei dir aufgelaufen wäre? Ich hatte immer das Gefühl, dass du uns deswegen dankbar bist.«

Lisa-Marie hatte prompt in ihr Lachen eingestimmt. »Hast ja recht. Hab keinen Bock auf Heli-Eltern. Es reicht, was ich bei den Kommilitonen mitbekomme.«

»Ich habe gerade von einer Studie gehört, die besagt, dass das Konzept der Helikopter-Eltern aufginge. Die Kinder seien erfolgreich …«

»Drehst du den Spieß jetzt um und machst mir einen Vorwurf? Weil ich nicht straight genug zum Abschluss komme?«

»Blödsinn. Ich bin froh, dass du dir Zeit nimmst.«

»Anders als du, wolltest du sagen, was?«

»Vielleicht.«

»Ach Muttchen, komm, du hast alles richtig gemacht. Ihr habt beide alles richtig gemacht.«

Ruth lachte erneut. »Du weißt, wie du mich kriegst. Sag du noch mal ›Muttchen‹, dann fällt die nächste Überweisung etwas kleiner aus.«

»Erpressung.«

»Kindererziehung besteht zu großen Teilen aus Erpressung, weißt du doch.«

»Stimmt nicht. Ihr habt das besser gemacht. Bis jetzt.«

»Apropos: Wie geht es Michael? Hörst du was von deinem Vater?«

»Ja. Er kommt demnächst vorbei, auf dem Weg nach Italien. Ich habe ihm von Oskar und dir erzählt.«

Ruth stockte einen Moment der Atem. »Echt?«

»Mama. Chill mal. Ihr seid ewig getrennt. Papa bekommt keinen Herzinfarkt, weil du nach über 20 Jahren wieder richtig verliebt bist.«

»Nach über 20 Jahren«, murmelte Ruth und fasste in ihre Haare, als fände sie dort Halt. »Wie sich das anhört.«

»Ist ja nicht so, als wenn Papa und ich glauben, dass du in all den Jahren keusch gelebt hast. Sondern eher, dass du es verstanden hast, große Geheimnisse um dein Liebesleben zu machen. Aber Papa findet es gut. Das mit Oskar.«

»So. Findet er gut.« Ruth wusste selbst nicht, warum sie so fahrig daherredete. Plötzlich hatte sie wie befreit geantwortet: »Weißt du was? Ich finde es auch gut!«

Und so war es. Sie fühlte sich in den letzten Monaten wie ausgewechselt. Als hätte irgendetwas sie angeknipst. Sie wachte erfrischter auf, ging beschwingt durch den Tag, erfreute sich an Kleinigkeiten, die sie zuletzt oft vor lauter Grübelei kaum gesehen hatte, und kam sich vor allem wieder jung vor. So banal das klang. Würde eine ihrer Freundinnen sich so geäußert haben, dann hätte Ruth ihr einen Rückfall in pubertäres Verhalten attestiert, ohne wirkliches Verständnis aufbringen zu können. Psychologin, die sie war, hin oder her. Wie schon gesagt, Verliebtheit war zu banal für ihre Verhältnisse. Normalerweise.

Ruth setzte den Blinker und fuhr kurz vor dem Verteilerkreis auf die Stadtautobahn Richtung Südstadt. Als Erstes würde sie einen Kaffee trinken gehen. Danach ihre Reisetasche in Oskars Wohnung vorbeibringen und ihm eine kurze Nachricht schicken, dass sie da war. Und dann? Museum oder Rhein? Beides war verführerisch. Zumal er am Telefon davon gesprochen hatte, dass die ersten Bäume blühten.

Sie bog in die Straße ein, in der ein Café lag, in dem sie gerne ihren Cappuccino tranken, als ihr Handy klingelte. Oskars Nummer erschien auf dem Display. Sie drückte den Knopf der Freisprechanlage.

»Hallo. Bist du gut gelandet?« Er wartete gar nicht ab, dass sie sich meldete.

»Wenn du den Verteilerkreis als Bonner Flughafen betrachtest, dann ja. Den kann man mit seiner Stange kaum verfehlen.«

»Das ist nun mal verbindende Kunst. Köln hat an seinem Verteiler das Gegenstück.«

Ruth schnaufte gespielt. »Ich weiß. Und ja, es soll Kunst sein. Habe ich verstanden.«

»Nicht? Du bist doch die große Kunstexpertin von uns beiden.«

»Das glaubst du.«

»Nun, ich kenne wenige Leute, die so viel zeitgenössische Malerei an ihren Wänden haben wie du. Und deine eigenen Werke …«

»Versuche, meinst du wohl. Nicht Werke.«

»Stell dein Licht nicht unter den Scheffel, Frau Keiser mit Ei. Ich habe mich in die selbstbewussteste und in sich ruhendste Frau, die mir seit Langem untergekommen ist, verliebt.«

»Da muss eine Verwechslung vorliegen, das kann nicht ich gewesen sein«, raunte Ruth, die sich trotz allem über seine Worte freute.

»Never ever. Und das weißt du auch.«

»Vielleicht. Das musst du mir später noch einmal persönlich sagen.«

»Das werde ich, darauf kannst du wetten. Warte nur ab.« Seine Stimme hatte sich abgesenkt. Ruths Körper kribbelte.

»Vielleicht sollte ich doch lieber nach Osnabrück zurückfahren.« Dass sie bei ihren Worten verträumt lächelte, bemerkte sie erst, als sie der Mann neben ihr an der roten Ampel anfangs irritiert anschaute, dann aber mit einem Winken reagierte. Schnell drehte sie den Kopf beiseite.

»Unterstehe dich. Ich habe uns ein schönes Wochenendprogramm zusammengestellt. Lass dich mal überraschen. Ganz viel Kunst und Kultur dabei, aber keine roten Stangen.«

»Na, das beruhigt mich ja ein wenig. Dann sollte ich vielleicht heute noch nicht ins Museum? Ich hatte mir das Macke-Haus vorgenommen.«

»Doch, doch. Mach ruhig. August Macke habe ich nicht geplant. Bei mir wird es übrigens heute länger, dafür muss ich morgen nur kurz in die Redaktion. Ach ja: Ich habe von einer Nachbarin ein Fahrrad für dich abgestaubt. Steht bei mir im Keller. Der Schlüssel dafür hängt am Bord neben der Tür. Ist beschriftet.«

»Das ist ja genial. Kannst du Gedanken lesen? Dann mache ich beides. Museum und mit dem Fahrrad am Rhein entlang.«

»Hört sich nach einem guten Plan an.«

»Finde ich auch.« Sie räusperte sich kurz. Manche Sätze fielen ihr immer noch schwer. »Übrigens, habe ich es schon gesagt? Ich freue mich auf dich. Sehr.«

Bevor er antworten konnte, beendete sie die Verbindung. Verliebtsein war kein Zustand, der ihr leichtfiel. Aber sie würde sich hoffentlich daran gewöhnen.

*

»Was soll das denn? Haben Sie eine Erklärung dafür?«
Schneyder richtete sich auf.

Martin fuhr sich über seine Bartstoppeln und genoss das leicht kratzende Geräusch, das ihn stets beruhigte. »Bisher nicht. Ist schwer einzuordnen bei so einer oberflächlichen Betrachtung. Vielleicht können die Kollegen von der Kriminaltechnik uns etwas mehr dazu sagen.«

»Aber auch auf den ersten Blick seltsam. Diese Kombination aus Schriftpapieren, die wie offizielle Dokumente wirken, einem toten Fisch und einer venezianischen Pestmaske. Das sieht verdammt nach Statement aus.«

»Das vermute ich auch, meine Herren.« Eine Frau, Mitte 30, mit sehr weißen Zähnen strahlte Martin an, als würde sie gerade den Small Talk auf einer Cocktailparty unterbrechen. »Hallo, ich bin Theresa Westerkamp, diensthabende Rechtsmedizinerin.« Sie hielt die behandschuhten Finger hoch wie im Operationssaal. »Hände schütteln gerne ein andermal.«

Gert Schneyder lächelte. »Theresa und ich haben schon den Ruf, miteinander verbandelt zu sein, so oft trifft es uns gleichzeitig bei den Bereitschaftsdiensten. Wie sagen wir dazu gern: ›It's a match again.‹«

Die beiden strahlten sich dermaßen an, dass Martin verlegen zur Seite sah. Er war ja nicht spießig, aber irgendwie fand er das Verhalten etwas pietätlos. Deswegen räusperte er sich laut, nannte seinen Namen und seine Funktion auf Norderney und fragte dann geradewegs: »Ihre Bemerkung eben. Dass Sie das auch vermuten. Können Sie das näher erklären?«

»Ja, selbstverständlich.« Frau Westerkamp pustete sich ihren Pony aus den Augen und schüttelte leicht den Kopf, sodass ihr Pferdeschwanz von einer Seite auf die andere schaukelte. »Wenn Sie sich die Tote genauer anschauen, werden Sie wissen, was ich meine. Sie sind bisher wegen der Spuren auf Abstand geblieben? Vorbildlich, das muss ich einmal sagen.«

Der fröhliche Plapperton der Ärztin irritierte Martin weiterhin. Trotzdem bemühte er sich um Freundlichkeit und Professionalität. »Der Notarzt hat den Tod festgestellt. Ja, und er hat eine Bemerkung gemacht, dass es wirke, als sei die Tote ausgestellt. Genau dieses Wort hat er benutzt: ausgestellt.«

»Das trifft es auch meiner Ansicht nach ganz gut. Sie werden wissen, dass es sich um eine Schussverletzung handelt. Nach allem, was wir von außen sehen, mit letalem Schusskanal. Nach erstem Augenschein würde ich eher von einem Fremdverschulden als von einer Selbsttötung ausgehen. Aber Vorsicht: Nur aufgrund von Erfahrungswerten.«

Was mochten das für Erfahrungswerte sein, fragte sich Martin. Allzu lange konnte die Ärztin noch nicht in ihrem Fachgebiet tätig sein, oder er unterschätzte ihr Alter. Trotzdem musste er ihre Aussagen akzeptieren.

»Das Statement?«, erinnerte er sie an ihre Ausgangsaussage.

»Ach ja. Also zweierlei. Über die Brust verläuft diagonal eine Schärpe, wie Würdenträger sie tragen. Sieht aber so aus, als wenn sie nur aufgelegt worden sei. Nach dem Schuss, denn sie liegt über der Wunde, ohne dass das Projektil durch sie hindurchgegangen wäre. Durch die massive Blutung hebt sie sich kaum von der schwarzen Kleidung der Toten ab. Wenn ich das richtig sehe, gibt es auch eine Beschriftung, goldene Buchstaben, wenn mich nicht alles täuscht. Sagt Ihnen das etwas?«

Martin zuckte mit den Schultern. »Nein. Bei Würdenträgern stelle ich natürlich einen Zusammenhang her. Dass es sich bei der Toten vermutlich um unsere Bürgermeisterkandidatin handelt, wissen wir, aber sie war noch nicht gewählt. Außerdem trägt der Norderneyer Bürgermeister meines Wissens keine Schärpe.«

»Gut. Oder nicht gut. Könnte auf jeden Fall etwas zu bedeuten haben.«

Martin sah, wie Gert Schneyder mit einem Lächeln auf die Rechtsmedizinerin schaute. Sie hatte jedenfalls Ehrgeiz und schien neben ihrer originären Aufgabe die kriminalistische Fallarbeit miterledigen zu wollen.

»Du hast aber von zweierlei Dingen gesprochen«, versuchte Schneyder, die Ärztin auf die Spur zu bringen.

»Richtig. Das ist sogar noch eindeutiger. Auf dem Oberschenkel der Frau liegt eine Spielkarte. Sie könnte ihr aus der Hand gefallen sein.«

»Eine Spielkarte?«, fragte Martin nach. »So was wie eine Kreuz sieben oder ein Herz Ass?«

»Nein, nein.« Erneut wippte der Pferdeschwanz von einer Seite zur anderen. »Keine Skat- oder Canastakarte, oder wie man die nennt. Nein, so etwas Düsteres. Magisches. Ich glaube, es ist eine Tarotkarte. Ich kenne den Begriff, habe aber noch nie welche in der Hand gehabt.«

»Dass ich das noch erleben darf«, entfuhr es Schneyder. Martin sah ihn genauso erstaunt an, wie es Theresa Westerkamp tat.

»Was meinst du?«

»Dein Eingeständnis, etwas nicht zu wissen oder zu kennen.«

»Blödmann«, entfuhr es der jungen Frau, und Martin konnte nachvollziehen, warum den beiden eine Affäre angedichtet wurde. Sicherlich nicht allein wegen übereinstimmender Dienstpläne.

»Seltsam, wirklich seltsam«, bemühte er sich, wieder mehr Ernsthaftigkeit herzustellen. »Auf all das kann ich mir keinen Reim machen. Frau Mertens hat nun beileibe keinen Ruf, obskuren Ideologien anzuhängen. Im Gegenteil. Sie ist bekannt für eine sehr saubere und objektive Analyse und hat einen eher akademischen Stil. Sie war Naturwissenschaftlerin. Da fällt es mir schwer, einen Zusammenhang zu Tarotkarten herzustellen.«

»Eine Bedeutung wird es haben.« Gert Schneyders Miene verhärtete sich plötzlich. »Es ist doch so: Der Täter oder die Täterin hätte das Opfer einfach erschießen können.« Er hob die Hand. »Bitte nicht missverstehen. Einfach bedeutet hier, ohne dass er Hinweise hinterlässt. Also: Warum sollte ein Täter so etwas machen?«

»Um seine Visitenkarte zu hinterlassen«, kommentierte Theresa Westerkamp blitzschnell.

»Kann man machen«, antwortete Martin. »So etwas kommt vor. Allerdings erhöht der Täter mit jedem ausgelegten Hinweis das Risiko, dass er Spuren hinterlässt oder wir Verbindungen herstellen können.«

»Es sei denn, er fühlt sich intellektuell überlegen und möchte das in einem Katz-und-Maus-Spiel demonstrieren.« Frau Westerkamp blitzte ihn mit ihrem Lächeln an. Der Wortwechsel machte ihr sichtbar Spaß. So ein Täterprofil würde auch auf sie passen, dachte Martin einen winzig kleinen Moment gehässig.

»Vielleicht ist es eine politische Botschaft, die dahintersteckt. Wenn es um den Wahlkampf geht, bekommt das Ganze eine Dimension, die ich Ihnen nicht wünsche.«

»Ich glaube das nicht«, wandte Martin ein. »Politische

Dimension! Was soll das sein? Wir sind auf Norderney. Hier geht es nicht um große Posten oder die Weltwirtschaft. Nein, nein. Ich glaube, da steckt was anderes hinter.«

Gert Schneyder sah wieder auf seine Finger. »Also absichtlich falsche Spuren statt offensichtlicher Statements?«

»Meine Herren, wir lassen die KTU ran. Ich liefere bis morgen Mittag Ergebnisse, dann sehen wir weiter. Bis dahin habe ich mich in die Materie der magischen Prophezeiungen eingearbeitet.«

Martin stöhnte auf und fing sich einen missbilligenden Blick von Schneyder und Westerkamp ein.

»Schon gut.« Er hob abwehrend die Hände. »Ich habe nichts gesagt. Ich kümmere mich währenddessen um die Kinder. Denn das ist das Tragischste an der Geschichte. Dass Frau Mertens zwei minderjährige Kinder hinterlässt. Ach ja. Meine Kollegen und unsere Wache stehen Ihnen selbstverständlich zur Verfügung, Herr Schneyder. Also dann. Man sieht sich.«

✳

»Sie sind sich sicher, dass es die Mutter der Kinder ist?«

Martin hatte den Namen der Mitarbeiterin vom Jugendamt, die ihm die Frage stellte, schon vergessen, so rotierten seine Gedanken, seit er in der Wohnung von Frau Mertens angekommen war. Eigentlich wäre es Schneyders Aufgabe gewesen, mit den Kindern und dem Amt zu sprechen. Aber da er nicht gleichzeitig überall sein konnte, hatten sie besprochen, dass Martin übernahm. Als die Kinder vor ihm gestanden und ihn mit Fragen überfallen hatten, ob er etwas über die Mutter wisse, hatte er die Angst in ihren Augen lesen können.

»Wir reden gleich«, hatte er zu den Kindern gesagt und dann zuerst mit seiner Kollegin Nicole gesprochen. Diese hatte Tränen in den Augen, als er den aktuellen Stand zusammenfasste.

»Glücklicherweise ist bisher nichts über die Handys der Kinder reingekommen. Davor hatte ich die meiste Angst. Wir werden es den Kindern sagen müssen, bevor das auf der Insel rund ist.«

»Bisher ist anscheinend nichts durchgedrungen. Wir haben den Planetenweg weiträumig abgesperrt. Sicher haben viele mitbekommen, dass etwas passiert ist, aber noch nicht, was und wer.«

»Darauf möchte ich mich nicht verlassen«, hatte Nicole erwidert, bevor sie zu den Kindern zurückgekehrt war. Die Kinderzimmertür hatte sie zu sich herangezogen und sich herumgedreht. »Die armen Kinder.« Den einen Satz nur, in dem alles lag. Das Leid, das nie mehr gutzumachen wäre.

Nun saß Martin der Sozialarbeiterin gegenüber und hörte ihre Frage, ohne den Inhalt zu verstehen.

»Ob es sicher ist, dass es sich um Frau Mertens handelt, Herr Ziegler.« Sie legte ihm die Hand auf den Arm, wohl, um seine Aufmerksamkeit zu gewinnen. »Ich kann nicht lauter reden. Die Kinder.« Sie deutete mit dem Kopf zur Tür.

Martin nahm sein Gegenüber jetzt erst bewusst wahr. Wie jung sie schien. Mitte 20 höchstens. Für ihn unverständlich, dass man in so einem Alter auf dem Jugendamt arbeitete und Eltern beriet. Aber das war anscheinend die sich verändernde Perspektive, die sich mit Fortschreiten des eigenen Alters verschob. Auch Annes Kollegen im Krankenhaus schienen ihm manchmal halbe Kinder zu sein. Und bei der Polizei – kaum vorstellbar, wie jung er in seinen Anfängen gewesen war.

»Herr Ziegler!« Er hörte, dass ihre Stimme panisch wurde.

»Ja. Ja. Anwesend. Und ja. Wir sind uns sicher. Das charakteristische Muttermal, das Frau Mertens neben dem Auge hatte, ist eindeutig. Und überhaupt.« Er deutete vage durch den Raum. »Was sollte das für ein Zufall sein?«

»Stimmt. Die Kinder haben mir erzählt, dass sie nie allein waren. Obwohl der Junge, Mattis, durchaus auf seine Schwester hätte aufpassen können«, sagte er. Die Sozialarbeiterin lächelte. »Aber entweder war die Nachbarin informiert oder eine Art Nanny engagiert. Anscheinend sogar ziemlich oft, gerade in der letzten Zeit. Jasmin Molitor. Sagt Ihnen das was?«

Ziegler überlegte, verneinte dann. »Aber das lässt sich rausbekommen.«

»Wäre nicht schlecht, wenn es jemanden gäbe, zu dem die Kinder Vertrauen haben. Wenn wir es ihnen sagen.«

»Das wollen Sie übernehmen?« Martin hörte den Zweifel in der eigenen Stimme. Es sollte nicht so abwertend klingen, wie es das tat.

»Ich überlege noch.« Die Sozialarbeiterin schien es ihm nicht übel zu nehmen. »Ich telefoniere gleich mit meiner Dienststellenleiterin.«

»Wie geht's denn überhaupt weiter? Sollen wir nicht die Suche nach Angehörigen in die Wege leiten?«

»Schwierig. Der Vater scheint tot zu sein.«

»Tot?« Martin hatte den Eindruck, etwas falsch verstanden zu haben.

»Sie wissen nichts Näheres über den Familienstand von Frau Mertens?« Die Sozialarbeiterin hatte einen Block mit eingehaktem Kugelschreiber aus einer überdimensional großen Segeltuchtasche gezogen.

»Nein, wieso sollte ich?«

»Nun ja, so groß ist die Insel nicht.«

»Unterschätzen Sie das mal nicht. Die Norderneyer unter sich, die kennen sich. Aber Frau Mertens war zugezogen.«

»Mattis, der Sohn, erzählte, dass seine Mutter Bürgermeisterin werden will.« Sie stockte. »Wollte, muss ich sagen. Da wird doch einiges über sie bekannt gewesen sein.«

»Klar, das schon. Vor allem die Tatsache, dass sie als Alleinerziehende kandidiert, hat den Konservativen nicht gepasst. Übrigens waren in der Hinsicht beide Gegenkandidaten konservativ.« Letzteres hatte er leise vor sich hingemurmelt, weil es ihm plötzlich als etwas in den Sinn kam, dem nachzugehen sich im Rahmen der Ermittlungen lohnen würde. Was für verschwurbelte Gedanken, schalt er sich selbst. Manchmal dachte er im Beamtenjargon. Er versuchte, sich auf das Wesentliche zu konzentrieren. »Alleinerziehend, ja, das war ein großes Thema. Ich wäre allerdings nie auf die Idee gekommen, dass Frau Mertens verwitwet ist. Von so was geht man in dem Alter einfach nicht aus. Witwe – das ist was für alte Frauen.«

Die Sozialarbeiterin lächelte zum ersten Mal und sah dadurch erschreckenderweise noch jünger aus. Martin ärgerte sich, dass er ihren Namen vergessen hatte. Peinlich, später nachfragen zu müssen. Fürs Protokoll würde es sich nicht vermeiden lassen.

»Aber was viel schlimmer ist«, spann er den Gedanken an Frau Mertens weiter, »sie sind dann Vollwaisen.«

»So ist es. Leider.«

»Was machen wir nun mit den Kindern?«

»Wir –«, sie atmete aus, »das heißt, ich werde die Kinder wohl in Obhut nehmen müssen.«

»Aber es wird doch irgendjemanden geben, der beiden nahe steht.«

»Bestimmt.« Die Sozialarbeiterin schien nun ihn beruhigen zu wollen, so tief und nachdrücklich, wie sie dieses eine Wort aussprach. »Nur, wenn das niemand ist, der in den nächsten Stunden hier sein kann, wird es schwierig. Ich kann die Kinder ja nicht alleine zurücklassen.«

»Schon richtig. Haben denn die beiden nichts gesagt, wen wir verständigen können?« Alles in ihm wehrte sich, die Tatsachen anzuerkennen. Die armen Kinder – wie recht Nicole damit hatte.

»Sie ahnen ja noch nichts. Im Moment hoffen sie einzig und allein, dass ihre Mutter bald zurückkommt.«

Martins Magen zog sich schmerzhaft zusammen. Ein Gefühl, das er seit Kindertagen in bedrohlichen Situationen hatte. Wie gern würde er dem Jungen und dem Mädchen all das ersparen, was auf sie zukam.

»Aber mein vorsichtiges Herantasten hat eher gezeigt, dass es niemanden in der Nähe gibt. Außer der Nachbarin und dieser Nanny. Nichts, was uns im Augenblick helfen könnte.«

»Oh Mann!« Martin schlug die Hände vors Gesicht.

»Die Erfahrung zeigt, dass fast immer jemand da ist, der die Kinder auf lange Sicht wird nehmen können. Das klassische Waisenkind von früher, das elternlos und ungeliebt im Heim aufwächst, gibt es kaum noch. Meist finden sich Verwandte oder Paten. Aber dafür brauchen wir Zeit. Deswegen werde ich jetzt mit meiner Dienststellenleiterin sprechen. Sie muss versuchen, zwei Notfallplätze zu sichern. Danach werden wir es den Kindern sagen müssen.«

»Ja, sicher.«

»Sie helfen mir, Herr Ziegler? Sie lassen mich dabei nicht im Stich, hoffe ich.«

»Nein, nein, natürlich nicht. Ich muss nur den Leiter der Mordkommission verständigen. Vielleicht will er ja …«

Aber es war, wie er es sich schon gedacht hatte. Gert Schneyder wollte nicht. »Das ist bei Ihnen in guten Händen, Herr Kollege.« Martin legte fluchend auf. Er wünschte sich nichts sehnlicher, als an einem weit entfernten Ort ein Leben fernab des Polizeidienstes führen zu können. Er würde darüber nachdenken. Und mit Anne reden. Heute Abend. Ganz gewiss.

＊

»Das ist doch nicht wahr, was Sie mir erzählen. Bitte sagen Sie, dass es ein verdammter Albtraum ist, in dem wir uns befinden.«

»Dass es ein Albtraum ist, kann ich Ihnen gerne bestätigen.« Gert Schneyder war hinter dem Stuhl stehen geblieben, den der amtierende Bürgermeister ihm zugewiesen hatte. »Allerdings keiner, aus dem wir mal eben so aufwachen werden.«

Martin stand weit hinten in der Tür und hörte die beiden in dem überfüllten Raum mehr, als dass er sie sah. Er ließ seinen Blick über die Anwesenden schweifen. Die konkurrierenden Bürgermeisterkandidaten mit jeweils einem weiteren Parteimitglied, der engste politische Kreis aus der Zukunfts- und Umweltpartei von Frau Mertens, der Kurdirektor. Mühselig hatte man aus den Nebenzimmern Stühle herbeigetragen, nur seine Mitarbeiterin Nicole und er selbst hatten abgewunken.

»Wissen Sie denn nicht, was für eine Katastrophe das

für die Insel ist?« Die Faust des Amtsinhabers fiel auf den Tisch. Martin konnte sich die Röte seines Gesichts vorstellen, ohne sie zu sehen, denn Schneyder nahm ihm die Sicht. Die cholerische Ader des Bürgermeisters war stadtbekannt, und keiner war böse darüber, dass er aus Altersgründen nicht erneut zur Wahl antrat. Im Gegenteil: Mit gleich drei Kandidaten hatte niemand gerechnet. Anfangs entstand fast eine euphorische Stimmung, ein demokratischer Aufbruch, ein Neuanfang. So hatte es von allen Seiten geheißen.

»Es tut mir leid, Herr Thies. Leider liegt es nicht in meiner Macht, das Ganze ungeschehen zu machen. Glauben Sie mir. Nichts wäre mir lieber angesichts der wirklich tragischen Umstände.«

Martin bewunderte, wie gelassen Gert Schneyder blieb. Anders als heute Morgen am Fundort, wo er sein Auftreten übertrieben fand. Überhaupt lag eine unheilvolle Ruhe in dem Raum, trotz der vielen Menschen. Nur die Heizung, die die drückende Stimmung zu forcieren schien, gab brummende und blubbernde Geräusche von sich. Zu Beginn der Zusammenkunft war das anders gewesen. Aggressiv und vorwurfsvoll waren die drei Parteien aufeinandergeprallt. Erst auf Schneyders Bitte, angesichts des Todes von Frau Mertens ein Mindestmaß an Pietät walten zu lassen, waren alle zurückgerudert. Nur Joseph Thies hielt sich nicht daran.

»Es ist ja wohl hoffentlich ausgeschlossen, dass es ein politisches Motiv gibt«, blaffte er.

Gert Schneyder setzte sich auf den Stuhl, hinter dem er bisher gestanden hatte. Martin konnte von seinem Platz aus sehen, dass sich an dessen Hinterkopf eine leichte Tonsur zu bilden begann. Was ihn irgendwie freute, wie er zugeben musste. Schneyder war doch bestimmt noch keine 40.

Im gleichen Augenblick schämte er sich seiner Gedanken. Unfassbar, mit welchen Nebensächlichkeiten sich der Mensch doch unterbewusst beschäftigen konnte, selbst wenn das Grauen so nah war.

Das Stimmengewirr hatte als Reaktion auf die Frage wieder eingesetzt, allerdings deutlich abgeschwächter als zuvor. Prompt schoss Thies hinterher: »Wobei wir ja zwei Parteien von vorneherein ausschließen können – meine und selbstverständlich die ZUP. Letztere wird ja nicht ihre eigene Kandidatin auf diese Weise aus dem Verkehr gezogen haben.«

Augenblicklich war die Hölle los. Niemand im Raum saß mehr, auch Thies war nach seinen letzten Worten aufgesprungen, und Martin sah, wie er mit ausgestrecktem Arm auf Häusler zeigte, den Kandidaten der Fortschrittspartei.

»Ruhe! Verdammt noch mal, Ruhe!«, brüllte Gert Schneyder nun.

Martin hörte nur einzelne Sätze aus dem Sprachgetümmel, ohne sie zuordnen zu können: »Ist er jetzt komplett verrückt geworden?« – »Anzeige wegen Verleumdung« – »Grenzen der politischen Auseinandersetzung« – »Denken Sie doch an die Insel und ihr Ansehen«. Letzteres schien vom Kurdirektor zu kommen, der flehentlich mit den Händen rang und sich mit seinen Worten an alle wandte.

Gert Schneyder ging auf ihn zu. Martin konnte nicht verstehen, was die beiden besprachen, aber kurz danach traten sie an Thies heran und kamen dann gemeinsam zu ihm und Nicole.

»Wir haben kurz überlegt, wie wir am besten weitermachen.« Schneyder riss seine blauen Augen unnatürlich auf, wohl, um ihm mitzuteilen, dass er versuchte, die Situation zu deeskalieren. »Herr Ziegler, wären Sie so freundlich und würden mit den beiden Herren hier«, er zeigte auf den Kurdirektor und den Bürgermeister, »das Gespräch an einem ruhigeren Ort fortsetzen? Bitte nehmen Sie alles an Hinweisen auf. Alles könnte nützlich sein.«

Thies brummte zustimmend. Anscheinend fühlte er sich von Schneyder bekräftigt, aber Martin erkannte an dessen Miene, dass er vor allem jeden weiteren Eklat vermeiden wollte. Die Sache konnte brisant genug werden, ohne dass sich schon der innerste politische Zirkel zerfleischte.

»Klar. Übernehme ich«, antwortete er schnell.

»Wenn Sie mir Ihre Kollegin hierlassen würden? Sie kann mir behilflich sein, die anderen Meinungen einzuholen.«

Augenblicklich plusterte sich Thies wieder auf, die Röte seines Gesichts nahm weiter zu, obwohl das kaum möglich schien. »Sie wollen mich aus meinem Amtsbüro hinauskomplimentieren, damit diese«, er rang um Worte, »diese Kreaturen vernommen werden können? Ausgenommen natürlich meinen Parteikollegen Klaas Wilko.«

Martin schüttelte den Kopf. Er verstand Thies nicht, verstand ihn schon lange nicht mehr. Dabei hatte er seine Sache als Bürgermeister viele Jahre ordentlich gemacht. Die Insulaner mochten ihn, und er war über fast die gesamte Dienstzeit meist ein besonnener Erneuerer der Insel gewesen, dem die Meinung seiner Wähler nie egal war. Aber seit etwas mehr als einem Jahr war aus ihm ein hoffnungsloser Patriarch geworden, der sich für allwissend und allmächtig hielt. Hinter vorgehaltener Hand hatte es schon Gerüchte gegeben. Eine degenerative Erkrankung, mutmaßten die einen. Die anderen sahen es als normalen Verlauf eines Menschen, der zulange am Machthebel saß. Werden sie denn nicht alle so, wurde argumentiert. Deswegen kann man doch keinem von denen auf lange Sicht trauen, hatte manch einer gemeint. Das sollte ja jetzt ein vorläufiges Ende haben. Neue Besen kehren gut, und das konnte sich nach der Wahl beweisen. Mit dem heutigen Tag allerdings lagen die Dinge anders. Was für Voraussetzungen für den nächsten Amtsinhaber, egal, wer gewinnen würde. Was für eine Bürde.

*

»Und sie hat die Kinder wohin mitgenommen?«, fragte Anne, während sie die Lauchstangen putzte.

Martin stellte die Colaflasche zurück in den Kühlschrank und drehte sich mit dem gefüllten Glas zu ihr herum. Er mochte es, wenn sie ihre Stirn so konzentriert in Falten legte. Kochen war nichts, was sie gerne tat, das war fast immer sein Part, aber heute hatte sie ihm angeboten, zusammen die Suppe zuzubereiten. »In eine Inobhutnahmestelle. Man will so schnell wie möglich versuchen, Angehörige ausfindig zu machen.«

»Das kann doch nicht sein, dass es niemanden gibt, der sich für die Kinder verantwortlich fühlt, oder?«

»Soll ich die Zwiebeln übernehmen?«, fragte er statt einer Antwort, die er selbst nicht hatte, und griff in den Keramiktopf, der auf dem Kühlschrank stand.

Anne nickte. »Gerne. Und bitte die Möhren. Ich schäle die Kartoffeln.«

»Okay. Welche Toppings möchtest du? Paprika? Dann würfele ich sie schon mit.«

»Kannst du machen. Für mich ansonsten nur Sonnenblumenkerne.«

»Gut, dann heute das kleine Programm. Ich habe nichts

dagegen. Mir ist das alles ziemlich auf den Magen geschlagen.«

»Kann ich mir denken.« Anne fuchtelte mit dem Messer in der Luft, als sie gestenreich ihre Worte unterstrich. »Peng. Und das war's, dein Leben. Einfach so. Gerade noch voller Träume und Ziele, und dann kommt einer daher und löscht alles aus. Heftig. Was aber wirklich unfassbar ist, das alles passiert auf unserem kleinen Sandhaufen und nicht in einem drittklassigen, vorausschaubaren Hollywoodfilm.«

»Das trifft genau die Stimmung auf der Insel, nachdem sich die Nachricht verbreitet hat.« Martin strich sich vorsichtig mit dem Handrücken über die Wange. Die Zwiebeln brannten in den Augen, obwohl er erst die Schale entfernt hatte. »Die Tatsache, dass Frau Mertens erschossen wurde – und dass es wohl eine kalkulierte Tat mit Botschaft war.«

»Also doch politisch motiviert? Das geisterte sofort als Gerücht herum.«

»Das ist das Seltsame. Da hat jemand eindeutig versucht, die Tat mit einer Bedeutung aufzuladen. Aber noch ist unklar, in welche Richtung das geht. Erstens: Warum sollte uns der Täter einen Hinweis geben wollen? Also ist davon auszugehen, dass er uns an der Nase herumführt. Ablenken will.«

»Und zweitens?«, hakte Anne nach, als er nicht weitersprach.

Er wandte den Blick vom Küchenfenster ab. Eine grölende Gruppe Jugendlicher hatte für einen Augenblick die Aufmerksamkeit auf sich gezogen.

»Ach so, ja, zweitens. Es ist doch beileibe nicht so, dass sich die drei Parteien im Wahlkampf bis auf das Blut bekämpft hätten. Du weißt doch selbst, was geredet wurde:

Wen soll man denn da wählen? Pest oder Cholera? Die kümmern sich doch alle nur um den eigenen Vorteil. So ungefähr.«

»Schon.« Anne zog das Wort in die Länge, was Martin stutzen ließ.

»Es gibt also aus deiner Sicht ein Aber?«, wollte er wissen.

»Na ja, es gab schon Unterschiede.«

»Das habe ich nicht geleugnet. Aber die großen Themen waren doch mehr oder weniger bei allen gleich. Allein die Nuancen …«

»Da konnte sich der ein oder andere schon in Rage reden. Und hast du die Wahlplakate gesehen? Die sind alle verziert worden. Und zwar ziemlich übel, wenn du mich fragst.«

»Hm. Ja, habe ich mitbekommen, wenn auch nur am Rande. Nach dem Schock wollte keiner der Parteien mehr über beschmierte Plakate reden.« Er öffnete den Mülleimer und streifte die Zwiebelschalen vom Schneidebrett. »Die Möhren gewürfelt oder in Scheiben?«

Anne schaute ihn irritiert an. »Was?« Dann lachte sie. »Blödmann. Du willst mich bloß ärgern mit der Frage, wie jedes Mal. Wird doch nachher alles püriert.«

»Nicht ärgern. Nur prüfen, ob sich deine Kochkünste langsam verbessern.« Er gab ihr einen Kuss.

»Du lenkst mich ab. Lass uns weiterdenken. Die Plakate. Immerhin waren alle davon betroffen. Es war nicht so, dass sich jemand gezielt Petra Mertens herausgegriffen hätte.«

»Stimmt. Wobei man unterschiedlicher Meinung sein kann, wie bösartig diese Symbole zu bewerten sind. Kommt ja auf den eigenen politischen Standpunkt an.«

Anne zeigte diesmal mit dem Sparschäler auf ihn. »Genau.

Ich persönlich finde, dieses Bärtchen geht gar nicht. Und du weißt, dass ich das nicht sage, weil ich auf einmal KWKs Politikstil gut finde.«

»Zumindest zuletzt nicht mehr, meinst du.«

»Egal. Was ich sagen will, ist, dass ich dieses eindeutig sexistische Geschmiere bei Petra Mertens am ekelhaftesten fand. Ja, ich hätte sie gewählt.« Anne hob beide Arme. »Das lässt mich parteiisch sein. Aber schon aus Frauensolidarität finde ich das Geschmiere zum Kotzen. Und ehrlich: ein paar Dollarzeichen in den Augen? Das ist doch eher zum Gähnen.«

»Okay.« Martin ließ die Zwiebeln in einem Topf mit heißem Öl aus. »Unterm Strich heißt das, unser dynamischer Politprofi soll auf die Verdächtigenliste. Deiner Meinung nach.«

»Du hörst dich so flapsig an.«

Martin schüttelte den Kopf. »Tut mir leid. So ist es überhaupt nicht gemeint. Ich bin genauso geschockt wie alle anderen. Kennst das doch, das mit dem Kompensieren. Zu Hause wirkt das alles, als wäre es nie geschehen. Als wäre es ein Krimi im Fernsehen und wir rätseln ein bisschen mit.«

»Ich bin schuld. Sorry. Ich habe es in die banalen Bahnen gelenkt.« Anne kam zu ihm und schmiegte sich an ihn.

»Quatsch.« Abrupter, als er wollte, löste er sich von ihr. »Mir hilft das ja. Wenn ich mit dir rede. Weil ich dann anders sortieren kann als auf der Dienststelle. Wo ich nach zwei Seiten zu schauen habe: um mit meinen Leuten weiterhin die Insel zu sichern und um gleichzeitig den Fallermittlern die Arbeit zu erleichtern.« Es zischte, als er das angeschmorte Gemüse mit einer Brühe ablöschte.

»In einer Viertelstunde können wir essen. Was willst du trinken? Soll ich einen Wein öffnen?«

Anne winkte ab. »Nein, nur ein Wasser, bitte.« Sie lehnte sich mit dem Rücken an die Arbeitsfläche und beobachtete ihn. »Das ist schon alles sehr seltsam. Du hast recht. Es gibt nichts, was ein politisches Motiv wahrscheinlich macht. Keine Riesenaufreger. Keine Anschuldigungen. Keine Intrigen. Zumindest, soweit wir das wissen.« Anne kam zu ihm. Diesmal ließ er es zu, dass sie sich an ihn schmiegte. Er nahm sie in seine Arme. Wie schmal und zierlich sie doch neben ihm war. Er küsste sie auf die Haare und sog den vertrauten Duft ein.

Für einen Moment schwiegen sie beide und hingen ihren Gedanken nach.

»Ach, verdammt. Der Fundort.«

Martin schreckte zusammen, weil Annes Stimme unvermittelt schrill klang. »Was ist damit?«

»Du hast erzählt, es gab einen Koffer, eine Tarotkarte, eine Schärpe, aber du hast gar nichts zum Fundort gesagt.«

»Wieso? Doch, habe ich.« Martin verstand nicht, worauf Anne hinauswollte. »Am Planetenweg.«

»Ja, ja, das ist schon klar.« Sie wedelte ungeduldig mit der Hand, als wolle sie unnütze Bemerkungen vertreiben. »Aber wo da genau? Ich meine, an welcher der Stationen?« Sie schien aufgeregt und löste sich von ihm, um zum Fenster zu gehen. Dort drehte sie sich zu ihm. »An welchem Planeten genau wurde sie gefunden?«

*

»Ich freue mich so sehr, dass du bei mir bist.« Oskar erhob sein Glas und ließ es gegen ihres klingen. »Drei Tage – das ist fantastisch!« Seine Augen glitzerten, aber sein Gesichtsausdruck war so ernsthaft, dass Ruth laut auflachte. Irritiert schaute er sie an. »Was ist los? Habe ich etwas Falsches gesagt?«

Ruth prustete, je mehr sie sich bemühte, ihren Lachanfall in den Griff zu bekommen. Sie wusste, es war sinnlos. Einmal losgelassen, war die Lachsalve nicht so leicht zu stoppen, besonders nicht durch fragende Blicke. Erst als sie merkte, dass Oskar wirklich verunsichert war, konnte sie stotternd hervorbringen: »Es tut mir leid. Ich dachte wirklich, du kennst das schon von mir. Bitte, sei nicht böse. Es ist nichts gegen dich.«

»So ist es nicht. Hm, was dann? Ein unkontrollierbarer Tic? Oder lachst du über den Kellner? Verrate es mir.« Mit jedem Wort hatte sich der Schelm wieder in seine Augen geschlichen.

»Ein Tic, das trifft es gut.« Sie war kurz davor, erneut loszulachen. »Auf jeden Fall ist es meine Art, mit Situationen umzugehen, die mich beunruhigen.«

»Die dich beunruhigen?« Oskar sah sich im Restaurant um. Ruth folgte seinem Blick. Der Raum war nur knapp zur Hälfte gefüllt. Klar, sie waren spät dran und konnten froh sein, dass die Küche noch geöffnet hatte. »Stimmt. Ziemlich unheimliche Location«, frotzelte er und zog die Stirn kraus, was seine Brille ins Rutschen brachte. Mit einem Finger schob er sie wieder hoch.

Ruth legte für einen Moment den Kopf in den Nacken. Wie sollte sie bloß erklären, dass sie in manchen Situationen nicht die taffe Frau war, für die sie alle hielten? Es fiel ihr schwer, das zuzugeben, aber wenn sie sich hinter ihrer burschikosen Art versteckte, kam sie immer wieder zu kurz. Es gab nun mal keine zwischenmenschliche Nähe ohne

Risiko. Wer sollte das besser wissen als sie selbst. Geschiedene Polizeipsychologin mit erwachsener Tochter, die um der Karriere willen die Familie geopfert hatte. So zumindest lautete die gekürzte, die vereinfachte Rechnung. Dass es komplexer war, konnte sich wahrscheinlich jeder denken, aber die meisten Menschen mochten lieber die einfachen Antworten.

Sie beschloss, weiter ehrlich zu sein. Oskar wusste, dass sie Zeit brauchte. Weil es zuletzt etwas gegeben hatte, was sie in ihrem Selbstverständnis und ihrer optimistischen Art vollkommen erschüttert hatte. Trotzdem konnte sie nachvollziehen, dass ihr Verhalten auf Oskar seltsam wirken musste.

Sie nahm seine Hände und schaute ihn an. Seine Augen waren etwas, dem sie sich nicht entziehen konnte. Sie spürte, wie die Verlegenheit weniger wurde. Ein warmes Ziehen im Bauch konnte sie nicht länger ignorieren. Verdammt. Sie mochte diesen Mann. So sehr, wie sie sich das nicht hätte vorstellen können.

Er schaute sie fragend an. Auch dafür war sie ihm dankbar. Dass er diese Pausen, diesen Stillstand aushielt. Nicht gern. Nicht ohne Zweifel. Aber er tat es.

»Du weißt, dass ich das nicht gut kann, oder?«, flüsterte sie.

»Was genau meinst du? Den Restaurantbesuch?«

Er machte es ihr einfach. Lockerte die Stimmung auf. Bot ihr Ausflüchte. Auf die sie aber nicht zurückgreifen wollte. Diesmal nicht.

»Ich bin nun mal nicht so die Romantikerin.« Sie hob kurz die Hand und deutete durch den Raum und auf das Fenster, hinter dem auf der anderen Seite des Rheins der Posttower mit wechselnden Farben auf sich aufmerksam machte. »Wenn du mit mir anstößt und dich auf drei gemeinsame Tage mit mir freust, dann …« Sie stockte.

»Dann?« Er drückte die Hände, mit denen sie ihn immer noch hielt.

»… dann bekomme ich Panik.«

»Ich weiß das doch. Du hast von Anfang an mit offenen Karten gespielt.«

»Ja. Nein. Schon. – Ach, es ist kompliziert.«

»Das muss ich aber nicht als Statusangabe wie auf Facebook verstehen, oder? Da bedeutet eine komplizierte Beziehung fast immer, dass noch jemand Drittes im Spiel ist. Muss ich da etwas wissen?«

Nun war es an Ruth, erschrocken zu sein. »Nein, nein, falsche Fährte. Das darfst du auf keinen Fall denken. Nein, es ist viel mehr, dass ich Panik im wortwörtlichen Sinne bekomme. So steinzeitmäßig. Hoher Puls, flache Atmung, Leere im Kopf und nur auf Flucht gepolt.« Sie hörte, dass sie witzig klang, obwohl sie jedes Wort genauso meinte.

»Du denkst an Flucht, weil wir zum ersten Mal drei ganze Tage miteinander haben?« Oskar schien sich nicht sicher zu sein, ob sie ihn hochnahm.

Ruth nickte. »Leider.«

»Tatsächlich kompliziert.«

Sie sah die Angst vor Zurückweisung in seinen Gesichtszügen. Alles zog ein wenig mehr nach unten: Die Augen, die Mundwinkel, selbst die Brille rutschte die Nase herunter.

»Zu kompliziert?«, fragte sie leise.

»Nein, auf keinen Fall.« Er zog seine Hände zurück, weil der Kellner einen Korb mit Brot und Besteck vor ihnen abstellte.

»Die beiden Dips sind unser kleiner Gruß aus der

Küche.« So schnell, wie er aufgetaucht war, hatte er sich schon wieder zurückgezogen, aber ihre Hände lagen nun nicht mehr aufeinander.

Ruth griff nach einem Stück Brot. Oskar wickelte das Besteck aus der Serviette und reichte ihr ein Messer. »Hier, der Dip ist herrlich, den musst du probieren.«

»Es ist also dein romantisches Stammlokal«, neckte Ruth ihn, in der Hoffnung, dem Gespräch mehr Leichtigkeit zu geben. Sie könnten ja später noch intensiver reden. Vielleicht wäre es dann sogar gut, wenn sie ein Thema hätten, bevor …

»Einen Penny, um deine Gedankengänge nachzuvollziehen.«

Ruth lachte laut auf. »Nein, die willst du nicht wissen.«

»Doch, das will ich.« Seine Augen wurden noch dunkler, als sie sowieso schon waren. »Ich will, dass du das weißt. Ich lasse dir alle Zeit der Welt. Egal, was vorher war. Das spielt für mich keine Rolle. Ruth, du bist die beeindruckendste Frau, der ich seit Langem begegnet bin. Und ich bin nicht so naiv, dass ich nicht wüsste, dass wir alle unsere Macken davongetragen haben. Also, entspann dich bitte. Es werden drei großartige Tage.«

»Weißt du, wie lange es her ist, dass ich drei Tage am Stück mit nur einem einzigen Menschen in solcher Nähe verbracht habe?« Ruth griff sich in die Locken und stöhnte leise auf. »Das willst du nicht wissen.«

»Muss ich auch nicht.« Jetzt lächelte er sie an. »Vollkommen egal. Wir sehen, was passiert. Und wenn du es gar nicht aushältst, dann finden wir eine Lösung, okay?« Er reichte ihr ein Stück Brot, das er sorgfältig mit einem der Dips bestrichen hatte. »So, und jetzt probiere – ohne Widerworte.«

Ruth biss hinein und verdrehte gespielt entzückt die Augen: »Köstlich.«

»Du nimmst mich nicht ernst.«

»Doch. Aber das sind meine kleinen Fluchten.«

»Nun gut. Wir sind uns also einig. Wir versuchen das.«

»Ich versuche es. Komm mir nicht später damit, ich wäre anstrengend.«

»Ich liebe anstrengende Frauen. Wo bliebe sonst die Herausforderung? So und nun noch einmal.« Er stieß mit seinem Glas an ihres. »Auf uns. Auf unser Wochenende. Und da wäre übrigens noch etwas.«

Ruth war auf einen Schlag alarmiert. »Noch etwas?«

»Na ja«, druckste Oskar herum, »da war der Newsletter und das Angebot nur kurzfristig, und ich dachte, ich mache dir, also besser gesagt uns, eine Freude, obwohl ich mir da jetzt gar nicht mehr so sicher bin …«

»Oskar, was ist los?«

»Also, ich habe über Ostern ein Doppelzimmer auf Norderney gebucht. Für dich und mich. Ich dachte, das wäre doch was. Da, wo wir uns kennengelernt haben.«

»Du hast was?« Ruth merkte, wie ihr die Gesichtszüge entglitten.

»Okay, okay, war wahrscheinlich ein Fehler. Ich sehe es ein. Zu schnell. Viel zu schnell. Ich werde sehen, was sich machen lässt. Stornomäßig, meine ich.« Oskar stotterte und verhaspelte sich immer mehr.

Und plötzlich war es, als sähe Ruth von außen auf sich und auf Oskar, und sie konnte es nicht fassen, wie kompliziert sie die Dinge machte. Oh Gott, dachte sie, er konnte einem regelrecht leidtun, sie hatte so etwas wie ihn gar nicht verdient. »Ach, Oskar«, sie nahm über den Tisch hinweg erneut seine Hände. »Da hast du dir mit mir was eingefangen. Du wirst es noch bereuen, mir begegnet zu sein.« Und zu seiner großen Verwunderung begann sie wieder, lauthals zu lachen.

*

FREITAG, 22.03.

Trägheit

»Hast du schon gesehen, was Ruth geschrieben hat?«
Anne drückte den Knopf des elektrischen Milchaufschäumers.

Martin schüttelte den Kopf. Wie war das möglich, dass sie ihn mit einer Frage überfiel, obwohl er noch in seinen Schlafshorts steckte? So sehr er diese Frau liebte, ihr Auf-den-Punkt-Wachsein mochte im Krankenhaus absolut nötig sein, für eine Beziehung, wie er sie sich vorstellte, war es der allergrößte Stolperstein.

»He, kriege ich eine Antwort?«, fragte sie, als sie sich mit einer Tasse warmer Milch an den Tisch setzte und einen Löffel Kakao hineinrieseln ließ.

»Hab geantwortet«, presste er hervor.

»Du meinst, du hast deinen Kopf bewegt, oder? Mein heiß geliebter Morgenmuffel. Das sehe ich nicht, wenn ich dir den Rücken zukehre.«

»Anne!«

»Ja, ich weiß, ich höre schon auf.«

»Manchmal denke ich, du machst das extra. Einfach, um mich hochzunehmen.« Martin presste das frisch gemahlene Kaffeepulver mit dem Tamper zusammen und drückte den Siebträger an. Er stöhnte. »Du überforderst mich. Bitte. Nicht heute.«

»Schon gut. Vielleicht will ich dich manchmal wirklich ärgern. Weil ich denke, man muss doch kein Morgenmuffel sein. Aber ist schon klar: die Eulen und die Lerchen.«

»Und das Alter. Mit 48 brauche ich eben länger als du mit deinen 36 Jahren.«

»So ein Quatsch.« Sie klang empört. »Hör doch auf, darauf herumzureiten. Unsere zwölf Jahre Altersunterschied stören niemanden. Mich sowieso nicht. Wenn du nicht immer ein Thema daraus machen würdest.« Sie stand auf und umarmte ihn, während er seinen Espresso trank. »Komm, Frieden, ja?«

Er beugte sich zu ihr hinunter und gab ihr einen Kuss. »Frieden, ja.« Er versuchte ein Lächeln. »Jetzt habe ich meine Kaffeedosis, damit geht's gleich besser.«

»Im Krankenhaus würde ich dir als Ärztin ein paar Takte dazu sagen.« Sie stand auf und tippte ihm mit dem Zeigefinger auf den Brustkorb.

Er legte beide Arme um sie und drückte sie an sich. »Was für ein Glück, dass du nicht meine Ärztin bist, sondern die Frau meines Lebens.«

»Noch nicht.« Sie lächelte ihn an, wobei sie den Kopf dazu drehen musste. Wie er diesen Blick liebte.

»Offiziell nicht. Soll ich lieber sagen, meine Verlobte?«

Sie trommelte gegen seine Brust und versuchte sich zu befreien. »Bloß nicht. Dann könnte ich das nämlich mit dem Altersunterschied doch merken. Außerdem wollen wir es keinem verraten, bis das Datum feststeht. Also: nicht verplappern.« Sie legte einen Finger auf ihre Lippen.

»Versprochen. Obwohl mir das schwerfällt. Schließlich weiß ich es fast drei Monate, dass du den Rest deines Lebens mit mir verbringen willst.«

»Wenn ich mir das nicht noch mal überlege, ob das so

passt mit uns. Morgens zumindest – apropos, bist du jetzt in der Lage, auf meine Frage zu antworten?«

»Die da gewesen wäre?« Er versuchte, wenigstens schuldbewusst auszusehen.

»Ob du Ruths Nachricht gelesen hast?«

»Ähm, Ruth hat geschrieben?« Einen Moment fragte er sich verwirrt, was Anne meinen konnte. Dann ging ihm ein Licht auf. »Nein. Ernsthaft? Das glaube ich nicht. Zeig mal.«

»He, du willst wohl nur in meinen Kontakten herumschnüffeln. Du hast die Nachricht doch auch.«

Martin zog sein Handy vom Kabel, mit dem es an der Steckdose hing. »Tatsächlich und wahrhaftig. Ruth Keiser verschickt WhatsApp-Nachrichten. Und dann auch noch in unsere Gruppe.« Sie grinsten sich an.

»Ja, würde mal sagen, das ist Oskars Verdienst. Es war schon erstaunlich, dass sie sich überhaupt darauf eingelassen hat. Und die Gruppe nicht verlassen hat. Wenn ich böse wäre, würde ich sagen, sie weiß noch gar nicht, dass das geht.«

»Wie gut, dass du nie böse bist.« Martin küsste sie. Dann seufzte er. »Ganz im Gegensatz zu einigen Menschen draußen. Glaube mir, ich habe selten so wenig Lust verspürt wie heute, da rauszumüssen.«

»Ja, mir wär auch nach etwas anderem. Rückzug, einkuscheln, in gute Welten abtauchen. ›Away from it all.‹ Habe ich mal auf einem holländischen Haus gelesen. So was halt.«

»Dafür haben wir uns beide den falschen Job ausgesucht.«

»Stimmt. Und nur abgeschieden von der Welt, das ginge für mich nicht.«

»Du hättest doch mich. Wie wäre das, so als Heimchen am Herd?«

»Schrecklich, allein der Gedanke. Nein, da bin ich eher wie Ruth. Oder wie Petra Mertens. Wobei ihr das genau zum Verhängnis geworden ist.«

Martin warf einen Blick auf die Uhr. »Ich muss mich sputen. Ich springe schnell unter die Dusche. Bis heute Mittag liegt das Obduktionsergebnis vor. Dann wissen wir mehr. Wenn die Kollegen der Kripo mich denn an den Ermittlungen teilhaben lassen.«

»Sie wären auf jeden Fall blöd, wenn sie es nicht täten. Ich bin gespannt, ob ihr weiterkommt. Kein gutes Gefühl, dass ein Mörder auf der Insel ist.«

»Wenn er noch da ist. Ich würde mich davonmachen.« Martin gab ihr noch einen Kuss. »Du bist bestimmt gleich durch die Tür. Bis heute Abend, Liebste.«

»Und was ist mit Ruth? Soll ich ihr antworten? Wie findest du das?«

»Was denn? Dass sie whatsappt? Oder dass sie bei Oskar in Bonn ist oder dass sie Ostern nach Norderney kommen? Mich überrascht alles drei, aber genauso freut es mich auch. Das kannst du ihr gerne schreiben.«

✳

Die blaue Windjacke war das Einzige, was andere möglicherweise darauf brachte, dass er der oberste Inselpolizist war. Martin hatte selbst darüber bestimmen können, ob er als Dienststellenleiter Zivil oder Uniform trug. Er hatte sich für Ersteres entschieden. Vielleicht, weil es das letzte Überbleibsel seiner vorherigen Kriminallaufbahn war, die er seiner seelischen Gesundheit zuliebe verlassen hatte, um die Schutzpolizei-Dienststelle auf Norderney zu leiten. Oder aber, um sich von den Mitarbeitern zu unterscheiden.

Obwohl er sonst einen eher demokratischen Führungsstil pflegte. Trotzdem waren Zeichen manchmal wichtig.

Heute spürte er, wenn er ehrlich zu sich selbst war, die Anspannung, die durch den Tod von Petra Mertens entstanden war, mehr als gestern. Sein Status und sein Selbstwert waren wieder einmal erschüttert, so würde Ruth Keiser es ihm bescheinigen. Ruth, die ihn schon so lange kannte und der er noch nie etwas hatte vormachen können. Wie auch? War sie doch Kriminalistin und Psychologin zugleich.

In den Straßen war es angenehm ruhig. Noch hatte die Saison nicht begonnen, auch wenn sich das auf der Insel ständig verschob. Wirkliche Ruhezeiten gab es höchstens in den Wintermonaten, sah man von dem Ansturm an Silvester ab. Jetzt, Ende März, kam das Touristenleben mit Riesenschritten zurück auf die Insel. Spätestens an Ostern wäre kaum noch ein Bett zu bekommen.

Martin genoss die kühle Luft, die vom Meer durch die Straßen zog. Er grüßte die einzelnen Passanten, die wie er auf dem Weg zu ihrem Tagwerk waren. In einer Stunde würden die Handwerker vom Festland ihre Arbeiten aufgenommen haben. Vom Herbst bis zum Frühjahr musste saniert und repariert werden, was möglich war. Danach hatte das Erholungsbedürfnis der Gäste Vorrang vor Baulärm. So waren die Gesetze einer Ferieninsel.

Ob Petra Mertens an solchen Regelungen etwas geändert hätte? Martin versuchte, sich ihre Wahlkampfforderungen ins Gedächtnis zu rufen. Was den Tourismus anging, hatte sich keiner der drei Kandidaten allzu sehr aus dem Fenster gelehnt. Dafür war das Thema zu wichtig für die Insel. Wobei: KWK hatte erwartungsgemäß den Insulanern mehr Zugeständnisse gemacht, Häusler wollte weiter durchstarten mit der Modernisierung des Urlaubsangebotes und Petra Mertens – ja, Petra Mertens war zwar mit einem ökologischen Schwerpunkt angetreten und hatte damit, einer Punktlandung gleich, den populären Nerv schlechthin getroffen, aber darüber hinaus? Tatsächlich hatte sie es verstanden, allen das Gefühl zu geben, in ihrem Interesse zu handeln. Das wurde ihm erst jetzt bewusst. Seltsam. Ganz deutlich trat ihm das vor die Augen, wie gummibandartig sie ihre Themen hatte ausdehnen können, ohne auf Widerstand und Gegenrede zu stoßen. Außer den platten Versuchen, sie als Frau und Alleinerziehende für den Politikbetrieb zu diskreditieren.

»Moin, Martin.« Wie mit einem Turbo geladen, schoss ein Fahrrad aus der Mühlenstraße und bremste quietschend neben ihm herunter.

»Moin, Olaf. Du hast ja wieder ein Tempo drauf. Hast du deine morgendliche Runde in den Inselosten schon gemacht?«

»Klar, Chef, wie immer.«

»Dann kann der Tag ja losgehen. Bin gespannt, ob die Kollegen aus Aurich auf der Wache sind.«

»Deswegen bist du so früh.« Olaf sah ihn grinsend von der Seite an, während sie auf ihren Rädern nebeneinander durch die Benekestraße rollten. »Ich habe mich schon gewundert.«

»Willst du andeuten, dass ich sonst zu spät zum Dienst komme?« Martin setzte einen bewusst strengen Blick auf, aber Olaf lachte nur. Nach heftigen Differenzen im letzten Jahr hatten sie sich an einem Abend im Herbst gründlich ausgesprochen. Das glaubten sie jedenfalls. Erinnern konnten sie sich beide nicht mehr an den Verlauf. Seitdem aber war die Luft geklärt, und ihr Umgang miteinander hielt einiges an gegenseitigen Frotzeleien aus.

»Ich war gestern Abend weg. So ein, zwei Bier trinken. Wollte mal hören, was sie auf der Insel so erzählen. Zu der Toten und so.«

Sie stellten ihre Räder auf dem Hof der Polizeiwache ab.

Martin, der sein Fahrrad abgeschlossen hatte, richtete sich auf. »Und, was erzählt man sich?«, fragte er.

»Ach, viel Gerede, wenn du mich fragst. Jeder meint, was sagen zu müssen. Aber keiner weiß etwas.«

»Hm, schade. Das wäre hilfreich, wenn wir etwas zur Aufklärung beitragen könnten.«

»Das glaube ich, Martin. Ist gut, dass uns die Lichterfeld vom letzten Mal erspart geblieben ist. Sonst müssten wir uns wieder anhören, wie das bloß auf der Insel passieren kann.«

Martin sah Olaf nachdenklich an. Ob das eine Spitze gegen ihn sein sollte?

»Aber diesmal lassen wir das nicht zu, Chef. Nicht wahr? Wir sind alle auf deiner Seite.« Jovial schlug ihm Olaf auf den Arm. »So, nun mache ich uns erst einmal einen guten Tee. Ich habe einen entdeckt: Neptun-Honig-Milch-Tee. Wird euch schmecken.« Mit diesen Worten verschwand er im Eingang der Dienststelle und ließ ihn allein auf der Straße stehen. Martin kam sich sehr einsam vor. Nirgends gehörte er richtig dazu. Nicht zur Kripo. Nicht zur Schupo. Nicht zu den Insulanern, nicht zu den Gästen vom Festland. Wenn er nur einen Wunsch hatte, dann den, allen zu zeigen, dass er mit seiner Truppe den Mord aufklären konnte. Dass sie sich das nicht bieten ließen, dass jemand an diesem Ort gewaltsam zu Tode kamen. Dass er es nicht zuließ, dass Menschen nicht sicher waren, weil sie als Frau oder Alleinerziehende, als Umweltschützerin oder Politikerin anderen nicht ins Weltbild passten. Seufzend dachte er an

Olafs Worte. Wenn es doch bloß so einfach wäre, dass man mit Tee die Probleme dieser Welt lösen konnte.

*

Marthe Dirkens' Schlafgewohnheiten hatten sich noch mehr verschoben, seit sie in das Obergeschoss ihres alten Hauses umgezogen war. Die Nickerchen über den Tag verteilt waren häufiger geworden, dafür war sie nachts oft stundenlang putzmunter. Wie gut, dass sich ihre Leidenschaft für Kreuzworträtsel, Kriminalliteratur und Handarbeiten geräuscharm ausüben ließ, sodass sie die Gäste in der darunterliegenden Etage nicht störte, wenn sie nachts aus dem Bett in ihren bequemen Lehnstuhl umzog.

»Senile Bettflucht im Alter«, hatte eine Handarbeitsfreundin es betitelt. Es schien etwas daran zu sein, denn fast alle aus ihrem Kreis kannten das Phänomen.

»Das ist die heimliche Hoffnung, dass der Tod einen tagsüber schlechter erwischt als nachts wehrlos im Bett«, hatte die Älteste von ihnen eingeworfen. »Bei mir jedenfalls hat das bisher gewirkt.« Sie alle hatten gelacht. Mit agilen 98 Jahren gab es tatsächlich keine Einwände zu dieser Logik.

Oft schlief Marthe im Morgengrauen ein, wenn der erste Lichtschein sich durch die Ritzen der Fensterläden bemerkbar machte. Fensterläden, wie sie auf Norderney komplett aus der Mode gekommen waren und nur an einzelnen Häusern zu finden waren. Sie hatte immer darauf bestanden, dass sie blieben, und die Gäste hatten ihr recht gegeben – trotz des Klapperns, das in windigen Zeiten nicht ausblieb.

Heute Morgen aber hatte ein untypisches Geräusch sie geweckt. Gestern Abend war unten bei Daniela lange über den Tod von Petra Mertens gesprochen worden. Wahrscheinlich hatte sich der Schock darüber, dass erneut ein Unglück auf der Insel geschehen war, sie schreckhafter als sonst werden lassen. Zuerst dachte sie, das Geräusch käme aus einem der Gästezimmer. Dann aber klang es, als wäre es draußen. Ein metallisches Klopfen. Nicht regelmäßig. Manchmal mit einem Schrappen. Sie hatte sich gewundert, dann aber auf die andere Seite gedreht. Es war doch erstaunlich. Tagsüber dachte sie oft, sie höre mittlerweile schlecht. Nachts aber drang alles an ihr Ohr.

Es war umsonst. Angespannt wartete ihr Unterbewusstsein auf jede Wiederholung. Einschlafen ging einfach nicht. Im Haus war alles ruhig. Immerhin: Den Gästen schien der Lärm nichts auszumachen.

Sie setzte sich seufzend auf die Bettkante, zog die Brille an und hielt den Wecker vor ihr Gesicht. Viertel vor acht. Später, als sie geglaubt hatte. Da musste sie in den Tiefschlaf gefallen sein. Nun denn, um diese Uhrzeit brauchte es draußen nicht mehr mucksmäuschenstill sein. Schließlich war Werktag. Dennoch: Sie konnte das Geräusch nicht zuordnen, und es machte sie nervös.

Daniela und Frank waren bestimmt schon auf, Frank sogar auf dem Weg zur Arbeit. Vielleicht sollte sie es ihnen gleichtun. Es hatte keinen Sinn, hier liegen zu bleiben und auf etwas zu warten, von dem sie nicht wusste, was es war. Ach, bis vor ein, zwei Jahren wäre sie längst am Fenster gewesen und hätte sich selbst ein Bild darüber verschafft, was draußen los war. Das Alter, sie konnte es nicht verleugnen, machte ihr immer mehr zu schaffen.

Mühevoll stand sie auf. Morgens brauchte es etwas länger, um in die Gänge zu kommen. Waren die Knochen und Gelenke warm, ging es glücklicherweise ganz gut. Sie sollte am besten in Zukunft die Seniorengymnastik besuchen, wie ihr der Hausarzt angeraten hatte.

Sie zog die Wolljacke an, die sie auf die schmale Bank am Fußende des Bettes gelegt hatte, und strich sich über ihre kurzen Haare. Dann tapste sie barfuß ans Fenster, öffnete es und stieß die Fensterläden zur Seite.

Ihr Haus war eines der wenigen frei stehenden, wesentlich großzügiger als so manches in die Reihe gebaute Gebäude, wie es auf der Insel aus Platzmangel üblich war. Sie war für die Weite nach allen vier Seiten sowie den Garten rund ums Haus immer dankbar gewesen. So hatten sie für den Pensionsbetrieb damals im Erdgeschoss anbauen können. Wie weitreichend diese Entscheidung doch war: Nur dadurch hatte alles unter ein Dach gepasst und sie konnte nach Übergabe der Pension an Daniela und Frank wohnen bleiben.

Nun schaute sie aus dem östlichen Giebelfenster hinaus in einen leicht bedeckten, milchigen Himmel. Da hörte sie das metallische Geräusch erneut und nahm wahr, dass ihm ein dumpfes Schlagen folgte. Sie sah hinunter in den eigenen Garten. Bestimmt sprang eine Katze bei der Mäusejagd gegen das Gartenzubehör, das dort auf der wetterabgewandten Seite des Hauses aufbewahrt wurde. Der Schuppen war mittlerweile zu voll, um alles aufnehmen zu können. Sie seufzte. Darum würde sich Frank in diesem Frühjahr kümmern müssen.

Doch im Garten war nichts zu sehen. Nicht einmal die Kaninchen, die sonst jedes Stück Wiese auf der Insel bevölkerten. Und kein Damwild, denn das kam durchaus bis in die Innenstadt und die Gärten, um zu äsen.

Wieder das Klirren, als träfe Metall auf Metall. Sie wandte sich nach links. Nebenan war eine Bewegung zu erkennen, verborgen durch die Büsche, die als Sichtschutz gepflanzt worden waren. Aber sie war sich sicher, flüchtig durch eine Lücke einen Hut und eine grüne Jacke erkannt zu haben. Seltsam. Das sah aus, als würde sich Joseph Thies im Garten seines Sohnes und seiner Schwiegertochter zu schaffen machen. Was waren das für neue Gewohnheiten? Bisher hatte sie immer gehört, dass er nicht so gut mit der Frau seines Ältesten konnte. Ob er sich langsam auf seinen Ruhestand vorbereitete und mit Gartenarbeiten gut Wetter machen wollte?

Trotzdem. Gerade als Bürgermeister musste er doch wissen, dass rund um den Garten Gästevermietungen stattfanden. Nicht nur in Danielas Hostel, sondern auch in anderen Häusern waren Ferienwohnungen. Das war doch eine Arbeit, die sich auf später verschieben ließ.

Marthe lehnte sich weiter vor. Aber wirklichen Sichtkontakt hatte sie nicht. Nun gut. Sie konnte nicht mehr schlafen, und Joseph musste gesagt werden, dass so etwas einfach nicht ging. Warum also nicht gleich Tatsachen schaffen? Unten könnte sie dann anschließend Daniela zur Hand gehen und beim Frühstück für die Gäste behilflich sein.

Während sie sich anzog, lauschte sie weiter nach draußen. Erneut hörte sie ein lang gezogenes Scheppern, dann schien Ruhe, oder ihre eigenen Tätigkeiten überdeckten die Geräusche. Mittlerweile war sie genauso wach, wie sie erbost war, und sie beeilte sich, in den Garten zu kommen.

Im Flur prallte sie fast mit Daniela zusammen, die sie erstaunt ansah.

»Nichts, nichts, mein Kindchen«, kam sie der wahrscheinlichen Frage zuvor. »Ich bin gleich zurück. Dann trinken wir einen Kaffee und ich gehe dir zur Hand. Aber erst habe ich etwas zu erledigen.«

Im Garten schnappte sie sich eine Harke, um die Büsche beiseite biegen zu können. Nichts war schließlich lächerlicher als ein Streitgespräch am Gartenzaun, bei dem man sich nicht in die Augen sah.

»Joseph! Joseph Thies«, rief sie und legte ihre ganze Empörung in die Stimme. »Was fällt dir eigentlich ein?«

Mit einem Ruck zog sie die immergrünen Sträucher beiseite. »Du als Bürgermeister, und das bist du ja noch, solltest es doch besser wissen.«

Was sie sah – war Leere. Kein Hut. Kein Mann. Kein Bürgermeister. Gar nichts.

Enttäuscht ließ sie die Harke sinken. Dann aber bog sie erneut die Zweige beiseite und kämpfte sich weiter zum Zaun nach vorne. Irgendwo musste er doch sein, sie hatte das Klirren ja bis vor ein paar Minuten gehört.

»Joseph?«, rief sie, so laut es ihr angemessen schien, auf das nachbarliche Grundstück.

Aber es kam keine Antwort. Wie überhaupt Haus und Garten in Ruhe und Frieden zu liegen schienen. Mit zugezogenen Jalousien an allen Fenstern. Ob sie sich so geirrt hatte? Etwas gesehen hatte, was gar nicht gewesen war?

Sie schüttelte den Kopf. Alt war sie, aber nicht senil oder verwirrt. Noch konnte sie ihren Sinnen trauen.

Sie zog mit der Harke einen weiteren Zweig weg. Die Äste kratzten über den Stoff der Hose und der Wolljacke. Sie hätte doch besser nach der Überjacke gegriffen, aber das war ihr egal. Wegen ein paar Kratzern an den Händen oder einiger gezogener Fäden ließ sie sich nicht abhalten. Dafür war sie zu neugierig.

»Joseph?«, rief sie erneut, schon nicht mehr in dem Glauben, eine Antwort zu erhalten. Schnell ließ sie ihren Blick rechts und links des Zauns wandern.

Und siehe da! Dort, wo sie das Geräusch verortet hätte, war frisch gegraben worden. Ein Rechteck unter einem Strauch von ungefähr einem Meter Länge, einem halben Meter Breite war eindeutig zu erkennen, schien aber nicht nur platt geklopft und getreten, sondern mit ein paar herumliegenden Ästen und Blättern aus dem letzten Herbst kaschiert worden zu sein. Oder bildete sie sich das nur ein?

Marthe überlegte. Ob Thies ein Haustier begraben hatte? Verbotenerweise? Eigentlich war der Tierfriedhof draußen auf der Düne dafür der richtige Ort. Das wusste er als Bürgermeister sicher besser als jeder andere. Seltsam. Sehr seltsam.

Langsam holte Marthe die Harke ein und trat mit vorsichtigen Schritten den stacheligen Rückzug an. Sie stellte das Gartengerät zurück und rieb sich, mit einem letzten Blick auf das Nachbargrundstück, die Hände. Wirklich merkwürdig. Mal sehen, was Daniela dazu sagen würde.

*

»Moin, Schneyder, gut übergesetzt mit der Fähre?« Martin hatte sich im Gang zu seinem Büro aufgerichtet. Eine machtvolle Pose eingenommen, bevor er dem Ermittler aus Aurich unter die Nase treten musste. Manchmal hing es an Kleinigkeiten, wie man wahrgenommen wurde.

Aber der Stuhl hinter seinem Schreibtisch war unberührt, als er schwungvoll in sein eigenes Zimmer abbog. Immerhin zollte er Schneyder Respekt. Anscheinend war er nicht so übergriffig wie erwartet.

»Martin, hier sind wir, in der Teeküche.«

Er folgte dem Stimmengemurmel, aus dem sich Olafs Ruf herausgeschält hatte. In dem kleinen Raum mit dem altertümlichen Mobiliar hatte sich der gesamte Frühdienst um Gert Schneyder gescharrt. Alle schienen in ein lebhaftes Gespräch verwickelt.

»Prima, Leute, so brauchen wir das.« Schneyder hob den Daumen. »Also, weiter Augen und Ohren auf. Wenn euch etwas komisch vorkommt: Meldung an mich.« Er zeigte auf seine Brust und machte eine kurze Pause. »Oder gerne an euren Chef, okay?« Mit einer Handbewegung in Martins Richtung lenkte er die Aufmerksamkeit auf ihn. »Mir ist sehr an einer engen Zusammenarbeit gelegen. Also, danke für eure Unterstützung und für den Kaffee.«

Martins Blick ging zur Kaffeemaschine mit der üblichen schwarz-braunen Brühe. Wenn Schneyder dieses Gesöff lobte, konnte es mit seiner Motivationsrede für die Kollegen nicht weit her sein. Aber alle machten zufriedene Gesichter, und Martin schob die Gedanken beiseite. Ihm konnte es egal sein, wenn sie sich Honig um den Mund schmieren ließen.

Einer nach dem anderen verließ den Raum, alle mit einer kurzen Information, wer welche Streife führe und wer sich an den üblichen Papierkram machte.

»Moin, gut geschlafen?« Gert Schneyder rieb sich die Hände, als wollte er damit seinen Tatendrang unterstreichen.

»Nun ja, entspannt sicher nicht.«

»Das geht uns allen so, keine Frage. Ich habe mir übrigens vorsichtshalber einen Rucksack mitgebracht.«

»Einen Rucksack?« Martin schaute auf einen dieser schwedischen Designerrucksäcke mit Lederriemen auf der Vorderseite, der das Ausmaß eines Treckingrucksackes hatte.

»Nur für den Fall der Fälle. Ich will nicht mitten aus den Ermittlungen raus, nur, weil die letzte Fähre drängt. Beim Winterfahrplan ist nicht viel Luft nach hinten. Und da Sie ja über Gästezimmer verfügen, war ich so frei, für den Notfall vorzusorgen.«

»Aha.« Martin rieb seine Bartstoppeln. »Na ja, die Verstärker sind noch nicht da. Das passt. Von mir aus können Sie bleiben. Komfortabel ist das bei uns nicht unbedingt.«

Schneyder winkte ab. »Habe alles dabei, was ich brauche. So, und nun an die Arbeit.« Er ging zur Kaffeemaschine, füllte die Tasse erneut auf, stellte sie auf dem Tisch mit der Resopalplatte ab und zog den Stuhl hervor. Anschließend holte er aus seinem Rucksack einen Laptop, klappte ihn auf, und während er hochfuhr, checkte er sein Handy, das bisher in der Hosentasche gesteckt hatte. »Leider werden wir kaum etwas machen können, solange nicht die Ergebnisse der Obduktion und der KTU vorliegen.«

Martin öffnete den Mund. Und schloss ihn wieder. Es konnte doch nicht sein, dass Schneyder sich ernsthaft in der Teeküche niederlassen wollte. Andererseits freute es ihn, dass er ihm nicht seinen Arbeitsplatz streitig machte. Da hatte er schon anderes erlebt. Martin rieb an seiner Nasenspitze, unschlüssig, was er tun und sagen sollte.

»Also, natürlich können Sie, ich meine, mein Büro steht Ihnen selbstverständlich, also wenn Sie wollen, das geht ja hier schlecht …«, stotterte er vor sich hin.

Gert Schneyder blickte auf und sah ihn verwundert an. Er schien in Gedanken vertieft zu sein.

»Was ist los?«, wollte er wissen.

»Na ja, das ist wohl kaum ein ausreichender und zumutbarer Arbeitsplatz.« Martin deutete auf den Tisch.

»Oh. Das also. Blödsinn. Alles in Ordnung. Ich bin unbedingt ein Freund des mobilen Arbeitens. Darin liegt die Zukunft. Nicht in der eigenen Kaffeetasse auf dem Büroschreibtisch.«

Martin lächelte und merkte, wie gequält es wirken musste. Seine Tasse und sein Mousepad, beides Geschenke von Anne, würde er gleich verschwinden lassen.

»By the way, ich bin auch ein unbedingter Freund flacher Hierarchien. Und die beginnen bei mir schon mit der Anrede. Gert und Du, das wäre mir recht. Einverstanden?«

Martin war einen klitzekleinen Moment verführt, ihm ein lässiges ›nice‹ zu entgegnen. Nur um klarzustellen, dass er durchaus den Puls der Zeit mitbekam, auch wenn Außenstehende sie auf Norderney gerne etwas belächelten. Aber er war erleichtert über das Angebot, sich zu duzen, selbst wenn er fand, dass Schneyder in allem zu übertrieben wirkte.

»Martin. Absolut einverstanden«, antwortete er schließlich.

»Das gilt ebenso für die restlichen Kollegen. In Aurich haben sie das nicht so gerne, aber hier kriegt es ja keiner mit. Und ihr duzt euch untereinander auch, oder?«

»Schon.« Martin ärgerte sich über sich selbst. So stocksteif, wie er sich gab, war er doch gar nicht.

»Komm, dann setz dich einen Moment zu mir.« Gert schob ihm einen Stuhl zu. »Mich würde interessieren, was dein Bauch sagt. Jetzt, nachdem der erste Eindruck sacken konnte. Vielleicht hast du etwas aufgeschnappt auf der Insel.«

Martin setzte sich langsam und schüttelte dabei den Kopf. »Ich war gestern nicht mehr unterwegs. Der Kollege, Olaf, kann vielleicht etwas mehr sagen. Aber bisher ist alles nur Gerede, Spekulation, Gerüchte.«

»In welche Richtung?« Gert hatte sich zu ihm herumgedreht und vorgebeugt. Die Ellbogen drückte er in seine Oberschenkel, die Finger hatte er gefaltet. Im Gegensatz zu gestern sah er ihm direkt in die Augen.

»Nichts Konkretes. Im Grunde genommen wiederholen alle die Wahlkampffloskeln. Und fragen sich, ob ein politisches Motiv dahinterstecken kann.«

»Glaubst du das?«

»Eher nicht.«

»Warum?«

»Dafür bräuchte es diese Inszenierung am Fundort nicht.«

»Du hast eine Idee, was es damit auf sich hat?«

Martin seufzte und nahm das Tempo, das Gert vorlegte, raus. »Nein. Ehrlich gesagt, nein. Wir wissen ja noch nicht einmal genau, worum es sich handelt.«

»Eine Schärpe, ein Koffer mit Dokumenten, ein toter Fisch und eine venezianische Maske. Keine Idee dazu?«

»Keine Idee«, antwortete Martin nach einem Moment des Nachdenkens. »Aber vor allem reden alle über die Kinder«, schob er hinterher, obwohl er wusste, dass es zusammenhanglos wirken musste.

»Die Kinder. Das ist wirklich ein Trauerspiel.« Gert hatte sich seinem Laptop zugewandt und tippte langsam einzelne Wörter ein, hinter denen er mit Schwung die Returntaste drückte. »Die To–do–Liste für heute«, kommentierte er, als er fertig war. »Wie ich das hasse, auf andere warten zu müssen. Westerkamp, Jugendamt, KTU, vorher stochern wir nur im Nebel.«

»Die Aussagen der anderen Kandidaten und des Bürgermeisters.«

»Stimmt. Sind sicher abgetippt und wollen gelesen werden.«

»So ist es.«

»Danke an die Kollegen. Das mache ich gleich als Erstes.« Gert knibbelte an seinen Fingern, auf die er starrte.

Martin wusste wenig mit den abrupten Wechseln in dessen Mimik und Gestik anzufangen. Andererseits klang bisher alles vernünftig. Vielleicht machte es Sinn, doch etwas Bauchmäßiges hinzuzufügen. Es war ihm nicht mehr aus dem Kopf gegangen, seit er gestern mit Anne darüber gesprochen hatte. Er räusperte sich.

»Was gibt's?« Sofort wandte sich Gert ihm zu. »Du hast noch was. Raus damit. Egal, was es ist.«

Die blitzartige Reaktion erschreckte Martin, aber andererseits sprach sie für Gerts Sensibilität. »Ich weiß gar nicht, ob das überhaupt etwas zu bedeuten hat«, sicherte er sich vorsichtshalber ab. »Aber in deiner Aufzählung eben fehlte die Tarotkarte.«

»Guter Mann!« Diesmal war es der Zeigefinger, der sich pfeilschnell in seine Richtung ausstreckte. »Richtiger Hinweis.«

Martin hob beide Hände. »Das sollte keine Kritik sein. Nur gestern Abend, als ich mit meiner Lebensgefährtin sprach, also nur so ganz unverbindlich …«

Gert wedelte mit den Händen, als wäre ihm diese Information egal und als wollte er, dass Martin zum Punkt komme.

»Da haben wir uns die Frage gestellt, warum die Leiche am Planetenweg lag. Ob sie dort ermordet wurde oder ob der Fundort eine Aussage darstellt, also Teil der Inszenierung sein könnte.« Martin wurde, nachdem er einmal angefangen hatte, lebhafter und sicherer. »Und deswegen haben wir uns Gedanken darüber gemacht, was es mit dem Planeten auf sich hat, an dem sie lag. Ob man irgendwelche Schlussfolgerungen ziehen kann. Vielleicht in Verbindung mit den Tarotkarten. Weil so etwas oft in eine ähnliche Richtung geht.«

»Ja, und zu welchem Schluss seid ihr gekommen, du und deine Lebensgefährtin?«

»Nun, der Planet, an dem Frau Mertens lag, ist der Jupiter. Und dieser –« Er brach ab, weil Olaf im Türrahmen stand und dagegen klopfte.

»Chef, du müsstest mal ans Telefon kommen. Marthe Dirkens will unbedingt mit dir reden. Wegen des Todesfalls, wie sie sagt.«

Martin sah Gert an, doch dieser scheuchte ihn mit einer Kopfbewegung auf: »Das hat Vorrang. Alles andere später. Ich komm darauf zurück. Jupiter also. Ich bin gespannt.«

✳

»Was hat Martin denn gesagt?« Daniela, die neben der Spülmaschine stand, um das Frühstücksgeschirr der Gäste einzuräumen, hielt inne. Ihre Neugierde konnte sie nur schlecht unterdrücken.

Marthe Dirkens lächelte. So wäre es ihr umgekehrt ebenso ergangen. Das war schließlich eine mehr als dubiose Geschichte. »Dass er es weitergibt an die Mordkommission und dass sie dem Hinweis nachgehen«, versuchte sie, lax zu antworten.

»Frau Dirkens, das glaube ich nicht, dass Martin Sie so abgefertigt hat.« Eine feine Röte stieg in Danielas Gesicht, wie so oft, wenn sie über etwas richtig empört war.

»Ist ja schon gut, Kind, natürlich nicht, ich wollte dich nur auf die Folter spannen. Nicht die feine Art, ich weiß.«

»Was hat er denn wirklich gesagt?«

»Er war überrascht, genau wie du. Zuerst wollte er wissen, ob ich mich nicht getäuscht haben könnte.« Sie drehte ihren Zeigefinger an der Stirn hin und her. »Hält mich wohl für plemplem. Alterssenil. Oder was auch immer. Hat er zwar nicht gesagt, aber mit der Zeit wird man sensibel für die Art und Weise, wie einem Fragen gestellt werden. So nach dem Motto: Geht es Ihnen gut, Frau Dirkens, oder war zu viel von Ihrem Whiskey im Tee?« Sie schraubte ihre Stimme mit gespielter Empörung in die Höhe.

Daniela lachte, legte aber gleichzeitig den Zeigefinger an den Mund. »Pst. Was sollen denn die Gäste denken?«

»Stimmt. Seit ich nicht mehr selbst verantwortlich bin, vergesse ich schon mal, dass wir nicht allein im Haus sind.« Sie nahm die Teller auf, die Daniela auf die Anrichte gestellt hatte. »Überhaupt sollte ich dir helfen statt nur zu reden. Zu zweit ist das schneller erledigt.«

»Frau Dirkens!« Daniela stemmte die Hände in die Hüften. »Ich will wissen, was Martin gesagt hat.«

»Ach so, ach ja. Wahrscheinlich werde ich wirklich sonderlich.« Sie zwinkerte Daniela zu. Zu gern tanzte sie manchmal aus der Reihe. Auch wenn es sich um eine ernste Angelegenheit handelte. Aber das Leben hatte sie gelehrt, dass eine Prise Humor das Grauen auf Abstand halten konnte. »Martin wird es weitergeben. An den Kommissar aus Aurich, der die Ermittlungen leitet. Vielleicht kommen sie gleich vorbei, obwohl ich alles am Telefon berichtet habe. Ich denke mal, Martin will sich das nicht entgehen lassen, wenn ich dem Kommissar meinen Giftschrank präsentiere.«

»Na, ich weiß nicht. Keiner von den beiden wird an Ihrer speziellen Teezeremonie teilnehmen können.« Sie deutete auf die Uhr am Herd. »Dafür ist es zu früh am Tag. Und die beiden sind im Dienst.«

»Mal sehen, mal sehen. Ich habe jedenfalls nichts gegen

den Besuch.« Dass es ihr manchmal schwerfiel, den Tag auszufüllen, seit sie die Pension nicht mehr führte, musste sie gar nicht sagen. Das wusste Daniela. Und hielt immer ein paar kleine Aufgaben für sie bereit.

»Also hat Martin das Ganze ernst genommen und nicht nur abgetan?«, fragte sie nach.

»Ja, sicher. Besonders, als ich ihm berichtete, was ich von dir weiß. Dass Sohn und Schwiegertochter im Urlaub sind, während unser Bürgermeister zu halbschlafender Zeit in deren Garten buddelt, fand er schon sehr sonderbar. Ich konnte richtig hören, wie er die Luft angehalten hat. Schau mal, ich bin selbst ganz aufgeregt, mir klappert schon das Geschirr in der Hand.«

Daniela nahm ihr die Teller ab und schob sie auf den nächsten Stuhl. »Und deswegen machen Sie Pause, Frau Dirkens. Es ist gut, dass Martin Bescheid weiß, und er wird sich nun um alles kümmern. Das ist wirklich keine Aufgabe für uns. Mein Geschirr ist nun wirklich zu schade, um deswegen zu Bruch zu gehen.«

»Ach, wo du recht hast, Kindchen.« Tatsächlich trösteten sie Danielas resolute Worte. Seit ihrem Blick aus dem Fenster hatte sie sich für etwas verantwortlich gefühlt, von dem sie gar nicht sagen konnte, was es war. Sie ließ sich zurücksinken und griff nach dem Rest Kaffee in ihrer Tasse auf dem Tisch. »Trotzdem«, seufzte sie, »wer weiß, was dabei herauskommt. Wenn gar nichts an der Sache dran ist, was dann? Dann stellt Joseph Thies mich als altes Tratschweib bloß. Aber ich kann doch nicht einfach den Mund dazu halten, wenn ich so etwas beobachte. Nicht, wo das mit Petra Mertens passiert ist.«

»Ich finde, Sie haben alles richtig gemacht«, beruhigte Daniela sie. »Jetzt warten wir ab. Vielleicht gibt es eine einfache Erklärung. Thies muss es als Bürgermeister doch richtig finden, wenn wir aufeinander aufpassen.«

Marthe nickte. Daniela hatte recht. Vielleicht war sie nicht mehr so belastbar wie früher. Machte sich zu viele Gedanken, wo es gar nichts zu denken gab.

»Wissen Sie was, Frau Dirkens, ich habe eine Idee: Sie gehen mir bei den Bädern und den Zimmern zur Hand, dann bin ich schneller fertig. Wir schauen, ob Martin in der Zwischenzeit vorbeikommt. Wenn nicht, rufe ich ihn an. Und dann machen wir beide einen Spaziergang, um auf andere Gedanken zu kommen. Was halten Sie davon?«

Plötzlich wirkte der Tag viel freundlicher als vor ein paar Minuten. Es war, als wäre Daniela eine schwere Last von ihr genommen. Aber natürlich, so würden sie es machen. Das war besser, als mit dummen Gedanken auf die Polizei zu warten. Sie war ja ganz konfus. »Ach, Kindchen, wenn ich dich nicht hätte. Jeden Tag denke ich, dich hat der Himmel geschickt. Ich habe auch eine Idee. Was hältst du davon, wenn wir uns auf unserem Spaziergang die Kunstausstellung ansehen, von der alle auf der Insel sprechen? Die würde mich wirklich interessieren: ›Wandelgang der sieben Todsünden‹.«

Daniela sah kurz so aus, als hätte Marthe chinesisch mit ihr gesprochen. Dann schüttelte sie lachend den Kopf. »Frau Dirkens, bei Ihnen soll einer mitkommen. Ich kenne Sie von Kind auf. Aber Ihre Gedankensprünge, damit überraschen Sie mich immer noch.«

»Ja, solange ich das noch kann, ist wohl noch nicht alles vorbei«, murmelte Marthe vor sich hin, während sie sich beim Aufstehen am Tisch abstützte. »Und damit sollte man zufrieden sein, nicht wahr, mein Kind? Schließlich gibt es schlimmere Schicksale als das einer alt gewordenen Frau.«

*

»Steig ein, unser Pritschenwagen ist unser ganzer Stolz. Nicht unbedingt strandtauglich, wie wir es uns gewünscht hätten, aber die Passanten bleiben gerne davor stehen und machen Fotos.« Martin öffnete Schneyder die Beifahrertür und ging vorne herum zur Fahrerseite.

»Nettes Teil, wirklich.« Gert grinste. »Die Optik ist das Wichtigste, bei Frauen und bei Autos.«

Martin verzog spöttisch den Mund. Sprüche wie diese hatte er in Polizeikreisen zu oft gehört, um sie zu kommentieren. Er brauchte das nicht, dieses Auf-dicke-Hose-Machen, und war mit seiner Art immer gut gefahren. Aber Gert Schneyder schien nicht verkehrt zu sein, da wollte er nicht wegen so einer Lappalie für schlechte Stimmung sorgen. Stand ihm auch nicht zu. Im Gegenteil, er freute sich, dass Gert anscheinend gewillt war, ihn an der Ermittlungsarbeit zu beteiligen und auf seine Kenntnisse der Insel und der Bewohner zurückzugreifen. Allein das Duzen war ein gutes Signal.

»So, dann wollen wir mal«, nuschelte er deswegen leise vor sich hin, um sich einer direkten Antwort zu entziehen.

Schneyder schien es nicht zu merken oder sich daran nicht zu stören. »Und du glaubst, die alte Dame führt uns auf eine richtige Fährte?«, wollte er wissen, während er das Fenster herunterließ. »Wow, diese Seeluft. Davon bekommen wir 30 Kilometer im Landesinneren kaum etwas mit. Bei uns herrschen Abgas- oder Kuhdüngerlüfte vor.«

Martin sah beim Abbiegen, wie sich Gert theatralisch die Nase zuhielt. »Und deswegen lässt du mich erfrieren, oder was? Aber lass mal, das kennen wir von den Unterstützern in der Saison zu Genüge. Alle vier Wochen ein paar Neue, die sich an der salzigen Luft berauschen. Nur einigen stinkt es dann zu sehr nach Fisch.«

Gert schlug sich auf den Oberschenkel. »Das kann ich mir denken. Nicht einfach, erholungsbedürftige Kollegen durchzuschleusen.«

»Ach, halb so wild. Die allermeisten sind richtig nett. Dankbar, dass sie mal vier Wochen was anderes sehen und hören. Relativ entspannte Dienste schieben können. Bei uns gibt es durch die Zimmer über der Wache so was wie Familienanschluss. Das gefällt.«

»Hört sich nicht schlecht an. Da bedaure ich fast, bei der Mordkommission zu sein. Für mich habt ihr wohl eher weniger Verwendung.«

Martin wusste nicht, ob es eine Frage, eine Feststellung oder sogar eine Anspielung auf seinen eigenen Werdegang sein sollte. Er hatte keine Lust, dass sich das Gespräch in eine solche Richtung entwickelte. Deswegen beeilte er sich, eine Antwort auf Gerts ursprüngliche Frage zu geben: »Dem Hinweis der alten Dame müssen wir unbedingt nachgehen. Frau Dirkens kenne ich persönlich. Sie verbreitet nicht leichtsinnig irgendwelche Gerüchte über andere Menschen. Zumal Daniela die Geschichte bestätigt.«

»Daniela?«

»Daniela Prinzen, vormals Rick. Eine Rheinländerin, die von Kind an in der Pension von Frau Dirkens Urlaub gemacht hat. Hat letztes Jahr geheiratet und die Pension mit ihrem Mann übernommen. Das nennt sich neumodisch

Hostel, aber gerade das kommt gut an. Moderne, preiswerte Unterkünfte, auch mal nur für zwei oder drei Übernachtungen, so etwas war zuletzt rar auf der Insel.«

»Das hört sich aus deinem Mund wie eine Werbeeinheit an.«

Martin registrierte, dass Gert ihn kritisch von der Seite ansah. »Nö. Da bin ich neutral. Auch wenn wir uns näher kennen, das gebe ich zu. Aber Ferienunterkünfte sind ein Dauerbrennerthema.«

»Auch ein politisches?«

Martin reckte den Daumen in die Höhe. »Du bist verdammt schnell im Schlüsseziehen.«

»Ist mein Job.« Gert lehnte sich im Sitz zurück und streckte den Arm aus dem Fenster.

»Jedenfalls ein Volltreffer. Eins der heißen Themen auf der Insel. Wo soll die Reise hingehen? Fünf-Sterne-Hotel, ja oder nein? Bezahlbare Wohnungen oder luxussanierte Ferienwohnungen, die über Wochen nicht bewohnt sind? An diesen Fragen scheiden sich die Geister. Alt gegen Jung, Insulaner gegen Investoren, Eigentümer gegen Mieter.«

»So, dass es für einen politisch motivierten Mord reicht? Weil Frau Mertens eine Seite zu wenig berücksichtigt hat? Weil die Gefahr, dass sie gewählt wird, zu groß geworden war?« Gerts Fragen kamen salvenartig.

Martin überlegte einen Moment. Wollte sich nicht so mitreißen lassen. Auf einer falschen Spur war man viel zu schnell, und dann geriet alles andere aus dem Blick. Deswegen setzte er erst den Blinker rechts, bremste ab, parkte das Auto rückwärts hinter einem, das verbotswidrig stand, und machte den Motor aus. »Da sind wir. Hier wohnt Joseph Thies. Bin gespannt, was er uns zu sagen hat.« Er räusperte sich. »Politisch motiviert, meinst du? Das hört sich in meinen Ohren so – ich weiß gar nicht, wie ich das ausdrücken soll, so groß, so gewaltig an. Nach Bundespolitik oder vielleicht Landesebene, aber doch nicht bei einer Kommunalwahl auf der Insel. Klar, je nach Wahlergebnis und entsprechender Ausrichtung wird es Entscheidungen geben, durch die die einen Geld gewinnen und die anderen verlieren. Wenn das mal kein Motiv ist. Und: Da gibt es noch andere Themen, über die sich die Wahlkampfgegner in die Haare gekommen sind. Die ganze Palette, die die Welt bewegt: Wie viel Zuzug vertragen wir? Rückbesinnung auf das Eigene, Bewährte, Vertraute, die einen. Zusammengefasst: Norderney first. Die anderen: Erneuerung, Offenheit. Natürlich spielt das Umweltthema bei uns eine Riesenrolle. Stichwort: Weltkulturerbe Wattenmeer. Aber auch: erneuerbare Energien und der Off-Shore-Park. Du siehst: Streitthemen haben die Parteien wahrlich genug.« Martin holte Luft. »Reicht das als Eindruck?«, fasste er nach.

»Verstehe«, antwortete Gert. »Und dann gibt es wohl noch die, die der Demokratie den Stinkefinger zeigen und einen auf außerparlamentarische Opposition machen, was?«

Martin sah ihn verwundert an. »Wieso?«

»Na, die Wahlplakate. Es hat alle drei Widersacher getroffen, wie ich auf der Fahrt feststellen konnte. Dollarzeichen, Nazibärtchen und eine Banane. Nette Sammlung.« Seine Stimme quietschte, als er ironisch wurde.

»Ach so. Ja, die haben wir natürlich auch, die gegen alles sind. Wie mittlerweile überall. Ist wahrscheinlich einfacher, als für etwas zu sein und den Hintern dafür hochzubekommen.« Es war einer von Martins Lieblingssprüchen.

»Das heißt, du engagierst dich selbst? Bist politisch aktiv?«

»Was? Nein, natürlich nicht.«

»Hörte sich aber so an. Ein wenig Innensicht wäre nicht schlecht.«

Martin fühlte sich ertappt. »Ich würde. Aber das verträgt sich schlecht mit dem Gebot der Neutralität auf der Insel.«

»Ah!«

Das war keine Antwort, die es besser machte, aber Martin wollte sich nicht weiter verwickeln lassen. Wäre ja noch schöner, wenn er sich rechtfertigen müsste.

»Aber unter uns: Wer hat dich am meisten überzeugt, wer nicht?« Gert ließ nicht locker.

Martin wusste nicht, wohin das zielen sollte. »Wahlgeheimnis«, antwortete er und öffnete mit einem Schulterblick die Tür. »Lass uns lieber Thies befragen.«

»Stimmt, Thies.« Gert packte ihn am Ärmel und hielt ihn zurück. »Nur noch eine Frage: Dieser Thies – wen hätte er wohl als Nachfolger akzeptiert oder anders herum, was wäre für ihn der Super-GAU beim Wahlergebnis geworden? Oder war es ihm egal? So: Nach mir die Sintflut?«

Martin lachte auf. »Dem Thies etwas egal? Das wäre noch schöner. Komm, frag ihn das selbst, dann wirst du wissen, was ich meine. Und ja, vielleicht hast du recht – möglicherweise ist genau da der Hund begraben!«

❉

»Das ist wirklich ein schöner Ort zum Kaffeetrinken.«

»Das heißt also, du verzichtest dafür auf altersangemessene Plüschsessel und ›Draußen nur Kännchen‹-Atmosphäre?«

»Du!« Ruth lachte und boxte Oskar in die Seite.

Dieser hob ergeben die Hände und grinste sie an: »Du

weißt schon, dass du die Einzige bist, die immer auf ihrem Alter herumreitet? Schau dich um: Hier in der ›Black Coffee Pharmacy‹ ist vom Studenten bis zur Großeltern-Generation alles vertreten.«

»Ja, ja, schon gut. Überzeugt. Und nicht erst jetzt. Die Müsli-Bowls und der Cappuccino sind nicht zu toppen.«

»Sage ich doch.« Oskar sah auf die Uhr. »Leider wird es für mich Zeit. Ich verspreche dir, es wird ein kurzes Gastspiel in der Redaktion. Für heute Nachmittag habe ich tauschen können. Wenn also nicht noch etwas komplett Unvorhersehbares in unserem mittlerweile beschaulichen Bonn passiert, stehe ich später ganz zu deiner Verfügung. Sind halt keine Hauptstadtzeiten mehr.« Ein Ausdruck des Bedauerns zog blitzschnell über sein Gesicht, und er zuckte mit den Schultern. Das Lachen war aber sofort zurück. »Für uns zum Glück, würde ich sagen.«

»Lass dir Zeit. Du brauchst dir wirklich keine Gedanken um mich zu machen. Ich weiß mich in der Regel alleine zu beschäftigen.« Sie kniff die Augen zusammen. Wie ungewohnt es für sie war, über ihre Zeit Rechenschaft abzulegen, selbst wenn es Oskar gegenüber war.

»Das glaube ich dir aufs Wort.« Er beugte sich zu ihr hinunter. »Solange du mich darüber nicht vergisst. Ich wünsch dir was. Bis später.«

Ruth sah Oskar nach, wie er draußen vor dem Café etwas umständlich sein Fahrrad aufschloss und dabei mindestens vier Mal die Brille auf die Nase schob. Die Geste war ihr merkwürdig vertraut, obwohl sie noch gar nicht so lange zusammen waren. Allerdings hatte sie schon bei Danielas Hochzeit auf Norderney im letzten Jahr gespürt, dass sie beide mehr verband als ein Flirt in Wochenendstimmung. Aber sie war ewig allein gewesen, die meiste Zeit als zu glücklicher Single, um mit fliegenden Fahnen in eine enge Beziehung zu wechseln. Mal davon abgesehen, dass die traumatische Erfahrung im vorletzten Jahr – sie schluckte. Den Gedanken wollte sie nicht erneut zu Ende denken. Zumal mit Oskar alles, alles anders war.

Ruth stand auf und holte sich am Tresen einen zweiten Cappuccino. Der Gedanke daran, sich am Vormittag treiben zu lassen, gefiel ihr. Das Wetter meinte es gut mit ihr. Die Sonne schien und ließ alles freundlich aussehen, obwohl es heute Morgen nicht allzu warm war. Das würde sich ändern, sodass sie später mit Oskar am Rhein entlang nach Rolandseck ins Arp-Museum fahren wollte.

Langsam balancierte sie das Glas an der wartenden Schlange vorbei zu ihrem Platz auf dem breiten Fensterbrett. In der vorbeifahrenden Straßenbahn blickte ein Punker mit Irokesenschnitt sie an und hob eine Bierflasche, um ihr grinsend zuzuprosten. Ruth lachte auf und hob ihr Glas. Wenn der Kerl dachte, dass sie sich pikiert abwenden würde, hatte er Pech gehabt. Sie schmunzelte. Oskar hatte recht. Wozu sich Gedanken um das Alter und irgendwelche vermeintlichen Zuschreibungen machen, an die sie sich doch nie gehalten hatte. Woher das nur kam, dass sie neuerdings viel öfter an Konventionen festhielt, die sie früher bekämpft hatte.

Sie schob den Gedanken beiseite und stellte das Glas mit dem Blütenblatt aus Milchschaum ab. Sie zog einen Hocker heran, auf dessen Querstrebe sie ihre Füße stützte. Aus der Hosentasche zog sie ihr Smartphone. Nachdem sie sich lange den Vorteilen entzogen hatte, unterwegs erreichbar zu sein und mithilfe datenfressender Apps Kontakte zu pflegen, das Wetter abzufragen und ihre Wege zu planen, hatte sie mittlerweile kapituliert. Und sich wie andere zu schnell daran gewöhnt. Kleine Verführer waren diese Dinger, die einen süchtiger machten als alles, was ihr im Leben bisher begegnet war.

Mit einem Seufzer öffnete sie nacheinander die Seiten verschiedener Bonner Museen. Der Nachmittag im Rolandsecker Bahnhof war gesetzt, bis dahin konnte sie tun und lassen, was sie wollte. Ach, wie blöd: Das Frauenmuseum würde erst später öffnen, da blieb zu wenig Zeit. Das würde sie schieben müssen. Aber ihr würde schon etwas einfallen.

Ihr Messenger zeigte eine Nachricht an, die sie noch nicht gelesen hatte. Anne hatte geantwortet. Natürlich wären sie an Ostern willkommen, wie überhaupt jederzeit. Damit hatte Ruth gerechnet, auch damit, dass sie anbot, dass bei ihnen Platz genug sei. Es wäre also nicht nötig, ein Zimmer zu buchen. Sie dachte einen Augenblick nach, aber ihre Finger tippten fast selbstständig, um abzulehnen. Trotz der Freundschaft – für sie, die die Freiheit ihrer Singlewohnung über alles stellte, war es beim letzten Mal schwierig genug, bei den beiden zu übernachten. Gemeinsame Zeiten mit Oskar waren rar und ungewohnt. Nur nach und nach begannen sie, diese zu erweitern. Aus der Vorsicht heraus, die alte Erfahrungen und Verletzungen hinterlassen hatten. Wenn sie daran dachte, beides miteinander kombinieren zu müssen, würden sie bei Anne und Martin wohnen, drehte sich ihr der Magen um vor Angestrengtheit und Übelkeit.

»Habe es mir fast gedacht«, antwortete die Freundin prompt. Ruth wunderte sich. »Nicht im Dienst?«, schrieb sie zurück.

»Doch. Sitze an Arztbriefen. Ausnahmsweise mit dem Handy daneben. Falls Martin schreibt. Auf der Insel ist die Hölle los.«

»Was ist passiert?«

»Noch nichts mitbekommen bei euch auf dem europäischen Festland? Unsere Bürgermeisterkandidatin wurde tot aufgefunden. Alles deutet auf ein Tatdelikt hin.«

»Nein. Oh Gott! Wie geht's Martin?« Ruths Gedanken rasselten. Martin, der sich nach seinem Burn-out auf die Insel zurückgezogen hatte, seine Karriere dafür aufgegeben hatte, um Ruhe und Entlastung zu finden. Martin, der seitdem mehrfach in Mordermittlungen tätig werden musste und sich mit jeder neuen Tat fragte, ob er nicht fähig war, die Insel zu schützen. Aber es gab kein Paradies auf Erden, und daran konnte auch ein Inselpolizist nichts ändern.

»Ganz gut. Bisher.« Die Nachrichten kamen satzweise zurück. »Ich weiß noch nichts Näheres. Halte dich auf dem Laufenden.«

»Okay. Ich melde mich heute Abend.« In der Smiley-sammlung tippte sie einen Telefonhörer an. Smileys. Ein weiterer Schritt, den eigenen Prinzipien untreu zu werden.

Sie nahm das Glas, trank den Cappuccino aus und dachte über Annes Worte nach. Was für Neuigkeiten. Sie hoffte, dass Martin gut von seinem Team unterstützt wurde. Beim letzten Mal war es – nun ja, schwierig gewesen.

Eine weitere Nachricht ploppte auf dem Handy auf. Oskar. Innerlich verdrehte sie die Augen. Ein wenig zu anhänglich, der Gute. Darüber würden sie reden müssen.

Sie überflog seine Zeilen und war auf einmal voller Tatendrang: »Hey. Gerade in der Redaktion gesehen. In der Galerie ›kreide.kohle.öl.‹ in der Altstadt hängen Bilder von Thomas Broyer. Das ist er doch? Von dem deine Bilder sind, oder? New York. Kuba. Tokio.«

»Ja klar. Das ist ein Ding. Da mache ich mich gleich auf den Weg.«

»Dachte ich mir. Viel Spaß. Bis später.«

Ruth schnappte sich ihren Lederrucksack und strich sich die Haare aus der Stirn. Programmpunkt Nummer Eins stand. Hoffentlich war die Galerie schon auf. Egal, sie würde einfach fahren und sich ansonsten in der Altstadt umschauen. Und googeln, ob es im Netz etwas zu dem Todesfall auf Norderney gab. Wie gut, dass wenigstens sie nichts damit zu tun hatte.

*

Joseph Thies füllte den ganzen Türrahmen aus und machte keine Anstalten, nur einen Millimeter zur Seite zu rücken. »Das ist doch albern, was Sie mir vorwerfen.«

Martin schaute bedeutungsvoll die Straße rauf und runter. »Sollen wir das nicht doch besser drinnen besprechen?«

»Ha, ha!«, polterte Thies. »Was soll das werden? Bangemachen gilt nicht, Herr Inselpolizist.« Das letzte Wort spie er ihm fast vor die Füße, als er seinen Blick abschätzig an ihm von oben nach unten herabgleiten ließ.

Martin konnte sich nur wundern. Bisher hatte er sich mit dem amtierenden Bürgermeister im dienstlichen Rahmen immer auf Augenhöhe geglaubt. Sie waren einander mit Respekt und Anerkennung bei unterschiedlichen Sichtweisen begegnet. Dass er nicht immer mit Thies' Entscheidungen einverstanden war, hatte er bewusst im beruflichen Kontext außen vor gelassen.

Gert Schneyder, der hinter Martin stand, legte ihm sachte eine Hand auf die Schulter und trat vor. Er überließ ihm gerne das Feld und drehte sich seitwärts, als hätte er nichts mehr mit der Sache zu tun, hatte aber den Bürgermeister weiter im Blick.

»Herr Thies, wir können das Ganze abkürzen. Wir haben eine Meldung erhalten, der ich als Leiter der Mordkommission nachgehen muss. Ohne Wenn und Aber. Ob ich will oder nicht. Verstehen Sie?«

Thies antwortete nicht, sondern grinste abfällig, sodass sich seine winzigen Augen in dem groben Gesicht weiter verengten.

»Wir hätten das gerne erst mit Ihnen besprochen. Sie gewissermaßen vorsichtig konfrontiert. Aber nun muss ich Sie bitten, mit uns zum Grundstück Ihres Sohnes zu fahren.«

Martin sah, dass Thies mit allem gerechnet hatte, nur nicht mit dieser Aufforderung. Für Sekunden entgleisten ihm die Gesichtszüge, nur um sich sofort zu fangen. Es schien, als richtete er sich weiter auf, um den Türrahmen mächtiger auszufüllen und seine Abwehr zu verdeutlichen.

»Was reden Sie da für einen Quatsch? Was soll das? Auf dem Grundstück meines Sohnes? Was soll da sein? Was habe ich damit zu tun?«

Eine gespannte Stille entstand. Martin drehte sich zu Gert, um in seiner Mimik zu lesen, was er antworten würde. Es war klar, dass Thies ihnen nicht entgegenkäme, wenn sie ihm mit dem Verdacht von Marthe Dirkens kämen. Das würde er sofort als Altweibergeschwätz abtun. Einen Anlass, das gebuddelte Loch in Frage zu stellen, hatten sie auf einem Privatgrundstück nicht, mal davon abgesehen, dass es für vage Verbindungen zum Fall Mertens sicherlich keine richterlichen Beschlüsse geben würde. Martin wusste, dass Gert Schneyder nach einem anderen Weg suchte.

Tatsächlich klang dessen Stimme nun sanfter, beschwichtigender: »Ist es richtig, dass sich Ihr Sohn und Ihre Schwiegertochter im Urlaub befinden?«

Wieder huschte ein Schatten über Thies' Gesicht. Er wird alt, dachte Martin, der den Bürgermeister als ausgewiesenes Pokerface kannte. Nervöse Reaktionen, und seien sie noch so subtil, hatte man bei Joseph Thies bisher nicht erlebt.

»Muss ich Ihnen darauf antworten? Schon einmal von Privatsphäre und Datenschutz gehört?«, blaffte er trotzdem.

»Herr Thies, wir sind keine Spendensammler oder Handelsvertreter, die Ihnen etwas andrehen wollen. Glauben Sie mir, wenn wir zu Ihnen kommen, hat das Gründe. Was Sie als gewähltes kommunales Parteiorgan wissen müssten.«

Martin zuckte zusammen. Da war es wieder. Aus dem netten, jovialen Kripobeamten wurde innerhalb von Sekunden ein Dramatiker par excellence. Ein gewisses Bühnentalent konnte man dem Hauptkommissar wirklich nicht absprechen. Wichtiger aber war: Es erzielte Wirkung. Thies sackte im Schulterbereich leicht zusammen, sein Körper verlor die hohe Anspannung, der Bauch trat mehr hervor, er wirkte weicher und nachgiebiger.

»Selbstverständlich«, murmelte er vor sich hin, während sich seine kleinen Knopfaugen hin- und herbewegten.

»Also dann. Wir haben Grund zur Annahme, dass auf dem Grundstück Ihres Sohnes und Ihrer Schwiegertochter ein Einbruch oder ein Einbruchversuch stattgefunden hat.«

»Bingo«, flüsterte Martin, was ihm einen bösen Blick sowohl von Thies als auch von Schneyder einbrachte.

»Deswegen unsere Nachfrage.« Die Stimme von Gert war wieder höflich und einschmeichelnd. »Die Nachricht, dass Ihr Sohn verreist ist, haben wir von der meldenden Person, die seltsame Geräusche vernommen hat. Sie hat sich absolut richtig verhalten, uns zu informieren.«

Man konnte Thies trotz seiner kaum vorhandenen Mimik beim Denken zusehen. Dass er nicht allein mit Erschrecken und sofortiger Kooperation reagierte, machte ihn in Martins Augen verdächtig. Zwar konnte er sich nicht vorstellen, was hinter der Sache stecken mochte. Ein Zusammenhang zu dem Todesfall – das war ihm zu weit hergeholt. Trotzdem. Irgendetwas war daran faul. Da hatte Marthe Dirkens ein gutes Gespür bewiesen.

»Und wieso stehen Sie bei mir vor der Tür? Wäre es nicht folgerichtig, dass Sie an Ort und Stelle für Sicherheit und Ordnung sorgen? Was?«

Seine Stimme begann sich zu überschlagen. Eine Frau, die ihren Hund ausführte, blieb stehen und schaute erschrocken zu ihnen.

Martin nutzte die Gelegenheit und deutete dezent in die Richtung. »Wir sorgen schon für Aufsehen.«

»Oja! Das tun Sie.« Thies ließ sich nicht beeindrucken. Er drehte die Dinge zu seinen Gunsten um. »Mich nicht nur als Bürgermeister, sondern auch als unbescholtenen Bürger zu kompromittieren, indem Sie mit dem Polizeiwagen vor meinem Haus stehen und mir nicht klipp und klar sagen können, was Ihr Anliegen ist, das ist unverschämt. Das wird insbesondere für Sie ein Nachspiel haben, Herr Ziegler.« Theatralisch schüttelte er den erhobenen Zeigefinger gegen Martin, während sein Blick die Passantin suchte. Klar, er wollte das Aufsehen, aber in seinem Sinne.

Dann verengten sich erneut seine dunklen Augen. Sein Ausdruck bekam plötzlich etwas Gerissenes. Martin glaubte schon, er würde ihnen ein Angebot unterbreiten, einen Deal, auf den sie eingehen sollten, damit Thies sein Gesicht wahrte. Tatsächlich senkte er die Stimme zu einem Flüstern. »Etwas ganz anderes, meine Herren. Wenn es um einen Einbruch geht, was hat dann dieser Herr hier zu suchen?« Er deutete auf Schneyder.

Diesmal entglitt diesem die Mimik, zu Martins Erleichterung aber nur für eine Sekunde. Dann zog er die Schultern zurück und beugte sich mit ausgestrecktem Finger zu Thies. »Gute Frage. Sehr gute Frage. Das werde ich Ihnen gerne erklären.«

*

»Daniela, jetzt!«

Daniela erschrak, als die Stimme zischend in ihrem Rücken auftauchte. Sie war so in ihre Gedanken an die nächsten Buchungen vertieft gewesen, dass sie gar nicht gemerkt hatte, wie der Wasserhahn glänzte, den sie kraftvoll polierte. Dass Frau Dirkens in einem der Gästezimmer nach dem Rechten gesehen hatte, war ihr für einen kurzen Moment vollkommen entfallen.

»Oh Gott, was ist los?« Sie richtete sich auf und legte die Hand an den Rücken. Sie merkte jeden Tag, wie ungewohnt die neuen Tätigkeiten waren. Schon im Friseursalon hatten Füße, Beine und Arme abends gemeckert, jetzt kamen andere Körperteile dazu, da half auch der Spaziergang am Strand, den sie regelmäßig machte, nicht weiter. Sie seufzte. Vielleicht musste sie doch mehr Sport machen als bisher. Selbst wenn ihr davor graute.

»Was los ist? Sie kommen!«

»Wer kommt?« Während sie die Frage stellte, fiel ihr ein, wovon Frau Dirkens sprach. Sie schlug sich mit der Hand vor die Stirn. »Ach, klar. Martin. Woher …?«

»Woher, woher? Woher wohl? Aus dem Fenster habe ich geschaut, was denn sonst. Er kommt mit Thies.«

Daniela wusste, dass Frau Dirkens nur selten so aufgeregt war. Aber heute hüpfte sie wie ein kleiner Spatz vor ihr herum und winkte mit den Händen.

»Jetzt komm schon! In den Garten.«

»Ernsthaft? Sie wollen lauschen?«

»Blödsinn. Nur nach den Beeten schauen. Schließlich ist es Frühjahr.«

Daniela lachte laut los. »Frau Dirkens. Frühling ist es gerade mal ein paar Tage. Nach dem Kalender. Dass wir im Norden später dran sind, muss ich gar nicht sagen. Im Rheinland dagegen …«

»Vom Rheinland kannst du heute Abend schwärmen. Jetzt komm mit. Wir könnten eine nette Sitzecke für deine Gäste planen, dort hinten am Zaun.«

»So, so, könnten wir.« Daniela stemmte die Arme in die Hüfte und pustete sich eine längere Haarsträhne aus dem Gesicht. »Na, dann wollen wir das tun.«

»Wir sollten einen Block und einen Stift mitnehmen, das wirkt echter.«

Daniela, die schon auf der Treppe war, drehte sich zu der alten Dame herum. »Frau Dirkens, Sie sind nicht zufällig über die Krimis von Agatha Christie gestolpert? Das hier ist keine Abenteuergeschichte.«

»Nicht?« Die Augen blitzten hinter dem violetten Brillengestell. »Aber wer weiß? Wenn wir doch helfen können. Weißt du noch, wie Martin und Ruth dich genannt haben? Die Miss Marple von Norderney.«

»Ach, Frau Dirkens, die Geschichte damals war schlimm genug. Und da haben wir alle dazu beigetragen, dass sie aufgelöst werden konnte.«

»Wer weiß, vielleicht ist es auch diesmal nötig. Viele Augen und Ohren sehen mehr.«

Daniela kam kaum hinterher, so schnell war Frau Dirkens durch das Frühstückszimmer, in dem zwei Gäste saßen, zur Terrassentür hinaus. Daniela entschuldigte sich bei ihnen, schloss die Tür zum Garten von innen, fragte, ob noch jemand etwas brauchte, und ging anschließend zur Haustür hinaus, um von dort aus nach draußen zu gelangen.

Frau Dirkens hatte sich vor den Büschen platziert und schritt nachdenklich auf und ab. Dabei machte sie in Danielas Richtung beschwichtigende Gesten und legte den Finger auf den Mund.

»Das wird ein Nachspiel haben, so etwas von einem Nachspiel, das sage ich Ihnen. Vergessen Sie Ihre nächste Beförderung, vergessen Sie alles, was Sie sich jemals erträumt haben. Mich unter Vortäuschung falscher Tatsachen hierhin zu locken. Was fällt Ihnen eigentlich ein, Sie Jungspund?« Die bellende Stimme drang klar und deutlich über den Zaun und war wahrscheinlich zwei Gärten weiter zu hören.

Nur – es kam keine Antwort.

»Soll ich wiederholen, was Sie mit mir machen? Ich frage Sie, sind Sie sich überhaupt der Konsequenzen Ihres Handelns bewusst? Ich will sofort meinen Anwalt sprechen.«

Jetzt war eine leisere, hellere Stimme zu hören. Daniela stellte sich auf die Zehen, aber die Hecken standen an dieser Stelle zu dicht beieinander, um etwas zu sehen. Würden sie sich in eine Lücke vorkämpfen, wären sie von der anderen Seite des Zaunes sofort sichtbar. Frau Dirkens näherte sich den Büschen trotzdem, ihre Hand hatte sie hinter ihr Ohr gelegt. Als es unter ihr auf dem Boden laut knackste, blieb sie wie angewurzelt stehen, und auch auf der anderen Seite war es ein oder zwei Sekunden still.

Daniela konzentrierte sich, um die Wortfetzen besser zu verstehen.

»… Anwalt – gutes Recht – sollen wir nicht?«

»Nein, wir sollen gar nichts.« Wieder war die laute Stimme zu vernehmen.

»Joseph Thies«, formte Frau Dirkens die Worte lautlos mit den Lippen.

Daniela nickte.

»Das Einzige, was Sie sollen, ist, diesen gottverdammten Tag zu verfluchen, der Ihnen diese blödsinnige Idee eingegeben hat, dass ich in diesem Garten etwas vergraben hätte. Und jetzt: Meinen Anwalt!«

Daniela hörte ein resigniertes Seufzen. Marthe Dirkens kippte vor Neugier mit ihrem Oberkörper weiter nach vorne.

»Also gut.« Die hellere Stimme, nun lauter. »Wenn uns das weiterbringt. Dann rufen wir Ihren Anwalt. Wer ist es? Ich hoffe wenigstens, dass nicht extra jemand vom Festland kommen muss.«

»Papperlapapp. Festland. Die besten Leute sind Insulaner. Also bitte. Meinen Parteifreund natürlich. Herr Ziegler kennt ihn. Klaas Wilko Kroll. Los, los, machen Sie schon.«

∗

»Polizei Norderney, Nicole Ennert, was kann ich für Sie tun?« Sie hatte den Kugelschreiber aus der Stiftebox gezogen. Immer erst den Namen notieren, war ihr Glaubenssatz, der sich schon oft als richtig erwiesen hatte. Die Kollegen lächelten darüber gerne. Aber sie wusste, was sie tat nach 25 Dienstjahren, die ihr aufgrund ihres Alters und Aussehens kaum einer abnehmen wollte.

»Sabine Hollstein vom Jugendamt in Norden. Wir kennen uns von gestern. Kann ich bitte den ermittelnden Kripobeamten in der Angelegenheit Mertens sprechen?«

Nicole runzelte die Stirn. Was für eine seltsame Formulierung. ›Angelegenheit‹ statt Todesfall. Laut antwortete sie: »Tut mir leid. Sowohl die Kripo als auch unser Chef sind in Außenterminen. Kann ich Ihnen weiterhelfen?«

Sie hörte das Zögern und erwartete eine ablehnende Antwort mit der Bitte um Rückruf. Doch stattdessen überraschte sie ihr telefonisches Gegenüber mit einer Frage: »Wie gut kannten Sie denn Frau Mertens?«

Nicole zögerte. Sie hatte keine Idee, warum das die Sozialarbeiterin interessierte.

»Frau Mertens?«, fragte sie zurück, um hinzuzufügen: »So gut, wie man sich auf der Insel eben kennt. Flüchtig, würde ich mal sagen. Durch die Kinder gab es manchmal Begegnungen. Ich habe zwei im ähnlichen Alter.«

»Dann wissen Sie etwas mehr zur erweiterten Familie? Tante, Onkel, Großeltern, Paten?«

»Moment mal.« Nicole klopfte mit dem Kugelschreiber auf den zurechtgelegten Notizblock. »Wieso fragen Sie mich das? Sie wollten mich ursprünglich gar nicht sprechen.« Davon abgesehen, dass sie am Telefon nicht unautorisiert Auskünfte geben konnte, dachte Nicole bei sich.

Sie sah auf das Display. Der Anruf kam augenscheinlich von einer Behörde. Schnell gab sie in der Suchfunktion des Computers das Jugendamt ein. Immerhin, die Nummer auf dem Telefon war identisch mit dem Eintrag, sah man von den Durchwahlziffern ab.

»Sie haben vollkommen recht. Entschuldigen Sie bitte.« Die Stimme drang forsch aus dem Hörer. Nicole brachte sie kaum mit der jungen Frau von gestern in Verbindung. »Es ist nur so. Wir sind auf der Suche nach Angehörigen der beiden Kinder. Diese konnten uns nur sehr wirre Auskünfte erteilen. Anscheinend hat Frau Mertens im Lauf der letzten Jahre zunehmend Kontakte abgebrochen, und die Kinder erinnern sich nur rudimentär und unzureichend. Da dachte, ich frage mal.«

Nicole musste grinsen. »Mit dieser Haltung könnten Sie glatt bei uns anfangen.«

»Ja, nicht wahr? Liegt wahrscheinlich daran, dass ich gerne Krimis lese. Ich gehe den Dingen gerne auf den Grund.«

»Ist nicht verkehrt. Aber ich befürchte, dass ich Ihnen kaum weiterhelfen kann. Frau Mertens war alleinerziehend. Ich hätte nicht sagen können, ob die Kinder Kontakt zu ihrem Vater haben oder nicht.«

»Haben sie nicht. Der leibliche Vater lebt nicht mehr.«

»Ja, ich habe es gehört. Schlimm.«

»Absolut. Sehr, sehr traurig für die Kinder. Es kommt heutzutage nur selten vor, dass wir so junge Vollwaisen haben.«

»Damit ist der Tod der Mutter noch furchtbarer, als er es auf den ersten Blick schon war.«

»Stimmt. Was es komplizierter macht: In fast allen Fällen greift bei solchen Ausgangslagen die Verwandtenpflege. Sogenannte Waisenhäuser kennen wir für Kinder, die in Deutschland geboren werden, kaum noch. Aber in diesem Fall hier –«

Nicole hörte Frau Hollstein schlucken.

»Entschuldigen Sie bitte. Der Fall berührt mich doch sehr. Also, in diesem Fall gibt es keine Großeltern mehr. Anscheinend von beiden Seiten nicht. Bei der üblichen Lebenserwartung sehr, sehr ungewöhnlich, aber nicht unmöglich.«

Mit jedem Wort hatte die Stimme an Festigkeit gewonnen, aber Nicole konnte gut nachvollziehen, dass einen die Situation der Geschwister nicht kaltließ. Die Haare an ihren

Armen stellten sich auf, ein kalter Schauer lief ihr über den Rücken. »Die armen Kinder.«

»Allerdings. Die armen Kinder.« Einen Moment schwiegen sie beide, dann sprach Frau Hollstein weiter: »Natürlich sind die Kinder erst einmal gut untergebracht. Bei qualifizierten Fachleuten in einer sehr guten Einrichtung. Auch die psychologische Betreuung ist angelaufen. Trotzdem …«

»Verstehe ich«, antwortete Nicole. »Man würde ihnen etwas anderes wünschen als lauter fremde Menschen.«

»Wir geben die Hoffnung nicht auf. Der Junge sprach heute von einer Tante, an die er sich erinnert. Er wusste nicht, ob es eine direkte Verwandte ist oder eine Patin. Er sagte, seine Mutter hätte mit der Tante Streit gehabt, und seitdem hätten sie sich nicht mehr besucht. Es war eine sehr zögerliche und zusammengestückelte Erinnerung, sodass wir nicht genau wissen, was Realität oder Wunschdenken ist.«

»Aber das muss sich doch herausfinden lassen?« Nicole überlegte fieberhaft, was sie an Tipps anbieten konnte. »Über die Einwohnermeldeämter oder Standesämter.«

»Ja, natürlich. Aber derzeit haben wir keinen konkreten Anhaltspunkt. Und das ist der eigentliche Grund meines Anrufs.«

»Wenn wir helfen können – sehr gerne.«

»Das dachte ich mir. Dankeschön.« Die Stimme wurde weich. Nicole war die Art, wie Frau Hollstein die Fragen stellte, jetzt doch sympathisch.

»Ich notiere alles, was Sie wissen möchten, und leite es an Herrn Schneyder weiter. Er wird sich umgehend melden.«

»Gut. Prima. Also, wir würden gerne wissen, ob es in den Dokumenten von Frau Mertens irgendetwas gibt, das uns weiterhilft. Vielleicht einen Hinweis auf die Paten. Oder

sogar ein Testament mit einem Vorschlag für die Vormundschaft im Fall der Fälle.«

»Im Fall der Fälle«, murmelte Nicole und nahm sich
vor, heute Abend mit Stefan darüber zu sprechen, wer im
schlimmsten Fall der Fälle die Vormundschaft für ihre Kinder übernehmen sollte. Wobei sie sich sicher fühlte, denn sie
waren als Eltern zu zweit. Aber auch das war nicht unmöglich – ein Unfall, der sie beide gleichzeitig aus dem Leben
riss. Zum Beispiel. Nicole wurde flau im Magen. Nicht aus-
zudenken, was das für die Kinder bedeuten würde. Einmal
mehr wurde ihr die ganze Tragik um den Tod von Frau
Mertens bewusst.

»Viele Familien haben Dokumentenmappen. Wenn
jemand bei Frau Mertens nachschauen könnte? Es würde
uns, aber vor allem den Kindern weiterhelfen.« Frau Hollsteins Worte drangen nach und nach zu Nicole.

»Klar. Ich kümmere mich darum«, beeilte sie sich zu sagen.

»Jeder noch so kleine Anhaltspunkt wäre hilfreich. Wir
brauchen nun mal den kleinen Zipfel, den man zu fassen
bekommen muss, um das ganze Tuch herauszuziehen. Deswegen die Frage eben an Sie persönlich, ob Sie etwas wissen.«

»Das kann ich gut nachvollziehen, Frau Hollstein.«
Nicole hatte Respekt vor dem Engagement der Sozialarbeiterin, für die die Kinder alles andere als ein Fall darzustellen schien. »Ich werde mich privat erkundigen, ob jemand
etwas weiß. Und überlegen, ob mir etwas einfällt.« Ein
Gedanke blitzte auf. »Dass Frau Mertens ursprünglich aus
dem Rheinland stammt, das wissen Sie?«

»Ja, so viel ist uns bekannt. In die Richtung versuchen
wir ebenfalls, die Fühler auszustrecken. Wenn Sie etwas
Genaueres erfahren, melden Sie sich bitte bei mir.«

»Darauf können Sie sich verlassen. Unbedingt.« Nicole rutschte unruhig auf dem Stuhl herum. Sie war voller Tatendrang. »Ich lasse mir das durch den Kopf gehen. Das Rheinland könnte tatsächlich eine heiße Spur sein, wenn ich es mir recht überlege.«

*

Martin Ziegler konnte es nicht fassen. Da standen diese Männer in der frischen Morgenluft vor ihm, und beiden rann der Schweiß nur so über die Stirn. Gut, ihr Körpergewicht sprach nicht unbedingt für Fitness und einen gesunden Lebenswandel. Ziegler wusste, dass beide Männer nur zu gerne ihre Politik am Tresen bei einem gepflegten Bier oder gleich mehreren betrieben. Trotzdem. Normal war das nicht.

»Vielleicht können wir das Ganze beenden, meine Herren«, wandte er sich genervt an die beiden, die wenige Meter abwärts standen und sich flüsternd berieten.

Eine Antwort blieb aus.

Martin drehte sich zu den umliegenden Grundstücken und ließ seine Blicke über die Büsche und Zäune schweifen. Er war sich sicher, dass im Garten von Marthe Dirkens jemand auf der Lauer lag und das Spiel verfolgte. Marthe Dirkens. Anfangs hatte er Sorge gehabt, dass die alte Dame anfing, sonderbar zu werden, und Gespenster sah, wo keine waren. Doch kurz danach hatte auch Daniela angerufen, und im Garten war es eindeutig: Frische Spuren, die darauf hinwiesen, dass erst vor Kurzem der Rasen ausgestochen worden war und anschließend nur notdürftig festgetreten wurde. Da gönnte er Marthe Dirkens ihren Lauschposten.

Er stellte sich leicht auf die Zehen und lugte intensiver durch die Büsche, aber zu sehen war nichts. Was nicht weiter schlimm war, denn er konnte ja schlecht einen Plausch am Gartenzaun beginnen, wenn er die ehemalige Pensionswirtin entdeckte. Und leider bot dieser Einsatz so gar keine Gelegenheit für ihre spezielle Teezeremonie.

Er schaute auf die Uhr. Langsam wurde es lächerlich. Dass Thies keine Leiche vergraben hatte, war ihnen klar. Aller tragischen Umstände zum Trotz. Warum er also so ein Spiel machte, verstand Martin nicht.

Schneyder war vor wenigen Minuten aufgebrochen, nachdem Nicole sie über einen Anruf des Jugendamtes informiert hatte. Er wollte die Gelegenheit nutzen, um mit der KTU nach den gewünschten Unterlagen zu suchen.

Martin war es recht gewesen. Gert und er waren sich sicher, dass es wahrscheinlich eine Bagatelle war, wegen der sie hier standen. Eine Bagatelle, die nichtsdestotrotz dadurch eine besondere Bedeutung erfuhr, als dass es sich möglicherweise um eine Ordnungswidrigkeit des amtierenden Bürgermeisters handelte. Er persönlich tippte auf ein verstorbenes Haustier, schließlich hatte Thies zwei Hunde und mehrere Katzen, wenn Martin sich recht erinnerte. Zwar hätte er ihm nicht so viel Emotionalität zugetraut, aber war es nicht oft so? Die Tierliebe schien bei manchen Menschen ausgeprägter als das Verständnis für die Mitmenschen. Das konnte bei Thies auch sein. Und KWK war auf dem besten Weg, der perfekte Nachfolger zu werden, war er doch fast ein getreues Abbild in allen Wesenszügen.

Dessen Stimme wurde lauter und ungeduldiger. Martin ergriff seine Chance und trat näher an die beiden heran.

»Ich würde gerne weitermachen. Wir sollten keine Zeit verlieren. Als wenn es nichts Wichtigeres gäbe. Als wenn es nicht den Tod von Frau Mertens aufzuklären gäbe.«

Beide schauten ihn mit ihren schwitzigen, erregten Gesichtern an. Fassungslos, stellte er fest. Es war, als hätten sie den Todesfall vollkommen vergessen und verdrängt. Dachte er zumindest.

Bis KWK ihn anschrie: »Ziegler, tun Sie nicht so einfältig. Als wenn wir nicht genau wüssten, was das für ein Spiel ist. Uns und unsere Partei und unseren guten Ruf Stück für Stück zu ruinieren. Verdächtigungen auszusprechen, als wenn einer von uns etwas mit dem Tod dieser, dieser …«

Er brach ab, augenscheinlich weil ihm kein geeignetes Wort für Petra Mertens einfiel. So viel Pietät brachte Klaas Wilko anscheinend auf, nicht den Wahlkampfschimpfmodus fortzuführen.

»Niemand verdächtigt irgendjemanden ohne Grund.« Er versuchte, mit einer sachlichen Antwort seine Autorität zu unterstreichen.

»Ha ha, dass ich nicht lache. Weshalb stehen wir dann hier?« Thies verzog das Gesicht zu einer Fratze, als er ein ironisches Grinsen andeutete.

»Weil es eine Meldung zu einem vermuteten Einbruch auf dem Grundstück Ihres Sohns gab, der bekanntlich in Urlaub weilt. Dass sich daraus ein Verdacht gegen Sie entwickelt, Herr Thies, ist einzig und allein Ihrer Reaktion und der fehlenden Kooperation geschuldet.«

»Ach komm, ich weiß doch, wie der Hase läuft. Und zum Schluss bleibt immer was hängen. Der Bürgermeister und die Polizei – das ist doch spätestens heute Mittag rund.« Mit einer wegwerfenden Geste drehte er sich rum und stapfte davon.

»Thies, bleib stehen!« KWK setzte sich agiler in Bewegung, als sein Körperbau es vermuten ließ. »Das ist doch Quatsch. Lass uns das Ganze beenden. Die geben doch sowieso keine Ruhe. Wir kriegen das hingebogen. Ich haue dich da raus. Mach dir keinen Kopf.« Klaas Wilko drehte sich zu Martin und lächelte ihn verkrampft an.

»Du Idiot.« Thies riss die Fäuste hoch und schien auf KWK losgehen zu wollen. Doch der Jüngere wich ihm erst geschickt aus und redete dann beruhigend auf ihn ein. »Komm, es ist wie mit den Frauen. Man muss erkennen, wann man verloren hat.«

»Da kennst du dich ja bestens aus, KWK. Dann pass auf, dass du auf dem Gebiet nicht der Nächste bist, dem sie den Dreck am Stecken nachweisen. Dann war es das für dich.« Thies hob abwehrend die Hände. »Ich für meinen Teil kann mich zurücklehnen. Ich habe keine Wahl mehr zu gewinnen oder zu verlieren. Alles, was ich getan habe und tue, habe ich nur für unseren Wahlsieg gemacht. Aber natürlich. Undank ist der Welten Lohn. Warum sollte es ausgerechnet bei mir anders sein?«

»Spinn mal nicht rum, Thies. Wir sind dir dankbar für alles, was du getan hast. Du hast einen guten Job gemacht. All die Jahre für die Insel. Das rechnen dir alle hoch an. Bringst die Insel seit Jahren nach vorne. Da haben wir alle von profitiert.«

»Ja, und nun? Lasst ihr euch das alles kaputt machen? Bloß, weil sich eine Emanze und ein Schnösel einbilden, die Richtung mitbestimmen zu können. Was seid ihr bloß für Weicheier. Das ist nicht mehr das, wofür ich stehe. Basta.«

»Thies. Jetzt ist es aber gut. Du weißt, dass ich konsequent deine Art der Politik aufgegriffen habe und dafür stehe, sie fortzuführen. Dass ich der Einzige bin, der in der Lage ist, dein Erbe anzutreten und damit deine Erfolge zu sichern.«

»Phrasen. Lippenbekenntnisse. Plattitüden. Nichts sonst. Wo ist dein ostfriesisches Blut?«

»Du weißt genau, dass wir uns nicht außerhalb der Zeit bewegen. Schau doch nach Berlin. Die Dinge sind nicht mehr so klar und starr, nicht mehr so abgegrenzt, wie das früher war. Die Menschen fragen nach. Lassen sich nicht …«

»Lassen sich nichts mehr erzählen, meinst du? Doch. Das tun sie. Man muss nur wissen, wie man es macht. Und davon habt ihr Jungspunde keine Ahnung. Vor lauter Angst vorm Wähler macht ihr euch in die Hose. Vorauseilender Gehorsam nennt sich das, wenn man Kompromisse anbietet, wo gar keine nötig wären. So verkauft ihr das, was uns Insulanern hoch und heilig sein sollte. Unsere Unabhängigkeit. Unsere Eigenständigkeit. Unsere Selbstbestimmung. Und nun, tu, was du tun musst. Und sag diesem Inselpolizisten«, er spie das Wort in Martins Richtung, »was ich dort vergraben habe und dass es nicht das Gewehr ist, mit der Petra Mertens erschossen wurde. Auch wenn der ein oder andere mir genau das gerne anhängen würde. Frau Mertens, wenn sie es noch könnte, sicherlich an vorderster Front.«

*

»Man kann sich nur wundern, dass es Typen wie dieser Thies schaffen, genügend Wähler hinter sich zu versammeln. Und wenn ich mir seinen Parteikollegen anschaue und mir vorstelle, er gewinnt die Wahl, dann weiß ich nicht, ob ich nicht doch lieber aufs Festland zurück will.« Martin knallte die Wasserflasche, die er aus der Teeküche geholt hatte, auf den Tisch, sodass Nicole erschrocken zusammenfuhr.

»Entschuldige«, schob er deswegen schnell hinterher und runzelte die Stirn. »Shit, jetzt habe ich dein Glas vergessen. Kommt davon, wenn man sich so aufregt.«

»Lass mal, ich hole es mir selbst.« Nicole sprang auf, war aber blitzartig zurück. »Willst du erzählen, was los ist?«

Martin hörte zwar die Frage, antwortete jedoch nicht sofort. Stattdessen hob er die Hand, mit der er um einen Moment der Geduld bat, und gab das Passwort im Computer ein. »Will nur gerade die KTU und Schneyder informieren, dass wir noch was für sie haben.«

»Mach nur.« Nicole nahm sich die Flasche Wasser und goss sowohl sich als auch Martin ein. »Ich kann warten. Hauptsache, du kriegst mir keinen Herzinfarkt vor lauter Ärger.«

»Herzinfarkt?« Martin sah irritiert auf. Glaubte Nicole ihn etwa schon in der gefährdeten Altersklasse? Das war lächerlich. So was galt für Männer wie diesen Thies oder KWK. Er merkte, wie ihm das Blut in den Kopf stieg.

»War ein Scherz, Chef.« Nicole verzog lächelnd den Mund. »Sagt man doch so, wenn sich einer ärgert. Und das sah nach viel aufgestauter Wut aus bei dir eben. Oder etwa nicht?«

Martin grinste schief zurück. »Hört sich nicht nach Vorbild an, wenn meine Mitarbeiterin solche Rückmeldungen gibt.«

»Schon okay. Für mich jedenfalls. Ich bin froh, dass du nicht den dicken Macker raushängen lässt. Ich finde, Chefs dürfen Gefühle haben.«

»Haben ja.« Martin ließ den Satz in der Luft hängen.

»Und zeigen. Hey, wir sind im 21. Jahrhundert. Authentizität heißt es doch immer und überall.«

»Na, ich bezweifle, dass das für männlich dominierte Führungsriegen gilt.« Martin verdrehte die Augen.

»Deswegen haben wir dem allen den Rücken zugekehrt und leben und arbeiten autonom auf der Insel. Für mich passt das. Ernsthaft. Und sag schon: Was ist los?«

»Was los ist?« Martin lachte höhnisch auf und schlug mit der Hand auf den Tisch. Der Ärger war sofort zurück. »Los ist, dass unser werter Herr Bürgermeister Waffen ohne Waffenschein besitzt, ohne Waffenschrank und sonstige Sicherung, und dass er es für nötig gehalten hat, nach dem Tod von Frau Mertens die Gewehre im Garten seines Sohnes zu vergraben.«

»Was?« Nicole war vom Stuhl hochgesprungen. »Das ist doch nicht wahr, Chef?«

»Doch, ist es.«

»Aber«, Nicole stockte. »Aber, wieso? Was macht er denn mit einem Gewehr?«

»Zwei.«

»Zwei? Du meinst, er hatte zwei vergraben?«

»Ja.«

»Was will er damit? Ist er im Schießsportverein? Das hätte man doch mitgekriegt, oder?«

»Nein, ist er nicht. Hat alles zugegeben. Dass er die Waffen nicht angemeldet hat, keinen Waffenschein besitzt und so weiter und so fort.«

»Wie blöd muss man sein, als oberster Chef der Verwaltung gegen geltendes Recht zu verstoßen?« Nicole klopfte mit dem Zeigefinger an ihre Stirn.

»KWK ist sein Anwalt. Den hat er kommen lassen, damit er uns die Sache erklärt.«

»Ausgerechnet KWK.«

»Ja, aber er wusste Argumente vorzubringen. Dass die Waffen schon Jahre alt sind. Dass Thies früher auf Jagd im Ausland war, wo es mit den Jagdscheinen nicht so genau genommen wird. Dass er es zeitlich nie geschafft habe, den Jagdschein zu machen und deswegen die Waffen nicht angemeldet habe. Na, da konnte man hören: Die Brüder im Geiste, die sich alles nehmen, was ihnen scheinbar zusteht.«

»Mensch, Martin, so habe ich dich ja noch nie gegen einen unserer Leute wettern hören. Der Thies ist doch in mancher Hinsicht ein netter Kerl und hat eine Menge für die Insel getan.« Nicole hatte die Ellbogen auf dem Schreibtisch abgestützt und ihr Kinn auf die verschränkten Hände gelegt. Nachdenklich sah sie Martin an.

»Hast ja recht. Ist vielleicht nur die Zuspitzung im Wahlkampf. Da wirkt er patriarchalisch und konservativ wie nie zuvor.« Martin stieß sich in seinem Bürostuhl ein Stück zurück und trommelte mit flachen Händen auf die Oberschenkel. »Jedenfalls ist die ganze Sache mit den verbuddelten Gewehren unsäglich und kostet nur unnötige Zeit.«

»Dann gehst du also nicht davon aus, dass es die Tatwaffe sein könnte, die er dort vergraben hat?«

»Nein.« Martin stand auf. »Aber was sollen wir machen? Es muss zumindest sicherheitshalber ein Abgleich stattfinden. So ein Idiot.«

Nicole lachte auf. »Mensch, Martin. Das aus deinem Mund. Du bist aber wirklich angefressen von der ganzen Sache.«

»Stimmt. Und ich brauche Bewegung. Damit ich runterkomme. Was hältst du davon? Eine Runde Streife laufen, wir beide zusammen? Mache ich ja nur selten.« Er ging in Richtung Tür, um nachzuschauen, wer die Stellung auf der Wache halten könnte.

»Könnte passen. Sind genug Leute im Dienst. Ich hätte aber noch was.«

Martin drehte sich rum. »Natürlich. Entschuldige, Nicole. Ich bin heute wirklich ein schlechter Vorgesetzter. Du sitzt ja nicht in meinem Büro, um dir mein Gejammer anzuhören. Also, wo drückt der Schuh?«

Nicole stand auf. »Vielleicht ist die Idee mit der Streife gar nicht so schlecht. Meinst du, wir könnten zusammen beim neuen Hostel vorbeischauen?«

»Bei Marthe Dirkens? Sie war diejenige, die uns wegen Thies informiert hat.«

»Ach, dann passt das prima. Du kannst ihr danken, dass sie so aufmerksam war. Und ich spreche in der Zwischenzeit mit Daniela Prinzen.«

»Ja, aber warum? Habe ich etwas verpasst?«

»Nee. Nicht direkt. Ich würde gerne mal mit Daniela sprechen, weil sie doch aus dem Rheinland stammt. Habe ich der Frau vom Jugendamt versprochen.«

»Moment mal. Ich kapiere nichts. Frau vom Jugendamt. Rheinland. Was bedeutet das?«

Nicole schnappte sich ihre Dienstmütze. »Erkläre ich dir unterwegs, Chef. Sagen wir mal so. Vielleicht können wir die Arbeit der Kripo unterstützen. Und dir würde nach all der Aufregung eine kleine Inspektion von Marthe Dirkens' Giftschrank nicht schaden. Hab ich nicht recht?«

*

»Bist du eigentlich von allen guten Geistern verlassen? Was hast du dir bei dieser Aktion gedacht?«

»Kann ich ahnen, dass in aller Frühe jemand hinter dem Gartenzaun schnüffelt? Ich wette, dass es Marthe Dirkens war, die mir die Polizei auf den Hals gehetzt hat.« Joseph Thies hatte noch keine Minute ruhig gesessen, seitdem KWK ihn in sein Büro begleitet hatte. Glücklicherweise schien sich dort nichts herumgesprochen zu haben von den Vorfällen am Morgen. Seine Sekretärin hatte zumindest reagiert wie immer, dabei war sie wie ein Seismograf, und er konnte Stimmungen meistens an ihrem Gesichtsausdruck ablesen, bevor sie nur den Mund aufmachte. Was sie trotzdem tat, ob er das wollte oder nicht. Aber heute war kein ungewöhnlicher Blick von ihr gekommen.

»Falsch, ganz falsch!«, unterbrach KWK mit leiser, schneidender Schärfe seine Gedanken, während er sich erhob und sich bedrohlich nahe vor ihn stellte.

»Wie? Du meinst, es war nicht Marthe Dirkens?«

KWK schlug sich mit der flachen Hand vor die Stirn. »Es ist tatsächlich besser, Joseph, wenn du bald den Posten räumst. Du warst mal bekannt für deinen politischen Instinkt. Ich habe größte Hochachtung vor deiner Lebensleistung, das weißt du. Und ich fühle mich geehrt, deine Nachfolge antreten zu dürfen.«

»Hör auf zu sabbeln.« Thies hatte wenig Lust, sich nach den heftigen Worten einwickeln zu lassen. »Wenn du Kritik üben willst, bitte. Tu dir keinen Zwang an. Aber hör auf mit diesem Gesülze. Und das eine sage ich dir: Gewählt bist du noch lange nicht. Also hör auf, dich als meinen Nachfolger aufzuspielen.«

»Okay, okay.« KWK setzte sich wieder in den braunen Ledersessel der Besucherecke. »Ich meinte eher als Nachfolger in der Partei«, schob er hinterher.

Wie ein trotziges Kind, dachte Thies und konnte sich ein Grinsen nicht verkneifen. Noch gewann er die Machtkämpfe, trotzdem wurmte ihn die Anspielung auf sein Alter und nachlassende Kräfte. KWK würde sich wundern. Auf Norderney betrieb man zwar keine Spitzenpolitik, aber in diesem Amt hatte ein jeder Federn gelassen. Die Zeit würde für ihn sprechen.

»Was war denn deiner Meinung nach falsch?«, fragte er nun deutlich milder, während er sich ans Fenster stellte und hinunter auf den Rasen schaute. »Wenn es nicht Marthe Dirkens war.«

»Ich weiß nicht, ob sie es war oder nicht. Aber genau darum geht es nicht. Darauf bezog sich meine Aussage nicht.« KWK schien sich im Ton unbedingt mäßigen zu wollen.

»Sondern?« Thies wusste nicht, worauf sein Parteifreund hinauswollte.

»Dass es keinen Sinn macht, die Schuld bei anderen zu suchen.« Er verstummte abrupt.

Joseph ahnte, dass damit nicht alles gesagt war. »Komm, spuck es aus. Ich vertrag das schon.«

KWK erhob sich erneut und kam zu ihm ans Fenster. »Na ja, ungünstiger hätte deine Aktion nicht ablaufen können. Was, um Himmels willen, hast du dir dabei gedacht? Das werden die anderen ausnutzen, genau so, wie wir die Sache im umgekehrten Fall ausgeschlachtet hätten. Unangemeldeter Waffenbesitz. Kein Waffenschrank, also unsachgemäße Aufbewahrung. Und dann diese Nacht- und Nebelaktion.«

»Na ja. Nachdem bekannt wurde, dass Petra Mertens erschossen wurde …«

»Schon klar. Da hast du es mit der Angst zu tun bekommen, weil es den ein oder anderen auf der Insel gibt, der von deiner Jagdleidenschaft weiß. Sorry, Joseph, aber wie konntest du nur? So kopflos handeln?«

»Was hättest du an meiner Stelle gemacht?« Thies zog die Hose, die ihm trotz Gürtel unter den Bauch rutschte, hoch. »Herr Oberschlau«, schob er bissig hinterher.

»Ich würde aufhören, mich zu provozieren, Joseph. Ernsthaft. Gut, das war von mir nicht die feine englische Art eben. Zugegeben. Aber nun sollten wir uns auf die Sache konzentrieren. Und wenn du mir keine Kritik zugestehst, weil ich jünger, unerfahrener und noch nicht gewählt bin«, er machte eine Pause und zog eine Augenbraue spöttisch in die Höhe, »dann vertraue mir wenigstens als deinem Rechtsbeistand. Denn das wirst du brauchen, da sei sicher.«

»Lächerlich. Ich habe mir nichts zuschulden kommen lassen. Als wenn das die Polizei interessiert, während sie den Tod von dieser Mertens aufzuklären hat. Die sind schon genug unter Druck.«

»Gerade deswegen. Wenn man keine Ermittlungserfolge hat, greift man nach jedem Strohhalm. Alles, was sich anbietet. Und was sehen wir da – selbst bei nüchterner Betrachtung? Einen Amtsinhaber, der frühmorgens dilettantisch seine Waffen vergräbt. Da kommt nicht nur Marthe Dirkens auf dumme Gedanken.« KWKs vorgetäuschte Ruhe löste sich erneut mit jedem Satz auf.

Thies sah, wie sich Schweißtropfen auf dessen Stirn bildeten, die Klaas Wilko mit dem Handrücken wegwischte. Die Hand strich er anschließend am Hosenbein ab.

»Na, wenn schon, das sind doch Peanuts. Ordnungswidrigkeiten. Keine Ahnung«, versuchte Joseph, die Sache herunterzuspielen.

»Keine Ahnung, das trifft es. Du wirst schon sehen. Ob ich dann Lust habe, dich zu vertreten, obwohl du auf diese Weise meinen sicheren Wahlsieg gefährdest, werde ich mir gut überlegen.«

Thies lachte bitter auf. »Ach, so läuft das. Da hast du ja eine prima Rechtfertigung gefunden, wenn du den Karren in den Sand fährst. Weil ich deinen sicheren Wahlsieg gefährde? Lachhaft. Schau dir meine Ergebnisse an und höre dich um, wie die Meinung der Wähler ist. Und bitte schön – vor dem Tod von Frau Mertens.« Er wandte sich ab und ging mit wenigen Schritten zu seinem Schreibtisch, von dem er einen Stapel Blätter aufnahm. »Hier findest du die wahren Gründe für den dramatischen Absturz deiner Werte. Dass du neben Petra Mertens und ihrer Umwelt-politik ausgesehen hast wie einer, der die Zeichen der Zeit nicht erkennt.«

»Was soll das, Thies? Die Richtung unseres Wahlkampfs haben wir wahlintern zusammen festgelegt.«

»Ja. Ja, das haben wir. Aber – und nun kommt das ent-scheidende Aber. Du glaubst doch nicht, man kommt in der Politik weit, wenn man sich an Parteivorgaben hält. Da musst du nur nach Berlin schauen. Und was im Großen gilt, gilt im Kleinen. Fakt ist: Du hast dir die Butter vom Brot nehmen lassen. Hast nicht reagiert, als du gemerkt hast, dass die Mertens die aktuelleren Themen besetzt. Dass sie charismatischer wahrgenommen wird, als wir das gerne gehabt hätten. Die Insel hat sich verändert. Und daran«, Thies hielt den Zeigefinger in die Höhe, »habe ich einen nicht unerheblichen Anteil. Das moderne Norderney bie-tet Raum für Neuerungen. Ich habe versucht, dir das seit Wochen zu sagen. Mit deiner Art von Wahlkampf wirst du das Ding nicht gewinnen.«

»Ach, hast du? Warum habe ich das nicht gehört?« KWK tapste zum Schreibtisch und lugte auf die Blätter, die Thies zurückgelegt hatte.

»Weil du es nicht hören wolltest. Weil du dachtest: Im letzten Moment wählen die Insulaner ja doch das, was sie am besten kennen.«

»So könnte es kommen.«

»Könnte, könnte. Wenn du darauf dein Glück setzten willst … Ich hätte die Dinge nicht so laufen lassen.«

»Du hörst dich an, als wenn es dir ganz recht wäre, was mit Petra Mertens passiert ist.« KWK sah ihn lauernd an.

Thies winkte ab. »Quatsch. So was wünscht man keinem. Und die Kinder. Aber dass du nicht ein wenig mehr gebohrt hast. Dass du ihr das Feld einfach überlassen hast. Glaub mir, jeder hat eine Leiche im Keller. Petra Mertens genauso wie Malte Häusler. Da muss man ansetzen. So läuft das heute.«

»So. Jeder hat also eine Leiche im Keller. So wie du deine Waffen, meinst du wohl?«

»Vom Prinzip schon.« Thies zuckte mit den Schultern. »Deswegen sollten sie ja verschwinden. In deinem Interesse. Ich muss nichts mehr beweisen.«

»Was dir großartig gelungen ist. Danke dafür.« KWK deutete übertrieben eine Verbeugung an.

Thies schaute ihn ernst an. Ließ ihn zappeln. Drei, vier, fünf Sekunden. Dann erwiderte er: »Vielleicht bist du darüber froh. Besser, als wenn einer deine Leichen ausgräbt vor der Wahl. Oder etwa nicht?«

*

»Ach, Kinder, das werdet ihr mir nicht antun.« Marthe Dirkens schüttelte den Kopf und sah sie der Reihe nach an. Dann nahm sie die Brille ab, polierte sie kurz an ihrer Strickjacke, die den gleichen Grauton hatte wie ihre Haare. Die einzelne farbige Strähne dagegen passte genau zum Brillengestell, das seit Neuestem kreisrund war und an die späten 60er-Jahre erinnerte, wahrscheinlich in nostalgischer Verklärung ihrer Jugendzeit.

Martin sah Nicole an, die seinem Blick auswich. Beide gaben keine Antwort.

Stattdessen übernahm Daniela, die das Schweigen richtig interpretierte. »Frau Dirkens, die beiden können doch nicht, weil sie im Dienst sind. Aber für mich bitte gerne.«

Frau Dirkens drehte sich empört zu ihr herum. »Neumodischer Kram. Da hat auf der Insel noch nie einer nachgefragt. Im Dienst. Dass ich nicht lache.«

Martin räusperte sich. »Frau Dirkens, das ist nicht fair.«

»Papperlapapp. Ich wollte nie so eine Alte werden, die nur noch über die guten alten Zeiten schwadroniert. Aber es bleibt einem ja kaum etwas anderes übrig.«

»Trinkt ihr wenigstens einen Tee mit?«, fragte Daniela.

Martin nickte, aber Nicole unterbrach ihn. »Vielleicht lieber einen Milchkaffee? Für uns beide?«

Sie sah ihn beschwörend an, und er verstand, dass sie damit der weiteren Diskussion um die besondere Teezeremonie, die Frau Dirkens ihnen angeboten hatte, aus dem Weg gehen wollte.

»Gute Idee«, bestätigte er deswegen schnell.

»Auch das noch.« Die alte Dame verdrehte gekonnt gekünstelt die Augen, sodass alle lachen mussten. »Dann trinkt ihr ruhig euer neumodisches Zeug, ich gehe für Daniela und mich dennoch an den Giftschrank.« Sie schlurfte zur Tür, und sie hörten ihre langsamen Schritte auf der Treppe.

»Hm, man merkt ihr das Alter trotz der lila Strähne immer deutlicher an«, flüsterte Martin, als er sicher war, dass Frau Dirkens es nicht mehr hören konnte.

»Ach was«, Daniela lachte. »Das ist alles Show, um euch ein schlechtes Gewissen zu machen. Ihr wisst doch: Wenn sie ihren Whiskey nicht loswird, ist sie persönlich beleidigt. Natürlich weiß sie, dass ihr nichts trinken dürft. Hat sie das schon jemals akzeptiert?«

Nicole grinste Martin an.

»Na also. Ihr versteht, was ich meine. Ich setze das Teewasser auf und mache den Kaffee. Danach können wir reden.«

Während Daniela in der Küche entschwand und Frau Dirkens in ihrer Wohnung den Whiskey aus ihrem sogenannten Giftschrank holte, warf Martin einen schnellen Blick aufs Handy. Anne und er hielten daran fest, sich über den Tag kleine Nachrichten zu schicken. Trotz oder gerade wegen der Jobs, die sie beide hatten, waren das oft die emotionalen Rettungsanker. Aber sie schien keine Zeit gehabt zu haben, und so schickte er schnell ein Foto, das den Blick aus dem Fenster in Danielas Garten zeigte. Ohne Text. Anne würde sich sicher wundern, was er hier zur Dienstzeit machte. Das würde er später auflösen. Kleine Rätsel erhöhten die Spannung.

»Du solltest Anne besser ein Foto von der Teezeremonie schicken, Chef. Das erhöht den Neidfaktor.« Nicole zwinkerte ihm zu.

Sie kannten sich zu gut und arbeiteten zu eng zusammen, als dass Martin vertuschen wollte, wie sehr er sich mit Anne verbunden fühlte. Sie alle riefen zwischendurch ihre privaten Nachrichten ab. So wie früher alle aus dem Dienst heraus telefoniert hatten. Nicht offiziell erlaubt und trotzdem Usus. Er hatte wenig Lust, den bigotten Chef zu spielen.

»Keine Fotos mit Alkohol während der Dienstzeit auf ausländischen Servern«, gab er zurück. »Ist der Alkohol erst bildlich festgehalten, spielt es keine Rolle mehr, dass ich ihn gar nicht getrunken habe. So schafft das Netz Wirklichkeit.«

»War nur ein Scherz.«

»Weiß ich doch. Von mir auch.« Er schob das Handy zurück in seine Hosentasche.

»Also.« Daniela balancierte ein Tablett in den Raum, auf dem eine Teekanne, zwei Tassen ›ostfriesische Rose‹, zwei Milchkaffeetassen, ein Sahnekännchen und die Kandisdose standen. Sie stellte alles auf dem Tisch ab, fischte ein Feuerzeug aus ihrer Jeans und entzündete ein Stövchen.

»Also?«, fragte Nicole und runzelte die Stirn. »Geht dein Satz noch weiter?«

Daniela sah sie erstaunt an, als wüsste sie nicht, wovon die Rede ist.

»Du hast ›also‹ gesagt, als du zur Tür reingekommen bist«, versuchte Martin, ihr auf die Sprünge zu helfen.

»Stimmt. Ich glaube, das sage ich immer, wenn ich zur Tür hereinkomme. So nach dem Motto ›Also hier, das Frühstück‹ oder ›Also, ich muss dir was erzählen‹ oder …« Sie überlegte einen Moment. »Ihr wisst sicher, was ich meine.«

»Ja, jetzt wissen wir es.« Nicole nahm lachend den Milchkaffee entgegen. »Du und Marthe Dirkens, ihr seid wirklich ein originelles Gespann.«

»Findest du?« Daniela sah Nicole aus großen Augen an. Fast schon traurig, und Martin hatte einen Moment Sorge, dass die Stimmung kippen könnte. Fühlte sich Daniela etwa durch Nicoles Worte beleidigt?

Aber dann grinste sie. »Dann findest du das richtig. Ich finde, so soll es sein. Wir wollen den Gästen etwas bieten. Und so eine Ostfriesin und eine Rheinländerin unter einem Dach – das hat schon was.«

»Das glaube ich unbesehen.« Martin setzte sich gerader hin, weil genau das Stichwort fiel, das er brauchte. »Womit wir schon beim Thema sind.«

»So, Kinder.« Die Tür öffnete sich bei diesen Worten. Marthe Dirkens trug die Whiskeyflasche vor sich her wie der katholische Pastor das Allerheiligste. Bei zwei katholischen Kirchen auf der Insel kam man selbst als evangelischer Inselpolizist auf solche Vergleiche. Martin seufzte und sah auf die Uhr. Wenn Schneyder nach ihm fragte, würde es mit einer Erklärung schwierig werden.

»Wirklich nichts?« Der Augenaufschlag der alten Dame war treuherzig, auch wenn Martin nach Danielas Worten ahnte, dass mehr Berechnung dahintersteckte, als man meinen konnte.

»Nichts. Und leider müssen wir auf die Zeit drängen.« Martin ließ seine Stimme tiefer sinken als sonst. Das verlieh ihm weitere Autorität. »Wir wollten wissen, ob du, Daniela, uns etwas über Petra Mertens erzählen kannst.«

Daniela, die das Teesieb aus der Kanne zog, erstarrte mitten in der Bewegung. »Was?«, entfuhr es ihr, und sie sah Martin mit erschreckten Augen an.

Marthe Dirkens klatschte ihre Hände gegeneinander. »Also bitte! Seid ihr gar nicht in friedlicher Absicht hier, sondern zum Verhör? Was soll Daniela denn mit dem Tod von dieser Frau zu tun haben?«

»Sachte. Sachte.« Martin machte mit beiden Händen eine beruhigende Geste. »Davon kann doch keine Rede sein. Natürlich verdächtigt niemand Daniela hinsichtlich des Todesfalls.«

Daniela ließ sich auf den Stuhl fallen, der laut knarzte. Sie pustete aus und blies damit eine Strähne aus ihrem Gesicht. »Jetzt hast du mir aber einen Schreck eingejagt.«

»Entschuldige. Das wollte ich nicht. Nein, wir wollten fragen, ob es überhaupt eine Verbindung zwischen euch gab oder ob du etwas Privates von Frau Mertens weißt. Sie stammt gebürtig aus dem Rheinland. Genau wie du. Deswegen. Nur deswegen.« Die letzten Worte betonte Martin bewusst verschwörerisch und sah mit Erleichterung, wie sich Danielas Gesichtszüge entspannten.

»Ach so. Ja, dann.« Trotzdem schien sie sich sammeln zu müssen.

»Daniela, Kind, da war doch etwas.« Frau Dirkens hatte sich weit vorgebeugt. Gerade hatte sie den Tee über die Kluntjes gegossen, die dabei leise knackten.

»Ach ja?«

»Letztens, dieser Abend zur Entwicklung der Gastronomie. Mit allen Wahlkandidaten. Da warst du doch. Und hast mir erzählt, du hättest ein paar private Worte mit Frau Mertens geschnackt.«

»Ja, das habe ich verdrängt. War nur kurz.«

»Aber auf so etwas hatten wir gehofft.« Nicole saß mit durchgedrücktem Rücken auf ihrem Stuhl, während sie die Kaffeetasse in beiden Händen hielt. »Deswegen sind wir hier.«

»Uns interessiert alles, was du uns über Frau Mertens sagen kannst«, ergänzte Martin.

»Hm. Schwierig. Wenn sie es nicht selbst gesagt hätte, dass sie Rheinländerin ist …« Daniela vollendete den Satz nicht, und Martin hörte den Zweifel in ihrer Stimme.

»Also eher untypisch?«, fragte er nach.

»Ja. Ich glaube, sie fand mich peinlich. Weil ich schnell dazu neige, mich mit anderen Menschen zu verbrüdern. Oder zu verschwestern besser gesagt. Sie war da auf alle Fälle anders. So norddeutsch zurückhaltend.«

»Ich vermute, dass das ihren Erfolg ausgemacht hat.« Marthe Dirkens strich mit der flachen Hand über das cremefarbene Tischtuch. »Auf der Insel hätte sie als Bürgermeisterin nicht punkten können, wenn sie die Rheinländerin herausgekehrt hätte.«

»Dann weiß ich ja schon mal für die Zukunft Bescheid, was ich nicht werden kann.«

»Ach, Daniela, dich mögen die Menschen. Aber ich glaube nicht, dass du Lust hättest, in die Politik zu gehen.«

»Das stimmt. Deswegen waren wir uns nicht so sonderlich sympathisch. Nicht, dass sie sich das hat anmerken lassen. Sie musste ja zu allen nett und freundlich sein. Schließlich wollte sie von uns allen gewählt werden. Die Menschen denken, ich mit meiner dicken Haut«, sie kniff sich in die Seite, »spüre die feinen Zwischentöne nicht. Aber ich bin empfindlicher als manch anderer.«

»Das ist gut so, mein Kind. Deswegen bist du auch ein feiner Mensch. Für mich auf jeden Fall.« Frau Dirkens tätschelte Danielas Knie.

»Weißt du irgendetwas zu ihrer persönlichen Situation?«, wollte Martin wissen.

»Sie hat sich natürlich vorgestellt. Ich weiß, dass sie in Bonn studiert hat. Und im Laufe des Abends ist die Rede davon gewesen, dass sie einmal Weinkönigin war. Da hat jemand einen Vergleich gezogen, weil diese Ministerin in Berlin, die für die Landwirtschaft zuständig ist, mir fällt gerade der Name nicht ein …«

»Julia Klöckner«, half Nicole.

»Stimmt. Weil es Parallelen gab, und jemand fragte, ob die beiden sich kennen.«

»Und?«

»Falsches Parteibuch«, hat Frau Mertens damals lachend geantwortet und ist nicht weiter darauf eingegangen.

»Und zur persönlichen Situation?«, wollte Nicole wissen.

»Nun, sie hat sehr betont, dass sie alleinerziehend ist.

Den Grund hat sie nicht genannt. Aber dass sie die Rechte der Frauen stärken will, dass es bessere Betreuungsmöglichkeiten auf der Insel geben soll und dass sie die schulische Situation für die Inselkinder besser gestalten will. Vor allem, dass die Kinder die Zukunft sind und deswegen die Natur ihr großes Anliegen ist.«

»Als du mit ihr allein gesprochen hast, worum ging es da?«

»Eigentlich nur darum, dass sie unsere Geschäftsidee so toll fand. Das erste Hostel auf der Insel – das gefiel ihr und hatte sie mir wohl nicht zugetraut. So was Modernes.«

»Mehr nicht?« Martin fiel es schwer, die Enttäuschung in seiner Stimme zu verbergen.

»Nein, tut mir leid. Mehr nicht.« Daniela schien niedergeschlagen, dass sie nichts weiter zusteuern konnte. »Wenn mir was einfällt, melde ich mich.«

»Vielleicht doch eine Tasse Tee mit meiner speziellen Zeremonie für alle?«, fragte Frau Dirkens. Sie hielt die Whiskeyflasche in den Händen. »Die hat mir Oskar geschickt. Ihr wisst doch: Danielas Cousin.«

Martin nickte. Klar, Oskar. Nicht nur Danielas Cousin, sondern auch mit Ruth Keiser verbandelt. Was er übrigens sehr passend fand.

Aus Danielas Mund kam ein erstickter Laut.

Martin und Nicole, die gerade dankend den Tee abgelehnt hatten und im Begriff standen, sich zu erheben, schauten verwundert zu ihr hin.

»Ich bin so dämlich. Natürlich. Danke für das Stichwort. Das wäre mir fast nicht mehr eingefallen. Oskar. Um Oskar ging es. Letztens. Im Gespräch mit Frau Mertens.«

*

»Meine Leichen?« KWK lachte gehässig. »So viele Leichen wie du zu verbergen hast, da kommt doch keiner von uns mit. Hör auf mit leeren Drohungen. Sonst wird dir das zum Verhängnis.«

»Was genau meinst du?« Thies konnte förmlich spüren, wie sein Blutdruck anstieg. Seine Nackenmuskulatur verspannte sich schmerzhaft, in den Ohren verstärkte sich das Rauschen, das er kaum loswurde, und seine Augäpfel begannen zu schmerzen. Er wusste, dass seine Werte dann trotz der Medikamente in einen Bereich vordrangen, vor dem sein Hausarzt ihn regelmäßig warnte. Was der ausschlaggebende Grund war, nicht erneut für eine Amtszeit zu kandidieren. So schwer es ihm fiel, sich einzugestehen, dass das Alter unaufhaltsam auf dem Vormarsch war.

»So ist das nun mal. Wenn man in fremden Gefilden wildert, dann muss man entweder die Legitimation dazu besitzen oder ganz schön clever und vorsichtig sein. Scheint mir gerade beides nicht gegeben.«

»Was für ein hanebüchener Unsinn. Ich sage es noch mal: Das mit dem fehlenden Waffenschein ist eine Lappalie, warte es ab.«

»Gerne. Sehr gerne. Glaub mir, ich kenne meine Gesetze. Aber davon rede ich gar nicht.«

»Wie? Was? Du hast doch gesagt …« Thies suchte nach dem genauen Wortlaut.

»Dass du in fremden Gefilden wilderst. Stimmt. Diesmal habe ich es aber nicht auf die Jagd bezogen.«

»Nicht?« Er nahm einen Bleistift aus dem Stifteköcher und klopfte damit hektisch in die linke Handinnenfläche. Was deutete KWK da an? Seiner Miene nach zu urteilen, war es keine Bagatelle, mit dem er hinter dem Berg hielt.

Am liebsten würde er das Gespräch an der Stelle abbrechen. Er wünschte, er könnte einen Termin vorschieben oder jemand unterbräche sie. »Soll ich uns einen Kaffee bringen lassen?«, fragte er, in der Hoffnung, damit Zeit und Aufschub zu gewinnen. Auch wenn er keine Ahnung hatte, worauf Klaas Wilko anspielte. Außer …

»Ich glaube nicht, dass du deine Sekretärin sehen möchtest, während wir reden. Wobei du sonst nichts dagegen hast, sie um dich zu haben, oder täusche ich mich? Was sagt Dagmar dazu? Ist es für sie in Ordnung?«

Thies platzte von einer Sekunde auf die andere der Kragen. Mit aller Macht schlug er mit beiden Fäusten auf den Schreibtisch. Der Bleistift aus seiner Hand flog wie ein Katapult in KWKs Richtung. Thies hätte nichts dagegen gehabt, wenn er KWK ein Auge ausgeschossen hätte. Das war doch einfach bodenlos, was er andeutete. Mit einer Geschwindigkeit, die er sich selbst nicht zugetraut hatte, sprang er aus dem Bürosessel, umkreise den Tisch und baute sich vor seinem Parteikollegen auf. Dieser wich plötzlich erschrocken zurück, sodass er fast samt Stuhl umgekippt wäre. Thies nahm es hin. Hier ging es um Grundsätzliches. Wie nebenbei hörte er ein lautes Brummen vom Kurplatz her. Das mussten die Mäharbeiten mit den Aufsitzmaschinen sein, die er aufgrund der warmen Witterung früher als sonst beauftragt hatte. Er wunderte sich selbst, wie treffsicher er das zuordnen konnte. Aber es war, als triebe ihn dieses Geräusch in seiner Wut nur weiter an. Noch war er der Chef im Rathaus. Er. Er. Er. Und nicht KWK. Der, wenn er so weitermachte, niemals auf der Chefseite des Schreibtisches Platz nähme. Dafür würde er, Thies, schon sorgen, und wäre es seine letzte Amtshandlung. Und wenn es die gegnerischen Parteien an die

Macht brachte. Das war ihm so etwas von egal. Nach ihm die Sintflut. Aber er ließ sich nicht auf den letzten Metern seine Verdienste nehmen.

Er sah die Angst von KWK in dessen Augen, als er sein Gesicht immer näher schob. Er hielt keine natürliche Grenze ein. Er wollte bedrohen und einschüchtern. Die Dinge ein für alle Mal klären.

»Du! Du kleiner, widerlicher Speichellecker. Seit Jahren läufst du mir hinterher, um mich in meinem Amt zu beerben. Obwohl du keineswegs das Format hast, das dafür nötig ist.« Es passte kaum eine Hand zwischen ihre beiden Gesichter. Thies sah, wie seine Speicheltropfen KWKs Wangen, Nase und Lider bedeckten. Die Augen hatte dieser schon längst zusammengekniffen. Wie seinen Hintern wahrscheinlich auch.

»Joseph hier und Joseph da. So geht das seit Jahren. Ich habe immer darauf gewartet, dass du einmal Manns genug bist, um dich bei Auseinandersetzungen mit mir zu reiben. Das wäre eine gute Übung gewesen, um es im Wahlkampf mit den anderen aufzunehmen. Aber du bist nur eine leere, tumbe Hülle. Nichts, aber auch gar nichts in dir qualifiziert dich für den Job. Außer deinem Parteibuch und dass es neben dir weitere Klone gab. Keiner, der mit Herzblut an die Sache geht. So wie ich das mache. Ja, ich habe Fehler, aber alles, was ich mache, mache ich für euch.«

Die Luft blieb ihm mit jedem Wort seines Gepolters mehr weg. Die letzten Sätze kamen nur noch gepresst und leise aus dem Mund. Er drückte den Rücken durch und trat zwei Schritte zurück.

KWK blinzelte und richtete sich vorsichtig auf seinem Stuhl auf. Langsam hob er die Hände, wie, um sich zu wehren oder sich zu ergeben.

In dem Augenblick, als KWK den Mund öffnete, um etwas zu sagen, holte Thies tief Luft. Noch war er am Zug.

»Wenn du Spielchen mit mir spielen willst, dann hör mir zu: Nicht heute und nicht morgen. Sondern überhaupt nicht. Nicht mit mir. Das kannst du mit anderen machen. Geh zu Häusler. Da bist du an der richtigen Adresse. Bist du eigentlich des Wahnsinns? Statt deine Energie auf den politischen Gegner zu richten, ein Machtspiel mit mir zu beginnen?«

Erschöpft sackte Joseph Thies zusammen. Es war gut, dass das alles einmal raus war. Die Schleimspur, die KWK seit Jahren hinterließ, war schon lange nicht mehr auszuhalten gewesen. Auch wenn er sich das ein oder andere Mal gebauchpinselt gefühlt hatte. Aber wirklich ernst hatte er dessen vorgetäuschte Bewunderung nie genommen. Dafür spielte er einfach nicht in der gleichen Liga.

»Du gehst jetzt am besten«, warf er Klaas Wilko im Wegdrehen zu. »Wenn ich zurück ins Büro komme, will ich dich nicht mehr sehen. Überhaupt hast du bis auf Weiteres bei mir Hausverbot. Deine anwaltliche Tätigkeit für mich ist selbstverständlich beendet.«

Er wandte sich ab und ging mit langsamen Schritten zur Tür, darum bemüht, die stärker werdende Luftnot in den Griff zu bekommen und sich vor KWK keine Blöße zu geben. Er musste den Kragen und den Gürtel lockern. Ein Glas Wasser trinken. Und eine der Notfalltabletten schlucken. Aber den Raum musste er hocherhobenen Hauptes verlassen. Keine Schwäche zeigen.

»Auf ein Wort noch, Thies.«

Die Stimme in seinem Rücken klang hart, arrogant, belustigt, zynisch. Die Stimme eines, der nicht verlieren konnte und wollte.

»Nein.« Thies packte die Klinke. Es war alles gesagt. Und er brauchte Luft.

»Ich warne dich, Thies. Versaue mir und uns nicht die Wahl. Ich bin nicht der Einzige, der weiß, was du in letzter Zeit getrieben hast.«

»Getrieben?« Joseph blieb stehen. Er drehte sich nicht herum.

»Noch mal die Frage: Was sagt Dagmar dazu? Nicht zu deiner Sekretärin. Geschenkt. Dass die dich nicht ranlässt, weiß die ganze Insel.«

Thies brach der kalte Schweiß aus. Ob wegen seines Blutdrucks oder weil er plötzlich erkannte, was KWK ihm sagen wollte, wusste er nicht. Nur, dass es nicht mehr lange dauern würde, bis ihm die Beine versagten. Er wagte nicht zu antworten.

KWK schien genau zu wissen, was mit ihm los war. Warum zögerte er die Sache sonst heraus? Jetzt ließ er ein lautes Lachen ertönen. Laut und gehässig. Um dann zum finalen Schuss anzusetzen: »Unser Bürgermeister. Immer an vorderster Front. Immer im Einsatz für die Insel. Immer an der Seite derer, die ihn brauchten. Selbst wenn sie aus dem anderen politischen Lager stammen. Jederzeit. Auch nachts. Einfach nur verdienstvoll, unser Herr Bürgermeister, was?«

Er machte eine Pause, aber so wie er Luft holte, hatte er noch einen Schuss übrig. »Sehe ich das etwa falsch, Joseph? Oder warum kommst du seit Wochen nachts aus dem Haus von Petra Mertens? Das kann doch nur parteiübergreifende Nächstenliebe gewesen sein, was? Schade, dass sie es uns nicht mehr beantworten kann. Sehr, sehr schade, Joseph. Wirklich.«

*

»Na, wie war dein Tag, Liebling?« Oskar ließ sich neben sie auf die Umrandung des Beethoven-Denkmals plumpsen. »Hast du Bonn tourimäßig erforscht?« Er beugte sich zu Ruth und gab ihr einen langen Kuss.

Nach dem ersten Impuls, ihn mit beiden Händen wegzudrücken, weil sie innige Küsse in der Öffentlichkeit schon immer peinlich fand, ließ sie sich im nächsten Moment in seine Umarmung fallen. Oskar berührte etwas in ihr, was sie so noch nie gespürt hatte. Nicht einmal in ihrer Ehe mit Michael.

»Wie soll ich denn bei so einer Begrüßung auf deine Frage antworten?« Ruth zupfte sich ihre Kleidung zurecht, als sie sich voneinander lösten.

»Rhetorische Frage, meine Liebste. Um den Überfall zu tarnen. Außerdem ist die Frage aus dem Radio-Podcast von SWR 3 geklaut.«

»Du willst also gar nicht wissen, wie mein Tag war.« Ruth wusste nicht, ob sie empört oder belustigt sein sollte.

»Doch. Klar, will ich das wissen.« Oskar war aufgesprungen und zog sie an den Händen zu sich hoch. Ihren Schwung fing er auf und nutzte die Gelegenheit für einen nächsten Kuss. Nicht ganz so lang. Was Ruth schade fand.

»Aber nicht hier und jetzt.« Oskar zeigte auf die Stühle vor dem Café direkt neben ihnen. »Was hältst du von einem kleinen Aperitif, um den Feierabend einzuläuten?«

»Was? Um diese Zeit? Schau mal auf die Uhr!«

»Ach komm. Auf Norderney wird ab zwölf Uhr mittags Wein und Aperol getrunken. Nur, weil hier das Meer fehlt, soll das nicht möglich sein? Ich sag dir was: Dieser Glaskubus hieß bis vor einigen Jahren Milchpavillion. Na, kann das Zufall sein, oder nicht? Milchbar? Milchpavillion?«

Ruth lachte auf und sah, wie die Umstehenden zu ihr schauten. »Du bist ein großer Künstler im Herbeireden von Argumenten, was? Aber mit wirklich viel Charme und Überzeugungskraft. Okay. Überredet.«

»Also wirklich.« Oskar tat gespielt empört. »Immerhin gibt es eine fantastische Aussicht.« Seine Hand unterstrich seine Erklärungen: »Hinter uns die Hauptpost im historischen Stadtpalais aus dem 18. Jahrhundert, unser Herr Beethoven, der direkt über dir thront, und natürlich das ehrwürdige Münster, der diesem Platz seinen Namen gibt.«

»Du machst dich gut als Touristenführer.«

»Glaube mir, als Journalist muss man seine Stadt kennen und vor allem lieben. Ich bin jedenfalls voller Geschichten und bedaure es manchmal, sie gar nicht alle erzählen zu können.«

Sie hatten einen der wenigen freien Außentische ergattert. Die Sonne schien mit so viel Kraft, dass es die Menschen scharenweise nach draußen zog. Alles in der Stadt roch nach Frühling, Aufbruch und Neustart. Wie passend, hatte Ruth den ganzen Tag gedacht, und jetzt wollte sie sich einfach dem Augenblick hingeben. Den Verstand ausschalten.

Sie schlug die Karte des »Café Midi« auf.

»Schwarzer Hugo, ich finde, das hört sich genauso verrucht an, wie ich mich fühle, wenn ich nachmittags schon Alkohol trinke.«

»Verrucht wiederum hört sich in meinen Ohren ganz wunderbar an.« Oskar nahm ihre Hand und blickte ihr in die Augen. »Ich bin froh, dass du da bist. Und jetzt erzähle: Wie war dein Tag, Liebling?«

»Nur wenn du aufhörst, Liebling zu sagen. Da will ich mich mit fast 50 gar nicht dran gewöhnen.« Sie streichelte mit dem Daumen seine Hand, drückte sie und zog ihre Finger langsam zurück. »Außerdem muss ich dich unbedingt etwas fragen, bevor ich von meinem Tag erzähle.«

»Hört sich aufregend an.«

»Du verdrehst einem den Sinn jeglichen Wortes, bevor man nur angesetzt hat zu reden.«

»Meine Spezialität, um Frauen zu verführen.« Er schob mit dem Mittelfinger seine Brille hoch.

Ruth lächelte ihn an. Es war diese Geste gewesen, in die sie sich zuerst verliebt hatte. In sie und diese klugen Augen, die hinter dem Brillenglas glänzten, blinkten und blitzten.

Dann wurde sie ernst. »Du wirst dich sicher wundern, aber meine Frage lautet: Kennst du eine Petra Mertens?« Gleichzeitig suchte sie in der Handtasche nach ihrem Handy, um ihm den Nachrichten-Verlauf mit Anne so genau wie möglich wiederzugeben.

»Petra Mertens?« Er schaute sie verwundert an. »Da musst du schon ein paar mehr Details liefern. Mein Namensgedächtnis ist eine Katastrophe.«

»Überleg mal. Keine Idee?« Als Polizeipsychologin hatte sie einen eingebauten Hemmschuh, die Fragen zu eng zu fassen oder Antwortmöglichkeiten vorzugeben und damit zu beeinflussen.

»Sag mal. Ist das ein Test? Bist du auf der Suche nach Frauen aus meiner Vergangenheit? Einer Ex? Wenn es so etwas ist, kann ich dich beruhigen. Ich kenne noch immer den Namen von jeder Einzelnen.« Er zog die Mundwinkel spöttisch nach unten und wirkte verletzt.

»Entschuldige bitte, Oskar.« Spontan griff sie zu seinem Arm. »Natürlich nicht. Das geht mich nichts an, und ich würde mir niemals anmaßen, dir dazu Fragen zu stellen.«

»Kannst du ruhig.« Er hob ergeben die Hände.

»Nein. Auch wenn dich deine Antwort ehrt. Aber ich werde zu meiner Vergangenheit keine detaillierten Auskünfte geben. Was war, ist Geschichte.«

Seine Mundwinkel hoben sich, seine Gesichtszüge bekamen wieder den gewohnt entspannten Ausdruck. »Gut. Lassen wir das also. Erklärt aber nicht, wonach du mich fragst.«

»Petra Mertens. Lass den Namen wirken. Kommt aus dem Rheinland. Hat in Bonn an der Uni studiert.«

»Mein Jahrgang? Germanistik oder Politologie?«

»Letzteres im Nebenfach. Eigentlich ist sie Biologin. Aber jünger.«

»Hm. Das ist ja wie in einer Quizsendung. Erinnert mich an unsere Radtour auf Norderney.«

Ruth lachte kurz auf. »Ach ja. Ich erinnere mich. Nur habe ich in dem Fall keine Lösung für dich. Allerdings – es gibt tatsächlich einen Zusammenhang mit Norderney.«

»Ach was. Du machst mich neugierig.«

»Der Name – sagt dir nichts?«

»Ich weiß es nicht. Wie gesagt, mein Gedächtnis. An irgendetwas erinnert mich der Name, aber ich bekomme es nicht zu fassen.«

»Gut. Dann pass auf. Ich fasse die ganze Geschichte so zusammen, wie ich sie von Anne erfahren habe. Petra Mertens lebt seit einigen Jahren als alleinerziehende Mutter auf Norderney. Ist als Biologin im Umwelt- und Naturschutz Wattenmeer tätig. Und hat sich als Kandidatin im aktuellen Bürgermeisterwahlkampf aufstellen lassen.«

»So weit verstanden. Wo komme ich ins Spiel?«

»Sie stammt aus dem Rheinland, und deine Cousine Daniela hat Anne berichtet, dass du sie kennen müsstest. Weil Frau Mertens das gegenüber Daniela so geäußert hat.«

»Oha. Und jetzt soll ich die Recherchearbeit im Rheinland machen. Irgendwelche dunklen Flecken im Lebenslauf finden, die der Gegner verwerten kann?«

»Quatsch.« Ruth biss sich auf die Lippe. »Entschuldige. Aber das alles hat einen dramatischen Hintergrund. Petra Mertens ist tot.«

»Ähm. Verstehe ich nicht. Du sagtest doch gerade ...«

»Ja, ja.« Ruth winkte ungeduldig ab und fuhr sich durch die Haare. Sie wusste ja nur das, was Anne ihr berichtet hatte. »Man weiß nichts Genaues. Sie wurde mit einer Schussverletzung gefunden. Die Hintergründe werden gerade untersucht.«

»Oh, nein.«

»Doch.« Sie sahen sich an. Schienen das Gleiche zu denken. Ruth seufzte. »Ich will gar nicht daran denken, wie es Martin geht.«

Oskar nickte bedächtig. »Versteh ich. Aber sag noch mal, wie ich ins Spiel komme.«

»Es scheint ungeklärt zu sein, wie und wo Petra Mertens verwandtschaftliche Beziehungen hat. Das wäre wichtig zu wissen. Zum einen wegen der möglichen Hintergründe. Zum anderen, weil sie zwei minderjährige Kinder hinterlässt.«

»Wie grauenhaft.«

»Allerdings.« Ruth schob ihr Glas hin und her. Der nachmittägliche Frühjahrszauber war wie verflogen, obwohl die Sonne genauso schien wie vor einer halben Stunde.

Sie sah Oskar an, der seine Brille abgenommen hatte und mit der linken Hand seine Augen rieb. Seine Lippen hatte er aufeinandergepresst, und seine ganze Haltung wirkte angespannt. Er schien sich zum Nachdenken komplett in die Tiefen seines Inneren zurückgezogen zu haben. Sie kam sich plötzlich allein und einsam vor, obwohl sie inmitten fröhlich plaudernder Menschen, flanierender Stadtbesucher und fotografierender Touristen saß. Sie fröstelte und legte die Arme um sich, erschrak, als Oskar auf einmal aufsprang. »Petra. Politologie. Jünger. Blonde Haare. Weinkönigin. An den Nachnamen kann ich mich nicht mehr erinnern. Und da war noch irgendetwas. Damals. Irgendeine Geschichte mit einer Freundin. Oder der Schwester. Ich kriege es nicht mehr zusammen.«

Die Leute ringsum schauten zu ihnen. Die Kellnerin kam. »Ist etwas nicht in Ordnung?«

Oskar schien es nicht mitzubekommen. »Alles gut. Vielen Dank. Wir würden gerne zahlen«, beschwichtigte Ruth mit einem verlegenen Lachen. Sie zog an seinem Hemd, um ihn dazu zu bewegen, sich hinzusetzen.

»Komm, lass uns in Ruhe überlegen und mit Martin und Anne telefonieren. Vielleicht erinnerst du dich dann besser.«

Er sah sie an. Mit fiebrig-glänzenden Augen. Diesmal nicht wegen der Spiegelung des Brillenglases, sondern weil er Feuer gefangen hatte, war sich Ruth sicher. Er beugte sich zu ihr und ergriff ihre Hände. Sie spürte den klebrigen Schweißfilm.

»Ja, das machen wir. Schreib ihnen: Ich kriege das raus. Wer diese Petra ist oder war. Ob sie nun Mertens heißt oder wie auch immer.«

Ruth seufzte. Hatte sie nicht vorhin geglaubt, diesmal nichts mit dem Todesfall auf der Insel zu tun zu haben? Sie wünschte sich sehnlichst, sie hätte sich nicht getäuscht.

٭

Martin hob den Kopf, als er Gert Schneyders Stimme hörte. Erleichtert sah er auf die Uhr. An einem normalen Tag würde er seinen Dienst am späten Nachmittag beenden. Daran war nicht zu denken. Deswegen hatte er den Stammtisch im Norderneyer Brauhaus abgesagt. Auch wenn es ihn gerade heute reizte, sich unter die Einheimischen zu mischen. Nur zu gern würde er wissen, was man sich erzählte, welche Gerüchte über die Insel waberten. Er bezweifelte, dass Olaf Maternus ihm dazu etwas erzählen würde, solange es sich nicht auf den ersten Blick als ermittlungsrelevant herausstellen würde. Auch wenn sich ihr Verhältnis zuletzt deutlich entspannt hatte.

»Und, was Neues bei euch?« Gert schloss die Tür hinter sich und setzte sich auf die Kante des Stuhls, den er nahe an Martins Schreibtisch heranrückte.

»Bis auf die Sache mit den Gewehren – nichts.«

Gert Schneyder lachte. »Was für eine Nummer. Wie aus einer Komödie. Danke, dass du mich direkt angerufen hast.«

»Du gehst nicht davon aus, dass es einen Zusammenhang gibt.«

Schneyder zuckte mit den Schultern, während er die aneinandergelegten Fingerspitzen an seinen Mund legte. Er sah Martin einen Moment nachdenklich an, bevor er antwortete: »Ich kann es dir nicht sagen. Ich habe mir abgewöhnt, Dinge vorschnell auszuschließen. Andererseits springe ich nicht mehr auf jedes Pferd, das sich anzubieten scheint. Zu viel Dramatik und Action verhindert den klaren Blick.«

Martin konnte ein Grinsen kaum unterdrücken. Wenn das eine abgespeckte Variante von Gert Schneyder war, die er bisher erlebt hatte, wollte er nicht wissen, wie es zu anderen Zeiten gewesen war.

»Grins du nur. Ich weiß, was du denkst.«

»1:0 für dich!« Das musste Martin seinem Gegenüber lassen, er konnte offensiv mit seinen Schwächen spielen. Auf eine sehr sympathische Weise. Solche Kollegen und Vorgesetzte hatte er in seiner Laufbahn zu selten erlebt.

»Wir werden jedenfalls ein ballistisches Gutachten erstellen.«

»Das dachte ich mir. Ist alles unterwegs ins Labor auf dem Festland.«

»Prima.« Gert Schneyder stand auf und zog sein Smartphone aus der Hosentasche. »Ich würde mich gern auf meinem Laptop einloggen. Die ersten Untersuchungsergebnisse sind da. Magst du sie dir mit ansehen?«

»Ja, aber sicher. Unbedingt. Wenn du an meinen Schreibtisch …«

Gert unterbrach ihn mit einer abwehrenden Handbewegung. »Nein, nein. Ich fühle mich in der Teeküche ganz wohl.«

»Na dann. Mehr als anbieten kann ich es nicht. Habt ihr etwas gefunden zur familiären Situation? Ein Testament? Eine Verfügung?«

»Die Kollegen haben einen Dokumentenordner gesichert. In ihm ist das Familienstammbuch. Dort sind alle wesentlichen Daten. Die Sterbeurkunde des Vaters, der einen anderen Nachnamen hatte. Sowie die Taufurkunden der beiden Kinder. Inklusive der Namen der Paten. Bei den Fotoalben haben wir Erinnerungstagebücher der Kinder gefunden. Es gibt also Anhaltspunkte, mit denen das Jugendamt weitermachen kann. Ich habe die jeweiligen Namen an Sabine Hollstein übermittelt. Das ist das Wichtigste: So schnell wie möglich jemanden zu finden, der sich um die Kinder kümmern kann.«

»Gibt es ein Testament?«

»Gibt es. Aber hinfällig. Es muss nach der Geburt der beiden Kinder und zu Lebzeiten des Vaters verfasst worden sein. Ausgestellt auf Gegenseitigkeit. Das sogenannte Berliner Modell. Der Ehepartner erbt vor den Kindern. Was natürlich nach dem Tod des Ehemanns keine Relevanz mehr hat, Frau Mertens hat es aber nicht verändert.«

»Also gibt es außer den Kindern keine explizit bedachten Personen.«

»Nein. Auch sonst keine Verfügungen. Weder für die eigene Gesundheitsfürsorge noch hinsichtlich der Kinder.«

»Mal abgesehen davon, dass wir keine Waffe gefunden haben, spricht Letzteres gegen einen Suizid, oder?« Martin schaute Gert über die Schulter, der den Laptop hochfuhr. Nur bei der Eingabe des Passwortes drehte er den Kopf zur Seite.

»Kann man so allgemein nicht sagen. Bei einer tiefen Depression sind die Menschen oft nicht mehr in der Lage, die Folgen ihres Handelns zu überblicken. Die Kraft reicht nur für sich und den vermeintlichen Ausweg.«

»Eine Depression ist kaum denkbar, wenn man Frau Mertens einmal erlebt hat.« Martin rieb sich über den Hals.

»Wobei es eine hochfunktionale Depression gibt. Dabei hat das Umfeld kaum eine Chance zu erkennen, was los ist.«

»Was? Hochfunktionale Depression? Noch nie gehört. Klingt wie ein Widerspruch.«

»Stimmt.« Er warf Schneyder einen prüfenden Seitenblick zu, bevor er sich entschloss, mit offenen Karten zu spielen. »Ich bin so etwas wie ein Experte auf diesem Gebiet. Hatte einen Burn-out.«

»Oh.« Schneyder verzog betroffen das Gesicht.

»Schon gut. Kein Mitleid. Ist ja überstanden. Auf der Insel weiß es sowieso fast jeder.«

»Dachte immer, hier bekommt man so etwas nicht.«

Martin lachte auf. »Im Winter kann dir das auch hier passieren. Wahrscheinlich nicht nur dann. Aber bei mir war es anders. Ich habe mich erst nach meinem Zusammenbruch hierhin versetzen lassen. Inklusive Rückschritt auf der Karriereleiter. Das war es mir wert.«

»Alle Achtung. Danke für die ehrlichen Worte. Vielleicht hilft uns deine Expertise weiter. Aber lass uns erst einmal sehen, was die Ergebnisse sagen.«

Martin zog sich einen Stuhl heran. »Ich bin gespannt.«

Gert drehte den Laptop ein Stück zu ihm hin und schlug sich mit der Hand auf den Oberschenkel. »Verdammt. Da haben wir es schon.« Er schien die Mail der Rechtsmedizinerin auf einen Blick zu erfassen und gab sie in eigenen Worten wieder: »Keine Schmauchspuren an den Händen der Toten. Der Tod erfolgte durch die Schussverletzung, die zerrissene Arterie führte zum Verbluten. Absoluter Nahschuss mit Stanzmarke auf der Haut. Patrone wurde gesichert. Eine Verletzung am Hinterkopf lässt den Schluss zu, dass die Tote zuvor kampfunfähig gemacht wurde. Es finden sich keine relevanten Spuren unter den Fingernägeln oder am Körper, die auf Gegenwehr hinweisen würden. Keine Schleifspuren an Körper und Kleidung, sodass aus rechtsmedizinischer Sicht davon auszugehen ist, dass Tat- und Fundort identisch sind. Todeszeitpunkt: in der Nacht von Mittwoch auf Donnerstag, eingegrenzt ungefähr zwischen 21 Uhr und ein Uhr.«

»Also gegen Mitternacht?«, fragte Martin aus einem plötzlichen Impuls heraus.

Gert sah ihn an. »Wieso gegen Mitternacht?«

»Nur eine Ahnung. Der Planetenweg. Vollmond. Die Fremdeinwirkung bestätigt. Dann wirkte die Auffindesituation inszeniert, so als wolle uns jemand etwas sagen. Ich finde, dazu passt Mitternacht als Todeszeitpunkt geradezu perfekt.«

»Du löst gerne mathematische Reihen, was?« Gert zwinkerte Martin zu. »Aber nicht schlecht kombiniert. Und das richtige Stichwort lieferst du gleich mit. Ich bin gespannt, was die KTU uns zum Fundort zu sagen hat.«

»Mich interessiert am meisten, was uns die Tarotkarte sagen soll. Ich bin mir fast sicher, dass an der Idee mit der Visitenkarte etwas dran ist.«

»Ha!« Gert streckte ihm den Zeigefinger so blitzschnell entgegen, dass Martin erschrocken zurückwich. »Wenn das mal keine falsche Spur ist, auf die uns da einer locken will. So als Gegenentwurf zu einem verbuddelten Gewehr vielleicht?«

Martin schüttelte den Kopf. »Ich glaube nicht, dass Joseph Thies was mit der Sache zu tun hat. Was hätte er denn für ein Interesse? Frau Mertens war keine Konkurrentin, er kein Kandidat. Wo sollte denn da ein Motiv sein?«

Schneyder rieb sein Ohrläppchen und schaute nachdenklich zum Fenster heraus. »Hm, was für ein Motiv könnte er haben? Eine spannende Frage.« Es klang versonnen, so wie er es sagte. Als hätten sie ein wissenschaftliches Problem zu lösen. »Aber warum sollte es eigentlich nicht wie so oft sein? Warum schauen wir nur auf den Wahlausgang? Was ist, wenn Petra Mertens unlautere Handlungen aus seiner Amtszeit aufgedeckt hat? Vorteilnahmen im Amt oder andere finanzielle Vergünstigungen? Vertuschen von fehlerhaften Verwaltungsvorgängen? Oder aber – wie sieht es aus mit den Grundthemen wie Liebe und Eifersucht? Ist das denkbar?«

»Wie jetzt? Du meinst zwischen Petra Mertens und Joseph Thies?« Martin kam es absurd vor, die Frage laut zu stellen.

»Ja, warum nicht? Wir wollen das Blickfeld nicht schon zu Beginn unnötig verengen.«

Martin brach in Gelächter aus. Anfangs leise, kichernd, dann immer lauter, als hätte jemand einen Witz gemacht, dessen Sinn sich erst nach und nach erschloss. Keuchend stand er schließlich auf.

»Der war gut. Richtig gut. Ich mache uns einen Kaffee. Also, wirklich gut. Frau Mertens und unser Bürgermeister. So viel Fantasie muss man haben.«

*

»Findest du nicht, dass wir alle parteipolitischen Spiele beiseitelegen sollten, bis der Tod von Petra aufgeklärt ist, Malte?« Klaas Wilko senkte seine Stimme etwas ab, um seine gefühlte Normfrequenz zu erreichen. In den Seminaren, die er belegt hatte, um sich optimal auf die Kandidatur vorzubereiten, hatte er das ausgiebig erprobt.

Sein Gegenüber verzog die Mundwinkel zu einem spöttischen Grinsen. Er schaute ihn herausfordernd an, ohne zu antworten.

Klaas Wilko spürte, wie der Schweiß sich unter seinen Armen sammelte. Malte Häusler war ein Typ aufstrebender Politiker, der schlecht zu packen war. Was für ihn eine vollkommen neue Erfahrung war. Bisher hatte er selbst in dem Ruf gestanden, der joviale, aber zielorientierte Erneuerer zu sein. Erneuerer in Maßen selbstverständlich.

»Ich bestelle uns etwas zu trinken. Ein Fischbrötchen?«

»Nein, danke, nur ein Norderneyer Bier.«

Klaas Wilko reihte sich in die kurze Schlange vor der Theke ein und warf einen Blick nach draußen. Dort fuhr gerade ein Polizeiwagen los. Die Nähe zur Wache hatte ihn schon auf dem Weg zur »Fischgenießerei« nervös gemacht. So als hätte er die Wahl. Die eine oder andere Tür zu öffnen. Seine Gedanken ratterten, während er darauf wartete, seine Bestellung aufgeben zu können. Warum Häusler keinen Fisch mochte, obwohl er diesen Treffpunkt vorgeschlagen hatte, sollte verstehen, wer wollte. Auch eines der Statusspiele, nahm er an. Noch so eine Sache, die ihn schlechter aussehen ließ, weil er jetzt wartend in der Schlange stand, während Häusler wichtigtuerisch auf seinem Smartphone wischte und tippte.

Petra Mertens, das war seine ideale Gegnerin gewesen. Hier auf der Insel funktionierten sie noch, die Gegensätze, mit denen Jahrzehnte überall erfolgreiche Politik betrieben wurde. Jung, weiblich, alleinerziehend brachte genügend Angriffspotenzial für eine konservative Partei wie die seine, ohne dass er damit aufs Glatteis geriet. Obwohl Petra Mertens gefährlicher geworden war, als er sich das zu Beginn des Wahlkampfs ausgemalt hatte. Dass er den alten Thies eines Abends aus ihrem Haus hatte kommen sehen, hatte ihn überrascht. Als es ein zweites Mal passierte, verkniff er es sich, ihn darauf anzusprechen, wie er es ursprünglich mit einem Witz vorgehabt hatte. Aber sein politischer Instinkt hatte direkt etwas gewittert, was ihm vielleicht nützlich werden konnte. So hatte er gedacht. Auch wenn er sich beileibe nicht vorstellen konnte, was die beiden verband.

Jetzt machte er sich Vorwürfe. Was immer es war, konnte letztendlich ihm schaden. Zum einen, weil er möglicherweise etwas hätte verhindern können, wenn er Thies früher konfrontiert hätte. Eine moralische Schuld konnte schon ausreichen, um ihn politisch zu vernichten. Zum anderen mochte er sich nicht ausrechnen, was es für seine Partei bedeuten würde, wäre Thies tatsächlich in den Todesfall verwickelt. Er fühlte sich nach dem Streit mit ihm mehr in der Zwickmühle als vorher. Joseph wusste nun, was er gesehen hatte. Möglicherweise war das unvorsichtig gewesen, zumal, wenn er der Täter wäre. Aber was hätte er machen sollen? Josephs Reaktion hatte ihn jedenfalls keinen Schritt weitergebracht. Sie waren nicht als Parteikollegen, sondern als Erzfeinde auseinandergegangen, ohne dass er eine Erklärung für die Kontakte zu Petra Mertens erhalten hatte.

Er konnte sich nicht des Gefühls erwehren, dass Malte Häusler genau um seinen Konflikt wusste. Tatsächlich hatte er kurz überlegt, sich sogar an Martin Ziegler zu wenden. Quasi, um sich selbst zu entlasten, um Rat zu erhalten, um sich davon zu befreien, in einen Sog zu geraten, der all seine Anstrengungen zunichtemachte. Das Bürgermeisteramt war ihm so sicher erschienen, und er wollte es sich auf den letzten Metern nicht nehmen lassen. Da war ihm die Idee gekommen, mit dem einzig verbleibenden Gegenkandidaten zu sprechen. Die Lage aus dessen Warte zu sondieren. Aber hier und jetzt schien ihm das die unglücklichste aller Ideen gewesen zu sein.

»Was darf's denn sein?«

Klaas Wilko erschrak, so war er in seine Gedanken vertieft.

»Zwei Norderneyer Bier.« Im letzten Moment entschied er sich schweren Herzens gegen ein Fischbrötchen. Er hatte keine Lust, mit vollem Mund vor Häusler zu sitzen. Es reichte ihm so schon. Dieser Schnösel ließ ihn abblitzen. Auflaufen. Nur mit Blicken, wenigen Gesten. Das Schlimmste war, dass er sich darin selbst wiedererkannte. Es war nicht so lange her, dass er sich für den Mittelpunkt der Welt gehalten hatte. Er kannte die Spielchen, hatte genauso oft damit Macht, Erfolg und Genugtuung erlangt. Es waren die Soft Skills des Jurastudiums gewesen. Aber gegenüber Häuslers Attitüde schien das zu verblassen. Zu jung, zu gut aussehend, zu charmant war Malte und ja, das waren keine Qualitätsmerkmale per se, aber sie brachten einem diesen Erfolg, der allein mit Sachexpertise nicht aufzuwiegen war.

»Keinen Fisch?« Malte Häusler lächelte ihn scheinbar freundlich an, aber er wusste wohl genau, dass er es als Punkt für sich verbuchen konnte. Er selbst hätte es nicht anders gemacht, und das war das wahre Vertrackte, dass der Kerl ihm den verdammten Spiegel vorhielt.

»Später«, knurrte er. »Erst einmal zur Sache.«

»Ich bin gespannt.« Häusler klappte die Handyhülle auf eine Art zu, die deutlich machte, dass er das nur für eine kurze Weile tat, in der ihm etwas Interessantes geboten werden musste.

»Ich habe mir gedacht«, Klaas Wilko fuhr erneut die Stimme auf Normfrequenz, »dass es eine Chance für uns beide wäre, wenn wir uns nach außen zum Tode von Petra Mertens zusammen positionieren. Also abstecken, wie wir mit dem tragischen Geschehen umgehen, aber auch, wie wir weitermachen können. Egal, was bei der ganzen Sache herauskommt, egal, ob die Wahl verschoben werden muss oder nicht, einen neuen Bürgermeister brauchen wir, und in der aufgeregten Zeit täten wir gut daran, gemeinsame Sache zu machen und die Wahlkampfspielchen herunterzufahren.«

»Spielchen?«

Das eine Wort reichte, um Klaas Wilko erneut in Misskredit zu bringen. »Du weißt doch, was ich meine.« Unwirsch schob er die Bierflasche über den Tisch.

»Ich spiele keine Spielchen. Ich betreibe sachorientierten Wahlkampf. Wie im Übrigen meine ganze Partei.« Häusler ließ einen Manschettenknopf aufblitzen, als er auf die Uhr schaute.

»Malte, bitte. Übertreib es nicht. Wir sind auf Norderney und weder in Hannover noch in Berlin. Die Show kannst du dir für deine weitere politische Karriere aufsparen.« Klaas Wilko empfand seine Worte wie einen Befreiungsschlag. »Wenn du nicht mal angesichts der tragischen Ereignisse von deinem Habitus lassen kannst, solltest du es besser direkt dort versuchen. Oder noch besser in Straßburg und Brüssel.«

Häusler trank einen langen Schluck, und seine Augen fixierten dabei Klaas Wilko. Dann setzte er die Flasche ab. Alles im Zeitlupentempo. Er war ein hervorragender Schauspieler, der jede Bühne mit seiner Präsenz ausgefüllt hätte. Klaas Wilko merkte, wie er ihn am liebsten über den Tisch ziehen würde, um ihm eine Abreibung zu verpassen. Und er wusste, dass Malte genau das bezweckte. Er seufzte.

»Was willst du von mir? Warum gemeinsame Sache? Wir bereiten parteiintern schon etwas vor. Anzeige. Kondolenzschreiben. Ansprache. Immer eine faire Gegnerin. Aufrichtiges Bedauern. Unser Mitgefühl. Die Kinder. Fassungslosigkeit. Viel zu jung. Unbedingte Aufklärung und Konsequenzen. – So in etwa? Brauchst du dabei Unterstützung? Ich dachte, das schafft ihr ohne uns.«

Klaas Wilko lehnte sich zurück und schaute Malte entsetzt an. »Ist das dein Ernst? So abgebrüht über die ganze Sache zu reden? Mit diesen widerlichen Versatzstücken? Ehrlich gesagt, das habe ich mir so tatsächlich nicht vorgestellt.« Er zog absichtlich die Nase hoch, um sein Missfallen deutlich zu machen. »Sag mir, Malte, was ist das? Wirklich Empathielosigkeit oder überspielst du irgendetwas? Hast du das nötig?«

Häusler beugte sich vor. Seine Augen waren zu Schlitzen verengt. »Was willst du denn damit sagen?«

Klaas Wilko spürte ein plötzlich aufblitzendes Unbehagen. »Nichts. Nichts Konkretes.« Er ärgerte sich, dass er nichts hatte, womit er Angst schüren konnte. »Aber dieser schreckliche Todesfall kann doch auf uns alle zurückfallen. Wer weiß, was dahintersteckt? Wir sind mitten im Wahlkampf. Aus meiner Sicht täten wir alle gut daran, an dieser Stelle zusammenzuhalten und das nach außen zu zeigen. Würdevoll. Empathisch. Nicht mit diesen Floskeln, die etwas offenbaren, mit dem ich nichts zu tun haben will.« Klaas Wilko schob seinen Stuhl zurück. »Und das meine ich vollkommen im Ernst. Es war ein Fehler, hierher zu kommen. Vergiss das Ganze. Aber glaube mir, das wird eher auf dich als auf mich zurückfallen. Und ich freue mich schon jetzt auf den Moment, wenn du auf dem Boden liegst.«

Malte hatte nach seinem Handy gegriffen und es aufgeklappt. Er streifte Klaas Wilko mit einem gelangweilten Blick. »Na, denn man tau. Ich könnte wetten, dass wir nicht so weit voneinander entfernt stehen, wie du das gerne hättest. Und wer zuletzt am Boden liegt, entscheidest glücklicherweise nicht du.«

✳

»Okay, okay, ich hab es verstanden.« Schneyder hatte seine Arme verschränkt und blickte konsterniert, als Martin sich gar nicht mehr beruhigen wollte. Immer wieder prustete er los. Aber nun stand er auf und schüttete sich ein Glas

Wasser ein, um Gert nicht weiter zu verärgern. Nach drei großen Schlucken wandte er sich um.

Mit ernster Stimme entschuldigte er sich. »Wie machen wir weiter?«, wollte er wissen, um seine wiedergewonnene Arbeitshaltung zu demonstrieren.

Schneyder ließ die Arme sinken, streifte ihn erneut mit einem kurzen misstrauischen Blick, schien sich aber jede kritische Bemerkung zu sparen.

»Ich fasse zusammen«, sagte er stattdessen und pochte auf den Bildschirm des Laptops. »Ich denke, ein Suizid ist vom Tisch. Wichtigstes Argument: Es gab keine Tatwaffe am Fundort. Da Fund- und Tatort angesichts der Spurenlage identisch zu sein scheinen, brauchen wir nicht im weiteren Umfeld zu suchen. Schon seltsam. Da lässt der Täter so viele Hinweise am Tatort zurück, aber die Waffe fehlt.«

»Gibt es Rückschlüsse darauf, um welche Waffe es sich gehandelt hat?«

»Ja. Eine Kleinkaliberpistole. Auf jeden Fall nichts, was sich in Verbindung mit den Jagdgewehren von Joseph Thies bringen ließe.«

Martin atmete hörbar aus. Eine gute Nachricht. Immerhin.

»Ich kann mir vorstellen, dass dich das erleichtert.« Schneyder sah ihn prüfend an. »Ein Täter von der Insel würde es schlimmer machen, als es sowieso ist, richtig?«

Martin seufzte. »Natürlich.«

»Wir können aber nichts ausschließen. Das Ganze hat eine so in den Vordergrund geschobene Symbolik, da könnte alles Teil der Inszenierung sein. Auch das doch mehr als auffällige Verhalten eures Bürgermeisters.«

»Du meinst, da sind mehrere daran beteiligt? Ein Komplott?«

»Das weiß ich bisher genauso wenig wie du. Fakt ist, da hält einer die Strippen in der Hand. Ob er uns als Ermittler tanzen lässt oder andere in seinem Interesse manipuliert, kann ich nicht erkennen. Und damit sind wir keinen Schritt weiter bezüglich der Motivlage.«

»Sollten wir nicht als Erstes versuchen, die Symbolik zu entschlüsseln? Gibt es im Bericht der KTU dazu Hinweise?«

»Nicht viel. Aber etwas. Fangen wir mit dem Naheliegendsten an, der Schärpe.«

»Die Schärpe ist das Naheliegendste?«

»Zumindest im Kontext der anderen Fundstücke. Es lässt sich ein eindeutiger Bezug zur Vita von Frau Mertens herstellen.«

»Der da wäre?« Martin schaute hinunter auf den Laptop, auf dem Gert ein anderes Fenster geöffnet hatte. Er überflog den Lebenslauf der Kandidatin, die sich wie ihre Konkurrenten auf den offiziellen Seiten zur Bürgermeisterwahl präsentiert hatte.

»Nun, sie war Ende des letzten Jahrtausends Weinkönigin.«

Martin pustete die Wangen auf. »Ein bisschen kleiner hast du es in deinen Formulierungen nicht? Ende des letzten Jahrtausends. Hört sich an wie ein Rückblick ins Mittelalter.«

Schneyder lachte. »Das wiederum würde besser zu den anderen Hinweisen passen. Tarotkarten, Astronomie oder Astrologie, je nachdem, wie man es nimmt. Vollmond, Mitternacht.«

»Du lenkst ab.«

»Mag sein. Ich versuche allerdings, die Dinge in neue Zusammenhänge zu setzen.«

»Also, Weinkönigin. Das letzte Jahrtausend ist gerade zwanzig Jahre her. Von wann sprechen wir genau?«

»Gerade. Du sprichst ein großes Wort gelassen aus.«

Martin verdrehte die Augen, und es war ihm egal, ob Gert das sah. Was für ein Theater.

»1999.«

»Oh. Das Sofi-Jahr.« Martin grinste über seinen spontanen Einfall.

»Was?« Schneyder schaute ihn irritiert an.

»Sofi! Die Abkürzung für Sonnenfinsternis. Weißt du nicht mehr, der ganze Hype, der damals stattgefunden hat. Alles für nichts, weil fast überall der Himmel bedeckt war.«

»Ach so. Ja.« Schneyder grinste. »Wir fangen an, den Fall selbst symbolisch aufzuladen.«

»Also, zurück zu den Fakten.«

Gert öffnete das Fenster mit den Ergebnissen der KTU. »Es ist eindeutig eine Schärpe, wie Weinköniginnnen sie tragen. Durch den Schuss wurde der Stoff nicht zerfetzt, was darauf schließen lässt, dass sie nach der Tat aufgelegt wurde, und die Blutung hat alles dunkelrot, fast schwarz verfärbt. Aber fest steht mittlerweile, dass die Beschriftung den Namen Petra und das Jahr 1999 umfasst.«

»Also die Originalschärpe?«

»Sieht nicht danach aus. Aber die KTU ist dran.«

»Hm, und was sagt uns das?«

»Dass wir auf jeden Fall dieser Spur in die Vergangenheit nachgehen sollten. Magst du das übernehmen? Es handelt sich um einen kleinen Weinort zwischen Bonn und Koblenz. Wohl bekannt durch die Brücke von Remagen. Wenn du da jemanden Offiziellen versuchst zu erreichen?«

Martin sah auf seine Uhr. »Klar, kann ich machen. Aber dir ist schon bewusst, dass es Freitagmittag ist? Jetzt irgendwo jemanden zu erreichen, wird nicht einfach werden.«

»Wer spricht von einfach? Ich habe das gleiche Problem beim Jugendamt. Das werde ich in Angriff nehmen. Sabine Hollstein, richtig?«

Martin nickte. »Ich kann dir den Zettel mit der Telefonnummer bei Nicole holen«, bot er an.

»Gut, mach das. Um den Rest kümmern wir uns später. Tarotkarten. Himmelskörper. Sag mal, ihr habt nicht zufällig einen Sternenkundler auf der Insel?«

Martin, der in der Tür stand, blieb abrupt stehen. »Einen Sternenkundler? Doch, klar haben wir so etwas auf der Insel.« Er verzog den Mund zu einem schiefen Grinsen. »Selbstverständlich haben wir so etwas. Norderney hat alles.«

*

»Was ist denn das für eine Insel?« Ruth blieb zum gefühlt hundertsten Mal stehen und deutete mit dem Finger auf das weiße Gebäude, das sich links von ihnen hinter mächtigen Bäumen zeigte.

»Die Insel Nonnenwerth, ein Franziskaner-Kloster mit einem Gymnasium.«

»Eine Schule auf einer Insel?«

»Ja, dort vorne liegt die Personenfähre, mit der die Schüler übersetzen. Früher sah man manchmal eine der Nonnen am Ruder. Von der anderen Rheinseite gibt es auch ein Boot.«

»Wow. Das ist etwas Spezielles.«

»Lange Zeit war es ein reines Mädchengymnasium. Und ein Internat. Aber die Zeiten ändern sich …«

»… und wir ändern uns in ihnen. Ja, ja.«

»Auch eine humanistische Bildung genossen, was?«

»Großes Latinum. Selbstredend. Aber nicht so idyllisch eingebettet wie hier.« Ruth lachte. »Hättest du mir gar nicht zugetraut, ich sehe es dir an der Nasenspitze an.«

»Ruth Keiser, dir traue ich einfach alles zu.« Er schob sein Fahrrad näher und gab ihr einen Kuss. »Ich liebe Überraschungspakete. Und du bist auf jeden Fall eins. Aber recht hast du mit der Idylle. Das Siebengebirge auf der einen Seite, der Rolandsbogen auf der anderen. Hier beginnt das Rheintal romantisch zu werden mit all seinen Sagen und Burgen. Ich erzähle dir später bei Kaffee und Kuchen, was es mit Nonnenwerth alles auf sich hat. Ein untröstliches Missverständnis, sage ich nur.«

»Oh, das hört sich vielversprechend an.«

»Warte ab, wenn ich erst loslege. Wenn ich alle Namen auflisten würde, wer sich von dieser romantischen Gegend alles angezogen fühlte, dann stehen wir morgen noch hier. Lord Byron, Humboldt, Brentano, Freiliggrath, alle waren sie hier. Auf Nonnenwerth findest du die ›Liszt-Platane‹, von Franz an seinem 30. Geburtstag gepflanzt.«

»Stopp!« Ruth bemühte sich, ein ernstes Gesicht zu machen. »Mein lieber Oskar, was gibt das? Ich habe dich nicht als Reiseführer gebucht, schon vergessen?«

»Na, ich dachte, wo wir …«

»Ja, ins Museum wollten. Aber dazu musst du mir nicht alle Dichter und Musiker liefern. Lass uns die herrliche Gegend genießen. Was für ein Glück wir mit dem Wetter haben.« Ruth legte den Kopf in den Nacken und blinzelte in die Sonne. »Eigentlich zu schade fürs Museum. Wie weit ist es noch?«

»Da vorne, wo die Autofähre gerade den Rhein quert.

Wir müssen ja nicht ewig bleiben. Nachher fahren wir auf der anderen Rheinseite zurück, auf ihr scheint die Sonne länger.«

»Hört sich gut an. Museum, Kaffee, Kuchen, Sonne. Fast perfekt.«

»Fast?« Oskar schaute sie misstrauisch an. »Was fehlt?«

»Nichts. Außer, dass ich deinen Namen nicht mit aufgezählt habe. Der gehört unbedingt dazu.« Sie sah ihn einen Augenblick nachdenklich an. Dann schwang sie sich ruckartig auf den Sattel und legte alle Kraft in die Pedale. Sie wusste selbst nicht, wie ihr geschah, aber was sie gesagt hatte, war so etwas wie die eindeutigste Liebeserklärung, die sie jemals in ihrem Leben abgegeben hatte. Jetzt musste sie erst einmal Abstand zwischen sich und Oskar bringen. Nur für ein paar wenige Minuten.

Sie war fast am Anleger der Autofähre angekommen, als sie innehielt. Das Arp-Museum erhob sich am Hang als Komposition aus dem alten klassizistischen Bahnhofsgebäude und einem weißen modernen Neubau. Schon allein dadurch erreichte das Gebäude eine besondere Anziehung. Ruth spürte die kribbelige Vorfreude auf die Ausstellungen. Auch wenn die Sonne schien. Das Arp-Museum wollte sie sich nicht entgehen lassen. Ungeduldig sah sie sich nach Oskar um.

Dieser stand mehrere Hundert Meter zurück und winkte ihr hektisch zu. Er schien auf etwas zu deuten. Ruth folgte seiner Armbewegung, konnte aber nichts anderes als eine Tankstelle entdecken. Seltsam.

Unwillig wendete sie ihr Rad und fuhr zurück. Es gab viel zu viel für einen Nachmittag zu sehen. Das zeigte der Drachenfels, der von der anderen Rheinseite mit einem prächtigen Schloss auf halber Höhe hinter der Insel lockte. Eine mystische Landschaft, die scheinbar um sie buhlte. Aber sie war hoffentlich nicht zum letzten Mal hier und das Wetter würde am Wochenende halten. Kein Grund, das Museum aufzuschieben.

»Hey«, drehte sie ihr Fahrrad bei, als sie bei Oskar stand. »Da liegt ein Missverständnis vor. Was ich gebucht habe, ist nicht ›Das romantische Rheinland in drei Stunden‹, sondern die Museumstour. Wo genau kann ich mich beschweren, und bekomme ich mein Geld zurück?« Sie grinste ihn an und hoffte, damit über ihre Verlegenheit hinwegzutäuschen.

Oskar schien sie gar nicht zu hören. Stattdessen zeigte er auf ein lang gezogenes Gewerbegebäude und tippte anschließend etwas ins Smartphone ein. Dann schüttelte er den Kopf. »Mist, ich komm nicht drauf. Aber ich wette mit dir, ich hab's gleich. Ganz bestimmt. Gib mir nur etwas Zeit.«

»Oskar?« Ruth stieg ab und klappte den Fahrradstän- der aus. Sie versuchte, einen Blick auf das Display zu erha- schen, aber die Sonne blendete zu stark. »Oskar, das Arp- Museum?«, fragte sie und berührte ihn am Oberarm, weil er wie abwesend wirkte. »Oder ist etwas passiert?«

»Etwas passiert?« Er schien einen Moment zu überle- gen. »Nein. Aber da war diese Geschichte heute Mittag. Mit Norderney. Der Frage nach dieser Petra – wie hieß sie noch gleich? Egal.«

»Sag mal, Oskar, kannst du mir verraten, wie du drauf kommst?« Sie ließ den Blick über die gewerblichen Gebäude schweifen.

Fahrig zeigte Oskar auf den weißen Flachbau. »Das da, das war bis vor knapp 20 Jahren eine Hardrock-Diskothek.«

»Ja?« Ruth schaute ratlos über die Straße. Musiktempel waren so gar nicht ihr Metier.

»Sieht man nicht mehr, aber das Ding war echt angesagt. Da standen die Autos kilometerweit in beide Richtungen.«

»Kilometerweit, aha. Jugenderinnerungen blähen sich in der Rückschau gerne auf.«

»Ja, Frau Psychologin. Mag sein. Aber, was ich sagen will, der Schuppen war angesagt. Dienstags war Studenten-Party. Ich war nicht oft hier, aber ein paarmal schon.«

»Okay. Verstanden. Und was hat das mit Petra Mertens zu tun? Du kennst sie von hier, und deswegen ist dir der Name eingefallen.«

»Nö. Ja, doch. So ähnlich. Also, ich kannte sie schon eher. Aber an einem Abend waren wir gemeinsam hier. Und das war eine ganz schräge Nummer. Wir sind jedenfalls rausgeflogen.«

»Rausgeflogen?«

»Ja, von den Türstehern der Tanzfläche verwiesen worden. Hört sich freundlicher an, als es in dem Moment war.«

»Denke ich mir.« Ruth grinste. »Aber was war der Grund?«

»Das ist es ja. Wenn ich das bloß wüsste. Dabei war es schräg, echt schräg. Aber ich krieg das Ganze nicht richtig zu packen. Lass mir Zeit.«

»Ähm.« Ruth schluckte. »Zeit?« Sie schaute rheinaufwärts zum Arp-Museum. »Aber dafür müssen wir nicht stehen bleiben, oder? Nachdenken kannst du im Fahren!«

Oskar schaute von seinem Smartphone auf, als tauche er aus einer anderen Welt auf. »Was?« Verwirrt drehte er sich um. »Ach, Shit. Ruth, bitte, du musst mich für verrückt halten. Klar kann ich beim Fahren nachdenken. Oder später. Es geht nicht um diese Petra und nicht um diese alten Zeiten. Das wird sowieso nichts sein, was auf Norderney weiterhelfen würde. Dafür ist das viel zu lange her. Also:

Wusch.« Er machte eine ausholende Kreisbewegung mit seiner Hand. »Es geht um dich. Nur um dich. Also los.«

*

»Wie geht es den Kindern?« Gert Schneyder atmete erleichtert aus. Gut, dass er Sabine Hollstein im Büro angetroffen hatte.

»Den Umständen entsprechend gut. Sie fragen wenig, aber das kennen wir. Eine Form des Selbstschutzes, um nicht noch mehr Dinge zu erfahren, die ihnen zu viel wären. Der Junge allerdings wirkt grüblerisch, er ist sehr in der Verantwortung, auch für seine Schwester, das ist offensichtlich.«

»Wie lange können die Kinder in der Einrichtung bleiben?«

»Machen Sie sich keine Sorgen. Natürlich ist so eine Auffang-Wohngruppe kein Idealzustand, aber erst einmal sind die beiden in guten Händen. Ich hoffe sehr, dass wir bald eine andere Lösung finden.«

»Das wollen wir alle.« Schneyder prustete nachdenklich und versuchte, freundlich zu klingen. Das Zittern in der Stimme der Sozialarbeiterin war nicht zu überhören. Offensichtlich nahm der Fall sie mit.

»Haben Sie etwas erreicht?«, fuhr er fort. Er blätterte vorsichtig in den beiden Alben, die vor ihm lagen.

»Ja, wir haben die Angaben zum Vater überprüfen können. Hierbei konnte uns der Junge Hilfestellung geben. Ist heutzutage nicht immer einfach, wenn die Eltern unterschiedliche Nachnamen haben. Aber die Fakten zum Vater sind gesichert. Die Familie hat zu Lebzeiten des Vaters in Bonn gewohnt. Nach seinem Tod ist die Mutter mit den

Kindern nach Hamburg gezogen. Erst vor drei Jahren kam die Mutter aus beruflichen Gründen nach Norderney.«

»Der Tod des Vaters.« Gert klopfte mit dem Kugelschreiber in seiner Hand auf den Tisch. »Schrecklich für die Kinder. Wissen Sie etwas zur Todesursache des Vaters?«

»Nein, nicht wirklich. Mattis hat an dieser Stelle herumgedruckst und von einem Unfall gesprochen. Es war ihm anzumerken, dass er darüber nicht reden wollte oder konnte. Ob er nichts Näheres weiß oder ob es ein Familiengeheimnis gibt, kann ich nicht sagen.«

Schneyder konnte sich vorstellen, wie Sabine Hollstein am anderen Ende der Leitung mit den Schultern zuckte.

»Die Bestätigung seines Todes haben wir beim Standesamt erfragt.«

»Und die Kinder berichten von keinen weiteren Angehörigen? Oma oder Opa, Tante, Onkel, Cousinen, irgendetwas muss es doch geben?«

»Mattis scheint es wichtig zu sein, dass wir Klara diesbezüglich keine Fragen stellen. Er gibt sich wie das Familienoberhaupt. Nicht ungewöhnlich, haben wir in anderen Familien auch.«

»Ich höre durch den Hörer ein Aber.«

»Stimmt.« Sie seufzte. »Ich glaube, Mattis kann sich an mehr erinnern, als er zugibt. Aber die Großeltern scheinen alle nicht mehr zu leben. Nur mit einem Namen ist er halb rausgerückt und schien dabei ein schlechtes Gewissen zu haben.«

»Welcher Name?«

»Britta. Nur der Vorname. Wer das genau ist, wollte er nicht sagen. Auf meine Frage, ob es eine Tante sei, zuckte er die Schultern und antwortete mit einem lapidaren ›Vielleicht‹.«

»Okay. An dieser Stelle kann ich weiterhelfen. Britta Merlenbusch heißt eine Patin.« Schneyder blätterte zu der Übersicht am Anfang des Albums zurück.

»Woher …?«, fragte Sabine Hollstein.

»Wir haben das Familienstammbuch und die Alben der Kinder, die zur Geburt angelegt wurden. Mit den ersten wichtigen Meilensteinen. Geburt mit allen Maßen, Taufe, Krabbeln, Brei, bis zum ersten Geburtstag.«

»Ach, was für ein Glück.«

»Einerseits ja. Andererseits: Es ist Freitagnachmittag. Eine schlechte Zeit, um Auskünfte einzuholen.«

»Aber der Name, den wird es doch nicht so häufig geben. Wenn …«

Schneyder lachte. »Sie haben recht. Ich bin dabei, danach zu googeln. Wenn wir wenigstens bei einer Person fündig werden, wird sich das Verwandtschaftsgebilde sicher schnell analysieren lassen. Meine Hoffnung.«

»Meine auch.«

»Die Nummer von der Bereitschaftsstelle habe ich mir notiert. Sie werden in das wohlverdiente Wochenende gehen, nehme ich an.«

»Stimmt, werde ich. Allerdings ist es schwierig, so etwas einfach abzustreifen. Mit Sicherheit werde ich am Wochenende bei der Bereitschaftsfamilie nachfragen.«

»Tja, auch kein Job, bei dem man freitags einfach die Bürotür schließt, was?«

»Mal so, mal so. Diesmal ist es definitiv anders.« Sie zögerte. »Darf ich Ihnen meine private Nummer geben, Herr Schneyder? Ich meine, falls jemand von den Verwandten gefunden wird? Schließlich wird es dann viele Fragen geben, oder? Von allen Seiten?«

Was sollte er tun? Eigentlich war er froh darüber, dass sie

es ihm anbot. Es war ja im Interesse der Kinder. Und das Wichtigste war: Mattis und Klara nicht noch mehr zu belasten. Er notierte die Angaben, bedankte sich und legte auf.

Im selben Augenblick wurde er wütend wie lange nicht. Was für ein verdammtes Schwein musste das sein, das den Kindern den zweiten Elternteil nahm. Wie konnte so etwas möglich sein? Überhaupt gar keinen Grund konnte es dafür geben.

»Du Arschloch«, schrie er und sprang auf. Seine Kleidung schien ihm plötzlich zu eng, der Raum zu klein, die Luft zu stickig. Er riss die Tür auf, stürmte durch den Flur, presste sich zwischen den beiden Polizeibeamten durch, die rauchend vor der Tür standen, und schlug den Weg zum Meer ein. »Du Arschloch!«, schrie er erneut. »Ich kriege dich, du Schwein, da kannst du sicher sein.«

∗

»Wie war die Ausstellung?«

»Hast du etwas erreicht?«

Sie sprachen gleichzeitig, als Ruth sich neben ihm niederließ und nach seinem Weinglas griff.

»Ich dachte, du trinkst Kaffee?« Spöttisch zog sie eine Augenbraue hoch.

»Damit wollte ich auf dich warten. Hm, ein Stück Kuchen gefällig?«

Ruth streckte sich. »Ja, keine schlechte Idee. Wenn du mir meine Frage beantwortest?«

»Und du mir meine?«

»Die Ausstellung war fantastisch. So wie gedacht. Hat sich auf jeden Fall gelohnt. Das Licht … – sag mal, was lachst du so?«

»Deine Augen glänzen.«

Ruth runzelte die Stirn. »Ja, und? Du fragst nach etwas, woran mein Herz hängt.«

»Sie glänzen nicht so, wenn du mich anschaust.«

Ruth klappte den Mund auf und wieder zu. Einen Moment wirklich irritiert. Dann fing sie laut zu lachen an. »Du gemeiner Hund. Dass du mich immer provozieren musst. Das ist doch ein Ablenkungsmanöver. Weil du dich nicht für Kunst interessierst.«

»Ups. Durchschaut. Zumindest nicht für jede Art von Kunst. Deine Bilder gefallen mir sehr wohl.«

»Meine Bilder? Die, die bei mir an den Wänden hängen, oder die, die ich selbst male?«

»Beides natürlich. Sicherheitshalber.« Er grinste und zwinkerte mit den Augen.

»Aha, so einer bist du. Schleimst dich ein. Obwohl du keine Ahnung hast und keine haben willst. Jetzt komme ich erst darauf. Die Geschichte mit dieser Petra und der Diskothek – erfunden, was? Damit du wegen der Recherche nicht mit mir in die Ausstellung musst. Ha! Gut geschauspielert.« Mit jedem Wort schien Ruth die Geschichte, die sie sich zusammenbastelte, wahrscheinlicher. Eigentlich sollte sie sauer sein, aber dann brach sie in ihr lautes Gelächter aus, bis sie die Blicke der Kellner und anderen Gäste auf sich spürte.

Oskar sah sie verwundert an und hob schließlich die Hände. »Eigentlich sollte ich gar nichts dazu sagen, denn wer sich verteidigt, bekennt sich schuldig.«

»Quatsch. Ein idiotischer Spruch. Sage ich als Psychologin.« Ruth beugte sich vor. »Mit so etwas macht man Menschen mundtot. Also: Ich höre deine Verteidigungsrede.«

»Fakten, harte Fakten. Du wirst es nicht glauben. Aber langsam lichtet sich der Vorhang vor den Geschehnissen jener dramatischen Nacht.«

Der Kellner trat heran und nahm ihre Bestellung auf. Ruth sprach ungeduldig, fast hätte sie den Ober mit einer Handbewegung verscheucht.

»In der Diskothek, meinst du?«

»Ja, genau. Im ›Rockpalast‹, so hieß der Schuppen damals.«

»Wie die Fernsehsendung?«

»Genau, hatte aber nichts damit zu tun. Wie gesagt, es war jahrelang eine richtige Pilgerstätte. Am Wochenende ging es dort wohl richtig heftig zu, aber dienstags war Studenten-Party. Die Musik nicht ganz so hart. Eher so Schmuse-Rock. Bon Jovi und so.«

»So was hast du gehört?« Ruth schaute verblüfft.

»Na ja, warum nicht? Die Mädels mochten es, und uns ging es sowieso eher ums Bier. Die hatten Bölkstoff, also Flens. Du weißt schon: Plopp!«

»Plopp. Alles klar. Ich fühle mich gerade in meine Frühzeit zurückkatapultiert.«

»Ist lange her. Mensch, Mitte 20 waren wir. Wahnsinn.«

»Und diese Petra, die war damals mit euch in der Disco?«

»An dem einen Abend, ja. Also, sie war auch sonst mit uns unterwegs. Wir waren eine bunt zusammengewürfelte Truppe. Wir Jungs kannten uns vom Sport. Fechten. Und die Mädels? Na, die stießen dazu. Die meisten blieben nicht so lange.« Oskar schloss verlegen die Augen. »Wie das so war, damals.«

»Verstehe.« Ruth war froh, dass ihr solche Kurzzeitaffären auf der Suche nach dem einen Richtigen erspart geblieben waren.

»Nun, an bewusstem Abend war Thomas dabei, einer meiner Kommilitonen. Der sehr wohl ein Auge auf Petra geworfen hatte. Ich habe eben mit ihm telefoniert. Ihm ist fast der Hörer aus der Hand gefallen, als ich mit den alten Zeiten angefangen habe.«

»Hast du ihm gesagt, dass …?«

»Nein, nichts davon, dass sie tot ist. Dafür wissen wir zu wenig über die Hintergründe.«

»Gut. Das war absolut richtig, würde ich meinen.«

Oskar nahm ihre Hand und spielte beim Weiterreden mit ihren Fingern. »Und Hanno war damals mit von der Partie, Jurastudent aus gutem Haus. Der machte einen auf altmodisch und Verbindung und so was, war aber eigentlich ein Netter. Also für solche Abende. Mehr hatte ich nicht mit ihm zu tun.«

»Lass mich raten: Er hatte ein Auge auf Petra geworfen?«

»Äh. Ja. Wie kommst du darauf?«

Ruth fragte sich, ob Oskar sie auf den Arm nahm. Er schien aber seinen Gedanken hinterherzuhängen. »Und dann gab es Stress zwischen Thomas und Hanno. Der Klassiker«, warf sie möglichst ernsthaft ein.

»Wie bitte?« Oskar sah sie mit zusammengekniffenen Augen an. »Nein, natürlich nicht«, blaffte er sie an.

»Okay, okay. Dann erzähle halt, wie es wirklich war.«

»Hanno hatte seine Schwester dabei.«

»Tochter aus gutem Haus, nehme ich an.«

»Wieso unterbrichst du mich ständig?«

»Weil du aus dem Quark kommen sollst. Was war an dem Abend, dass ihr aus der Disko rausgeflogen seid?«

»Diese Schwester. Betty hieß sie. Von Elisabeth. Wäre ich nicht drauf gekommen. Thomas wusste das.«

»Jaaa.« Ruth gähnte gespielt.

»Betty war, was Hanno nicht wusste, mal mit Thomas zusammen. Aber nur kurz. Sagen wir mal megakurz.«

»Ein One-Night-Stand?«

»Nee. So kurz nicht. Ein bisschen mehr, aber nicht so, dass man von Beziehung hätte reden können. Fand er. Thomas.«

»Okay. Und Betty nicht.«

Er nickte.

»Und das hat er ihr gesagt.«

Oskar schüttelte den Kopf.

»Okay, per WhatsApp kann er nicht Schluss gemacht haben, das gab es damals noch nicht.«

Oskar nickte.

»Also hat er nichts gesagt und ist in Deckung gegangen? So von der Bildfläche verschwunden? Hat sich unsichtbar gemacht.«

»Genau. Geghostet, würde man heute sagen.«

»Wieso schaust du so, als hättest du Schuld daran?« Ruth löste vorsichtig ihre Finger aus Oskars Hand und lehnte sich zurück.

»Keine Ahnung. Vielleicht, weil wir das damals alle so gemacht haben. Und ich das nicht gerne vor dir zugebe.«

»Aber du warst an der Geschichte damals nicht beteiligt?«

»Nein, absolut nicht. Ich habe diese Betty nie wiedergesehen. Und Petra aus den Augen verloren. Ich war am Ende meines Studiums, habe das Volontariat begonnen. Mit Thomas jedenfalls war sie nie zusammen.«

»Und warum genau seid ihr aus der Disko rausgeflogen?«

»Weil diese Betty eine Riesenshow hingelegt hat. Sie hat Thomas eine filmreife Szene geliefert. Einen Suizid angedroht, wenn er nicht mit ihr rede. Irgendwann ist sie auf den Billardtisch im Nebenraum gestiegen und hat anklagende Reden geschwungen. So was halt. Wir haben sie erst ignoriert. Dann auf sie eingeredet. Na ja, und als der Billardtisch ins Spiel kam, erschienen die Türsteher.«

»Krass. Hört sich ganz schön verzweifelt an. Oder waren Alkohol und Drogen im Spiel?«

Oskar zuckte mit den Schultern. »Keine Ahnung. Ich kannte sie nicht richtig. Aber irgendwie wirkte sie abgedreht. Hübsch zwar, richtig hübsch, aber abgedreht. Thomas meinte eben, er wäre froh, damals so gehandelt zu haben. Degeneriert sei sie gewesen.«

»Degeneriert? Was soll das heißen?«

»Weiß ich nicht. Habe ich nicht nachgefragt. Weil es ja nicht um Betty geht, sondern um Petra.«

»Und dazu konnte Thomas etwas sagen? Was aus ihr geworden ist?«

»Nein. Er sagt, er habe sie aus den Augen verloren. Irgendwann verläuft sich so was.«

»Hm. Also nichts, was wir nach Norderney liefern können, was?«

»Sieht so aus. Aber es war ein heftiger Abend damals. Hanno ist uns danach aus dem Weg gegangen. War ihm wohl peinlich, was seine Schwester da abgefahren hat. Oder er war sauer auf Thomas. Haben wir beides nicht hinterfragt. Und deswegen die ganze Geschichte vergessen. Mensch, da musst du in mein Leben kommen, dass ich so alte Geschichten auspacke.«

Ruth lachte. »Warte ab, bis ich aus dem Nähkästchen plaudere. Ich habe ein paar Jahre mehr aufzubieten.«

»O ja. Unbedingt. Ich will alles hören. Ich weiß schon, wo du mir das heute Abend am besten erzählen kannst.«

»Heute Abend? Werde ich hundemüde von Kunst, Kaffee, Kuchen, Wein und Fahrradfahren ins Bett fallen und zu keinem Wort mehr in der Lage sein.« Ruth winkte dem Kellner, um zu bezahlen.

Oskar lächelte süffisant. »Umso besser. Eine wunderbare Vorstellung. Ich freue mich darauf.«

*

Klaas Wilko traute seinen Augen nicht. Seine Frau würde behaupten, dass es kein Zufall sein konnte, dass er Thies vor einer fremden Haustür sah, an der er ihn niemals vermutete.

»Du stalkst den doch«, hätte sie ihm vorgeworfen. Was für ein lächerlicher Vorwurf. Auf Norderney lief man sich nun mal alle Nase lang über die Füße, selbst wenn man die Nordhelm-Siedlung mitdachte. Aber so war Gundula. Trieb ihn immer an, sah nur seine Defizite. Es war ihr Ehrgeiz gewesen, dass er für das Amt des Bürgermeisters kandidierte, und nicht seiner. Er fand, dass er genug im Leben erreicht hatte. Wobei er der Idee durchaus immer mehr abgewonnen hatte. Seine stupide Anwaltstätigkeit langweilte ihn seit Jahren.

Er schaute sich um, wo er sich vor Thies' Blicken verstecken konnte. Zu gern wüsste er, was dieser vor Häuslers Haustür trieb. Er stieg nebenan die drei Stufen zum Gästehaus »Seemannsgarn« hoch, um für Joseph und Malte unsichtbar zu bleiben. Wenn er Glück hatte, würde er verstehen können, was Thies von diesem Burschen wollte, der noch grün hinter den Ohren war, schließlich war Joseph für sein lautstarkes Orkan bekannt.

Im Moment vernahm er allerdings nur ein lautes Pochen

auf Holz. Typisch. Auch das war Joseph, der nicht wie ein normaler Gast abwarten konnte, ob ihm die Haustür geöffnet wurde.

»Was ist los?«, vernahm er im gleichen Augenblick die sanftere Stimme Häuslers, der sich nicht aus der Ruhe bringen ließ. In Klaas Wilko stieg Übelkeit auf, als er an sein Gespräch mit Malte dachte. An den Versuch eines Gesprächs, musste er sich eingestehen. Allein deswegen hoffte er, dass Joseph Thies die Haustür vor der Nase zugeschlagen werden würde.

Stattdessen antwortete Malte auf das hingeworfene »Ich muss mit dir reden« von Thies überaus freundlich und jovial. Bat ihn hinein, ohne nach den genaueren Gründen zu fragen. Da war nichts von dem aalglatten Abblitzen, wie er selbst es erfahren hatte. Sein Hals verengte sich, und eine Ader am Kopf begann zu klopfen. Dieses verdammte Bürschchen, der würde sein blaues Wunder erleben. Und Thies? Was war mit Thies? Eben hatte er herumgejammert und seinen juristischen Beistand gesucht wegen dieser bescheuerten Sache mit den vergrabenen Gewehren. Hatte mit seiner aufgescheuchten Aktion nicht nur sich selbst diskreditiert, sondern die ganze Partei lächerlich gemacht.

Was Gundula ihm zu Hause um die Ohren gehauen hatte, da hatte er sich gewünscht, er wäre in die Kanzlei gefahren. Aber angesichts der Umstände auf der Insel hatte er davon abgesehen. Man konnte als Bürgermeisterkandidat nicht einfach seinen Alltag weiterleben.

Erschrocken fuhr er zusammen, als sich hinter ihm die Tür öffnete und ein Ehepaar aus der Tür trat. Argwöhnisch musterten sie ihn, und er kramte in seiner Jackentasche, als suchte er Zigaretten. Verflucht, manchmal war man als

Raucher doch im Vorteil. Aber das hatte Gundula ihm ja gründlich abgewöhnt.

Gundula, Gundula, Gundula. Die große Liebe seines Lebens. War sie mal. Wie sich die Dinge ändern konnten. Natürlich würde er das nicht wegwerfen wollen, was sie sich gemeinsam aufgebaut hatten. Aber ihre unendliche Gier nach mehr. Statt sich etwas zu suchen, von dem sie selbst profitierte, kam sie mit immer neuen Argumenten. Was sollen denn da die Leute denken? Dass wir uns das nicht leisten können, wenn ich zu Hause bleibe? Eine Welle von Übelkeit stieg vom Magen hoch. Sein Herz machte einen Aussetzer. Erschrocken hielt er inne. Sich weniger aufzuregen, hatte ihm der Hausarzt beim letzten Check gesagt. Noch sei alles in Ordnung, dabei aber das »noch« mit hochgezogenen Brauen betont. Als wenn er nicht selbst wüsste, dass nun die gefährlichen Jahre kamen. Ein Wunder, dass Thies trotz seiner aufbrausenden Art gesundheitlich so stabil geblieben war.

Erschrocken hielt er inne. Er hatte gar nicht gemerkt, dass er seit Minuten vor Maltes Haus ab und auf marschierte. Wenn das einer sähe. Die Insulaner wussten, wer hier wohnte, sie kannten ihn und würden sich Gott weiß was zusammenreimen. Und was wäre, wenn Malte oder seine Lebensgefährtin aus dem Fenster schauten? Glücklicherweise war nur ein schwacher Lichtschimmer zu sehen. Wahrscheinlich aus den hinteren Räumen, in denen Malte mit Joseph – ja, was eigentlich? Parlierte? Diskutierte? Koalierte? Er besaß nicht genügend Fantasie, um sich auszumalen, was die beiden trieben. Trieben! Ja, das war ein Stichwort. Als er Joseph aus dem Haus von Petra Mertens hatte kommen sehen, hatte er schnell eine Vorstellung davon gehabt, was los war. Dieser verdammte alte Schwerenöter!

Klaas Wilko klatschte sich vor die Stirn. Seine Gedanken galoppierten dahin. Jeden Augenblick konnte Joseph zur Tür rauskommen. Einen peinlicheren Moment würde es nicht geben können. Sich des Verdachts aussetzen, ihn zu stalken, nachdem er ihn schon auf seine Besuche bei dieser Mertens angesprochen hatte.

Er schaute sich um und bezog seinen vorherigen Posten auf der Treppe des Gästehauses. Solange nicht das Ehepaar zurückkam …

Besuche bei der Mertens, Besuche bei Häusler. Was ging da vor sich? Das würde er überdenken müssen, was Thies nächtens bei der Konkurrentin getrieben hatte. Die heutige Visite bei Malte machte es wahrscheinlicher … Erneut stockte er. Ihm fehlte die Vorstellungskraft, was das verbindende Element zwischen den Besuchen sein konnte. Aber etwas Sexuelles schied aus, es war müßig, in die Richtung weiterzudenken.

Erneut öffnete sich die Tür hinter ihm, und der Lichtschein des Treppenhauses fiel auf seine Schuhe. Diesmal war er schneller auf der Straße, aber die vierköpfige Frauengruppe schenkte ihm keinerlei Beachtung. Erleichtert stieg er die Stufen hoch. Nur einen Moment irritierte ihn die Achtlosigkeit der Frauen. Er als Mann – keines Blickes wert. Aber schon drängte sich Joseph in den Vordergrund. Was, verdammt, spielte dieser für ein abgekartetes Spiel. Hatte Kontakt zu allen Kandidaten. Obwohl er selbst gar nicht zur Wahl stand. Was trieb er hinter den Kulissen? Würde er später als der große Zampano auftreten, als der Strippenzieher, der allein dafür gesorgt hatte, dass er, Klaas Wilko, den Wahlsieg errungen hatte? Und im Fall einer Niederlage? Würde er sie seinem persönlichen Versagen anlasten und nicht als das der Partei? Je mehr er darüber nachdachte, umso wahrscheinlicher schien ihm das. Aber was die beiden Gegenkandidaten damit zu tun hatten, das erschloss sich ihm nicht. Stattdessen kam die Frage auf, wie Petra Mertens Tod in das Ganze hineinpasste. Klaas Wilko traten Schweißperlen auf die Stirn. Wenn er unvorsichtigerweise Thies entlastete, obwohl … – Quatsch, die Gewehre hatten sicher nichts damit zu tun. Wenn aber …

Er erschrak, als er nebenan Josephs laute Stimme hörte. Hektisch drehte er sich um, als wolle er ins Gästehaus hineingehen. Es wäre fatal, wenn er gezwungen wäre, auf die Straße zu treten. Voller Anspannung spitzte er die Ohren. In Josephs Stimme war Groll zu hören. Was ihn freute. Denn wahrscheinlich war dieser genauso bei Malte abgeblitzt wie er selbst.

Aber der Grund, der Grund?

»Das wäre doch gelacht, ich, Joseph Thies, lasse mir nicht einen Strich durch die Rechnung machen. Ich nicht.« Die Stimme von Joseph, anfangs gefährlich nahe, wurde leiser und leiser. Nicht weniger polternd, nicht weniger rau, aber schwächer. Als entferne sie sich Schritt für Schritt.

Klaas Wilko erlaubte sich einen tiefen Seufzer der Erleichterung. Immerhin hatte Joseph ihn nicht auf seinen Fersen erwischt. Andererseits hatte er sich so erhofft, bei der Verabschiedung etwas zu den Gründen zu erfahren. Doch diese mussten in Josephs Geschimpfe untergegangen sein.

Klaas Wilko wandte sich der Straße zu. Schielte vorsichtig nach rechts, ob Malte vor der Tür stand. Aber da war keiner. Außer …

Aufgeregt näherte er sich der Eingangstür. Sie war nicht verschlossen. Stand weit auf. Von Malte war nichts zu sehen. Außer einem Lichtschein unter der Zimmertür am Ende des Flurs.

Klaas Wilko schwankte. Der Boden schien sich zu bewegen. Er setzte einen Fuß nach vorne, streckte die Hände vor. Dann hielt er inne, atmete tief durch. Drehte sich auf dem Absatz herum und eilte davon.

*

SAMSTAG, 23.03.

Wollust

»Einen winzigen Moment, bitte, nur einen klitzekleinen.«
Martin, der in seine Boxershorts schlüpfte, hielt inne.

»Anne, gerade habe ich geduscht. Und du wolltest doch
los zum Sport«, schob er mit einem Blick auf die Uhr hinterher.

»Ja, ich weiß. Aber musst du immer so vernünftig sein?
Fünf Minuten holen wir spielend wieder rein.«

»Du weißt, dass es nicht bei fünf Minuten bleibt, wenn
ich zurück ins Bett komme.« Er hörte, wie rau seine Stimme
wurde.

Anne grinste. Sie wusste, dass sie gewonnen hatte. Seufzend streifte er die Shorts ab.

»Du hörst dich an, als wärst du zu einer Strafarbeit ver-
donnert worden.« Sie zerzauste ihm die Haare, die er schon
gekämmt hatte, und rieb mit ihrem Mund über seine Bartstoppeln. Es gefiel ihr, dass er sich nicht mehr so häufig
rasierte, auch wenn sie manchmal jammerte, dass ihre Haut
öfter wund sei.

Sein Mund suchte den ihren, und neckisch öffnete er mit
der Zungenspitze ihre Lippen. Sie waren sich so vertraut,
so aufeinander eingespielt. Und dennoch wurden sie von
der Erregung mitgerissen, die sich mit einer Heftigkeit ein-
stellte, dass sie beide aufstöhnten.

Anne kicherte. »Ich hoffe Tag für Tag, dass die Wände dick genug sind und die Nachbarn keine Schlussfolgerungen ziehen können«, wisperte sie.

»Glaubst du, sie denken, wir hätten keinen Sex?«, flüsterte er, während er in sie eindrang.

»Doch, schon, aber immer um die Uhrzeit«, antwortete sie stockend. Sie schloss die Augen. »Egal. Dafür ist es viel zu gut.«

»Du weißt schon, dass ich ein Morgenmuffel bin?« Martin sprach die Worte im Rhythmus seiner Bewegungen.

»Hier ist der einzige Ort, an dem ich das noch nie gemerkt habe, vielleicht will ich es deswegen so oft vor dem Aufstehen.« Sie ließ sich tiefer ins Bett sinken und öffnete sich ihm weiter.

Martin stöhnte erneut. Tatsächlich machte ihm der Sex am Morgen mehr Spaß als zu jeder anderen Tageszeit. Seine Sinne schienen aufs Allerhöchste gespannt, und er liebte diese Frau so wahnsinnig, so wahnsinnig, so wahnsinnig, dass er es ihr auf jede erdenkliche Weise zeigen wollte.

»Martin, hör auf, hör auf.« Erstaunt riss er die Augen auf. Nahm Annes Worte kaum auf. Aufhören? Er konnte nicht aufhören. Wie sollte er einen Zug bei höchster Geschwindigkeit stoppen können? Widerwillig schüttelte er den Kopf, ohne in seinen Bewegungen innezuhalten.

»Martin, aufhören.« Anne schien sich unter ihm herauswinden zu wollen. Aber es war zu spät. Mit einem lauten Schrei, von dem er nicht wusste, woher er kam, sackte er über ihr erschöpft zusammen.

Anne stemmte ihre Arme gegen ihn. »Martin, sorry, hörst du das nicht? Da ruft jemand. Und geklingelt hat es auch.«

Martin ließ Anne unter sich herausrutschen. Fast gleichzeitig setzten sie sich auf die jeweilige Bettkante. Er lauschte. Jemand klopfte an die Tür.

Fragend drehte er sich zu Anne. »Was soll das? Wer kann das sein?«

»Keine Ahnung.« Sie zuckte die Schultern, während sie ein Shirt vom Boden nahm und es sich überstreifte.

»Ein Notfall?«, mutmaßte sie.

»Es ist Samstag.«

»Interessiert das Notfälle?«

»Nein, aber dann würde ich per Telefon benachrichtigt.«

»Hilft wohl nur, die Tür zu öffnen.«

»Du oder ich?« Martin grinste.

»Du. Mir sieht man an, was wir gemacht haben.«

»Eben war dir das noch egal, wenn uns einer hört.« Er schnappte sich seine Sachen und zog Shorts, Jeans und T-Shirt über.

»Na ja, hören ist etwas anderes, als dem Nachbarn direkt danach ins Gesicht zu sehen.«

»Du meinst, es ist der Nachbar?« Martin wedelte mit der Hand. »Um sich zu beschweren?«

»Was weiß ich. Bitte, mach auf. Es klingelt schon wieder.«

»Na gut, weil du es bist. Wenn es für dich ist, kochst du mir heute Abend das Essen.« Martin öffnete mit Schwung die Schlafzimmertür.

»Oder ich lade dich zum Essen ein«, rief sie ihm hinterher.

Martin lachte. Typisch Anne. Eins war sie jedenfalls nicht: ein Hausmütterchen. Aber das wollte er gar nicht haben.

Er schob den Riegel an der Haustür zurück und drückte energisch die Klinke. »Na, wer hat es denn am heiligen Samstag so eilig, zu uns zu kommen?«

Überrascht sah er sich Frau Dirkens gegenüber. »Entschuldige bitte.« Sie sah aufgeregt und atemlos aus. »Das tut mir wirklich leid. Vor allem, wenn ich euch«, sie räusperte sich, »gestört haben sollte.« Sie machte eine kleine Pause und sah ihn erwartungsvoll an.

Martin verzog keine Miene. Das wäre ja noch schöner.

»Frau Dirkens«, sagte er stattdessen. »Wo brennt es denn? Ich hoffe, es ist kein dienstlicher Anlass. Oder buddelt wieder jemand den Garten um?«

»Nun, gestern fandest du es noch richtig, dass ich die Polizei benachrichtigt habe.« Sie klang pikiert.

»War es auch. Also, was ist los?«

»Daniela schickt mich. Sie hat euch schon ein paar Nachrichten geschickt. Ihr sollt euch dringend melden. Ich glaube, damit Ruth und Oskar ihren Tag planen können.«

Martin spürte, wie ihm die Gesichtszüge entgleisten. »Damit Ruth und Oskar ihren Tag planen können?«

»Herrgott. Ich weiß auch nicht. Schau mich nicht so an, als sei ich nicht mehr ganz beieinander. Das wird ja allen zur Gewohnheit.«

Martin lachte. »Nein, das glaube ich bestimmt nicht. Also, ich schlage vor, Sie kommen rein und berichten uns in Ruhe, worum es geht. Bei einem Kaffee, einverstanden?«

»Na ja, ich weiß nicht.« Frau Dirkens trat verlegen von einem Fuß auf den anderen, linste dabei unverhohlen in den Flur hinter Martin.

Dort tauchte Anne auf. »Frau Dirkens?« Die Überraschung in ihrer Stimme war nicht gespielt. Aber die Rüge, die sie ihm erteilte, schon, wie er am sanften Kniff in seine Hüfte merkte: »Martin, warum bittest du Frau Dirkens nicht zu uns rein? Sie kommen gelegen. Wir wollten gerade Kaffee trinken.«

Frau Dirkens lächelte verlegen. »Also dann. Wenn ich wirklich nicht störe. Ein Kaffee wäre das Richtige.«

✳

»Frau Hollstein, richtig? Guten Morgen. Ich bin Gert Schneyder, wir haben miteinander telefoniert.«

»Hallo, Herr Schneyder.« Die Sozialarbeiterin öffnete die schwere Glastür weiter nach außen und reichte ihm die Hand. Dann ließ sie ihn mit einer weisenden Handbewegung den Flur herunter passieren, um hinter ihm abzuschließen.

»Herr Ziegler kommt nicht?«, fragte sie in seinem Rücken, während er langsam den Gang entlang schritt und in offen stehende, aber leere Büros schaute.

»Nein, leider nicht.« Er blieb stehen und sah Sabine Hollstein an. Sie sah wirklich verdammt jung aus, dachte er, genau so, wie Martin es beschrieben hatte. Aber ihre Stimme war taff, und er konnte sich vorstellen, dass sie eine Menge Durchsetzungsvermögen an den Tag legen konnte, wenn es nötig wurde. Ihn lächelte sie freundlich an, während sie auf seine Antwort wartete.

Er räusperte sich und schaute auf seine Armbanduhr. »Wir haben uns anders entschieden.«

»Ach. Ich hatte es so verstanden, dass sie zusammen kämen.« Sie überholte ihn und ging voran in einen kleinen Besprechungsraum, in dem sie den Tisch für fünf Personen eingedeckt hatte.

Schneyder lachte. »Stimmt, ich bin derzeit Insulaner. War zuerst auch so geplant. Aber heute Morgen war ich in der Dienststelle in Aurich. Lagebesprechung. Das wäre zu umständlich geworden für Herrn Ziegler.«

»Das verstehe ich.« Sie zeigte auf den Tisch. »Bitte nehmen Sie Platz. Ich bin froh, dass Sie etwas früher kommen konnten. Damit wir uns abstimmen können. Kann ich Ihnen einen Kaffee anbieten?«

»Da sage ich nicht Nein.«

Er sah ihr zu, wie sie mit ruhigen Bewegungen die Glaskanne der Kaffeemaschine zum Tisch trug, dort zwei Tassen füllte, von denen sie eine auf der Untertasse zu ihm hinschob, und anschließend den übrigen Kaffee in einen Thermobehälter umkippte.

»Ich setze neu auf«, warf sie ihm über die Schulter zu. »Milch und Zucker finden Sie auf dem Tisch. Sie kennen das sicher. Nichts ist wichtiger, als dass bei schwierigen Gesprächen Kaffee auf dem Tisch steht.«

Gert Schneyder hob den Daumen. »Absolut. Je schwieriger, desto wichtiger.«

»Ich bin jedenfalls froh«, sagte die Sozialarbeiterin langsam, während sie zwischen den Worten gedanklich die Löffelanzahl zu zählen schien, »dass wir so schnell fündig geworden sind.« Sie schüttete Wasser nach, setzte die Kanne unter den Filter und drückte den Knopf der Maschine. Dann strich sie ihre sandfarbenen Haare zurück, die hinten auf dem Rücken nahezu bis zum Steiß gingen und fast an das Levi's-Schild ihrer Jeans stießen. Gleichzeitig drehte sie sich zu ihm herum und streifte anschließend mit einer ähnlichen Bewegung die Hände an den Oberschenkeln ihrer Hose ab, energisch, als wolle sie damit ihre Tätigkeit zum Abschluss bringen.

Mit schnellen Schritten war sie am Tisch und setzte sich ihm gegenüber. Zwei dünne Aktendeckel, ein Block, ein Kalender und ein Einstecketui lagen dort aufeinandergestapelt. Ihre in Himbeerfarbe lackierten Fingernägel legte sie ruhig darauf ab. Sie sah ihn forschend an. So wie er das umgekehrt auch tat. Er stellte fest, dass die Poren kaum überschminkt wirkten, sich ein winziger Klecks Wimperntusche unter dem linken Auge festgesetzt hatte und auf den Lippen nur der Hauch einer Lippenpflege schimmerte.

Kurz fragte Schneyder sich, wie Eltern sich fühlen mussten, die von ihr ins Jugendamt zum Gespräch einbestellt wurden. Er war sich sicher, dass sie trotz ihrer Jugend die nötige Autorität auszustrahlen vermochte.

Plötzlich runzelte sie die Stirn, als wundere sie sich, dass er nicht sprach. Nichts wissen wollte, obwohl es viele offene Fragen gab. Aber ihre Bewegungen waren von einer solch meditativen Gelassenheit gewesen, dass er sich erst jetzt der Stille zwischen ihnen bewusst wurde.

»Wie läuft so etwas normalerweise ab?«, fragte er deswegen eilig nach. »Ich meine, Sie haben doch am Wochenende keinen Dienst.«

»Das stimmt.« Sie lächelte. »Für Krisenfälle am Wochenende sind die Kollegen von der Jugendhilfebereitschaft zuständig. Das normale Alltagsgeschäft«, sie malte Anführungszeichen in die Luft, »ist ab Montag wieder unser Job.«

»Aber hier haben wir es mit etwas zu tun, was in keine der beiden Kategorien passt?« Gert ließ Zucker auf seinen Teelöffel rieseln. Der Kaffee war zu stark, um ihn ungesüßt zu trinken.

»Ach, in Not sind diese Kinder auf jeden Fall, aber natürlich nicht im allerengsten Krisensinne. Sie sind in der Bereitschaftsgruppe gut aufgehoben. Physisch versorgt, in Sicherheit.«

»Aber psychisch nicht.«

»Richtig. Diese Kinder brauchen so schnell wie möglich Orientierung. Darüber, was mit ihrer Mutter geschehen ist, aber auch, wie es mit ihnen weitergeht.«

»Stellen die Kinder weiterhin keine Fragen?«

»Wenig. Wie schon gesagt. Mattis hat übrigens ein internetfähiges Smartphone wie fast alle Kinder in dem Alter. Wir hielten es für falsch, es ihm abzunehmen. Im Rahmen der Gruppenregeln darf er es also benutzen. Wir nehmen an, er verfolgt die Berichterstattung. Möglicherweise macht er sich digital selbst auf die Suche.«

»Nach Spuren und Indizien?«

Sabine Hollstein lachte. »Polizistenfrage. Nein. Das meinte ich nicht. Eher auf die Suche nach Familie. Nach etwas, das ihm und seiner Schwester Halt gibt. Das war übrigens eine Bedingung für die Handynutzung. Dass er seine Schwester raushält.«

»Und das funktioniert?«

»Bisher ja. Wahrscheinlich ist es ihm zu wichtig, um etwas zu riskieren. Er kann es sich nicht leisten, es sich in irgendeiner Form mit den Erwachsenen zu verderben.«

Gert nickte. »Absolut nachvollziehbar.«

»Deswegen bin ich wirklich froh, dass die Suche nach der Patin ein Volltreffer war.« Sie zog anerkennend die Brauen hoch.

»Der Name war selten genug, um über das Internet fündig zu werden. Vor nicht allzu langer Zeit wäre das eine andere Herausforderung gewesen.«

Die Sozialarbeiterin lächelte dünn. Klar, dachte, Gert, was wusste sie schon von Vor-Google-Problemen.

»Na ja«, beeilte er sich schnell zu sagen, »den Namen zu finden war das Eine.«

»Den Volltreffer zu landen das Andere«, ergänzte sie.

»Nein, das meine ich gar nicht. Sondern Ihr Angebot, heute am Samstag zur Verfügung zu stehen, das war das Besondere.«

»Nicht der Rede wert«, sie winkte mit der Hand ab und zog die beiden Akten zu sich heran. »Die Tatsache, dass Frau Merlenbusch sich sofort auf den Weg zu uns nach Ostfriesland aufmachen wollte, hat mich sehr beeindruckt. Zumal sie am Telefon bestätigt hat, dass es mehrere Jahre keinen Kontakt zu Petra Mertens und den Kindern gegeben hatte.«

»So beeindruckt, dass Sie sogar Ihren freien Samstag opfern.«

»Das ist kein Opfer, das bekomme ich ausgeglichen«, antwortete sie ernsthaft, als wäre es Gert um eine Frage der arbeitsrechtlichen Strukturen gegangen.

»Sie wissen, was ich meine.«

»Ja, doch.«

Wieder das zarte Lächeln. Sie hatte wirklich beides drauf. Junges Mädchen und taffe Frau. Bemerkenswert. Gert Schneyder rührte in der fast leeren Kaffeetasse.

»Noch einen?«, fragte sie, aber er schüttelte den Kopf.

»Ich hätte es unglücklich gefunden, wenn die Patin sofort ohne Vorgespräch auf die Kinder gestoßen wäre. Das hätte in den Räumen der Bereitschaftsgruppe unweigerlich geschehen können. Mir ist wichtig, dass wir das gut vorstrukturieren. Ich weiß ja gar nicht, wie viel Erinnerung die Kinder haben. Und auch die Ursache des Zerwürfnisses könnte eine weitreichende Rolle spielen.«

»Sie meinen, dass es möglicherweise sinnvoll wäre, den Kontakt zwischen Patin und den Kindern nicht zuzulassen?« Gert beugte sich vor. Darüber hatte er in seiner Euphorie, gestern diese Patentante ausfindig gemacht zu haben, nicht nachgedacht.

»Ich habe noch keine Vorstellung davon, was sich uns an Beziehung und Familiengeschichte darstellen wird.« Sie schüttelte den Kopf, wahrscheinlich, weil sie seine Zweifel im Gesicht las. »Glauben Sie mir: nicht aus Willkür. Aber wir müssen in erster Linie auf das Kindeswohl achten. Da stehen nicht die Interessen der Patin im Vordergrund.«

»Das kann ich nachvollziehen. Obwohl mein inneres Kind sich wünscht, dass Mattis und Klara so schnell wie möglich von einem Erwachsenen in den Arm genommen werden sollten, der sie kennt.«

Sie lächelte ihn an. »Ihr inneres Kind – sehr schön gesagt. So soll es sein. Wenn alles passt. Nach dem Gespräch mit Frau Merlenbusch wissen wir mehr.« Sie hob den Blick zur Wanduhr. »In ungefähr zehn Minuten müsste sie hier sein.«

»Wie sollen wir es machen? Fangen Sie bitte an und ich halte mich zurück, es sei denn, mir fällt etwas auf. Ich gehe davon aus, dass Ihre Fragen die unsrigen sein werden.«

»Gut. Ich bin jedenfalls froh, dass Sie das Gespräch begleiten. Es ist seltsam, in dieser leeren Dienststelle unbekannten Menschen gegenüber zu treten. Vor allem, wenn man weiß, dass es um diesen schrecklichen Todesfall geht.«

»Aber das macht uns Ostfriesen aus, oder? Im Fall der Fälle sofort füreinander einzustehen. Amtshilfe über alle Bereiche zu leisten. Die Büros Ihrer Außenstelle nutzen zu können, weil Ihre Chefin mitgezogen hat. Dass Kripo- und Schutzpolizei zusammenarbeiten, um überhaupt ein Fallverstehen hinzubekommen.«

»Fallverstehen ist das richtige Stichwort.« Sie schnippte mit den Fingern. »Da fällt mir ein, was wir noch gut gebrauchen können. Ich hab es eben stehen sehen.«

Sie drehte sich schwungvoll um, ging in die Ecke des Raums zu einem Puppenhaus, nahm einige der Figuren heraus, griff nach zwei danebenstehenden Holzbrettern und legte alles vor ihm auf dem Tisch ab. »Na, ist das keine gute Idee? Ich bin ein großer Fan des Visualisierens. Vielleicht kann uns Frau Merlenbusch die Familienverhältnisse der Kinder aufstellen.«

Gert nahm die kleinen Puppen in die Hand. »Interessanter Gedanke.« Er setzte eine Figur auf das eine Brett, eine weitere auf das andere. »Aber warum diese beiden Bretter?« Er schob die gewellten Teile so zusammen, dass sie eine Einheit ergaben.

»Nun, deswegen.« Sabine Hollstein zog sie auseinander. Setzte eine größere Figur mit den beiden Kinderfiguren auf die eine und mehrere andere Figuren auf die zweite Hälfte. »Um zu verstehen, warum sich Frau Mertens mit ihren Kindern so komplett von ihrem ganzen vorherigen Bezugssystem gelöst hatte. Und ob das wichtig ist für die Entscheidung, wie es mit den Kindern weitergeht. Verstehen Sie?«

*

»Aber warum hat Daniela nicht auf dem Festnetz angerufen? Oder Ruth? Beide haben doch unsere Nummern.« Anne hielt die beiden Smartphones hoch, die nebeneinander in der Steckdose hingen. »Ich meine, als wir nicht geantwortet haben.«

»Das weiß ich leider nicht, meine Liebe. Vielleicht hat sie daran nicht gedacht. Wo doch heutzutage niemand mehr auf dem Festnetz telefoniert. Ich übrigens auch nicht mehr.« Wie, um es zu beweisen, zog sie ein Handy aus der Innentasche ihrer Jacke, die sie über den Stuhlrücken gehängt hatte. »Nicht gerade chic mit diesen großen Tasten, aber mit der Arthrose in meinen Händen besser so.«

Anne grinste. Das sah Frau Dirkens ähnlich. Wenn es irgendwie ging, wollte sie dem Alter immer etwas entgegensetzen. Whiskey, lila Haarsträhnen, bunte Brillengestelle. Sie würde demnächst nach einem modischen Accessoire schauen, mit dem Frau Dirkens ihr Telefon aufpeppen konnte. Darüber würde sich die alte Dame bestimmt freuen.

Trotzdem wollte es ihr nicht in den Kopf, was den morgendlichen Überfall nötig gemacht hatte. Auf Martins Frage druckste Frau Dirkens herum.

»Na ja, vielleicht war es nicht so dringend, wie ich es vorhin dargestellt habe. Aber Daniela war mit den Gästen beschäftigt, und Herr Oskar hatte ihr geschrieben, dass er euch nicht erreicht. Als sie mir verwundert erzählt hat, dass ihre Nachrichten an euch unbeantwortet blieben, habe ich ihr angeboten, bei euch vorbeizuschauen.«

»Weil Daniela das so dringend fand?« Martin wollte es genau wissen.

»Vielleicht nicht ganz. Aber wenn ich das recht verstanden habe, wollte Oskar gern mit Martin Rücksprache halten wegen Frau Mertens.«

»Aber das hat er doch gestern Abend.« Anne setzte sich mit an den Tisch. »Oskar und Martin haben gestern lange miteinander telefoniert.«

»Dann weiß ich es nicht.« Frau Dirkens schaute schuldbewusst.

Anne konnte sich vorstellen, wie das abgelaufen war. Schon mehrfach hatte die alte Dame ihr von schlaflosen Nächten und Langeweile in ihrem Alltag erzählt. Wahrscheinlich hatte sie eine scheinbar günstige Gelegenheit ergriffen, um etwas zu tun zu haben.

»Ich habe es nun mal so verstanden«, murmelte sie, während Martin vor sich hin brummte. »Und Daniela schien es recht zu sein.« Anne konnte sich die Szene zu gut vorstellen. Daniela, die daran verzweifelte, dass alle Frühstücksgäste gleichzeitig einen Latte macchiato haben wollten, hatte wahrscheinlich nur halb hingehört und zustimmend genickt. Genug, dass Frau Dirkens das als Auftrag annahm.

Geistesabwesend tippte sie auf ihr Smartphone, das sie von der Steckdose gezogen hatte. Verwundert sah sie auf eine Reihe von Meldungen. Ja, Daniela hatte versucht anzurufen und eine Nachricht hinterhergeschickt, sie solle sich melden. Und es waren Mitteilungen von Ruth dabei, und zwar von heute Morgen.

Unwillkürlich entfuhr ihr ein überraschter Laut, der Martin aufmerken ließ.

»Ist was?«, fragte er.

»Selbst Ruth hat versucht, mich zu erreichen. Und wenn ich es richtig verstehe, auch dich.«

Martin sprang auf und nahm sein Handy vom Strom. »Tatsache. Das ist ja seltsam. Sie schreibt, Oskar hätte Neuigkeiten. Dabei war er sich gestern sicher, dass er nichts weiter über Petra Mertens in Erfahrung bringen kann.«

»So viel zu unseren guten Vorsätzen, das Handy aus dem Schlafzimmer zu verbannen.«

»Gesünder ist es«, warf Frau Dirkens ein und trank schnell ihren Kaffee leer. »Ich müsste los.«

»Jetzt bleiben Sie ruhig noch, bis wir mit Ruth telefoniert haben.« Anne stand auf und holte eine Wasserflasche aus dem Kühlschrank und drei Gläser aus dem Geschirrschrank. »Sie wollen Daniela sicher Bericht erstatten.«

Anne hatte den Satz leichthin gesagt, aber Frau Dirkens lief puterrot an. »Nein, nein, ich möchte nicht der Neugierde bezichtigt werden.«

»Blödsinn, das habe ich gar nicht gemeint.« Anne warf einen belustigten Blick zu Martin. Erstaunlich, wie die alte Dame auf den vermeintlichen Vorwurf ansprang. Aber wer wusste, wie sie später werden würden. Wenn man allein war, keine Familie hatte, keinen sinnvollen Tagesinhalt und die Zipperlein der fortschreitenden Jahre einen mehr und mehr quälten. Anne fasste Frau Dirkens sanft an der Schulter und drückte sie auf den Stuhl. »Bitte bleiben Sie. Es geht Sie genauso etwas an wie uns alle. Und natürlich möchten wir, dass Sie Daniela Bericht erstatten.«

Martin hatte sich mittlerweile durch die Nachrichten gescrollt. Er hielt das Handy ans Ohr und hob die Hand, um anzuzeigen, dass er telefonieren wollte.

Frau Dirkens legte einen Finger auf ihre Lippen.

Anne schenkte Wasser in die Gläser ein, ohne Martin aus dem Auge zu verlieren.

Bei seinen ersten Worten setzte sie sich und lauschte gespannt.

»Es gibt etwas Neues?«, fragte er schnell, nachdem er sich für den verzögerten Rückruf entschuldigt hatte. Nach einer kleinen Pause, in der wohl Ruth sprach, antwortete er: »Ja, gut. Dann reiche mich an Oskar weiter. Ich bin gespannt. Und dir noch einen schönen Aufenthalt im Rheinland.«

Anne verdrehte die Augen. Martin tat, als sei Ruth dort in Urlaub. Dabei verbrachte sie lediglich ein Wochenende bei ihrem Freund. Was sie in Zukunft hoffentlich häufiger tun würde. Aber da standen sich Ruth und Martin manchmal in nichts nach, Dinge auf der Beziehungsebene komplizierter zu machen, als sie waren.

»Lass mich zusammenfassen«, sagte Martin nach einer längeren Phase des angestrengten Lauschens, in der sich die Mimik in seinem Gesicht veränderte: Er runzelte die Stirn, hob die Augenbrauen, fuhr mit der Zungenspitze in den linken Mundwinkel und rieb sich über die Bartstoppeln am Kinn. Anne mochte jede einzelne Bewegung und stellte wieder einmal fest, wie glücklich sie mit diesem Mann war. Sie hoffte, dass es mit Ruth und Oskar ähnlich war.

»Es hat weder dir noch deinem Freund Ruhe gelassen und ihr habt weitergeforscht. Und einer hat diese alte Geschichte ausgegraben. Ich habe das richtig verstanden. Petra Mertens hat damals in der Silvesternacht bei einer spiritistischen Sitzung mitgemacht, wo ihr ein Geist attestiert hat, eine ›Gottesanbeterin‹ zu sein. Nun, das finde ich nicht so dramatisch.«

Martin horchte in den Hörer. »Gut, kein Geist, sondern ein ›Westerwälder Tischchen‹.«

Er verdrehte die Augen und tippte sich an die Stirn. »Aha. Ein Geist, der durch den Tisch spricht. Der Tisch schreibt die Botschaft des Geistes auf. So. So. Seltsame Gewohnheiten habt ihr im Rheinland. Da soll einer etwas über uns Ostfriesen sagen. Und so eine Geschichte glaubst du?«

Martin schüttelte den Kopf und deutete auf das Wasserglas, das vor Anne stand. Sie schob es rüber und er trank in kleinen Schlucken.

»Okay. Verstanden. Das beruhigt mich, dass du das nicht für bare Münze nimmst. Aber was soll daran so schlimm sein, dass der Geist sie für eine Gottesanbeterin gehalten hat. Gehört das nicht zum katholischen Rheinland dazu?« Martin lachte leise, aber fast sofort wurden seine Augen ernst und er verzog den Mund zu einer schmalen Linie.

Mit den Fingern begann er auf den Tisch zu trommeln.

»Ja, natürlich weiß ich, dass eine Gottesanbeterin ein Insekt ist, das ihr Männchen frisst. Aber was …?«

Er verstummte mitten im Satz und setzte sich aufrechter hin. Anne beugte ihren Oberkörper nach vorne, plötzlich von einer unheilvollen Erregung erfasst. Sie wünschte, Martin würde das Handy laut stellen. Frau Dirkens schien es ähnlich zu gehen, denn sie hatte sogar die Hand hinter ihr Ohr gelegt.

»Das ist doch Quatsch, Oskar. Das glaube ich nicht. Und wenn, dann ist das Zufall.« Anne zuckte, so laut war plötzlich Martins Stimme.

Aber sofort sackte er förmlich zusammen. Wurde leiser. Nickte ein paarmal wortlos. Um sich dann zu verabschieden: »Gut. Danke, Oskar für eure Mithilfe. Ich spreche mit Gert Schneyder und melde mich später. Bis dahin.«

Mit irritiertem Blick schaltete er das Handy aus. Blickte Anne an, Frau Dirkens, dann wieder Anne.

»Was?«, hauchten beide wie aus einem Mund. »Was hat Oskar gesagt?«

»Dass es nicht unmöglich ist, dass Petra Mertens vor einigen Jahren ihren Mann umgebracht hat.«

✳

Klaas Wilko hatte kaum geschlafen in der Nacht. Irgendwann hatte Gundula ihn entnervt aufgefordert, ins Gästezimmer zu gehen oder aufzustehen, wenn er sich nur herumwälze. Sie zumindest brauche ihren Schlaf, hatte sie gesagt, und energisch die Decke über sich gezogen.

Er hatte in der Nachttischschublade nach einer Schlaftablette getastet, die er für Notfälle dort liegen hatte. Beim letzten Check hatte sein Hausarzt festgestellt, dass seine punktuell auftretende Schlaflosigkeit zu einem weiteren Anstieg seines Blutdrucks führe. Er solle es mit einem leichten Mittel versuchen.

Klaas Wilko fand es demütigend, dass er überhaupt zu Tabletten greifen musste. Aber der Internist hatte ihm deutlich aufgezeigt, was passieren würde, wenn er gegen die ersten Anzeichen nicht gegensteuere. Da er weder Lust noch Muße hatte, sich das Bierchen in der Stammkneipe zu verkneifen und sich nicht in die Riege der joggenden Neu-Vegetarier einreihen wollte, die ihre Bäuche lächerlich wabernd über die Promenade schleppten, wobei sie die Füße kaum vom Boden bekamen, hatte er sich ein Rezept sowohl für den Blutdruck als auch eins für den Cholesterinspiegel ausstellen lassen. Ja, und das leichte Schlafmittel, das aber so leicht war, das es bisher kein einziges Mal Wirkung gezeigt hatte. Auch letzte Nacht nicht.

Erst spät war er eingeschlafen, hatte unruhig geträumt, ohne sich an Details erinnern zu können, stattdessen war das Gefühl von Bedrohung, das seit gestern Abend auf seiner Brust saß, größer geworden.

Gundula hatte ihn verwundert angeschaut, dass er schon den Frühstückstisch gedeckt hatte. Sonst überließ er diese Dinge lieber ihr. Heute Morgen war er froh gewesen, dass er etwas tun konnte, während seine Gedanken sich im Kreis drehten: Was lief da zwischen Thies und Häusler? Was hatte Thies mit der Mertens zu schaffen gehabt? Welches Spiel fand hinter seinem Rücken statt? So sehr er sich den Kopf zermarterte, es fiel ihm nichts ein, was seinen Parteifreund dazu bringen könnte, gegen ihn zu arbeiten. Er hatte ihn doch über Jahre zu seinem Nachfolger aufgebaut, ihn immer wieder vertraulich eingebunden, oftmals wider die eigenen politischen Freunde. Erst jetzt, auf den letzten Metern, in der Zeit des Wahlkampfs, schien Thies immer mehr an ihm auszusetzen zu haben, hielt ihm erkennbar auf Distanz, lachte über seine Thesen und Argumente, wies aber alles von sich, wenn er ihn damit konfrontierte.

»Lass mal, ich bin ein alter, müder Bär, der genug hat von der ganzen Streiterei und sich manchmal erlaubt, schon den Privatmann zu geben, der ich bald sein werde«, pflegte er dann zu sagen und schaute ihn aus den Schweinsäuglein listig an.

Nein, er musste es zugeben. So liebend gern er das ändern wollte, Thies verstand es, ihn an der Leine zu führen, wie es ihm passte, und er, Klaas Wilko, war gezwungen, gute Miene zum bösen Spiel zu machen.

Aber war er das wirklich?

Das war doch die einzig entscheidende Frage, die plötzlich in Riesenlettern vor ihm stand.

Sollte er wirklich den Ahnungslosen spielen, nur um seinen Wahlsieg nicht zu riskieren? Wer konnte denn schon sagen, was mit Petra Mertens passiert war? Soviel er wusste, gab es keine heiße Spur.

Er hatte natürlich Augen und Ohren offen gehalten. Dass Martin Ziegler die Ermittlungen offensichtlich unterstützte, war kein Geheimnis. Und klar war auch, dass dieser gern mal unkonventionell an die Sachen heranging. Aber wo immer er nachgehört hatte, seine Fühler ausgestreckt hatte, überall war er auf Achselzucken gestoßen. »Die wissen wohl noch nichts«, war die einhellige Meinung aller gewesen.

Trotzdem lag eine seltsame Ruhe über der Insel. Natürlich waren alle erschüttert, dass Petra Mertens erschossen wurde. Aber diese Erschütterung bezog sich fast ausschließlich auf die privaten Aspekte. Mit den Kindern, mit denen hatte man Mitleid. Keine Frage. Das war kaum auszuhalten, die Tatsache, dass sie nun elternlos waren. Waisenkinder.

Klaas Wilkos Gedanken stockten, und er sah hinaus in den kleinen Garten. Gundula und er hatten sich immer

Kinder gewünscht. Hatten geplant, wo die Schaukel hängen und der Sandkasten stehen sollte, hatten sich gegenseitig gefragt, ob sie lieber ein Mädchen oder einen Jungen wollten. Doch darum war es bald nicht mehr gegangen. Hauptsache, überhaupt ein Kind, selbst eins mit Einschränkungen wäre ihnen recht gewesen, und als klar war, dass es auf jeden Fall kein eigenes werden würde, da hatten sie über eine Adoption nachgedacht. Sich vorgestellt, ein Waisenkind bei sich aufzunehmen. Ein Kind, das schicksalhaft seine Eltern verloren hatte. Aber feststellen müssen, dass das eine überholte Vorstellung war. Kinder, die zur Adoption anstanden, kamen allzu oft aus belasteten Familien, waren keine Säuglinge mehr oder sollten zunächst in einem rechtlich unsicheren Pflegeverhältnis bei ihnen verbleiben. Je länger sie sich mit dem Thema befasst hatten, umso größer wurde die Ernüchterung. Nein, das war alles nicht das gewesen, was sie sich vorgestellt hatten. Schließlich hatten sie den Traum begraben. Und heute waren sie zu alt, um …

Klaas Wilko schüttelte sich. In welche gedanklichen Spinnereien verwickelte er sich gerade? Selbst wenn sie jünger wären, könnten sie nicht einfach die beiden Kinder seiner bisherigen Konkurrentin aufnehmen.

Was für ein absurder Gedanke, der deutlich machte, wie es um ihn stand. Denn im Gegensatz zu all den anderen, herrschte in ihm seit dem Tod von Petra Mertens keine Ruhe.

Er wusste nicht, mit wem er über seine Sorgen reden konnte. Freunde – waren immer auch politische Freunde. So was konnte er vergessen, wenn er nicht schlafende Hunde wecken wollte. Er lachte bitter auf. Das war das Allerletzte, wonach ihm der Sinn stand.

Sein Versuch, mit Häusler zu reden, war eine Katastrophe gewesen, umso mehr er gestern erfahren musste, dass Thies bei ihm anfangs mit offenen Armen empfangen wurde. Wieder spürte er den Groll, den die Erinnerung auslöste, körperlich. Er fuhr sich mit der Hand an den Kehlkopf, wie, um das Brennen in seinem Hals abzustellen.

Er öffnete die Terrassentür und trat nach draußen. Statt Spielgeräten und Trampolinen hatten sie einen großen Gasgrill und eine kleine Cocktailbar. Was fehlte, war zu oft die Zeit und Gelegenheit, mit netten Menschen zu entspannen.

Gundula, die nutzte all das. Sie profitierte von seinem Engagement. Baute sich ein Netzwerk auf und steuerte ihre Interessen gerne über ihn. Sie war der Motivator in seinem Nacken, keine Frage. Meistens war er damit einverstanden gewesen. Was wäre, wenn er Gundula von seinen Beobachtungen erzählte? Sie wäre alarmiert. Aber ihre Schlussfolgerungen wären nur solche, die um jeden Preis vermieden, seinen Wahlkampf zu gefährden.

Was würde Gundula ihm raten?

Thies konfrontieren mit seinen Vermutungen und es nicht nur bei Andeutungen belassen? Sie würde ihn auslachen. Sie wusste wahrscheinlich besser als er, dass er keine Chance gegen den alten Taktierer hatte.

Oder Häusler erneut aufsuchen und ihm die Pistole auf die Brust setzen. Er erschrak, als ihm der Wortlaut seiner Gedanken klar wurde.

Umso dringender wurde doch die Frage: Was passierte hinter seinem Rücken?

Klaas Wilko legte den Kopf in den Nacken und sah hoch in den Himmel. Auch dieser brachte keine Antworten. Aber sicher war: Gundula würde ihm nicht helfen können. Fuchsteufelswild war sie über seinen Besuch bei Häusler gewesen. Für sie gab es nur ein unbedingtes Ziel: Er musste der nächste Bürgermeister von Norderney werden.

Klaas Wilko seufzte. Er roch das Meer. Vielleicht war es Zeit für einen Spaziergang. Er konnte bei Häusler vorbeigehen. Wenn man sich durch Zufall auf der Straße traf? Da wäre es nur natürlich, stehen zu bleiben und ein paar Worte zu wechseln. Er schlüpfte in seine Windjacke und rief Gundula einen kurzen Gruß zu. Bevor sie nachfragen konnte, war er aus der Tür.

Klaas Wilko beglückwünschte sich zu der Idee. Schon auf der Straße fühlte er sich gleich agiler. Die Insulaner grüßten und winkten ihm. Der ein oder andere blieb stehen und fragte kurz nach dem Stand der Dinge. Dass es keine Neuigkeiten gab, tröstete wohl, denn dann waren es auch keine schlechten Nachrichten. Immerhin schien niemand Angst davor zu haben, dass ein Mörder sein Unwesen auf der Insel trieb. Fast nicht zu glauben. Aber vielleicht lag es daran, dass es keine Einheimische war, die es getroffen hatte. Bestimmt daran, dass wenige Touristen ihre neugierigen Nasen in den Fall stecken konnten. Und ganz bestimmt war die Ursache, dass der Ostfriese an sich und der Insulaner im Speziellen sich nicht so leicht erschüttern ließ.

Klaas Wilko bog von der Jann-Berghaus-Straße ab. Bei hellem Tageslicht sahen die Dinge anders aus als noch gestern.

Er atmete tief durch, blieb kurz stehen, um die Gelassenheit zu finden, die ihm erlaubte, am Haus des Gegners entlang zu schlendern. Sein Blick fiel unweigerlich auf den Eingang. Sein Herz schien stehen zu bleiben. Nur mit Verzögerung ruckelte es und setzte eine Salve schneller Schläge ab. Klaas Wilko wurde schwindelig. Die Haustür stand genauso offen wie gestern Abend. Ganz genauso. Keinen

Spalt mehr oder weniger. Kalter Schweiß brach ihm aus. Das konnte doch nur bedeuten …

*

»Frau Merlenbusch, schön, dass Sie so schnell kommen konnten. Darf ich vorstellen, das ist Herr Schneyder von der Kriminalpolizei in Aurich.« Sabine Hollstein drehte sich um und streckte ihre Hand erneut aus. »Herr Merlenbusch, nehme ich an. Bitte nehmen Sie Platz.«

Sie versorgte alle mit den bedächtigen Bewegungen, die Gert Schneyder schon vorhin aufgefallen waren. Er selbst nutzte die Zeit, um das Ehepaar zu mustern. Er, der sich als Roland Merlenbusch vorgestellt hatte, wirkte muskulös, aber untersetzt. Der Anzug, den er trug, schien zu klein für den kräftigen Körper, und Gert hatte Sorge, dass er ihm im Sitzen die Luft nehmen könnte. Glücklicherweise stand das Hemd offen, und der wuchtige Hals wurde nicht durch eine Krawatte eingeengt. Die Vollglatze leuchtete in dem eher dunklen Besprechungsraum, weil das Licht genau auf sie fiel.

Britta Merlenbusch wirkte daneben fast asketisch. Ihre Kieferknochen bildeten eine harte Kante bis zu den Ohren. Im Rhythmus spannte sie die Halssehnen an, die dabei sichtbar bis zu den Schulterknochen hervortraten. Ob es eine nervöse Angewohnheit war, die schon länger bestand, oder den jetzigen Ereignissen geschuldet war, vermochte er nicht zu sagen. Sie trug einen geblümten Rock und darüber ein hellblaues Twinset. Alles an ihr machte einen ausgewählten Eindruck bis hin zu den Schuhen, dessen hellbrauner Ton sich im Rock wiederholte. Ausgesucht, klassisch, bieder – und langweilig, seiner Meinung nach.

»Wir sind vollkommen geschockt«, war das Erste, was Frau Merlenbusch hervorstieß, als sie sich setzte. Mit großen Augen sah sie zu Sabine Hollstein, die ihr die Kaffeetasse reichte. »Das heißt«, sie brach den Satz ab und sah ihren Mann an. »Ich mehr als Roland, denn er kannte Petra und die Kinder gar nicht.« Sie schien Gerts hochgezogene Brauen zu bemerken, deswegen schob sie hinterher: »Roland und ich kennen uns erst seit drei Jahren. Er hat aber meinen Namen angenommen, sonst hätten Sie mich wahrscheinlich nicht so schnell gefunden, nehme ich an.«

Gert Schneyder nickte. »Stimmt. Wir waren froh, dass Ihr Name aus der Taufbescheinigung sich so eindeutig zuordnen ließ.«

Frau Merlenbusch nickte. »Wie geht es den Kindern?«, fragte sie schlicht.

Gert sah, wie erleichtert die Sozialarbeiterin auf die Frage reagierte. Für sie schien Britta Merlenbusch damit alles richtig gemacht zu haben. Die Kinder standen im Mittelpunkt und nicht der Todesfall. Gert schob seinen Stuhl ein Stück zurück. Er hatte den Beobachterposten. So drängend seine Fragen auch waren. Für ihn ging es um genau die andere Fragestellung: Was war der Mutter dieser Kinder passiert? Aber dafür brauchte es die Kenntnis der Vorgeschichte. Für ihn konnte jedes geäußerte Detail ein entscheidendes sein. Die Patin hörte sich konzentriert an, was es zum aktuellen Stand zu sagen gab. Frau Hollstein machte das ruhig und mit klaren Worten. Wenig Pathos, aber warmherzig und liebevoll. Zum Schluss ihrer Ausführungen stellte sie genau die richtigen Fragen. Besser hätte er es nicht machen können, um die Fakten abzufragen.

Britta Merlenbusch, die bisher in gespannter Körperhaltung am Tisch gesessen hatte, sackte ein wenig zusammen.

Kaum merklich, aber so etwas fiel seinem Auge, das aus unzähligen Verhören geschult war, natürlich auf.

»Petra«, begann sie. »Petra Mertens. Ich hätte nicht gedacht, dass ich mich mit ihr und unserer Freundschaft auseinandersetzen müsste.« Sie machte eine Pause, schaute ihren Mann an.

»Sie müssen wissen, Petra und ich, wir waren keine allzu engen Freundinnen. Haben uns während der Studienzeit bei einem Semesterjob in der Unibibliothek kennengelernt. Und dann gab es ein paar gemeinsame Freunde, wie das in dem beschaulichen Bonn, wo wir beide lebten und studierten, nun einmal war. Gemeinsame Freunde, gemeinsame Kneipen und Diskotheken und ein paar wenige gemeinsame Interessen. Das reicht, um sich in Bonn immer wieder über die Füße zu laufen. Dass wir über die Studienzeit hinaus befreundet blieben, hatte mit meinem damaligen Freund zu tun, der mit Hanno in einer Hausgemeinschaft lebte.«

»Hanno?«, warf Gert ein.

»Ja, Petras späterer Ehemann. Das heißt, so viel später war das gar nicht. Denn die beiden heirateten kurz nach dem Ende ihres Studiums, weil Petra schwanger war.«

»Mit Mattis«, bestätigte Frau Hollstein. »Das passt. Sie muss Mitte 20 gewesen sein.«

»Ja, wir waren alle ungefähr gleich alt. Es war etwas Besonderes, wenn jemand früh heiratete und Kinder bekam. Das brachte alles durcheinander. In der Hausgemeinschaft von Hanno war Petra die erste Frau. Und als Mattis geboren war, hat es ziemlich viel Ärger gegeben. Gegenseitig. Die einen störten sich am nächtlichen Schreien des Babys, die anderen an den Partys, die mit großer Regelmäßigkeit gefeiert wurden. Wie man das so macht in dem Alter. Eigentlich.«

Gert beugte sich vor. »Sie sagten eben, es wäre eher eine Zufallsfreundschaft gewesen. Wie kam es, dass Sie Patin geworden sind? Von Klara, wenn ich mich recht erinnere?«

»Das ist richtig.« Britta Merlenbusch verschränkte ihre Finger, bis die Knöchel weiß hervortraten. Sie hob den Kopf und spannte die Halssehnen stärker an als zuvor. »So etwas sollte man sich wohl besser vorher überlegen. Aber Petra und Hanno hatten Not, weil sie niemanden im Freundes- und Verwandtenkreis fanden, der noch in der Kirche war oder katholisch. Beides Voraussetzungen, um das Patenamt zu übernehmen. Na ja, irgendwie fühlte ich mich geschmeichelt. Ich war damals gerade 30 und dachte über eigene Kinder nach.« Wieder ging ihr Blick zu Roland. »Wahrscheinlich habe ich gehofft«, sie schluckte, »dass das der Beziehung mit meinem Freund den letzten Schubser geben würde. Hat es aber nicht. Eher den Todesstoß. Was ziemlich unangenehm wurde angesichts der Tatsache, dass eigentlich er viel enger mit Hanno und Petra befreundet war, aber ich durch die Patenschaft mit allen verbunden blieb.«

»Das stelle ich mir wirklich schwierig vor.« Sabine Hollstein biss sich nachdenklich auf die Unterlippe.

»Das war es wirklich. Auf jedem Kindergeburtstag von Klara, jedem Weihnachtsfest wurde das Thema sorgsam umschifft. Zu gemeinsamen Festen wurde ich nicht eingeladen. Ich kam mir vor wie die geduldete Patin, an der man notgedrungen festhalten musste, weil keiner einen Ausweg sah.«

»Das offen anzusprechen war nicht möglich?«, unterbrach die Sozialarbeiterin, die sich gedanklich in der Lösungssuche befand. Gert schmunzelte verhalten.

»Möglicherweise. In Wirklichkeit hatte ich einen Narren an Klara gefressen. Natürlich sah ich sie viel zu selten.

Aber ich war immer schon sehr kinderlieb. Ich bin Lehrerin, müssen Sie wissen. Ich hätte es nicht über das Herz gebracht, von mir aus eine Trennung herbeizuführen. Das Patenamt zurückzugeben, quasi.«

»Aber dazu ist es doch de facto gekommen, oder irre ich mich? Sie hatten die letzten Jahre keinen Kontakt mehr zu Petra Mertens und den Kindern.« Gert hielt es für einen guten Zeitpunkt, mit seinen Fragen einzusteigen. Er lächelte Frau Merlenbusch an. Warmherzig, wie er hoffte, um sie mit der Negativität seiner Vermutung nicht zu erschrecken.

Sie ließ sich Zeit mit der Antwort. Ihr Mund war ein einziger weißer Strich, der mit der Farbe ihrer Fingerknöchel korrespondierte. Die Lippen waren verschwunden. Er konnte sehen, wie ihr die Frage zusetzte.

»Das stimmt«, gab sie schließlich zu, ihre Stimme nicht mehr als ein Hauch. »Dabei wäre ich von meiner Seite aus in Kontakt geblieben, wenn Petra das zugelassen hätte. Wäre Klara, aber auch Mattis gerne eine Stütze gewesen. In dieser schrecklichen Zeit. Die allen den Boden unter den Füßen weggezogen hat. Aber Petra hat das nicht gewollt. Sie wollte keine Unterstützung. Wollte keine Hilfe, keine Schulter zum Anlehnen. Wollte keinen, der ihr einmal die Kinder abnahm oder sie entlastete, um für die Kinder etwas Normalität herzustellen. Sie wollte allein sein. Wollte alles mit sich ausmachen.«

»Was ist damals passiert?« Gert ahnte, worum es ging. Er warf Sabine Hollstein einen Blick zu. Ihr schien es genauso zu gehen, ihre Augen flackerten leicht, auch wenn ihre Hände scheinbar ruhig und entspannt auf den Akten lagen.

»Hanno ist ums Leben gekommen. An seinem Geburtstag. Ausgerechnet. Zwei Tage vor Heiligabend.« Britta Merlenbusch war kaum zu verstehen.

Keiner sprach ein Wort. Es war nicht nötig, dachte Gert. Vor ihnen breitete sich die Dramatik der Ereignisse aus.

Schließlich fuhr Frau Merlenbusch mit einem Räuspern fort. »Sie können sich vorstellen, was das bedeutete. Ausgerechnet in dieser Zeit. Besonders für die Kinder. Es vergeht seitdem kein Weihnachtsfest, an dem ich nicht an die beiden gedacht hätte. An Klara und an Mattis. Aber ich habe beide nie wiedergesehen. Weil Petra es so wollte.«

Roland Merlenbusch strich seiner Frau über den Rücken. Unbeholfen in seinem engen Jackett, dessen Ärmel bei der Bewegung zu reißen drohten.

Frau Hollstein zog eine Packung Papiertaschentücher aus ihrer Strickjacke, die sie über den Tisch schob.

Aber Britta Merlenbusch wies sie zurück, wobei ein winziges Lächeln in ihrem Gesicht erschien. »Danke, die brauche ich nicht. Es ist lange her. Genug Zeit, um damit abzuschließen. Dachte ich zumindest, dass dem so wäre. Doch nun sitze ich hier.«

»Dafür sind wir Ihnen dankbar, Frau Merlenbusch. Herr Schneyder und ich haben viele Fragen. Aber sollen wir lieber erst Pause machen?«

»Nein, nein. Es geht. Ich wusste ja, worauf ich mich einlasse. Dass die Fragen kommen würden.« Ihre Stimme hatte wieder Kraft. Sie legte die Hand auf den Oberschenkel ihres Mannes, wie, um dort Halt zu finden.

Gert meldete sich. »Dann mache ich weiter. Es stimmt, es gibt viele Fragen zum Umfeld von Frau Mertens. Da erhoffen wir uns Ihre Unterstützung. Wirklich jeder Hinweis wird uns helfen. Aber was mich zuvorderst interessiert – bitte entschuldigen Sie, aber Sie werden das verstehen.«

Britta Merlenbusch hob die Hand, um Gert Schneyder Einhalt zu gebieten. »Ihre vielen Worte sind nicht nötig. Ich weiß, was Sie wissen wollen.« Sie lachte heiser auf. »Das, was am meisten interessiert: Wie kam Hanno von Möwitz ums Leben?«

∗

Martin schwang sich aufs Rad, um bei der Sternwarte persönlich vorbeizufahren. Später würde er weitere Telefonate wegen der Schärpe führen müssen, gestern hatte er die richtigen Ansprechpartner in dem kleinen Weinort nicht erreichen können. Er wollte nachher nicht mit leeren Händen vor Gert Schneyder stehen.

Aber zuerst war es nicht verkehrt, wenn er mit jemandem sprach, der sich mit Himmelskörpern auskannte. Der Fall Petra Mertens nahm mystische Züge an und schien seine politische Dimension nach und nach zu verlieren. Vielleicht lag deswegen eine merkwürdige Ruhe über der Insel. So als wäre nichts passiert.

Auf dem Weg Richtung Kap herrschte reger Verkehr. Noch galten die strengen Einschränkungen des Autoverkehrs wie in den Saisonzeiten nicht und hinzukam, dass überall auf der Insel Bau- und Renovierungsarbeiten anstanden. Demzufolge hatten die Gewerbebetriebe Hochkonjunktur. Die Anzahl der Lieferwagen und Transporter unterstrich das. Er beschloss, über die ruhigere Benekestraße zu fahren, um seinen Gedanken besser nachhängen zu können.

Dieses Geistertischchen, von dem Oskar berichtet hatte. Was für eine aberwitzige Geschichte. Und trotzdem hatte er eine Betroffenheit in Oskars Stimme gehört, die gar nicht zu dem aufgeklärten Journalisten passen wollte, als den er ihn kennengelernt hatte. Und Ruth? Die würde doch erst recht bei solchen Geschichten laut auflachen. Martin grinste, als er sich ihr Gesicht bei dieser Story vorstellte. Moderne Sagen, so nannte man angebliche Erlebnisse, an denen der Freund der Schwester des Nachbarn höchstselbst beteiligt gewesen war und die deswegen gar nicht anders als wahr sein konnten. Ja, schon klar. So was funktionierte vielleicht im weinseligen Rheinland oder in den Tiefen des Westerwaldes – aber der Niedersachse war für so etwas zu nüchtern. Er jedenfalls hatte es nicht so mit Hokuspokus. Dass es bei Ruth genauso war, dafür würde er seine Hand ins Feuer legen.

So ein Tischchen. Wie sollte das denn aussehen? Mit drei Beinen, von denen der eine ein Bleistift war. Auf das alle Teilnehmer der spiritistischen Sitzung ihre Finger legten, Fragen stellten und auf den Kontakt im Jenseits warteten. Da hätte er mal dabei sein wollen. Dem Geist, der da angeblich das Tischchen in Bewegung setzte, dem hätte er gerne ein paar Takte gesagt. »Gottesanbeterin« war ja wirklich keine furchterregende Prophezeiung. Vorausgesetzt, es wäre eine gewesen. Was natürlich Quatsch war. Wenn überhaupt, wäre es furchterregend für Insektenphobiker gewesen. Und vergaß man eine solche Weissagung nicht? Das war doch etwas anderes, als wenn einem im Wahrsagezelt verkündet wurde, dass die Lebenslinie relativ kurz ausfalle. Martin hatte zwar keine Ahnung, ob so was wirklich aus der Hand zu lesen war oder ob er gerade nur Halbwissen miteinander verknüpfte, aber das war egal. Das eine wie das andere hielt er für geschickte Manipulation. Bei der Wahrsagerei, um den Leuten das Geld aus der Tasche zu ziehen. Bei solchen Sachen wie mit schreibenden Tischen musste die Motivation woanders liegen. Genau dort war dann nach dem Ursprung der angeblichen Weissagung zu suchen. Wer hatte denn ein Interesse daran, was dieser Geist einer Person mitteilte?

Martin grüßte einen Bekannten, der aus den roten Mietshäusern trat, die die Straße so auffällig flankierten. »Moin«, rief er zurück und hob die Hand.

»Heute mit dem Fahrrad auf Streife? Hat man dir deinen Dienstwagen entzogen?«, flachste der Mann.

»Guter Witz«, rief Martin über die Schulter zurück und hob den Daumen, so wie er das ungefähr 20 Mal machen musste, wenn er mit dem Fahrrad unterwegs war. Aber das gehörte zum Polizistendasein dazu: trotzdem zu jedem Einzelnen freundlich zu sein.

Er jedenfalls, nahm er seinen Gedankengang auf, würde bei seinem nächsten Zusammentreffen mit Ruth diese Geschichte mit dem Tisch kräftig ausweiden. Ruths Sprüche dazu, die würde er sich nicht entgehen lassen. Umso mehr wunderte ihn die Ernsthaftigkeit, mit der Oskar davon berichtet hatte.

Selbst wenn später etwas passiert war, dass man an den Haaren herbeigezogen mit diesem einen Wort in Verbindung bringen konnte. Im Nachhinein ließ sich alles Mögliche als Zeichen deuten. Aber das war wirklich hanebüchen.

Ja, Petra Mertens war jung Witwe geworden. Keine Frage. Und sie lebte ein sehr selbstbestimmtes, autonomes Leben, in dem Männer derzeit wenig Platz zu haben schienen. Aber was sollte das mit der Weissagung zu tun haben? Im Nachhinein verstand er kaum die Aufregung, die Oskar ergriffen hatte und die sich auf ihn übertragen hatte. Ein Insekt, das ihre Männer nach dem Sex frisst. Was daran sollte die Analogie zu Petra Mertens sein? Eine Frau, die ihren Ehemann – ja, was genau? Was wusste er denn aus der Vergangenheit von Frau Mertens? Beruflich alles, schon klar. Das stand öffentlich auf ihrer Website, da war ihre Vita mit den wichtigsten Meilensteinen aufgelistet. Rein persönliche Angaben fehlten bis auf die Tatsache, dass sie alleinerziehende Mutter war. Das gehörte dahin, weil sie sich im Wahlkampf für Alleinerziehende und Eltern allgemein stark machte. Nichts Ungewöhnliches also. Denn die Konkurrenten hatten keine persönlichen Details in ihren Werdegängen aufgelistet.

Er fuhr am renovierten Kap vorbei, das in neuer Pracht über die Insel ragte und als altes Seezeichen einen ebenso markanten Punkt bildete wie der Leuchtturm.

Schräg gegenüber konnte er den runden Aufbau der Sternwarte in den Dünen sehen. Heute, am Samstag, hatte er hoffentlich Glück, jemanden anzutreffen. Seine Gedanken kehrten zum Telefonat mit Oskar zurück. Natürlich war das seltsam, was er andeutete. Verwunderlich war vor allem, dass zum Tode von Petra Mertens Ehemann nicht einmal gerüchteweise etwas auf der Insel laut geworden war. Wenn es da was gäbe, wäre das von den politischen Gegnern ausgeschlachtet worden.

Martin stieg vom Rad ab und sicherte es. Die wenigen Meter in die Dünen rein ging er besser zu Fuß. Er würde sich an das Rätsel herantasten, was es mit dem Fundort der Leiche auf sich hatte. Auch wenn er das Gefühl hatte, dass, wer immer hinter dieser Tat stand, sie mit den mystischen Hinweisen nur vorführen wollte.

Sie würden aufpassen müssen, dass sie nicht zu Marionetten des Täters wurden. Darüber sollte er mit Gert reden. Unbedingt.

*

Britta Merlenbusch war aufgestanden und ein paar Schritte im Zimmer auf und ab gegangen. Schneyder konnte spüren, wie sich ihre Erregung auf alle Anwesenden im Raum ausbreitete. Sabine Hollstein rutschte auf ihrem Stuhl hin und her. Roland Merlenbusch schaute besorgt zu seiner Frau, die zu ihm trat und die Hände auf seinen Schultern ablegte. Sie atmete hörbar aus.

»Wahrscheinlich ist das der denkbar schlechteste Ort, um die Frage öffentlich aufzuwerfen.« Sie sah Schneyder herausfordernd an, als warte sie auf seine Erlaubnis.

Mit einem leichten Kopfnicken signalisierte er, dass sie weitersprechen sollte.

»Dabei war es das meist unter der Hand besprochene Thema. Zumal Petra alles dafür getan hatte, um die Kontakte, die bestanden, weitgehend abzubrechen. Eigentlich hat sie die Frage, was wirklich geschehen ist, dadurch erst genährt.«

»Es war ein Unfall?«, hauchte die Sozialarbeiterin, als könne sie die Spannung nicht länger ertragen.

»Ja. Es war ein Unfall. Ein tödlicher Stromschlag.«

»Wie das?« Gert hatte mit einigem gerechnet, aber nicht damit.

»In der Badewanne. Der Klassiker. Oder auch nicht.« Britta Merlenbusch hustete gekünstelt.

»Also ein Fön?«, setzte er nach.

»Nein, nein. Das Handy, das zum Laden an der Steckdose hing.«

»Aber …«, setzte er an.

Erneut hob Frau Merlenbusch die Hand, um ihn zu stoppen. »Ich weiß, was Sie sagen wollen. Das passiert heute nicht mehr. Die modernen FI-Schalter verhindern das. Aber, Sie müssen sich vorstellen, Petra und Hanno wohnten damals in einem Bonner Altbau. Da hatte noch niemand angefangen, die Elektroleitungen auf den Stand zu bringen. Eine verhältnismäßig einfache Lösung wie eine FI-Steckdose war nicht eingebaut.« Sie lachte heiser. »Das alles habe ich nicht gewusst. Dass es solche Sicherungsmaßnahmen gibt.«

»Aber dann?« Gert ließ den Blick schnell über die anderen gleiten.

»Da war die Vehemenz von Petra, die niemanden an sich und die Kinder heranlassen wollte. Sicherlich ihr gutes Recht. Aber alle meinten es gut und wurden vor den Kopf gestoßen. Als hätten wir etwas falsch gemacht. Das Unglück heraufbeschworen. Aber das war nur der Anfang.«

»Weil …« Gert überfiel eine Ahnung.

Britta Merlenbusch sah das Blitzen in seinen Augen. »Weil die Leute sich Fragen stellten, wie Petra wohl ahnte. Zumindest konnte sie sich denken, dass geredet und gerätselt wurde.«

»Ich nehme an, es ging darum, warum ein erwachsener, lebenskluger und studierter Mann ein Elektrogerät am Badewannenrand hat.«

»Genau. Das war unvorstellbar! Und Petra wird gewusst haben, dass wir alle so dachten.«

»Und dass damit Vermutungen verbunden waren?« Gert formulierte es als Frage, obwohl er die Antwort kannte.

»Sicherlich. Wenngleich es dafür keine Erklärung gab. Petra und Hanno führten eine glückliche Ehe. Soweit man das von außen beurteilen kann.« Sie trat näher an den Rücken ihres Mannes heran, der nach ihren Händen griff.

»Gab es andere Erklärungsansätze? Ist der Fall untersucht worden? Polizeilich, meine ich?«

»Ja. Ja, sicher. Es gibt entsprechende Zeitungsartikel, die man dazu finden kann. Hanno hatte Geburtstag und morgens im Kollegenkreis etwas getrunken. Nicht viel. Aber genug, um Dinge außer Acht zu lassen, die sonst selbstverständlich sind. Es wurde vermutet, dass er mit nassen Händen, in der Wanne sitzend, nach dem Gerät griff, einen leichten Schlag bekam, das Handy daraufhin ins Wasser fiel und ihm den tödlichen Schlag versetzte.«

Sabine Hollstein sprang auf. »Ist das schrecklich. Hoffentlich mussten die Kinder ihren Vater nicht sehen.«

»Glücklicherweise nicht. Die Kinder waren bei den Großeltern mütterlicherseits, sollten dort über Nacht bleiben. Hanno und Petra hatten für den Abend einen kleinen Umtrunk geplant. Eine Tradition, über die man sich im Freundeskreis gerne lustig machte. Wer hat zwei Tage vor Weihnachten Zeit für eine Party? Sollte man denken. Tatsächlich waren es in der Regel erstaunlich viele.«

»Sie waren nicht eingeladen?« Gert nahm den Faden wieder auf.

»Wie ich schon sagte. Nach der Trennung von meinem Freund war ich außen vor. Was aber nichts daran änderte, dass auch ich meine Hilfe angeboten habe.«

»Die Frau Mertens nicht annahm.«

»Nein. Nichts. Es war, als wolle sie mit ihrer –« sie stockte einen winzigen Moment, bevor sie sich fing, »mit ihrer Trauer um Hanno alleine sein. Ein letztes Mal ihn nur für sich haben. Sie muss, wie ich hörte, allein am Grab gestanden haben, ohne die Kinder.«

»Das hat sich Hannos Familie bieten lassen? Sie sprachen eben von Großeltern? Dazu der Name ›von Möwitz‹. Vielleicht bediene ich Vorurteile, aber ich denke, in solchen Kreisen …«

»Ganz genau.« Britta Merlenbusch fiel Gert ins Wort. »In diesen Kreisen geht man mit der Trauer um seinen Sohn anders um. Das hat zu einem Eklat geführt, beispielsweise mit getrennten Todesanzeigen in der Zeitung, und man kann vermuten, dass die Ablehnung der Schwiegertochter sich einen Damm brach.«

»Die Ablehnung bestand länger?« Sabine Hollstein hatte leise damit begonnen, das Familienbrett und einzelne Figuren in die Mitte des Tisches zu schieben. Roland Merlenbusch schien ihren Bewegungen interessiert zu folgen, aber seine Frau antwortete wie abwesend.

»Oja. Spätestens, als Petra, die es abgelehnt hatte, den Namen ihres Mannes bei der Eheschließung anzunehmen, darauf bestand, ihren Namen zum Familiennamen zu machen.«

»Ach herrje!« Frau Hollstein stieß gegen eine der Figuren, die andere mit umriss. »Ich kann mir vorstellen, was da abgegangen ist.«

»Zumal Hanno keine Brüder hatte, die den Namen weitergeben konnten.«

»Aber Schwestern? Diese hätten den Namen behalten und mit Nachkommen sichern können.« Die Spielfiguren standen in Reih und Glied.

»Eine Schwester. Sie ist nicht verheiratet. Vollkommen abgedreht. War sie immer schon. Aber seit damals ist es schlimmer geworden.«

Gert schnippte mit dem Finger, um die Aufmerksamkeit auf sich zu lenken. »Sie wissen eine Menge, dafür, dass sie mit Frau Mertens keinen Kontakt mehr hatten.«

Er glaubte, ein fast unmerkliches Nicken bei Roland Merlenbusch zu sehen, woraufhin seine Frau ihm die Hände entzog und sich hinsetzte.

»Wir wohnen alle nur ungefähr 15 Kilometer voneinander entfernt. Ob man will oder nicht, bekommt man mit, was sich bei Familie von Möwitz tut. Aber außer der Schwester lebt niemand mehr. Es war, als wäre der Tod von Hanno der Anfang einer Unglücksreihe gewesen. Seine Eltern starben zwei Jahre später bei einem Bootsunfall im Urlaub. Und Petras Eltern sind einige Jahre tot. Sie hatten allerdings ein höheres Alter.«

»Wirklich schrecklich.« Gert sah, wie blass und angespannt die Sozialarbeiterin plötzlich aussah. Es war nicht so, dass man automatisch abhärtete, oft brauchte es, wie er aus Erfahrung wusste, einige Berufsjahre. Er ahnte, dass Frau Hollstein im Mittelpunkt der tragischen Familiengeschichte die beiden verwaisten Kinder sah. Die auf immer mit dieser Belastung von Zerwürfnissen und dem frühen Tod der Eltern würden leben müssen.

»Sie sagten vorhin, dass die Schwiegereltern vor dem Tod von Hanno ein belastetes Verhältnis zur Schwiegertochter hatten. Das hat sich nicht bereinigen lassen?« Gert brannten mehrere Fragen unter den Nägeln. Vieles schien nicht ausgesprochen.

»Das stimmt.« Britta Merlenbusch holte tief Luft und sah ihren Mann entschuldigend von der Seite an. »Ich weiß nicht, ob es richtig ist, die alten Geschichten auszubreiten. Schließlich sind fast alle tot. Bis auf Hannos Schwester.« Sie stockte. »Und bis auf die Kinder natürlich.«

»Die Schwester des Vaters.« Sabine Hollstein nahm eine Figur und stellte sie neben zwei Kinder. »Wir werden zu ihr Kontakt aufnehmen. Sie ist schließlich eine leibliche Verwandte.«

»Und ich bin die Patin.« Mit diesen Worten schob Frau Merlenbusch eine weitere Figur auf das Brett. »Aber versuchen Sie Ihr Glück. Ich vermute, das wäre nicht im Interesse von Petra gewesen.«

»Wieso?« Gert streckte seinen Zeigefinger aus und zog ihn zurück, als er sich bewusst wurde, dass er als Angriff gewertet werden konnte.

»Zum einen: Sie werden das selbst merken, wenn Sie Elisabeth kennenlernen. Zum anderen: Es bestand keinerlei Kontakt mehr zur Familie von Hanno nach dessen Tod. Weder zu den Großeltern noch zur Schwester. Grund war auch, dass Hannos Familie nach der Ausladung zur Beerdigung Zweifel an der Todesursache geäußert hat. Obwohl offiziell ein Unfallgeschehen attestiert worden war. Aber die Abneigung war mittlerweile so groß, dass es leichter fiel, den Sohn und Bruder als Opfer zu sehen und Petra als die Böse.«

»Wenn dem so ist, wieso hat niemand versucht, Petra Mertens daraus einen Strick bei ihren politischen Ambitionen zu drehen? Diesen Vorwurf laut in die Welt gesetzt? Das wäre doch ein gefundenes Fressen?« Gert sprach mehr mit sich selbst als zu den anderen.

»Wahrscheinlich ist zu viel Zeit ins Land gegangen. Und wie gesagt. Von der Möwitz-Familie lebt nur noch die Tochter. Nehmen Sie Kontakt auf. Sie werden sehen.«

✳

»Oho, hoher Besuch in der Sternwarte. Was verschafft mir die Ehre?« Hinter den Büschen, die das Haus und das Planetarium verdeckten, kam Will Reimers grinsend hervor. »Für einen Blick in den Himmel ist es ein bisschen früh.«

»Das dachte ich mir. Moin, Will. Aber ein paar Auskünfte kannst du mir geben?«

»Lass mich raten! Es hat mit unserer toten Bürgermeisterkandidatin zu tun. Aber komm erst einmal durch.«

»Bist du unter die Hellseher gegangen?« Martin blieb wie angewurzelt stehen. Wenn er Will aufs Grundstück folgte, wäre er erst in Stunden auf dem Heimweg. Einmal losgelassen, fand dieser schlecht ein Ende. Zu fasziniert war er selbst nach vielen Jahren vom Weltall – was auf der Insel ein offenes Geheimnis war. Für Will war es deswegen ein Segen, sein Wissen an die Touristen geben zu können. In der kleinen Blockhütte fand regelmäßig sein Vortrag über die Himmelskörper statt, und es war ein besonderes Erlebnis für die Inselgäste, wenn sie in der Dunkelheit den Pfaden im zugewucherten Garten folgten.

Will war ein paar Schritte auf sein Grundstück gegangen und drehte sich um. »Hellseher, nicht wirklich. Die Dunkelheit ist meine Materie. Aber man muss nicht besonders schlau sein, um zu ahnen, was du willst. Schließlich habt ihr sie am Jupiter gefunden, so erzählt man sich.«

»Richtig. Am Planetenweg.«

»Und da hast du gedacht, da schau ich bei Will Reimers vorbei, der kann mir bestimmt bei der Lösung des Falls helfen.« Spöttisch zog er die Augenbrauen hoch und steckte die Hände tief in die Taschen seiner Jeans. »Ihr glaubt also, dass der Fundort eine besondere Bedeutung hat?«

»Vielleicht.«

»Und warum stehst du so dumm rum und kommst nicht rein?«

»Ich wollte dich fragen, ob du Lust hast, mit mir den Planetenweg abzufahren und mir ein paar Fragen zu beantworten.«

»Wozu soll das gut sein? Alles, was ich dir zum Jupiter sagen kann, weiß ich auch hier.«

Martin klopfte auf seinen Bauch. »In erster Linie tust du mir einen Gefallen. Ich brauche Bewegung. Der Winter war zu lang.«

»Verstehe.« Reimers zwinkerte mit den Augen: »Zu viel Liebe und zu wenig Sport. Kenne ich. Also gut. Überredet. Ich komme mit. Zieh mir etwas über.«

Martin verschränkte die Arme hinter dem Rücken und ging doch ein paar Schritte aufs Grundstück. Die Sternwarte war ein besonderer Ort und der Stolz des Vereins, der den Erhalt nicht nur seit vielen Jahren sicherte, sondern sie mit stärkeren Teleskopen modernisiert hatte. Wer hier nicht nachts einmal war, kannte Norderney nicht.

»Na, traust du dich doch in die Höhle des Löwen?« Reimers klopfte ihm Minuten später auf die Schulter. Martin hatte ihn nicht kommen hören und zuckte unter dem Hieb zusammen. »Solltest uns mal mit deiner Frau Doktor besuchen und einen Blick aufs Himmelszelt werfen. Romantischer geht es nicht.«

»Ich werde es mir merken«, antwortete Martin und nahm sich vor, das wirklich zu tun. Romantische Orte waren gerade sein Thema, aber das konnte er Will nicht sagen.

»Hast du eine besondere Frage?«, wollte dieser wissen, als sie unterhalb des Kaps auf ihre Räder stiegen. »Dann kann ich beim Fahren über die Antwort nachdenken.«

»Hm. Es ist alles sehr diffus. Wir gehen von einem Tötungsdelikt aus, aber die Motivlage erschließt sich nicht.«

»Also nichts Politisches?«

»Wir ermitteln vollkommen ergebnisoffen. In alle Richtungen. Also, mit wir meine ich die Kripo. Ich mache nur Zuarbeit.«

»Martin Ziegler, bescheiden wie immer. Mensch, stell dein Licht nicht so unter den Scheffel. Vollkommen unnötig. Die werden schon wissen, was sie an dir haben. Allein die Ortskenntnis.«

»Kann sein.« Martin sagte nichts weiter, freute sich aber über die Anerkennung in Wills Worten.

Ohne es miteinander verabredet zu haben, schlugen beide den Weg entlang der Nordhelmsiedlung Richtung Dünen ein. Wenn man es sich aussuchen konnte, dachte Martin, dann wählten alle den landschaftlich schöneren Weg. Zumal der Autoverkehr gerade ihn als Polizisten nervte. Was für eine Rennstrecke der Weg stadtauswärts war, wusste er aufgrund der Unfälle und Geschwindigkeitskontrollen zu gut.

Jetzt im März konnten sie bequem nebeneinander herfahren. Wenn die Saison zu Ostern losgehen würde, wäre kaum ein Durchkommen. Nicht zu Unrecht plante man, dass der Zuckerpad in den Ferienmonaten nur den Fußgängern zur Verfügung stand. Anders ging es nicht mehr, seitdem die Insel so boomte und ständig im Fernsehen und in Hochglanzmagazinen über ›das neue Sylt‹ berichtet wurde.

»Also gut, eine Frage vorab«, nahm Martin den Gesprächsfaden auf. »Kann es sein, dass der Jupiter eine besondere mythologische Bedeutung hat, die uns einen Hinweis auf den Tod von Frau Mertens geben könnte?«

»Ha, ha. Was am Himmel hat keine mythologische Bedeutung? Das war immer schon das Interesse des Menschen, im All die Antworten auf die großen Geheimnisse des Lebens und des Todes zu finden. Alleine die Namen entstammen alle den großen griechischen und römischen Sagen.«

»Und Jupiter im Speziellen?«

»Du glaubst also, dass der Fundort kein Zufall ist, sondern dass jemand Petra Mertens bewusst dort hingebracht hat?«

»Hingebracht weniger. Eher hinbestellt. Alles spricht dafür, dass es der Tatort ist. Deswegen interessiert es uns. Warum ausgerechnet am Jupiter?«

»Ich würde ohne Emotion und Deutung vermuten, weil es ungefähr auf der Hälfte des Weges ist. Also weit genug weg von den Häusern der Stadt, aber entfernt genug vom Campingplatz.«

»Da könnte etwas dran sein.« Martin grübelte über die Information, sodass er ein Stück zurückfiel. War die Sache banaler, als sie dachten? Andererseits … Er schaltete einen Gang höher, weil das Gelände leicht abschüssig war, und schloss zu Reimers auf.

»Du könntest recht haben, wenn nicht noch andere Merkwürdigkeiten wären. Es ist so, als wollte uns der Täter eine Geschichte erzählen. Uns ein Rätsel aufgeben. Ein Potpourri aus Hinweisen hinterlassen, aus denen wir die richtigen Schlüsse ziehen müssen.«

»Wie in einem englischen ›Wer-hat-es-getan-Krimi‹? Warum sollte der Täter das machen?«

»Mach dich nicht lustig über ›Whodunits‹. Aber leider sind wir nicht im Buch oder Film, sondern in der bitteren Realität. Und du hast recht mit der Frage: Warum sollte uns der Täter einen Hinweis oder ein Motiv offenbaren? Wobei es auch das gibt. Bei narzisstischen Tätern, die von ihrer Genialität überzeugt sind, ist das gar nicht so selten.«

Mittlerweile fuhren sie parallel zur Fahrstraße auf dem Erlenpad Richtung Dünensender und Golfplatz. Der Leuchtturm ragte in immer neuer Perspektive aus den Dünen hervor.

»Hört sich verdammt nach Landadel-Szenario an«, bemerkte Will ironisch.

»Wir gehen vollkommen offen an die Sache ran. Versuchen, die einzelnen Puzzlestücke zu kombinieren. Und hoffen, dass es nicht nur falsche Fährten sind. Oder zumindest solche, die trotzdem Hinweise auf den Täter geben.«

»Es wird mir zu psychologisch. Ich bleibe lieber in meinem Metier. Zum Jupiter erzähle ich etwas, wenn wir davorstehen. Wir rollen das Feld von hinten auf, fangen mit Pluto an, der mittlerweile nicht mehr zu den Planeten gezählt wird, aber das wusste keiner, als der Planetenweg entstand.«

»›Mein Vater erklärt mir jeden Sonntag unsere neun Planeten.‹ So ging er doch, der Merksatz. Die Anfangsbuchstaben der damals neun Planeten.«

»Richtig.«

Sie hielten an der Straße, schauten nach rechts und links, querten gegenüber der Einfahrt zum Campingplatz. Reimers gab Gas, sodass Martin einen Moment brauchte, bis er sich am Abzweig zum Planetenweg an seine Fersen heften konnte.

»Jetzt geht der Spruch übrigens so: ›Mein Vater erklärt mir jeden Sonntag unseren Nachthimmel‹. Aber wir auf Norderney belassen es eine Weile beim Altbewährten. Wobei die meisten Planeten am Weg den Vandalen zum Opfer gefallen sind. Da seid ihr von der Polizei machtlos, was?«

»Klar. Die Dunkelheit und Abgeschiedenheit, gepaart mit Alkohol und Übermut. Leider. Aber bevor wir gleich am Nicht-mehr-Planeten Pluto loslegen, eine Frage, die uns im Zusammenhang mit den Himmelskörpern beschäftigt. Ist es möglich, den Planeten bestimmte Tarotkarten zuzuordnen? Gibt es eine Verbindung? Planeten? Sternbilder? Tarot? Das wäre ein erster Schlüssel zu dem, was der Täter mitteilen wollte.«

Will Reimers, der mit Schwung losgefahren war, stieg so abrupt in die Bremsen, dass das Hinterrad wegrutschte.

Im letzten Augenblick konnte er sich fangen. Entgeistert starrte er Martin an.

»Nicht dein Ernst, mein Lieber. So eine Frage?«

*

»Ich stehe auf. Das hätten wir schon vorhin machen sollen, als du mit Martin telefoniert hast.«

»Wetten, das schaffst du nicht?« Er zog sie an der Hüfte zurück ins Bett.

»Lässt du mich wohl los? Was sollen deine Nachbarn denken? Am helllichten Tag die Rollos unten.«

»Hättest du lieber, dass ich sie hochziehe?« Oskar bedeckte ihren Körper erneut mit Küssen.

Ruth erschauderte und schloss die Augen. Sie konnte sich nicht erinnern, sich jemals so hingegeben zu haben. Immer war der Kopf eingeschaltet gewesen. Doch Oskar besaß eine Zauberkraft, der sie sich nicht entziehen konnte.

»Wir wollten eigentlich …«, murmelte sie, verlor aber selbst den Faden. Es war vollkommen egal, was sie gewollt hatten. Nichts musste. Außer neben Oskar liegen zu können.

Er drehte sie vorsichtig, sodass sie auf dem Bauch lag.

»Mhh, eine Massage wäre nicht schlecht«, flüsterte sie, als er sich über sie kniete.

»Oskars Spezialmassage?«, lachte er, und sie hörte seine Erregung.

»Och nö, ich dachte eher an so was wie ›Pizza backen‹. Kennst du das?«

»Ha, ich erinnere mich. Bei uns hieß das ›Erdbeerfeld‹.«

»Am Strand in Italien.«

»Bei mir war es Spanien.«

»11. Klasse.«

»Kann sein. Zeltlagerfahrt.«

»Bei mir war es die Oberstufenfahrt. Latein-Exkursion.« Oskar lachte. »Na dann kein Wunder, dass ihr Pizza backen musstet. Wer durfte das auf deinem Rücken?«

»Sag ich nicht. Ich kann schweigen. Erst recht nach so vielen Jahren.« Sie seufzte, als seine Hände seitwärts von den Schulterblättern glitten und seine Fingerkuppen zart den Rand ihrer Brüste berührten.

»Ich glaube, du weißt es nicht mehr, wer es war. Stimmt's? Gib es ruhig zu! Du warst bestimmt ein männermordender Vamp in eurem Jahrgang.«

Für einen kurzen Augenblick versteifte sich Ruth. »Ist das eine Anspielung?«

Oskar hielt in seiner Bewegung inne. »Hä? Worauf? Ich weiß nicht, was du meinst.«

»Also ehrlich. Worüber wir die ganze Zeit reden. Die Gottesanbeterin, das Geistertischchen.«

»Ach das.« Oskar streichelte sie. Fuhr mit der Hand bis zu ihrem Steiß, verharrte kurz, als überlegte er, und ließ einen Finger langsam weitergleiten.

Ruth stöhnte auf und sank tiefer in die Matratze, wurde weich und kribbelig zugleich.

»Noch nie gehört? Männer können kein Multitasking. Und erst recht nicht bei bestimmten Tätigkeiten. Das Blut kennt in unserem Körper nur eine Richtung: entweder der Kopf oder …« Er ließ den Satz unvollendet.

Ruth lachte unwillkürlich auf. »Nein, Oskar, sag mir nicht, dass du so ein Typ bist. Ich stehe doch mehr …«

»… auf den intellektuellen Typus? Moment, kann ich auch.« Er legte sich neben sie und begann in einem bestimmten Rhythmus auf ihren Rücken zu trommeln. »Na, erkannt?«

Ruth gluckste. »Keine Ahnung. ›Highway to hell‹ wahrscheinlich. Du alter Hardrocker.«

»Du traust mir ja eine Menge zu. Dabei wünschen sich Frauen doch den sensiblen, introvertierten Denker neben sich. Und dann liegt er da. Trommelt zu den berühmten römischen Elegien:

›Oftmals hab' ich auch schon in ihren Armen gedichtet
Und des Hexameters Maß leise mit fingernder Hand,
Ihr auf den Rücken gezählt.‹

– nur sie versteht es nicht.«

»Goethe, du Schuft.«

»Es reicht, wenn du mich weiterhin Oskar nennst.« Er zog sie nah an sich heran, seine Hand fuhr über ihren Oberschenkel bis zu den Knien und dann an der Innenseite nach oben. Fast bis oben.

Ruth stöhnte. »Respekt, mein Lieber. Du fährst wirklich alle Register auf.« Sie drängte sich nahe an seinen Körper und öffnete sich weiter.

Er bedeckte sie mit warmen, zärtlichen Küssen, die ihren ganzen Körper noch mehr in Erregung versetzten.

Sie schnappte nach Luft. Hielt es kaum aus. »Kannst du das mit den Hexametern auch auf eine andere Weise?«, hauchte sie. Sie hörte die Wollust in ihren Worten und schämte sich nicht.

Mit heiserer Stimme, in der sie den Schelm heraushören konnte, näherte er sich ihrem Ohr: »Komm her, meine Hohepriesterin der Liebe, ich zeige dir Amors Pfeil.«

Ruth gluckste, bevor sie sich endgültig fallen ließ. Das hier, das war das Beste, was ihr jemals mit einem Mann passiert war. Das würde sie nicht aufgeben. Das würde sie nicht verlieren wollen. So viel war sicher.

*

»Oha, ich wusste nicht, dass das eine Majestätsbeleidigung für dich ist.«

»Mach dich noch lustig über mich. Du wirst niemand anderes finden, der es lustig findet, wenn diese zwei vollkommen unterschiedlichen Begriffe in einen Sack gesteckt werden.«

»Ist ja gut. Ich habe es verstanden. Aber deswegen musst du dich nicht so aufführen.«

»Doch, muss ich. Damit es endlich in die Köpfe der Menschen reingeht. Was meinst du, wie oft die Leute in der Sternwarte fragen, ob wir Horoskope anfertigen oder Sternzeichen-Kalender verkaufen.«

»Aber so weit entfernt sind Astronomie und Astrologie nicht voneinander.«

Will warf Martin einen vernichtenden Blick zu. »Findest du?«

»Eine gemeinsame Schnittmenge kannst du dem Ganzen nicht absprechen.«

Reimers machte eine wegwerfende Geste. »Wenn man keine Ahnung hat, sollte man die Klappe halten. Weißt du was? Ich dreh um. Ich glaube, du brauchst mich nicht.«

»Halt. Stopp. Nicht so schnell. Du führst dich auf wie eine Diva. Okay, ich habe es kapiert. Die Tarotkarte ist außen vor. Aber der Jupiter? Der gehört doch zu deinem Themengebiet.«

»Von mir aus. Ist ja egal, welchen Weg ich zurücknehme. Aber bleib mir mit deinem esoterischen Gelaber vom Leib.«

Martin lachte. »Weißt du, Will. Das mag ich an dir. Redest nicht lange drum herum. Also einverstanden.«

»Ich kann dir zu den einzelnen Planeten gerne etwas sagen. Die wichtigsten Daten stehen auf den Schildern am Weg.«

»Es reicht, wenn wir uns den Jupiter näher anschauen. Du bist der Fachmann. Schau, ob dir auf dem Weg etwas auffällt. Egal, was. Beim Jupiter machen wir den nächsten Stopp. Einverstanden?«

Reimers nickte und fuhr los.

Anfangs standen die Planeten in größeren Abständen, sodass man achtgeben musste, beim Vorbeiradeln keinen zu verpassen. Martin ließ sich von der weiten Dünenlandschaft auf der rechten und der unberührten Natur auf der linken Seite faszinieren. Jetzt im März, wenn auf den Campingplätzen kaum etwas los war, lag der Weg abgeschieden und wurde wenig frequentiert. Dabei war er einer der schönsten Pfade, die die Insel zu bieten hatte, fand er. Der Südstrandpolder bot immer wieder Neues für alle Sinne. Wurde Zeit, mit Anne hinzukommen, bevor der Trubel auf der Insel losgehen würde. Dabei hatte er lange gedacht, dass nur Strand und Meer ihn faszinieren könnten. Inzwischen war er fast ein größerer Fan von der abgelegenen Wattseite mit ihrer Flora und Fauna.

»Pluto wurde der Kopf abgerissen. Wahrscheinlich wollte ein Schlaumeier sein Wissen zeigen, dass dieser nicht mehr zu den Planeten zählt.« Reimers deutete auf den nackten weißen Stab im Boden, den früher eine kleine Kugel geschmückt hatte. Es waren auch an den anderen Objekten Beschädigungen zu erkennen. Martin konnte nur den Kopf schütteln. Warum gab es Menschen, die sich an fremdem Eigentum auslassen mussten?

Vor dem fünften Himmelsobjekt wurde Will langsamer und sah sich nach ihm um. Martin kannte diese Scheu vor Tatorten und schloss auf.

»Hier?«, fragte Reimers.

Martin nickte. »Direkt an der Stange.«

»Kann man sich kaum vorstellen.«

»War auch unwirklich.«

»Auch, weil alles so normal aussieht. Kein Tatortband, keine Umrisszeichnung der Leiche.«

»Letzteres geht schlecht auf dem Untergrund. Den Rest nehmen wir mit, wenn wir fertig sind. Umwelt, du weißt schon.«

»Hätte Petra Mertens gefallen. War ja ihr Spezialthema.«

»Allerdings. Hochaktuell dazu.« Martin nickte und dachte daran, wie er mit Anne über die Argumente von Frau Mertens gesprochen hatte. Vernünftig hatten sie beide vieles gefunden. Gerade im Weltkulturerbe Wattenmeer.

»Mich wundert, dass das keiner ausschlachtet. Gerade, weil das Thema so emotional besetzt ist. Und bei Todesfällen immer sofort Kerzen, Kreuze, Teddys auftauchen.« Reimers stellte sein Fahrrad ab und verschränkte die Arme. Er ließ den Blick auf dem rötlichen Planeten ruhen.

»Wahrscheinlich, weil es zu wenig private Bindung gab. Frau Mertens war in ihren Funktionen geschätzt, aber hat relativ isoliert gelebt. Für eine öffentliche Trauer sind die Umstände zu diffus. Da mag sich keiner aus dem Fenster lehnen.«

»Darf ich näher gehen?«

»Klar, ist alles von der KTU genauestens untersucht. Ist ja nichts mehr abgesperrt.« Martin drehte sich im Kreis. Was für eine Ruhe. Was für eine Landschaft. Sicherlich auch nachts bei Vollmond. Viel zu schön für einen gewaltsamen Tod.

Er trat zu Will, der andächtig vor der Infotafel neben dem Planeten stehen geblieben war.

»Hier stehen die wichtigsten Merkmale. Was willst du von mir wissen? Entfernung zur Sonne, Volumen, mittlere Temperatur? Alles ablesbar.«

»Ja, das weiß ich«, knatterte Martin, der seinen eigenen Unmut in der Stimme hörte. »Ich kann dir gar nicht sagen, was ich von dir erwarte. Gert Schneyder, du weißt, von der Kripo in Aurich und ich, also wir dachten wegen der vielen Symbolik ...« Er stotterte verunsichert.

»Du fängst nicht schon wieder an, oder? Da müsst ihr euch jemand anderes suchen.«

»Wüsstest du denn, wer uns weiterhelfen könnte, wer das andere Wissensgebiet vertritt? Die Astrologie?«

Will Reimers sog scharf die Luft ein. »Wissensgebiet. Dass ich nicht lache.« Martin hätte es nicht gewundert, wenn er vor ihm auf die Füße spucken würde.

»Ist mir egal, wie du es nennen würdest. Weißt du nun jemanden oder nicht?«

»Nee, keine Ahnung, meine aber, das wäre eher so ein Ding für Frauen.«

»Na, so was sagst du heutzutage besser nicht laut.«

»Ich sag, was ich will und wo ich es will. Einen Norderneyer verbiegt man nicht.«

»Gut. Verstanden. Lass es mich trotzdem wissen, wenn dir was einfällt.« Martin tippte auf das Schild. »Hier gibt es also nichts, was uns weiterbringen könnte. Irgendetwas, was im astronomischen Sinne hinweisgebend sein könnte?«

Will zuckte die Achseln. »Ich wüsste nicht, was. Natürlich sind alle Planeten und Himmelskörper seit jeher mythologisch aufgeladen. Aber dann schnapp dir ein Buch darüber oder such im Internet.«

»Mache ich.« Martin zückte sein Handy und fotografierte die Schautafel ab. »Zum Beispiel die Monde. ›Ganimed, Callisto, Io, Europa‹. Davon könnte doch etwas eine Bedeutung haben.«

»Könnte, könnte, könnte.« Reimers verzog spöttisch den Mund. »Klar könnte es das. Wie wär's denn mit Europa? Doch etwas Politisches? Soviel ich weiß, war Frau Mertens sehr europafreundlich. Ist nicht jedermanns Sache. Wie die Umwelt.«

»Oder die Frauen«, murmelte Martin.

»Was? Willst du mich … – ach, ich schlucke es runter. Keine Lust, mich mit dir anzulegen.« Reimers drehte sich um und stapfte Richtung Fahrrad.

»Ich mich doch auch nicht. Bin ja froh, dass du mitgekommen bist.«

»Auch wenn nichts dabei rausgekommen ist?«

»Kannst du ja nichts für. War aber einen Versuch wert.«

»Also, ich würde dann los. Du bleibst noch?«

»Was?« Martin blickte nachdenklich auf die Schautafel. Wie war das? Tarotkarte, Vollmond, Mitternacht. »Du, Will, kannst du mal kommen? Das Zeichen auf dieser Tafel. Das ist doch eine 24, oder?« Er fuhr mit dem Finger die Kontur ab. »24 für 24 Uhr. Der Todeszeitpunkt. Was meinst du? Könnte das sein?«

*

»Hunger. Durst. Sonne. Frischluft.«

»Hm. Was ist los?« Oskars Stimme kam gedämpft aus dem Kissen, in das er sein Gesicht gegraben hatte. Er tastete mit der Hand über das leere Laken.

»Noch mal fängst du mich nicht ein«, lachte Ruth. »Hey, aufstehen. Ich will was vom Tag haben, du Schlafmütze.«

»Schlafmütze trifft es nicht ganz, würde ich sagen.«

»Willst du Komplimente abfischen? Die bekommst du nur, wenn ich mit dem versprochenen Kulturprogramm zufrieden bin.«

»Bitte?« Oskar drehte sich um und blinzelte sie an. »Hast du schon geduscht?«

»Geduscht, Tee gekocht, Brötchen geholt. Also, raus mit dir aus dem Bett.«

»Verdammt, ich wusste, warum ich bisher einen Bogen um taffe Frauen gemacht habe.« Er fasste nach dem Kopfkissen und warf es ihr zu. »Dabei würde ich viel lieber …«

»Oskar!« Ruth hob drohend den Zeigefinger. »Unterlasse es in Worten und in Taten.«

»Du meinst, ich mache mich gerade einer der sieben Todsünden schuldig?«

»Einer? Ich sehe auf einen Blick die Wollust, die Trägheit und die Habgier.«

»Und du meinst, ich solle mich den anderen widmen?«

»Du könntest zumindest mit der Völlerei weitermachen. Beim Frühstück. Die anderen können wir von mir aus weglassen.«

»Frau Keiser, Sie gefallen mir. Sehr sogar. Ist das Hochmut, wenn ich behaupte, dass wir beide uns in nichts nachstehen? Intellektuell, meine ich?« Oskar rollte sich über das Bett, schwang sich auf die Beine und stand innerhalb von Sekunden vor ihr. Er griff nach ihren Hüften und zog sie eng an sich.

»Oskar, hör auf.« Sie bog ihren Kopf zur Seite und trommelte mit ihren Fäusten gespielt auf seine Brust. »Noch mal bekommst du mich nicht rum. Auch nicht mit Gesäusel. Mit allem anderen erst recht nicht.«

»Was? Nie mehr?«

Ruth verdrehte die Augen und schob ihn ein Stück weg. »Wenn du mich verhungern und verdursten lässt, nie mehr. Das ist wohl wahr. Also, lass uns frühstücken und den Tag planen, ja? Es ist herrlicher Sonnenschein. Kaum zu glauben, dass erst März ist.«

»Extra für dich bestellt.«

Oskar folgte ihr in die Küche, goss sich Tee ein, schmierte sich ein Brötchen und kaute genussvoll darauf herum. Ruth schälte eine Kiwi, die sie über ihrer vorbereiteten Müsli-Bowl verteilte.

»Hat das einen Grund, warum es Tee statt Kaffee gibt? Nicht, dass ich das nicht mögen würde.« Oskar deutete auf seine Tasse.

»Weil ich nirgendwo so viel Kaffee trinke wie in Bonn. So wie ich dich kenne, schleppst du mich zu deinen bevorzugten Kaffeedealern. Wetten?«

»Eine sehr gute Idee. Zumindest eine gute Strukturierungshilfe. Ansonsten irgendwelche Wünsche?« Er bestrich die zweite Hälfte seines Brötchens dick mit Butter und salzte sie. »Nicht gesund, aber lecker.« Er hob die Hand, als wolle er ihr zuprosten, bevor er hineinbiss.

»Keine Wünsche. Du wolltest für das Programm sorgen. Ich will aber definitiv raus in die Sonne.«

»Sehr gut«, brachte er kauend hervor. »Ich hätte eine kleine Programmänderung. Muss nur was googeln.«

Wie selbstverständlich holte er auch ihr Handy vom Küchentresen und legte es vor ihr ab. Ruth schob es beiseite. Selbst wenn sie sich mittlerweile den Nachrichtendiensten geöffnet hatte, wollte sie sich nicht in diesen Abhängigkeitsstrudel der elektronischen Geräte hineinziehen lassen.

»Sehr gut, prima, das passt«, murmelte derweil Oskar

kauend über seinem Handy. Er schien nicht zu merken, wie Ruth ihn dabei betrachtete und sich an den kleinen Gesten freute, die ihr schon so vertraut waren. Obwohl sie sich kaum sahen. Aber vielleicht war genau das die Chance, die sie gebraucht hatte, um sich überhaupt einlassen zu können. Dosierte Liebe. Wie bei so vielem im Leben kam es auf das richtige Maß an.

»Also«, sagte er schließlich, schob die Brille zurecht, »der Tagesplan steht. Inklusive einer Bootstour. Was hältst du davon?«

»Was ich davon halte, kann ich dir sagen, wenn du mir die Details verrätst. Bootstour hört sich gut an. Seekrank werde ich nicht. Ich bin schließlich Norderney-erprobt.«

»Ähm. Ja.« Oskar hüstelte verlegen. »Irgendwie hast du Hellseherfähigkeiten.«

»Wieso?«

»Na, weil du ausgerechnet jetzt Norderney ins Spiel bringst.«

»Verstehe ich nicht.«

»Kannst du auch nicht. Ist ja die Planänderung.« Er biss sich auf die Unterlippe.

»Da bin ich gespannt.«

»Du kennst die ›Brücke von Remagen‹?«

»Das Bauwerk oder den Film?«

»Ah. Gut. Du weißt also ungefähr, worum es geht.«

»Ich verstehe kein Wort. Du willst mich aber nicht in ein Kriegsmuseum schleppen? Kunst war das Stichwort für dieses Wochenende.« Sie spürte, wie sich ihre Laune verdüsterte.

»Nein, nein. Warte. Also von dieser Brücke sind nur die Brückenköpfe übrig. In dem einen ist tatsächlich eine Erinnerungsstätte errichtet worden, auf der anderen Seite verfällt das historische Bauwerk, was eigentlich ein Jammer ist, aber darum geht es nicht.«

»Du sprichst in Rätseln. Ich verstehe nur Bahnhof, wie wir früher gesagt haben.«

»Ha! Schon wieder. Als hättest du übersinnliche Fähigkeiten. Bahnhof!« Er machte eine Pause.

Ruth schob ihren Stuhl zurück und trug ihre Müslischüssel zum Spülbecken. Für Oskars umständliche Erzählweise war sie möglicherweise zu ungeduldig, vermutete sie.

»Diese Brücke über den Rhein war eine Eisenbahnbrücke, und die Züge fuhren hinter dem Brückenkopf in einen Tunnel, der durch den Basaltfelsen hindurchführte. Dieser Tunnel ist seit einigen Jahren zu einer Kunst- und Kulturstätte geworden. Das heißt, es finden Theaterstücke statt. Ursprünglich historisch passend zum Geschehen vor Ort in den letzten Kriegsmonaten. Mittlerweile auch andere Stücke.«

»So. Theater. Am helllichten Tag. In einem Tunnel.« Ruth rümpfte die Nase. Gleichzeitig ärgerte sie sich, dass sie so kritisch auf Oskars Begeisterung reagierte.

»Okay. Andersherum. Sorry, Ruth, ich rede wirr. Nein, kein Theater. Im Tunnel ist derzeit eine Ausstellung. Fotografien, Gemälde, Bildhauerkunst. Alles zum Thema ›Bodymind‹.«

Ruth, die die Spülmaschine aufklappte, verharrte in der Bewegung, drehte sich um und begann lauthals zu lachen. »Das ist nicht dein Ernst? Weil ich Psychologin bin, meinst du, wäre das die passende Ausstellung für mich? Und deswegen muss ich in den Tunnel?«

»Quatsch.« Oskar stand auf und kam zu ihr. »Ob Tunnel oder Museum, ist doch egal. Wir wollten uns etwas anschauen. Wir fahren mit den Rädern zum Rhein, nehmen von da aus ein Ausflugsschiff nach Unkel oder Linz und fahren anschließend zu diesem Eisenbahntunnel. Zurück radeln wir über die Sonnenseite des Rheins und kehren irgendwo ein. Also alles dabei, was dein Herz begehrt. Was meinst du?«

Ruth lehnte sich mit dem Rücken an die Küchenzeile und sah Oskar nachdenklich an. »Gut. Überredet. Hört sich nicht so schlecht an. Aber ich verstehe die Absicht nicht. Ursprünglich wollten wir nach Köln in eine Kunstausstellung. Was steckt dahinter, dass du den Plan ändern willst? Los, Oskar, raus mit der ganzen Sache!«

Oskar griff sich mit zwei Fingern an die Nasenspitze und rieb sie verlegen. »Hm. Weiß selbst nicht so genau. Ich hatte das mit der Ausstellung gestern bei uns in der Redaktion mitbekommen. Tatsächlich ist das sogar die Vernissage.«

»Das wiederum hört sich nicht uninteressant an.«

»Nicht wahr?« Oskar lächelte und ließ die Schultern sinken. »Das hatte ich gehofft.«

»Ich könnte wetten, dass etwas anderes dahintersteckt. Man kann es dir an deiner Nasenspitze ansehen, auch wenn du weiter darüber reibst.« Ruth zwinkerte, aber die eben noch sichtbare Erleichterung auf Oskars Gesicht war verschwunden.

Erneut druckste er herum. »Könnte sein, dass eine Recherchenummer für mich bei herumspringt.«

So wie er das sagte, spannten sich Ruths Züge sofort an. »Was heißt das? Für eine normale Story? Oder wieder ein Kriminalfall?«

»Na ja.« Oskar strich sich durch die Haare. »Weiß ich noch nicht genau. Ich habe ziemlich lange über diese alten Geschichten nachgedacht. Du weißt doch. Von Thomas und so.«

»Und so. Ist das Journalistensprache?«

»Du hast recht. Das ist die Strafe für meinen Hochmut vorhin. Um es klar beim Namen zu nennen: Dieser kleine Weinort, in der sich der Eisenbahntunnel befindet, ist der Geburtsort von Petra Mertens.«

»Petra Mertens. Die Tote von Norderney. Aber, das ist doch nicht dein Ernst?«

*

Martin schob das Fahrrad in den Schuppen und schloss die Tür ab. Wahrscheinlich würde er heute nichts Neues mehr herausfinden können, dann konnte er den Nachmittag wenigstens zusammen mit Anne verbringen. Er sah zu den vereinzelten Wattewolken hoch. Die Sonne zeigte sich verlässlicher als zu manch anderer Zeit, und das seit Tagen. Das war das Erste, was er mit Erwachsenwerden verbunden hatte: anzuerkennen, dass das Wetter sich nicht an schicksalhafte Ereignisse hielt, weder im Guten noch im Schlechten. Und wenn es doch so schien, war es dem Zufall geschuldet. Der Himmel jedenfalls weinte nicht um Petra Mertens, und wie es aussah, niemand anders außer ihren Kindern. Für ein so junges Menschenleben schien ihm das merkwürdig wenig Betroffenheit zu sein.

Aber er würde die Welt nicht drehen können. Für ihn war heute Feierabend. Wochenende. Bevor er kein weiteres Signal von Gert Schneyder bekam, war er raus aus der Nummer. Wahrscheinlich würde es erst Montag weitergehen.

Gerade, als er die Haustür aufschließen wollte, zog Anne sie von der anderen Seite auf, sodass er kurz ins Straucheln geriet.

»Da bist du ja. Wo kommst du denn her? Von der Wache?«

»Wieso von der Wache? Ich war mit Reimers unterwegs. Weißt du doch. Der Planetenweg und so.«

»Das hat aber lange gedauert.« Sie drückte auf ihr Fitnessarmband, um sich die Uhrzeit anzeigen zu lassen. »Die Kollegen haben angerufen und wollten dich sprechen. Aber das weißt du sicher.« Sie zog die Jacke über, die sie bisher in der Hand gehalten hatte.

»Die Kollegen? Nein?«, antwortete Martin und ließ es wie Fragen klingen.

»Seltsam. Sie wollten es auf deinem Handy versuchen. Schien wichtig zu sein.«

Martin zog das Telefon aus der vorderen Hosentasche. »Was ist das? Nicht aufgeladen – das kann doch gar nicht sein. Ich habe eben am Planetenweg noch Fotos gemacht.«

»Möglicherweise solltest du über eine neuere Version nachdenken. Der Akku hat sich den ganzen Winter über ständig verabschiedet.«

»Es ist aber kein Winter.« Martin deutete mit dem Daumen nach draußen. »Deswegen dachte ich auch, wir beide könnten …«

Anne schüttelte den Kopf. »Da wird leider nichts draus. Ich muss los. Bei Lübben ein Buch bestellen und ein paar Dinge für das Wochenende einkaufen. Ich koche heute Abend.«

»Du kochst?« Das war definitiv nicht Annes Lieblingsbeschäftigung und blieb fast immer an ihm hängen. Wobei das okay war. Er konnte bei nichts besser seinen Gedanken nachhängen als beim Zubereiten seiner Lieblingsspeisen.

»Surprise! Ich hab was. Etwas sehr Besonderes. Ich hoffe nur, dass ich alle Zutaten auf der Insel bekomme.«

»Das hört sich verheißungsvoll an.«

Über Annes Gesicht zog sich ein breites Grinsen. »Das trifft es ganz gut. Lass dich überraschen.«

»Wenn du wartest, ich hole nur mein Ladekabel«, er hielt das Handy hoch, »und dann können wir ein Stück gemeinsam fahren. Ich höre lieber direkt auf der Wache nach, was es Wichtiges gibt.«

Sie holten ihre Räder aus dem Gartenhaus und schoben sie zur Straße.

»Magst du erzählen, ob dein Ausflug mit Will von Nutzen war? Konnte er euch weiterhelfen?«

Martin lachte bitter auf. »Frag lieber nicht. Reimers hält mich für den größten Idioten ever.«

»Bitte?« Anne sah ihn ungläubig an. »Das kann doch nicht sein.«

»Ist halt blöd gelaufen. Er unterstellt mir, dass ich Astronomie nicht von Astrologie unterscheiden kann.«

»Nicht dein Ernst.« Anne kicherte.

»Ich habe es halt blöd formuliert. Und natürlich hätte ich ihn nicht nach Tarotkarten fragen dürfen.«

»Uiuiui, das hast du gemacht? Mutig. Das weiß doch jeder, dass Will seine Himmelsbeobachtung als etwas Wissenschaftliches angesehen haben will.«

»Ja und? Deswegen muss er nicht so abgehoben reagieren. Es gibt nun mal Schnittmengen, das habe ich oft genug gehört.«

»Komm, lass uns die Räder bis zur Wache schieben. Dann können wir besser reden.« Anne war beim Versuch loszufahren von einem Handwerkerauto angehupt worden.

»Einverstanden. Auf die fünf Minuten kommt es nicht an.«

»Also gab es überhaupt keine neuen Erkenntnisse?«

»Zumindest nichts, bei dem Will mir eine Hilfe gewesen wäre. Ich vermute Zusammenhänge, aber er war der falsche Ansprechpartner. Zum Schluss hat er den Kopf geschüttelt, weil ich ein astronomisches Zeichen falsch gelesen habe.«

»Ein astronomisches oder ein astrologisches?« Anne schaute mit einem schelmischen Blick zu ihm hoch. Ihre Schuhe klackten auf dem Asphalt, als sie das Rad schneller schob.

»Komm du mir nach Hause«, drohte er ihr scherzhaft. »Quatsch beiseite, ich zeige dir das später. Ich finde, dass man aus dem Zeichen des Jupiters eindeutig eine 24 lesen kann.«

»Eine 24! Das ist doch bestimmt so eine heilige Zahl, so eine, deren Bedeutung besonders aufgeladen ist wie die drei, die sieben, die zwölf.«

Martin blieb stehen und zeigte mit einem Finger auf sie. »Genau. Das habe ich auch gedacht. Und danach habe ich gefragt.«

»Oje. Ich kann es mir vorstellen, erst die Tarotkarte, dann die Frage nach der mystischen Zahl – hast du dir nicht denken können, dass Will so reagiert?«

»Zum einen: nein. Habe ich nicht. Jedenfalls nahm ich nicht an, dass er so kleinkariert ist. Zum anderen: Es war keine 24.«

»Wie bitte?«

»Wie ich es sage. Keine 24.«

»Verstehe ich nicht. Du wirst doch eine Zahl lesen können.«

»Deswegen meinte ich, er hält mich nun für einen Vollidioten. Mittlerweile denke ich das auch. Manchmal interpretiert man Dinge in etwas, nur weil man ein Ergebnis haben will.«

»Ja, kenne ich. Ist auch in der Medizin eine Gefahr.«

»Dieses Zeichen sieht jedenfalls – zumindest bei wohl-wollender Betrachtung – so aus, als würden die 2 und die 4 ineinander gehen. Etwas höhenversetzt, aber möglich wäre es.«

»Aus deiner Sicht.«

»Ja«, gab er kleinlaut zu. »Ich sehe es mittlerweile ein. Trotzdem: Später zeige ich es dir am Computer. Mein Handy tut es ja gerade nicht.«

»Mach das.« Anne war stehen geblieben, weil auf der rechten Straßenseite die Polizeistation lag. »Ich will gerne weiter.«

Martin merkte, wie sie ein Lachen unterdrückte. Plötz-lich sah er sich aus ihrer Perspektive und grinste. »Du hältst mich also auch für einen Idioten, was?«, fragte er neckisch.

»Aber nur für einen mittelschweren Fall. Sehr liebens-wert dabei. Und damit genau die Kombi, die ich am aller-liebsten mag.«

»Wirklich?« Er sah sie ernsthaft an. Konnte wieder ein-mal nicht glauben, dass diese Frau zu ihm gehörte. So jung und hübsch. Manchmal dachte er, zu jung und zu hübsch. Aber dann nahm sie ihm alle Zweifel, wenn sie wie jetzt ihr Fahrrad zu ihm schob, ihre langen Haare zurückstrich, sich auf die Zehenspitzen stellte und ihn küsste.

»Ganz wirklich.« Sie wisperte: »Und das astronomische Zeichen zeigst du mir später. Vielleicht magst du es mir auf den Rücken malen. Nach dem Essen, was meinst du?«

Er drückte sie, so fest er konnte. Wollte sie am liebsten nicht mehr loslassen. Sie brachte eine Leichtigkeit in sein Leben, die ihm zu lange gefehlt hatte. Unwillig ließ er sie los. Gab ihr noch einen Kuss auf die Nase.

»Bis gleich. Ich versuche, mich zu beeilen«, rief er ihr hinterher.

Anne war ein paar Meter gefahren. Winkend drehte sie sich um: »Lass dir Zeit. Essen gibt es sowieso nicht vor heute Abend.«

Martin schmunzelte, als er mit schnellen Schritten sein Fahrrad zum Hof der Polizeistation schob. Alle Autos standen einsatzbereit, niemand schien unterwegs auf Streife zu sein. Unwillkürlich griff er zum Handy, um die Uhrzeit abzulesen, und ärgerte sich über das schwarze Display. Anne hatte recht. Er würde ein neues Bereitschaftshandy beantragen müssen.

Eine Bewegung im Augenwinkel ließ ihn innehalten. Irritiert schaute er zum Fenster eines der hofwärts gelegenen Dienstzimmer. Olaf Maternus hielt den Vorhang in den Händen, den er wohl gerade zur Seite gezogen hatte, und Nicole Ennert klopfte gegen die Scheibe.

Er winkte. Was machten die für einen Aufstand? Sie sahen doch, dass er auf dem Weg war. Mit dem Finger deutete er den Weg zum Eingang an. Beide nickten, Olaf ließ den Vorhang fallen. Sah so aus, als wollten sie ihm entgegenkommen. Seltsam. Sehr seltsam. Was es wohl gab? So schlimm konnte es nicht sein, sonst ständen nicht alle Einsatzwagen hier. Bis vor einer knappen Stunde hatte sein Handy Strom gehabt.

Tatsächlich warteten beide Kollegen an der Glastür und blickten ihm erwartungsvoll entgegen.

»Da bist du ja endlich, Chef. Hast du schon gehört?«, rief Nicole, und er fragte sich, ob er Sorge, Aufregung, Neugier oder Sensationslust in ihrer Stimme hörte. Umso wichtiger war es an ihm, die Ruhe zu bewahren. Er stieg die Stufen hoch, bedankte sich für die offen gehaltene Tür, senkte die Stimme und sagte: »Ich denke, nein. Was gibt es Dringendes?«

Olaf und Nicole sahen sich an. Beide nickten, als hätten sie ihren Einsatz geprobt und die Choreografie festgelegt.

»Nun ja«, hob Olaf mit seiner leicht schleppenden Stimme an, »da hat es den nächsten Kandidaten erwischt. Wenn das so weitergeht, muss unser Thies wohl im Amt bleiben.«

»Wie erwischt?« Martin lief es eiskalt über den Rücken. »Welchen Kandidaten? Was ist los?«

Plötzlich schienen beide verstummt zu sein. Mit großen Augen sahen sie ihn an.

Martin konnte nicht anders. Merkte nur, wie sich sein Körper versteifte. Wie alles auf Angriff schaltete. Bilder schoben sich vor seine Augen, die er nicht sehen wollte. Vermischten sich mit Jupiter und Mond und Erde. War es das? Hatte er einen Hinweis übersehen? Hatte er die Zeichen nicht gedeutet? War er in die Falle eines Täters getappt, der ein grausames Spiel mit ihnen, vor allem aber mit den Opfern trieb?

Woher das Brüllen kam, wusste er nicht. Es war nicht zu stoppen, nicht zu steuern, auch wenn er über die Lautstärke erschrak: »Seid ihr von allen guten Geistern verlassen? Was um Himmels willen ist passiert? Redet endlich!«

*

»Eine wirklich dramatische Geschichte.« Sabine Hollstein ließ die Gardine sinken, die sie beim Blick aus dem Fenster in der Hand gehalten hatte. Sie hatte Britta und Roland Merlenbusch hinterhergeschaut. Eine Stunde Pause hatten sie miteinander vereinbart, in der sich die Eheleute im Hotel frisch machen wollten, bevor sie gemeinsam zur Pflegefamilie führen. Gert sah, wie ihre Schultern sanken, als sie sich langsam zu ihm umdrehte.

»Das kann man wohl sagen. Aber auch ziemlich undurchschaubar. Denn was wissen wir schon?« Er zog das Familienbrett zu sich heran, schob die Figuren zur Seite wie nach einem verlorenen Schachspiel und stellte sie bis auf eine neben dem Brett auf.

Diese nahm er zwischen Daumen und Zeigefinger: »Hanno von Möwitz, Ehemann, Sohn, Vater, Freund, stirbt unter dramatischen Umständen. Sein Tod bringt eine schwelende familiäre Abneigung zum Flächenbrand.« Er legte die Figur auf eins der Bretter.

»Sie meinen …?« Sabine Hollstein kam zum Tisch zurück und setzte sich neben ihn. Sie griff nach einer Figur, schaute sie nachdenklich an, während ihre nicht ausgesprochene Frage in der Luft hing.

»Was meine ich? Sprechen Sie es ruhig aus. Vielleicht hilft es mir beim Nachdenken.« Er strich sich über seine Haare, während er ihren Blick hielt. Vorhin hatten sie gemeinsam überlegt, ob es Sinn machte, dass er das erste Aufeinandertreffen der Patin mit den Kindern begleitete, und sie hatten sich dafür entschieden.

Vor allem seine Neugierde und sein Instinkt, dass der Fall sich zu etwas Größerem entwickelte als bisher geahnt, hatten ihm die Zusage leicht gemacht.

Sie platzierte ihre Figur stehend auf dem anderen Brett. »Dass Petra Mertens Tod mit dem Tod ihres Mannes zu tun hat?« Ihre Stimme wirkte atemlos.

Gert nickte und schnippte die Puppe leicht an, sodass sie fiel. »Stimmt. So etwas wie eine Langzeitfolge aus dem damaligen Geschehen.«

»Und das heißt«, flüsterte die Sozialarbeiterin und sah starr auf das Brett, als schämte sie sich ihrer Vermutungen. »Das heißt, es könnte sein, Hanno von Möwitz' Tod war kein Unfall?«

»Zumindest würde ich nachforschen.« Seine Hände umfassten das Wasserglas, und er rollte es zwischen ihnen hin und her. »Vielleicht ist das alles Humbug. In solchen Grenzsituationen lässt man sich schnell einmal antriggern. Aber ich habe gelernt, nicht zu leichtfertig über scheinbare Unwahrscheinlichkeiten hinwegzusehen.«

Sabine Hollstein nahm die Figur von Petra Mertens. »Ich wüsste gerne, wie das Verhältnis der Eheleute zueinander war, als Hanno von Möwitz starb. Wirklich seltsam, dass es niemanden gibt, der die Dinge regeln kann. Zum Beispiel, ob man Frau Mertens im Grab ihres Mannes mitbestatten sollte. Wenn es denn eins gibt.« Sie legte die beiden Figuren eng nebeneinander.

Gert trank einen großen Schluck und ließ sich ihre Worte durch den Kopf gehen. Fester, als er wollte, stellte er das Glas auf den Tisch. »Sind Sie nicht viel zu jung, um sich über Beerdigungsszenarien Gedanken zu machen?«

Sie lächelte. »Ach, Gott, mein Alter. In diesem Job irritiert das anscheinend pausenlos. Ich glaube kaum, dass man bei der Polizei älter ist. Nur fragt dort niemand. Oder täusche ich mich?«

Gert hob die Hand zur Entschuldigung. »Stimmt.«

»Aber vielleicht haben Sie nicht Unrecht. Das Thema beschäftigt mich. Ich habe meine Mutter früh verloren.« Sie legte sich eine Hand auf den Brustkorb und blinzelte leicht mit den Augen. »Aber gleichzeitig ein Riesenglück gehabt und die beste Zweitmutter der Welt bekommen.«

»Das tut mir leid.«

Sie schüttelte den Kopf. »Ist lange her. Ich kann mich an meine Mutter kaum erinnern. Aber es war sicher ein Motor für die Berufswahl. Und vielleicht kenne ich mich deswegen besser mit Friedhöfen aus als andere meines Alters.«

»Wahrscheinlich ist es Ihnen deswegen so wichtig, dass die Kinder von Petra Mertens so schnell wie möglich Sicherheit bekommen.«

»Ja, das ist so. Meine Chefin hat glücklicherweise ein genauso großes Herz wie ich und unterstützt mich, wo sie nur kann.«

Gert sah, wie sich ihre Wangen röteten. Er konnte die persönliche Betroffenheit gut nachvollziehen.

»Wie gehen Sie vor?«, fragte er, denn bisher war nur besprochen, heute Patentante und Kinder zusammenzubringen.

»Wir werden abwarten, wie die Begegnung zwischen den Kindern und Frau Merlenbusch abläuft.« Sie nahm eine Erwachsenenfigur und zwei kleinere und stellte sie mit einiger Distanz einander gegenüber. Dann rückte sie sie mit den Händen näher zueinander. »Wenn die beiden positiv auf den Kontakt ansprechen, haben wir eine wichtige Ressource.«

»Ich habe das so verstanden, dass die Eheleute sogar bereit wären, die Kinder bei sich aufzunehmen.« Gert stand auf und rieb sich die Lendenwirbel. Das lange Sitzen bekam ihm nicht.

»So habe ich es auch verstanden. Wir dürfen aber nichts überschlagen. Es gibt verschiedene Vorgehensweisen. Einen amtlichen Vormund zu bestellen, könnte ein erster Schritt sein, der dann die weiteren Optionen prüft. Zum Beispiel, wo die Kinder leben. Aber auch«, sie nahm noch eine Figur, »ob Verwandtenpflege in Frage kommt.«

»Die Patin ist aber keine leibliche Verwandte«, warf Gert ein.

»Richtig. Stattdessen gibt es die Tante. Als Schwester des Vaters könnte sie durchaus in Frage kommen, es wäre zumindest zu prüfen. Falls sie Ansprüche stellt.«

»Ansprüche stellt – das hört sich an, als gehe es um ein zu verteilendes Erbe.« Gert sah, wie Sabine Hollstein betroffen den Mund öffnete und schloss. »Entschuldigung«, schob er schnell hinterher, »das sollte keineswegs gegen Sie gehen.«

»Sie haben recht. Diese Behördensprache verinnerlicht man schneller, als einem lieb ist. Was habe ich mich anfangs darüber aufgeregt.« Sie zuckte die Schultern. »So wollte ich nie werden.«

»Das geht uns allen so, auch bei der Polizei ist es manchmal grausam. Da darf kein Außenstehender zuhören. Hilft aber, die Dinge zu versachlichen. Zurück zu den Kindern. Haben die Eheleute Merlenbusch keine Chance?« Er setzte eine Figur zu dem Ensemble.

»Dann setze ich noch die Tante hin.« Sabine Hollstein platzierte sie in einige Entfernung. »Doch, die Eheleute haben durchaus eine Chance. Letztendlich kann ihnen die Vormundschaft übertragen werden. Ich kann übrigens nur allen Eltern raten, so etwas für den Fall der Fälle festzulegen. Wenn man möchte, dass die Dinge im Zweifel so entschieden werden, wie man es selbst am liebsten hätte.«

»Stelle ich mir schwierig vor. Wer denkt gerne an den Tod, zumal in jungen Jahren?«

»Haben Sie eigene Kinder?«

Gert grinste. »Nicht, dass ich wüsste. Ist aber wahrscheinlich ein doofer Witz ausgerechnet beim Jugendamt.«

Sabine Hollstein lachte. »Ich leite kein Vaterschaftsfeststellungsverfahren gegen Sie ein.«

Gert stützte sich mit den Unterarmen auf die Stuhllehne. »Aber ich weiß, was Sie meinen. Wenn ich Kinder hätte, wüsste ich genau, in wessen verwandtschaftlichen Händen ich sie nach meinem Ableben nicht gerne hätte.«

»Genau das ist für uns Außenstehende schlecht zu beurteilen. Wenn keine Vollmacht der Eltern zur Vormundschaft vorliegt, müssen wir nach bestem Wissen und Gewissen entscheiden. Wo ist das Wohl der Kinder am besten sichergestellt? Wer hat die ausreichenden materiellen Voraussetzungen? Natürlich wird Pflegegeld gezahlt, aber wenn dafür eine Berufstätigkeit aufgegeben werden muss, ist das kein Ausgleich. Auch die Frage nach Wohnungsgröße, Zimmer, Schulbesuch spielt eine Rolle.«

Gert nickte, zog den Stuhl hervor und setzte sich. Er tippte sein Handy an. »Wollen wir los? Die Merlenbuschs im Hotel abholen? Ich bin gespannt, wie die Kinder reagieren werden.«

»Ja, das können wir machen.« Sabine Hollstein schien entgegen ihren Worten zu zögern. Ihr Blick war starr auf das Brett gerichtet. Schließlich griff sie nach der Figur der Patin. »Und nicht zuletzt, und das ist nicht unerheblich, müssen wir die Motivation der Vormünder herausarbeiten. Warum möchte jemand ein verwaistes Kind aufnehmen? Da gibt es nicht immer nur altruistische Gründe.« Sie sah auf und sah ihn unverwandt an. »Aber das wissen Sie von der Polizei, nicht wahr?«

*

»Ein Schlaganfall?« Martin wusste ehrlich gesagt nicht, ob er erleichtert oder bestürzt sein sollte. So schlimm die Diagnose sein mochte, bedeutete es für ihn immerhin, dass es keinen weiteren Toten auf der Insel gab.

»Das lässt sich hier nicht ausreichend behandeln, deswegen haben sie den Rettungshubschrauber angefordert. Er soll auf eine Spezialstation. Irgendetwas mit Streik, glaube ich.« Olaf Maternus sah unsicher zu Nicole.

Die verdrehte die Augen. »Mensch, Olaf, lern mal Englisch. So alt bist du doch noch nicht.« Sie drehte den Kopf zu Martin. »Stroke Unit, meint er natürlich.«

»Das macht Sinn«, gab Martin zurück. »Dann hat es ihn heftig erwischt. Mensch, das ist kein Alter für so was.«

»Mitte 50 und ungesund gelebt.« Olaf sah an seinem eigenen Körper runter.

Martin grinste. Olaf, der jeden Tag viele Kilometer mit dem Fahrrad über die Insel abriss, musste sich weniger Sorgen machen.

»Wisst ihr, wie es passiert ist?«

Nicole nickte. »Sicher. Wir sind gerufen worden. Klaas Wilko Kroll lag mitten auf dem Weg. In der Maybachstraße.«

»Als wir kamen, waren die Helfer da« ergänzte Olaf. »Als sie erkannt haben, wer da lag, war die Aufregung groß. Kannst du dir ja denken.«

Nicole zog ihren Pferdeschwanz fest. »Der Arzt hat schnell gemerkt, dass es ein internistischer Notfall ist. Noch auf dem Weg ins Krankenhaus zur Erstversorgung hat er den Hubschrauber geordert.«

»Den habe ich gehört, klar. Aber mir keine weiteren Gedanken gemacht. Ich war schließlich in dem Glauben, ich wäre erreichbar. Das tut mir leid. Der Akku. Wird nicht wieder vorkommen.«

»Schon gut, Chef.« Immer wenn Martin sich rechtfertigte, nannte Nicole ihn so. Er lächelte sie an. So eine Unterstützung war nicht selbstverständlich.

»Wir sind mit ins Krankenhaus, der Hubschrauber war

ratzfatz hier und unser KWK schneller in der Luft, als wir gucken konnten.«

»Also ist die Diagnose zweifelsfrei bestätigt?«

»Wohl ja.«

Martin ließ sirrend die Luft raus, die er unwillkürlich zurückgehalten hatte. »War KWK ansprechbar? Habt ihr ihn gesehen?«

»Wie gesagt, Martin, der Notarzt war da.«

Nicole fiel Olaf ins Wort: »Er war bei Bewusstsein. Zumindest, als wir vor Ort eintrafen. Er war ziemlich aufgeregt. Versuchte, sich aufzurichten, was ihm nicht gelang. Wie ein Käfer lag er auf dem Boden. Mit einem Arm hat er wild herumgewedelt. Der Notarzt und die Sanis haben beruhigend auf ihn eingeredet und ihn festgehalten, um den Zugang legen zu können.«

»Hast du etwas hören können? Irgendetwas, was er gesagt hat?«

»Warum willst du das wissen, Martin?«, fragte Olaf. »Das ist für uns nicht relevant.«

»Mag sein. Ist vielleicht, weil wir bei Petra Mertens keine Idee haben. Vielleicht ist es der Schreck darüber, wie rasch alles gehen kann.«

»Lasst mich mal zu Wort kommen.« Nicole schaute die beiden Männer rechts und links von ihr an. »So, wie sich das für mich dargestellt hat, wollte Klaas Wilko Kroll unbedingt etwas sagen.«

»Ja?« Martin wippte auf den Schuhspitzen.

»Aber er konnte anscheinend nicht. Jedenfalls hat der Arzt ihn dahingehend zu beruhigen versucht. Alles, was ich verstehen konnte, waren unzusammenhängende Laute. Ich hatte das Gefühl, dass ihn das noch unruhiger gemacht hat.«

»Typisch für einen Apoplex. Sehr dramatisch, wenn das

Sprachzentrum mit betroffen ist. Da kann man nur hoffen, dass sie in der Klinik schnell reagieren können.« Er ließ sich auf seinen Schreibtischstuhl fallen. Gleichzeitig drückte er auf den Anschaltknopf des Computers. Nicole und Olaf waren ihm in sein Büro gefolgt.

»Da ist heute viel möglich«, begann Olaf. »Der Vetter meines Onkels beispielsweise …«

»Hä?« Nicole versetzte ihm einen Stoß in die Rippen. »Der Vetter deines Onkels – ist das dann nicht ebenfalls dein Onkel?«

Olaf sah sie herablassend an. »Nein, natürlich nicht. Glaube mir, da kenne ich mich aus.«

»Okay, gewonnen. Ich habe bei meiner Familie keinen Plan, wer wohin gehört.«

Martin seufzte. »Tut mir einen Gefallen und regelt das unter euch. Ich brauche keine weiteren Krankengeschichten. Wir wollen für KWK hoffen, dass es glimpflich abläuft. Komisch, dass das gerade jetzt passiert.«

»Du meinst: Drei Bürgermeisterkandidaten, und einer nach dem anderen …« Nicole schnappte sich einen Stuhl und setzte sich.

»So in der Art, ja.«

»Was ihr immer denkt.« Olaf winkte ab. »Mich wundert das bei KWK nicht. So, wie er lebt. Ein Wunder ist eher, dass es dem Thies nicht längst so gegangen ist.«

»Thies. Unser Flintenmann. Lässt sich von KWK juristisch beraten. Ihr habt recht: Nachher ist er der Einzige, der uns als Bürgermeister erhalten bleibt.« Martin lachte spöttisch. »Ich kann mir richtig vorstellen, wie Malte Häusler Muffensausen vor einem Kandidatenausschaltvirus bekommt und die Flucht ergreift. Nicht ohne seine akkurat gestärkten Oberhemden natürlich.«

Sie brachen alle drei in Lachen aus, und Martin war froh, dass sich die bedrückte Stimmung löste.

»Was anderes«, er räusperte sich, um ernst zu werden. »Gert Schneyder. Hat er sich bei euch gemeldet?«

Nicole und Olaf sahen sich an und verneinten synchron.

Martin überlegte. Sich bei ihm zu melden, fand er unangemessen, so, als wolle er sich mit Macht in die Ermittlungen drängen. Letztendlich war es nicht seine Angelegenheit. Und wenn er ehrlich war, konnte er keine Ergebnisse vorweisen. Das Debakel mit Jupiter konnte er genauso gut für sich behalten.

Er würde nichts weiter tun können. Außer ... Er schlug sich vor die Stirn. Mist, er hatte doch versprochen, in dem Geburtsort von Petra Mertens jemand Offiziellen ausfindig zu machen. Das würde am Samstagnachmittag kaum gelingen.

»Ist was, Chef?«, fragte Nicole, die genau wie Olaf in seinem Büro auf etwas zu warten schien.

»Nichts, nichts«, antwortete er zerstreut, in Gedanken bei der Recherche. Wie hieß bloß der Ort? Irgendwo hatte er sich das notiert. Er begann, auf dem Schreibtisch herumzukramen.

»Okay, verstanden. Besprechung beendet.« Nicole erhob sich. »Wenn du uns brauchst, sag Bescheid. Olaf und ich machen weiter mit unserem Dienst.«

»In Ordnung.« Er blickte kurz auf, während er einen Stapel Papiere hochhob. Erleichtert griff er nach dem Notizblock. ›Erpel‹ und ›Die Brücke von Remagen‹, hatte er darauf notiert. Na, da würde sich etwas zu finden lassen. Notfalls würde er bei den Kollegen von der Polizei nachfragen. Eine solche Amtshilfe war in der Regel kein Problem.

Innerhalb von Minuten hatte er die Telefonnummer der Kollegen in Rheinland-Pfalz ermittelt. Er beschloss, sich einen Kaffee zu holen, bevor er sein Glück versuchte. Am Samstagnachmittag würde er, wenn er denn eine entsprechende Ansprechperson erreichen könnte, seine Worte mit Bedacht wählen müssen, um nicht direkt eine Abfuhr zu riskieren.

Er hatte Glück. Die Kollegen erwiesen sich als genauso unterstützend, wie er es sich erhofft hatte. Es dauerte nicht lange, und er hatte die Bürgermeisterin des Weinortes am Telefon. Unter vielen Entschuldigungen für den ungünstigen Zeitpunkt versuchte er in vorsichtigen Worten, sein Anliegen zu schildern. Um Petra Mertens ginge es, so begann er, die vorgehabt hätte, auf Norderney das kommunale Amt zu übernehmen, aber leider …

Weiter kam er nicht.

Nicole stieß seine Tür ungewohnt heftig auf und stürmte mit ausgestrecktem Arm auf ihn zu. »Sorry. Es ist wichtig.« Sie hielt ihm das Mobiltelefon hin. »Du musst auflegen. Das geht vor.«

Verärgert sah er seine Mitarbeiterin an. Was fiel ihr ein? So einen Auftritt hinzulegen, würde Konsequenzen haben.

Ungeduldig winkte er ab.

»Chef. Wirklich.« Sie drückte ihm das Telefon in die freie Hand, sodass er auf beide Hörer starrte.

Bevor er reagieren konnte, sprach Nicole im Kommandoton weiter: »Wir machen uns einsatzbereit. Es ist die Klinik. KWK. Sie haben ihn verstehen können. Er meinte, Malte Häusler wäre tot. In seinem Haus. Also, Chef, da sollten wir nachschauen, was?«

*

»Ich bin aufgeregter, als ich gedacht habe. Ob sich wenigstens Mattis an mich erinnern kann?« Britta Merlenbusch fasste nach der Hand ihres Mannes, als sie alle zusammen vor dem Haus der Bereitschaftspflegefamilie standen.

Sabine Hollstein hatte ihr Kommen angekündigt. Vereinbart war, ein kurzes Gespräch ohne die Kinder zu führen. Erst danach sollte die Patin mit den beiden zusammengebracht werden.

Das Ehepaar Merlenbusch hatte betont, die nächsten Tage zur Verfügung stehen zu können, so lange, bis es weitere Entscheidungen zum Aufenthalt der Kinder gab.

Gert ließ sich Sabine Hollsteins Worte durch den Kopf gehen. Seltsam, dass die Merlenbuschs alles stehen und liegen gelassen hatten, um zu den Kindern nach Norddeutschland zu kommen, bei dem, was vorausgegangen war. Entweder war das tatsächlich einem großen Herz und einem hohen Mitgefühl geschuldet, oder es lag daran, dass das Ehepaar kinderlos war. So jung, um auf eigenen Nachwuchs hoffen zu können, schienen sie nicht mehr zu sein. Er konnte für die Kinder nur wünschen, dass sie mit selbstlosen Absichten kamen und nichts anderes dahintersteckte.

Die Haustür wurde mit Schwung geöffnet, bevor sie klingeln konnten. Ein warmes Lächeln in einem runden Gesicht, ein lockerer, aber voluminöser Dutt auf dem Kopf, aus dem sich einzelne der hellblonden Strähnen gelöst hatten, schaute sie an. Alles an Theresa Stock schien sich unter ihrem wallenden lilafarbenen Leinenkleid zu bewegen, als sie ihnen die Hand mit einem Willkommensgruß entgegenstreckte. Die grünen Augen leuchteten, alles an dieser Frau strahlte Geborgenheit, Zuversicht und Herzlichkeit aus. Gert konnte sich gut vorstellen, wie Kinder bei ihr die

Zuflucht finden konnten, die sie in besonderen Situationen brauchten.

»Kommen Sie rein. Mein Mann ist mit den Kindern unterwegs. So hatten wir es ja besprochen, dass wir uns erst beschnuppern.«

Sie bat sie alle in das kombinierte Ess- und Wohnzimmer. Ein lichtdurchfluteter Raum, in dem ein massiver Tisch mit zehn Stühlen die eine Seite einnahm und eine große Couchlandschaft mit vielen bunten Kissen die andere.

Frau Stock hatte den blanken Eichentisch gedeckt. Rotweißes Geschirr mit Servietten und Kerzen in den gleichen Farben war um einen Maulwurfkuchen herum platziert, und Gert hätte wetten können, dass es diesen nicht nur gab, weil sie sich angekündigt hatten.

»Backen ist meine Leidenschaft«, bekannte die Bereitschaftspflegerin prompt, als hätte sie seine Gedanken erraten, und fasste sich lachend an die Hüften. »Nehmen Sie Platz.«

Zwei Stövchen mit jeweils einer roten und einer weißen Kanne hielten Kaffee und Tee bereit. »Den Kindern mache ich einen Kakao mit Sahne und Marshmallows. Aber nur heute, ausnahmsweise, wegen des Besuchs«, schob sie mit einem Blick auf Frau Hollstein hinterher.

Gert musste sich das Lachen verkneifen. Hier würde er sich auch wohlfühlen. Vielleicht war es gut, dass Aufenthalte der Kinder in der Obhut von Frau Stock zeitlich begrenzt waren, damit die Gefahr von zu viel Liebe, die durch den Magen ging, kleingehalten wurde.

Frau Stock schob die Mal- und Bastelsachen, die am anderen Ende des Tisches lagen, beiseite. Gert sah viele bunte Striche und Flecken auf der Tischplatte.

»Ich hoffe, es stört Sie nicht, dass wir keine Tischdecke aufgelegt haben. Aber ein Tisch muss meiner Meinung nach von den Bewohnern erzählen. So war das bei uns zu Hause, dann in der Studenten-WG, und so wollten mein Mann und ich es auch hier haben. Wobei die Art der Flecken im Laufe unseres Lebens gewechselt hat: weniger Rotwein, mehr Filzstift.«

Sie wartete nicht ab, bis alle saßen, sondern verteilte die mehr als großzügig vorgeschnittenen Kuchenstücke auf die einzelnen Teller. »Nur keine Hemmungen, in der Küche steht noch mehr. Also, lassen Sie es sich schmecken.«

Es dauerte eine Weile, bis alle mit Kaffee und Kuchen versorgt waren. Frau Stock lief hin und her, um noch etwas zu holen. Ein Schälchen geschlagener Sahne für den Kaffee, ein Döschen Süßstoff, das niemand brauchte, das aber anscheinend den gedeckten Tisch für sie erst vollständig machte.

Als sie sich schließlich mit einer langsamen Rückwärtsbewegung auf dem Stuhl niederließ, atmete sie schwer und schien für länger nicht mehr aufstehen zu wollen.

»Vielen Dank, Frau Stock, aber die Mühe hätten Sie sich nicht machen müssen. Ich habe immer ein schlechtes Gewissen, wenn ich mich bei Ihnen zu Besuch anmelde.«

»Nichts da, Frau Hollstein, das gehört dazu. Nicht, weil ich damit das Jugendamt beeindrucken will. Nein, nein. Weil wir uns selbst das Leben schön einrichten. Denn dann geht es auch den Kindern gut, die zu uns kommen. Und das ist das Allerwichtigste.«

Sie sagte es mit einer solchen Inbrunst, dass Gert auf der Stelle überzeugt war. Frau Stock lebte offensichtlich, was sie tat. Er war gespannt auf ihren Mann.

»Sie sind also die Patentante?«, fragte Frau Stock geradeheraus und sah Britta Merlenbusch neugierig an.

»Von Klara, ja.«

»Aber Sie hatten lange keinen Kontakt, wenn ich recht informiert bin.«

»Sehr lange. Klara wird sich kaum an mich erinnern können.«

Frau Stock nickte. »Das sehe ich auch so. Ich habe versucht, die Kinder auf Ihren Besuch vorzubereiten. Klara hat neugierig reagiert, aber es war vollkommen klar, dass sie niemand zuordnen kann. Es ist erschwerend, dass die Kinder heutzutage kaum etwas mit Begriffen wie Tante und Onkel verbinden, weder bei Paten noch bei leiblichen Verwandten. Da vielfach alle Erwachsenen im Umfeld geduzt und beim Vornamen angesprochen werden, geraten diese Unterscheidungen ins Hintertreffen. Nicht nur bei Kindern wie Mattis und Klara.«

»Hat denn Mattis eine Erinnerung? An mich oder an seine Paten?« Britta Merlenbusch faltete die Hände und beugte sich vor.

»Schwer zu sagen. Er zuckt nur die Schultern. Aber sein Gesichtsausdruck ist ängstlich, fast schon verstockt, als hätte er Angst vor dem Thema.«

»Können Sie uns etwas zu den anderen Paten sagen, Frau Merlenbusch? Wenn ich von den Namen ausgehe, waren es bei beiden Kindern keine Verwandten, stimmt das?«, warf Gert ein.

»Selbstverständlich kann ich Ihnen die Namen nennen. Wir Paten kamen aus dem Freundeskreis. Wichtigstes Kriterium: Wir mussten in der katholischen Kirche sein. Von den leiblichen Verwandten hätte vielleicht Hannos Schwester mit einem Patenamt bedacht werden müssen. Aber das Verhältnis war schwierig. Ich bin mir sicher, dass Petra dagegen war. Was sicher nicht zu einem besseren Verhältnis zur Schwiegerfamilie beitrug.«

»Die Schwester des Vaters, ja?« Frau Stock wackelte nachdenklich mit ihrem Kopf, bevor sie weitersprach. »Ich habe vorsichtig nach dem Vater gefragt. Die Antwort von Mattis war ausweichend. Klara hat ihn nur mit großen Augen angeschaut. Sie scheint daran gewöhnt zu sein, dass er für derlei Fragen zuständig ist.«

»Von seiner Tante Elisabeth oder Betty hat er nicht geredet?« Gert sah, wie Britta Merlenbusch ihrem Mann einen schnellen Blick zuwarf.

»Nein. Er hat sehr allgemein auf unsere Fragen geantwortet. Hat erzählt, dass seine Mutter, seine Schwester und er schon lange auf Norderney leben. Als wäre das ein fremder, weit entfernter Kontinent.«

»Wirklich eine schwierige Ausgangssituation«, warf Frau Hollstein ein. »So etwas haben wir selten. Fast immer finden sich Familienmitglieder oder enge Freunde, die einspringen, wenn Eltern ausfallen. Ehrlich gesagt, so einen Fall hatte ich noch nicht in meiner Zeit beim Jugendamt.«

Gert räusperte sich und schaute schnell beiseite, bevor Frau Hollstein sein Grinsen sehen konnte. Einen Witz zu ihrem Alter wollte er vor der versammelten Runde nicht machen.

»Aber die Tante werden wir kontaktieren müssen, da waren wir uns einig, Herr Schneyder«, sprach sie ihn an.

»Richtig, da kümmere ich mich. Ich werde so schnell wie möglich Rückmeldung geben.«

Er sah, wie hart der Ausdruck in Britta Merlenbuschs Gesicht wurde, weil sie den Kiefer anspannte. Sie starrte vor sich auf den Tisch, löste die Finger, die die ganze Zeit gefaltet waren, streckte sie und verschränkte sie ineinander. Dann hob sie den Blick und sah ihn herausfordernd an.

»Ich bin auf Ihren Eindruck und Ihre Meinung gespannt.«

»Wollen Sie mir etwas mit auf den Weg geben?«, fragte er und schaute forsch zurück.

»Nein«, sie schüttelte den Kopf. »Machen Sie sich selbst ein Bild.«

Ein Schweigen senkte sich über die Gruppe, das augenblicklich vom Drehen eines Schlüssels und mehreren Stimmen durchbrochen wurde.

»Geht hoch in eure Zimmer, ich komme gleich«, hörten sie einen warmen, dunklen Bass mit einem unverkennbar süddeutschen Einschlag.

»Mein Mann stammt ursprünglich aus Bayern«, glaubte Frau Stock erklären zu müssen.

Die Tür öffnete sich, und eine schmale, schwarzhaarige Person betrat den Raum. Klein, zierlich, kein Gramm Fett zu viel. Gert ertappte sich dabei, dass ihm der Mund offen stand.

Frau Stock lachte. »Ich weiß, was Sie denken. Es ist nun mal so, dass die Kalorien, die mein Mann zu sich nimmt, auf unerklärliche Weise alle auf meinen Hüften landen.«

»Und dabei kochst du so gut.« Er warf ihr eine Kusshand zu. »Selbst Weißwürste und Zwetschgendatschi.«

»Großartig. Wenn Sie sich einmal verändern wollen: Eine Bereitschaftspflegestelle für emotional und körperlich ausgehungerte Polizisten wäre eine Marktlücke.« Gert hob den Daumen.

Alle lachten, bis auf das Ehepaar Merlenbusch. Ihre Nervosität war zum Greifen nah. Sie kratzte sich nervös am Haaransatz. Ihre Augen flackerten. »Sollen wir? Jetzt?«, fragte sie und wandte sich an die Bereitschaftspflegemutter.

Frau Stock nickte. »Unbedingt. Die Kinder wissen, dass was ansteht. Sie werden genauso nervös sein. Auch wenn sie es überspielen.«

»Wenn du mit hochgehst, setze ich den Kakao auf. Die Sahne hast du geschlagen, nehme ich an?«

»Danke, Hubert. So machen wir das.«

Gert wurde warm ums Herz. Ein tolles Ehepaar. Und die geplante Zuckerzufuhr schien ihm nie sinnvoller als bei einer solchen Gelegenheit. Da sollte einer mit erhobenem Zeigefinger kommen.

Sabine Hollstein und er blieben schweigend zurück. Er sah auf die Uhr. Nun waren sie schon mehrere Stunden zusammen, um die Sache mit den Kindern auf einen guten Weg zu bringen. Kein Alltag eines Kripobeamten. Aber eine so verzwickte Geschichte hatte er selten. Wo sollte er mit dem Ermitteln anfangen, wenn alle Verhältnisse des Opfers so undurchsichtig schienen? Nicht einmal einen Familienangehörigen zum Überbringen der Todesnachricht hatte er bisher aufgetan. Nicht, dass er das vermisste. Aber diesmal fehlte es und machte ihn dadurch handlungsunfähig.

Immerhin hatte er einen Namen, dem er nachgehen konnte. Bei allen mysteriösen Andeutungen zu Elisabeth von Möwitz, war sie eine direkte Angehörige. Und damit das nächste To-Do, das er anzugehen gedachte.

Aus der Küche hörte er vertraute Geräusche von Schneebesen und metallenem Topf, und einen Moment fühlte er sich in die eigene Kindheit versetzt. Er lächelte beim Gedanken an kalte Wintertage, wenn die Mutter sie mit Kakao nach dem Schlittenfahren aufgewärmt hatte.

»Die Kinder haben es hier gut, was meinen Sie?« Sabine Hollstein schien seine Stimmung zu spüren.

»Unbedingt. So etwas müsste es viel häufiger geben. Auch wenn es den Schock über den Verlust der Mutter nicht nehmen kann.«

»Das stimmt. Aber alles, was hilft, ihn zu mildern …«
Sie brach ab, weil aus dem Treppenhaus lautes Geschrei
und Gepolter zu hören war. Alarmiert sprangen beide auf.

»Mattis. Bleib stehen. Beruhige dich doch.« Sie hörten
Frau Stock, die viel schriller klang.

Anscheinend wurde die Haustür aufgerissen, denn die
Stimme des Kindes kam von draußen. »Sie soll gehen. Weg-
gehen. Ich will sie nicht sehen. Sie ist böse. Richtig böse.
Hat Mama gesagt. Mama wollte sie nicht mehr sehen. Und
Klara und ich wollen das auch nicht.«

Sabine Hollstein war mit ein paar Schritten bei der Wohn-
zimmertür. Im Flur stieß sie mit Herrn Stock zusammen,
der mit dem tropfenden Schneebesen in der Hand aus der
Küche kam. Frau Stock war fast bei Mattis, der draußen
im Vorgarten kauerte und nur jammernde Laute hervor-
brachte, die dem Jaulen eines Welpen glichen.

Gert schaute die Treppe hoch. Oben presste Klara ihr
Gesicht ans Geländer. Mit großen Augen sah sie auf Britta
Merlenbusch, die sich am obersten Treppenabsatz an ihren
Mann klammerte. Britta war kreideweiß. Plötzlich schnappte
sie laut nach Luft, verdrehte die Augen, und es dauerte nur
eine Sekunde, bis sie taumelte und zu Boden sank.

*

Er wollte sich nicht vorwerfen lassen, er hätte den Laden
nicht im Griff. Gerade jetzt, wo die Augen aller auf ihn
gerichtet waren. Die Verwaltung, die Insulaner, die Kriminalpolizei in Aurich, sie würden genau hinschauen, was auf
der Insel passierte und wie er darauf reagierte.

Deswegen war es keine Frage, dass er das große Programm auffuhr. Alle Einsatzwagen, Verständigung von

Feuerwehr und Notarzt und eine Nachricht an Gert Schneyder.

Er saß auf dem Beifahrersitz des Polizei-Pritschenwagens und sprach in abgehackten Worten auf dessen Mailbox: »Sieht so aus, als hätten wir es doch mit einem politischen Motiv zu tun. Könnte sein, dass es ein weiteres Opfer gibt.«

Der Aufruhr war für Norderney ungewöhnlich. Selbst beim Großbrand einer Bootshalle im Hafen war innerorts nicht so viel Aufsehen erregt worden. Damals hatten erst die dicken Rauchwolken, die Richtung Meer zogen, die Menschen aufmerksam werden lassen. Diesmal hallten die Signalhörner so laut in den lückenlosen Häuserreihen, dass der Großeinsatz nicht unbemerkt bleiben konnte.

Martin klammerte sich am Sitz fest, als Nicole die letzte Kurve vor Malte Häuslers Haus schnitt. Das Handy fiel ihm mit der Powerbank aus der Hand, und natürlich stieß er sich den Kopf, als er im Fußraum danach tastete. Das Adrenalin rauschte durch seinen Körper. So ähnlich mussten sich Schauspieler vor dem Gang auf die Bühne fühlen, beruhigte er sich. Auch unter ihnen gab es viele, die zeitlebens nicht davon loskamen. So erging es ihm. Vor jedem schwerwiegenden Einsatz von Neuem.

»Also dann.« Er öffnete die Tür des Polizeiwagens und trat auf die Straße, um die nachfolgenden Autos zu dirigieren, sodass der Rettungswagen bis zur Haustür vorfahren konnte. Er fasste das als Zeichen der Ermutigung auf. Vielleicht war doch nicht vom Allerschlimmsten auszugehen. Vielleicht gab es ein Lebenszeichen, eine Chance auf Rettung. Was immer passiert sein mochte. Er wollte nicht daran denken, wie das alles zusammenhing. Klaas Wilko schien damit zu tun zu haben. Als drittes Opfer? Dann war es womöglich gar kein Schlaganfall, den er erlitten hatte?

Oder gar als Täter, dessen Bestrafung schicksalhaft erfolgt war? Doch so etwas kam nur in Geschichten vor, mit denen Menschen moralisch belehrt werden sollten. In der Realität gab es diese Zusammenhänge nicht. Auch wenn sich das jeder Polizist schon einmal gewünscht hatte.

Also blieb nur die Möglichkeit, dass Klaas Wilko Zeuge geworden war und über die Aufregung einen Schlaganfall erlitten hatte. Warum er allerdings keinen Notruf abgesetzt hatte, um sie zu informieren, war verwunderlich. Immerhin, wenn es so wäre, könnte er ihnen wahrscheinlich wichtige Hinweise geben. Vorausgesetzt, die Ärzte hielten ihn stabil.

Martins Gedanken rasselten nur so, während er äußerlich ruhig und souverän mit Handzeichen die Einsatzwagen anwies. Der Gerätewagen der Feuerwehr stellte das Schlusslicht dar und brachte nicht nur in der Straße, sondern auch an der Kreuzung den Verkehr zum Erliegen. Die Blaulichter warfen selbst bei Tageslicht beunruhigende Muster an die Hauswände.

Martin trat auf seine Kollegen vom Rettungsdienst zu. »Es gibt Hinweise darauf, dass Malte Häusler etwas zugestoßen ist. Da wir bisher keinen Notruf erhalten haben, gehe ich davon aus, er ist allein im Haus. Deswegen müsste die Tür aufgebrochen werden.« Martin sah hinüber zur massiven Holztür, die anders, als sonst auf Norderney üblich, keine Glaselemente besaß.

»Null Problem, Martin.« Die Kameraden der Feuerwehr hatten schon die Rollläden des Materialwagens geöffnet.

»Seine Frau habe ich heute Morgen auf der Fähre Richtung Norddeich gesehen«, rief ein anderer Feuerwehrmann zu ihm hinüber. »Ist also wahrscheinlich, dass er sich allein im Haus aufhält.«

»Gut, dann wollen wir mal.« Martin gab durch ein Nicken in die Runde das Startzeichen und ging mit energischen Schritten zur Haustür. Wieder fiel ihm die Analogie zum Schauspiel auf: Er merkte, wie die Aufregung verschwand, weil er endlich in Aktion treten konnte. Und tatsächlich spürte er seit Langem zum ersten Mal wieder Stolz, einem solchen Großeinsatz vorzustehen.

»Chef!« Martin blieb stehen.

In Nicoles Stimme klangen Überraschung und Aufregung.

»Was denn?« Er drehte sich zu ihr herum. Sie starrte auf das Fenster links der Eingangstür.

»Da war was. Eine Bewegung. Hinter dem Fenster. Da ist jemand im Haus.«

»Sicher?«

»Ganz sicher?«

Plötzlich veränderte sich spürbar die Stimmung. Er blickte in verblüffte Gesichter, die an ihm vorbeischauten. Irritiert nahm er die Erleichterung, das Lachen und die Fingerzeige wahr, bevor er sich langsam der Tür zuwendete.

»Was ist denn los?« Malte Häusler knöpfte sich den obersten Hemdknopf zu. Dann streckte er den Rücken und breitete die Arme aus. »Liebe Herrschaften! Das ist ja ein Aufgebot! Kann mir einer verraten, womit ich die Ehre verdient habe?« Er lachte. Tief aus dem Bauch, was Martin angesichts seiner asketischen Figur seltsam fand. Noch seltsamer allerdings fand er, den Totgeglaubten so quicklebendig anzutreffen.

Dieser schien sich nicht aus der Ruhe bringen zu lassen.

»Ich weiß zwar, dass ich als Bürgermeister Ihr oberster Dienstherr sein werde, aber diese Art Ehrerbietung habe ich nicht schon vor der Wahl erwartet. Es sei denn, ich habe etwas verpasst. Wenn dem so ist: Ich nehme die Wahl gerne an.«

Martin verschlug es die Sprache. So ein Großkotz. Für einen Augenblick zuckte seine Faust, aber das war nicht seine Art. So einen Kotzbrocken würde er definitiv nicht wählen. Und er würde alles dafür tun, dass andere das so sahen.

»So einfach wird das nicht, Herr Häusler.« Martin wusste, er sollte besser den Mund halten, aber es war unmöglich. Er warf Nicole einen kurzen Blick zu, nickte ihr bedeutsam zu und trat so nahe an Häusler heran, dass dieser zurückweichen musste. Er sah auf ihn herunter, während er jede Silbe betonte, als offenbare er damit eine Wahrheit. An die er selbst nicht glaubte. Aber das brauchte dieses Möchtegern-Politiker-Bürschchen nicht wissen.

»Falls es Ihnen noch nicht zu Ohren gekommen ist. Norderney ist kein rechtsfreier Raum. Hier finden demokratische Wahlen statt. Es ist keineswegs so, dass der gewinnt, der es versteht zu überleben.«

Häusler war zurückgewichen, aber nur für Sekunden hatte sich Unsicherheit in seiner Mimik gespiegelt. Das Grinsen, das er auf Knopfdruck anstellen konnte, ließ ihn wieder kalt und berechnend wirken.

»Ach, wirklich? Was wollen Sie mir damit sagen, Herr Ziegler? Vielleicht, dass Sie sich manchmal übernehmen? Zum Beispiel mit Aktionen wie dieser?« Malte Häusler zeigte mit ausholender Geste auf die versammelten Rettungskräfte.

Martin benötigte alle Kraft, um äußerlich ruhig zu bleiben. Keinen Millimeter Raum über seine Souveränität würde er diesem Schnösel einräumen. Auch wenn er dafür bluffen musste.

»Keineswegs«, erwiderte er so gelassen wie möglich. »Ich tue ausschließlich meine Pflicht. Wie es Ihnen nur recht sein sollte als potenziellem Bürgermeister. Und deswegen gehe ich davon aus, dass Sie uns einige Fragen beantworten werden. Zum Beispiel: Was ist mit Klaas Wilko Kroll passiert? Was haben Sie damit zu tun, dass er derzeit auf dem Festland um sein Überleben kämpft?« Er schob sich an Häusler vorbei in den Hausflur, ohne dessen Antwort abzuwarten. Machtspiele konnte auch er. Wenn es denn sein musste. Wie jetzt.

*

Sabine Hollstein hatte kurz gezögert, bevor sie sich zu ihm herüberbeugte.

Dann klang ihre Stimme entschlossen: »Ich mache das sonst nie. Ein absolutes Tabu, Klienten mit nach Hause zu nehmen. Aber der Fall liegt anders.«

Gert wusste nicht, ob er etwas einwenden sollte. Eine Rückkehr in das sterile Beratungszimmer schied aus. In dem Zustand, in dem sich Britta Merlenbusch befand, brauchten sie etwas anderes. Ein öffentlicher Raum wie ein Café ging ebenfalls nicht, obwohl er angesichts der Ereignisse nichts gegen eine Zuckerration in Form eines mächtigen Sahnekuchens gehabt hätte.

»Wir könnten sie in ihr Hotelzimmer begleiten«, kam ihm in den Sinn.

Sabine schüttelte den Kopf. »Lassen Sie nur. Es ist okay.«

Dem Ehepaar Merlenbusch schien ohnehin alles gleichgültig zu sein. Nach dem Kollaps hatten sie gemeinsam dafür gesorgt, dass ihr Kreislauf sich schnell stabilisierte. Beine hoch, ein Glas Wasser, danach ein gut gesüßter Tee hatten die Gesichtsfarbe zurückgebracht. Der Pflegevater hatte sich derweil um die beiden Kinder gekümmert, die dem Geschehen mit einer Mischung aus Schreck und Neugierde zugesehen hatten. Aber es war selbstverständlich gewesen, dass sie das Haus der Pflegeeltern so schnell wie möglich verließen, um die Situation zu deeskalieren.

Mit zittrigen Beinen war Britta Merlenbusch aus seinem Auto ausgestiegen und den gepflasterten Gehweg an der Seite ihres Mannes entlang geschlichen.

Gert blieb einen Moment am Auto stehen und sah sich um. Nette Gegend im Übergang von Norden nach Norddeich. Ein Stück weiter begann das Gewerbegebiet mit verschiedenen Gewerken und Einkaufsmöglichkeiten, aber in dieser ruhigen Straße wirkte alles behaglich und gediegen. Fast schon zu sehr für eine junge Frau wie Sabine Hollstein. Ob das ihr Elternhaus war? Er sah an dem villenähnlichen Haus hoch, dem ein freundlicher Anstrich guttun würde.

Als er den wartenden Blick von Frau Hollstein auffing, betätigte er die Zentralverriegelung des Autos und legte die wenigen Meter mit einem kleinen Spurt hin.

»Entschuldigung«, murmelte er.

»Schon okay. Ich wohne zur Miete. Oben.« Sie deutete mit dem Finger zu einem Fenster im ersten Stock. »Die Vermieter wohnen Parterre und sind ein wenig empfindlich, wenn die Tür zu lange aufbleibt.«

Britta und Roland Merlenbusch schienen von all dem unberührt, sie starrten, in tiefe Gedanken versunken, vor sich hin. Schon im Auto hatten sie kein Wort gesprochen. Gert war verwundert gewesen, dass sie sich überhaupt auf das Gesprächsangebot einließen. In Windeseile hatte er gedanklich verschiedene Szenarien abgeklopft: Hatte er eine rechtliche Grundlage, einen Anhaltspunkt, um eine mögliche Abreise der Merlenbuschs zu verhindern? Was, wenn sie sich umdrehten, so etwas sagten wie: »Danke, es war ein Irrtum, das hat ja so kommen müssen, natürlich sind die Kinder von Petra beeinflusst worden, sie hat nicht ohne Grund den Kontakt abgebrochen, aber bitte, dann besteht für uns kein Anlass, weiterhin zu helfen. Danke, tschüss, das war's.«

So ähnlich hatte Gert sich die Gedankengänge der beiden zurechtgelegt und sah sie schon auf dem Rückweg ins Rheinland. Dann aber, bevor er etwas sagen konnte, hatte Sabine Hollstein die Initiative ergriffen – und Britta Merlenbusch hatte zu seinem Erstaunen sofort zugestimmt.

Nun in der Wohnung übernahm es ihr Ehemann, sie zu dem angebotenen Sitzplatz auf der blauen Couch zu führen. Sie ließ sich nieder und schloss die Augen. Gert hatte das Gefühl, sie könnte augenblicklich einschlafen, würde man sie jetzt in eine Decke einwickeln oder ihr ein Kissen in den Nacken schieben.

»Ich mache mal Kaffee.«

»Ich helfe gerne.« Gert war froh über die Möglichkeit, ein paar Worte mit der Sozialarbeiterin allein reden zu können. Er zog sowohl die Wohnzimmer- als auch die Küchentür hinter sich zu, obwohl er sich sicher war, dass Britta Merlenbusch kein Interesse daran hatte, was um sie herum gesprochen wurde. Sie schien komplett in eine Innenwelt abgetaucht zu sein.

Sabine Hollstein brachte mit routinierten Handgriffen die Kaffeemaschine zum Laufen und belud ein Tablett mit Tassen, Löffeln und der Zuckerdose. In ein kleines Kännchen goss sie Frischmilch, die sie aus dem Kühlschrank nahm. Sie war in Gedanken versunken, schien ihn nicht wahrzunehmen.

Plötzlich sah sie ihn an. »Können wir uns nicht duzen?«, stellte sie die Frage, mit der er am wenigsten gerechnet hatte.

»Bitte?« Er hoffte, dass ihm seine Gesichtszüge nicht zu sehr entglitten.

»Ich weiß, der Ältere muss fragen, aber ich habe es nicht so mit überkommenen Konventionen.«

Gert grinste. »Typisch Sozialarbeiterin, was?«

Sie ließ sich nicht aus der Ruhe bringen. »Kann sein. Ehrlich gesagt, weiß ich selbst nicht, warum mir das gerade wichtig ist. Vielleicht, weil ich dann das Gefühl habe, wir arbeiten im Team.«

»Im Team, so, so.« Er ärgerte sich über seine väterliche Art. Er klang herablassend. Schnell schob er ein entschuldigendes Lächeln hinterher. »Ehrlich gesagt, finde ich die Idee ziemlich gut. Also, beides. Das Duzen und ein Team zu sein.«

Sie war in Gedanken einen Schritt weiter. »Hast du eine Idee, was da los sein kann? Ich habe mit allem gerechnet, aber nicht mit dieser Reaktion von Mattis. Im Vorfeld schien es, als hätte er eher keine Erinnerung an Britta Merlenbusch.«

»Die kann durch das Wiedersehen aktiviert worden sein.«

»Klar. Nur … –« Sie zögerte.

»Was?« Gert sah in das junge Gesicht. Sabines Augen bewegten sich hin und her, als fände sie ihre weiteren Worte auf einem imaginären Teleprompter.

»Diese heftige Reaktion. Die auf Knopfdruck losging. Beim ersten Anblick.«

»Vielleicht war in der Zwischenzeit eine Erinnerung an den Namen aufgeploppt, von der er aber niemandem etwas gesagt hat. Als er Frau Merlenbusch sah, fühlte er sich bestätigt.«

Die Kaffeemaschine röchelte laut, und Sabine hob den Deckel, um zu überprüfen, ob das Wasser durchlief. »Das kann natürlich sein«, gab sie bedächtig zurück. »Ich glaube, das Erlebnis, das er mit ihr verbindet, war komplett abgekapselt und ist in dem Augenblick mit Wucht zurückgekehrt.«

»Du bist die Fachfrau.« Gert zeigte mit dem Finger auf sie.

Sabine nestelte an ihren Haaren. »Hm, schon, aber ich bin keine Tiefenpsychologin. Trotzdem: Was kann das sein, was für ein Erlebnis liegt einer solchen Reaktion zugrunde?«

»Genau an dem Punkt bin ich mit im Boot. Deswegen ist es gut, ein Team zu sein. Wir beide. Denn das interessiert mich sehr. Finden wir eine Verbindung zum Tod von Petra Mertens? Ein Motiv? Einen Hinweis, dem wir nachgehen können?« Gert spürte die aufkommende Hoffnung durch ein Kribbeln am ganzen Körper. Er rieb sich die schwitzigen Hände an der Jeans ab. Er hatte die richtige Intuition besessen, als er sich entschieden hatte, an dem Gespräch mit Merlenbuschs teilzunehmen. Ob das der Durchbruch in dem ominösen Fall war? Er wagte es kaum zu hoffen, aber womöglich wusste sein Bauchgefühl besser Bescheid.

»Ich habe keine Fantasie, was das sein könnte. Es sei denn, Mattis –«

Gert unterdrückte den Impuls, Sabine zu schütteln. Warum bloß stockte sie immer mitten im Satz? Er nickte ihr aufmunternd zu.

»Es sei denn, Mattis verbindet Britta Merlenbusch mit dem Tod seines Vaters.« Sie verengte die Augen, als sie ihn fragend ansah.

»Richtig.« Gert war mit einem Satz an der Tür. Er musste Klarheit haben. Wollte wissen, was Britta Merlenbusch zu sagen hatte. »Und dann wäre die Frage, hängt dieser Tod nicht mit dem Tötungsdelikt Petra Mertens zusammen.«

»Aber –«

Gert stolperte fast, als er erneut stoppte.

»Warum hat sich Britta Merlenbusch überhaupt auf dieses Treffen eingelassen? Warum hat sie nicht spätestens nach der Reaktion des Kindes die sofortige Abreise erwogen? Wenn sie etwas damit zu tun hätte? Das wäre doch Wahnsinn.«

»Das stimmt. Das wäre es.« Gert machte einen schnalzenden Laut. »Aber ist es nicht genau das? Dass wir es immer und immer wieder mit Wahnsinn zu tun haben. Also los. Fragen wir sie. Was hat Britta Merlenbusch mit dem Tod von Hanno von Möwitz zu tun? Und was mit dem Tod von Petra Mertens?«

✳

Martin blieb im Flur stehen. Ab hier würde er keinen Schritt weitergehen, ohne dass Häusler ihn formal hineinbat. Er war sich sicher, dass dieser sich nicht die Blöße geben würde, ihn aus dem Haus zu komplementieren. Nicht, solange draußen genug Zeugen standen, die genau beobachteten, wie sich der Bürgermeisterkandidat verhielt. Häusler, der mit seiner schnöseligen Art bestimmt die wenigsten Unterstützer auf der Insel hatte.

»Ich weiß zwar nicht, was diese lächerliche Nummer vor meinem Haus soll, aber dann bitte – Sie werden mir Ihre Gründe sicher gerne darlegen, Herr Ziegler.« Er machte eine Pause, während seine Hand nach hinten wies.

Martin ging auf die offen stehende Tür zu, die in einen erstaunlich großen Wohnbereich führte.

In seinem Rücken sprach Häusler weiter: »Ihnen ist klar, dass ich mir andere Schritte überlege, sollten Sie mich nicht überzeugen können. Ich bin gespannt: Also was rechtfertigt diesen Auftritt vor meinem Haus?«

Martin nahm in Sekundenschnelle die moderne Einrichtung des Raumes wahr. Alles war in Schwarz und Weiß gehalten, dazu chromfarbene Lampen neben der stylischen Couch, die mit Sicherheit ein Designerstück war. In die Decke waren Halogenstrahler eingelassen, und die Schalter an der Wand sprachen dafür, dass es verschiedene Möglichkeiten gab, Rollläden und Beleuchtung darüber individuell zu steuern. Aus versteckten Lautsprechern klang elektronische Tangomusik.

Er räusperte sich und zögerte eine Sekunde mit der Antwort. Ärgerte sich, dass er durch sein Vorgehen versäumt hatte, Nicole oder einen der anderen Kollegen zu beteiligen. Aber das war nicht zu korrigieren.

Genauso wie das Aufblitzen in Häuslers Augen nahm er wahr, wie dieser an ihm vorbei schritt, ohne ihm einen Platz anzubieten, um sich selbst an den diagonal im Raum stehenden Schreibtisch zu setzen. Hinter ihm gab eine breite Fensterfront mit bodentiefen Fenstern den Blick auf einen handtuchgroßen Garten frei. Das ganze Haus, vor nicht langer Zeit saniert, trug die Visitenkarte des Immobilienmaklers Häusler.

»Ich habe Sie nicht verstanden, Ziegler.« Häusler lehnte sich in seinem schwarzen Ledersessel zurück und verschränkte die Arme hinter dem Kopf.

Ein warmes Gefühl der Erleichterung durchströmte Martin, und er konnte ein leises Lächeln geradeso unterdrücken. Schwitzflecken! Kaum sichtbar, aber eindeutig genug. Dieser Typ war keineswegs so cool, wie er tat. Martin dachte an den Spruch seines früheren Ausbilders, sich in Konflikten den anderen immer nackt vorzustellen. Der Schwitzfleck hatte ausgereicht, um Häusler für einen Moment zu entblößen.

Dieser hatte seine Blickrichtung verstanden und legte augenblicklich die Arme in den Schoß. Sein Grinsen verrutschte eine Sekunde, klebte dann aber an derselben Stelle wie zuvor. Eingeübt, wie Martin vermutete.

Er trat an den Schreibtisch heran. Schweigen konnte eine Taktik sein und keine Schwäche, das würde er Häusler beweisen. Er strich mit dem Finger über die Kante des Tisches und betrachtete anschließend seinen Zeigefinger, als prüfe er die Staubschicht auf der schwarz glänzenden Oberfläche.

Dann hob er den Kopf, blickte an Häusler vorbei nach draußen, sah auf die Hinterseite der gegenüberliegenden Gebäude, die deutlich machten, wie eng man auf der Insel zusammenlebte, und ließ die Augen weiter nach rechts im Raum zu einem großformatigen Gemälde wandern.

»Darf ich?«, fragte er, ohne abzuwarten, und ging zwei Schritte in Richtung des Bildes. Die Pinselführung der Künstlerin war eindeutig, ihre Werke waren auf der Insel bekannt, sodass er einzuordnen wusste, in welcher Preisklasse ein Exponat solcher Größe lag. Häusler würde sicher ein Bürgermeister des neuen Norderneys sein, wenn er denn von den Insulanern gewählt werden würde.

Er drehte sich um. Häusler war in seinem Drehstuhl seinen Bewegungen gefolgt. Martin beglückwünschte sich. Gerade zog er die Fäden der Marionetten – und so sollte es sein. Er las in Häuslers Gesicht, dass dieser mit sich rang. Er musste nur noch einen Moment mit dem Schweigen durchhalten.

Von seinem Standort konnte er auf den Desktop des hochpreisigen Computers blicken. Häuslers eigene Immobilienseite war geöffnet. Natürlich mit Wohnungen, die sich auf dieser oder einer der benachbarten Inseln befanden. Eine gute Möglichkeit, Geld zu machen. Viel Geld. Trotz steigender Preise, Rückgang des Angebots und Eingriffen der Politik war kein Ende des Hypes in Sicht. Da irritierte auch nicht die zuletzt von Frau Mertens oft bemühte Zukunftsvision, dass das Meer in 50 Jahren vor Düsseldorf stehen könnte und es Ostfriesland nicht mehr geben würde, risse man das Steuer umweltpolitisch nicht herum. Es wäre interessant zu sehen, wie Häusler mit den unterschiedlichen Interessenlagen zwischen privater Gewinnmaximierung und kommunaler Begrenzung des Inselausverkaufs umgehen würde. Jedenfalls wurde nirgends die Kluft der beiden Kandidaten deutlicher als bei diesem Thema. Martin wagte nicht weiterzudenken. Ob sich eine Spur auftat? Ein Motiv? Und – verdammt noch mal – warum hatte KWK geglaubt, Malte Häusler sei tot?

»Herr Ziegler, wie Sie wahrscheinlich wissen, ist dieses Haus weder zu verkaufen noch zu vermieten. Wenn Sie Interesse an meiner Inneneinrichtung haben, kommen Sie gerne auf mich zu.« Häusler lachte ironisch auf. »Als Ihr zukünftiger Bürgermeister bin ich gerne um Bürgernähe bemüht. Aber da muss der Rahmen stimmen. Gerne lade ich Sie und Ihre Lebensgefährtin zu einem vertrauten Abendessen bei mir ein. Meine Frau würde sich sicher freuen.«

Martin machte in Gedanken eine Beckerfaust. Das Spiel hatte er gewonnen. Art und Länge dessen, was Häusler von sich gab, dienten nur dazu, die eigene Unsicherheit zu überspielen, so viel war klar.

Er gab keine Antwort, sondern ließ den Blick schweifen.

Aus der Taskleiste des Computers war ersichtlich, dass noch andere Seiten geöffnet waren. Leider war es von seinem Platz aus unmöglich zu erkennen, um welche es sich handelte. Ein weiteres Vordringen hätte allerdings jegliche Anstandsgrenze verletzt. Wichtiger war es, im Spiel zu bleiben und Häusler keine offensichtlichen Gründe für einen Rausschmiss zu liefern.

»Herr Ziegler, ehrlich gesagt, Sie langweilen mich. Bitte schön. Ich habe Ihnen freundlich Einlass gewährt.« Wieder zog Häusler die Stimme in eine ironische Stimmlage. »Ich habe nicht ewig Zeit. Geschäfte, wenn Sie verstehen. In meiner Branche verdient man das Geld nur durch Tätigsein.«

»Anders als bei der Polizei, meinen Sie?« Martin gab ein trockenes Lachen von sich. »Solche Vorurteile, Herr Häusler?«

»Gibt es die nicht auf beiden Seiten, Herr Ziegler? Wenn Sie mich und mein privates Haus so abschätzig betrachten und bewerten. Ohne mit mir ins Gespräch zu gehen? Versuchen Sie nicht auch, in allem, was Sie sehen, Ihre Vorurteile über mich zu bestätigen? Seien Sie ehrlich. Auch wenn ich nicht weiß, was Sie zu diesem Großeinsatz veranlasst hat.« Die letzten Worte gingen in einem kratzigen Hüsteln unter. Häusler räusperte sich und sah ihn herausfordernd an.

Martin betrachtete nachdenklich die beiden edlen Kugelschreiber, die in der Marmorschale auf dem Schreibtisch lagen. Ein Punkt für Häusler, musste er zugestehen. Er drehte sich erneut zu dem Gemälde in seinem Rücken. Ein wirklich spannendes Bild, weil es eine gänzlich andere als die übliche Perspektive aufzeigte. Er erinnerte sich daran, es zuvor in der »Weissen Düne« gesehen zu haben. Schon damals war er fasziniert davor stehen geblieben.

Hatte sich daran erinnert gefühlt, die Blickrichtung zu wechseln. Tatsächlich konnte sich dadurch alles verändern. Er seufzte. Genug gespielt. So kam er nicht weiter. Häusler würde eine harte Nuss sein, egal, wie er die Sache anging.

Hinter ihm hustete dieser nun stärker. Er hörte, wie er eine Flasche aufdrehte, sich eingoss, und das gluckernde Geräusch hastigen Schluckens.

Abrupt wendete er den Kopf, sodass der Rest des Körpers kurz ins Straucheln geriet.

»Warum das Großaufgebot, wollen Sie wissen? Nun, das ist leicht erklärt. Wir hielten Sie für tot. Ist das nicht Grund genug?«

»Was?« Häusler sprang auf. Sichtlich erschrocken. Vielleicht sogar erschüttert. Seine Gesichtsfarbe verlor mit einem Schlag die gesunde Solariumbräune. Er sah gelblich aus wie ein Gallenkranker. Er stützte sich am Schreibtisch ab, griff zu den Lehnen des Stuhles, eine Hand nach der anderen, als wäre er plötzlich gealtert, und ließ sich in seinen Sessel zurücksinken, der ein leises plusterndes Geräusch von sich gab. Häusler schüttelte den Kopf. Ungläubig. »Was reden Sie da, Ziegler?«, brachte er rau hervor. »Was ist das für ein Quatsch? Ich und tot?« Er schien seinen eigenen Worten nachzuhorchen. Dann wich die Fassungslosigkeit einem haltlosen Gelächter.

Martin schaute auf Häusler hinunter. Konnte nicht einordnen, welche Reaktion aufgesetzt, welche gespielt war. Führte er ihn an der Nase herum?

Er hatte sich abgewandt und war einige Schritte ins Wohnzimmer getreten, als er hörte, wie sich das Lachen veränderte. Heiserer wurde. Gequetschter. Stockender. Überging in ein gequältes Husten.

Martin drehte sich um. Malte Häusler schien zwischen dem Lachen nach Luft zu schnappen. Aber es war ihm nicht möglich, seine Atmung zu kontrollieren. Weder beim Lachen noch beim Husten. Die Hand griff zitternd zum obersten Hemdknopf, nestelte vergeblich daran herum. Martin erkannte Angst in den aufgerissenen Augen.

»Mein Asthmaspray«, presste Häusler hervor. Er zog die Schreibtischschublade auf und tastete dort zwischen Post-Its, Büroklammern, Textmarkern und Reißzwecken nach dem kleinen Pumpfläschchen. Martin war schneller, griff danach, zog die Schutzkappe ab und legte das Spray in Häuslers Hände.

Martin blies die Wangen auf und atmete erleichtert auf, als die beiden Stöße zu wirken begannen. Er richtete sich auf und trat einen Schritt zurück. Sein Blick fiel auf die geöffnete Schreibtischschublade. Er stutzte. Schaute weg. Wieder hin. Aus dem Augenwinkel sah er eine vorschießende Bewegung. Häuslers ausgestreckter Arm schloss die Schublade mit einem Knallen. Aber Martin hatte genug gesehen.

※

Es hatte sich etwas verändert. Gert konnte es sofort spüren, als er mit Sabine Hollstein das Wohnzimmer betrat.

Britta Merlenbusch saß aufrecht auf dem Sofa und blickte ihnen trotzig entgegen. Zwar tupfte sie mit einem Papiertaschentuch ihre Augen ab und steckte es anschließend in ihren Ärmel, Gert konnte aber keine Tränenspuren erkennen. Ihr Mann Roland tätschelte ihr den Rücken und flüsterte halblaut, sodass sie es hören konnten: »Glaube mir, es ist besser so.«

Sabine Hollstein setzte das Tablett auf den buchefarbenen Couchtisch und sah ihn dabei fragend an. Gert schüttelte unmerklich den Kopf. Er würde warten wollen, wie es weiterging, ohne vorschnell die Initiative zu ergreifen. Alles sprach dafür, dass sich die Merlenbuschs abgesprochen hatten. Sollten sie die Partie eröffnen, den ersten Zug machen, er hatte nichts dagegen.

Also übernahm er das Kaffeeausschenken, überreichte Zucker und Milch, während Sabine ein Feuerzeug vom Bücherregal nahm, um die Kerzen in drei roséfarbenen Windlichtern auf dem Tisch anzuzünden.

Dann ließ er sich in den Sessel fallen, der dem Ehepaar gegenüberstand. Sabine rückte einen Hocker, der zuvor in der Ecke des Zimmers stand, neben seinen Sitzplatz. Gert grinste innerlich. Ein nettes Kaffee-Stelldichein von zwei Paaren. Wobei Sabines Alter das Bild unglaubwürdig machte, aber in der Fantasie ...

Gert unterbrach seinen Gedankengang, als Britta Merlenbusch sich räusperte.

»Vielleicht haben Sie sich gewundert, dass wir so ohne Weiteres bereit waren, zu Ihnen beziehungsweise zu den Kindern zu kommen. Besonders, nachdem ich Ihnen am Telefon offenbart hatte, dass ich seit Jahren keinen Kontakt zu Petra hatte. Roland kannte weder Petra noch die Kinder, weil er erst später in mein Leben getreten ist.« Sie lächelte ihn kurz an und legte ihm ihre Hand auf den Oberschenkel.

Sabine Hollstein rührte ein Stück Zucker in ihrem Kaffee um, das sich längst aufgelöst haben musste. Gert verschränkte seine Finger und legte die Unterarme auf seine Beine. Er war gespannt, wie es weiterging.

»Für mich war das eine harte Nummer damals, als Petra

den Kontakt abbrach. Natürlich hatte ich erst Verständnis. Wer hätte das nicht gehabt? Keine Frage.« Sie horchte einen Moment in sich hinein. »Ich war eine derjenigen, die sie verteidigt haben, als hinter vorgehaltener Hand über sie geredet wurde. Obwohl fast alle auf eine viel längere Freundschaft zurückblicken konnten. Aber sie stürzten sich auf die Sensation, und Petra tat nichts dafür, sich ihren Unterstützerkreis zu bewahren.«

Ihre Blicke glitten durch den Raum, nachdem sie es bisher geschafft hatte, Gert unverwandt anzusehen. Sie strich mit der freien Hand ihre langen, braunen Haare zurück.

»Anfangs dachte ich, dass nur ich zu den Aussortierten gehörte.« Sie lachte bitter auf. »Später war klar, dass alle, aber wirklich alle aussortiert worden waren, aber damals habe ich das nicht verstanden. Ich war verletzt und enttäuscht.«

Britta Merlenbusch schrak zusammen, als das Telefon im Zimmer klingelte.

Sabine sprang auf. »Sorry, bestimmt meine Mutter.« Sie zuckte mit den Schultern. »Der wahrscheinlich letzte Mensch, der noch auf dem Festnetz anruft.« Sie nahm ab, um einen späteren Rückruf zu versprechen. Dann setzte sie sich zurück, und Gert hätte sich nicht gewundert, hätte sie zur Fernbedienung gegriffen, um Britta Merlenbusch zum Reden zu bringen.

Tatsächlich sprach diese wie auf Knopfdruck weiter: »Das Seltsamste war, dass ich mit der Zeit nicht so sehr Petra vermisste. Stattdessen trauerte ich um Hanno, mehr, als es angemessen war. Dafür, dass ich ihn nicht so gut kannte und eher durch Zufall in das Patenamt gerutscht bin.«

»Eine Erklärung gibt es für deine Gefühle, Maus.« Roland Merlenbuschs dunkle Stimme wollte nicht so recht zu dem

Kosewort passen, dachte Gert, der sich einen Moment über die Unterbrechung ärgerte. Aber er musste anerkennen, dass der Ehemann sich äußerst dezent verhielt und das Wohl seiner Frau im Auge behielt.

»Stimmt.« Wieder das kurze, dankbare Lächeln.

Sie schienen ein gutes Team zu sein, musste Gert ihnen zugestehen.

»Ich habe mir ein Coaching gegönnt. Ist noch nicht so lange her.«

Klar, Coaching, dachte Gert. Hört sich harmloser an als Therapie.

»Mit Hannos Tod ist wohl die Trauer um meinen Vater reaktiviert worden. Ich war zwei Jahre alt, als mein Vater starb. Ich habe keinerlei Erinnerung an ihn. Ihn nie wirklich vermisst. Ich hatte eine starke Mutter.« Wieder schwieg sie, der Blick ging unstet durch den Raum.

»Nach Hannos Tod entwickelte ich nicht nur eine große Trauer, sondern eine Sehnsucht nach den beiden Kindern, Mattis und Klara. Es war, als hätte mir Petra etwas weggenommen, was mir zustand. Es war seltsam. Das Gefühl entstand nach und nach, wurde immer stärker. Ich glaubte, unbedingt etwas für die Kinder tun zu müssen, bekam aber keine Chance. Dabei wären die beiden nur Ersatz gewesen, erklärte mir die Psychologin. In Wirklichkeit wollte ich mich zum ersten Mal über den frühen Verlust meines Vaters trösten.«

»Und deswegen haben Sie sich so schnell bereit erklärt zu kommen.« Sabine Hollstein flüsterte es als Feststellung.

»Ja, so ist das wohl. Zumindest ist es ein Grund.« Sie sprach nicht weiter.

»Und der andere?« Gert hielt die Spannung, die im Raum hing, nicht mehr aus. Die Frage hatte er deswegen ruppiger als gewollt ausgestoßen. Er nahm die Tasse hoch und trank den mittlerweile fast kalten Kaffee in einem Zug.

Erneut der Seitenblick. Diesmal nickte Roland Merlenbusch. Seine Frau öffnete den Mund und klappte ihn wieder zu. Ihre Lippen wurden zu einem schmalen Strich, rundherum erschien ein weißer Fleck, so stark presste sie Gesichtsmuskeln zusammen.

»Sag du es«, stammelte sie und zog das Taschentuch aus dem Ärmel, um es in der Hand zu zerknüllen.

Roland Merlenbusch rutschte auf dem Sofa nach vorne. Sein Gesicht nahm in Sekundenschnelle eine rote Farbe an.

»Also gut.« Er zögerte, rückte auf die Kante. »Nichts, worüber man gerne spricht. Obwohl wir ständig gefragt werden und Rede und Antwort stehen müssen.«

Gert ahnte, was kommen würde.

»Die Menschen sind bei kaum einem anderen Thema so distanzlos wie beim Thema Kinderkriegen.«

Sabine Hollstein drehte den Kopf und schaute Gert mit großen Augen an. Wahrscheinlich hatte auch sie eine Vermutung in diese Richtung gehabt.

»Wir wissen es erst seit fünf Wochen. Ich bin zeugungsunfähig.« Die Worte kamen auf einmal im Schwall. Als müssten sie heraus. Gert sah, wie Roland Merlenbusch in sich zusammenfiel.

»Verstehen Sie? Es kam uns wie ein Wink des Schicksals vor, als sie anriefen. Als würde sich eine Tür genau jetzt öffnen, wo sich eine andere für immer verschlossen hat. Zwei Kinder. Elternlos. Kinder, die ich kannte. Denen ich verbunden war. Denen ich Heimat geben könnte.« Auf einmal wirkte sie größer und stabiler als ihr Mann.

Gert schaute von Britta zu Roland Merlenbusch. So nachvollziehbar es war, was die beiden vorbrachten – in seinem Inneren regte sich Widerstand. Eine Posse war das, was sie aufführten. Ein Ablenkungsmanöver. Ein emotionales Einwickeln. Nichts, aber gar nichts in dieser rührseligen Geschichte lieferte eine Erklärung für die Reaktion des Kindes.

Plötzlich konnte er nicht mehr ruhig sitzen. Er stieß sich aus dem Sessel und bewegte alle Gliedmaßen, als seien sie eingeschlafen.

Sabine Hollstein sah ihn fragend an. Sie zeigte mit dem Finger auf sich und fragte leise: »Darf ich?«

»Bitte.« Gert ging die wenigen Schritte bis zum Bücherregal und begann scheinbar interessiert die Buchrücken abzutasten. In Wirklichkeit wartete er gespannt, wie Sabine die Sache angehen würde.

»Frau Merlenbusch, ich kann sehr gut nachvollziehen, was Sie sagen. Trotzdem hat uns überrascht, wie Mattis auf Sie reagiert hat.«

Britta Merlenbusch schloss die Augen.

»Es scheint mir, dass Sie zwar davon getroffen sind, es Sie aber nicht überrascht. Kann das sein?«

Keine Antwort. Ein unbewegliches Gesicht, das zu Stein geworden schien.

»Ich vermute, dass es einen konkreten Vorwurf geben muss, den Petra Mertens Ihnen machen konnte. Deswegen der Kontaktabbruch. Nicht nur, weil sie generell alle Kontakte hat einschlafen lassen, sondern weil es mindestens bei Ihnen einen handfesten Grund dazu gab. Und Mattis weiß davon.«

Sabines Stimme war mit jedem Wort kräftiger geworden. Sie war sich ihrer Sache sicher.

Gert hielt den Atem an, als Britta Merlenbusch die Augen aufschlug. Nun schwammen sie in Tränen.

»Nein«, sagte sie. »Keinen handfesten Grund. Nur eine Vermutung. Hanno und ich …« Sie brach ab und schaute ihren Mann an. »Kann ich kurz mit Roland alleine sprechen? Bitte. Danach bin ich bereit, Ihnen alles zu erzählen. Von Hanno. Und mir.«

*

Ruth blieb mitten auf der Promenade stehen, um durchzuatmen. Der Steg hoch vom Ausflugsschiff zur Anlegestelle war ziemlich steil, fast zu steil, um ein altes, schweres Hollandrad hinaufzuschieben. Vor allem, wenn der Bauch mit Waffeln, Kirschen, Sahne und Vanilleeis gefüllt war. Oskar und sie hatten der Versuchung nicht widerstehen können, während sie oben auf dem Sonnendeck das Siebengebirge mit Petersberg und Drachenfels auf der einen und dem Rolandsbogen auf der anderen Seite an sich vorbeiziehen ließen.

»Tja, der Rhein hat Niedrigwasser, wie viel zu oft in letzter Zeit«, kommentierte Oskar. »Bei Hochwasser ist der Weg zum Land näher, aber dann hätten die Wellen uns kräftig durchgeschaukelt.«

»Das hätte mehr sein können. So wie bei der Überfahrt nach Norderney bei auflaufendem Wasser und Wind.«

»Verstanden.« Oskar verbeugte sich vor ihr. »Beim nächsten Mal werde ich selbstverständlich dafür sorgen. Heidewitzka, Herr Kapitän. Schaukeln und Schunkeln liegt dem Rheinländer doch im Blut.«

»Dummkopf«, lachte Ruth. »Wenn du glaubst, mich auf die Tour für den Karneval gewinnen zu können, hast du Pech gehabt. Da wirst du dir die Zähne an mir ausbeißen.«

Oskar schob sein Rad an ihres heran und schnappte mit gespielt gefletschten Zähnen nach ihr. »Warum bloß, denke ich gerade, dass du genau das willst. Dass ich mir die Zähne an dir ausbeiße.« Zärtlich biss er in die Haut an ihrer Schulter und saugte sich fest.

»Hör auf, Oskar.« Ruths Unterleib zog sich zusammen, und eine warme Welle flutete ihren Körper. Schon wieder. Sie gab ihm einen leichten Klaps. »Wir sind doch keine Teenies mehr.« Besorgt sah sie sich um, aber niemand schien auf sie zu achten.

»Liebe kennt kein Alter. Noch nie gehört?«, nuschelte er, während er sich langsam von ihr löste, aber zwei, drei flüchtige Küsse hinterherschob.

»Vorläufig möchte ich Kultur statt Küsse. Ich dachte, du wolltest den Fremdenführer spielen? Was ist das für ein seltsames Gebäude?« Sie zeigte die Promenade entlang auf einen kleinen runden Turm, der mit seiner barocken Dachhaube an einen mechanischen Zwiebelschneider erinnerte.

»Kaum zu glauben, Frau Polizeipsychologin.« Oskar sah sie gespielt ernst an. »Es gibt genug andere interessante Objekte, aber nein, der Blick der Fachfrau wird selbstverständlich angezogen vom – Gefängnisturm.«

»Oh, ernsthaft?« Ruth brach in lautes Lachen aus. Die Leute drehten sich nach ihr um. Aber das kannte sie schon.

»Ja, ernsthaft. Übrigens soll hier Ludwig van Beethoven seinen Rausch ausgeschlafen haben.«

»Hui, ein prominenter Einsitzer. Mit so etwas kann sich sicher nicht jedes Gefängnis rühmen.«

»Liegt vielleicht daran, dass Unkel überhaupt eine magische Anziehung auf den einen oder anderen Promi hatte.«

Ruth nickte. »Brandt hat hier gelebt. Stimmt's?«

»Ja, richtig. Aber auch Adenauer, Freiliggrath, Johanna Schopenhauer und Annette von Droste-Hülshoff. Sie alle weilten zumindest zeitweise hier.«

»Nicht schlecht.« Sie sah den mit Kopflinden gesäumten Weg entlang. »Wo geht es weiter? Am Turm vorbei?«, wollte sie wissen.

»Genau. Ein Stück müssen wir schieben, dann können wir schnurstracks bis zum nächsten Ort radeln. Das ist dann der Ort mit der Vernissage im Tunnel.«

»Ich bin gespannt.«

»Gleich fahren wir durch das Känguru-Viertel.«

»Känguru-Viertel? Was heißt das?«

Oskar kicherte. »Typisch Rheinländer. Man gönnt nicht wirklich. Es gibt entzückende Häuser und prächtige Villen mit unverbautem Rheinblick. Eins teurer als das andere, versteht sich. Der kleine Mann kommentiert dann gerne so: Wer hier wohnt, macht gern große Sprünge mit in Wahrheit leeren Taschen.«

»Und stimmt das?«

»Mal so, mal so. Wie immer im Leben. Aber der ein oder andere ist über seine Außendarstellung gestolpert.«

Ruth sah, wie er die Stirn runzelte, und ahnte, dass noch etwas kommen würde.

»Übrigens gehörte eins dieser alten Häuser am Rhein Hannos Eltern.«

Ruth überlegte irritiert. »Hanno?«, fragte sie nach.

»Ja«, antwortete Oskar. Sie hörte die Verlegenheit in seiner Stimme. »Hanno von Möwitz. Der Ehemann von Petra Mertens.«

Ruth blieb wie angewurzelt stehen. »Oskar?«

»Ähm, ja?«

»Oskar, du hast mir versprochen, dass wir dieser Geschichte nicht nachgehen wollen.«

»Kann sein.« Er zeigte auf das andere Rheinufer. »Dort drüben ist das Schloss, das eine Zeit lang den Gottschalks gehört hat. Und ein Stück weiter links ist die Apollinariskirche.«

»Lenk nicht ab. Wieso beißt du dich so in der Geschichte fest?«

»Weil Thomas mir weitere Infos geschickt hat.«

»Einfach so?«

»Nein. Nicht wirklich. Es hat uns beide beschäftigt, nachdem wir gestern telefoniert hatten. Ich habe recherchiert nach unserem Telefonat mit Martin. Heute Morgen, als du geduscht hast.«

»So, so. Und da hast du herausgefunden, dass Petra Mertens aus diesem Ort kommt, in dem heute eine Vernissage stattfindet, und jetzt kommen wir am Elternhaus ihres Ehemannes vorbei. Zufall?«

Oskar blieb stehen und schob die Brille auf der Nase hoch. Seine Augen funkelten. Er schien von irgendetwas fasziniert zu sein, und Ruth vermutete, dass nicht sie der Grund war.

»Nicht wirklich Zufall. Aber diese Geschichten von Thomas, die sich merkwürdig anhören. Da dachte ich …«

»Dass wir in die Ermittlungsarbeit der ostfriesischen Polizei mit einsteigen könnten? Oskar, ist dir nicht klar, wie sehr ich die Nase voll davon habe, in diese Kriminalfälle hineingezogen zu werden? Wir können nicht einfach den Außenposten übernehmen. Und dann ohne Auftrag.«

»Das habe ich nicht vor, Ruth. Entschuldige, wenn das so rüberkommt. Eigentlich möchte ich nur das Wochenende mit dir genießen.«

Sie musste gegen ihren Willen grinsen. Wie er dastand. Wie ein großer Schuljunge. Schuldbewusst. Sie bereute ihre harsche Reaktion.

»Da hat dir einer einen Happen zu viel hingeworfen für deine Journalistenspürnase und wir kommen nicht aus der Nummer raus, was?«

Er lächelte schief.

Ruth seufzte. »Also gut, spuck es aus. Was weißt du? Worum geht es bei der Recherche?«

»Um Betty. Elisabeth von Möwitz. Hannos Schwester – und damit, was ich gestern nicht wusste, Petra Mertens Schwägerin. Laut Thomas ist sie noch abgedrehter als früher. Sehr, sehr schräg. Aber!« Er hielt die Luft an und streckte den Zeigefinger hoch. »Achtung, Überraschung: Sie ist eine der Künstlerinnen, die heute ihre Bilder ausstellen. Na, was sagst du? Wenn das mal keine Gelegenheit ist.«

✳

Martins Gedanken überschlugen sich. Was um Himmels willen konnte er tun? Häusler hatte sich in seinem Sessel zurückgelehnt, sein Atem ging schwer, aber er spürte keine Erstickungsangst. Mittlerweile hielt er einen Fuß gegen die Schublade gedrückt.

Martin ärgerte sich. Wäre er schneller gewesen, läge das Tarotspiel jetzt in seiner Hand. Freiwillig würde dieser das Kartendeck nicht rausrücken. Er konnte es kaum fassen: ein Tarotspiel bei Häusler. Mit allem hätte er gerechnet. Aber nicht mit einem solchen Fund.

Konnte es eine harmlose Erklärung dafür geben? Eine, die nichts mit Petra Mertens Tod zu tun hatte? Wohl kaum.

Denn was lag ferner, als dass dieser aalglatte Schnösel sich Entscheidungen von den Karten voraussagen ließ.

»Ich glaube, Sie sollten gehen.« Häusler krächzte mehr, als dass er sprach.

Martin gab keine Antwort. Er tanzte von einem Fuß auf den anderen, vollkommen unschlüssig über das weitere Vorgehen. Mit Gewalt kam er nicht an die Schublade heran. Also anders. Ein Versuch war es wert. Mit aller ihm zur Verfügung stehenden Höflichkeit bat er um die Spielkarten.

Häusler stieß etwas aus, das zwischen groteskem Lachen und einem geblafften Nein lag. Seine Miene war voller Abwehr und Verachtung. Deutlicher konnte er kaum zeigen, dass das Kartenspiel keineswegs harmloser Natur war.

»Sie wissen genau, dass wir bei Frau Mertens eine Tarotkarte gefunden haben, Häusler?« Martin wollte nicht aufgeben. Er steckte die Hände in die Hosentasche und wippte nervös auf den Zehenspitzen. »Ein seltsamer Zufall, finden Sie nicht auch?«

Häusler hustete und richtete sich auf. »Ich habe keine Ahnung, wovon Sie reden. Tarot. Tarot. Was ist damit gemeint?«

»Muss das sein, Häusler? Sie wissen, dass ich etwas gesehen habe, was Sie gerne vor mir verbergen möchten. Aber Sie gehen doch wohl nicht davon aus, dass die Sache damit ausgestanden ist? Glauben Sie mir, wir fangen gerade erst an. Ihr Verhalten wird Fragen aufwerfen. So oder so. Und wir werden diesen nachgehen. Egal, ob Sie kooperieren oder nicht.«

Häusler legte die zu einem Dreieck gefalteten Fingerspitzen an seine Lippen und spürte den Worten nach. Vielleicht habe ich eine Chance, überlegte Martin, und schob ein weiteres Argument hinterher: »Ich brauche mir das Kartendeck nur einmal anzusehen.« Er zog die Hände aus den Taschen und hielt sie aufrecht vor seinen Körper. »Vorausgesetzt, ich finde keine Auffälligkeiten, bin ich durch mit der Nummer.«

»Und was für Auffälligkeiten sollten das sein?« Häuslers Augen waren zu Schlitzen verengt.

»Wenn zum Beispiel das Deck nicht vollständig wäre, eine Karte fehlen würde. Eine ganz bestimmte Karte wohlgemerkt.«

»Dann würde ich automatisch dem Kreis der Tatverdächtigen zugeordnet, nicht wahr?«

Martin wollte dem Braten nicht recht trauen. Taktierte Häusler, wog er bestimmte Möglichkeiten ab? Er wagte es kaum zu hoffen. Deswegen nickte er zurückhaltend. Wollte keinen zu großen Druck aufbauen.

»Wir würden der Sache nachgehen müssen«, sagte er sanfter, als es dem Anlass entsprach.

Malte Häusler erhob sich. Er sah aus, als habe er sich vollständig von dem Hustenanfall erholt. Er schien sich seiner Sache sicher zu sein und die Oberhand zurückzugewinnen.

Wenn's sein muss, dachte Martin bei sich, soll er sich in dem Glauben wiegen. Es war nur wichtig, was dabei hinten an Ermittlungsergebnissen rauskam.

»Wissen Sie, meine Frau.« Er gab den souveränen Bürgermeisterkandidaten. »Meine Frau ist diesen Tarotkarten regelrecht verfallen. Üblicherweise liegen die Karten offen bei uns herum. Oft geraten wir deswegen aneinander.«

Martin nickte, aber er vermochte sich nichts weniger vorzustellen, als Häuslers Frau beim Tarotlegen. Diese Businessfrau, die kaum einer anders sah als in Kostüm und Stöckelschuhen, mit stark überschminktem Gesicht und hochgesteckten Haaren hatte so gar nichts Esoterisches an sich. Doch wer sah den Menschen hinter die Stirn? Er hatte keine Handhabe, das in Abrede zu stellen.

Häusler war drei Schritte auf und ab gegangen. Nun blieb er dicht vor Martin stehen. »Mein lieber Ziegler«, setzte er an, und ein Lächeln erschien auf seinem Gesicht. »Wissen Sie, was ich sehr bemerkenswert finde? Eben haben Sie mich beinahe im wahrsten Sinne des Wortes zu Tode erschrocken, als Sie sehr drastische Worte für den Einsatz fanden. Und wohlgemerkt: Ohne dass Sie mir bisher eine Erklärung dazu geliefert haben. Stattdessen bin ich vom vermeintlichen Opfer in einer absoluten Umkehr der Verhältnisse zum Tatverdächtigen mutiert. Wie kann das sein? Verstehen Sie meine Vorbehalte? Mein Zögern?«

Martin konnte das Augenverdrehen kaum unterlassen. So ein Großkotz. Eloquent vielleicht. Aber mit einer Selbstverliebtheit, die bei ihm Übelkeit erzeugte. Solche Politiker brauchte kein Mensch. Trotzdem. Jetzt hatte er ein Ziel. Und dafür würde er alles schlucken, was dieser Schwätzer von sich gab.

»Kann sein«, murmelte er daher und hoffte, dass es weniger unbestimmt klang, als es gemeint war.

»Wunderbar, dass Sie mich verstehen, Ziegler. Wunderbar. Nun versetzen Sie sich einmal in meine Lage. Die Auffindesituation hat sich wie ein Lauffeuer über die Insel verbreitet. Sie sollten für mehr Disziplin in Ihren Reihen sorgen. Als bei Petra Mertens diese Tarotkarte entdeckt wurde, ahnte ich sofort, welche Zusammenhänge hergestellt werden könnten, fände man Tarotkarten in meinem Haus. Ich bat Alexandra also darum, die Karten weniger offen ausliegen zu lassen als sonst. Leider vergaß sie es heute Morgen. Ich ärgerte mich, aber was sollte ich tun. Ich schob die Karten zusammen und verbarg sie in meiner Schublade.«

Häusler zuckte die Achseln und versuchte einen Blick, der wahrscheinlich treuherzig sein sollte, auf Martin aber taktierend und lauernd wirkte.

»Gut.« Er lächelte seinerseits breit. »Dafür habe ich absolutes Verständnis. Keine Frage. Aber gerade dann …«

Häusler unterbrach ihn mit einer schneidenden Handbewegung. »Ich weiß, was Sie sagen wollen: Dass ich Ihnen völlig unbelastet die Karten aushändigen kann. Und wissen Sie, das würde ich liebend gerne machen, lieber Ziegler. Wäre da nicht das kleine Problem, dass meine Frau die Angewohnheit hat, für sie entscheidende Karten aufzunehmen und in ihre Tasche zu stecken. Sie begleiten sie als ein Talisman durch den Tag. Was also würde passieren – und nur deswegen meine harsche Reaktion –, wenn genau die Karte aus dem Deck fehlt, die bei Petra Mertens gefunden wurde?«

Martin schloss die Augen. Verdammt. An diesem Häusler biss er sich die Zähne aus. Warum überhaupt stand er hier? War das nicht Schneyders Aufgabe? Wo trieb der sich rum, ohne sich zu melden. Hatte er nicht längst auf der Insel zurück sein wollen?

Er überlegte fieberhaft. Natürlich konnten sie das Wortgeplänkel endlos fortsetzen. Er würde trotzdem nicht an dieses Kartenspiel kommen, so viel stand fest. Er brauchte eine Möglichkeit, um Zeit zu gewinnen. Er benötigte Zeugen, musste Rücksprache halten, die Optionen von der rechtlichen Seite abwägen.

Er setzte ein bedenkliches Gesicht auf und versuchte, seiner Stimme eine bedeutungsschwere Ernsthaftigkeit zu verleihen.

»Also gut. Ich werde Sie nicht davon überzeugen wollen, wie gering die Wahrscheinlichkeit ist, dass es sich bei der Karte Ihrer Frau um die gleiche handelt wie die, die wir bei der Toten fanden. Sie haben als Kaufmann genug mathematischen Sachverstand, um das selbst zu wissen.« Er holte tief Luft, als er sah, wie Häuslers Gesicht von einem leisen Triumph überzogen wurde. »Sie haben es gerade gesagt. Eigentlich bin ich aus einem ganz anderen Grund hier. Wir hielten Sie für tot.« Einen winzigen Moment zögerte Martin, ob er mit einer Lüge würde weitermachen können. Dann schob er alle Zweifel beiseite. »Und ich sage Ihnen: Die Gefahr ist nicht vorbei. Ich kann für Ihre Unversehrtheit in diesem Haus nicht garantieren. Deswegen bitte ich Sie, mit mir zur Wache zu kommen. Und Herr Häusler, glauben Sie mir, die Sache ist ernst. Todernst.«

Als er sah, wie Häusler erneut die Farbe in seinem Gesicht verlor, wusste Martin, dass er gewonnen hatte. Wenn auch nur für den Moment.

*

»Bitte, können wir das für heute beenden? Sie sehen doch, in welchem Zustand meine Frau ist.«

Tatsächlich war Britta Merlenbusch mittlerweile in sich zusammengesackt. Aus ihren Augen flossen Tränen, so groß wie Gert sie selten gesehen hatte. In den letzten zehn Minuten waren nur unverständliche, abgehackte Sätze aus ihrem Mund gekommen, unterbrochen von herzzerreißenden Schluchzern.

Gert sah Sabine Hollstein an. Er las in ihrem Gesicht die gleiche Erschöpfung, die sie alle verspürten. Auch das Mitleid, das sie mit der weinenden Frau hatte, konnte sie nicht verbergen.

An dieser Stelle einen Break zu machen, war nur folgerichtig. Wenn er sichergehen konnte, dass dadurch nicht etwas verdeckt werden würde, von dem er nicht wusste, was es sein könnte. Er hasste solche Momente, in denen er die Weichen für die folgenden Ermittlungen stellte. Machte er einen Fehler?

Er verwarf den Gedanken. Sein Job war nun mal keiner, in dem man sich ständig nach allen Seiten absichern konnte.

»Also gut«, knurrte er. Es sollte nicht so wirken, als sei er froh über den Vorschlag.

»Zwei Fragen noch, dann soll es von mir aus gut sein.«

Das Ehepaar nickte.

»Erstens: Können Sie mir versichern, dass Sie mit dem Tod an Petra Mertens nichts zu tun haben?«

Britta Merlenbusch schnappte hörbar nach Luft, während ihr Mann die Augenbrauen zusammenzog und Gert wütend ansah.

Dieser hob eine Hand wie zum Stoppsignal. »Moment! Bevor Sie Ihrer Empörung Luft verleihen. Sie haben nun die Chance offenzulegen, wenn Sie in irgendeiner Form etwas zur Aufklärung beitragen können.«

Die Eheleute schauten sich einen Moment an. Sekundenschnell, bevor beide nach unten auf ihre Hände blickten und stumm den Kopf schüttelten. Merkwürdig synchron. Wie einstudiert. Gert hatte gesehen, wie sich die Augen von Britta Merlenbusch geweitet hatten. Aber er hatte nicht genug in der Hand, um Druck auszuüben.

»Zweite Frage«, schoss er hinterher. »Wo genau waren Sie in der Nacht vom 20. auf den 21. März, Frau Merlenbusch?«

Die Empörung gewann Überhand. Britta Merlenbusch sprang auf. Ihr Gesicht verzog sich zu einer grotesken Maske mit den verquollenen Augen, den Flecken, die die

Tränen auf ihren Wangen hinterlassen hatten, und dem blassen Mund, der wie ein schiefer Schmiss die Miene zerschnitt.

Auch Sabine stand auf und sah Gert verwundert an. Er würde ihr erklären müssen, warum er so plötzlich den konfrontativen Kurs suchte. Würde eingestehen müssen, dass er auf sein Bauchgefühl hörte. Dass ihm die Verwicklung der Merlenbuschs in den Fall Petra Mertens stärker zu sein schien, als das den Anschein hatte. Und wenn er an dieser Stelle das Gespräch abbrach, wollte er das nicht, ohne ein gewisses Maß an Nervosität zu säen. Es würde spannend sein zu sehen, wie die Eheleute damit umgingen. Wie sie bei der nächsten Begegnung daran anknüpfen konnten.

Einzig Roland Merlenbusch ließ sich nicht provozieren.

»Meine Frau war selbstverständlich bei mir. Auch wenn mir schleierhaft ist, weshalb Sie fragen. Reicht Ihnen meine Aussage?«

Gert sah an den verkniffenen Falten der Nasenwurzel und am irritierten Flackern der Augen, dass Merlenbusch keineswegs so gelassen war, wie er vorgab. Und das war gut so. Er unterdrückte ein Grinsen, das unnötig provoziert hätte, und antwortete ernst und sachlich: »Danke, ja. Für heute reicht mir das.«

»Für heute?« Die Frage kam gleichzeitig aus drei Mündern.

»Ja. Ich würde das Gespräch gerne fortsetzen.« Er sah als Erstes die Sozialarbeiterin an. »Ich weiß, was ich zumute. Aber würde es morgen passen? Dass wir noch einmal alle zusammenkommen.«

Sabine Hollstein zuckte lächelnd die Achseln. »Wenn es nötig ist. Selbstverständlich.«

Gert war sich sicher, dass sie viel zu neugierig und interessiert war, um auf ihrem freien Sonntag zu beharren.

Erleichtert stellte er fest, dass sie keine Fragen zu seinem Vorgehen stellte. Umso besser, freute er sich. Denn ihm war es wichtig, dass sie bei den weiteren Gesprächen dabei wäre. Er war sich nicht im Klaren darüber, ob es ihm weiterhin um das Wohl der Kinder ging. Er hoffte, dass sein Wunsch nur professioneller Natur war. Aber sicher war er sich nicht.

»Dann können wir gehen?« Roland Merlenbusch hatte den Arm um seine Frau gelegt.

»Ja, natürlich. Wir sehen uns morgen. Und bitte erschrecken Sie nicht. Die Kosten werden Ihnen erstattet. Wir werden das Gespräch auf Norderney fortsetzen.«

Er zog sein Handy heraus und googelte den Schiffsfahrplan. »Ich lasse Sie um 14.30 Uhr am ›Haus Schiffahrt‹ abholen.«

Das Ehepaar schien zu erleichtert, um Widerspruch einzulegen. Aus Sabines Augen blitzte Abenteuerlust, als er sich verabschiedete, um die Merlenbuschs zu ihrem Hotel zu bringen. Gert kam sich vor wie ein Chauffeur, als die beiden sich im Fond des Wagens eng aneinanderschmiegten und kein Wort sprachen. Der Ausstieg aus seinem Auto kam einer Flucht gleich.

Wenngleich dafür jeder Anlass fehlte, war er seltsam zufrieden mit sich. Hatte das Gefühl, einen Schritt weitergekommen zu sein, obwohl sich das keineswegs mit der Faktenlage deckte. Dennoch drehte er vergnügt das Radio lauter, als Musik von »Santiano« erklang, und sang den Refrain grölend mit.

Sein Blick fiel auf die Uhr. Shit. Es wurde Zeit, nach Norderney überzusetzen. Die nächste Fähre würde in 20 Minuten auslaufen. Das konnte er nur unter Missachtung aller Geschwindigkeitsbegrenzungen schaffen. Kein wirklich zu rechtfertigendes Ansinnen für einen Polizisten. Am besten nahm er zuerst telefonisch Kontakt auf. Mit Aurich und Norderney. Und er brauchte eine Pause.

Das Auto zur Tankstelle zu steuern, eine Cola, einen Schokoriegel, ein Päckchen Kaugummi zu kaufen und dann den Wagen in Norddeich stehen zu lassen, um hoch auf den Deich zu steigen, war eins. Es gab nichts Besseres, als nach den anstrengenden letzten Stunden das Meer vor sich zu haben und den Gedanken freien Lauf zu lassen.

Er musste sich zwingen, das Handy zu nehmen und die Anrufe zu tätigen. Wie erwartet, gab es in Aurich nichts Neues. Das Wochenende ließ grüßen, aber wahrscheinlicher war, dass es keine aktuellen Erkenntnisse gab.

Als er sich mit Martin verbinden ließ, traute er seinen Ohren kaum angesichts der neuen Entwicklung.

»Holy Shit«, grollte er ins Telefon. »Und ihr habt Häusler auf der Wache?«

»Haben wir«, bestätigte Martin. »Und ein Problem. Wir kommen nicht an das heran, was KWK uns sagen wollte. Von ihm kam der Hinweis, dass Häusler vermutlich tot sei. Aber ohne Details …«

»Verstehe. Woran scheitert es?«

»Keine telefonischen Auskünfte der Klinik. Uns sind von der Insel aus die Hände gebunden.«

Gert grinste und trank in langen Schlucken den letzten Rest Cola, bevor er antwortete: »Was für ein Glück, dass ich gerade auf dem Festland bin. Was meinst du? Ein persönlicher Besuch auf der Stroke Unit wäre doch einen Versuch wert.«

Am anderen Ende stöhnte Martin Ziegler. »Das heißt noch eine Fähre später, bis du zurück bist. Was sollen wir solange mit Häusler anfangen?«

»Vielleicht lasst ihr ihn Tarotkarten legen.« Gert lachte über seinen eigenen Witz. »Entschuldigung«, schob er hinterher, als er Martins Schweigen bemerkte. »Aber ehrlich gesagt, einmal Emden und zurück, und dazwischen ein kleines Interview, das wäre gelacht, wenn ich die nächste Fähre nicht schaffen würde.«

Er legte auf. Die nächste Fähre war die seine. Mit einer Aussage von KWK und seinen Ärzten im Gepäck. Er spürte, wie das Adrenalin seine Adern flutete, als er das Auto startete. Endlich gab es was zu tun.

*

Anne knallte die Tür des Schuppens zu. Verdammt, der Samstagnachmittag zerrann ihr zwischen den Fingern. Ihr gemeinsames freies Wochenende hatte sie sich anders vorgestellt. In der ganzen letzten Zeit hatte sie samstags oder sonntags im Krankenhaus Dienst schieben müssen. Und nun hatte sie endlich beide Tage frei – und Martin machte keine Anstalten, die Polizeistation zu verlassen.

Bei allem Verständnis für seinen Beruf, fragte sie sich, warum er die Untersuchungen nicht der Kripo überlassen konnte. Wieso dieser Schneyder keinen zweiten Ermittler an seiner Seite hatte, war das eine. Aber wenn sie Martin eben am Telefon richtig verstanden hatte, trieb jener sich auf dem Festland herum, während Martin mit seinen Leuten einen wichtigen Zeugen festzuhalten und zu bespaßen hatte, bis der Kommissar sich auf die Insel begab. Und selbst dann würde Martin nicht Feierabend machen können, weil er einen entscheidenden Hinweis entdeckt hatte.

Anne schnaubte laut, während sie das Fahrrad auf die Straße schob. Bewegung war das Einzige, was ihr half, wenn sie so wütend war. Hätte sie vorab gewusst, dass Martin dienstlich eingespannt wäre, hätte sie den Tag anders geplant. Eine Freundin auf dem Festland besucht, einen Saunatag im Badehaus eingelegt oder den Film angeschaut, der heute Nachmittag im Kino lief. Alles Sachen, die sie zu selten machte.

Egal. Es half nichts, sich zu ärgern. Vielleicht konnte sie mit Martin wenigstens den Abend verbringen. Sicherheitshalber hatte sie einen Tisch reserviert. Das Selberkochen hatte sie verworfen. Sie beide hatten an einem solchen Tag kein Essen aus ihren Händen verdient, und Martin würde ausnahmsweise froh sein, wenn er nicht kochen musste.

Also war es an ihr, dafür zu sorgen, dass sie ihm nicht mit komplett langem Gesicht im Restaurant gegenübersaß.

Sie trat in die Pedale. Erst mal raus aus der Stadt. Richtung Inselosten. Sie entschied sich, den Weg über die Hauptverkehrsstraßen zu nehmen. Auf Spaziergänger, die ihre Fahrt auf den Dünenwegen ausbremsten, hatte sie absolut keine Lust. Die Bömmelbahn dagegen würde sie mit Leichtigkeit überholen können.

Schon hinter dem Leuchtturm kehrte ihre Gelassenheit zurück. Was soll's, dachte sie. Wir haben nun mal beide Berufe, in denen es keinen Dienst nach Vorschrift gibt. Keine Akten, die sich für zwei Tage schließen lassen, keine Ware, die sich montags noch genauso präsentiert wie am Freitag zuvor, kein Mauerwerk, das sich nach einer Pause weiterbauen ließ. Stattdessen Menschen in Ausnahmesituationen, die auf sie angewiesen waren. Auf ihre Verlässlichkeit, auf ihre Professionalität und auf ihre Bereitschaft, Privates zurückzustellen. Martin hatte alles Recht der Welt, sich so zu entscheiden, wie er es getan hatte.

Sie radelte bis zum Parkplatz Ostheller. Der letzte Punkt der Insel, zu dem man mit Rädern fahren konnte. Ab hier ging es nur zu Fuß weiter.

Für die Wanderung durch die Salzwiesen zum Wrack am Inselende war es zu spät. Anne seufzte. Martin wäre sicher nicht amüsiert, wenn sie einen Notruf absetzen müsste, weil sie in der Dunkelheit nicht zurückfand. Aber sie nahm sich fest vor, an einem der nächsten freien Wochenenden mit Martin zusammen zum Wrack zu laufen. Schade, dass sie als Inselbewohner zu selten die Inselschönheiten für sich nutzten. Der Weg durch die unberührte Natur Richtung Baltrum gehörte unbedingt dazu.

Sie schloss ihr Fahrrad ab und folgte dem Strandweg. Wenigstens ein paar Minuten wollte sie dem Wellenspiel zusehen, bevor sie den Rückweg antrat. Dem Sonnenuntergang entgegen.

Noch stand die Sonne so, dass sie das Meer zum Glitzern brachte. Anne atmete tief durch, als sie am Dünendurchgang auf die Weite des Strandes und der Nordsee blickte. Fernab der Touristen war die Macht der Elemente körperlich spürbar. Das ungestüme Wasser, die gleißende Sonne, die salzige Luft, der sandige Boden. Alles nicht vom Menschen gemacht, alles vom Menschen unabhängig. Eine Gänsehaut überlief sie.

Wie immer, wenn sie anerkennen musste, dass es im Leben Dinge gab, die zu groß und zu mächtig waren, um sie in aller Konsequenz zu besiegen. Als Ärztin wusste sie das nur zu gut. An manchen Tagen führte das zu Aufbegehren, aber an einem Tag wie heute zu Demut. Wer war sie, wer waren sie alle in dem großen Geheimnis, das sich Universum nannte? Ein kleines Rad, ein Puzzlestück, ein Kasperle im weltumspannenden Puppentheater – sonst nichts.

Anne streckte ihre Arme in die Luft, hob den Blick und atmete tief ein. Was für schwerwiegende Gedanken sie erfasst hatten. Sie warf dem Meer einen letzten Blick zu. Es wurde Zeit umzukehren.

Der Zusammenstoß und seine gemurmelten Worte an ihrem Ohr erfolgten gleichzeitig. Wie lange er schon hinter ihr gestanden haben mochte?

Anne schrie vor Schreck auf. »Was?«, stieß sie hervor, weil der Sinn seiner Frage sich in ihrem Kopf nicht entschlüsseln ließ. »Was?«, wiederholte sie. »Was ist mit Jupiter?«

*

Am gelben Ortsschild hielten sie an. Ruth strich ihre Haare mit beiden Händen zurück.

»Erpel«, las sie. »Was für ein ulkiger Name.«

»Habe ich dir doch erzählt: Vor Jahren gab es einen Wettbewerb, bei dem sich das ganze Dorf in Donald Ducks Entenhausen verwandeln musste. Wo hätte das besser hingepasst als hier?«, lachte Oskar.

»Hört sich nach einem besonderen Menschenschlag an.«

Er schüttelte den Kopf. »Typische Rheinländer. Haben jederzeit Spaß am Feiern und Verkleiden.«

Ruth lächelte, obwohl sie ein unbehagliches Ziehen in der Magengegend verspürte. Schließlich gehörte Oskar selbst zu dieser Spezies. Im Gegensatz zu ihr.

»Wollen wir direkt zum Tunnel und schauen, ob es noch Karten gibt?« Oskar sah auf seine Uhr, glücklicherweise bemerkte er ihre verhaltene Reaktion nicht. »Dann schieben wir die Räder am besten an der Promenade lang.«

Ruth war es recht. Auch, ob die Veranstaltung geschlossen wäre oder nicht. Zwar fand sie das Thema vom Titel her spannend, und die Ankündigung las sich interessant. Aber andererseits reizte der Ausstellungsort sie bei diesem herrlichen Wetter so gar nicht. Ein Tunnel! Sie schüttelte sich. Nicht, dass sie klaustrophobisch wäre. Aber Licht und Helligkeit punkteten bei ihr deutlich mehr.

»Was ist los?« Oskar wurde aufmerksam.

Sie zuckte die Schultern.

»Keine Lust auf Kultur?« Er sah sie von der Seite an. »Ich dachte, es wäre das Richtige für dich.«

»Schon.«

»Aber irgendetwas ist doch?«

Sie schüttelte den Kopf energischer, als es nötig war, und kam sich albern vor. Wäre sie ehrlich, würde sie sagen müssen, dass sie sich über diese Recherchenummer ärgerte. Auch wenn er zurückgerudert war. Er hatte ihr zwar die alte Villa der Familie von Möwitz gezeigt und hinzugefügt, dass sie längst in anderer Hand sei, aber nachdem sie nicht einmal gefragt hatte, woher er das wisse, hatte er geschwiegen.

Sie beschloss, es dem Zufall zu überlassen. Vielleicht war die Teilnahme an der Vernissage nicht mehr möglich, und wenn doch, würde sie sich dem Kulturprogramm widmen. Sollte Oskar eben recherchieren, so viel er wollte.

Und deswegen war es keine Frage.

Aus dem Tunnel, dessen Stahltür weit offen stand, klangen stimmungsvolle Bluesklänge. Ruth hörte ein Saxophon und einen Kontrabass heraus und war augenblicklich elektrisiert. Eine Lichtinstallation aus blauen und violetten Tönen im ansonsten dunklen Raum weckte die Assoziation eines Clubbesuchs. Ruth fragte sich, wie sich das mit der Bilderausstellung vereinbaren ließ, und vermehrte ihre

Neugierde. Vor dem Tunnel war eine provisorische Kasse aufgebaut. An Stehtischen standen einige der Vernissagebesucher mit dem Proseccoglas in der einen und dem obligatorischen Fingerfoodhäppchen in der anderen Hand und hielten ihre sonnenbebrillten Gesichter in die warme Luft. Erleichtert nahm Ruth zur Kenntnis, dass legere Kleidung gefragt war. Cocktailkleidvernissagen waren nichts für sie, aber angesichts des Ausstellungsortes hatte sie gehofft, dass sie in ihren Jeans nicht auffielen.

Oskar hatte zweimal Eintritt gelöst, und mit einem halben Ohr hörte sie die Fragen, die er dabei stellte. Ja, Frau von Möwitz sei eine der Ausstellerinnen, hatte die Dame an der Kasse, die ihre künstlerische Seele mit einem wagenradgroßen Hut ausdrückte, geantwortet. Ja, sie würden mit ihrer Anwesenheit rechnen, hatte sie kryptisch hinzugefügt.

»Ist die Ausstellung eröffnet?«, fragte Ruth. So ganz verstand sie die Gleichzeitigkeit des Angebots nicht.

»Nein, natürlich nicht«, näselte die Kassiererin von oben herab.

Ruth wandte sich ab. Was für eine dumme Kuh! Oskars Fragen hatte sie vernünftig beantwortet.

»In ziemlich genau 18 Minuten«, hallte es in ihrem Rücken. Ruth drehte den Kopf und sah, dass die Antwort Oskar galt, verbunden mit einem strahlenden Lächeln, das sich beinahe auf beiden Seiten bis zur Hutkrempe zog.

Ruth ließ die zwei zurück und folgte den souligen Klängen. »Just now! mit Yassmo' and friends«, hatte auf den Plakaten am Eingang gestanden. Das Quartett stand nicht wie erwartet auf einer Bühne, sondern hatte sich in der Mitte des weiten Gewölbes rautenförmig angeordnet. Das Publikum gruppierte sich rundherum, und alle wiegten sich im Rhythmus der Musik. Auf den ersten Blick konnte Ruth nichts von einer Kunstausstellung sehen, dafür war es zu voll.

Sie trat näher an die Band heran. Der Sänger forderte sie alle zum Klatschen und Mitsingen der eingängigen Refrainzeile auf. Stumm bewegte Ruth ihre Lippen und kreiste mit den Hüften im Takt. Sehr melodiöse Musik, nur ansatzweise jazzig, genau das, was sie gerne hörte. Sie freute sich, dass sie die Gelegenheit nicht aus Trotz gegenüber Oskar verpasst hatte.

Oskar! Sie drehte sich um. Wollte ihm ein Zeichen geben, damit er sie im dunklen Licht nicht übersah. Sie kniff die Augen zusammen. Im hellen Schein, der am Tunneleingang von draußen hereindrang, sah sie ihn nicht. Sie ließ den Blick schweifen. Ihr fiel die kleine Bar auf, die sich rechts hinter ihr befand. Dort hatte sich Oskar angestellt. Die Schlange der Wartenden bestand aus vier Personen, die sich alle zu ihm herumgedreht hatten. Ruth musste grinsen. Wie er das nur machte. Egal, wo er war, er kam immer in Windeseile mit anderen Menschen in Kontakt. Nicht die schlechteste Eigenschaft für einen Journalisten. Obwohl er selbst nichts Aufdringliches hatte, man ihn kaum als übermäßig extrovertiert bezeichnen konnte. Im Gegenteil. Er war einer der wenigen Menschen, denen sie in den letzten Jahren begegnet war, der zuhören konnte. Zuhören im klassischen, altmodischen Stil. Mit gezielten Fragen an den jeweils richtigen Stellen. Und vertrauenserweckend war er. Mit den braunen Augen, die hinter den Brillengläsern funkelten. Echtem Glas, wie sie mittlerweile wusste. Nicht nur Fensterglas in der Absicht, andere zu betören. Ruth ließ sich in die Musik fallen und genoss die Wärme, die ihren Körper flutete, während sie Oskar beobachtete. Ein Menschenfischer war er, dieser Oskar. Aber einer der guten. Dem man gerne ins Netz gehen durfte. Keine Frage. Auch wenn sie mit solch einer Einschätzung schon einmal einem großen Irrtum aufgesessen war.

Unwirsch wischte sie den Gedanken beiseite. Daran wollte sie nicht denken. Nicht hier und jetzt. In einem Moment, in dem alles gut schien. Wenn es das denn gab. Als Psychologin war ihr bewusst, dass Glück kein Dauerzustand war. Gerade deswegen galt es, jeden einzelnen Augenblick wertzuschätzen. Leben in der Gegenwart. Weder in der Zukunft noch in der Vergangenheit. Just now!

Sie hob die Hand, um Oskar zu winken, der seinerseits seinen Blick umherschweifen ließ. Als er sie entdeckte, hob er einen Daumen. Wahrscheinlich war er mitten in seiner Recherche. Martin würde sich freuen, wenn Oskar etwas ausgrub, was die Ermittlungen auf Norderney voranbrachte.

Sie machte Oskar ein Zeichen, dass sie sich in den Tunnel vorkämpfen würde. Wahrscheinlich war es angesichts der vielen Besucher nicht schlecht, wenn sie sich einen guten Platz für die Ausstellungseröffnung sichern konnte.

Mehrfach musste sie sich entschuldigen, weil die Menschen sich über die Tunnelbreite verteilt hatten. Aber dann war sie am anderen Ende der Band-Raute angekommen, und vor ihr eröffnete sich eine Bühne, die sich weit nach hinten ins Dunkle hineinstreckte. An drei Seiten war das Podest mit einem schweren, schwarzen Theatervorhang abgeteilt, sodass von rechts und links ein Zugang zum Backstage-Bereich möglich war. Die Lichtspots erhellten den hinteren Teil des Raumes noch nicht. Alles, was sie sah, waren Staffeleien unterschiedlicher Größe und Höhe, die aus dem diffusen Grau skelettartig herausragten. Alle mit dem Rücken zu ihr gedreht. Auf ihnen waren die Bilder arrangiert. Ruth staunte. Was für ein ungewöhnliches

Konzept. Sie war gespannt, wie die Präsentation vonstattengehen würde.

Gerade wollte sie sich der Soul-Band zuwenden. Die Musik bewegte sich auf einen Höhepunkt zu. Die Erregung der Instrumente sprang auf sie über. Als zöge was an ihr, in ihr. Da sah sie aus den Augenwinkeln eine Bewegung am hinteren Ende der Bühne. Der Vorhang bauschte sich kurz, etwas blitzte auf.

Ein einziger Lichtspot kam aus dem Nichts und lenkte ihren Blick.

Sie zuckte zusammen.

Sie sah in den Lauf einer Pistole, die geradewegs auf sie gerichtet war.

*

Die Frau war ihm auf der Fähre aufgefallen. Neben all den Wind- und Wetterjacken hatte sie beim Anlegen in einem dünnen Trenchcoat am Ausgang der »Frisia« auf das Öffnen der Türen gewartet und schließlich einen überdimensionierten Wollschal aus ihrer geräumigen Businesstasche gezogen. Gert war hinter ihr ausgestiegen und hatte sich über ihre kleinen Trippelschritte geärgert. Ein Blick auf die Absätze hatte diese zwar erklärt, minderte aber nicht seinen Ärger. Und nun stand sie zeitgleich mit ihm vor der gläsernen Eingangstür der Norderneyer Polizeistation.

Während er eilig in den Bus gehüpft war, der unmittelbar nach seinem Einsteigen losfuhr, hatte sie sich ein Taxi gegönnt, obwohl er am Hafen keines hatte stehen sehen. Aber gerade war sie eindeutig aus einem ausgestiegen, und der Fahrer hatte ihre Tasche aus dem Kofferraum geholt.

»Gerne nach Ihnen«, sagte er, während er überlegte, ob

sie Häuslers Anwältin war. Dann würde er ihr zu erklären haben, warum er unbedingt damit einverstanden gewesen war, diesen auf der Wache festzuhalten. Na großartig, dachte er, plötzlich müde angesichts der Gespräche, die er heute geführt hatte. Anstrengend und trotzdem ergebnislos. Mithin die schlimmste Kombi von allem.

Martin erschien auf ihr Klingeln im Flur, und Gert konnte durch die Glasscheibe sein Erstaunen erkennen. Schnell schnitt er eine Grimasse, um zu signalisieren, dass er keine Ahnung hatte, mit wem er es zu tun hatte. War ja auch so. Außer, dass das ganze Auftreten die Anwältin verriet.

Perplex nahm er deswegen zur Kenntnis, wie Martin die Frau begrüßte. Verflixt, ihn ließ sein Instinkt im Stich. Es sei denn – aber das wäre dann des Zufalls zu viel.

Als hätte Martin seine Überlegungen erraten, stellte er ihm Alexandra Häusler vor. »Sie ist nicht nur Ehefrau unseres Bürgermeisterkandidaten, sondern auch Mitinhaberin des Immobilienbüros«, ergänzte er.

Frau Häusler nickte knapp, aber hoheitsvoll. »Und Sie sind …?«, ließ sie die Frage in der Luft hängen.

»Herr Schneyder leitet die Ermittlungen in der Tötungssache Mertens«, sprudelte Martin los, bevor er reagieren konnte. »Kripo natürlich.« Es klang gewichtiger, als Gert sich bisher fühlte. Aber womöglich tat Martin gut daran, das Ganze aufzublähen. Häusler würde ihnen sicher eine Menge Ärger bescheren.

So war es.

Kaum hatten sie gemeinsam den Raum betreten, begann der große Auftritt Malte Häuslers, der alle Register zog. Abwechselnd zeigte er Zorn, Unverständnis und Empörung, um sich dann in jovialer Herablassung zu Mitarbeit und Kooperation zu bekennen. Niemand von ihnen kam zu Wort, weil Häusler einen jeden sofort unterbrach. Seine Frau auch. Deren Gesichtsausdruck schwankte anfangs zwischen Mitgefühl und Entsetzen, aber selbst ihr schien der Strudel voller Vorwürfe, in die Häusler sie alle zog, zu viel.

So energisch, dass jeder erschrak, haute sie schließlich auf den Tisch. Gert sah zu seiner Verwunderung, dass dies mit einem der Pumps geschah, den sie sich im Handumdrehen vom Fuß gestreift haben musste.

»Schluss jetzt«, stieß sie hervor. Gert fiel erst mit der Härte des gesprochenen Wortes der leicht slawische Akzent auf. »Was ist los?« Sie wandte sich keineswegs an ihren Gatten, sondern sah herausfordernd zu Martin und ihm.

Als hätte sie eine Kerze ausgeblasen, sackte ihr Mann augenblicklich in ihrem Rücken zusammen und vergrub das Gesicht in seine Hände.

Martin deutete mit dem Finger auf sich, um zu übernehmen. Gert war das recht, da er zu wenig die Ereignisse der letzten Stunden überblickte.

Ohne Zeit zu verlieren, ging er sofort in medias res.

»Das Rad des Schicksals, Frau Häusler, was sagt Ihnen das?«

Alexandra Häusler hob die Hände. »Das Rad des was? Herr Ziegler, Sie reden in Rätseln.« Mit jedem Wort wurde die Stimme kälter.

Gert sah, wie Häusler die Fingerspitzen in seine Stirn presste. Innerhalb weniger Minuten war aus einem herrischen Mann ein zagendes Etwas geworden. Gert hatte keine Ahnung, was gespielt wurde, aber der Hauch einer Idee setzte sich in seinem Kopf fest.

»Wunderbar, Frau Häusler, Sie haben uns sehr geholfen. Ich denke, das wird Ihren Mann ermuntern, intensiv mit uns zusammenzuarbeiten.« Martin zwinkerte Gert verstohlen zu.

»Was – ist – hier – los?« Die Pumps waren wieder an den Füßen, und die zierliche Frau sprang auf. »Malte, sprich!«

Häusler schien nichts weniger zu wollen. Nicht einmal den Blick hob er. Gert konnte es nicht fassen, wie schnell ein Bürgermeisterkandidat zu demontieren war. Zumindest im Privaten, von der eigenen Ehefrau.

»Lassen Sie mich erklären.« Martins Stimme war sanft. Gert wusste nicht, wen der Eheleute er besänftigen wollte. »Ihr Mann berichtete von Ihrem Faible für das Tarotspiel. Von Glückskarten, die Sie bei sich tragen. Ich gehe davon aus …«

Er konnte nicht zu Ende sprechen.

»Tarot?« Abfälliger konnte man ein Wort nicht aussprechen.

»Sie können uns also nicht die Anwesenheit eines Tarotspiels in Ihrem Haus erklären?«

»Nein.« Sie zog das Wort bewusst lang und machte es so zu einer Frage in Richtung ihres Mannes. Dieser blickte zum ersten Mal zwischen seinen Fingern durch, einem Kleinkind gleich, das glaubt, hinter den Händen unsichtbar zu sein.

»Herr Häusler?« Martin gab den Ball weiter. Unaufgeregt. Sachlich. Das gefiel Gert. Ziegler schien ein guter Mann.

Kraftlos ließ Häusler die Hände sinken. Mit leiser Stimme gab er zurück: »Warum reiten Sie so auf den Tarotkarten herum? Glauben Sie mir, das ist die falsche Fährte. Warum erzählen Sie meiner Frau nicht endlich, warum Sie eigentlich in unserem Haus waren.« Er richtete sich auf. »Kommen Sie, Ziegler, sagen Sie es. Sagen Sie Alex, dass Sie mich für tot hielten.« Erneut sackte er ein Stück ein, nahm die Hände hoch, stützte seinen Kopf. »Auch wenn ich immer noch nicht weiß, wieso.«

Alexandra Häusler stand der Mund offen. »Tot?«, hauchte sie.

Gert fand das Wechselspiel der Emotionen der Eheleute faszinierend. Er kam sich vor wie in einem inszenierten Kammerspiel. Ob es möglich war, dass die beiden einen Vorrat an Rollen einstudiert hatten, die sie nach Belieben abrufen konnten? Es war kaum vorstellbar.

Martin stand auf. Sah einmal in die Runde. »Ja«, gab er zu. »Wir haben dazu eine Meldung bekommen.«

»Eine Meldung? Wer soll das gemeldet haben?« Häusler gewann mit dem Themenwechsel Oberhand.

Gert hob die Hand. »Die Meldung kam von Klaas Wilko Kroll.«

Häusler lachte leicht hysterisch. »Von Klaas Wilko?«

»Richtig.« Gert fasste sich an die Nase und überlegte einen Moment, wie viel er sagen konnte. »Das Ganze wirkte glaubwürdig und ernst, nicht wahr, Martin?«

Dieser stimmte ihm nickend zu.

»Extrem glaubwürdig, weil Kroll vor lauter Aufregung einen Schlaganfall zu haben schien.«

»Einen Schlaganfall?«, echote Häusler.

»Zum Glück war es keiner, sondern eine Vorstufe. Eine sogenannte TIA.« Gert zog einen Zettel aus der Tasche. »Eine transitorische ischämische Attacke. Schlaganfallsymptome, die sich innerhalb kürzester Zeit zurückbilden.«

»Du konntest mit ihm reden?«, hakte Martin ein.

»Ja, mit ihm und seiner Frau. Auch wenn die Ärzte das nicht gut fanden. Aber immerhin, es geht ihm deutlich besser. Vor allem ist die Sprache wieder vollständig da.«

»Gut zu hören.« Martin atmete erleichtert aus.

»Absolut.« Gert schwieg, bis Häusler ihn fragend ansah. »Denn so konnte er uns eine Erklärung abliefern. Ein fragwürdiger Besuch und eine geöffnete Haustür.« Er fasste mit wenigen Sätzen zusammen, was Kroll gesehen hatte und welche Schlussfolgerungen seine überbordende Fantasie gespielt hatten.

»Ist nicht wahr?« Häusler verfiel in krächzendes Lachen. »Und daraus hat sich dann …« Er sprach nicht zu Ende, sondern zeigte in die Runde. »… das hier entwickelt?«

»Ganz recht.« Gert stand auf und stellte sich neben Martin, der mit dem Rücken an der Tür lehnte.

Alexandra Häusler starrte ihn unverwandt an. In den letzten Minuten war sie blasser geworden, hatte dunkle Ringe unter den Augen. Vielleicht täuschte ihn der veränderte Blickwinkel.

»Immerhin«, warf er ein und ließ bewusst ein Spannungsmoment verstreichen, »sind uns daraus neue Erkenntnisse erwachsen.«

»Die Tarotkarten.« Häusler klang resigniert.

»Richtig, die Tarotkarten. Aber anders, als Sie denken: Gundula Kroll, KWKs Ehefrau, hat mich in der Klinik beiseite genommen. KWK weiß von der ganzen Sache nichts. Sie hat dem erst eine ernsthafte Bedeutung zugemessen, als ihr Mann auf dem Weg ins Krankenhaus war. Und sie ist kaum zu beruhigen. Auch wenn es offensichtlich keinen Zusammenhang gibt.«

»Jetzt bin ich aber neugierig.« Martin stieß sich von der Tür ab und drehte sich zu Gert.

»Gundula hat eine Tarotkarte abgefangen, die für ihren Mann gedacht war. Möglicherweise als Drohung. Dass es ihm so ergehen könnte wie Petra Mertens.«

»Was?« Martin schien augenblicklich voller Adrenalin. Wie es eben sein musste bei einem guten Ermittler, stellte Gert zufrieden fest.

Ein lang gezogenes Fiepen ließ ihn zu Häusler blicken, der mit der Luft kämpfte. Mit einer Hand tastete er nach seiner Jackettasche.

»Das Asthmaspray?«, fragte Martin, der sich auskannte.

Häusler schüttelte den Kopf. Aus der Tasche zog er das Kartenspiel. Er hatte darauf bestanden, es mitzunehmen, wahrscheinlich in Sorge, Martin könne hinter seinem Rücken eine Beschlagnahmung veranlassen.

Gert trat an den Tisch und streckte die Finger danach aus.

Häusler schüttelte hustend den Kopf und legte fest die Hand darauf.

»Die Karten, die Petra Mertens und KWK erhalten haben, sind aus Ihrem Spiel, Häusler?« Martin sprach sanft. »Und Sie machen reinen Tisch? Geben es zu?«

»Irrtum.« Häusler krächzte zwar, aber seine Stimme klang bestimmt. »In meinem Tarotspiel fehlt keine Karte. Keine einzige. Im Gegenteil. Auch ich habe eine zu viel. Ist das nicht seltsam?«

※

Der Schuss, das Erlöschen des Lichts, das Verstummen der Musik und der Gespräche – alles schien gleichzeitig zu passieren. Das Einzige, was danach zu hören war, kam aus ihrer eigenen Kehle. Ruth schrie. Drehte sich dabei auf dem Absatz, um in der Dunkelheit nach Oskar zu suchen.

Erst als das Klatschen aufbrandete, fiel der Groschen bei ihr. Nein, die Menschen bejubelten nicht sie, auch wenn sie zu ihr sahen, sondern die Künstler, die die Bühne betraten, die Staffeleien drehten und sich neben ihren Bildern aufstellten. Der Startschuss zur Vernissage war gefallen. Jetzt setzte das Schlagzeug ein und erzeugte mit einem Trommelwirbel, der sich durch die Tunnelwände verstärkte, eine elektrisierende Spannung. Ruth musste lachen. Oskar hatte sie mit seinen Recherchegeschichten ganz schön angefixt. So sehr, dass sie selbst in allem das Böse vermutete. Aber wer konnte ahnen, dass der Revolverschuss Teil der Kunstausstellung war.

Gerade im Augenblick hatte Oskar sie erspäht und kam mit zwei Gläsern in der Hand zu ihr. Mit einem Seufzer lehnte sie sich in seinen Arm und spürte mehr, als dass sie es sehen konnte, seinen verwunderten Blick. Aber er nutzte die Gelegenheit und zog sie ein Stück näher zu sich heran. Ihr war es nur recht.

Nun fuhr ein Bühnenspot über die einzelnen Kunstwerke und verharrte für einen Moment auf ihnen, während eine tiefe Mikrofonstimme den Namen des jeweiligen Künstlers benannte. Ruth lauschte konzentriert. Tatsächlich waren zwei der Ausstellerinnen kein unbeschriebenes Blatt für sie. In Gedanken zollte sie den Veranstaltern Respekt. Das hier war keineswegs eine Ausstellung malender Hausfrauen. Obwohl sie dagegen nichts hätte. Schließlich war sie selbst in einer Hobby-Künstler-Gruppe und wusste, dass sich Talent nicht ausschließlich an Bekanntheit und Erfolg messen ließ. Denn zu Letzterem bedurfte es einer gehörigen Portion Glück – und guter Beziehungen.

Oskar stupste sie mit dem Finger an, als der Name Elisabeth von Möwitz fiel. Also war es tatsächlich so, dass sie einen Berührungspunkt zum Norderneyer Todesfall hatten. Die Härchen an ihren Armen stellten sich auf. Sie wusste nicht, ob aus Furcht, gegen ihren Willen in den Fall hineingezogen zu werden, oder aus Ermittlerinstinkt und beruflich bedingter Neugierde. Sie versuchte einen Blick auf diese Betty zu ergattern, aber sie stand im grauen Schatten, mindestens einen Meter neben der Staffelei, während die anderen Künstler sich so platziert hatten, dass das Licht des Spots sie erfasste.

Nach dieser Blitzrunde traten die Aussteller unter Applaus von der Bühne ab. Die Band spielte dazu leichte Soulmusik. Ruth fühlte sich an die Atmosphäre einer Modenschau erinnert. Nicht, dass sie schon jemals eine besucht hätte. Der Gedanke daran war geradezu lächerlich. Es sei denn, es wäre um eine Jeans und T-Shirt-Kollektion gegangen. Aber das, was sie von den großen Schauen in Frankreich und Italien gesehen hatte, wies in der Inszenierung Ähnlichkeiten auf. Prompt schlug sie sich die Hand vors Gesicht, als im selben Augenblick ein Mann die Bühne betrat, dem man eine versuchte Annäherung an Karl Lagerfeld nicht absprechen konnte. Frack, Stehkragen, weißer Pferdeschwanz. Allerdings eine relativ junge Erscheinung. Vielleicht Mitte 30, keineswegs älter als 40. In seiner Begleitung eine schmale, große Frau, deren dunkle Haare von feinen Silberfäden durchzogen waren, was sich seltsamerweise genau in dem Stoff des Kleides wiederholte. Ruth war baff über die modische Geschicklichkeit anderer Menschen, weil ihr dafür jedes Gespür abging.

Die beiden stellten sich als Bürgermeisterin des Weinortes und Vorsitzender des örtlichen Kulturvereines vor. Ihre Ausführungen zur Ausstellung wurden kurz und knackig, mit viel rheinischem Humor vorgetragen. Die künstlerischen Aspekte bargen eine Menge Innovation und eine beachtliche Bandbreite von fotografischer Kunst über abstrakte Techniken bis hin zu neuartigen Verbindungen aus

Malerei und Digitalisierung. Ruth verdrehte bei Letzterem die Augen. Vielleicht war sie mit fast 50 zu alt und zu konservativ. In ihrer Vorstellung sollte sich die Kunst gegen die allzu schnelle Vereinnahmung durch die Moderne wehren. Andererseits: Wer, wenn nicht die Künstler mit ihren Werken, stieß neue Denkprozesse an? Sie würde sich also überraschen lassen und danach ein Urteil bilden.

»Klingt ziemlich aufregend, meinst du nicht auch?«
»›Bodymind‹«, hauchte Oskar ihr ins Ohr, während ein neugierig warmer Applaus zur Ausstellung überleitete. In der nächsten Stunde würden die Werke durch die Künstler vorgestellt. 13 Bilder, in jeweils vier Minuten, vom Erschaffer präsentiert. Form und Stil frei gewählt. Poetry Slam, wissenschaftlicher Exkurs, die Erläuterung der Pinseltechnik, ein Lied – alles war möglich, alles war erlaubt. Ein Raunen hatte die Ankündigung begleitet. Immerhin schien Ruth nicht die Einzige, für die diese Art Vernissage Neuland war.

Neuland, das sie großartig fand. Selten hatte sie so spannende 60 Minuten erlebt. Ein Highlight löste das andere ab. Sowohl Bilder als auch die Präsentation hätten nicht von größerem Kontrast sein können. Manches bewegte mehr, aber alles war durchdacht und von beeindruckender Tiefe. Insbesondere das fotorealistische Gemälde, das eine Mutter während der Geburt zeigte, mit all den widersprüchlichen Emotionen, die der Körper in diesem Augenblick ausdrückte – Schmerz, Sehnsucht, Weite, Intimität, Hoffen, Zukunft, Ausgeliefertsein – war schon aus der Entfernung faszinierend, und Ruth würde es sich später von Nahem genau anschauen wollen. Die typischen Laute aus einem Kreißsaal, das Stöhnen, die leise, aber unaufgeregte Aufforderung zu atmen, die Herztöne vom CTG, unterstrichen die plastische Wirkung des Bildes und sorgten für einen Moment andächtiger Stille.

Dann wiederum eine ansteckende Heiterkeit, als ein cartoonartiges Gemälde über den Fitnesswahn von einem Künstler präsentiert wurde, der innerhalb der vier Minuten Rotwein und Chips in Rekordgeschwindigkeit in sich hineinstopfte.

Das Bild einer sichtbar alten und kranken Dame, mit einem Vergrößerungsglas über ein Buch gebeugt, wurde begleitet von einem anrührenden Text eines jungen Mädchens, der von den Sehnsüchten der Großmutter nach Liebe und Romantik bis zu ihrem Lebensende erzählte.

Jedes Bild eine Geschichte. Jedes Bild ein Mensch.

Ruth spürte, wie diese Art der Ausstellung etwas mit den Besuchern machte. Hier ging es nicht um »sehen und gesehen werden«, nicht um Häppchen oder teuren Sekt. Eine seltsame Ruhe und Gelassenheit hatte sich ausgebreitet. Die Zuschauer ließen sich auf die Geschichten ein. Lächelten einander zu. Mal freudig, mal mitfühlend. Niemand, der nicht berührt wurde.

»Wunderbar, wirklich ganz wunderbar.« Ruth drückt Oskars Hand. »Da hast du wirklich etwas ganz Besonderes für uns ausgesucht.«

Oskar grinste schelmisch. »Für dich nur das Beste, weißt du doch.«

»Weil es so gut ist, verzeihe ich dir die Nebenabsichten. Recherche und so.«

»Wart ab. Da kommt noch was.«

Langsam fieberte Ruth der Präsentation des letzten Bildes entgegen. Elisabeth von Möwitz. Gerade die Tatsache, dass sie als exaltiert beschrieben wurde, konnte für den künstlerischen Ausdruck eine Verstärkung sein. Wenn sie darin ein Ventil für innere Prozesse fand, umso besser, dachte Ruth. So etwas erlebte sie im psychologischen Alltag immer wieder.

Dann war es so weit. Betty von Möwitz trat mit unsicheren Trippelschritten auf die Bühne. Ihr breiter Mund war zu einem schiefen Lächeln verzogen. Sie hatte braune, fein gelockte Wallehaare, die ihr weit über die Schultern fielen und die sie mit einem bunten Haarband aus dem Gesicht hielt. Ruth fand, dass die Augen angstgeweitet waren, aber das konnte auf die Entfernung hineininterpretiert sein. Das Kleid, das die alterslos wirkende Frau anhatte, griff die gelben und grünen Farben des Haarbandes auf. An den Füßen trug sie keine Schuhe, was Ruth ein Grinsen entlockte. Eine ziemlich plakative Art, sich als Künstlerin zu geben. Über der Brust kreuzten sich zwei Bänder, aber erst als Betty von Möwitz sich drehte, konnte man sehen, dass es ein Wickeltuch war, in dem sie einen Säugling auf dem Rücken trug. Ruth sah Oskar erstaunt an.

Es waren nur Sekunden gewesen, die ihr einen Blick auf die Frau ermöglichten. Die Frau, die die Schwägerin der toten Bürgermeisterkandidatin auf Norderney war. Ruth schüttelte den Kopf. Erstaunlich, wie sich Wege überschnitten und verbanden. Während dieser Gedanken ging das Licht aus. Plötzlich war es stockfinster. Jemand musste die Eingangstür geschlossen haben. Alle Gespräche verstummten auf einen Schlag. Diesmal setzte keine Musik ein, und Ruth tastete nach Oskars Hand. Stille und Dunkelheit waren eine schwer auszuhaltende Kombi, selbst wenn sie nur kurz währten.

Nichts für Menschen mit Panikattacken, war der eine Gedanke. Als dann plötzlich unvermittelt ein grelles Flashlight einsetzte, kam der nächste: Hoffentlich leidet niemand an Epilepsie. Sie fasste sich mit der Hand an die Stirn. Manchmal fiel es ihr wirklich schwer, jeglichen beruflichen Kontext hinter sich zu lassen. Aber das sollte sie. Heute war sie nur der Kunst halber hier.

Sie stellte sich auf die Zehenspitzen, in der Hoffnung, besser sehen zu können, was auf der Bühne passierte. Das Blitzlicht stoppte. Nebel zog auf, und der typische Geruch von Trockeneis verbreitete sich im Tunnel. Klaustrophobie, flüsterte das Psychologenhirn.

»Das ist alles eine Reminiszenz an den Rockpalast, diese Disco, die ich dir gezeigt habe«, hörte sie Oskar sagen.

Ruth starrte nach vorne. »Okay, mag sein. Aber das Kind. Das Licht und der Nebel sind wohl kaum das Richtige.«

Im Nebeldunst leuchtete ein Spot die Leinwand aus. Großflächig. Quadratisch. Jeweils ungefähr ein Meter. Schwarz. Zur Mitte hin eine dünne weiße Rahmenlinie. Sie umschließt einen Hohlraum, in dem ein Tablett untergebracht scheint. Ein dunkler Bildschirm. Schwarzes Nichts.

Ruth dachte gerade über die mögliche Bedeutung nach, als das Licht erneut erlosch. Laute Musik, viel zu laut, viel zu hart, viel zu aggressiv, ertönte. Hard Rock, Heavy Metal, irgendwie so etwas, sie kannte sich nicht aus. Mit den Fingern verschloss sie ihre Ohren. Glaubte, das Trommelfell schützen zu müssen. So plötzlich, wie sie gekommen waren, so schnell versiegten die Töne. Eine vollkommene Ruhe lag im Raum. Gespenstisch. Unheilvoll.

Und dann flackerte der Bildschirm. Verwackelte Aufnahmen wie bei einem alten Schwarz-Weiß-Film. Nach und nach beruhigte sich das Bild. Zoomte das Geschehen heran. Ruth konnte erst gar nichts erkennen. Sah nur den Zeitstrahl, der am unteren Bildrand lief. 30 Sekunden. Passt, dachte sie. Mehr blieb nicht für vier Minuten mit all dem ganzen Vorgeplänkel. Sie kniff die Augen zusammen. Um sie herum hörte sie die Leute murmeln. Leise erst, dann lauter. Lachen, Empörung, Unverständnis. Auf dem Bildschirm: ein Gesicht, Schnitt, ein herabhängender Arm, Schnitt, ein offen stehender Mund, Schnitt, riesige Augen, Schnitt. 15 Sekunden. Ohne eindeutige Details, wusste Ruth, worum es geht. Sex. Jeder einzelne Körperteil erzählte davon. Der Bildschirm wurde schwarz. Das Bild flackerte. Zehn Sekunden. Ein Gynäkologenstuhl. Schnitt. Ein weit geöffneter Unterleib. Schnitt. Eine Stricknadel. Schnitt. Eine Todesanzeige: Mäxchen. Schnitt.

*

SONNTAG, 24.03.

Zorn

Martin blinzelte gegen das Licht, das hinter den Rollos ein helles Rechteck zeichnete. Mit der Hand tastete er zur anderen Bettseite, während langsam etwas wie Bewusstsein in seinem Körper erwachte: Wochenende, Sonntag, Ermittlungen, Schneyder, Kopfschmerzen – Krach mit Anne!

Erschrocken zog er die Hand zurück und setzte sich auf. Er hatte sich nicht geirrt, ihre Hälfte war leer, die Bettdecke lag zurückgeschlagen, das Kopfkissen war weg.

Unwillkürlich entfuhr ihm ein tiefes Stöhnen. Nicht auch das noch. Nachdem er den Samstag geopfert hatte, war ein misslauniger Tag mit Anne das Letzte, was er gebrauchen konnte. Er rieb seine Schläfen und ließ sich zurück ins Bett sinken.

Jetzt war es wichtig, ruhig zu bleiben und nicht mit den gegenseitigen Vorwürfen weiterzumachen, mit denen sie gestern den Abend beendet hatten.

Eigentlich war es angesichts der ganzen Ereignisse lächerlich, worüber sie in Streit geraten waren. An guten Tagen hätte Anne darüber gelacht und es als Missverständnis abgehakt.

Ja, sie hatte einen Tisch in der »Weissen Düne« bestellt, um ihn zu überraschen. Weil sie wusste, wie gern er dort hinging. Und weil das mit dem Selberkochen doch nichts gegeben hatte. Wie sie mürrisch zugegeben hatte. Ja, und er hatte erst angerufen, als er schon im »Michelangelo« saß. Obwohl Anne ein gemeinsames Essen geplant hatte. Egal, ob zu Hause oder im Restaurant.

Herrgott noch mal, was sollte er denn machen? Schneyder hatte ihn eingeladen. Wollte unbedingt Pizza essen. So schnell wie möglich. Weil er den ganzen Tag nichts Vernünftiges in den Bauch bekommen hatte. Stattdessen von einer Befragung zur anderen gehetzt war. Norden, Emden, Norderney. Da war es doch verständlich, dass er zugesagt hatte. Gut, er hatte vergessen, dass Anne kochen wollte. Das mit der »Weissen Düne« konnte er ja nicht ahnen. Er hatte sie angerufen. Ob sie nicht dazu kommen wolle. Aber sie hatte nur beleidigt aufgelegt. Wollte allein oder mit wem anders den Abend nach ihren Vorstellungen verbringen.

Mit wem anders! Martin wurde flau im Magen. Er drehte sich auf den Bauch und grub den Kopf in das Kissen. Wenn wenigstens das Pochen hinter der Stirn aufhören würde. Es war nicht so, dass es, sah man von Stress und Ärger ab, einen Grund dafür gäbe. Außer dem Absacker, der mit der Rechnung gekommen war, und zwei anschließenden Bier in der Stadtmitte hatte er nichts getrunken.

Anne war deutlich später als er zu Hause erschienen. Da hatte er vor dem Fernseher geschlafen. Sie war schnippisch gewesen. Etwas, was selten bei ihr vorkam. Aber ihn überfielen in Sekundenbruchteilen die alten Zweifel. Passten sie zusammen? Würde Anne der Altersunterschied stören?

Er hatte sich keine Blöße geben wollen. Hatte nicht nachgefragt, wo sie war und mit wem. Sie hatte nichts erzählt. Stattdessen war sie im Bad verschwunden, er hörte, wie sie Zähne putzte, wie das Wasser rauschte, erst die Toilettenspülung, dann das Waschbecken. Nach einer halben Ewigkeit hatte sie, nur bekleidet mit Schlafshirt und Slip, zu dem

Buch gegriffen, das auf dem Wohnzimmertisch lag. Kurz danach fiel die Schlafzimmertür zu. Kein weiteres Wort.

Er hatte sich noch eine Stunde lang durch die Programme geswitcht, ohne irgendwo hängen zu bleiben. Hatte hin und her überlegt, ob er nicht besser einen handfesten Streit vom Zaun brechen sollte. Der die Dinge klärte. Ob er nicht ein verdammter Feigling war, die Vorwürfe so hinzunehmen. Würde er auf diese Weise nicht erst recht vor ihr eine lächerliche Figur abgeben?

Aber er hatte sich nicht aufraffen können. Zu viel schwirrte in seinem Kopf herum. Lauter ungeklärte Fragen. Ermittlungen, die nicht vorankamen. Und auch, wenn es nicht in seiner Verantwortung lag, er war der oberste Polizist auf dieser Insel. Er wollte den Todesfall geklärt haben. So schnell wie möglich. Und deswegen unterstützte er Schneyder. Keine Frage. Bei der Fülle der Ermittlungsschnipsel, die sich nicht zu einer richtigen Spur legen ließen. Noch standen sie mit leeren Händen vor der Frage, was mit Petra Mertens geschehen war.

Nein, ein Streit mit Anne war das Allerletzte, was er gebrauchen konnte.

Je schneller es ihm gelang, diesen aus dem Weg zu räumen, umso besser.

Mit neuer Energie schwang er sich aus dem Bett und zog sich Jogginghose und Sweatshirt über. Seine Bartstoppeln kratzten, als er darüberfuhr. Zeit für eine Rasur, Zeit für Körperpflege, Zeit für Anne. Das alles würde er sich heute nehmen. Es war Sonntag. Vor dem morgigen Tag würden sie kaum mit neuen Erkenntnissen rechnen können. Bis auf den Nachmittag, an dem er mit Schneyder auf der Wache verabredet war, hatte er frei. Am Wochenende tickten die Uhren überall langsamer. Und das war gut so.

Er zog die Rollos hoch und öffnete das Fenster. Die kühle Nordseeluft wehte ins Zimmer hinein. Allein dieser Moment war Gold wert. Er atmete tief ein. Für diese eine Minute des Tages hatte es sich gelohnt, auf die Insel zu ziehen. Alles Weitere hatte das Schicksal oder wer auch immer obendrauf gelegt. Vor allem Anne. Deswegen würde er dafür sorgen, dass es so blieb.

Wenn Anne auf dem Wohnzimmersofa schlief, würde er versuchen, so leise wie möglich das Frühstück vorzubereiten. Oder noch besser: Er konnte aus der Wohnung schleichen und Brötchen und Croissants besorgen. Gute Idee! Er ging zum Schrank und zog die Sockenschublade auf.

Dann hielt er inne. Überlegte einen Moment. Die bessere Idee allerdings wäre, Anne zum Frühstücken …

Es klopfte an der Tür. Anne schob ihren Kopf ins Zimmer, suchte mit den Augen das Bett ab und lächelte verhalten, als sie ihn sah.

Immerhin: Sie lächelte. Martin fühlte sich augenblicklich erleichtert.

»Hallo, wollte mal nach dir sehen, du Langschläfer. Du hast mir zu sehr geschnarcht, deswegen bin ich zwischenzeitlich umgezogen.« Sie stand mitten im Raum und streckte die Hände mit dem Kissen vor.

»Ach so.« Er konnte gar nicht sagen, wie viel Kilo Steine von ihm fielen. Er versuchte ein schiefes Grinsen. »Sorry, aber ich schwöre, es war kein Alkohol im Spiel. Jedenfalls nur sehr wenig.«

»Glaube ich dir. Deswegen habe ich dich auch nicht geweckt. Ich glaube, den Schlaf brauchtest du, was?«

Er nickte. Mit so viel Verständnis hatte er nicht gerechnet.

»Und ich dachte mir: Warum nicht frühstücken gehen an einem Sonntag wie heute?« Sie strahlte ihn an.

Als er zurückgrinste, warf sie ihm schwungvoll das Kissen zu. »Ich lade dich ein, weil du dich gestern sicher ›finanziell verändern‹ musstest?«

»Was?« Er runzelte die Stirn. Irgendetwas dämmerte ihm, aber es war der falsche Kontext.

»Hallo? Du Schlafmütze. Aufwachen! Du warst doch im ›Michelangelo‹. Der Chef wird doch beim Abkassieren nicht auf seinen Lieblingsspruch verzichtet haben?«

Martin schlug sich an die Stirn und warf das Kissen zurück auf Anne. »Du Verrückte! Mich alten Mann am Morgen zu verwirren. Im Übrigen: Ich hatte den gleichen Gedanken. Mit dem Frühstück, meine ich.«

Sie schauten sich beide an. Anne ließ das Kissen fallen. Sie gingen aufeinander zu. Martin nahm sie fest in seine Arme und beugte sich zu ihr herab. Ihre Augen blitzten schelmisch.

»Kaffeegenießerei?«, fragten beide wie aus einem Mund.

»Später«, murmelte Anne zwischen den Küssen, während sie Martin langsam ins Zimmer schob. Er hatte nichts dagegen.

*

»Du bist dir sicher, dass du eine richtige Pressenummer draus machen willst?« Ruth spielte an der Spiegelreflexkamera herum, versuchte verschiedene Einstellungen und schaute angestrengt auf das Display.

»Hey, die Drachenburg durch meine dreckige Autoscheibe zu fotografieren, kommt nicht so gut.« Oskar setzte den Blinker, um ein Auto einfädeln zu lassen, das von Königswinter auf die Bundesstraße auffuhr.

»Siehst du, das meine ich. Es wäre schöner, wenn wir

durch das Siebengebirge wandern könnten. Ohne Auto. Und von mir aus ohne Kamera. Im Übrigen weichst du meiner Frage aus.«

»Okay, okay. Also, erstens würde mir der Chef vom Dienst die Hölle heiß machen, wenn er erführe, dass ich gestern bei dem Eklat vor Ort war und keinen Bericht dazu liefere. Das ist wirklich keine Frage, Ruth. Der ein oder andere kannte mich, das lässt sich nicht verheimlichen. Und zweitens wäre ich ein schlechter Journalist, würde ich mir eine solche Story nicht unter den Nagel reißen. Es ist genau das, was die Leute lesen wollen. Alles, was nur leise ›Skandal‹ ruft.«

»Hast du auch ein drittens?« Sie wusste, dass sie sich zickig anhörte, aber sie hatte wenig Lust auf diese dubiose Geschichte.

»Und ob!« Oskar warf ihr einen schnellen Blick zu. »Mir gefällt die Vorstellung außerordentlich gut, mit dir zusammen ein Interview zu führen.«

Sie schnaubte. »Pah! Interview. Was werden die dir schon erzählen? Die werden die Sache kleinreden, ihre Verantwortung von sich weisen und sich hintenrum die Hände reiben, dass sie so viel Aufmerksamkeit ziehen.«

Oskar lachte schallend und schlug aufs Lenkrad. »Auf den Punkt, Frau Psychologin. Genauso wird es sein. Und trotzdem müssen wir dorthin. Das ist Teil des Spiels.«

»Und Teil des Spiels ist auch, dass du mich unter Vorspiegelung falscher Tatsachen mitschleppst. Was ist, wenn auffällt, dass ich gar keine Pressefotografin bin?«

»Lass mich machen. Ich wette, da fragt keiner nach. Hauptsache, es erscheint nachher ein Foto zum Artikel, auf dem alle, die sich für wichtig halten, zu sehen sind.«

»Na, das wird was geben. Ich kenne mich mit der Kamera gar nicht aus.«

»Mach dich nicht verrückt. Bei den digitalen Apparaten kannst du nichts falsch machen.« Er drehte das Radio lauter und trommelte den Rhythmus mit den Fingern mit.

Ruth ließ schweigend die Landschaft an sich vorbeiziehen. Ein schöner Frühlingstag. Sie seufzte.

»Pass auf, Ruth.« Er legte seine Hand auf ihren Oberschenkel. »Ich verspreche, wir ziehen das schnell durch, dann suchen wir uns ein ruhiges Café, ich schreibe den Artikel, schicke ihn mit dem Foto los, und dann geht es auf der Rückfahrt hoch auf den Drachenfels. Einverstanden?«

Ruth streichelte über seine Hand. »Du-um-den-Finger-Wickler. Natürlich machen wir das so.« Und tatsächlich gewann sie mit jedem Kilometer mehr Lust auf das kleine Intermezzo als Fotografin, das vor ihr lag.

Trotzdem fragte sie, als Oskar in der Nähe der Kirche einparkte und die Tür öffnete: »Soll ich wirklich? Ich könnte im Auto warten. Oder dort in dem Café?« Sie zeigte hinter sich. »Das Foto kannst doch du machen?«

Seine Augen verdunkelten sich. Ihm war es wirklich wichtig, dass sie mitkam.

»Schon gut«, gab sie schnell nach. »Ich wollte nur sichergehen.« Sie schloss die Autotür und hängte sich die Kamera um den Hals.

»Oh, wow, was für ein tolles Gebäude«, entfuhr es ihr, als sie um die Ecke bogen und vor dem historischen Rathaus standen.

»1780«, zeigte Oskar auf die Fassade. »Eine Menge Geschichte, die in den Mauern steckt.«

»Aber hätte das Gespräch nicht woanders stattfinden können? Bei der Bürgermeisterin zuhause? Das wirkt ja wie eine Pressekonferenz. Sie wollte die Sache doch nicht so aufbauschen.«

»Hat sie gesagt, ja. Trotzdem will sie den Bericht. Um sich und den Kulturverein reinzuwaschen.«

Die Treppenstufen knarzten laut unter ihren Schritten, als sie zum Ratssaal hochstiegen. In dem Raum, der fast vollständig von einem großen Tisch mit gewichtigen Stühlen gefüllt war, warteten die Bürgermeisterin und der Vorsitzende des Kulturvereins. Vor ihnen ausgebreitet lagen Flyer und Bücher, ein aufgerolltes Plakat der gestrigen Veranstaltung, daneben ein aufgeklappter Laptop.

Die Augen waren ausschließlich auf Oskar gerichtet. Dass er sie als Fotografin vorstellte, trug ihr vorläufig nur einen Seitenblick ein, sodass Ruth sich abseits auf einem Stuhl niederlassen konnte.

Oskar dagegen wurde in die Mitte genommen. Das hektische Auf-ihn-Einreden zeugte davon, wie wichtig es den beiden war, ihre Sicht der Dinge darzustellen.

»Alle anderen Pressevertreter hatten die Veranstaltung verlassen«, erklärte Manfred Schopp. »Glücklicherweise muss man sagen.«

Oskar schwieg. Er machte keine Anstalten zu erklären, dass sein Besuch der Ausstellung rein privater Natur gewesen war.

»Also, nicht, dass Sie glauben, wir wären vollkommen naiv in die Sache hineingeraten. Frau von Möwitz ist für uns keine Unbekannte. Natürlich wurden im Vorfeld Bedenken geäußert.« Die Bürgermeisterin, Frau Honnef, pickte imaginäre Flusen von ihrem Ärmel, während sie sprach.

Oskar, der sich zwischen den Redenden hin- und herdrehte, warf Ruth einen verstohlenen Blick zu. Alles schien so abzulaufen, wie sie es vorhergesehen hatten.

»Zuletzt hat Frau von Möwitz einige beachtliche Installationen abgeliefert. Sie ist immer stärker zur Cross-over-

Künstlerin geworden. Das hat uns beeindruckt. Vielleicht waren wir zu vorschnell, aber wir hatten gehört, dass eine Galerie in Düsseldorf an ihren Werken interessiert sei. Da wollten wir die Ersten sein. Zumal es ein Heimspiel für sie war.« Herr Scholl rutschte auf seinem Stuhl herum.

»Im Nachhinein fragen wir uns schon, ob das ein gestreutes Gerücht war, um unser Interesse zu schüren. Man kann das nicht mehr richtig zurückverfolgen. Wer wann was gesagt hat.«

»Das hilft auch nichts, Frau Honnef«, stieg Schopp ein, der merklich nicht auf eigene Fehler hinweisen wollte. »Zum Zeitpunkt der Entscheidung waren alle Zweifel auf unserer Seite ausgeräumt.«

»Wohlgemerkt auch die der Kritiker«, betonte Frau Honnef.

»Sehr richtig. Zumal wir uns auch« – Herr Schopp hob Stimme und Zeigefinger – »die Filmsequenz vorher haben zeigen lassen.«

»Ach ja?«, entfuhr es Ruth. »Und was war darauf zu sehen?«

»Synapsen«, antwortete Frau Honnef kühl.

»Synapsen?«, echote Ruth und sah Oskar fragend an.

»Ja, das klingt banal, aber es waren verschiedene Sequenzen, die unterlegt waren mit dem Beat des Herztaktes.« Frau Honnef verdrehte die Augen. »So hat Frau von Möwitz es ausgedrückt.«

»Uns hat vor allem die Symbiose aus konventioneller Malerei und Technik gefallen. Wir fanden das innovativ mit dem Bildschirm in der Leinwand.« Herr Schopp tippte auf das Plakat. »Für uns passte das Video zur Ausstellung. Zum Thema ›Bodymind‹.«

Ruth sah Oskars Gesichtsausdruck und musste aufpassen, dass sie nicht anfing zu lachen. Sie konnte sich denken, was er dachte. Kunst und Malerei von Klamauk und Scharlatanerie zu unterscheiden, fiel ihm schwer. Das hatte er zugegeben, als er das erste Mal vor den Bildern in ihrer Wohnung gestanden hatte. Die glücklicherweise nicht alle abstrakt waren.

»Man muss heutzutage das Besondere bieten. Die Leute sind so satt. Ein Hype löst den nächsten ab. Na ja, Sie kennen das«, beschied Frau Honnef und schaute Oskar herausfordernd an.

»Dann muss es Ihnen recht gewesen sein, dass Frau von Möwitz das Video ausgetauscht hat. Ich wette, die Ausstellung ist in aller Munde.« Das erste Mal, dass Oskar zu Wort kam.

Frau Honnef winkte mit zusammengepresstem Zeige- und Mittelfinger ab. »Nein, nein, nein. Bitte glauben Sie das nicht. Das möchte ich für die Berichterstattung ausdrücklich verneinen. Wir freuen uns als kleiner Weinort über jede Art von Werbung. Aber Skandale, Provokationen – bitte, das ist etwas für Köln, Berlin und London. Hier weht ein anderer Geist.«

Das glaubte Ruth unbesehen und fand sogar Gefallen daran. Es hatte zumindest etwas Berührendes in dieser immer sensationsgeileren Welt. Sie als Psychologin verstand es gut, wenn es den Menschen zu viel, zu schnell, zu laut, zu bunt, zu schrill wurde.

»Uns ist sehr wohl bewusst, dass Kunst polarisieren, ja provozieren darf, soll und muss.« Herr Schopp strich sich über die Haare. »Aber das alles muss den passenden Rahmen haben. Dass Frau von Möwitz eigene Themen und Befindlichkeiten in ihre Kunst trägt, bitte schön, das darf sie machen. Aber dann soll sie die Werke in den psychiatrischen Kliniken ausstellen, in denen sie Jahre ihres Lebens verbracht hat.«

»Ist das so?« Oskar beugte sich vor.

»Nun ja, das kann ich nicht so genau sagen.« Frau Honnef schien abwiegeln zu wollen. »Aber dass Frau von Möwitz eine nicht ganz einfache Geschichte hat, das wissen alle.«

»Das würde mich interessieren. Das gibt dem Artikel Futter«, schmeichelte Oskar mit Journalistenlächeln.

»Ich möchte dazu nichts gesagt haben«, wehrte die Bürgermeisterin ab. »Auch wenn ich es sehr traurig finde, was aus dieser Familie geworden ist, deren Name einmal viel Glanz hatte. Elisabeth von Möwitz ist die Letzte der Familie.«

»Es gibt noch die Kinder des Bruders«, warf Ruth spontan ein. So hatten Anne und Martin berichtet.

»Die Kinder des Bruders?« Frau Honnef schaute erstaunt. »Ach, der Bruder. So furchtbar damals. Aber ja, Sie haben recht.«

»Aus den Augen, aus dem Sinn«, bollerte Herr Schopp wenig einfühlsam. »Betty von Möwitz steht für den Untergang dieser Familie. Wohnt in dem einzig verbliebenen Haus, das aber dem Verfall preisgegeben ist. Das Geld, das man zum Erhalt benötigt, verdient man nicht mit ein paar Bildern. Alles andere: verloren. Und was hatte die Familie für Anwesen.«

»Wo ist das Geld geblieben?«, wollte Oskar wissen.

»Na, wo schon? Betty hat einerseits das Leben ihrer Eltern nachleben wollen, Partys, Boote, Spielcasino. Auf der anderen Seite Prozesse gegen jeden und alles. Ich erinnere mich an keinen Rechtsstreit, den sie gewonnen hätte. Die Anwälte der Region haben sich die Hände gerieben. Bis so gut wie nichts mehr da war.«

»Was glauben Sie denn, was Frau von Möwitz mit ihrer Installation bewirken wollte? Tatsächlich Provokation, um Aufmerksamkeit auf sich zu lenken? In der von Ihnen geschilderten Situation nachvollziehbar.« Ruth musste diese Frage stellen. Sie wunderte sich, dass keiner auf den Inhalt des Films zu sprechen kam.

»Nein, wahrscheinlich nicht.« Frau Honnef schüttelte bedächtig den Kopf. »Es ist eher ein persönliches Anliegen, das dahintersteckt.«

»Ein Kampf gegen Abtreibung oder ein Einsetzen für die Erweiterung legaler Schwangerschaftsabbrüche? So etwas in der Art?«, stocherte Ruth weiter.

Sie sah, wie sich die Bürgermeisterin und der Kulturchef bedeutsame Blicke zuwarfen. Sie schien auf der richtigen Fährte.

»Es hat also etwas mit Frau von Möwitz' persönlicher Geschichte zu tun? Vielleicht mit ihrem Kind? Ich habe mich gewundert, dass sie es der Musik, dem Nebel und der Lichtshow ausgesetzt hat. Moment, hat es irgendwie etwas damit zu tun –« Ruth stockte und überlegte kurz. »Sie ist keine junge Mutter mehr. Hat es etwas damit zu tun? Mit der Diskussion um …«

»Nein!« Frau Honnef schnitt Ruth scharf das Wort ab. »Frau von Möwitz ist keine späte Mutter. Ganz im Gegenteil. Und genau darin liegt das Problem. Wir hätten es wissen müssen.«

*

»Hast du was dagegen, wenn Gert Schneyder zu uns stößt?« Martin schob den Teller zurück und legte das Handy daneben.

»Nö, habe ich nicht«, nuschelte Anne mit nicht ganz leerem Mund. »Wenn ich euch nicht störe?«

»Tust du nicht. Wir besprechen den Tag, und wenn nötig begleite ich Gert bei ein, zwei Gesprächen. Als Insel-Fachmann.«

»Das macht Sinn.« Anne tupfte sich den Mund mit der Serviette ab. »Ich bestelle mir noch einen Kaffee. Am liebsten würde ich dazu eine Limettenjoghurtschnitte bestellen.«

»Mach doch.«

»Nach dem Frühstück?« Sie riss gespielt dramatisch die Augen auf. »Wenn mich meine Patienten sehen.«

»Dann freuen sie sich, dass auch Ärzte mal vom rechten Weg abweichen. Das kann sehr entlastend sein.«

»Na gut, das ist unbedingt ein Pro-Argument. Ich finde, dass ich mir das nach dem Schrecken gestern verdient habe.«

»Ich könnte wetten, dass Will sich einen Spaß daraus gemacht hat.«

»Das Gefühl hatte ich allerdings auch. Da sieht man, wie die Dinge unbewusst wirken. Ich hätte vorher behauptet, dass ich nach dem Tod von Petra Mertens weiterhin keine Angst auf unserer Insel habe. Aber dann so weit draußen, jetzt im März, wo kaum ein Tourist im Inselosten unterwegs ist.«

»Und dann diese Assoziation mit Jupiter. Ich bin den Planetenweg danach erneut abgefahren.«

»Sag nicht, du hast Feuer gefangen, was die Ermittlungen anbelangt? Bitte, Anne, lass uns das machen. Die Geschichte ist dubios. Wir haben kein ernsthaftes Motiv. Es wäre fatal, wenn du in irgendeiner Weise den Täter aufschreckst. Wer weiß, was das für Folgen hätte.«

»Martin, schau nicht so besorgt. Ich passe auf. Ehrlich gesagt, habe ich weder Zeit noch Lust, weiter herumzuschnüffeln. Augen und Ohren kann ich trotzdem aufhalten.«

»Sollst du und darfst du.« Martin strich ihr kurz über die Wange, dann stand er auf, um Gert Schneyder zu begrüßen, der das Café betrat.

Erleichtert stellte Martin fest, dass Anne niemandem den verunglückten Vorabend nachtrug. Stattdessen schienen Gert und sie sich auf Anhieb sympathisch zu finden.

Während Anne sich eine Zeitschrift holte und nebenbei ihren Limettenkuchen aß, stellte Gert seinen Tagesplan vor.

»Merlenbuschs werden gegen 14.30 Uhr auf der Insel sein. Sabine Hollstein wird die beiden begleiten. Wirklich eine engagierte Fachfrau, das muss man sagen.«

Martin schaute Gert kritisch an, als er das Glänzen in seinen Augen sah. Aber es war nur eine Sache von Sekunden gewesen. Was man sich alles einbilden konnte, schalt er sich.

Aus seiner Jackentasche zog Gert ein kleines Notizbuch und einen Stift. »Ich habe mir gestern Abend ein paar Gedanken gemacht. Das spartanische Zimmer eignet sich hervorragend, die Gedanken zu fokussieren.«

»Ich habe dir nie eine Luxusherberge in Aussicht gestellt.«

»Weiß ich, weiß ich. Passt schon, so wie es ist. Ich meinte das ernst.«

»Dann lass hören.« Martin sprach in gedämpfter Lautstärke. Zum Glück war wenigstens der Nachbartisch nicht besetzt.

»Also: Mertens, Häusler und KWK bekommen alle drei eine Tarotkarte. Bisher sind wir davon ausgegangen, dass die Karte Petra Mertens am Fundort respektive dem Tatort zugesteckt wurde. Womöglich wurde sie ihr ebenso zugestellt wie den anderen – und hatte in ihrem Fall eine besondere Funktion.«

»Du meinst, als Erkennungszeichen beim abendlichen Treffen am Planetenweg?«

»Ja, zum Beispiel. Das könnte so gewesen sein. Oder um ihr eine Botschaft mitzuteilen. Sie aufzuschrecken. Etwas in Erinnerung zu rufen.«

»Jeder hat eine andere Tarotkarte erhalten. Das Rad des Schicksals für Petra Mertens. Der Turm für KWK. Und der Narr für Häusler.« Martin sah angestrengt zum Fenster hinaus. Dann lachte er auf. »Na ja, zumindest Letzteres könnte man als eindeutige Botschaft auffassen.«

Gert grinste. »Das funktioniert immer bei Politikern, was?«

Martin zuckte mit den Schultern. »Ist wie bei uns Polizisten. Da sind die Zuschreibungen auch eindeutig. Aber egal. Ich habe keine rechte Idee, was es mit den Karten auf sich hat. Und was es bedeutet, dass Häusler und KWK eine erhalten haben ohne weitere Konsequenz.«

»Glücklicherweise. Ich hoffe auch, dass es so bleibt. Dass der Täter sie nicht in Sicherheit wiegt und uns an der Nase herumführt.«

»Oder Täterin.« Anne kramte in ihrer Handtasche.

»Was?« Martin schaute sie fragend an. »Welche Täterin?«

»Ihr redet von Täter. Männlich. Kann auch eine Frau gewesen sein.« Sie blickte auf. »Sorry. War nur ein Denkanstoß. Ich verlange nicht, dass ihr das Binnen-I oder das Gendersternchen mitsprecht.« Sie schaute auf. »Mist. Kann ich dein Handy haben, Martin? Habe meins zu Hause liegen gelassen.«

»Ja, klar.« Er schob ihr das Telefon zu. »Täter oder Täterin. Wenn wir das Motiv nicht finden, werden wir weiter im Dunkeln tappen.«

»Stimmt.« Gert tippte mit dem Stift auf seinen Zettel. »Im Moment sehe ich zwei Zugänge. Entweder steckt eine familiäre Angelegenheit dahinter. Deswegen brauche ich die erneute Vernehmung von Britta Merlenbusch. Oder es geht um eine politisch motivierte Geschichte. Und wenn ich mir das überlege: drei Kandidaten, drei Tarotkarten. Wer könnte uns am ehesten auf die Sprünge helfen?«

Martin schnellte mit dem Finger in Gerts Richtung. »Alles klar. Thies ist unser Mann. Zumal es mich interessiert, was er von Häusler wollte. Umgebracht hat er ihn nicht.«

»Ja, da ist die Fantasie durchgegangen mit Herrn Kroll. Er kann von Glück sagen, dass die wilden Spekulationen ihn nicht das Leben gekostet haben. Aber ich sehe es genauso wie du. Denn auch die spätabendlichen Besuche bei Petra Mertens, von denen Kroll berichtet, würde ich mir gern erklären lassen.«

Martin zückte sein Portemonnaie. »Ja, dann? Bezahlen und auf zu Thies? Das schaffen wir locker vor dem Gespräch mit Merlenbuschs.«

»Gerne, sehr gerne. Was getan ist, ist getan.« Gert zog im Aufstehen sein Handy aus der Hosentasche, das sich mit einem schrillen Doppelton bemerkbar machte. Er warf einen Blick darauf und setzte sich.

»Neuigkeiten?«, fragte Martin.

»Allerdings. Sören, unser Nerd in der KTU, arbeitet auch am Sonntag.«

»Das sind oft die besten Leute. Die Nerds, meine ich.«

»Stimmt, Martin. Auch diesmal. Sören hat den Inhalt des Koffers zugeordnet. Die Blätter sind Kopien alter Seminararbeiten von Petra Mertens. In ihnen sind Wege aufge-

zeigt zur Nutzbarmachung der Natur. Innovative Energiegewinnung. Mit maximaler Gewinnmarge für Investoren.«

»Hoppla. Das hört sich aber ganz anders an, als das, was
Petra Mertens uns seit Jahren auf der Insel predigt. Ist das
so eine ›Vom-Saulus-zum-Paulus‹-Nummer von ihr? Oder
forscht sie mit doppeltem Boden?« Martin stupste Anne an,
die auf seinem Handy herumwischte. »Hast du das gehört,
Anne? Was meinst du dazu?«

Anne sah verwirrt auf. »Wozu? Sorry, ich habe nicht
zugehört. Aber ich habe etwas herausgefunden, was euch
vielleicht weiterhilft. Es gibt wirklich eine Zuordnung der
Tarotkarten zu den Planeten unseres Sonnensystems. Ratet
mal, welche Tarotkarte zum Jupiter gehört. Na, meine Herren, irgendeine Idee?« Anne strahlte, als hätte sie das Ei des
Kolumbus gefunden.

※

Oskar parkte den Wagen in Sichtweite der alten Villa. Der
gelbe Putz bröckelte. Im Sockel fanden sich Risse, die nicht
vertrauenserweckend aussahen. Die Fensterrahmen waren
aus Holz, der weiße Lack war brüchig. Dahinter waren
schwere, undurchdringliche Gardinen zu sehen, deren
Grauton kalt und abweisend wirkte.

Nein, dieses Haus hieß einen nicht willkommen, dachte
Ruth. Es war keine gute Idee, ohne Ankündigung aufzu-
kreuzen. Wahrscheinlich würde ihnen sowieso niemand
die Tür öffnen.

Auch Oskar starrte nachdenklich auf die Hausfassade.

»Kaum zu glauben, was wir über Betty erfahren haben.
Ich versuche gerade, das mit den Bildern übereinzukom-
men, die aus der Vergangenheit aufploppen. Dass Betty

damals überspannt war, habe ich erzählt. Aber so? Das hätte uns vor 20 Jahren einer erzählen sollen, wie es mit der Familie von Möwitz bergab geht.«

»Das hätte keiner geglaubt, meinst du?«

»Never. Die standen immer über den Dingen. Ihren Adel haben sie vor sich her getragen und gepflegt, auch wenn das außer ihnen niemanden interessierte. Da sie keinem schadeten, nahm man das hin. Der ein oder andere suchte die Nähe, um von dem alten Glanz abzubekommen, aber die meisten lachten über die in unseren Augen verstaubte Art.« Er nahm die Hände vom Steuer. »Ich hatte wenig mit der Familie zu tun. Seltsam, ich hätte nie wieder einen Gedanken an Betty von Möwitz oder ihren Bruder verschwendet, wenn …« Er stockte.

»Genau – wenn was, Oskar? Wir haben nichts mit der Sache zu tun. Weder mit diesem Videoclip bei der Ausstellung noch mit der Verwandtschaft zu dieser Toten auf Norderney. Lassen wir die Finger davon! Oskar, bitte. Ehrlich gesagt, ich brauche das nicht schon wieder.« Ruth dachte mit Schaudern zurück.

Oskar antwortete nicht sofort. Er nahm seine Brille ab und putzte sie mit aufreizender Langsamkeit. Erst nachdem er sie aufgesetzt hatte, drehte er sich zu Ruth.

»Ich bin Journalist, das weißt du.«

Fast hätte sie losgeprustet, so dramatisch ernst, wie er sie ansah. Schnell biss sie sich auf die Lippe.

»Du kannst aus dem Gespräch im Rathaus deine Story bauen, oder nicht? Das waren ordentlich Fakten.«

Er schüttelte den Kopf. »Nein, Ruth, das ist nicht der Journalismus, von dem ich rede. Dazu bin ich leider oft genug gezwungen. Einfach das in die Tasten zu hauen, was uns angeboten wird. Der Großteil des Lokaljournalismus lebt davon, dass wir das schreiben, was der jeweilige Verein, Veranstalter oder sonst wie Verantwortliche uns vorsetzt. Die Leute wollen ihren Namen in der Zeitung lesen, so einfach ist das. Wer in der Zeitung steht, kauft das Blatt.«

»Ist alles richtig. Reg dich nicht so auf. Ich glaube dir, dass du jede Gelegenheit ergreifst, den Dingen kritisch zu begegnen und tiefer auf den Grund zu gehen. Aber ich habe ein verdammt ungutes Gefühl.« Ruth spürte, wie ihr Puls bei den Worten anstieg.

»Genau, Ruth, aber das ist es doch.« Oskar fasste aufgeregt nach ihren Händen. »Dieses Gefühl. Wenn man die Augen zumachen möchte, lieber weglaufen würde – das ist der Hinweis, dass etwas nicht stimmt. Das ist …« Er suchte mit geöffnetem Mund nach Worten, seine Augen glänzten vor Aufregung. »Das ist wie ein Auftrag, Ruth. Ich kann nicht anders.«

»Schon gut. Überzeugt.« Sie lächelte ihn an.

»Wirklich?« Er presste den Mund zusammen und sah sie entschuldigend an.

»Wirklich.« Sie meinte es genau so. Gegen diesen Eifer hatte sie keine Chance.

»Und – willst du mitkommen?« Er deutete auf die Kamera. »Ich habe Verständnis, wenn du lieber im Auto wartest.«

Ruth lachte. »Das hättest du wohl gern.« Sie griff nach dem Fotoapparat und ihrem Rucksack. »Nein, mein Lieber, wenn schon, denn schon. Vier Augen, vier Ohren sehen und hören mehr. Ich bin dabei.« Kurz darauf stand sie auf der Straße. Auf einmal fühlte es sich richtig an, was sie machte. Die Reißleine konnte sie ziehen, wenn das Ganze zu schräg werden würde. Aber einen Versuch war es wert.

»Ehrlich gesagt, es interessiert mich auch als Psychologin.« Sie legte ihre Arme auf das Autodach und kniff die Augen zusammen.

Oskar grinste unverschämt. »Weißt du, dass ich mir genau das gedacht habe. Wenn das stimmt, was diese Frau Honnef uns erzählt hat, das erlebst du als Psychologin nicht alle Tage, oder?«

»Genau das meine ich. Natürlich habe ich von dem Phänomen gehört. Auf einem Fachkongress wurde berichtet, dass man es mit erschreckend ansteigenden Zahlen zu tun hat. Aber ich habe noch nie mit einem klinischen Fall zu tun gehabt.«

»Also bisher nur graue Theorie?«

»Absolut. Das ist Neuland für mich.«

»Trotzdem bin ich froh. Eine Psychologin an meiner Seite ist nicht das Schlechteste. Bist du bereit? Für den Ausflug in Bettys bizarre Welt?«

Ruth prustete los. »So wie du das sagst, hört es sich nach einem richtigen Gruselkabinett an.« Sie zuckte mit den Schultern. »Aber wer weiß. Vielleicht ist es das ja.«

*

»Wisst ihr eigentlich, wie gut ihr es habt?« Gert blieb mitten auf der Straße vor dem Polizeirevier stehen. Er sog die Luft geräuschvoll in seine Lungen. »Da können wir auf dem Festland nicht gegen anstinken.«

Martin lachte. »Ja, im März, wenn die Sonne scheint, beneiden uns alle. Aber glaube mir, im Winter wird es öde. Da können dir schnell das Meer und die gute Luft zum Hals raushängen. Wenn alles nur kalt und regnerisch und im Einheitsgrau daherkommt.«

»Ach komm, das glaube ich nicht. Ich weiß von vielen, die sofort auf Dauer hier leben würden.«

»Und es gibt die, die nach ein oder zwei Wintern sagen: Danke schön, ich habe es probiert, aber muss nicht sein. Wenn die Touristen weg sind, wird es einsam auf der Insel.«

Martin schob sich im Reden hinter das Lenkrad und wartete, dass Gert sich anschnallte.

Dieser zog umständlich am Sicherheitsgurt. »Eigentlich eine Schande, bei dem Wetter mit dem Auto zu fahren.«

»Aber unumgänglich, wenn wir die Merlenbuschs pünktlich in Empfang nehmen wollen. Sicher ist sicher.« Er fuhr den Wagen vom Hof und schlug den Weg zu Thies' Wohnhaus ein.

»Willst du, dass ich orientierungslos werde?«, kommentierte Gert nach wenigen Minuten. »Du schlägst bessere Haken als die Kaninchen, die überall herumhoppeln.«

»Sehr gut, das gefällt mir.« Martin setzte den Blinker. »Ich weiche den Baustellen aus. Vor der Saison wird alles auf Vordermann gebracht.«

»Das ist wahr. Das erinnert mich an ein Computerspiel, bei dem eine Insel besiedelt werden soll.«

Martin salutierte mit einem Finger an der Stirn. »Du hast es drauf mit den Vergleichen. Gut beobachtet. Norderney ist im stetigen Wandel und Ausbau. Vielleicht gibt es bald kein Wintertief mehr für die Zugezogenen.«

»Wie, ihr arbeitet auch am besseren Wetter?«

»Wenn ich das mal könnte. Aber wenn genug los ist, lässt sich das Grau besser ertragen. Sagen jedenfalls die meisten.«

»Du auch?«

Martin schüttelte den Kopf. »Für mich passt es. Das liegt zu einem großen Teil an Anne. Sonst wüsste ich auch nicht …« Er ließ den Satz unvollendet.

»Wahrscheinlich nicht so einfach, wenn man kein Einheimischer ist?«, wollte Gert wissen.

»Geht so. Ich habe einen Posten, der es mir leicht macht. Er verleiht mir eine natürliche Autorität und Ansehen. Aber sicher: An der einen oder anderen Stelle merkt man es trotzdem.«

»So wird es auch bei Petra Mertens gewesen sein.«

»Sie hatte es bestimmt nicht leicht. Was an ihrer Art lag. Sie hat nie auf der persönlichen Ebene für sich geworben. War immer auf der Sachebene unterwegs.«

»Wie ist das mit Malte Häusler? Wird er besser akzeptiert?«

»Nun, wie man es nimmt. Dass er ein Mann ist, bringt Vorteile, da kannst du sagen, was du willst.« Martin zuckte die Achseln. »Viele finden ihn allerdings überkandidelt. Der Insulaner ist mehr für Understatement. Aber auch da verändern sich die Dinge schleichend. Als Immobilienmakler war er dem ein oder anderen behilflich, gutes Geld zu machen. Für andere ist er genau deswegen eine regelrechte Hassfigur.« Martin bog auf die Hafenstraße ein, um kurz danach in das Wohngebiet abzubiegen, in dem viele Einfamilienhäuser standen. »Auch das ist Norderney.« Er fuhr langsam die Straße entlang. »Das ist das bürgerliche Wohnzimmer. Hier findest du die wenigsten Touristen. Alles etwas weniger maritim.«

»Stimmt. Könnte eine Wohnsiedlung auf dem Festland sein. Wie ist das mit eurem Bürgermeister? Wie ist sein Ruf?«

Martin zögerte einen Moment mit der Antwort. Nicht, weil er etwas gegen Thies vorzubringen hätte, aber es war ihm wichtig, dass Gert die Stimmung auf der Insel verstand. »Ich wüsste von nichts Unlauterem«, sagte er schließlich. »Aber wie das so ist, wenn einer an exponierter Stelle steht. Dann wird etwas gesagt und ein Wort fallen gelassen – und der Nächste reimt sich daraus eine abenteuerliche Geschichte.«

»Also wie überall.«

»Genau so.« Martin hielt vor dem Haus. »Über Thies gibt es viele Geschichten. Viel zu viele. Irgendwann hörst du nicht mehr hin, weil du nicht unterscheiden kannst, was Wahrheit und was Gerede ist. Oder weil du weißt, dass solche Menschen immer Neider haben, die den Erfolg nicht gönnen. Die jeden Menschen, der erfolgreich ist, unter Generalverdacht stellen.«

»Was sich in vielen Fällen bewahrheitet, wenn man in die große Politik schaut.« Gert hatte die Beifahrertür geöffnet und ließ den Blick über die Hausfassade schweifen.

»Mich ärgert das«, sagte Martin. »Es gehört eine bestimmte charakterliche Grundausstattung dazu, um in öffentliche Positionen zu streben. Ja, da kommt wahrscheinlich eine Spur Narzissmus mit ins Spiel. Aber deswegen alles zu verteufeln, was jemand an hervorgehobener Stelle sagt? Da machen es sich viele zu einfach.«

»Hört sich an, als wolltest du Thies vorab in Schutz nehmen. Woher kommt dieses Einfühlungsvermögen?« Gert drehte sich zu ihm herum und zog belustigt einen Mundwinkel nach oben.

»Quatsch.« Martin ärgerte sich. So hatte er nicht wirken wollen. »Dann sollen die ran, die über die sogenannten Machtmenschen schimpfen. Aber da sind alle kleinlaut.«

»Glaubst du das wirklich? Oder haben die anderen gar keine Chance neben den Alphatieren?«

Martin umfasste mit beiden Händen das Lenkrad und dachte nach. Er versuchte, die richtigen Worte zu finden.

»Es ist nicht per se schlecht, ein Alphatier zu sein. Es ist immer eine Frage, wie sehr ich meine Macht ausnutze. Für wen? Für was? Für gute Zwecke? Für solche, die der Allgemeinheit dienen? Oder für jene, die nur mir, meinem Einfluss und meinem Geldbeutel behilflich sind?«

»Wie würdest du die Kandidaten, mit denen wir es zu tun haben, einordnen? Machtmenschen sind und waren sie alle, auch Petra Mertens. Oder liege ich falsch?«

»Das ist es ja.« Martin trommelte auf dem Lenkrad. »Mir wird klar, wie schwierig es ist, klare Linien zu ziehen. KWK – geschenkt. Der ist ein Spielball seiner eigenen Interessen. Dazu abhängig von seiner Frau, die ihn zum Erfolg treibt. Er würde alles tun, was ihm zum persönlichen Wohlergehen dienlich scheint. Als gewieften Taktiker schätze ich ihn nicht ein. Thies weiß, dass er KWK in seinem Interesse beeinflussen kann. Weshalb er ihn als Nachfolger aufgebaut hat, was ihn aber auch mit Verachtung auf ihn schauen lässt.« Martin wunderte sich, wie leicht ihm diese Analyse fiel.

»Und die anderen beiden?«

»Häusler gehört in die Kategorie: mitnehmen, was mitzunehmen ist. Würde ich wetten. Dem geht es nicht um den Menschen an sich. Nicht um das Allgemeinwohl. Aber er ist autonomer als KWK, der am Rockzipfel von Thies hängt.«

»Könnte passen. Was denkst du über Petra Mertens?«

Martin schüttelte den Kopf. »Schwierig, ganz schwierig. Erst mal schien sie auf der Seite der Guten zu stehen. Legte den Finger in die Wunden. Wollte Dinge verändern. Neues bewirken. Modern sein. Zukunftsorientiert.« Martin nahm beide Hände vor das Gesicht und rieb sich die Augen. »Ich höre mich an wie ihr Wahlkampfsprecher. Aber so meine ich es gar nicht. Gerade bei ihr gibt es so viele Widersprüche. Warum will sie in ein öffentliches Amt und ist so introvertiert bei persönlichen Belangen? Was ist das für eine Geschichte mit den Blättern, die wir am Tatort gefunden haben – spielte sie ein doppeltes Spiel? Warum verwischte sie die Spuren in ihre Vergangenheit?«

»Du meinst, was hat sie für eine Leiche im Keller? So ganz sprichwörtlich.«

»Ja.« Martin nickte. »Das trifft es.«

Gert strich sich über die Haare. »Seltsam. Dieses Sprichwort. Eine Leiche im Keller gibt es zwar nicht, aber immerhin war sie eine verdammt junge Witwe.«

»Nicht wahr? Und ich frage mich, ob sie deswegen unter die Fittiche von Thies geraten ist? Der sie in väterlicher Weise schützen wollte, obwohl sie parteipolitisch Gegner waren. Es würde zu Joseph Thies passen. Auf der einen Seite ein Machtmensch, auf der anderen Seite unabhängig genug, um gegen den Strich zu handeln.«

»Und deswegen hat er Petra Mertens spätabends aufgesucht? Und das nicht nur einmal, wenn man KWK glauben soll.«

Martin hob resigniert die Hände. »Ich weiß es nicht. Zumal der Besuch bei Häusler sicherlich nicht auf die gleiche Weise zu erklären ist.«

Gert schwang seine Füße aus dem Auto. »Los jetzt. Da hilft nur nachfragen. Ich bin gespannt. Es wird Zeit, ihn näher kennenzulernen. Er scheint mir ein verdammter Strippenzieher zu sein.«

»Ja, aber ein guter«, schob Martin hinterher. Mist, schalt er sich gleichzeitig. Was fiel ihm ein, Partei zu ergreifen? Missmutig verriegelte er den Wagen und schlich Gert nach, der auf die Haustür zuging. Warum war es ihm so wichtig, dass Thies auf der richtigen Seite stand?

Eine Möwe kreischte über ihm. Martin blieb stehen. Wenn es so einfach wäre. Wenn die Vögel, der Himmel und das Meer doch die Antwort geben könnten. Leider war dem nicht so. Aber dass Thies etwas mit dem Tod von Petra Mertens zu tun hatte – nein, das wollte er nicht glauben.

*

Nahezu gleichzeitig mit dem Klingelton drang das laute Weinen eines Babys aus dem Haus. Ruth sah Oskar aus großen Augen an. Dieser nickte mit grimmigem Blick.

»Hätte ich mir eigentlich denken können«, murmelte sie. Nervös griff sie sich ins Haar. Nachdem sie sich durchgerungen hatte, Oskar zu begleiten, fürchtete sie, dass Betty sie nicht hereinlassen würde.

Unschlüssig blieben sie vor der Tür stehen, schauten nach rechts und links, aber die Straße wirkte um diese Uhrzeit still und unbelebt. Wahrscheinlich saßen die meisten Einwohner des Dorfs am sonntäglichen Mittagstisch oder waren angesichts des wunderbaren Wetters zu Ausflügen aufgebrochen. Wäre das Babywimmern nicht zu hören, würde sie von fast unnatürlicher Stille und Ruhe reden.

Sie glucokste. Unnatürlich war ein guter Begriff. Wenn all das stimmte, was sie im Rathaus erfahren hatten.

»Soll ich noch einmal klingeln?«, fragte Oskar.

Ruth glaubte, eine Bewegung an den Gardinen wahrgenommen zu haben, aber es konnte Einbildung sein. Sie horchte, bevor sie Oskar mit dem Daumen ein Zeichen gab.

Wie sie erwartet hatte, schwoll das Weinen des Kindes erneut an. Ihr Magen zog sich zusammen. …

»Hörst du das?«, flüsterte Oskar.

Ruth spitzte die Ohren. Gerade zerschnitt ein Flugzeugdröhnen die bisherige Stille. Dann vernahm sie die Melodie eines Kinderliedes, das mit zarter Stimme und abgewandeltem Text gesungen wurde:

»Mein Mäuschen ist ein braves Kind, braves Kind, braves Kind. Mein Mäuschen ist ein braves Kind, braves Kind.« Die beruhigenden Worte wirkten. Das Baby war still, während die gesungenen Laute sich der Tür näherten.

Mit einem satten Klicken wurde ein Schlüssel auf der anderen Seite gedreht, es folgte das schabende Geräusch eines zurückziehenden Riegels, und Betty von Möwitz erschien mit einem scheuen Lächeln im Eingang. An die Schulter gedrückt hielt sie das Kind. Den Zeigefinger auf den Lippen formierte sie ein lautloses Pscht und winkte sie ohne weitere Nachfrage hinein. Ruth und Oskar folgten der Einladung. Betty von Möwitz schloss die Tür, wies auf einen vom Eingangsbereich abgehenden Raum und deutete auf einen Kinderwagen, der neben der Treppe ins Obergeschoss stand.

Ruth zwinkerte irritiert angesichts des diffusen Lichts. Aber sie täuschte sich nicht. Der Kinderwagen ähnelte auf frappierende Weise dem Modell, das sie damals bei ihrer Tochter Lisa-Marie erstanden hatte. Das war ungefähr ein Vierteljahrhundert her, sie kannte niemanden mehr, der ein solches Gefährt benutzte.

Als hätte sie ihre Gedanken gelesen, erklärte Frau von Möwitz: »Ich nutze den Wagen drinnen. Für Spaziergänge haben wir uns etwas Bequemeres ausgesucht, das Mäuschen und ich. Normalerweise würde ich die Kleine in die Wiege legen, aber das Mäuschen ist im Moment so schreckhaft, wenn es fremde Stimmen hört.«

Ruth biss sich auf die Lippen. Sie dachte an die Geräuschkulisse und den Nebel im Tunnel und ihre Verwunderung über das Kind im Tragegurt. Aber nun wusste sie es besser einzuordnen.

Sie sah sich in dem Zimmer mit den hohen Stuckdecken um. Die Wände waren ähnlich verwohnt wie die grauen Gardinen, die ihr von außen aufgefallen waren. Die Teppiche auf dem Boden, alte Perser, dünn und fadenscheinig abgelaufen, hatten blutleere Farben, eine Reinigung war lange nicht mehr erfolgt. Das Mobiliar aus edlem Kirschholz passte zur Größe des Raumes. Nicht aber zu der Bewohnerin, die wie gestern mit einem breiten Haarband die wilde Mähne aus ihrem zierlichen Gesicht hielt und in einem orangenen Leinenkittel mit passender Pumphose vor ihnen stand. An den Füßen trug sie Sandalen.

»Bitte setzen Sie sich.«

Sie wies auf die Tischgruppe mitten im Raum und drehte sich ab, um eine auf dem Boden liegende Babydecke aufzuheben. Sie schüttelte sie, faltete sie akkurat und hielt sie sich anschließend vor den Bauch. Bei all dem lächelte sie die Besucher freundlich an. Ruth sah zu Oskar, der anscheinend genauso überrascht von der Art und Weise des Empfangs war.

»Frau von Möwitz, wir sind …«, setzte er an.

»Sie sind von der Zeitung, ich weiß.« Das Lächeln erstarb für Sekunden, und sie musterte Oskar mit durchdringendem Blick. »Ich habe dich erkannt. Sagt übrigens gerne Elisabeth zu mir.«

»Elisabeth?«, entfuhr es Ruth. Nach und nach tasteten ihre Augen Laufstall, Spieltrapez, einen hölzernen Kaufmannsladen, ein Schaukelpferd ab. »Ich dachte, Sie nennen sich Betty.«

Die Frau lachte auf. »Wer sagt das? Oskar?« Wieder veränderte sich in Sekunden die Miene. »Aber nein, Betty bin ich schon lange nicht mehr. Auch wenn die Leute sich nicht daran gewöhnen wollen. Wie an so einiges nicht.«

Ruth atmete tief durch. Das würde ein anstrengendes Gespräch werden, so viel stand fest. Elisabeth hatte die plappernde Stimme und die Unberechenbarkeit eines Menschen, der sich und andere gern über die Realität hinwegtäuschte.

Oskar zog in einer langsamen Bewegung ein Diktiergerät aus seinem Rucksack und hielt es hoch, wie jemand, der sich mit seiner Waffe ergibt. Genauso vorsichtig legte er es auf dem Tisch ab. »Wir würden gerne ein Interview führen, Elisabeth. Wenn du einverstanden bist, nehme ich es auf. Das erleichtert mir das Gespräch.«

»Mach ruhig. Und du machst die Fotos?«

Ruth nickte beklommen. Es kam selten vor, dass jemand sie einfach duzte. Mit fast 50 hatte sie sich in den letzten Jahren trotz ihrer legeren Art eine gewisse Autorität zugelegt. Und das Duzen fühlte sich falsch an. Übergriffig. Distanzlos. Unangenehm. Wieder glitt ihr Blick durch den Raum. Irgendetwas störte sie. Und das war nicht alleine die Vielzahl der Spielsachen. Diese mochten eine Ansammlung sein, wie sie in vielen Familien für die jeweils nächste Generation aufbewahrt wurden. Nein, es war etwas anderes, aber sie vermochte nicht zu sagen, was es war.

»Die Ausstellung gestern im Tunnel«, begann Oskar, nachdem sie alle Platz genommen hatten. »Beeindruckend, das muss ich schon sagen.«

»Beeindruckend?« Elisabeth kicherte. »Ist das so ein Begriff wie interessant, den man nutzt, wenn man nicht genau weiß, wie man etwas einordnen soll? Und meinst du die Gesamtheit der Ausstellung oder mein Werk?« Sie schaute Oskar neugierig an. Doch bevor er antworten konnte, klatschte sie laut in die Hände. Sie klang zornig: »Beeindruckend ist absolut das falsche Wort. Schockierend. Schockieren muss es. Sonst ist es keine Kunst. Sonst ist es ...«, die Stimme verlor sich, »sonst ist es nur Bla Bla.«

Sie rutschte in sich zusammen. Nur, um wieder aufzuschrecken. Sie hielt sich die Hand vor den Mund. »Pscht. Ich muss leise sein. Das Mäuschen.«

Ruth schloss für einen Augenblick die Augen. Wie grotesk das Ganze war. Zu gerne würde sie ansprechen, was offensichtlich war, aber dafür kannte sie Elisabeth zu wenig. Die psychische Konstitution schien nicht die stabilste zu sein. Kein Wunder, nach dem gestrigen Auftritt.

»Das heißt, du hast bewusst mit dem Eklat gespielt?«, fragte Oskar. Ruth gefiel, wie professionell er sich verhielt. Das schien seine Gesprächspartnerin zu erden.

»Ja, Sonntagsmalerei halte ich für überflüssig. Für mich hat Kunst einen anderen Zweck, als Menschen zu erfreuen.«

Klar, dachte Ruth. Jetzt wusste sie, was dem Raum fehlte. Es gab kein einziges Bild an den Wänden, kein Gemälde, kein Poster, keine Fotografie. Und das im Haus einer Künstlerin.

»Die Veranstalter – wussten sie, was du vorhattest? Waren sie eingeweiht in deine Installation?« Oskar legte seine Zunge an die Oberzähne und kniff die Augen zusammen, was ihm etwas Lauerndes gab.

»Was glaubst du denn? Du als Journalist? Glaubst du, ich hätte einen Platz in der Ausstellung bekommen, wenn ich den Clip vorher offenbart hätte?« Sie schüttelte den Kopf. »No. No. Keine Chance. Du darfst nicht vergessen, wo wir sind. Nicht Köln. Nicht Düsseldorf. Schon gar nicht Berlin. Sondern Provinz.«

»Hm. Wo du diese Städte nennst. Wärst du nicht dort viel besser aufgehoben mit deiner Kunst? Würdest du dort nicht viel mehr Menschen erreichen? Mit deiner Botschaft?«

»Witzig. Wie du das sagst. Mit meiner Botschaft.« Sie stand auf. »Ich muss nach dem Mäuschen sehen, entschuldigt mich.«

Sie hörten sie draußen murmeln, zwei Minuten später war sie zurück.

»Alles gut. Sie schläft. Sie holt nach. Es war eine unruhige Nacht. Für uns beide.« Elisabeth fasste ihre langen Haare zusammen und schob sie zurück. »Von mir aus kann es weitergehen.«

»Ich fragte nach Ausstellungen in großen Städten.«

»Stimmt. Also, ich sehe das anders. Da kannst du mit solchen Themen niemanden mehr erreichen. Dort herrscht die Meinung vor, wir seien alle frei. Es gäbe keine Zwänge. Deswegen muss ich es anders machen. Dahin gehen, wo es aufrüttelt. Wo es den Skandal auslöst. Wo es verstört.«

»Das hat es getan«, sagte Oskar stoisch.

»Nicht wahr«, freute sich Elisabeth und klatschte in die Hände, diesmal wie ein Kind, dem man eine überraschende Freude bereitet.

»Trotzdem hat nicht jeder verstanden, was du sagen wolltest, Elisabeth. Was ist die Botschaft deines Clips? Kämpfst du für die Frauen und ihr Recht auf Selbstbestimmung? Für straffreie Abtreibungen? Oder im Gegenteil: Du plädierst für das Recht des Kindes auf Leben – eine Debatte, die mit der Verfügbarkeit von Gentests Fahrt aufnimmt. Vielleicht ist das gestern in der Empörung untergegangen. Und müsste nachgeliefert werden.« Oskar rutschte auf dem Stuhl herum. »Was also ist die Aussage deines Clips, Elisabeth?«

Die Stille kam Ruth endlos vor. Elisabeths Gesichtszüge

schienen eingefroren. Dann brach sie so plötzlich in ein hysterisches Gelächter aus, dass Ruth zusammenzuckte.

Fahrig griff sie nach dem Diktiergerät, hielt es sich an den Mund. Ihre Stimme war ein einziges Kreischen: »Ist das dein Ernst, Oskar? Dass du die Botschaft nicht verstehst? Ausgerechnet du, Oskar. Kanntest doch alle. Hanno. Und mich. Und Petra. Du weißt doch, wie Petra war.«

»Petra? Nein, das weiß ich nicht, Elisabeth. Aber, dass sie tot ist, das weiß ich. Du etwa nicht?«

*

Martin war schon öfter bei Joseph Thies gewesen, weil es unumgänglich war, außerhalb der öffentlichen Zeiten Absprachen zwischen dem Bürgermeister und der Polizei zu treffen. Auf einer Insel, die den Wettereinflüssen ausgeliefert war und die touristisch eine rasante Entwicklung hingelegt hatte, gab es schnell Unwägbarkeiten, bei denen kurzfristige Entscheidungen zu treffen waren.

Martin grinste. Es war immer wieder verwunderlich, wie Klischees zutrafen. Früher hatte er mit Kollegen Wetten abgeschlossen, wer am besten die Einrichtung eines Verdächtigen oder Zeugen beschreiben könnte. Seine Trefferquote war hoch gewesen, weil er sich genereller Vorurteile bedient hatte.

Auch bei Thies sah es aus, wie es bei vielen Bürgermeistern, die auf die 70 zusteuerten, aussehen mochte. Die Eichenschrankwand im Wohnzimmer war unvermeidlich und stand bestimmt an die 40 Jahre hier. Oben sechs Türen, unten drei Schubladen, dazwischen ein Barfach, ein Vitrineneinsatz, eine verschließbare Nische für den Fernseher und zwei Bücherfächer, in denen pflichtschuldigst einzelne

Exemplare standen. Wahrscheinlich ungelesen. Gekürzte Klassiker von Readers Digest, einige wenige Bestseller aus dem Bücherclubabo, ein Gedichtband und einmal ›Zitate für jeden Anlass‹. Martin brauchte nicht näher treten. So etwas diente wie einige Bildbände nur der Deko. Menschen wie Thies hatten ihre Bildung nicht aus Büchern.

»Was verschafft mir die Ehre?« Thies bot ihnen jeweils einen Sessel an, während er sich auf dem Sofa niederließ. Die beiseitegeschobene Decke ließ vermuten, dass er auf der Couch gelegen hatte. »Wohl nicht die Gewehre, will ich meinen.« Er lachte dröhnend, aber sein Blick ruhte mit zusammengekniffenen Augen auf Martin.

Gert Schneyder räusperte sich. »Herr Thies, was diese Waffengeschichte angeht, Schwamm drüber. Von unserer Seite jedenfalls. Bringen Sie das in Ordnung. Wenn Jagd- und Waffenschein sowie eine ordentliche Sicherung der Gewehre vorliegen, ist das Ihre Sache, ob Sie auf Tiere schießen oder nicht. Auch wenn ich privat dazu eine Meinung habe.«

»Ach, kommen Sie mir doch nicht so«, knurrte Thies kleinlaut. Trotzdem konnte er sich einen Nachsatz nicht verkneifen. »Aber das Steak auf dem Teller weisen Sie nicht zurück, was?«

»Doch, ich bin Vegetarier. Zugegeben noch nicht so lange, aber mittlerweile überzeugt.«

»Na dann. Jeder, wie er meint.«

»Stimmt. Sie sind ein bodenständiger Kommunalpolitiker, habe ich mir sagen lassen.«

»Von wem? Von ihm?« Thies machte eine Kopfbewegung zu Martin, ohne ihn anzuschauen.

»Und wenn? Könnte schlechter ausfallen, ein Urteil zum Ende der Karriere.«

Thies winkte ab. »Ich habe immer mein Bestes gegeben.«

»Sehen Sie: Das glaube ich Ihnen. Ich würde sogar sagen: Über alle Parteigrenzen hinweg. Trifft es das?«

»Na ja, die Demokratie, die war uns wichtig. Wir, die Nachkriegsgeneration, waren diejenigen, die antraten, um es besser zu machen.« Ruckartig hob er den Kopf. Als verstände er erst jetzt die Doppeldeutigkeit der Bemerkung. »Oder was wollen Sie mir unterstellen?«

»Unterstellen? Nichts. Gar nichts. Wie käme ich dazu?« Gert hob abwehrend die Hände.

»Was wird hier gespielt? Los, Ziegler, raus mit allem. Was wollen Sie?« Rote Flecken erschienen auf Wangen und Stirn und breiteten sich auf dem Gesicht aus.

»Wir wollen wissen, wie Ihre Beziehungen zu den drei Kandidaten sind. Was halten Sie von ihnen? Wie haben Sie Einfluss genommen?«

»Was für eine Frage. Das weiß doch jeder. KWK ist mein Kandidat der Stunde.«

»Herr Thies, das ist uns klar, dass Sie so aus rein parteitaktischen Gründen antworten müssen. Aber darüber hinaus?«

Sie mussten beide nichts hinzufügen. Thies war klar, dass er mit Verzögerungsspielchen nicht weiterkam.

»Was wollen Sie wissen?« Die Frage klang müde und resigniert. »Dass ich mir von Klaas Wilko mehr erhofft hatte? Dass ich mir im letzten Jahr die allergrößten Sorgen um die Insel gemacht habe? Dass ich tatsächlich die Art und Weise, wie Petra Mertens sich einbrachte, tausendmal überzeugender fand als das, was meine Parteikollegen abspulten? Als wenn man mit dem Verschenken von Kugelschreibern eine Wählerstimme gewinnen könnte? Ha! Das funktioniert selbst bei uns im Norden nicht. In Wirklichkeit hat es gerade bei uns nie zum Erfolg geführt. Das Volk der freien Ostfriesen lässt sich nicht bestechen.«

»Aber eine gewisse Trägheit, einen Hang, beim Gewohnten zu bleiben, könnte man doch unterstellen, nicht wahr?« Gert lehnte sich vor und verschränkte seine Finger.

»Das könnte man im Großen und Ganzen. Da setzt Klaas Wilko sein Pferd drauf. Keine Frage. Nur ich – ich glaube nicht, dass das reicht.«

»Sondern? Was braucht es stattdessen?«

»Sachthemen. Lösungen für das, was die Menschen bewegt. Es hilft nicht, die alten Werte hochzuhalten, wenn sie nicht mehr passen.«

»Heißt?«, hakte Martin ein. »Umwelt? Frauen? Vereinbarkeit von Job und Familie? Bezahlbarer Wohnraum? Rente? Europa? Flüchtlingspolitik?«

»Richtig.« Joseph Thies nickte. »Wer ehrlich ist, muss das zugeben. Wir können nicht mehr klein-klein, auch nicht auf unserer ostfriesischen Insel. Auch wenn wir uns für etwas Besseres halten als das europäische Festland vor unserer Nase.«

»Und warum besetzt ausgerechnet eure Partei die konservativen Ansichten? Statt mutig den Finger in die Wunde zu legen? Dinge zu verändern? Mich hätten Sie damit im Boot. Anne mit Sicherheit auch. Und viele, die so denken wie wir.«

»Ach«, Thies machte eine wegwerfende Handbewegung. »Vielleicht geht ihr beide wählen. Aber viele andere nicht. Unsere Partei geht auf Nummer sicher. Die Alten, die uns schon lange kennen, deren Kreuzchen ist uns sicher. Was glauben Sie, was die sagen würden, wenn aus meinem Munde plötzlich Worte wie Globalität, Gleichheit und Gender kämen? Ins Irrenhaus würden sie mich schicken. Für unzurechnungsfähig erklären.«

»Es wäre nicht Ihr Job, sondern der von Klaas.«

»Guter Witz, Nächster bitte!«

Martin sah schnell zu Gert, der ihn angrinste. Die Rechnung ging auf. Ein leises Triumphgefühl breitete sich in ihm aus. Es war, wie er vermutete. Thies hielt die Strippen in der Hand. Die Frage war, wie er Einfluss genommen hatte. Auf die beiden Konkurrenten. Auf Petra Mertens. Auf Malte Häusler.

»Ich hätte tatsächlich noch einen: Was sagen Sie zu dem Gerücht, dass Frau Mertens eine Affäre hatte?«

Thies schnappte nach Luft. »Was?«

»Wäre das so ungewöhnlich? Eine junge Frau. Erfolgreich, attraktiv.«

»Nur in der falschen Partei. Leider«, schnaufte Thies.

»Dann dienten Ihre Besuche bei ihr also dazu, sie zu bekehren? Sie zum Umdenken zu bewegen? Oder wenn nicht so radikal, dann, sich euch anzunähern? Was haben Sie ihr versprochen?« Martin versuchte, seine Worte nicht als Angriff klingen zu lassen.

Thies sah ihn verwirrt an. »Ich verstehe nicht …«

»Was wir wissen wollen«, griff Gert Schneyder ein, »dienten die nächtlichen Besuche politischen oder privaten Zielen? Denn, wenn man das Ganze weiterdenkt, könnte sowohl aus dem einen wie dem anderen ein Motiv zu filtern sein.«

»Nächtliche Besuche?«, stammelte Thies. Er griff mit der Hand zum Kragen seines Hemdes und öffnete einen Knopf.

»Und wo wir dabei sind: Für den Besuch bei Häusler – Sie wissen schon, der zu einem folgenschweren Einsatz in dessen Haus führte – hätten wir gerne eine Erklärung Ihrerseits. Denn das könnte der Geschichte eine andere Wendung geben. Nun, Herr Thies, wie sieht es aus?«

Mit allem hätte Martin gerechnet, nicht aber mit der Reaktion, die folgte. War das der machtversessene Kerl, der es liebte, jeden nach seiner Pfeife tanzen zu lassen? Martin konnte sich nicht des Eindrucks erwehren, dass mit Joseph etwas nicht stimmte. Ganz und gar nicht stimmte. Nach Gerts Worten war er in sich zusammengesackt. Wie eine zu lange gekochte Kartoffel fiel er in sich zusammen. Aus der massigen Gestalt wurde ein weiches, unförmiges Etwas, das hilflos die Hände hob. Dann ließ er sich zur Seite auf die Lehne des Sofas fallen, hob die Füße an und starrte an die Decke.

Martin sah besorgt zu Gert und zu Thies zurück.

»Herr Thies?«, fragte er.

»Am Anfang«, begann dieser mit leiser Stimme zu reden, »hatte ich tatsächlich andere Absichten. Unlautere, würden Sie dazu sagen. Ich gab den erfahrenen Politiker, allwissend, überheblich, herablassend. Wollte sie einschüchtern. Sie dazu bewegen, sich zurückzuziehen, aufzugeben. Dann hat es mir imponiert, wie sie dagegen gehalten hat. Sie war nicht wie Klaas, den alle meinen politischen Ziehsohn nannten. Was für ein Schwächling im Vergleich zu ihr. Sie war wunderschön, wenn sie sich ereiferte, und ich habe mich in ihr wiedergefunden. So engagiert und leidenschaftlich bin ich auch einmal angetreten in jungen Jahren. Immer mehr leuchtete es mir ein, wie fatal es ist, Politik nur auszusitzen. Dass sie die besseren Antworten hatte für unsere Insel. Und sie ließ sich auf den Diskurs mit mir ein. Dem Ausfechten von Pro und Wider. Der Suche nach dem besseren Argument. Nicht Klaas war mein politischer Ziehsohn, sie war die

Tochter, die es besser konnte. Nur eben in der falschen Partei.« Er verstummte.

Martin ahnte, dass es sinnvoll war, die Stille nicht zu durchbrechen. Gert sah es genauso. Nach kurzer Zeit sprach Joseph Thies weiter.

»Es waren väterliche Gefühle, die ich für sie hegte. Ich wollte sie beschützen, auch vor politischen Anfeindungen. Wollte ihr zur Seite stehen, selbst wenn ich Klaas und meine Partei damit schwächte. Zu den väterlichen Gefühlen kamen großväterliche für die Kinder. Obwohl wir uns selten in der Öffentlichkeit begegneten. Abends, wenn ich kam, schliefen sie meist. Nur manchmal, bei Albträumen, sahen sie mich, fragten nach. Es war, als mochten sie mich.« Er seufzte tief.

»Ich wurde zu einer Vertrauensperson. Petra hatte es nicht leicht. Ja, sie stand ihre Frau. Politisch und im Job war sie eine Alphafrau. Sie würde sich auch von mir nicht die Butter vom Brot nehmen lassen, so viel war klar. Aber daneben war dieser andere Mensch. Die Frau. Die Verletzungen und Enttäuschungen davongetragen hat. Vielleicht sogar traumatisiert war durch den Tod ihres Mannes. Den damit verbundenen Fragen und Vorwürfen, den Anklagen und Gerüchten. Bei mir holte sie sich Rat. Mir vertraute sie. Lehnte sich an. Und dann – dann ist es passiert.«

»Passiert?« Die Frage kam gleichzeitig.

»Aus der Vertrautheit wurde eine Liebesaffäre. Ohne dass ich es gewollt, geschweige forciert hätte. Ich alter Bock – was sollte ich für Chancen bei ihr haben? Aber dann war es doch so. Unmerklich sind wir von einem Zustand in den anderen geglitten.« Er schlug sich die Hände vor das Gesicht und blieb schwer atmend liegen.

Sein Bauch bewegte sich auf und ab und erinnerte Martin an einen Wal, der träge im Wasser schwimmt. Er konnte sich kaum vorstellen, wie dieser alte Mann bei Petra Mertens hatte landen können. Oder doch: die erotische Anziehungskraft zweier Alphatiere. Gepaart mit Einsamkeit auf der einen und Angst vor dem Alter auf der anderen. So könnte es gewesen sein. Aber was zum Teufel bedeutete das im Zusammenhang mit Petra Mertens Tod?

Martin rief sich in Erinnerung, wie Thies öffentlich reagiert hatte. Bärbeißig hatte er gewirkt. Sowohl bei der Versammlung in seinem Büro als auch bei der Konfrontation wegen der verbuddelten Gewehre. Trauer hatte Martin nicht sehen können. Aber wenn es diese Affäre, diese Liebesbeziehung oder nur die väterliche Vertrautheit gegeben hatte, dann musste Thies ein Interesse haben, mit ihnen zusammenzuarbeiten. Den Todesfall aufzuklären.

Gert schien ähnliche Gedankengänge zu haben. Er stand auf und ging durch das Zimmer, blieb am Fenster stehen und sprach nach draußen: »Was ist mit Petra Mertens geschehen, Herr Thies? Wer, wenn nicht Sie, könnte uns weiterhelfen? Gibt es etwas, was Sie uns zu sagen haben?«

Thies rührte sich nicht. Sein Blick war starr an die Decke gerichtet.

»Herr Thies, bitte! Gibt es etwas, was Sie uns sagen können? Ihnen ist klar, dass wir Ihr Alibi für die Todesnacht überprüfen müssen. Wenn es also etwas zu sagen gibt …«

»Ich habe sie nicht retten können. Verdammt. Das werde ich mir nie verzeihen.« Er drehte sich zur Seite, sodass das Gesicht zur Rückenlehne lag. Dann zog er sich die Decke bis über den Kopf.

Sie brachten ihn nicht mehr zum Sprechen. Resigniert gab Gert das Zeichen zum Aufbruch. Natürlich hatte sich Thies in den engsten Kreis der Verdächtigen katapultiert. Aber was hatten sie gegen ihn in der Hand? In Wirklichkeit nichts. Sie würden alle Ergebnisse, die sie bisher hatten, unter den neuen Gesichtspunkten abgleichen. Und überprüfen müssen, wo Thies in der Tatnacht gewesen war. Dazu hatten sie nichts mehr aus ihm herausbekommen.

Martin zog die Haustür des Bürgermeisters hinter sich zu. Draußen sog er die salzige Nordseeluft tief in seine Lungen ein. Ihm war, als trete er aus einer düsteren Höhle in eine neue, reine Welt. Dabei waren sie kaum einen Schritt weiter.

»Hm, das ist ja eine herzzerreißende Lovestory, die uns euer Bürgermeister dargeboten hat. Glaubst du die Geschichte, oder hat er den Oscar der Laienschauspieler verdient?«

Martin öffnete die Tür des Polizeiwagens und stützte sich darauf ab. »Schwer zu sagen. Ich habe nicht das Gefühl, auf der richtigen Fährte zu sein.«

»Dann auf zu den Merlenbuschs?«, fragte Gert.

»Wird Zeit.« Martin zog sein Handy aus der Tasche, um auf die Uhrzeit zu sehen. Sein Blick glitt automatisch über die angezeigten Nachrichten auf dem Sperrbildschirm. »Ups, was ist denn das?«, entfuhr es ihm. Hektisch öffnete er den Messenger.

»Was?« Gert sah ihn mit hochgezogenen Brauen an.

»Anne schreibt. Sie sitzt bei Frau Dirkens. Die alte Dame, die Thies beim Buddeln der Gewehre erwischt hat.«

»Ja und?«

»Anne hat bei ihr nachgefragt, ob sich jemand auf der Insel mit Tarotkarten auskennt.«

»Und? Hat sie eine Antwort bekommen?«

»Und ob. Zwei Freundinnen von Frau Dirkens. Sie haben sich bereit erklärt, unsere Fragen zu beantworten. Aber das ist nicht das Entscheidende.«

»Das dachte ich mir. So wie du redest. Also spuck es aus: Wer noch?«

»Halt dich fest.« Er deutete mit dem Finger auf das Haus, aus dem sie gerade gekommen waren. »Seine Ehefrau. Dagmar Thies. Ist das nicht ein Ding?«

∗

Er steuerte den Wagen über die engen Serpentinen. Ruth hielt das Tablet mit beiden Händen umklammert und nahm die Landschaft kaum wahr. Die Videos, die Oskar aufgerufen hatte, nachdem sie das Haus von Elisabeth verlassen hatten, hallten in ihr nach. Selbst ihr als Psychologin war nicht klar gewesen, in welcher Dimension sich Dinge verselbstständigen konnten, die früher nur im Kleinen stattfanden. Selbstverständlich hatte sie von solchen Klientinnen gehört, aber …

»Bist du dir sicher, dass ich weiterfahren soll?«, unterbrach Oskar ihre Gedanken.

»Hm«, nickte sie nur. Wohin sollten sie sonst? Zurück in seine Wohnung? In ein Café mit plappernden Menschen? Beides passte nicht und würde sie erdrücken.

Die Sonne blinzelte durch die kahlen Bäume. Ruth hatte nichts dagegen, dem Licht entgegenzufahren nach der Düsternis und Beklommenheit des Hauses, in dem Betty wohnte.

»Das Siebengebirge und den Drachenfels heben wir uns für deinen nächsten Besuch auf, einverstanden? Das wäre heute eine Spur too much. Was meinst du?«

Ruth ahnte, dass Oskar wegen ihrer Betroffenheit ein schlechtes Gewissen hatte. Die Stimmung des freien, gemeinsamen Wochenendes schien vorbei. Stattdessen war genau das passiert, was ihr Sorgen bereitet hatte. Sie war in etwas hineingerutscht, das ihr keine Ruhe mehr lassen würde. Bis sie verstände, was vor sich ging. Bis die Zusammenhänge auf dem Tisch lagen.

Einen Moment war sie versucht, Martin anzurufen. Sich nach dem Stand der Ereignisse auf Norderney zu erkundigen. Vielleicht, um sich einen Auftrag von ihm abzuholen, den Dingen im Rheinland auf die Spur zu kommen. Obwohl sie keinerlei Anhaltspunkte hatten, ob das seltsame Gebaren und die unzusammenhängenden Erinnerungsfetzen, die Betty ihnen hysterisch präsentiert hatte, mit dem Geschehen auf Norderney zusammenhingen.

»Schau mal, ist das nicht großartig?« Oskar deutete auf den gelben Feuerball, der am Ende der aufwärts führenden Straße genau zwischen den Bäumen stand. »›Highway to the sun‹, könnte man meinen.«

»Das ist also …«, Ruth runzelte die Stirn. Sie hatte nicht sehr aufmerksam zugehört, als Oskar einen Spaziergang auf einem Plateau vorgeschlagen hatte.

»Die Erpeler Ley. Habe ich dir von unten gezeigt. Da vorne steht das Friedenskreuz.«

Er parkte neben einem Restaurant, dessen Terrasse voller Besucher war, was angesichts des beständigen Wetters kein Wunder war. Erst für den Abend hatte der Wetterdienst Regen gemeldet. Leider genau dann, wenn sie ihre Heimfahrt nach Osnabrück antrat. Trotzdem hatte sie den Wochenendbesuch nicht früher abbrechen wollen.

»Gehen wir nach vorne?«, fragte Oskar. »Gleich schlagen wir den Weg durch den Wald ein, aber die Aussicht von hier oben ist so großartig, das solltest du als Erstes sehen.«

Ruth kramte in ihrem Rucksack nach der Sonnenbrille. Wie üblich hatte sich das verbeulte Etui geöffnet, und die

Brille lag verstaubt und verkratzt zwischen all dem anderen Krimskrams, den sie seit Ewigkeiten mit sich herumschleppte. Sie wischte die Gläser an ihrem T-Shirt ab, überlegte kurz, ob sie einen Pulli oder eine Jacke bräuchte, ließ aber beides im Auto zurück. Wenn es zu kalt würde, musste sie sich eben schneller bewegen. Und das würde ihr angesichts der Gedankenflut guttun.

»Da vorne, die Kugel auf der anderen Rheinseite, ist übrigens ein Radom, eine Antennenkuppel. Ich habe als Kind gedacht, dort würden Außerirdische starten und landen.«

Nun musste Ruth lachen. Die Vorstellung des kleinen Jungen, der sich in einer Mischung aus Angst und Faszination die Welt zu erklären versuchte, gefiel ihr.

»Und heute? Was glaubst du heute?« Sie griff nach seiner Hand.

»Meistens an weitaus weniger Abenteuerliches. Als Journalist wirst du schnell auf den Boden der Tatsachen geholt.«

»Aber manchmal tragt ihr durchaus dazu bei, dass die Dinge spektakulärer wirken, als sie sind.«

Oskar schnaufte mit gespielter Empörung. »Ich hoffe, du redest nicht von Fake News.«

»Nein, tue ich nicht. Dafür empfinde ich die Medien als viel zu wichtiges Instrument und bin überzeugt, die meisten sind sich ihrer Verantwortung bewusst.«

»Aber …?«

Ruth lachte. »Konnte man das Aber so laut hören? Du hast recht. Einen Einwand habe ich. Die Grenzen sind fließender geworden. Der Markt für jeden Einzelnen kleiner. Da wird mit Schlagzeilen gelockt, die Sensation gesucht, und jeder Skandal erfährt ein Übermaß an Aufmerksamkeit.«

»War das nicht schon immer so? Ich glaube, das ist nicht

fair, wie du es darstellst. Überleg mal, wie reißerisch früher die Zeitungsträger die Nachrichten verkündeten.«

»Mag sein. Aber heute ist alles viel näher. Entfernungen spielen keine Rolle. Und jemand, der Aufmerksamkeit möchte, muss den Skandal nur inszenieren. Et voilà! Schon hat er sie. Das halte ich für ziemlich gefährlich. Die Medien suchen nicht die Nachrichten, sondern bekommen sie serviert.«

Ruth starrte auf die Landschaft, die sich unterhalb des Schieferplateaus zu beiden Seiten des Rheins ausbreitete. Kleine Dörfer und Städte, die sich die Hügel hinaufzogen, dahinter eine schwungvolle Höhenlandschaft. Die Eifel, wenn sie geografisch nicht falschlag. Eisenbahnschienen, Autostraßen, Schifffahrtswege. Vom anderen Rheinufer erscholl ein Martinshorn, sie sah einen Feuerwehrwagen, der sich in träger Langsamkeit über eine Brücke zu bewegen schien, obwohl er wahrscheinlich in hohem Tempo fuhr. Schein und Wirklichkeit. Überall.

»Du hast nicht unrecht.« Oskar streifte am Geländer entlang, das voller Liebesschlösser hing. Ab und an nahm er eins in die Hand und starrte auf die Initialen. Jetzt aber richtete er sich auf und sah ihr in die Augen. »Sind das allgemeine Ausführungen, oder stehen sie im Zusammenhang mit unserem Besuch bei Betty? Hast du Sorge, dass ich eine reißerische Reportage verfasse über eine Frau, die psychisch krank ist? Und das nicht erst seit gestern, sondern seit vielen Jahren. Womöglich damals schon, als sie auf den Billardtisch der Diskothek gestiegen ist.«

Ruth trat neben ihn und ergriff ein Schloss in Herzform. »Nein, ich mache mir keine Sorgen. Ich halte dich für einen seriösen Berichterstatter.« Sie lachte auf. »Während ich in anderer Hinsicht eher an deiner Seriosität zweifle.«

»So, so.« Er rückte die Brille auf die Nase. »Das kannst du mir gerne im Detail erläutern.« Er versuchte einen ernsten Gesichtsausdruck. »Frau Psychologin«, schob er gespielt ironisch hinterher.

»Nein, im Ernst. Ich dachte darüber nach, was für eine Verbindung zu diesem Todesfall auf Norderney bestehen könnte. Da gibt es eine verwandtschaftliche Komponente. Aber die Kontakte ruhten seit vielen Jahren. Der Tod ihres Bruders ist einige Jahre her. Elisabeth aber schien intensiv damit beschäftigt. Als wäre es gestern passiert. Kann es sein, dass sie neu getriggert wurde? Weil Petra Mertens durch die Kommunalwahl stark im Fokus stand?«

»Aber sie hatte sich als Bürgermeisterin für Norderney beworben. 400 Kilometer liegen dazwischen. Ich verstehe nicht …«

»Doch, doch, das ist der Punkt. Früher hätte sich im Rheinland niemand für eine Wahl in Ostfriesland interessiert. Aber Facebook, Instagram, die Medien an sich, immer auf der Suche nach einer Story – auf einmal hört und sieht man tatsächlich den Sack Reis in China umfallen.«

»Interessanter Gedanke.« Oskar nahm ihre Hand. »Würdest du ein Schloss mit unseren Initialen haben wollen?«, fragte er.

»Blödmann.« Ruth stieß ihren Ellenbogen in seine Seite. »Lass uns lieber spazieren gehen.«

Sie folgten dem Weg bis zu einem massiven Gedenkstein.

»Das Zeppelin-Denkmal«, erklärte Oskar und zog sie schnell auf die große geschwungene Aussichtsbank, die gerade frei wurde.

»Unglaublich, diese Puppenlandschaft zu unseren Füßen. Als hätte jemand eine riesengroße Modelleisenbahn errichtet.« Ruth schob sich die Sonnenbrille in die Haare.

»Genau den Gedanken habe ich jedes Mal, wenn ich hier oben bin. Die Welt – ein Spielzeugland.«

»Womit wir beim Thema wären: Betty von Möwitz hat sich ebenfalls eine eigene Welt geschaffen. Weil sie das echte Leben nicht annehmen konnte. Oder weil sie es nicht aushalten kann. Es muss ein gravierender Auslöser gewesen sein, der dazu geführt hat. Kann das der Tod des Bruders gewesen sein? Weil er ihre instabil angelegte Persönlichkeit vollends erschüttert hat?«

»Das ist eine spannende Frage. Ich habe mir vorgenommen, bei Thomas nachzuforschen. Ich wette, er hat sich weiter umgehört, nachdem ich mit den alten Geschichten gekommen bin. Wenn ich eine Story über den Ausstellungseklat machen will, soll das gut unterfüttert sein.«

»Sehr gut.« Ruth drehte sich zu ihm und streichelte sein Gesicht. »Seriöser Journalismus, das gefällt mir. Wann willst du mit Thomas reden? Gleich?«

»Nein. Heute Abend, wenn du nach Hause fährst. Der Rest des Nachmittags gehört ausschließlich dir.« Er rutschte näher an sie heran und suchte ihren Mund.

Ruth schloss die Augen und genoss die Wärme des Kusses und der Sonnenstrahlen. Alles an ihr wurde weich und nachgiebig. Sie ließ sich fallen. Oskars Arme legten sich um sie. So könnte es ewig bleiben, dachte sie, und schob schnell die Aussicht auf den gemeldeten Regen und die anstrengende Autobahnfahrt beiseite. Noch war Sonntag. Noch war Nachmittag. Alles andere … Plötzlich war der klitzekleine Einfall da. Nahm Gestalt an. Sie überlegte. Warum nicht? Nur weil Oskar arbeiten musste? Das war kein Hinderungsgrund. Sie war unabhängig von Zeit und Ort. Und da gab es was. Etwas, das sie nicht losließ. Etwas, dem sie nachgehen würde. Um es besser zu verstehen.

Sie schob Oskar zwischen zwei Küssen weg. Ließ ihre Hände auf seiner Brust liegen und murmelte: »Du, ich hab eine Idee. Ich fahre nicht zurück. Jedenfalls nicht heute Abend. Was meinst du? Einverstanden?«

»Einverstanden?« Oskar antwortete träge, als verstände er den Sinn der Frage nicht. Er küsste sie erneut und zog sie näher an sich heran. »Aber so was von einverstanden«, murmelte er.

Ruth lächelte. Der Gedanke an den abendlichen Regen bekam einen neuen Reiz. Gar kein schlechter Plan, würde sie meinen. Weder für heute noch für morgen.

*

»Die Fähre kommt auf die Minute pünktlich.« Martin zeigte auf das Wasser hinaus. Die »Frisia« schob sich durch das ruhige Meer auf das »Haus Schiffahrt« zu.

»Sieh mal, wer da steht.« Gert ließ das Fenster herab.

Sabine Hollstein war mit einer früheren Fähre auf die Insel gekommen. »Bei dem Wetter musste ich das ausnutzen. Ich habe eine kleine Fahrradrunde hinter mir und ein spätes Frühstück. So fühlt sich das Treffen weniger nach Arbeit an.«

Gert deutete mit beiden Händen auf seine Brust. »Verstanden, das schlechte Gewissen ist bei mir. Ich werde morgen mit deiner Chefin telefonieren und mindestens ein Lob, besser ein paar Stunden Freizeitausgleich herauskitzeln.«

Sabine lachte. »Na dann, umso besser. Ehrlich gesagt, wollte ich nicht dieselbe Fähre wie die Merlenbuschs nehmen. Auch wenn ich auf das Gespräch gespannt bin.«

Es dauerte nicht lange, bis Britta und Roland Merlenbusch aus dem Hafenterminal traten. Gert hob die Hand, aber der Polizeiwagen war sowieso nicht zu übersehen. Nachdem Martin der Sozialarbeiterin das Du angeboten hatte, stellte er sich dem Ehepaar vor.

»Ich fahre mit dem Rad vor, dann bin ich nachher unabhängig«, winkte Sabine ihm zu.

Martin dagegen bat die anderen, im Auto Platz zu nehmen.

Gert drehte sich nach dem Anlegen des Sicherheitsgurtes um. Er würde beobachten wollen, wie das Ehepaar auf die Insel reagierte, nachdem sie gestern beim Abschied behauptet hatten, bisher nie hier gewesen zu sein.

Martin betrachtete Britta Merlenbusch im Rückspiegel. Sie schien weder seine noch Gerts Blicke wahrzunehmen. Ihm fiel ihre blasse Gesichtsfarbe auf sowie die tiefen Schatten unter den Augen. Die Lippen waren blutleer. Da hatte jemand keine gute Nacht gehabt, das konnte man sehen. Und so hob sie während der Fahrt nicht den Blick, der konstant auf ihre Handtasche gerichtet war.

Die Stimmung auf dem Revier war angespannt. Gert hatte nach der Fahrt den Kopf geschüttelt, auch ihm war nichts Besonderes aufgefallen. Martin führte sie in den Besprechungsraum, der von seinen Mitarbeitern vorbereitet wurde. Die ersten Minuten verbrachten sie mit dem Anreichen von Getränken.

Dann gab es kein Ausweichen mehr.

Gert platzierte ein Aufnahmegerät auf dem Tisch und gab die offiziellen Daten ein: Tag, Uhrzeit, Anwesende.

Er räusperte sich und wandte sich an das Ehepaar. »Bitte verstehen Sie mich nicht falsch. Dass wir Sie erneut befragen, hat nichts mit Behördenwillkür zu tun. Sie wissen, wie wichtig Ihre Angaben für uns sind. Und«, er machte eine

Pause, sodass Britta Merlenbusch zu ihm aufschaute, »es ist wichtig für die Kinder.«

Frau Merlenbusch nickte.

Martin zog einen Block heran und drückte die Mine des Kugelschreibers heraus. Er war bei diesem Gespräch Statist und Gastgeber. Sicherte das Vier-Augen- und Vier-Ohren-Prinzip. Eingreifen würde er nur, wenn es notwendig wurde.

»Frau Merlenbusch, wir haben gestern das Gespräch an der Stelle beendet, als Sie uns von Ihrem Verhältnis mit Hanno von Möwitz berichteten und davon, wie es zum Bruch mit Petra Mertens kam. Wenn Sie das bitte wiederholen würden?«

Die Angesprochene schaute kurz zu ihrem Mann, richtete sich auf und sprach mit unerwartet klarer Stimme: »Ja, es stimmt. Roland und ich haben die ganze Nacht geredet. Wir wollen reinen Tisch machen. Ein für alle Mal.«

Sie machte eine Pause, legte die Stirn in Falten, zog das Aufnahmegerät zu sich heran. So, als sei es ein Mikrofon, das ihre Aussage verstärken konnte. Martin, der eingreifen wollte, nahm sich auf einen Wink von Gert zurück.

»Hanno und ich hatten ein Verhältnis. Trotzdem stimmt alles andere, was ich Ihnen gestern berichtete. Dass wir uns vor der Geburt der Kinder kaum kannten und ich eher aus Zufall Klaras Patentante geworden bin. Für mich war das Glück und Fluch gleichermaßen. Ich mag Kinder sehr. Umso schlimmer, dass sich meine eigenen Kinderwünsche nicht erfüllen sollten. Entweder, weil der Partner fehlte oder …« Sie brach ab und schaute verlegen zu ihrem Mann.

Martin verstand den Blick, Gert hatte ihn über das gestrige Gespräch in Kenntnis gesetzt.

»Na ja, damals war das wirklich schwer. Die Kinder mochten mich, alle beide. Vielleicht, weil ich die Geschenketante war. Mag sein. Aber zwischendurch spürte ich ein hohes Maß an Vertrautheit. Manchmal, wenn ich Klara ins Bett brachte und ihr eine Geschichte vorlas, wenn sie mit müden Augen und rosigen Bäckchen lauschte, wenn sie ihre Ärmchen um mich schlang, um mir ein Gute Nacht ins Ohr zu hauchen, dann war ich der glücklichste Mensch auf der Welt. Für Sekunden fühlte ich intensiv, was das bedeuten musste, Mutter eines eigenen Kindes zu sein. Aber dieses Glücksgefühl schlug in die Erkenntnis um, es nur geborgt zu bekommen, und die Sehnsucht nach einem Kind trieb mir oft die Tränen in die Augen.«

Hektisch suchte sie ein Taschentuch.

»Sie müssen wissen, Hanno von Möwitz war sehr kinderlieb. Überhaupt ein eher weicher, liebevoller, nachgiebiger Mensch. Einer, der sich nicht in den Vordergrund drängte, aber wusste, was er wollte. Auf die eher subtile Art. Petra, seine Frau, galt als die Härtere von beiden. Als sie sich mit dem Familiennamen durchsetzte, überraschte das alle, festigte dann aber diesen Ruf.«

»Also keine Traumehe?«

»Doch. Schon. Lange Zeit zumindest. Bis Petra unzufriedener wurde. Während ich mich nach Kindern sehnte, fühlte sie sich in ihren Möglichkeiten eingeschränkt. Vor allem, weil es beruflich für sie nicht weiterging.«

»Hatten die beiden die klassische Rollenteilung? Das muss ja heutzutage nicht mehr sein.«

»Stimmt. Versucht haben sie sicher alles. Trotzdem, auch bei großzügiger Fremdbetreuung, auch mit Au pair und einem abgestimmten Dienstplan ist es nicht leicht. Und wenn im Unterstützersystem etwas nicht funktioniert, sind es doch meist die Mütter, die in die Bresche springen.«

»Was sich wiederum auf die Ehe auswirkt?«

»Kann sein. Ich weiß es nicht. Ich wollte damals gerne annehmen, dass die Ehe zwischen Hanno und Petra am Ende ist. Gefragt habe ich nie. Mir nur meine Gedanken gemacht und Schlüsse daraus gezogen. Möglicherweise die falschen.«

»Aber es ist zu einer«, Gert schien nach dem richtigen Wort zu suchen, »Annäherung zwischen Ihnen und Hanno gekommen?«

»Ja.« Britta senkte den Kopf für kurze Zeit, um ihn dann wie ein aufgeschreckter Vogel ruckartig hochzureißen.

»Ja. Hanno hatte so eine Situation zwischen mir und seiner Tochter beobachtet. Er hat mich in den Arm genommen, als ich Klaras Zimmer verlassen wollte. Wohl, um mich zu trösten. Aber es war sofort etwas anderes da.« Sie lachte heiser auf. »Wenn es nicht so platt klingen würde, könnte man meinen, uns hätte der Blitz getroffen. Amors Pfeil oder so etwas.«

»Also die große Liebe?«, wollte Gert wissen.

»Nein. Wahrscheinlich nicht. Nach all den Jahren Abstand würde ich das verneinen. Wir haben in dem jeweils anderen etwas gefunden, das die damaligen Bedürfnisse und Sehnsüchte bediente.« Sie sah ihren Mann an und lächelte fein. »Was wirkliche Liebe bedeutet, weiß ich erst heute.«

»Aber eine Affäre hat sich aus diesem Abend heraus entwickelt?«

»Leider. Aus der heutigen Sicht. Es gibt kaum etwas, für das ich mich mehr schäme. Wie heißt es doch: Was du nicht willst, was man dir tut. Damals hatte ich ein solch moralisches Urteilsvermögen nicht. Oder habe es verdrängt.«

»Die Affäre ging damals, bis Hanno von Möwitz zu Tode kam? Ist das richtig? An der Stelle haben wir gestern abgebrochen.«

Ein seltsames Quieken kam aus Britta Merlenbuschs Mund. Sofort rückte ihr Mann näher an sie heran und legte den Arm um sie. Martin sah, wie sich seine Muskeln unter dem Sweatshirt anspannten. Ein Bodyguard hätte keinen besseren Job machen können.

»Frau Merlenbusch?« Gert flüsterte fast.

»Ja. Ja. Gleich. Bitte, ich brauche einen Moment. Es ist – wirklich.« Sie schlug die Hände vor das Gesicht. »Ach Gott, ich schäme mich so sehr. Ich schäme mich so sehr.«

»Gibt es etwas, das Ihnen das Reden leichter macht?« Gert blickte in die Runde.

Britta Merlenbusch winkte ab. »Schon gut. Roland weiß alles. Das war das Schlimmste. Ihm zu gestehen, was damals passiert ist.«

»Sie haben das Gerücht in die Welt gesetzt, dass Petra Mertens ihren Mann hat umbringen wollen? Dass er deswegen zu Tode gekommen ist?«

Das Nicken war kaum auszumachen. Gleichzeitig wurde das Zimmer schlagartig düster. Martin stand auf und trat ans Fenster. Dicke Regenwolken schoben sich landeinwärts. Die allerersten seit Tagen. Er seufzte leise und ging zum Lichtschalter. Schon seltsam, wie das Wetter zu manchen Geschichten den passenden Rahmen lieferte. Auch wenn er wusste, dass das eine mit dem anderen nichts zu tun hatte, mutete es beklemmend an.

Er nahm wieder Platz und begann, mit dem Kugelschreiber Achten auf das Papier zu malen. Als hätte Frau Merlenbusch warten wollen, bis er saß, fuhr sie erst jetzt mit leiser Stimme fort.

»Ich war geschockt. Traumatisiert. Fassungslos. Keineswegs nur gekränkt. Hannos Tod nahm mir alles. Jede Hoffnung. Auch wenn es nur eine Affäre war. Auch wenn ich nur die Geliebte gewesen bin. Natürlich hatte ich mir Hoffnungen gemacht. Nun war alles am Ende. Hanno war weg. Für immer. Unwiederbringlich.« Sie schwankte auf ihrem Stuhl und griff nach der Tischplatte, um sich festzuhalten. Sie stieß einen schmerzvollen Laut aus. Dann brach es aus ihr heraus: »Und ich hatte Schuld.«

Martin warf Sabine Hollstein einen überraschten Blick zu. Auch diese riss die Augen auf. Nur Roland Merlenbusch und Gert reagierten nicht. Blieben ruhig. Doch die Spannung, die im Raum lag, war mit den Händen zu greifen.

Britta Merlenbusch wunderte sich über Gerts ausbleibende Reaktion. Schnell hob sie den Kopf. Zog das Aufnahmegerät näher zu sich, umklammerte es mit den Händen. Martin sah, wie sie sich weiter in die Arme ihres Mannes drückte.

»Also gut. Ich habe Roland versprochen, alles zu sagen. Ich muss es sagen. Ich kann damit nicht länger leben. Nicht nach Petras Tod.«

»Sagen Sie, wie es gewesen ist.« Gert lächelte aufmunternd.

»Ich war dabei, als Hanno starb. Deswegen bin ich schuld. Ich ganz allein. Und nicht das Kind. Das Kind kann nichts dafür. Als Mattis damals ins Badezimmer kam und seinen Vater beim Skypen mit mir überraschte, stieß Hanno das Handy vor Schreck vom Badewannenrand. Es rutschte ins Badewasser, in dem er saß.«

Ihre Stimme brach, während alle betroffen schwiegen.

In die Stille hinein flüsterte sie: »Ich war nicht nur schuld. War dabei, wie Hanno starb. Und Mattis weiß es. Mattis hatte meine Stimme erkannt. Verstehen Sie jetzt?«

*

MONTAG, 25.03.

Habgier

»Moin, Gert, schon am Werk?« Martin klopfte an die Tür der Teeküche und deutete auf den aufgeklappten Laptop.

»Martin. Moin. Du weißt doch: Der frühe Vogel …«

»Ich befürchte, es liegt eher an der spartanischen Unterkunft, was?« Martin zeigte nach oben, wo sich die Zimmer für die Saisonkräfte befanden.

»Nee, da bin ich nicht anspruchsvoll. War eine gute Nacht. Habe deinen Tipp umgesetzt und bin zu einem Schlummertrunk aufgebrochen. Danach ein kurzer Spaziergang durch den Regen auf der Promenade – das alles hat für die richtige Bettschwere gesorgt. Wie war dein Abend?«

»Ruhig. Ich soll dich von Anne grüßen.«

»Bist du schlauer, was die Tarotkarten anbelangt?«

Martin grinste. »Meinst du, Anne hätte einen Schnellkurs absolviert? Nein, leider nicht. Das Vergnügen werden wir gleich haben.«

»Wie bitte?«

»Richtig gehört. Unsere Frau Dirkens hat für heute Morgen eine Freundin eingeladen, die des Tarotlegens mächtig ist. Wir haben die Ehre dazuzukommen.«

»Und das ist zufälligerweise die Frau des amtierenden Bürgermeisters?« Gert zwinkerte ihm zu, aber Martin schüttelte bedauernd den Kopf.

»Nein, leider nicht. Das wäre zu einfach. Vielleicht auch

zu offensichtlich. Wenn wirklich Thies hinter der Sache steckt.«

»Oder seine Frau. Was nicht auszuschließen wäre. Eifersucht als Motiv ist nicht zu unterschätzen.«

Martin holte einen Becher aus dem Hängeschrank und goss sich einen Kaffee ein. »Stärker als alles, was wir Thies unterstellen können.«

»Vorausgesetzt, er hat uns die Wahrheit erzählt.«

»Wir sollten ihm auf den Zahn fühlen, was meinst du? Die Frage, was er bei Häusler wollte, ist nicht geklärt.«

»Sehe ich genauso. Übrigens habe ich eben mit Sabine telefoniert.«

»Sabine Hollstein? Auch ein früher Vogel?«

»Zumindest heute. Ihr lässt die Sache keine Ruhe. Das, was die Merlenbuschs gestern ausgepackt haben. Dass sie sich überhaupt getraut haben, Kontakt zu den Kindern aufzunehmen, nach allem, was vorgefallen ist.«

Martin warf den Löffel, den er aus der Schublade genommen hatte, angeekelt in die Spüle und nahm sich einen neuen. »Sie scheint vollkommen kopflos die Chance gewittert zu haben, sich ihren Kinderwunsch auf diese Weise zu erfüllen. Wahrscheinlich ist sie davon ausgegangen, dass Mattis vergessen oder verdrängt hat, was damals passiert ist. Er war jung.«

»Wir wissen nicht, wie Petra Mertens mit der Situation umgegangen ist. Wie sie den Kindern den Tod des Vaters erklärt hat. Ob Mattis verstanden hat, was er mit seinem Erscheinen im Badezimmer ausgelöst hat. Es ist davon auszugehen, dass Frau Mertens ihren Sohn vor der Wahrheit schützen wollte.«

»Und dass sie Britta Merlenbusch als die Verursacherin ansah. Was ja auch stimmt, im engeren Sinne zumindest.«

»Es ist nicht zu fassen. Ein Handy am Stromkabel auf dem Badewannenrand. Hanno von Möwitz hatte doch Grips in der Birne, sollte man meinen.«

»Vielleicht hat der Geburtstagsdrink zu einem Aussetzer geführt«, sinnierte Martin.

»Tragisch. Für alle Beteiligten.« Gert stand auf und verschränkte die Hände auf dem Rücken. Seine Augen wurden schmal, und es war, als fixiere er einen imaginären Punkt an der Tür. Martin drehte sich um. »Was denkst du?«, fragte er nervös.

»Wie schwierig es für Petra Mertens gewesen sein muss. Sie, die sowieso in der Kritik der Familie stand, weil sie Hanno angeblich entfremdete und für sich und die Kinder einen anderen Familiennamen gewählt hatte, geriet nach dem Unfalltod des Mannes unter Verdacht. Was hatte sie für Möglichkeiten? Stand mit dem Rücken zur Wand, so muss man das sehen. Dabei war sie die betrogene Ehefrau. Nichts, was man gerne der Öffentlichkeit preisgibt. Zusätzlich konnte sie nicht offen sagen, was genau geschehen war, denn sie musste Mattis schützen. Den Jungen traf keine Schuld, aber die Last läge ein Leben lang auf ihm. Also wird sie alles dafür getan haben, dass er das Ereignis anders abspeichert. Kein Wunder, dass die Gerüchte rankten.«

»Deswegen war es notwendig, den Kontakt abzubrechen. Zu allen. Zur Familie. Zu den Freunden. Weil Mattis vielleicht erzählt hätte, wie es gewesen war. Und wäre das erst einmal in der Welt gewesen, hätte jemand die Erinnerung daran wecken können. Wenn Mattis vergessen sollte, was passiert war, brauchte sie die Deutungshoheit.«

»Nur Britta Merlenbusch war Mitwisserin.« Gert löste die Hände und steckte sie in die hinteren Taschen seiner

Jeans. »Sie wird kein Interesse gehabt haben, die Dinge beim Namen zu nennen.«

»Das stimmt.«

»Wahrscheinlich hat sie sich eingereiht in das Gejammer um den Kontaktabbruch. So fiel nicht auf, dass bei ihr andere Ursachen vorlagen.«

Beide schwiegen einen Moment, jeder in seinen Gedankengängen.

»Hm«, machte Gert schließlich. »Wirklich seltsam. Wenn man diese Geschichte betrachtet, hätte eigentlich Petra Mertens allen Grund der Welt gehabt, Britta Merlenbusch zu ermorden.«

Martin nickte nachdenklich. »Aber eher unwahrscheinlich nach all den Jahren. Es verhält sich andersherum: Petra Mertens ist tot.«

»Was aber nicht die Schlussfolgerung zulässt, dass Britta Merlenbusch die Täterin ist, oder?«

Martin schüttelte den Kopf. »Nein. Ich denke, sie scheidet mangels eines belastbaren Motivs aus.«

»Meinst du auch, ja? Der unerfüllte Kinderwunsch wäre arg konstruiert, um als Grund für die Tat herzuhalten, was? Auch wenn sie verdammt schnell auf der Matte stand.« Er lachte zynisch.

»Na ja, den Kontakt haben wir aufgenommen. Weil sie sich leicht als Patin identifizieren ließ. Dass wir schicksalhaft als die nächste sich öffnende Tür angesehen wurden, kann man ihr nicht verdenken. Sie wird ihre Schuld verdrängt haben.«

»Die ja auch nur eine moralische wäre. Schuld im engeren Sinne hatte Hanno von Möwitz selbst mit dem leichtfertig eingesteckten Stromkabel.«

»Also eine kalte Fährte, was?« Martin stellte die leere Kaffeetasse in die Spüle und ließ Wasser hineinlaufen.

»Ja, eine kalte Fährte. Was also als Nächstes?«

»Wie angekündigt: Wir versuchen es mit der Karten-leserei. Vielleicht geschieht ein Wunder?«

Sie zogen sich die Jacken über, und Martin entschied nach einem Blick aus dem Fenster, dass sie das Auto nehmen. Von dem blauen Himmel der letzten Zeit war nichts mehr zu sehen. Das Grau des Tages mochte besser zur Jahreszeit passen, aber Martin bedauerte den Wetterumschwung trotzdem. Die Sehnsucht nach Frühling und Sommer war durch die letzten Tage geweckt. Nur die Aussicht auf Tee und Cookies, die es bei Marthe Dirkens gab, konnte seine Laune anheben.

Schon nach wenigen Laufschritten zum Auto waren sie komplett durchnässt. Martin strich sich die Regentropfen aus dem Gesicht, als er sich in den Sitz des Autos fallen ließ.

»Schietwetter!«, murmelte Gert. »Ich habe nur die eine Jacke mit auf die Insel gebracht. Die hält nicht viel ab.«

»Umso dringender, dass wir fündig werden.« Martin ließ den Motor an. »Apropos fündig: Wie geht es mit den Kindern weiter? Hat Sabine Hollstein etwas dazu gesagt?«

»Bei den Unterlagen von Petra Mertens ist keine Verfügung zum Sorgerecht oder zur Vormundschaft gefunden worden. Das heißt, das Jugendamt wird die nächsten Angehörigen kontaktieren. In diesem Fall, wie wir mittlerweile wissen, die Tante. Elisabeth von Möwitz. Möglicherweise kann sie in Verwandtenpflege die Kinder aufnehmen.«

Gert flog im Sitz nach vorne, als Martin scharf abbremste. »Elisabeth von Möwitz. Erinnere mich, dass ich noch einmal telefoniere, wenn uns die Karten nichts verraten. Vielleicht hat Ruth was für uns. Nachfragen schadet nicht.« Er winkte ab, als er das fragende Gesicht von Gert sah. »Eins nach dem anderen. Vielleicht sind wir gleich schlauer.«

Dieser schnaubte. »Dein Optimismus in allen Ehren. Bisher vertraue ich solider Polizeiarbeit mehr als weißer Magie. Aber ich lasse mich gerne vom Gegenteil überzeugen. Also los! Willst du nicht endlich weiterfahren? Du hältst den Verkehr auf.«

*

Ruth schaltete den Motor mit dem Stoppknopf aus und schaute zu dem alten Haus hinüber. Plötzlich überfielen sie Zweifel. Sie hatte mit niemanden über ihr Vorhaben geredet, Elisabeth von Möwitz noch einmal zu besuchen. Allein. Um mit ihr das Gespräch zu suchen. Von Frau zu Frau. Auch mit ihrem Know-how als Psychologin.

Gestern Abend hatte sie sich mit dem Phänomen beschäftigt. Obgleich sie in der Theorie von solchen Fällen gehört hatte, war sie überrascht, wie verbreitet das Ganze war. Mittlerweile hatte sich eine Bewegung daraus entwickelt, mit einem eigenen Namen, unzähligen Social-Media-Gruppen und einem Kommerz, der das alles bediente.

Zwar beschwerte sich die Gemeinschaft über seltsame Blicke und Vorurteile, forderte Verständnis und Akzeptanz. Wollten ihre Leidenschaft als Hobby verstanden wissen. Nicht als Störung, nicht als Ausdruck eines Defizits.

Ruth hatte den Kopf geschüttelt und mehrfach den Laptop zu Oskar gedreht, der seinen Artikel über die Ausstellungseröffnung überarbeitete.

»Du solltest darüber eine Reportage machen. Das Phänomen scheint zuzunehmen. Den psychologischen Background könnte ich zusteuern.«

Er hatte kurz aufgeschaut, an seinem Tee genippt und abgewunken. »Lass uns die nächsten Tage drüber reden. Ich will das hier im Kasten haben, an die Redaktion schicken und dann fertig für heute. Feierabend. Mit dir.«

Er hatte sich gefreut, dass sie geblieben war. Als sie bei dem Regen, der am Abend mit Wind und einem kurzen Gewitter aufgezogen war, nebeneinander erst auf der Couch und dann in seinem Bett lagen, hatte sie den Gedanken an Elisabeth verdrängt. Bis auf wenige aufblitzende Momente eines schlechten Gewissens. Denn sie hatte weder Martin auf der Insel angerufen und von ihrer Begegnung mit Betty erzählt, noch Oskar gegenüber ihre wahren Motive benannt, das Wochenende zu verlängern.

Sie musste grinsen. Typisch eigentlich. Dass er sofort akzeptiert hatte, dass sie wegen ihm blieb. Obwohl sie das bisher nie gemacht hatte. Sie würde aufpassen müssen, was das für die Zukunft hieß. Klar, sie war an vielen Tagen, an denen sie keine Workshops und Vorträge gab, unabhängig und in der Wahl des Arbeitsplatzes frei. Aber Oskar wusste, dass sie die Dinge gerne trennte. Beruflich von privat. Osnabrück von Bonn. Alltag und Wochenende. Sie seufzte und hoffte, dass sie sich nicht selbst in die Tasche log. Es hinnahm oder sogar provozierte, wie die Dinge ineinanderflossen. Sie schluckte. Merkte, wie ein Gefühl in ihr aufstieg, das womöglich etwas mit Rührung, mit Sehnsucht, vielleicht auch Selbstmitleid zu tun hatte.

Automatisch griff sie in ihre Haare und verwuschelte sie. Als würden sich dadurch ihre Gedanken verstrubbeln lassen. Nein, sie wollte nicht über sich selbst nachdenken. Wollte keine Analyse ihres Gefühlshaushaltes. Energisch zog sie den Schlüsselbutton aus dem Zündschloss und stieg aus.

Ohne einen weiteren Gedanken an das, was sie tat, zu verschwenden, überquerte sie die Straße. Sie hatte überlegt, ob sie Oskar eine kurze Mitteilung schicken sollte, wo sie sei. Aber das hatte Zeit bis nach dem Gespräch. Deswegen schaltete sie ihr Handy aus. So war sie davor geschützt, wenn er sie anrief. Schließlich vermutete er sie arbeitend an ihrem Laptop in seiner Wohnung oder in einem ihrer Lieblingscafés. Was ihm immer einen Grund lieferte, sich via Telefon in Erinnerung zu rufen.

Ruth steckte ihr Handy in den Rucksack und drückte auf den Klingelknopf. Einmal gefasste Entschlüsse zog sie durch. Als sie das Weinen des Kindes aus dem Haus hörte, das automatisch mit dem Klingeln einsetzte, wusste sie, dass sie richtiglag. Hier gab es Gesprächsbedarf. Ob von ihr oder Elisabeth, das würde sich zeigen.

*

»Kommt rein. Wir bleiben unten. Dann kann Daniela uns einen Kaffee machen und ihr müsst nicht die beschwerliche Treppe laufen.«

Martin unterdrückte ein Lachen. Für wen die Treppe wohl beschwerlicher wäre? Aber er konnte sich vorstellen, dass an der Stelle die Wahrnehmung der alten Pensionswirtin leicht verschoben war. So agil und jugendlich, wie sie mit ihren 79 Jahren war, vergaß sie oft den Altersunterschied zu anderen.

»So bedauerlich das ist, dass ihr schon wieder keine spezielle Teezeremonie nehmt. Wobei ich nicht wüsste, dass sich das jemals negativ ausgewirkt hätte. Im Gegenteil: Es beflügelt das Denken.«

Martin kam nicht zum Zuge. Marthe Dirkens plapperte weiter, während sie beide Männer in das Frühstückszimmer des Hostels führte.

»Darf ich euch vorstellen«, holte sie aus, ohne darauf zu

achten, dass sie sich mit Gert Schneyder keineswegs duzte, »das ist Hendrikje. Hendrikje van Hasseln.«

Eine alte, aber aparte Dame blickte auf. Sie trug ihr blondiertes Haar in Wellen, wie sie nur mit Lockenwicklern und Trockenhauben altmodischer Friseursalons herzustellen waren. Martin erinnerte sich, wie seine Mutter sich früher dieser Prozedur unterworfen hatte, und das Ergebnis hatte ähnlich steif und künstlich, aber durchaus vornehm gewirkt.

Eine beringte Hand mit blassrosa Nagellack schob sich ihnen entgegen. Huldvoll, wie Martin fand. Als er näher trat, um sie zu ergreifen, sah er, dass Frau van Hasseln mit den Füßen nicht auf den Boden reichte.

»Sie verzeihen, wenn ich sitzen bleibe?« Sie senkte ihren Kopf, als begegneten sie einander in der Tanzstunde.

Martin konnte sich nur wundern. Er hatte Frau van Hasseln noch nie auf der Insel gesehen. Wo Frau Dirkens sie wohl aufgetrieben hatte?

»Und bitte, mein Nachname spielt keine Rolle, wenn ich es mit der Polizei zu tun habe. Nennen Sie mich Hendrikje, auf feine niederländische Art.« Sie zeigte perlweiße Zähne, die sicherlich das Werk eines guten Dentallabors waren.

»Das wollte ich gerade fragen«, schob sich Gert heran. »Sie sind Niederländerin?«

»Gebürtig, ja. Von einer westfriesischen Insel. Schiermonnikoog. Aber mich hat es der Arbeit und der Liebe wegen nach Norderney gezogen.«

»Hendrikje ist mittlerweile nur noch drei bis vier Mal im Jahr auf unserer Insel. Glücklicherweise gerade jetzt.« Frau Dirkens strahlte wie ein Honigkuchenpferd. Sie schien sich sicher, damit Wesentliches zur Aufklärung des Falles beitragen zu können.

Martin warf Gert einen Blick zu, in dem dieser hoffentlich sein leises Augenrollen sehen konnte. Was man nicht alles über sich ergehen lassen musste, wenn man in der Aufklärung eines Falls im Dunkeln tappte.

»Setzen Sie sich, Daniela wird gleich mit Kaffee und Gebäck kommen. Meine Herren, oder lieber Tee?«

Martin verneinte für sie beide. »Kaffee ist genau richtig.«Wie aufs Stichwort betrat Daniela den Raum. Wie immer in Schwarz gekleidet. Mit intensiv geschminkten Augen, den dunklen, dichten und ungebändigten Haaren sah sie viel mehr wie jemand aus, der Karten lesen konnte, dass Gert verdattert zwischen ihr und Hendrikje hin und her schaute.

»Meine Herren«, Hendrikje griff in ihre Tasche und nahm ein ledernes Etui heraus. »Ich hörte, Sie haben Fragen zum Tarotspiel. Bitte, nur zu. In mir finden Sie eine Kennerin, die Ihnen keine Antwort schuldig bleiben wird.«

Gert zog einen Zettel mit vorbereiteten Notizen aus der Tasche. »Tatsächlich erkennen Sie in uns nur Banausen«, ging er auf den Tonfall der alten Dame ein. »Deswegen fällt es uns schwer, entsprechende Fragen zu formulieren. Die uns erst kämen, hätten wir von der Materie wenigstens Grundkenntnisse.«

»Nun, das wird nicht so einfach. Um ein Tarotspiel zu verstehen, braucht es jahrelange Übung – und natürlich die entsprechende Intuition.«

»Selbstverständlich«, antwortete Gert und blieb vollständig ernst, was Martin ihm hoch anrechnete.

»Wir würden Ihnen gerne drei Karten benennen, die unterschiedlichen Personen zugesteckt wurden. Können Sie uns sagen, was die Botschaft dahinter sein könnte?« Gert reichte den Zettel an Hendrikje weiter. Frau Dirkens und Daniela beugten sich darüber.

»Interessant. Sehr interessant. Immerhin: Sie fragen nach. Die meisten Menschen glauben, eine Tarotkarte wäre sofort interpretierbar. Als wäre der Tod der Tod.« Sie lachte auf. »Das ist glücklicherweise nicht der Fall.«

»Das dachten wir uns. Uns ist aber trotzdem nicht klar: Was sollte der Empfänger denken? Lag die Botschaft im Wortlaut der Karte oder in der Interpretation?«

»Verstehen Sie, es ist ungewöhnlich, mit einzelnen Karten zu agieren. Denn das Tarot kann nur im Zusammenspiel der gelegten Karten gelesen werden. Von daher …« Hendrikje schaute ratlos, begann dann ihre Spielkarten zu durchforsten.

»Vielleicht sagen Sie uns zu jeder der drei Karten etwas Grundlegendes, und wir versuchen es mit dem zu verbinden, was wir an Fakten haben?« Martin schaute in die Runde und erntete Zustimmung von allen Seiten.

»So dachte ich auch. Also, lassen Sie mich beginnen: ›Der Turm‹ steht im Allgemeinen für Zusammenbruch. Für eine Wendung. Dafür, dass sich Dinge verändern. Nichts bleibt, wie es ist. Aber selbst durch Gefahr und Unglück können positive Dinge entstehen. Der Turm wird mit dem Sternzeichen Widder und dem Planeten des Uranus in Verbindung gebracht.«

Martin biss gerade in einen der Cookies, die Daniela ihnen mit dem Kaffee serviert hatte. Vor lauter Überraschung fing er an zu reden und wegen des vollen Mundes zu gestikulieren.

Auch Gert sah überrascht auf. »Das ist ja interessant. Die Tarotkarten haben wirklich mit den Planeten zu tun? Dann hatte deine Anne recht.«

Hendrikje schaute ihn streng, wenn nicht gar herablassend an. »Was für eine Frage. Natürlich. Im Kosmos

hängt alles mit allem zusammen. Wer das noch nicht verstanden hat, …«

Sie ließ den Satz unvollendet, aber Martin hatte keine
Zweifel, dass er etwas mit ewiger Verdammnis zu tun
hatte.

»Lassen Sie hören!« Gert war aufmerksam.

»Das hatte ich vor. Sie haben mich unterbrochen. Nun,
also: ›Der Narr‹ ist eine Karte, die sowohl positive als auch
negative Aspekte in sich trägt. Er kann für einen Neubeginn stehen, für Sorglosigkeit und Leichtigkeit. Aber
auch für Leichtsinn. Für Eitelkeit. Für Sprunghaftigkeit.
Für Verrat. Dem Narr wird oft der Skorpion zugeordnet.«

»Und als Planet?« Gert klang atemlos.

Hendrikje schaute ihn mahnend an. »Nicht so vor-
eilig, junger Mann. Der dazugehörige Planet ist die Erde.«
Nun würde die dritte Karte folgen. Den Narr hatte Häusler bekommen, der Turm war das, was Klaas Wilkos Frau
abgegriffen hatte, aber die verbleibende Karte war die, die
auf Petra Mertens Oberschenkel gelegen hatte.

»›Das Rad des Schicksals‹ steht für das ewige Werden und
Vergehen. Wobei das Letzte wortwörtlich zu nehmen ist.
Alles wird vergehen. Erst durch das Vergehen kann es zu
einem Neubeginn kommen. Dabei steht das Vergehen im
Negativen auch für Sühne als Voraussetzung für die Wie-
derkehr des Guten.«

»Sühne«, flüsterte Martin unwillkürlich.

»Zu dieser Tarotkarte gehören Steinbock und Jupiter.«

»Jupiter? Der Planet Jupiter?« Gert wollte es genau wissen, obwohl Anne ihnen genau das gesagt hatte. Martin
nickte. Zwar wussten sie nicht viel, aber dass der Fundort
ebenso mit Bedeutung aufgeladen war wie alles andere, ließ
sich nicht von der Hand weisen.

Er schob seinen Stuhl zurück. »Verdammt, verdammt, verdammt. Wer spielt bloß dieses verdammte Spiel mit uns? Was nun? Politisch oder privat?« Er griff nach der Narren-karte. »So fühle ich mich. Genau so. Zum Narren gehalten.«

»Doch einen Tee, lieber Martin?«, fragte Frau Dirkens mit sanfter Stimme. »Er beruhigt die Nerven. Und sorgt für Klarheit«, schob sie hinterher.

Martin tauschte einen Blick mit Gert. Der grinste und zuckte mit den Achseln. »Na, wenn das so ist. Wir wol-len uns nicht nachsagen lassen, dass wir etwas ausgelassen haben, das weiterhilft.«

»Apropos, weiterhelfen.« Hendrikje nahm die Karten und begann, sie zu mischen. »Was halten Sie davon, wenn wir das Ganze anders angehen?«

Sie legte den Stapel in einem Halbkreis vor Gert aus. »Wie genau ist Ihre Frage? Bitte fokussieren Sie sich dar-auf und wählen vier Karten aus. Ich bin mir sicher, die Ant-wort der Karten wird Sie überraschen. Also, bitte sehr.«

Martin verdeckte mit der Hand seine Augen. Was hatte er bloß angezettelt. Aus der Nummer kam Gert nicht mehr heraus. Hendrikje duldete keinen Widerspruch.

*

Ruth hörte, wie das Weinen in Wimmern überging und leiser wurde. Als das Schaben des Riegels ertönte, drehte sie sich um. Hinter den dicken Regenwolken, die sie auf der Fahrt von Bonn begleitet hatten, schob sich die Sonne hervor. Ruth blinzelte. Ein doppelter Regenbogen überspannte den Himmel. Sie nahm es als gutes Zeichen, obwohl sie alles andere als abergläubisch war. Wahrschein-lich war es dem schlechten Gewissen geschuldet, weil sie auf eigene Faust losgezogen war. Aber jetzt blieb keine Zeit für Bedenken, denn Elisabeth von Möwitz hatte die Tür weit aufgezogen. Sie runzelte irritiert die Stirn und blickte an ihr vorbei. Womöglich hielt sie Ausschau nach Oskar. Was Sinn machte, da Ruth sich gestern nur als Fotografin ausgegeben hatte.

»Frau von Möwitz, entschuldigen Sie, wir hätten noch ein paar Fragen. Allerdings komme ich heute alleine.«

Elisabeth antwortete nicht, drehte sich nur herum und nahm dabei das Bündel, das sie gegen die Schulter gepresst hielt und dessen Rücken sie beruhigend klopfte, hinab, sodass Ruth keinen Blick auf das Gesicht werfen konnte.

Ohne ein Wort zu sagen, ging sie auf die Treppe zu. Dort blieb sie einen Augenblick stehen, als wolle sie sich vergewissern, dass Ruth die Botschaft verstand, und stieg die Stufen hoch.

Ruth schloss die schwere Haustür und streifte ihre Schuhe auf der innenliegenden Fußmatte ab. Dann folgte sie der Frau, die wieder in extravagant weite Kleidung gehüllt war, nach oben.

Ihre erste Vermutung, dass sie ins Künstleratelier geführt wurde, täuschte. Als würde Betty ahnen, dass es nicht um die Ausstellung ging. Oder zumindest nicht in erster Linie.

Thomas hatte ihnen gestern Abend im Telefonat mit Oskar einen Hinweis geliefert für die Botschaft, die mit dem Videoclip verbunden sein konnte. Nach einem Zusammenbruch und einer ersten psychiatrischen Behandlung war es als offenes Geheimnis gehandelt worden, dass Betty in jungen Jahren ungewollt schwanger war. Manche munkelten von einer Vergewaltigung, andere sprachen von Drogen, die im Spiel gewesen waren.

Letztendlich waren mehrere Männer für die Vaterschaft in Frage gekommen. Ihr älterer Bruder Hanno hatte sie daraufhin in einer Nacht- und Nebelaktion nach Holland gebracht und die Abtreibung bezahlt. Betty war die Exaltierte, die Unberechenbare, die Verrückte gewesen, als die Oskar sie damals in der Diskothek erlebt hatte. Wer diese Geschichte gestreut hatte, wusste Thomas nicht. Wahrscheinlich hatte Betty sie selbst erzählt, den Mitpatienten in der Klinik beispielsweise, die es nachher verbreiteten. Was die Familie und insbesondere Hanno davon gehalten hatten, dass Betty damit hausieren ging, konnte sie sich allzu lebhaft vorstellen. Allerdings – ob das alles stimmte, vermochte auch Thomas nicht zu sagen. Ihm war die Geschichte nur gerüchteweise zu Ohren gekommen, als er längst den Kontakt zu Hanno und seiner Schwester verloren hatte. Er war froh gewesen, nicht tiefer in die Sache verwickelt zu sein.

Über all das konnte Oskar nicht berichten. Wenn überhaupt, würde er Vermutungen anstellen können, aber damit war vorsichtig umzugehen. Ruth dagegen hatte sofort eigene Schlüsse gezogen. Für sie passte alles zusammen wie ein Puzzle, bei dem sich eins ins andere fügte. Und deswegen war sie heute hier. Berufliche Neugier oder persönliches Mitgefühl. Die Grenzen waren fließend.

»Das Mäuschen braucht dringend eine neue Windel.«

Ruth war Betty durch die einzig offen stehende Tür in einen hellen freundlichen Raum gefolgt. Der blanke Putz war in einem zarten Gelb gestrichen. Eine Borde mit bunten Bären, die Fahrrad fuhren, Ball spielten oder Luftballons steigen ließen, verlief oberhalb der Möbelkanten und umspannte den ganzen Raum.

Ein massiver Kleiderschrank mit geöffneten Türen

gewährte den Blick auf sorgsam gefaltete Kleidungsstücke in den Farben rot, blau, gelb und rosa. An der Kleiderstange hingen einige Kleidchen und Jeanslatzhosen in winziger Größe.

Das kleine Himmelbett war sorgsam ausgepolstert. Eine Spieluhr war an der Stange befestigt. Ruth musste lächeln. Ein Mond, ähnlich dem, der damals bei ihrer Tochter an der Wiege gehangen hatte.

Die weißen Vorhänge, die verspielter und filigraner erstrahlten als der graue Sichtschutz in den unteren Räumen, ließen viel Licht in das Zimmer. Die Sonne, die eben hervorgekommen war, warf ihre Strahlen bis auf den bunten, runden Teppichboden.

Betty von Möwitz stand am Wickeltisch und öffnete die Windel, nachdem sie das von der Decke hängende Mobilé angestoßen hatte.

»Hat das Mäuschen ein großes Geschäft gemacht, nein so etwas. Mama macht das in Ordnung. Dann fühlst du dich gleich besser. Mama hat schon Wasser einlaufen lassen, damit sie dich baden kann. Da freust du dich, was? Mit deiner süßen Badeente.«

Tatsächlich stand neben dem Wickeltisch auf einem kleinen Tisch eine halb volle Babywanne. Betty warf die bräunlichen Feuchttücher und die Windel in einen Eimer, den sie mit dem Fuß öffnete.

Jetzt drehte sie sich zum ersten Mal zu Ruth um, deren Anwesenheit sie ausgeblendet zu haben schien. »Beim Baden ist es wichtig, das Mäuschen richtig zu halten, sehen Sie, wie ich das mache: Den Kopf stütze ich mit meinem Unterarm und mit Daumen und Zeigefinger den Arm. So kann nichts passieren.« Sie begann mit der anderen Hand das Wasser zu bewegen und den kleinen Körper damit zu benässen. »Ja, das gefällt dir. Das sehe ich. Das magst du gern. Kannst gar nicht genug davon bekommen.«

Sie drehte den Kopf in Ruths Richtung.

»Könnten Sie das Badetuch auf dem Wickeltisch ausbreiten und eine Windel zurechtlegen?«

Ruth ging mit steifen Beinen auf den Tisch zu und legte die gewünschten Sachen zurecht.

»Was meinst du, Mäuschen, sollen wir unseren Besuch bitten, dir etwas Hübsches aus dem Kleiderschrank auszusuchen? Was soll es sein? Lieber etwas für Vanessa oder lieber etwas für Finn? Was meinst du?«

Ruth spürte den Kloß in ihrem Hals. Das war skurriler, als sie es sich vorgestellt hatte. Obwohl sie vorbereitet gewesen war. Was sollte sie tun? Mitspielen oder die Sache lieber stoppen?

»Frau von Möwitz«, begann sie zaghaft.

»Nicht jetzt. Gleich habe ich Zeit für Sie und Ihre Fragen. Aber das Mäuschen geht vor. Denn Sie sind hier, um zu überprüfen, ob ich eine gute Mutter bin.«

»Ähm, nein. Eigentlich …«

Betty lachte schrill auf. »Hörst du, Mäuschen, sie will uns für dumm verkaufen. Es ist jedes Mal das Gleiche. Immer wieder schickt uns jemand das Jugendamt vorbei.«

»Nein, nein, das missverstehen Sie. Ich bin nicht vom Jugendamt. Erinnern Sie sich nicht? Ich war gestern hier. Mit Oskar Schirmeier. Von der Zeitung. Wegen des Berichts von der Ausstellung.« Ruth stieß die Worte immer hastiger aus.

»Ha! Hast du das gehört, Mäuschen? Von der Zeitung. Komm, ich wickle dich ins Badetuch. Kille, kille, bist du kitzelig. So kitzelig. Mein Mäuschen. Ja, wo sind deine Füßchen, wo sind sie denn?« Betty gurrte mit hoher Stimme.

Dann drehte sie sich abrupt um. »Und die Kamera?«

Ruth ging unwillkürlich einen Schritt zurück. »Die Kamera?«

»Ja, wo ist Ihre Kamera? Die, die Sie gestern dabei hatten?«

Mist, dachte Ruth. Anfängerfehler. Laut sagte sie: »Wir haben uns entschieden, die Fotos von der Ausstellung zu nehmen.«

»Gut pariert.« Die Stimme ging wieder in die hohe Frequenz: »Wollen wir ihr das glauben, Mäuschen? Dass sie von der Zeitung ist? Und nicht, um zu schauen, ob ich eine gute Mami bin? Aber die bin ich. Wie schade, dass du es noch nicht selbst sagen kannst. Die beste, die allerbeste Mami, die man für ein Kind sein kann.«

»Genau darum geht es, Frau von Möwitz. Sie haben recht. Ich komme nicht wegen der Ausstellung. Ich …« Weiter kam sie nicht.

»Siehst du? Da hat die Mami recht gehabt. Die Mami merkt das schneller als andere. Und die Mami lässt nicht zu, dass fremde Menschen uns was Böses wollen. Wir wollen das nicht, das Mäuschen und ich. Sie können uns nicht trennen, ich mache nichts falsch. Alles, alles tue ich für mein Kind.«

»Frau von Möwitz, ich verstehe das. Alles.«

»Hören Sie auf! Sie lügen. Was will Oskar von mir? Nach all den Jahren? Was wollen Sie? Ich habe Sie gegoogelt. Ihren Namen. Sie wollen mein Kind. Kinderschutz. Habe ich gelesen. Aber Sie sehen doch: Es ist alles in Ordnung. Alles in allerbester Ordnung.«

»Das ist es. Und ich bin nicht da, um Ihnen Ihr Kind wegzunehmen. Aber, Frau von Möwitz, wir beide wissen: Das ist kein Kind. Das, was Sie lieben, was Sie pflegen und umsorgen, ist nur wie ein Kind. Sie sind eine Reborn-Mutter. Und das«, Ruth überlegte, ob sie weitersprechen sollte, gab sich einen Ruck, »hat etwas mit dem Clip zu tun, nicht wahr? Weil Ihnen jemand Ihr erstes Kind genommen hat. Obwohl Sie es wollten. Und bis heute vermissen. Ist es so?«

Betty starrte sie mit weit aufgerissenen Augen an. Ruth überlegte, ob sie eine Grenze überschritten hatte. Die meisten dieser Puppenmütter wussten mit dem Spagat zwischen Fiktion und Wirklichkeit in irgendeiner Form umzugehen. Zumindest hatten sie sich eingerichtet. Bei Betty war sich Ruth nicht sicher.

Diese beugte sich über die lebensecht aussehende Puppe, hob sie hoch, küsste sie, drückte sie fest an sich. »Ist das so, Mäuschen? Ist das so? Wollen wir davon erzählen?« Sie seufzte. »Ich glaube schon. Ich glaube, es wird Zeit. Damit die Leute uns verstehen. Nicht immer nur den Kopf schütteln. Darüber reden, was aus uns geworden ist. Aus uns. Der Familie von Möwitz. Die feine Familie von Möwitz. Von der nur wir beide übrig sind. Das Mäuschen und ich. Ist das nicht traurig?«

*

»Na, was sagen Sie dazu?« Hendrikje van Hasseln blickte sie triumphierend an. »Das ist überzeugend, oder etwa nicht?«

Martin und Gert schauten sich perplex an. Das, was Hendrikje vorgeführt hatte, erinnerte an einen Taschenspielertrick.

»Ähm, ich hatte mir das Weissagen aus Karten seriöser vorgestellt«, fasste Daniela prompt in Worte, was Martin dachte.

»Seriös und Wahrsagen sind für mich keine Begriffe, die zusammenpassen«, brummte Gert. »Also, was immer das ist, vielen Dank, Hendrikje. Aber ich hätte es so oder so nicht für bare Münze genommen.«

»Ach, Kinder, streitet euch nicht. Lasst uns lieber einen Tee zusammen trinken.«

Gert klopfte mit den Fingerknöcheln auf den Tisch. »Herr Ziegler und ich verabschieden uns. Leider, meine Damen«, schob er hinterher, was in Martins Ohren zu gekünstelt klang.

Die Runde honorierte es mit bedauernden Worten. Martin hätte nichts dagegen gehabt, noch eine Weile zu bleiben, aber wichtiger war es, den verbliebenen Hinweisen nachzugehen. Hier würden sie das Rätsel um Petra Mertens Tod nicht lösen.

»Nehmen Sie meine Worte mit. Ich bin sicher, dass alles, was ich Ihnen gesagt habe, auf die gesuchte Person zutreffen wird.«

Kaum hatten sie sich im Auto in die Sitze fallen lassen, prusteten sie los. Martin hoffte, dass die Tarotlegerin ihren Lachanfall nicht beobachtete, aber er konnte nicht losfahren, bis sich seine Nerven beruhigt hatten. Kaum sah er Gert an, brach er in neues Gelächter aus.

»Das ist zu gut, wirklich zu gut«, fasste er das Geschehen zusammen. »Ein bisschen Augenwischerei, viel Tamtam, und bitte, mein Herr, konzentrieren Sie sich auf die Frage, bevor Sie die Karte ziehen.«

»Ja, vor allem die Art und Weise, wie sie jede Karte angelegt hat. Das ist reine Willkür gewesen. Sie hatte mit Sicherheit genug Vorinformationen von Frau Dirkens, um die Karten so zu arrangieren, dass es scheinbar zusammenpasst und eine Aussage ergibt.«

»Die dann lautet: Derjenige verbirgt sich hinter einer Maske. Es geht um existenzielle Fragen. Angst, Eifersucht, Triebhaftigkeit spielen eine große Rolle.« Martin wischte sich über die Augen.

»Ich werde meinen Chefs vorschlagen, in Zukunft jemanden mit solcherlei Spezialkenntnissen in die Tatermittlung einzubeziehen. Mal sehen, was er sagt.«

»Das wird er uns Insulanern anhängen. Nee, das lass lieber sein. Den Ruf, den ich mir bei euch in der Mordkommission erarbeitet habe, den muss ich nicht weiter ruinieren. Wobei es diese Fälle ab und zu gegeben haben soll. Dass die Polizei sich Hilfe bei Hellsehern geholt haben soll. Wenn nichts anderes mehr geholfen hat.«

»Und – gab es auch nur einmal eindeutige Belege für den Erfolg? Eher Zufallsergebnisse, wenn überhaupt. Dafür weiß ich von viel zu vielen Fällen, in denen sich solche Seher von sich aus berufen fühlen. Sie scheuen sich nicht, die Polizei damit zu narren, sondern machen zu oft den betroffenen Familien falsche Hoffnungen. Musst nur mal in aktuelle Fälle reinschauen. Widerlich.« Gert hatte sich in Rage geredet.

»Ich wollte mich nicht zum Fürsprecher erheben. Und zu Hendrikje haben wir den Kontakt gesucht.«

»Ja, aber nur, um die Botschaft der gefundenen Karten zu verstehen, nicht, damit sie uns den Mordfall aus den Karten löst.«

»Hat sie auch nicht getan. So allgemein, wie ihre Aussagen fast bei jedem Mord passen, wird sie uns später sagen, sie hätte recht gehabt, und nur durch ihre Hilfe wären wir auf den Täter gestoßen.«

»Kann sein«, antwortete Gert grimmig. Das Lachen schien ihm komplett vergangen. »Der größte Haken an der ganzen Sache ist allerdings, dass es dazu erst einmal gelingen muss, den Täter dingfest zu machen. Ich habe das Gefühl, wir umkreisen die Tat auf einer vorgegebenen Satellitenbahn, ohne jemals die Chance zu haben, ihm näherzukommen.«

Martin schabte an seinen Bartstoppeln, weil das kratzende Geräusch ihn beruhigte. »Aber schön, dass du im Bild bleibst. Denn es hat was mit diesen Planeten auf sich.«

»Ich halte das für Ablenkungsmanöver. Ich bleibe dabei: Da hält uns einer zum Narren. Wie soll das zusammenpassen? Die Tarotkarte und der Fundort am Planeten. Okay. Ein möglicher Hinweis. Vielleicht auf das Motiv. Wie ein Bekennerschreiben sozusagen. Dann: der Koffer mit den Blättern einer Studie. Mit totem Fisch und Pestmaske. Weist in einen ganz anderen Bereich, oder ich bin zu blöd, um die Zusammenhänge zu verstehen. Am wahrscheinlichsten ist ein Zusammenhang mit Petra Mertens Einstellung zum Klimaschutz und dass sie eine Wende vollzogen hat. Dann noch diese Schärpe, zu der die Kollegen von der KTU nichts haben von sich hören lassen. Es muss doch möglich sein, so was schneller nachzuverfolgen. Wer so etwas liefert, wer es bestellt hat. Jedenfalls ist der private Bereich, die Vergangenheit angesprochen. Und was sollen wir damit anfangen? Bisher hat sich jeder Hauch einer Spur in Wohlgefallen aufgelöst.«

Er schwieg, und Martin startete nachdenklich den Wagen. Gerts Kopf war mittlerweile von beachtlicher Röte, so regte er sich auf. Martin hielt das für kein gutes Zeichen. Höchste Zeit, runterzufahren und sich zu beruhigen.

Er drehte sich zum Beifahrersitz, auf dem Gert mit einer Zornesfalte an der Stirn nach draußen starrte. »Weißt du was? Wir tun uns etwas Gutes. Hast du schon das ›Frieseneis‹ probiert?«

Gert schüttelte den Kopf. Mürrisch antwortete er: »Kenne nur die kleine Hütte, in der es verkauft wird.«

»Genau, vor der gewöhnlich eine Menschentraube steht.« Er schaute auf die Uhr im Armaturenbrett. »Aber jetzt könnte es passen. Also, ich hole uns das Eis, und du rufst bei der KTU an und machst Dampf.«

»Wenn du meinst, dass uns das hilft.« Gert schlug plötzlich mit voller Kraft auf seinen Oberschenkel. Martin zuckte zusammen bei der Vorstellung, wie weh das tun musste.

»Verdammter, verdammter Mist. Ein Turm, ein Narr, ein Rad des Schicksals. Und noch der Teufel. Was für ein abstruser Blödsinn. Da auch nur eine Minute darüber nachzudenken. Ha! Ha! Der Mörder ist ein Teufel. Sehr witzig. Vielen Dank auch. Da wäre ich ohne hellseherische Kräfte nicht draufgekommen.« Er sprang aus dem Auto, als Martin den Polizeiwagen vor dem »Frieseneis-Häuschen« stoppte. »Hat sie nicht gesagt, so einfach dürfe man es sich beim Tarot nicht machen? Der Tod sei nicht der Tod. Ja, hervorragend! Aber der Mörder ist ein Teufel! Was für eine Narretei!«

»Stopp jetzt!« Martin war um das Auto herumgegangen und packte Gert bei der Schulter. »Die Leute gucken schon. Hör lieber auf.« Er zeigte auf die Hosentasche, in der dieser gewöhnlich sein Handy trug. »Du rufst die Kollegen an, und ich hole Eis. Friesischer Joghurt in der Waffel mit Erdbeersauce und Baiser, einverstanden? Danach bist du friedlich. So oder so.«

Es dauerte eine Weile, bis Martin mit den gefüllten Waffeln zum Auto zurückkam. Kurze Schlangen gab es selbst in der Vorsaison beim »Frieseneis« nicht, so war das nun mal. Aber wenn er in Gerts Gesicht sah, wusste er, dass sich die Warterei gelohnt hatte. Schneyder stand mit fast normaler Gesichtsfarbe und breit grinsend am Wagen. Alles im Lot, strahlte seine Körpersprache aus. Martin pustete erleichtert aus.

»Hey, gibt es Neuigkeiten?«, fragte er, während er das Eis anreichte.

»Hellseher«, antwortete Gert und zwinkerte. »Die gibt's tatsächlich. Ich bin den Kollegen zuvorgekommen. War Wochenende, sie konnten sich erst heute kümmern.«

»Klar.« Martin schleckte am Eis und schloss genüsslich die Augen. »Ich höre?«

»Halt dich fest: Wir wissen, wer die Schärpe bestellt hat. Ob du es glaubst oder nicht: Die Spur führt ins Rheinland.«

※

»Kommen Sie, wir gehen in mein Atelier. Das Mäuschen muss schlafen. Ich lege es oben in die Wiege.«

Ruth überlegte kurz, ob sie die Sache nicht besser abbrach. Betty hörte sich nicht sortiert an, vielleicht sogar nicht zurechnungsfähig. Aber was sollte passieren? Sie hatte im Rahmen ihrer Polizeiarbeit so viele Sicherheitstrainings absolviert, auf die ihr Körper auch nach all den Jahren zurückgreifen konnte. Und neben Elisabeth war sie eine stabile Person, obwohl niemand sie als übergewichtig bezeichnen würde.

Ihre Neugierde siegte. Auf der schmalen Stiege musste sie ihre Füße schräg setzen, so klein waren die einzelnen Stufen. Am Ende der Treppe öffnete sich die Milchglastür zu einem hellen Raum. Durch ein großes Giebelfenster sowie zwei Dachfenster floss das Licht ungehindert auf die Staffelei und die vielen Exponate, die zu beiden Seiten am Kniestock lehnten.

Zum Fenster hin war ein Podest errichtet, auf dem eine Chaiselongue und ein Stuhl standen.

»Bitte«, wies Elisabeth ihr den Weg.

Ruth blieb vor der kleinen Bühne stehen, unschlüssig, wie sie sich verhalten sollte. Sie drehte sich um und sah Betty dabei zu, wie diese die Puppe in eine Wiege legte, sorgfältig zudeckte und eine Spieluhr aufzog, die im Bett lag.

»Ist sie nicht wunderschön?« Betty strich über das massive Holz des Stubenwagens. »Es ist die Familienkrippe. Nicht nur mein Bruder und ich haben darin gelegen, sondern auch mein Vater und mein Großvater. Sehen Sie: Mein Urgroßvater hat sie in Auftrag gegeben und unser Wappen in das Fußteil einarbeiten lassen.«

Ruth lächelte, gab aber keine Antwort.

»Mag sein, dass es anderen Leuten nicht wichtig ist. Ich dagegen bin gerne Teil unserer Familie. Ich mag diese Hinweise auf eine lange Tradition. Auf eine Geschichte, die von Generation zu Generation weitergegeben wird. Wenn Sie so wollen, bin ich die Hüterin unserer Linie. Stolz, eine von Möwitz zu sein. Auch wenn sich manche Menschen darüber lustig machen.«

»Ist das so?«, fragte Ruth zurück, um möglichst neutral zu bleiben.

»Ph!«, machte Betty einen unbestimmten Laut. Sie schüttelte das Kissen in der Wiege auf, beugte sich vor und wisperte: »Schlaf, mein Kind.«

Dann griff sie nach einem Stuhl, der in der Ecke des Zimmers gestanden hatte, und setzte sich direkt vor die Milchglastür.

Ruth zog die Augenbrauen hoch. Fragte sich, was das sollte. Ein Versuch, sie hinzuhalten, bis sie ihre Geschichte losgeworden war? Sie konnte sich keinen Reim darauf machen.

»Setzen Sie sich«, forderte Betty sie auf. Mit barscher Stimme, die sich deutlich von dem zärtlichen Flüstern unterschied.

Ruth stutzte. Bei dem Wechsel der Tonlagen konnte man an eine dissoziative Persönlichkeitsstörung glauben. Sie versuchte, sich zu erinnern, was die Bürgermeisterin ihnen über Elisabeth erzählt hatte: überspannt, hysterisch, exaltiert. Von einer multiplen Persönlichkeit war keine Rede gewesen. Trotzdem war sie unsicher, was sie erwartete. Sie tastete sich rückwärts auf den Stuhl, ohne Betty aus den Augen zu lassen, und blieb auf der Stuhlkante sitzen.

»Ich bin froh, dass die Wiege bei mir geblieben ist. Für das Mäuschen, das war eine Fügung.« Betty hatte in die flötende Erzählstimme gewechselt. »Ich weiß gar nicht, was ich gemacht hätte, wenn der Stubenwagen nicht mehr bei mir gewesen wäre. Denn ich glaube nicht, dass Petra ihn zurückgegeben hätte. Wenn sie ihn denn hätte haben wollen.«

»Petra?«, fragte Ruth sanft.

»Petra Mertens, ja. Meine Schwägerin. Seltsam, nicht? Man sollte doch meinen, dass die Frau meines Bruders anders hieße. Petra von Möwitz. Wie verrückt, dass fast alle Mädchen damals meinen Bruder nur wegen der Aussicht auf unseren Namen anhimmelten.«

»Nur Petra nicht?«

»Unfassbar. Das finden Sie doch auch? Als hätte Hanno die Nadel im Heuhaufen gesucht – und gefunden.«

»Die Einzige, die seinen Namen nicht annehmen wollte. Aber heute machen das viele Frauen so.«

»Mag sein. Aber in unseren Kreisen nicht. Ich habe es von Anfang an gesagt, es ist ein schlechtes Omen.«

»Und das hat sich bewiesen?«

Betty verzog das Gesicht, als würde sie ein plötzlicher Schmerz durchzucken. »Bewiesen? Bewiesen? Mit dem Leben hat er es bezahlen müssen.«

Sie sprang auf und drehte einige der Leinwände um. Allesamt schwarz überstrichen und mit verschiedenen Gegenständen und Bildcollagen versehen. Badewannenfotos. Handys. Stromkabel. Wasserhähne. Jedes Mal neu und anders arrangiert, aber vom Tenor aus gleich gehalten.

»Diese Frau hat uns alles genommen. Sie hat unsere Familie zerstört. Alles vernichtet. Und niemand wollte hören, dass es so kommen würde.« Langsam ging sie zu ihrem Stuhl zurück. »Hanno nicht. Unsere Eltern nicht. Bis es zu spät war.«

»Das hat etwas mit den Bildern zu tun, nicht wahr?«, versuchte Ruth, dem Gespräch eine Richtung zu geben.

Betty zuckte mit den Achseln. »Ich weiß nicht. Ich weiß es nicht. Die Therapeuten haben mir dazu geraten, als ich keine Worte mehr fand. Geholfen hat das alles nicht. Erst als …« Ihr Gesicht hellte auf, aber sie sprach nicht weiter.

»Ihr Bruder. Sie mochten ihn sehr?«

»Hanno war der große Bruder, wie er im Bilderbuch steht. Dachte ich immer. Ich habe ihn vergöttert. Meine Freundinnen auch.«

»Bis Petra Mertens kam?«

»Ja. Das heißt, nein. Eigentlich nicht.« Sie legte eine Hand auf den Bauch, und Ruth ahnte, was sie meinte.

»Ihr Bruder hatte etwas mit der Sache zu tun, die sie in der Ausstellung angedeutet haben? Der Clip, in dem es um eine Abtreibung geht.«

»Was sollte er machen? Alle hätten ihm die Schuld gegeben. Weil er nicht auf mich aufgepasst hat. Weil es sein Freund war, der mich«, sie stockte, die Augen hatten sich geweitet. »Der mich«, setzte sie erneut an. »Also, der mich …«

»Vergewaltigt hat?«, fragte Ruth. Ihr Mundwinkel zuckte. Suggestivfragen waren aus psychologischer Sicht nicht erlaubt. Aber der Zweck heiligte das Mittel.

»Nein. Nicht direkt. Ein wenig wollte ich es auch. Haben nachher alle gesagt. Weil ich verliebt war. Aber …«

»… dann ist es anders gelaufen, als Sie es sich ausgemalt hatten.«

»Ich war noch nicht 17. Ich war ihm egal. Nach dem einen Mal. Mein Bruder hat gesagt, ich soll ihm vertrauen. Dass wir das gemeinsam in Ordnung bringen.«

»Damit meinte er die Abtreibung?«

Betty nickte. Tränen liefen über ihre Wangen, ohne dass sie sie zu spüren schien.

»Und daran ist Ihr Verhältnis zu Ihrem Bruder zerbrochen? Weil sie es ihm nicht verzeihen konnten, dass er Ihnen das Kind genommen hat? Das Kind, nach dem sie sich immer noch sehnen?«

Betty blinzelte. Schaute irritiert. Schüttelte den Kopf und strich die Haare nach hinten, als ob sie dadurch klarer sehen könne.

»Nein«, sagte sie, und es klang in Ruths Ohren empört. »Nein, überhaupt nicht. Ich habe das ja verstanden. Hanno hat es mir erklärt. Ich habe das für unsere Familie gemacht. Was hätten die anderen gesagt. Über mich, die kleine Schlampe.« Sie lachte heiser auf. »Über Hanno, den Bruder, der seine Schwester nicht beschützt. Sieh mal, die feinen Leute, hätten alle gesagt. Wie es bei denen zugeht. Wie bei Sodom und Gomorrha.«

»Und das wäre schlimm gewesen?«

»Ja. Schrecklich. Wo die Menschen uns sowieso nichts gönnten. Sich freuten, dass wir nicht alle Häuser halten konnten. Für unsere Eltern war das nicht einfach. Wir durften sie nicht auch noch belasten.«

Ruth dachte an die Erzählungen der Bürgermeisterin. Vieles hatte die Familie selbst verschuldet. Das Leben auf zu großem Fuß, das Glücksspiel. Aber wahrscheinlich waren solche Dinge innerfamiliär legendenhaft umgestrickt worden. Trotzdem unglaublich, wie Betty an der Familiengeschichte festhielt. Sie war doch ein Kind der frühen Achtziger. Ruth konnte kaum glauben, wie reaktionär sich das alles anhörte. Familienehre. Lächerlich, zumindest aus ihrer Perspektive.

Elisabeth war in die Vergangenheit abgetaucht. Ruth fiel es schwer, sich einen Reim auf all das zu machen, was Betty preisgegeben hatte. Irgendetwas verstand sie immer noch nicht.

»Elisabeth«, sie wählte bewusst diese Anrede, um Nähe herzustellen. »Elisabeth, was ist dann passiert? Was hat Sie so verletzt? Da war etwas, richtig? Und es hat mit Petra Mertens zu tun.«

Elisabeth erwachte aus ihren Gedanken. Sie lachte schrill auf. »Was passiert ist? Das kann ich Ihnen sagen.« Sie sprang erregt auf. »Nein, besser noch. Das kann ich Ihnen zeigen. Genau. Das ist das einzig Vernünftige. Es endlich mal zu zeigen, dass alles wahr wird. Egal, ob man daran glaubt oder nicht. Und dass es sich rächt, wenn man sich nur darüber lustig macht.«

Sie sprang zur Dachschräge, hockte sich vor einen Kniestock, warf die Leinwände, die dort standen, achtlos um und öffnete einen kleinen Schrank, der sich in der Wand verbarg.

»Kommen Sie! Kommen Sie zu mir. Wir fragen es jetzt. Das Tischchen. Und glauben Sie mir: Es sagt immer die Wahrheit. Immer.«

*

»Also doch die Schwägerin? Elisabeth von Möwitz. Die Adresse auf dem Bestellformular ist jedenfalls identisch.« Gert sah bei seinen Worten durch Martin durch, als würde er mit sich selbst sprechen.

Martin schüttelte den Kopf. »Hier spielt jemand mit uns Katz und Maus. So ein Mist!«

»Ich werde die Kollegen vor Ort informieren müssen. Sie werden ihr auf den Zahn fühlen müssen.«

Martin schlug sich vor den Kopf. »Ich hatte die Bürgermeisterin an der Strippe, als der Vorfall mit KWK und anschließend der Einsatz bei Häusler war. Ich habe komplett vergessen, mich erneut zu melden.«

»Schon gut. Liegt nicht in deiner Verantwortung. Ich bin froh, dass du so intensiv in die Ermittlungen einsteigst. Die Kollegen rechnen dir das hoch an, dass nicht noch jemand auf die Insel ausquartiert werden muss.«

Martin traute seinen Ohren nicht. Dass ihm in Aurich einer etwas hoch anrechnete, mochte er kaum glauben. Aber er hatte nicht vor, daran zu rütteln. Wenn es so war, umso besser. Trotzdem kribbelte ihm der Magen. Von Ruth und Oskar hatte er nichts mehr gehört. Sie hatten vor Ort die Fühler ausgestreckt, was diese Schwägerin betraf. So viel hatte Martin bereits verstanden, dass es sich um eine ziemlich durchgeknallte Person handeln musste. Ruth hatte das abgeschwächt und als Psychologin eine Erklärung für menschliches Verhalten parat. Er sah das kritischer. Es gab

Grenzen. Man konnte nicht alles entschuldigen mit Herkunft und Umständen. Manchmal war verrückt einfach verrückt. Fand er. Aber das würde er nicht sagen. Er hatte bei Anne erfahren, dass das ein heikles Thema war, und er schnell in Verdacht geriet, die Dinge zu vereinfachen. Sie würden ja sehen. Zumindest würde es möglicherweise erklären, warum die Tat so symbolisch aufgeladen war. Denn wenn man ehrlich war, diese Tarotgeschichte kam wie eine einzige Farce daher. Und hatte seiner Meinung nach nichts mit der anstehenden Bürgermeisterwahl zu tun. Viel wahrscheinlicher, dass jemand die Gunst der Stunde für seine Interessen genutzt hatte.

»Wenn es dir recht ist, aktiviere ich meine Kontakte ins Rheinland. Wir sollten den Fokus verlagern. Die Tarotgeschichte – die bringt doch nichts. Ich bin sicher, der Täter«, er machte eine Pause, »oder besser die Täterin lässt uns in sämtliche Fallen tappen, die vorher ausgelegt wurden.«

»Kann sein.« Gert hatte nach seinem Telefon gegriffen. »Bevor ich die Hände in den Schoß lege, will ich der letzten Fährte nachgehen.«

»Du meinst, es lohnt sich, bei Joseph Thies wegen der Tarotkarten nachzufragen?«

»Na ja, eher bei seiner Frau.«

»Aber so platt agiert doch niemand. Ja, ein Motiv wäre natürlich da. Thies, der ein Verhältnis mit Petra Mertens hat, welche Ehefrau wäre davon nicht betroffen? Aber warum sollte sie sich selbst mit den Karten in Verdacht bringen?«

Gert schob sich das letzte Stück Waffel in den Mund. »Ich gebe dir recht. Aber ich habe nun mal den Ruf, ein Korinthenkacker zu sein.« Er lachte. »Tut mir leid für die Ausdrucksweise, aber so reden sie in Aurich über mich. Und leider nicht nur hinter meinem Rücken.«

Gert schlug Martin so fest auf die Schulter, dass er zusammenzuckte. Immerhin fand er es verdammt sympathisch, wie offen dieser mit seinen vermeintlichen Schwächen umging. Dafür musste man erst einmal das Standing haben.

»Boah, das war verdammt lecker, mein Guter. Aber nun los. Im Auto rufe ich die Kollegen in Aurich an, die sollen sich darum kümmern, dass Elisabeth von Möwitz befragt wird. Und bei dir? Wie sieht es aus? Deine privaten Kontakte ins Rheinland?«

»Hat Zeit. Deine offiziellen Wege sind zielführender. Wenn es was gäbe, hätten sich Ruth und Oskar bei mir gemeldet. Ruth wird in Osnabrück sein.«

»Na dann. Bist du dabei?«

»Unbedingt. Wenn ich mir dadurch Pluspunkte in Aurich verdienen kann. Immerzu.«

Gert grinste. »Hast was aufzuholen, was? Habe gehört, mit wem aus unserer Abteilung du es beim letzten Mal zu tun gehabt hast.«

Martin ahnte, wie ihm das Gesicht verrutschte.

»Mach dir nichts draus. Mit der Lichterfeld klarzukommen, dafür braucht es besondere Fähigkeiten. Ich kenne niemanden, der diese hat.« Und wieder fiel seine Hand auf Martins Schulter, während er sich anschnallte.

»Ich bin mir sicher, Anne wird mich heute Abend fragen, wer mich misshandelt hat.« Er legte grinsend seine Hand auf die Stelle, die von Gerts Schlag brannte. »Unter den Umständen weiß ich gar nicht, ob die Lichterfeld mir nicht doch lieber wäre.«

»Ha! Das lässt sich schneller machen, als du denkst. Ich werde beim Chef beantragen, dass sie aus dem Urlaub geholt wird und mich ablöst.«

»Wehe!« Martin gab Gas. »Glaube mir, es reicht, dass wir im Dunkeln tappen. Das noch mit zynischen Kommentaren unterlegt, und ich bin raus aus der Nummer. Dann setze ich mich mit einem Norderneyer Bier an den Strand oder esse in der ›Weissen Düne‹ Currywurst bis zum Abwinken und schaue mir euer zielloses Ermitteln aus der Ferne an.«

»Currywurst? Weisse Düne?«

»Kennst du nicht? Solltest du aber.«

»Na, wenn das kein Ziel ist? Die Wurst an der Angel hat schon mehr Menschen zum Laufen gebracht. Wie sieht es aus? Wir befragen Thies und seine Frau – und anschließend revanchiere ich mich für das Eis. Auf süß folgt herzhaft, ein nicht zu vernachlässigender Grundsatz.«

Martin pustete die Wangen auf. »Und das alles ohne Bewegung. Wenn du meinst. Ich bin dabei.«

»Deal!« Gert hielt ihm die flache Hand hin.

»Deal?« Er verdrehte die Augen, schlug aber ein, bevor er den Gang herunterschaltete, um von der Hafenstraße abzubiegen. »Solange du nicht vergisst, die Kollegen loszuschicken. Ich wette nämlich, Elisabeth von Möwitz ist unsere Frau. Und ehrlich gesagt, ich wäre heilfroh, wenn sich herausstellte, dass die Geschichte nichts mit Norderney zu tun hätte. Na ja, bis auf die Tatsache, dass Petra Mertens hier lebte. Aber das kann man vernachlässigen. Finde ich.«

*

Ruth sah den hektischen Vorbereitungen halb belustigt, halb besorgt zu. Zwischendurch linste sie zur Tür. Ein guter Zeitpunkt zu gehen. Sie hatte genug gesehen, um sich ein Urteil über Elisabeth bilden zu können. Ihr Hilfe anzubieten, wäre vergebliche Liebesmüh. Betty hatte erkennbar keinen Leidensdruck, was das Leben mit der Puppe anging. Viel wahrscheinlicher war es, dass sie dadurch psychisch stabiler blieb als ohne strukturierende Aufgabe. Sie würde Oskar bitten, von weiteren Berichten über Betty abzusehen. Kunst war das eine, eine seelische Erkrankung das andere. Es schloss sich nicht aus, keineswegs. Viele Menschen fanden in der Kreativität einen Weg, um mit eigenen Verunsicherungen umzugehen. Wer, wenn nicht sie, wusste das. In zweierlei Hinsicht. Als Psychologin und Privatperson.

Aus dem Wandschrank zog Elisabeth nicht nur das besagte Tischchen, sondern auch Blätter in Plakatgröße, Kreppband, Kerzen, flache Sitzkissen mit gebatiktem Überzug.

Das alles baute sie ein Stück vor der Leinwand auf. Ziemlich genau in der Mitte des Raumes. Ein weißes Blatt klebte sie rundum auf dem hölzernen Boden fest, damit es nicht verrutschen konnte. Die Kissen legte sie einander gegenüber, das Tischchen platzierte sie dazwischen auf der Plakatunterlage.

Einen Moment starrte Betty versonnen auf das Arrangement, den Zeigefinger an die Unterlippe gelegt. Wie jung und wie wild sie doch aussieht, dachte Ruth. Irgendetwas schien auf dem Weg ins Erwachsenenleben ins Stocken geraten zu sein. Höchstwahrscheinlich war das, was sie angedeutet hatte, dafür verantwortlich. Eine Vergewaltigung. Eine Abtreibung.

Elisabeth begann die Kerzen im Zimmer zu verteilen und sie zu entzünden. Durch das helle Sonnenlicht verlor der Kerzenschein allerdings jede Wirkung.

Doch die junge Frau war auf dem Weg zu den Fenstern und ließ pechschwarze Rollos aus ihrer Verankerung springen. Damit gelang selbst an den Dachschrägen die

Verdunkelung. Augenblicklich stellte sich eine unheimliche, düstere Atmosphäre ein. Wieder überfiel Ruth ein Zweifel. Noch wäre es an der Zeit, ihren Besuch abzubrechen. Nicht, weil sie Sorge um sich hatte. Keineswegs. Aber für psychisch labile Menschen, wie Betty es war, würde jedes spirituelle Beschwörungsszenario die Unterscheidung zwischen Wirklichkeit und Wahn zusätzlich erschweren.

»Bitte kommen Sie.« Diesmal freundlich, fast liebreizend. »Die Kerzen sind gesegnet und ermöglichen den Geistern einen gesicherten Zugang. Nehmen Sie dort Platz. Ich werde die Séance leiten. Sie müssen nichts weiter tun, als sich fallen zu lassen. Sich von dem mitnehmen zu lassen, was der Geist uns sagen wird. Solange wir ihm mit Respekt begegnen, wird nichts passieren.«

Ruth ließ sich langsam auf dem zugewiesenen Kissen nieder. Das Szenario war allein durch das Kerzenlicht von einer auf die andere Sekunde beeindruckend. Die Flammen warfen gespenstische Schatten über die Bilder, die Elisabeth vorhin herumgedreht hatte. Bilder der Vernichtung. Bilder des Todes, wie es schien.

Elisabeth von Möwitz setzte sich ihr gegenüber, strich sich mit der schon geläufigen Bewegung die langen Haare nach hinten. Reflexartig griff Ruth in ihre Locken und verstrubbelte sie. Unverkennbar ein Zeichen ihrer eigenen Unsicherheit, attestierte sie sich selbst.

»Haben Sie schon einmal mit einem Geist gesprochen?«, wollte Betty wissen, während sie das Tischchen mehrfach neu positionierte. Ruth sah, dass aus einem der drei kurzen Tischbeine eine Bleistiftspitze ragte.

Sie schüttelte den Kopf.

»Nicht schlimm. Bleiben Sie ruhig. Ich stelle die Fragen. Ich kenne die Antworten. Weil die Geister uns die Wahrheit schon vor vielen Jahren gesagt haben. Heute sollen Sie hören, dass es nicht meine Gedanken sind, sondern von einer Macht kommen, die viel, viel größer ist als alles, was wir denken können. Nicht ich bin verrückt, wie die Leute sagen. Es sind die, die nie gelernt haben, den Mächten, die uns umgeben, zu vertrauen.«

Ruth unterdrückte einen resignierten Seufzer. Sie wusste aus ihren klinischen Zeiten, dass es viele instabile Menschen gab, die sich angezogen fühlten von Weissagungen aller Art. Horoskope, Kartenlegen, Gläserrücken, einiges davon war ihr begegnet, wenn Patienten von parapsychologischen Erlebnissen berichtet hatten. Fast immer hatten sie die schädigende Wirkung auf den eigenen Psychohaushalt abgestritten. Vielleicht war es nicht schlecht, wenn sie sich selbst überzeugen könnte, wie eine solche Geistersitzung ablief. Ja, sie würde sich zurückhalten. Sie würde dem Geist mit Respekt begegnen. Würde alles tun, um Betty keinen Vorwand zu liefern, sie habe nicht die nötige Ernsthaftigkeit mitgebracht. Sie war gespannt.

»Lege zwei Fingerspitzen an das Tischchen«, forderte Betty sie wispernd auf. Dabei war sie in das Du gerutscht.

Ruth kommentierte es nicht, sondern legte beide Zeigefinger an die Kante der Holzplatte.

Mehrere Minuten vergingen, ohne dass Betty sprach. Sie hatte die Beine unter ihrem Körper untergeschlagen und wirkte mit ihrer ruhigen Atmung und den geschlossenen Augen tiefenentspannt. Ruth erinnerte der Zustand an ihre Yogaübungen. Ihre eigenen Atemzüge passten sich dem Rhythmus an. Sie ließ ihre Gedanken ziehen. Offen für alles, was kommen würde.

Trotzdem zuckte sie leicht zusammen, als Betty fragte: »Wer ist da? Ist da ein Geist, der uns helfen will?«

Ein Rucken ging durch den Tisch, und bevor Ruth realisierte, was passierte, stand ein krakeliges ›JA‹ auf dem hellen Papier.

Auch wenn Ruth sich sicher war, dass das Erschrecken den Impuls für die erste Schreibbewegung des Tisches gegeben hatte, war sie gespannt, wie es weiterging. Sie nahm die Spannung in ihrer Armmuskulatur wahr. Wenn von der anderen Person diese Anspannung auf den Tisch übertragen würde, müsste sie nur hinterhergehen, und der Tisch würde sich bewegen. Ruth nahm sich vor, ihrerseits jeglichen Druck zu vermeiden.

»Magst du uns sagen, wer du bist?«

Der Tisch schwieg. Betty auch. Erst nach wenigen Minuten wiederholte sie, sanfter jetzt, ihre Frage. Trotzdem war der Effekt ähnlich wie eben. Allein dadurch, dass sie nicht wusste, wann die Frage kam, spannte sich in ihr alles an, sobald Betty sprach. Wieder folgte eine zitternde Bewegung des Tischchens.

»Oma«, raunte Betty.

Ruth brauchte viel Fantasie, um diese drei Buchstaben daraus lesen zu können. Es hätte genauso gut Omar heißen können, oder Onas, Omer, One, Ora, was aber alles namenstechnisch keinen Sinn ergab. Es sei denn, die Geister im Jenseits arbeiteten mit Nicknames.

Elisabeth jedoch schien sich sicher, wen sie vor sich hatte.

»Ist Hanno in deiner Nähe, Oma?«

»Ja.« Diesmal setzte sich der Tisch sofort in Bewegung. Ruth fühlte sich zum dritten Mal übertölpelt. Es ging zu schnell, und die Antworten kamen nie berechenbar.

Sie merkte, wie ihr Ehrgeiz wuchs, dem Spuk auf den Grund zu kommen.

»Oma, ich stelle dir die Frage, die du uns schon einmal beantwortet hast. Wird es Unglück in unserer Familie geben und wer ist schuld daran? Sag uns nur, wer ist schuld?«

Ruth konnte ihre Ungeduld nicht länger zähmen. »Und wer ist schuld an Petras Tod?«, rief sie fast gleichzeitig.

Das Tischchen ruckelte auf der Stelle, hin und her, kam dabei über einen Punkt nicht hinaus. Plötzlich gab es eine wilde, zuckende Bewegung. Zwei Zacken erschienen auf dem Blatt. Dann war Ruhe.

✳

»Ziegler, schön Sie zu sehen. Herr Schneyder, ebenfalls. Ich hatte Sie nicht bei mir erwartet, aber es trifft sich gut. Ich wäre ansonsten zu Ihnen auf die Wache gekommen.«

»Ach ja? Ist Ihnen etwas eingefallen, was uns weiterbringen würde?« Gerts Stimme hatte den Hauch Ironie, der Thies aufmerken ließ.

»In der Tat.«

Gert sah Martin an und runzelte die Stirn, dieser zuckte mit den Achseln. Er war gespannt, was kommen würde. In dem Fall öffnete sich zwar ein Überraschungspaket nach dem anderen, aber genau wie Gert wurde er den Eindruck nicht los, dass sie damit nur Ablenkungsmanövern aufsaßen.

»Wie beim Ohnsorg-Theater«, murmelte er. »Einer geht links von der Bühne ab, während der Nächste durch die rechte Tür hereinkommt.«

»Was?«, polterte Thies, der sie in sein Zimmer winkte. »Übrigens können Sie von Glück reden, dass ich zu Hause bin. Schließlich ist kein Feiertag.«

»Tja, manchmal muss man auf der Gewinnerseite stehen«, gab Gert gelassen zurück. »Aber ehrlich gesagt, wir hätten auch mit Ihrer Frau vorliebgenommen.«

Thies blieb mitten in der Tür zu seinem Arbeitszimmer stehen. Wie üblich, wenn er sich aufregte, stieg die Röte über seinen Nacken ins Gesicht. Die Augen traten ein Stück hervor.

»Meine Frau? Dagmar? Was in aller Welt soll das?«

»Immer mit der Ruhe.« Gert machte mit beiden Händen eine beruhigende Abwärtsgeste. »Nicht das, was Sie vermuten.«

»Was vermute ich denn Ihrer Meinung nach?« Thies ließ sich nicht beschwichtigen, zumindest nicht so schnell. Martin wusste das und stellte sich auf ein längeres Wortgeplänkel ein. Es sei denn, er intervenierte.

»Darüber können wir gleich reden, Herr Bürgermeister. Aber sagen Sie uns zuerst, warum Sie auf die Wache kommen wollten.«

Thies senkte den Kopf, während er Martin von oben bis unten musterte. Dann besann er sich und winkte sie ins Zimmer. Er wies auf zwei Stühle, die an der Wand standen und die sie sich an den Schreibtisch rückten, hinter dem Thies Platz genommen hatte.

»Ich habe gehört, dass Sie Nachforschungen anstellen wegen Tarotkarten, die sowohl bei Petra Mertens als auch bei KWK und Malte gefunden wurden.«

»Ja?«, gab Gert fragend zurück. So schnell wollte er sich nicht in die Karten schauen lassen.

»Sehen Sie sich das an.« Thies klappte eine Dokumentenmappe auf und zog eine Tarotkarte hervor. Er hielt sie so, dass sie nur die Rückseite erkennen konnten. »Die lag auf meinem Schreibtisch. Und ich möchte wissen: Ist das ein Grund, mir Sorgen zu machen?«

»Woher haben Sie die Karte?« Gerts Stimme hatte einen schneidenden Ton.

»Das frage ich Sie«, antwortete Thies nicht minder scharf. »Und warum weiß ich bisher nichts davon, dass damit eine Bedrohung verbunden ist.«

»Interessant, dass Sie das sagen. Wir wissen nur im Fall von Petra Mertens, dass es negative Effekte hatte. Bei den anderen Herrschaften waren bisher keine Folgen erkennbar.«

»Bisher. Genau! Sie sagen es: bisher!« Thies stieß seinen Sessel zurück, als wolle er aufspringen, aber dann ließ er sich nach vorne fallen. »Dabei ist es doch so«, polterte er erneut, »es gibt keinerlei Erkenntnisse zu dem Todesfall. Sie schnüffeln in den Privatangelegenheiten von uns allen, säen Verdachtsmomente, aber nichts, gar nichts trägt dazu bei, dass dieser unsägliche Mord aufgeklärt wird.«

»Tötungsdelikt, nicht Mord.« Gert sah auf seine Fingernägel, während er das sagte.

Diesmal sprang Thies wirklich auf. »Was? Wollen Sie mich auf den Arm nehmen?«

»Keineswegs. Aber wir entscheiden nicht, ob es ein Mord oder womöglich etwas anderes war. Und solange wir den Täter nicht dingfest gemacht haben, tappen wir wegen des Motivs weiter im Dunkeln.«

»Richtig. Den Täter nicht dingfest gemacht. Muss ich an den Fingern abzählen, wie viele Tage vergangen sind, seit Petra Mertens gefunden wurde. Sinkt nicht mit jedem Tag die Wahrscheinlichkeit, die Tat aufzuklären?«

Gert verzog schmollend den Mund und antwortete nicht. Er wusste genauso gut wie Martin, dass Thies recht hatte.

»Darf ich fragen, warum Aurich nicht alle Hebel in Bewegung setzt, um das Ding zu drehen? Seit wann reicht es, einen Ermittler zu schicken? Ziegler ist es nur recht, Ihnen den Watson zu machen. Abgesehen davon, dass das nicht seine Aufgabe als Inselpolizist ist. Wo bleiben Ihre scharfsinnigen Schlüsse, Sherlock? Stattdessen müssen wir um unser Leben bangen.«

Gert legte seine gefalteten Hände an die Lippen, die er verzog. Provozieren ließ er sich jedenfalls nicht.

»Bisher musste niemand außer Frau Mertens um sein Leben bangen«, warf Martin ein. Ihn ärgerte sowohl die Dramatik als auch die Art und Weise, wie Thies ihn herabsetzte.

»Ach, Ziegler, hören Sie doch auf. Sie haben nicht einmal herausgefunden, welche jugendlichen Randalierer die Wahlplakate beschmiert haben, und wollen nun unbedingt den Mordermittler geben. Und Sie, Schneyder, lassen Sie die juristischen Spitzfindigkeiten. Für mich ist es ein Mord, wenn man erschossen in der Dünenlandschaft aufgefunden wird. Aber wenn man natürlich die Ermittlungsarbeit vornehmlich bei Tee und Keksen im Kreis älterer Damen vorantreibt, wundert mich nichts mehr.«

»Sehr gut informiert, Herr Thies, ich muss schon sagen. Eine Antwort auf meine Frage habe ich, trotz ihrer ausschweifenden Erklärungen, nicht bekommen. Also: Wie kommen Sie an die Karte? Ich habe eine viel naheliegendere Erklärung, als Sie uns glauben machen wollen.«

Thies schnaubte. »Da bin ich ja gespannt. Woher ich die Karte habe? Nun, sie lag hier. Auf meinem Schreibtisch, zwischen mehreren Papieren, an denen ich im Moment arbeite.« Er zeigte auf einen Aktenstapel.

»Wann war das?«

»Vor ein paar Tagen. Ich habe sie gesehen und beiseite gelegt. Sie muss unter den Stapel gerutscht sein. Ich hatte ihr zu dem Zeitpunkt keine Bedeutung zugemessen.«

»Sie fanden es nicht verwunderlich, eine einzelne Spielkarte auf Ihrem Schreibtisch zu finden?«

»Nein, warum sollte ich? Ehrlich gesagt, ich dachte, sie wäre von meiner Frau.«

»Von Ihrer Frau?«

Martin verfolgte das Pingpongspiel aus Fragen und Antworten zwischen Gert und Thies.

»Natürlich von meiner Frau. Sie legt diese Tarotkarten. Zur Entspannung, wie sie sagt. Und um sogenannte Tageslosungen für sich daraus zu ziehen.« Er machte eine wegwerfende Handbewegung. »Zu meiner Jugendzeit kamen die aus der Bibel. Aber jeder, wie er meint.«

Martin rutschte auf dem Stuhl nach vorne. »Sie dachten, die Karte wäre von Ihrer Frau, aber sie war es nicht.«

»Schnellmerker.«

Martin schluckte die Beleidigung. Er kannte Thies lange genug, um zu wissen, dass sein Gepolter sich irgendwann in Luft auflöste. Auch wenn es nicht richtig war, wie dieser sich verhielt. Aber Martin war nicht der nachtragende Typ.

»Und wann haben Sie das gemerkt?«

»Heute Morgen. Ich habe mir frei genommen, weil ein wichtiger Notartermin ansteht. Hat Häusler wahrscheinlich schon ausgeplaudert, dass er uns eine Wohnung vermittelt hat. Alles mit rechten Dingen, selbstverständlich.«

»Ach ja, der abendliche Besuch.« Martin nickte.

»Bei der Durchsicht des Vorabvertrages fiel mir diese Karte in die Hände. Ich rief nach Dagmar. Meckerte, dass sie ihren Kram im Haus verteilt, und bat sie, die Karte an sich zu nehmen.«

Martin grinste hinter vorgehaltener Hand. Den Dialog zwischen den Eheleuten konnte er sich lebhaft vorstellen.

»Aber Dagmar stritt ab, dass es ihre Karte wäre. Die Rückseite passe nicht zu ihrem Kartendeck, hat sie behauptet. Ich wollte es nicht glauben, dachte an eine dumme Ausrede und habe es mir zeigen lassen. Was soll ich sagen: Sie hatte recht!«

»Und da fiel Ihnen der Zusammenhang zu unseren Ermittlungen ein?«

»Darauf machte mich Dagmar aufmerksam. Gundula hatte ihr so etwas erzählt. Aber da Gundula, genau wie ihr Mann KWK, gerne übertreibt, hatte Dagmar mir nichts von der Sache erzählt. Bis heute Morgen.«

Martin schaute Gert an und versuchte, in seinem Gesicht zu lesen. Könnte sein, könnte nicht sein, schien auch er zu denken. Wie alles in dem Fall. Alles könnte, nichts musste. Es war zum Verzweifeln.

»Gut. Wir nehmen das so auf. Von einer direkten Bedrohung müssen wir nicht ausgehen. Sonst wäre wahrscheinlich schon etwas passiert. Gehen Sie davon aus, dass der Täter mit uns spielt. Und Sie und Ihre politischen Mitstreiter instrumentalisiert.«

»Hoffen wir, dass Sie recht haben.« Er legte die Karte, die er in den Händen gehalten hatte, auf die Tischplatte. »Dagmar jedenfalls meint, sie wäre kein gutes Omen.«

*

Nichts half. Weder Elisabeths böse Blicke in Ruths Richtung noch ihre Beschwörungen, dass der Geist weiterreden sollte. Sie versuchte es mit Freundlichkeit, mit Unterwürfigkeit und Flehen. Zum Schluss brach sie in Weinen aus.

Ruth hielt sich zurück, um Elisabeths Gefühlshaushalt nicht weiter zu destabilisieren.

Als sich das Tischchen bei keiner Frage mehr bewegte, sah Ruth, wie Ärger und Wut Schritt für Schritt Raum gewannen.

Betty schaffte es gerade noch, den Geist zu verabschieden, indem sie sich bedankte, aber danach war es um ihre Fassung geschehen. Mit starrem Blick taxierte sie Ruth.

»Das war ein Fehler. Ein großer Fehler. Die Geister lassen nicht mit sich spaßen. Niemals«, zischte sie.

Ruth setze eine entschuldigende Miene auf.

»Es spricht immer nur einer. Es verwirrt die Geister, wenn unterschiedliche Absichten im Raum schweben. Und Geister sind hochsensibel. Wenn sie sich verletzt, ausgespielt oder nicht ernst genommen fühlen, rächt sich das. Auf die ein oder andere Weise. Immer.«

»Das tut mir leid«, gab Ruth zurück, »aber …«

»Nicht, dass ich um mich fürchte. Aber Geister, die einmal zum Narren gehalten wurden, werden nicht mehr von demjenigen ablassen.«

Ruth zeigte auf sich. »Sie meinen …?«

»Oja. Ich habe Sie gewarnt.«

Ruth überlegte, was sie erwidern konnte. Dass sie das Ganze für Hokuspokus hielt? Eher nicht. Keineswegs, weil sie Angst vor den Folgen hatte. Sie war sich sicher, mit sämtlichen Rachefeldzügen potenzieller Geister fertig zu werden. Einfach, weil sie nicht daran glaubte. Aber Betty dergestalt zu reizen und etwas in Abrede zu stellen, was diese für wahr hielt, war kaum zielführend.

»Vielleicht war der Geist einfach fertig mit dem, was er uns zu sagen hatte?«, versuchte sie es deswegen so.

Betty starrte auf das Blatt und wischte mit der Hand darüber. »Fertig?«

»Könnte doch sein.«

»Nein. Könnte es nicht.«

»Warum?« Ruth fand es sicherer, im Fragemodus zu bleiben.

»Weil ich die vollständige Antwort kenne.«

»Die Antwort auf meine Frage? Wirklich?« Sie hoffte, dass Betty ihr die gespielte Naivität abnahm. »Wer schuld ist an Petra Mertens Tod?«

Betty wirkte verwirrt. »Wie?« Sie schaute Ruth fragend an, schien sich zu erinnern und antwortete ungeduldig: »Blödsinn. Natürlich nicht. Es ging doch die ganze Zeit um etwas anderes.«

»Mir ist meine Frage aber wichtig. Und wenn ich schon einmal die Gelegenheit habe …«

Bettys Blick war vernichtend. »Die Frage, wer schuld ist an Petras Tod, ergibt sich von allein. Wenn man alles versteht. Alle Zusammenhänge. Aber ich warne Sie: Petra hat genau wie Sie reagiert. Mit Verachtung. Mit Belustigung. Mit Arroganz. Petra hat die Geister herausgefordert. Genau wie Sie, deshalb und nur deshalb ist Petra tot.«

Ruth unterdrückte den Impuls nachzufragen, seit wann Geister mit Schusswaffen ausgerüstet seien. Sie musste Betty in erdende Bahnen lenken.

Deswegen fragte sie: »Aber könnte es nicht sein, dass der Geist uns eine Antwort gegeben hat? Egal, auf welche Frage. Wenn wir versuchen, die Antwort zu analysieren?« Ruth war sich sicher, dass Bettys Armmuskulatur für alles Gekritzel verantwortlich war, dass das Tischchen zustande gebracht hatte. Und zwar gar nicht in der Absicht zu betrügen, sondern weil sie fest von der überirdischen Kraft überzeugt war. Und ebenso war diese unterbrochen worden, dadurch dass Ruth in die Abläufe eingegriffen hatte. Nicht die Verärgerung des Geistes hatte zu einem Stopp geführt, sondern Bettys Angst vor eben diesem Unmut.

Augenscheinlich verunsicherte Ruths Angebot Betty aufs Neue. Denn diesmal streckte sie den Arm aus und nahm das Blatt auf, drehte und bewegte es zu allen Seiten.

»Darf ich auch sehen?«, fragte Ruth und nach einem kurzen Blick: »Wie wäre denn die Antwort des Geistes auf Ihre Frage gewesen? Ich habe zwar eine Idee …«

»Petra natürlich.«

»Wollen Sie mir davon erzählen, auch wenn wir den Geist verwirrt haben?«

»Wir nicht.« Betty hob beschwörend die Hände und starrte das Tischchen an, als könne von ihm eine reale Gefahr ausgehen. »Sie ganz allein.«

»Gut. Das nehme ich auf mich. Ich kann damit leben.«

»Das werden Sie schon sehen.«

»Ich lasse das auf mich zukommen. Aber damals, wie war das? Das ist länger her, dass der Tisch vor Petra warnte, stimmt's?«

Betty nickte.

»Vor Hannos Tod?«

»Ja, klar.«

»Bevor Hanno und Petra geheiratet haben?«

»Viel früher.«

»Die beiden waren damals ein Paar?«

»Gerade zusammen.«

»Und das, was damals noch geschehen ist, mit Ihnen, meine ich?«

»Ungefähr in dieser Zeit.«

»Wissen Sie es genauer?«

Betty überlegte, wobei Ruth sich sicher war, dass sie die zeitlichen Abläufe genau im Kopf hatte. Ausweichend sagte sie: »Das mit dem Tischchen muss kurz davor gewesen sein.«

»Wie kurz davor?«

»Zwischen Weihnachten und Silvester, in den Raunächten. Damals zum Übergang ins neue Jahrtausend.«

Ruth schloss vor Ärger kurz die Augen. Diese abergläubischen Geschichten, die weitergegeben wurden, hinterließen selbst bei Menschen, die mit den Füßen auf dem Boden der Tatsachen standen, manchmal abwegige Verhaltensweisen. Wenn ihre Yogafreundinnen zwischen Weihnachten und Neujahr keine Wäsche wuschen, dann war das kaum der Muße und Entspannung geschuldet. Wie viel empfänglicher waren also junge, sensible Menschen, wie Elisabeth es gewesen sein musste. Noch in den Ausläufen der Pubertät. Beeinflussbar von allen Seiten.

»Und das andere?«

»Ist Karneval passiert. Die Nacht vor Weiberfastnacht. Auf einer Studentenfete.«

»Und die Abtreibung?«

Betty schluckte und antwortete nicht gleich. »Kurz vor Pfingsten.«

»Warum in Holland? Es hätte auch hier …«

»Nein, das wäre unmöglich gewesen. Es durfte niemand wissen. Wegen der Familie. Niemand außer …« Sie brach in Schluchzen aus.

»Niemand außer Hanno.«

Betty nickte zögerlich und krallte sich den Daumenfingernagel in den Ballen der anderen Hand.

»Und Petra?«, schob Ruth hinterher.

Es folgte ein minutenlanges Schweigen. Ruth sah an Bettys Körperhaltung, wie sie mit sich rang. Plötzlich brach es aus ihr heraus: »Von Petra kam die Adresse. In Holland. Sie war mit dabei. Hat mir gut zugeredet. Es sei mein gutes Recht. Das alles wäre besser so. Ich sei viel zu jung.«

Wieder folgte ein Schluchzen, das in haltloses Weinen überging. Als sie schließlich den Kopf hob, waren ihre Augen gerötet und geschwollen. Sie versuchte ein schiefes Grinsen und deutete auf das Blatt.

»Vielleicht wollte der Geist doch antworten. Diese Zacken. Es sieht aus wie ein M. Damals hat das Tischchen auch zuerst den Nachnamen geschrieben. Mertens. Wenn ich mich recht erinnere, nur den Nachnamen. Aber der war ja eindeutig.«

»Petra Mertens war damals dabei?«

»Ja, und sie hat alles ins Lächerliche gezogen. Als das Tischchen sie als Gottesanbeterin bezeichnet hat. Kein Wunder, dass der Schuss nach hinten losgegangen ist.«

»Der Schuss?«

Betty blinzelte. »Im übertragenen Sinne. Sie war verantwortlich für das Unglück in unserer Familie, aber letztendlich haben sich die Geister gerächt. Auch wenn es gedauert hat. Aber ein jenseitiges Wesen vergisst nichts.«

Ruth überlegte. In Bettys Vorstellung schienen sich Kausalitäten zu vermischen, die keine waren. Wahrscheinlich war es müßig, dagegen anzureden.

»Hätte wenigstens Hanno auf die Geister gehört. Dann wäre er noch am Leben.« Betty lachte auf. »Ein Unfall. Was für ein Blödsinn. Jeder weiß, was damals wirklich passiert ist. Aber jetzt hat das Schicksal seinen Weg gefunden. Petra ist tot. Und das ist gut so.«

Elisabeth stand auf und nahm das Tischchen vorsichtig in ihre Hände. Sie streichelte über die Oberfläche wie bei einem Abschiedsgruß. Dann wandte sie sich dem Schrank im Kniestock zu, um es dort zu verstauen.

Ruth ging zu den Fenstern und ließ die Rollos an den Dachfenstern hoch, um danach die Kerzen auszupusten.

Zuletzt trat sie an das bodentiefe Fenster der Giebelseite. Auch hier schnappte die Verdunkelung hoch, als Ruth daran zog. Das helle Licht von draußen blendete sie kurz.

»Ich lasse mal Luft herein«, sagte sie, als ihr Blick auf ein Auto fiel, das hinter ihrem Mini stand. »Oh, Mist, ist hier etwa Parkverbot? Ich glaube, die Polizei verpasst mir gerade ein Ticket.«

Im selben Augenblick näherten sich zwei Männer dem Eingang. Keine Polizisten. Jedenfalls keine in Uniform. Aber Ruth erkannte auch zivile Kollegen auf einen Blick. Irritiert rüttelte sie am Fenstergriff. Verdammt, der war abgeschlossen.

Schon klingelte es an der Haustür. Das Weinen eines Babys setzte ein. Lautstark ertönte es aus den unteren Etagen bis nach oben. Automatisch sah Ruth zum Stubenwagen, aus dem kein Laut drang.

Sie drehte sich zu Betty. Wunderte sich, dass diese nicht zur Wiege eilte. Stattdessen nestelte sie an dem sackartigen Trägershirt, das die Pumphose überdeckte.

»Sie waren nur die Vorhut, nicht wahr? Polizeipsychologin. Jetzt kommen die anderen und nehmen mir das Mäuschen weg. Weil ihr nicht glaubt, dass Petra selbst Schuld hat. An allem. Ist das nicht so?«

Und wieder starrte Ruth in den Lauf einer Pistole. Nur, dass es diesmal definitiv nicht der Auftakt zu einer Vernissage war. Im Gegenteil. Finissage würde es besser treffen, dachte sie ironisch. Falls diese Zacken doch die Antwort gaben. Auf ihre Frage. Ein M. M wie Möwitz. Sie lachte auf. Etwas anderes fiel ihr nicht mehr ein.

*

»Wenn ich mich nicht leibhaftig davon hätte überzeugen können, dass Petra Mertens tot am Planetenweg lag, würde ich behaupten, dass wir gerade einer Riesenverarsche aufsitzen. Entschuldige bitte die deftige Ausdrucksweise.« Gert stand neben dem Polizeiwagen und schlug bei seinen Worten rhythmisch mit der rechten Faust in die linke Handfläche.

Martin hatte die Tür geöffnet und verharrte beim Einsteigen. Er lehnte sich auf das Autodach. »Ich verstehe, was du meinst. Komme mir vor wie bei ›Verstehen Sie Spaß?‹. Wenn es nicht so ernst wäre, könnte man glatt darüber lachen. Ich habe das Gefühl, dass die sich alle untereinander abgesprochen haben.«

»Aber warum? Warum sollten sie?«

»Wenn ich das wüsste. Es ist ja nicht so, dass auch nur irgendwer einen Vorteil daraus zieht, wenn sich die Aufklärung des Todesfalls weiter verschleppt.«

»Und dass alle ihre Finger im Spiel haben, ist ja wohl auch unwahrscheinlich. Zumal wir uns ja sicher sind, dass mittlerweile die Schwägerin in erster Linie die heiße Spur darstellt.«

»Sehe ich auch so. Komm, steig ein.« Martin ließ sich hinter das Steuer fallen. »Lass uns zur ›Weissen Düne‹ fahren.«

»Die Currywurst, stimmt.«

»Nicht nur. Ich brauche eine Viertelstunde am Meer. Einmal für ein paar Minuten den Kopf durchpusten lassen. Das geht weit draußen am allerbesten.«

»Nichts dagegen.« Gert schaute auf sein Smartphone. »Noch keine Nachricht aus dem Rheinland. Ich schreibe den Kollegen, dass sie sich sofort melden sollen, wenn sie mit dieser Elisabeth von Möwitz gesprochen haben.«

»Ich hoffe, der Handyempfang reicht aus. Wir bleiben besser in der Stadtmitte.«

»Nachdem du mir die Currywurst schmackhaft gemacht hast? Nee. Fahr lieber los, mir läuft das Wasser im Mund zusammen.«

»Dass uns Thies ausgerechnet den Teufel präsentiert, ist der Hammer.« Martin bog rechts in die Hafenstraße und an der Kreuzung zum Fähranleger nach links ab in die Deichstraße. So konnte er die kleineren Straßen alle umgehen, damit sie in null Komma nichts draußen in der um diese Jahreszeit ruhigen Dünenlandschaft wären.

»Und du bist sicher, dass es keine Verbindung zwischen Hendrikje van Hasseln und Joseph Thies gibt? Oder dass deine spezielle Freundin Marthe ihm etwas von unserem Gespräch gesteckt hat? Und er uns zur vollständigen Verwirrung ausgerechnet diese Karte präsentiert?«

»Erstens: Marthe ist nicht meine spezielle Freundin, sondern eine Freundin mit spezieller Teezeremonie. Diese Unterscheidung ist mir wichtig. Zweitens: Weil ich sie tatsächlich zu meinem Freundeskreis zähle, weiß ich, dass ich mich hundertprozentig auf sie verlassen kann. Sie ist loyal. Und drittens: Auch eine Verbindung zwischen Thies und Hendrikje schließe ich aus. Das ist allerdings nur ein Bauchgefühl. Sollen wir das überprüfen?«

»Lass mal. Ich würde gerne die Ergebnisse aus diesem Kaff im Rheinland abwarten. Weißt du noch den Namen?«

»Kaff? Hörte sich für mich nach einem idyllischen Weinort an. Habe aber nie vorher davon gehört. Habe es mir aber gemerkt wegen der Ente.«

»Der Ente? Du sprichst in Rätseln.«

»Der Ort heißt Erpel – deswegen. Wie die männliche Ente.«

»Ah. Voilà. Wo du Ente sagst. Erinnerst du dich an den 2CV? Ich hatte einen grünen. Weit entfernt von dem, was hier herumsteht.« Er kicherte, als er auf den Parkplatz zeigte.

Zwar standen dort nur drei Autos, diese allerdings aus der Hochpreisliga und mit ortsfremden Nummernschildern.

»Ja, leider. So ein paar Enten ließe ich mir eher gefallen.« Martin machte aus seinem Missmut keinen Hehl, dass es den Touristen außerhalb der Fahrverbotszonen oder jahreszeitlichen Einschränkungen ermöglicht wurde, ihr Statusgehabe auf der Insel auszuleben. Und er hatte als Polizist nur die Möglichkeit, fahrerisches Fehlverhalten zu sanktionieren. Dass es zu Genüge gab. Die Arroganz manches Fahrers bei den durchgeführten Geschwindigkeitskontrollen spottete jeder Beschreibung. Kein Wunder, dass seinen Mitarbeitern manchmal die Schadenfreude über eine satte Knolle oder den einen oder anderen Punkt, den sie zu vergeben hatten, deutlich ins Gesicht geschrieben stand. Er konnte es verstehen.

»Wenn es nach Petra Mertens gegangen wäre, gäbe es in Zukunft keine Autos von Touristen mehr«, sagte er laut. »Keine Ente und kein Jaguar.«

»Und das fand Zustimmung?«

»Schon. Zumindest bei einem Teil der Insulaner. Es gäbe vor Ort durchaus Nutzen: die Busse und Taxis zum Beispiel.«

»Gegner gibt es aber auch?«

»Klar, die anderen Kandidaten haben sich bei diesem Thema bedeckt gehalten, Malte Häusler allerdings hat massiv dagegen gehalten. Nun, er vertritt beruflich eher eine Klientel, die solche Autos fährt. Und zu einem zweiten Sylt gehört, dass man sein Hab und Gut präsentiert.«

»Was aber kein ausreichendes Motiv darstellt.«

»Da gebe ich dir recht. Wie immer wir es betrachten, eine Beteiligung unserer Kandidaten wird unwahrscheinlicher.«

Martin lotste Gert an dem bekannten Ausflugslokal und dem Buddha, der dahinter auf einer Düne thronte, vorbei. Der unvergleichliche Anblick, wenn beim Strandabgang das Meer in seiner ganzen Macht sichtbar wurde, war überwältigend. Jedes Mal aufs Neue. Auch für ihn als Inselbewohner. Die Wellen rollten unermüdlich auf den breiten und hellen Strand zu. Mal donnernd und bedrohlich, dann wieder neckisch und spielerisch. Die weiße Gischt ließ kleine Schaumhaufen an der Wasserlinie zurück. Sobald Martin und Gert den befestigten Weg verließen, versanken sie im weichen Sand. Es reichte ein einvernehmlicher Blick, um Schuhe und Strümpfe abzustreifen, die Hosen hochzukrempeln und loszulaufen.

Wie Martin vermutet hatte, genügte eine Viertelstunde, um die Gedanken durchzupusten. Plötzlich sah er vieles klarer. Hier auf der Insel gab es nichts mehr zu ermitteln. Gert würde heute gegen Abend seine wenigen Sachen zusammenpacken und nach Aurich zurückkehren. Alles Weitere würde von dort koordiniert werden. Wer den Fall letztendlich im Rheinland löste, ging ihn nichts mehr an.

Jetzt war es Zeit für die versprochene Currywurst.

Sie staunten nicht schlecht, als sie im Restaurant auf Marthe Dirkens trafen. Sie saß mit einer Tasse Kakao mit Sahne im hinteren Loungebereich vor dem Kamin.

»Was für eine Überraschung.« Die Freude über die Begegnung stand ihr ins Gesicht geschrieben. »Ihr setzt euch ja wohl zu mir?«

Martin lachte. »Frau Dirkens, was ist das? Gehen Sie Ihrer Teezeremonie fremd?« Er deutete auf den Pott.

»Baileys«, hauchte die alte Dame, leicht verschämt, und

merkte erst dann, dass Martin die Frage nicht ernst gemeint hatte.

Gert schlug ihm auf die Schulter. »Ich muss schon sagen, so schnelle Geständnisse, das schafft nicht jeder. Respekt, Kollege.«

Sie ließen sich nieder, studierten die Speisekarte, bestellten die Currywurst, während Marthe Dirkens ein Mandelcrumble mit Zwetschgen und Frieseneis serviert bekam.

»Auch nicht schlecht«, deutete Martin auf ihren Teller. »Aber Frieseneis hatten wir heute schon. Ach, da fällt mir etwas ein. Sie haben mit niemanden über unser gemeinsames Zusammentreffen gesprochen, Frau Dirkens? Oder? Über die Kartenlegung?«

Vorwurfsvoller, als Marthe es tat, konnte man nicht blicken. »Wie käme ich dazu? Wo ich doch weiß, wie wichtig Verschwiegenheit bei laufenden Ermittlungen ist. Kein Sterbenswörtchen würde zu irgendjemandem über meine Lippen kommen. Ich schwöre, so wahr mir«, sie ließ ihren Blick hektisch entlang der Gemälde schweifen, die ausnahmslos berühmte Porträts zeigten, »so wahr mir der Dalai Lama und Mick Jagger helfen.«

Gert brach in schallendes Gelächter aus. »Na, wenn das kein Ehrenwort ist. Aber davon abgesehen. Sehr interessant, diese Bilder.«

»Ja, absolut. Anne und ich lieben diese Künstlerin auch. Enke Cäcilie Jansson. Großartig. Irgendwann werden wir uns eines leisten. Ich kann mich nur nicht entscheiden, welches es werden soll.«

Frau Dirkens seufzte. »Oh, das könnte ich. Leider hat mein Lieblingsbild von ihr einen Käufer gefunden. Eine wirklich geniale Kasperleszene. Das hättet ihr sehen müssen. Kann man nicht beschreiben.«

In diesem Moment wurde die Currywurst gereicht.

»Guten Appetit«, wünschte Marthe Dirkens. »Übrigens«, sie deutete mit ihrem Löffel auf die Schälchen, in denen die Wurst serviert wurde. »Wusstest du, dass die Glasbehälter aus Oskars Heimat kommen, Martin? Hat er mir beim letzten Mal erzählt. Und dass es modern sei, alles in diesen Einmachgläsern auf den Tisch zu bringen.«

Im selben Augenblick piepsten zwei Handys. Martin und Gert warfen jeweils einen Blick auf ihre Displays.

»Scheiße«, entfuhr es Martin.

»Das ist ja der Hammer«, erwiderte Gert.

»Was?« Martin spürte, wie ihm die Farbe aus dem Gesicht wich.

»Du zuerst.« Gert wirkte angespannt.

»Oskar hat geschrieben. Ruth ist im Haus von Elisabeth von Möwitz. Die Polizei davor. Niemand öffnet die Tür.«

»Scheiße.«

»Sag ich doch.«

»Aber …« Gert runzelte die Stirn. »Dann verstehe ich nicht …«

»Was denn?« Martin hatte seine Currywurst zurückgeschoben und war aufgestanden.

»Sören schreibt. Es stimmt zwar, dass die Schärpe von Elisabeth von Möwitz bestellt wurde. Sie haben aber übersehen, dass die Lieferadresse von der Rechnungsadresse abweicht.«

»Nein!«

»Doch. Und du glaubst es nicht. Die Lieferadresse ist auf Norderney. Eine Ferienwohnung in der Benekestraße. Verdammt, verdammt. Eine Schnitzeljagd voller falscher Fährten ist ja nichts dagegen.«

»Hoffentlich kommt Ruth da heil raus.« Martin hatte

sich gesetzt und nahm das Gesicht in die Hände. »Verdammt. Wie konnte das passieren? Hätte ich sie bloß nicht mit reingezogen.«

*

Sie verfluchte seit Jahren, dass die billigen Spielzeugattrappen auf den ersten Blick nicht mehr von echten Waffen zu unterscheiden waren. Natürlich wäre sie körperlich überlegen. Aber im Moment traute sie Elisabeth alles zu. Und das bedeutete, Vorsicht walten zu lassen.

Ruth hatte auf Bettys Geheiß hin ihren Rucksack weit von sich weggeschoben. Und damit ihr Handy. Aber es hätte ihr auch so nichts genutzt. Betty würde kaum zulassen, dass sie unter ihren Augen eine Nachricht nach draußen schickte.

Ruhig zu bleiben blieb die oberste Devise. Immerhin war sie ausgebildete Polizeipsychologin. Kannte also in der Theorie alles zu Geiselnahmen, den Motiven der Täter, wusste, was an Verhaltensweisen nötig war. Zu allererst musste sich Betty in Sicherheit wiegen. Ruth ihrerseits war klar, dass es kaum um Freiheit und Geld ging. Betty war in anderen Sphären unterwegs. Daran konnte sie anknüpfen. Ihr garantieren, dass ihrem Kind nichts geschähe, dass niemand es ihr wegnähme. Und dafür musste Ruth, so überzeugend wie möglich, von einem Baby statt einer Puppe zu reden.

Sie setzte sich vorsichtig auf den Boden. Natürlich wäre sie vom Stuhl oder der Chaiselounge aus handlungsfähiger, weil sie bei passender Gelegenheit zum Sprung hätte ansetzen können. Aber es war Teil ihrer nonverbalen Botschaft an Betty. Sie wollte nicht als potenzielle Angreiferin wahrgenommen werden.

Betty schien nervös. Saß auf dem Stuhl, den sie näher an die Tür gerückt hatte. Fuchtelte mit dieser Waffe, falls es eine war, und lauschte sichtbar angestrengt nach unten. Weitere zwei Mal erklang die Türklingel. Und jedes Mal dauerte es, bis das laute Babyweinen in ein Wimmern umschlug, um dann zu verstummen. Was normalerweise der Zeitpunkt war, an dem Betty die Tür öffnete.

Ruth spielte in Gedanken die verschiedenen Möglichkeiten durch. Fest stand, da unten waren Polizisten. In Zivil, von daher wohl die Kollegen von der Kriminalpolizei. Vielleicht zusätzlich welche in Uniform. Das konnte sie nur vermuten, weil sie das Polizeiauto gesehen hatte. Sie wollten zu Elisabeth von Möwitz. Unwahrscheinlich, dass sie wegen des Skandals in der Ausstellung kamen. Also ging es höchstwahrscheinlich um den Tod der Schwägerin auf Norderney.

Ruth ärgerte sich, dass sie gestern nicht mit Martin und Anne gesprochen hatte. Die beiden vermuteten sie sicher in Osnabrück. Hatten keine Idee, dass sie auf eigene Faust Nachforschungen anstellte. Die weniger mit dem Todesfall zu tun hatten als mit den sonstigen Seltsamkeiten, die Betty offenbart hatte. Es hatte sie interessiert. So wie Oskar eine Nase für spannende Themen hatte. Mensch. Oskar. Er wusste von nichts. Er würde bestimmt die richtigen Schlüsse ziehen und ihr Auto finden, das auf der anderen Straßenseite stand. Auf seinem Küchentisch lagen die Notizen, die sie sich heute Morgen zu Betty gemacht hatte. Brainstorminggedanken. Verdachtsdiagnosen. Recherchelinks. Sie konnten ihn auf ihre Spur bringen.

Nach dem Klingeln war nichts mehr zu hören. Wenn die Kollegen nicht ausreichend über die Hintergründe informiert wären, würden sie sich Sorgen machen, weil sie ein

Kleinkind im Haus vermuten mussten. Aber aller Wahrscheinlichkeit nach lag ihnen eine Einschätzung der Behörden vor. Wenn sie Betty richtig verstanden hatte, gab es in der Vergangenheit häufiger Aufregung um das vermeintlich weinende Baby im Haus. Es war anzunehmen, dass die Zusammenhänge der hiesigen Polizei bekannt waren.

Von daher würde ein übereiltes Stürmen des Gebäudes, um ein Kind zu retten, eher ausbleiben. Was angesichts der Waffe in Bettys Hand gut war.

Ruth überlegte fieberhaft. Worum konnte es Betty gehen? Warum hatte sie ihren Namen gegoogelt? Warum hatte sie ihr erlaubt, das Haus zu betreten? Erwartete sie etwas von Ruth? Eine Entlastung? Ein Gegenüber, das Verständnis zeigte? Jemand, der nicht die Augen verdrehte?

Am besten wäre es, Betty am Reden zu halten. Je mehr sie preisgab, umso treffsicherer würde sie das Ganze einordnen können. Und damit Zeit gewinnen. Auch wenn die Polizei abgerückt wäre, Oskar würde sie über kurz oder lang vermissen. Zu blöd, dass sie ihm keine Nachricht hinterlassen hatte.

Ruth schloss die Augen. Einen kurzen Moment durchflutete sie die blanke Panik. Die Erinnerung an das furchtbare Erlebnis an der Ostsee stieg in ihr hoch. Sie hielt die Luft im Bauchraum, atmete nur stückchenweise aus. So wie sie es in der Therapie geübt hatte. Die Situation ließ sich nicht vergleichen. Sie war handlungsfähig und würde es bleiben.

Auch Betty schien sich zu entspannen, nachdem es mehrere Minuten lang ruhig geblieben war.

»Sie haben mit der Polizei gerechnet?«, traute sie sich irgendwann, in die Stille zu fragen.

»Die haben Sie doch vorgeschickt. Gestern schon. Ich bin nicht blöd.«

»Nein, Frau von Möwitz. Ich versichere Ihnen, ich kenne niemanden von der zuständigen Polizei. Ich habe wirklich nur Herrn Schirmeier begleitet.«

»Ich habe Sie gegoogelt. Sie haben Kontakte nach Norderney, oder etwa nicht?«

»Doch, die habe ich.«

»Was für eine Überraschung! Meine Schwägerin wird auf Norderney ermordet und Sie kommen nicht von der Polizei. Obwohl Sie auf Norderney auch schon ermittelt haben.«

Was sollte Ruth darauf antworten? Dass es auf der Insel Zufälle gewesen waren? Wie unglaubwürdig musste das in Bettys Ohren klingen. Sie ärgerte sich darüber, was alles im Internet auffindbar war. Ihrer Abneigung gegenüber dem Onlineleben gab das neues Futter, aber ändern ließ sich nichts daran.

»Ich weiß, das muss komisch wirken.« Sie griff sich in die Haare und massierte ihre Kopfhaut, die seltsam prickelte. »Ich versichere Ihnen, dass ich wirklich nur die journalistische Begleitung war.«

»Dass ausgerechnet Oskar auftaucht, soll also Zufall sein?«

Ruth hob fragend die Augenbrauen.

»Wissen Sie, wie lange ich ihn nicht mehr gesehen habe? Fast 20 Jahre! Und ausgerechnet jetzt taucht er bei dieser Vernissage auf? Ausgerechnet?«

»Wie kommt es, dass Sie ihm nicht mehr begegnet sind? Er ist als Journalist in der Gegend sehr bekannt, seit …« Ruth verschluckte den Rest des Satzes. Dass Oskar quasi als Nebenprodukt seiner Recherche half, einen Mord aufzudecken, ließ sie besser unerwähnt.

»Ich lese keine Zeitung. Und er arbeitet in Bonn.«

»Hm. Dann kann ich verstehen, dass es seltsam gewirkt haben muss.«

»Es sind zu viele Zufälle. Viel zu viele. Wie die Vergangenheit plötzlich auftaucht und von mir Besitz ergreift.« Betty fröstelte und umarmte sich selbst, sodass der Lauf der Pistole nach hinten zeigte.

»Was genau?« Ruth sprach leise. Legte Mitgefühl in ihre Stimme.

Betty wirkte abwesend, bis sie anfing, nach vorne und nach hinten zu schaukeln. Immer noch hielt sie sich selbst umarmt.

Mit weinerlicher Stimme begann sie zu sprechen: »Nach Hannos Tod dachte ich, es wird alles besser. Ich habe ihn schrecklich vermisst, auch wenn ich es nicht mochte, dass er manchmal über mich bestimmte. Bei anderen war er so nachgiebig. Nur bei mir war er das nie. Immerhin waren wir Petra los. Das einzig Gute. Petra, die alles Unglück über Hanno und unsere Familie gebracht hat.«

»Petra war es, die Ihnen zu der Abtreibung geraten hatte?«

Sie gab keine direkte Antwort. »Wenn Petra nicht gewesen wäre, hätte Hanno besser auf mich aufgepasst. Dann wäre all das Unglück nicht geschehen. Aber das Tischchen hatte es gesagt, Petra wird Unglück über unsere Familie bringen, weil sie den Geist verlacht hatte.«

»Aber warum strafte der Geist dann nicht Petra allein?« Selbst wenn man an Geister glaubte, schien Bettys Argumentation schwach.

»Weil es so nicht funktioniert. Wir haben die Geisterwelt nicht geschützt. Bei uns lag der Fehler. Wir hätten aufpassen müssen. Die Geister rechnen nicht in unseren zeitlichen Maßstäben. Es währt lange, und oft kann man die Zusammenhänge nicht sehen, bis sie sich schließlich im Ganzen offenbaren.«

»Und dieser Zeitpunkt war gekommen?«

»Ja.« Nur dieses eine Wort. Betty sagte es voller Inbrunst und Überzeugung.

Ruth brach der Schweiß aus. Sie war für ein solches Thema nicht gemacht. Nichts lag ihr ferner, als in diese abstrusen Theorien einzusteigen. Auch mit all ihrem psychologischen Know-how wollte ihr das nicht gelingen. Aber sie musste verstehen, was vor sich ging, um überhaupt eine Chance zu haben, auf Betty einzuwirken.

»Sie haben diesen Video-Clip der Öffentlichkeit präsentiert, um die Aufmerksamkeit auf das zu lenken, was damals passiert ist?«

Betty schüttelte langsam den Kopf. »Nein. Für mich war es das Setzen eines Schlusspunktes.«

»Wie das?«

»Kannten Sie meine Schwägerin?«

Ruth verneinte.

»Petra hat immer bekommen, was sie wollte.« Betty blickte nach unten auf den Boden. Sie klang, als lese sie etwas ab, was dort auf die Holzdielen projiziert wurde. »Je mehr sie bekam, umso unglücklicher wurde unsere Familie. Aber Petra hatte immer die besseren Argumente. Konnte die Schuld umlenken. Auf uns. Degeneriert hat sie uns genannt. Und mich überspannt. Später dann verrückt. Sie hat geschafft, dass die Menschen ihr glaubten. Und sie hatte die Kinder, die ich nie haben durfte. Kinder, denen sie unseren Namen vorenthielt. Wissen Sie, was Petra im Wahlkampf über Abtreibungen sagt?«

Ruth war kurz in Versuchung, die Zeitform zu korrigieren. Petra war tot und sagte schließlich gar nichts mehr.

Aber darum ging es nicht. Deswegen hielt sie den Kopf schief, um zu signalisieren, dass sie zuhörte.

»Dass jedes Kind ein Recht auf Leben habe. Jedes Kind. Unbedingt.« Ihr Gesicht verzog sich zu einer ungläubigen Grimasse.

»Manchmal verändern sich Einschätzungen«, wandte Ruth ein. Aber sie konnte verstehen, dass Betty von einer solchen Ansicht schwer getroffen war.

»Das sagt ausgerechnet die Frau, die mir mein Kind genommen hat. Die Hanno diese Adresse in Holland besorgt hat. Und die Hanno auf dem Gewissen hat.«

Ruth wünschte sich nichts sehnlicher, als einen Besprechungsraum in der nächsten Polizeidienststelle und eine Stellwand, an der sie alle Erkenntnisse zusammentragen konnte. Das, was Betty erzählte, entsprach mit Sicherheit ihrer eigenen Wahrheit. Aber eben nur ihrer. Die Wahrheiten der Gegenseite, die objektiven Erhebungen, die waren es, die Ruth fehlten. Wieder ist sie in Ermittlungen hineingerutscht, für die sie nicht zuständig war.

Sie biss die Haut an ihrem Daumennagel ab, während sie versuchte, das, was sie wusste, in Verbindung zu setzen.

»Sie sagten, es wären so viele Zufälle gewesen. Zuletzt. Was genau war es? Der Tod ihrer Schwägerin? Hat er alles an die Oberfläche geschwemmt? Vielleicht, weil Sie wussten, da sind zwei Kinder, die jemanden brauchen?«

Betty schaute verwundert auf. In ihren Augen glomm so etwas wie Hoffnung. »Sie meinen die Kinder …«, sie stockte, »weil ich die einzige Verwandte bin?«

Ruth winkte schnell ab. Das würde kein Jugendamt zulassen, die Kinder zu Betty zu geben. Sie ärgerte sich über ihre Bemerkung.

»Ich stelle mir vor, dass Sie der Tod von Petra sehr aufgewühlt hat. Soviel ich weiß, war bei der Ausstellung ein anderer Video-Clip vorgesehen. Haben Sie den Wechsel vorgenommen, weil das Thema nach dem Tod ihrer Schwägerin so übermächtig geworden ist?«

Betty kniff die Augen zusammen. »Nein, nein. Das stimmt nicht. Das verstehen Sie falsch. Alles falsch. Das mit dem Video, das war der Schlusspunkt. Endgültig. Weil alles vorbei war. Die Prophezeiung endlich eingetreten war. Das Rad des Schicksals ist zu seinem Recht gekommen. Der Zufall, der fing früher an. Vor einem halben Jahr vielleicht.« Elisabeth schaute angestrengt in Ruths Gesicht. »Oder ist es länger her? Ich weiß es nicht genau.«

Ruth spürte, wie sich die Atmosphäre im Raum veränderte. Sie drehte vorsichtig den Kopf, als sie das Prasseln dicker Regentropfen auf dem Dachfenster hörte. Betty, die sich umarmt hielt, presste die Arme dichter an ihren Körper.

Auch Ruth war es kalt. Am liebsten hätte sie es Betty gleichgetan. Andererseits hielt sie die Spannung ihres Körpers kaum aus. Sie drückte mit den Händen auf ihre Oberschenkel, während sie entspannt im Schneidersitz saß.

Sie ahnte, dass sie an einer entscheidenden Stelle in Bettys Geschichte angelangt waren. Langsam drehte sie ihre Handflächen nach oben und schob sie ein Stück vor ihren Körper. Eine Geste, die Betty signalisieren sollte, dass sie ihr friedvoll und empfänglich gegenübersaß.

Mit sanfter Stimme versuchte sie, Betty zu locken: »Was genau war das, was damals anfing? Vor einem halben Jahr? Was ist es? Wollen Sie es mir erzählen?«

Betty runzelte kurz die Stirn. Dann aber antwortete

sie klarer, als Ruth erwartet hätte: »Ja. Vor einem halben Jahr kam dieser Brief. Von Norderney. Und damit fing alles an.«

*

»Und, was sagen die Kollegen?«

Gert ließ das Smartphone sinken. »Ratlos sind sie. Sie haben zu wenig, um die Lage sicher einschätzen zu können. Bisher war die Schärpe unser stärkstes Indiz, und das löst sich gerade in Luft auf.«

»Aber sie macht die Tür nicht auf. Ruth ist bei ihr im Haus.«

»Martin, du weißt genauso gut wie ich, dass beides kein Verbrechen darstellt. Dafür könnte es Hunderttausende harmlose Gründe geben.«

»Bist du von allen guten Geistern verlassen? Hunderttausend Gründe? Mir fällt kein einziger ein.«

»Nun ja, sagt man halt so. Aber aus kriminalpolizeilicher Sicht müssen wir etwas anderes liefern. Sie sind im Gespräch mit dem Freund. Oskar heißt er, richtig?«

»Ja.« Martin fühlte sich augenblicklich erleichtert. Oskar würde mit Nachdruck darauf pochen, dass die Polizei sich kümmerte.

»Wir sollten die Zeit nutzen, um hinter die Geschichte mit der Schärpe zu kommen. Hast du rausbekommen, wem die Ferienwohnung gehört?«

Martin hatte mithilfe seines Handys den zuständigen Vermietservice ausfindig gemacht. »Klar. Lass uns das überprüfen. Das Vermittlungsbüro wird uns sagen können, wer im Zeitraum der Paketzustellung die Wohnung gemietet hatte.«

»Paketzustellung wäre schön. Die Schärpe ist als normale Warensendung zugestellt worden, in einem DIN-A4-Umschlag. Passte also in einen normalen Briefkasten und musste nicht entgegengenommen werden. Kein Klingeln, keine Übergabe, keine Unterschrift.«

»Wäre ja zu einfach gewesen, was?« Martin startete den Motor und schlug den Weg zurück Richtung Innenstadt ein. »Ein bisschen Glück in diesem Fall ist schon zu viel verlangt.«

»Ach Quatsch. Sei nicht so pessimistisch. Immerhin haben wir endlich einen Anhaltspunkt, wenn auch nur einen winzigen.«

»Und währenddessen ist Ruth in einer Situation, die ich mir gar nicht ausmalen will.«

»Dann lass es!«

Martin schnappte nach Luft angesichts der wenig sensiblen Antwort. »Aber wenn Anne davon erfährt …«

»Muss sie ja nicht«, erwiderte Gert. »Es reicht, wenn sie hört, was Sache ist, wenn wir selbst klarer sehen.«

»Schon klar«, murmelte Martin und ärgerte sich über die Bevormundung. Auch wenn Gert nicht wissen konnte, wie das zwischen ihm und Anne lief und wie viel sie einander anvertrauten, empfand er seine Worte als Anmaßung. Auf der Insel waren die Dinge anders als auf dem Festland. Da rückte man über Berufsgrenzen hinweg enger zusammen. Und schließlich waren sie beide der Schweigepflicht unterworfen, kannten die Spielregeln, innerhalb derer sie sich bewegen durften.

Martin bremste hart, als ein Rudel Damwild die Straße überquerte. Vor solch einer Situation warnten sie die Autofahrer bei den Geschwindigkeitskontrollen. Das Wild war eine oft unterschätzte Gefahr auf den scheinbar leeren Inselstraßen, die stadtauswärts führten. Er schaltete einen Gang runter und fuhr das letzte Stück gemäßigter.

Der Vermietservice befand sich in der Nähe des Kurplatzes. Die Agentur hatte erst vor Kurzem geöffnet. Man vertrat fast ausschließlich hochpreisige und neu ausgestattete Ferienwohnungen. Die Frau hinter dem Tresen kannte Martin nicht, sie schien noch nicht lange auf der Insel zu sein. Vielleicht kam sie nur zum Arbeiten hierhin und wohnte auf dem Festland. Wie es mangels Wohnraum häufiger vorkam.

»Moin«, hatte er gegrüßt und das Anliegen vorgetragen. Die Frau hatte erst Bedenken gehabt, aber als Gert und Martin ihre Dienstausweise vorlegten, begann sie im Computer nach dem fraglichen Zeitraum zu suchen.

»Hier haben wir es«, sagte sie schließlich. Ihre Stimme verriet Unsicherheit.

»Bitte, wir brauchen den Namen und die Adresse«, drängelte Gert.

»Ich weiß nicht. Ich bin neu im Geschäft. Meine Chefin ...«

In diesem Moment öffnete sich die Ladentür.

»Ach, da kommt sie. Sie wird Ihnen besser weiterhelfen können.«

»Worum geht es?« Die Frau legte eine Brötchentüte ab und stellte sich geschäftstüchtig an den Tresen.

Martin und Gert schilderten ihr Anliegen. Immerhin handelte es sich bei der Agenturleitung um eine Insulanerin, die Martin vom Sehen kannte.

»Es ist wichtig«, sagte Gert. »Wir wissen, dass es nicht alltäglich ist, was wir verlangen, und Sie nicht ohne Grund Bedenken haben. Ich versichere Ihnen, sehr diskret mit den Angaben umzugehen. Im Grunde genommen geht es um einen Ausschluss eines Verdachts.«

»Hm, mal sehen. Was glauben Sie, wer die Wohnung gemietet haben könnte?«

»Eine Frau von Möwitz?«, versuchte Martin es spontan.

»Nein. Die Wohnung wurde zwar von einer Frau gemietet, aber es ist nicht dieser Name.«

»Wenn Sie uns den Namen nennen, sind wir sofort einen Schritt weiter.«

Die Frau verzog den Mund und klopfte mit ihren rosa manikürten Fingernägeln auf die niedrige Theke, auf der ihr Bildschirm stand. »Sie wissen genauso gut wie ich, dass ich das nicht darf. DSGVO, sagt Ihnen doch was? Ehrlich gesagt, das war tatsächlich eine sehr ungewöhnliche Vermietung.«

»Inwiefern?«

»Die Wohnung wurde mit der Mindestmietzeit von drei Tagen angemietet, doch der Schlüssel schon nach 24 Stunden zurückgebracht. Natürlich haben wir den vollen Preis berechnet, das wurde auch nicht reklamiert. Die Wohnung wurde beim Einchecken bezahlt – und zwar mit einem Gutschein.«

»Mit einem Gutschein?«

»Ja, das ist ein Service, den wir anbieten. Viele Inselliebhaber legen eine solche Gutschrift unter den Weihnachtsbaum oder auf den Geburtstagstisch.«

»Können Sie nachvollziehen, wie und von wem der Gutschein erworben wurde?«, wollte Martin wissen, der sich weit über den Tresen beugte.

Die Frau scrollte mit der Maus, ging zu einem Büroschrank, holte einen Ordner hervor, blätterte, wobei sie die Finger mit Spucke anfeuchtete, und sagte dann: »Selbe Adresse, anderer Vorname, soweit nicht ungewöhnlich. Allerdings wurde der Gutschein vor Ort gekauft und bezahlt.«

»Ach?«

»Auch das kommt vor. Nirgends lässt sich der nächste Norderney-Urlaub besser planen, als wenn man noch vor Ort ist.«

»Wenn Sie bitte nachschauen: Wann wurde der Gutschein erworben?« Gert tippte sich ungeduldig mit dem Zeigefinger gegen das Kinn.

»Das ist ungewöhnlich, stimmt. Woher wussten Sie …?« Die Frau sah Gert erstaunt an.

»Instinkt. Erfahrung. Routine. Da könnte ich viel zu erzählen.«

»Ach ja?« Ein Augenaufschlag, der Interesse verhieß.

Martin hatte Lust, mit der Faust auf den Tisch zu hauen. Ein Flirt war das Letzte, was sie gebrauchen konnten. Für ihn zählte nur eins: Ruth saß im Rheinland in der Klemme, und sie hatten hier einen Job zu erledigen.

»Was denn nun?«, forderte er ungeduldig und zeigte auf den Ordner.

»Der Gutschein wurde zwei Tage, bevor er eingelöst wurde, gekauft. Und bar bezahlt.«

»Shit.« Gert überlegte. »Der Name? Ich weiß, Sie dürfen nichts sagen. Aber so viel: Ist es jemand von der Insel? Vielleicht«, er war sich unsicher, ob er sich so weit aus dem Fenster lehnen konnte, »ein Name eines unserer Bürgermeisterkandidaten?«

»Wie? Ist das eine ernsthafte Frage?« Die Frau schaute ungläubig zwischen Bildschirm und Schneyder hin und her. »Natürlich nicht.«

Von hinten näherte sich erneut die Angestellte und druckste herum: »Ich will mich nicht einmischen, dafür bin ich noch nicht lange genug auf der Insel. Aber war das nicht diese komische Geschichte, bei der die Wohnung vollkommen ungenutzt wirkte? Das Bett so, als hätte nie einer darin geschlafen und es nur zerwühlt worden wäre?«

Die Agenturbesitzerin stutzte. »Jetzt, wo du es sagst. Und Moment. Da fällt mir noch etwas ein. Eine unserer Reinigungskräfte. Die hat doch was erzählt. Wen sie geglaubt hätte, an der Wohnung gesehen zu haben. Abends, als sie mit dem Fahrrad dort lang fuhr.« Mit einem Funkeln in den Augen sah sie zu Gert. »Unglaublich, Herr Kommissar. Das nenne ich Spürsinn. Unsere Reinigungskraft, die hat es nämlich so ausgedrückt, als sie das mit der unbenutzten Wohnung berichtete: ›Wenn man es nicht besser wüsste, könnte man glauben, dieser Häusler hätte die Wohnung für ein Techtelmechtel benutzt.‹ Ich erinnere mich, wir haben alle darüber gelacht. Aber wenn Sie so fragen: Kann es da einen Zusammenhang geben?«

*

»Der Brief kam von einer Agentur für Wahlkampfpromotion. Keine Ahnung, wie die auf mich gekommen sind. Wo ich so lange keinen Kontakt zu Petra mehr hatte. Dass sie nichts damit zu tun hatte, war mir klar.« Elisabeth war vom Stuhl heruntergerutscht und saß auf dem blanken Boden. Die Pistole lag griffbereit neben ihr. Sie hatte sich vorgebeugt und malte mit dem rechten Zeigefinger lauter Kreise auf die Holzdielen. »Inhaltlich war alles belanglos. Aber man wollte mit mir telefonieren, um eine passgenaue Wahlkampfstrategie aufzubauen. Klar hat mich das stutzig gemacht.«

Elisabeth blickte auf und legte den Kopf wie ein Vöglein schief. »Und neugierig. Ich habe also angerufen und relativ schnell gemerkt, worum es denen ging.«

»Denen? Dann war das gar keine Wahlkampfagentur?«

»Wahrscheinlich nicht. War mir aber egal.«

»Warum?«

Betty kicherte. »Weil ich endlich jemanden hatte, der mir glaubte, was ich über Petra erzählte. Also nicht so offensichtlich, wie sich das jetzt anhört. Die haben die Show ja weiterspielen müssen. Und so getan, als würden sie mir die Story nicht abnehmen.«

»Aber?« Ruth rückte vorsichtig näher heran. Gefühlte Millimeter, doch immerhin waren es welche.

»Es gibt immer ein Aber«, antwortete Betty trotzig. »Und ich habe gerafft, dass die scharf auf meine Geschichten sind, auch wenn sie es nicht zugaben.«

»Welche Geschichten waren es? Sicher die von ihrem Bruder?«

»Natürlich. Hannos Geschichte, meine Geschichte, Petras Art, sich wie ein Fähnchen im Wind zu bewegen. Ach, es gab so vieles. Petra, die etwas Besseres sein wollte. Die eine lächerliche Weinkönigin abgegeben hat, mit null Ahnung vom Weinbau. Aber den adeligen Namen unserer Familie, zu deren Land die meisten Weinberge der Gegend gehörten, den wollte sie partout nicht annehmen. Nein, es musste immer alles auf sie zurückgehen. Petra, die Große. Die jeden und alles benutzt hat.«

»Und das wollte diese Agentur wirklich hören?«

»Ha, ha, Agentur. Es hat nicht lange gebraucht, bis ich das geblickt habe.« Sie warf ihre Haare mit einer abrupten Kopfbewegung zurück und sah dabei wie ein junges, verletztes Mädchen aus. Was sie ja auch war, dachte Ruth bedrückt.

»Was glauben Sie, wer dahintersteckte?«

Elisabeth machte einen Schmollmund und kniff die

Augen zusammen. »War mir ehrlich gesagt egal. Aber als ich merkte, wie scharf die auf meine Storys waren, habe ich mich zurückgehalten.«

»Warum? Weil Ihnen Petra doch leidtat?«

»Quatsch. Natürlich nicht.« Elisabeth machte mit Daumen, Zeige- und Mittelfinger eine eindeutige Geste. »Ich wollte sehen, was meine Informationen wert waren.«

»Ernsthaft? Sie haben Geld verlangt?« Ruth prustete trotz der ernsten Lage los. Alles hätte sie Elisabeth zugetraut, aber nicht diesen Geschäftssinn. »Und haben Sie welches bekommen?«

Elisabeth von Möwitz sah sie mitleidig an. »Geld? Nein. Habe ich nicht bekommen. So eindeutig war ich wohl nicht. Man hat mir andere Dinge versprochen. Durchaus mit«, sie überlegte kurz und grinste dann, »geldwertem Vorteil, so heißt das doch?«

»Ach, und das wäre?«

»Die Vermittlung von Kunstausstellungen vor allem. Aufnahme in eine Künstleragentur, die mich deutschlandweit vertritt. So was halt.«

»Deswegen die Ausstellung im Tunnel?«

Betty grinste. »Genau. Dafür wäre ich von unserem Kulturverein freiwillig niemals angefragt worden. Der Prophet taugt nichts im eigenen Land, heißt es doch.«

Ruth kannte den Spruch. Manchmal mochte er stimmen. Sie konnte sich aber vorstellen, woher die Vorbehalte gegen Betty kamen.

»Gab es noch mehr?«

Bettys Gesicht wurde hart. »Nein.«

»Nein heißt, es gab keine anderen Versprechungen?«

»Doch.«

»Die ihnen nicht gefielen?«

Wieder ein trotziger Blick und eine schmollende Stimme: »Sie haben mir ein Verkaufsangebot gemacht.«

»Wofür?« Ruth konnte nicht folgen.

»Na, für das Haus hier. Aber da war Schluss mit lustig. Da war die Grenze überschritten.«

»Ein Verkaufsangebot für das Haus? Was hat das eine mit dem anderen zu tun?« Ruth kam die ganze Geschichte immer absurder vor. Trotzdem hatte sie mittlerweile weniger Angst, dass von Betty eine Bedrohung ausgehen könnte. Vor ihr saß eine zutiefst verzweifelte und einsame Frau, die reden wollte.

»Ich verkaufe nicht. Das habe ich denen gesagt. Das ist das letzte Haus, das mir von meinen Eltern geblieben ist. Und wenn es unter mir zusammenbricht. Nein, hier bekommt mich niemand raus.«

»Was hätten Sie dafür tun sollen? Was sollte der Deal sein? Ich nehme an, das war ein ausgesprochen großzügiges Kaufgebot.«

»War es.« Betty nickte. »Die haben aber nicht kapiert, dass sich Adel nicht kaufen lässt. Grund und Boden sind immer wichtiger als Geld.«

Eine steile These, dachte Ruth, angesichts der Tatsache, dass Elisabeths Eltern selbst einen Großteil des Eigentums versilbert hatten. Aber wahrscheinlich war genau das eines der Probleme. Und die familiäre Legendenbildung umso wichtiger.

»Ich sollte nach Norderney kommen.«

Ruth war in ihren Gedanken verfangen und hatte den Satz fast gar nicht gehört. »Bitte?«, hakte sie deswegen nach.

»Die Fahrkarte wurde mir zugeschickt. Gebucht auf meinen Namen. Erste Klasse. Ich hätte aber einen Platz im Kleinkindabteil gebraucht. Für den Kinderwagen. Und das Mäuschen. Ohne das Mäuschen wäre ich nicht gefahren. Ist doch klar.« Elisabeth erinnerte sich an ihr Kind, drehte den Kopf und lauschte in Richtung Stubenwagen. Plötzlich zeichnete sich Besorgnis auf ihrem Gesicht ab. Sie richtete sich halb auf. Ruth sah, wie die Pistole aus ihrem Schoß auf den Boden rutschte. Obwohl es ein hartes Geräusch gab, schenkte Betty ihm keine Beachtung. Alle Aufmerksamkeit lag auf der Wiege. Hastig stand sie auf. Sah beunruhigt zu Ruth.

»Das Mäuschen. Es schläft schon so lange. Viel zu lange. Es wird ihm doch nichts passiert sein.« Als wäre sie voller Angst, was für ein Anblick sie im Stubenwagen erwartete, schlich sie näher.

Ruth, die unbemerkt vorsichtig nach vorne gerückt war, stockte der Atem. Die Pistole lag nur eine Armlänge von ihr entfernt auf dem Boden. Betty hatte sie vollkommen vergessen. Sie müsste nur die Hand danach ausstrecken.

Vorsichtig beugte Ruth sich vor. Im Zeitlupentempo. Geräuschlos. Voller Konzentration.

»Und dann war sie tot.«

»Was?« Ruth ruckte zurück. Ohne die Pistole. Die sie fast mit den Fingerspitzen hatte berühren können.

»Dann war sie tot. Petra. Kurz nachdem ich es abgelehnt hatte, nach Norderney zu kommen. Das Rad hatte endlich zugeschlagen. Ab da wusste ich, es wird alles gut.« Sie hatte Ruth bei ihren Worten nicht angesehen. War ganz in ihren eigenen Welten gefangen. Fiktion und Wirklichkeit hatten keine Grenze mehr. Ruth wünschte sich nichts sehnlicher, als dass sie sich dem Kinderbett zuwenden möge.

Doch da zerriss die Türklingel diese Hoffnung. Betty erstarrte vor Schreck. Ruth stöhnte laut auf.

*

»Häusler? Malte Häusler? Ist das unser Mann?«

Martin blickte verärgert von seinem Handy auf. Was wollte Gert mit Häusler? Es gab immer noch keine Nachricht von Oskar. Wenn das nicht ausreichte, um zu kapieren, wo die Täterin zu finden war, wusste er es nicht.

»Ich rufe in Aurich an. Die hatten von mir den Job, unsere Kandidaten einschließlich des amtierenden Bürgermeisters unter die Lupe zu nehmen. Mal hören, ob es etwas gibt, was uns weiterhilft.«

»Sag mal, hast du den Knall nicht gehört?« Martin erschrak über seine Worte, sie waren ihm unkontrolliert entwichen. »Sorry, ich weiß nicht, was in mich gefahren ist.« Er hoffte, dass es glaubwürdig klang.

Schneyder schien den Worten nicht so viel Bedeutung zuzumessen. »Lass mal«, antwortete er. »Ist doch klar, dass du in Gedanken bei der offensichtlicheren Spur bist. Ich will nur nichts übersehen.«

»Trotzdem«, räumte Martin schuldbewusst ein. »Es ist nur, weil Ruth …« Er schluckte. »Wenn ihr was passiert, würde ich mir auf ewig Vorwürfe machen.«

Gert nickte. »So wie Britta Merlenbusch.«

»Ja, so ungefähr. Klar, man kann im Leben nicht alle Eventualitäten durchspielen, bevor man Entscheidungen trifft. Aber manchmal ist es schon hart, was ein Dominostein für eine Kettenreaktion auslöst, wenn er fällt.«

»Ich versuche es trotzdem mit Aurich.«

»Und ich fahre uns zurück zur Wache. Egal, wie es weitergeht.« Er lenkte den Wagen auf den Parkplatz der Polizeidienststelle. Währenddessen lauschte er Gerts Worten und versuchte, daraus schlau zu werden. Gert wurde von Zuständigkeit zu Zuständigkeit weitergeleitet. Seltsam, überlegte er, als Gert beim Betreten der Wache das Telefon angestrengt an sein Ohr presste und dann mit schnellen Schritten Richtung Teeküche eilte, in der sich sein Laptop befand.

»Gibt es was Neues, Chef?« Nicole tauchte aus dem Dienstzimmer auf, hinter ihr versammelten sich Ronnie und Olaf. Alle schauten ihn mit einer Mischung aus Beklemmung und Neugierde an. Er hatte keine Ahnung, auf welchem Stand der Ermittlungen sie waren, und hatte wenig Lust, ihnen von Ruth zu berichten, die sich wohl in den Händen einer Wahnsinnigen befand. »Ich brauche Ruhe«, blaffte er deswegen, was für erstaunte Gesichter sorgte. Es war ihm egal. Zumindest im Augenblick. Er knallte die Tür seines Büros hinter sich zu. Sollte Gert sie doch informieren, schließlich war er für die Ermittlungen zuständig.

Er überlegte, ob er Oskar anrufen sollte, oder wenigstens Anne, wie er das üblicherweise tat. Beides verwarf er genauso wie die Idee, in die gemeinsame WhatsApp-Gruppe zu schreiben. Er wollte Oskar nicht zeigen, wie machtlos er sich als Polizist fühlte, von seinen Schuldgefühlen abgesehen.

Widerwillig fuhr er den Computer hoch. Er hatte allergrößte Lust, alles stehen und liegen zu lassen. Fühlte sich erneut da angekommen, wo das Leben ihn immer wieder hinwarf. Am Boden seines Polizistenlebens. Egal, wie er es anstellte. Er war anscheinend nicht für diesen Job gemacht. Wohin sollte er denn noch fliehen, wenn ihn ein Mord einholte? Wo er gedacht hatte, ein zufriedenes Inselpolizistenleben führen zu können. Irgendwann würde auch Anne merken, wen sie sich geangelt hatte. Ach, verdammt.

Er schob sich Monitor und Tastatur zurecht. Allein für sie war er es sich schuldig, nicht die Flinte ins Korn zu schmeißen. Er war immer ein Polizist mit Leidenschaft gewesen. Er würde sich nicht unterkriegen lassen. Gert hatte recht. Im Rheinland konnte er aus der Entfernung nichts ausrichten. Er musste den Kollegen vertrauen. Aber die Zeit, die konnte er nutzen, um Hinweis für Hinweis durchzugehen.

Er googelte den Namen Elisabeth von Möwitz. Eine eigene Homepage hatte die Dame nicht, stellte er resigniert fest. Er hasste es, wenn er sich Informationen puzzleartig zusammensuchen musste. Auch zu einem Wikipedia-Eintrag reichte es nicht. Die Suchergebnisse drehten sich eher um den Familiennamen und um historische Ereignisse. Die Elisabeth, die er suchte, war nicht die Erste ihres Namens gewesen.

Er klickte auf Bilder und wurde schneller fündig. Einige kleine Galerien, die ihre Werke führten, ein veraltetes Verkaufsangebot auf einer Online-Plattform und der aktuelle Bericht über die Ausstellung im Eisenbahntunnel von Erpel. Martin stellte den Artikel auf Vollversion. Da war es: ›Eklat im Tunnel‹ von Oskar Schirmeier mit Fotos von Ruth Keiser‹. Martin fröstelte, als er die Namen las. Ein Dominostein hatte den nächsten zum Fallen gebracht. So waren die beiden überhaupt erst bei diesem Event gelandet. Eine Kette von harmlosen Ereignissen und Zufällen.

Kurz überflog er den Artikel, der heute Morgen veröffentlicht worden war. Nichts darin half ihm weiter, abgesehen von der Tatsache, dass Elisabeth von Möwitz bewusst einen Skandal hatte verursachen wollen.

Er schloss die Seite und klickte alles an, auf denen andere Exponate von Elisabeth von Möwitz zu sehen waren. Insgesamt sehr duster, sehr experimentell, und in die Gemälde waren ausnahmslos Alltagsgegenstände eingebaut. Eine Badewannenente, deren Mund ausgeschnitten war, eine

Steckdose, aus der ein Kabel hing und – Martin beugte sich näher an den Bildschirm, aber hatte es richtig erkannt – ein Waschbeckenstöpsel mit Norderneyer Leuchtturm.

Wenn er das alles logisch deutete, hatte Elisabeth von Möwitz mit ihrer Kunst Bezug zu ihrer eigenen Geschichte genommen. Zu dem, was Britta Merlenbusch ihnen erzählt hatte: dem Tod von Elisabeths Bruder und dem Verdacht, der auf Petra Mertens lastete. In Elisabeths Augen jedenfalls. Denn die Einzigen, die um die wahren Umstände wussten, waren Petra, Britta und zumindest mit diffuser Erinnerung Mattis.

Das sollte ihnen genügen. Wer hätte ein stärkeres Motiv als Petras Schwägerin, die den Tod des Bruders nie verkraftet hatte. Die, wenn er die Erzählungen von Britta Merlenbusch ernst nahm, eine psychisch labile Grenzgängerin gewesen war.

»Wahnsinn«, entfuhr es ihm, als er an Ruth dachte, die sich bei dieser Frau im Haus befand. Erst im zweiten Moment fiel ihm die Doppeldeutigkeit seiner Gedanken auf. Er fasste sich an die Stirn, als ihn ein stechender Schmerz durchfuhr. Es half nichts, ihm waren die Hände gebunden. Den Job würden die Kollegen in Rheinland-Pfalz erledigen müssen.

Unschlüssig, was er tun sollte, griff er nach einem Kugelschreiber, als sein Blick an etwas auf dem Bildschirm hängen blieb. Das war doch – ja, klar, das Conversationshaus. Das Foto gehörte zu der aktuellen Ausstellung von Kunstwerken zum Thema »Die sieben Todsünden«. Wieso wurde das unter der Suche nach Elisabeth von Möwitz aufgeführt? Martins Pulsschlag beschleunigte sich. Hastig öffnete er den Artikel. Das war nicht zu fassen. Tatsächlich, da stand es. Eines der Werke stammte von ihr. Und wie hätte es anders sein können: Ihr Exponat trug den Titel »Zorn«. Brauchte es mehr Beweise? Er überflog den Bericht zur Vernissage. Sie hatte zwei Tage vor dem Tod von Petra Mertens stattgefunden. Nun fehlte nur die Bestätigung, dass Elisabeth von Möwitz bei der Ausstellungseröffnung dabei gewesen war. Er griff zum Hörer. Fünf Minuten später legte er resigniert auf. Nein, die Künstlerin war nicht anwesend, sagte man ihm beim Staatsbad. Wie es dazu gekommen sei, dass ihr Bild gezeigt werde, könne man nicht sagen, man werde aber gerne bei der Galeristin, die für die Ausstellung verantwortlich zeichnete, nachfragen. Ja, man kümmere sich sofort.

Als das Telefon nach kurzer Zeit klingelte, riss er ungeduldig den Hörer hoch.

»Ja«, pflaumte er in den Apparat.

Am anderen Ende war Stille. Dann kam zögerlich die Nachfrage: »Bin ich dort nicht bei der Norderneyer Polizei?«

Martin entschuldigte sich. »Doch natürlich. Ich hatte einen anderen Anruf erwartet.«

»Wahrscheinlich vom Staatsbad, nicht wahr? Mein Name ist Wiebke Kruse. Von der Galerie ›Aus dem Rahmen fallen‹. Wir haben die Ausstellung im Conversationshaus organisiert. Ich hörte, Sie haben Fragen dazu. Ich fand es einfacher, Sie direkt zu kontaktieren.« Ihre Stimme klang mäuschenhaft leise, aber sehr akzentuiert, was ihr eine besondere Vornehmheit gab.

»Ganz richtig.« Martin bemühte sich, den flapsigen Eindruck auszubügeln. »Eine sehr interessante Zusammenstellung. Das heißt, ich habe bisher nur darüber gelesen, aber das werde ich nachholen. Sobald …«, er unterbrach sich.

»Wir sind noch eine Weile da.« Die Galeristin schien am Telefon zu lächeln, so freundlich kamen ihre Worte durch den Hörer.

»Das ist gut«, hörte sich Martin reden. »Im Moment geht es mir um ein Bild, zu dem ich gerne eine Auskunft hätte. Es ist das Werk von Frau von Möwitz.«

»Ach, interessieren Sie sich dafür? Sie ist eine Neuentdeckung für mich.«

»Und mein Interesse wundert Sie?«

»Nun ja.« Die Anruferin zögerte. »Ich war mir nicht sicher über die Wirkung des Bildes. Andererseits passt es thematisch sehr gut in die Reihe. Ich habe also nicht allzu viel riskiert.«

»Das hört sich nicht danach an, als hätten Sie Frau von Möwitz entdeckt?«

Frau Kruse lachte leise. »Nein, das ist tatsächlich nicht mein Verdienst. Ich habe einen sehr guten Kunstfreund bei Ihnen auf der Insel, der mir zum einen die Ausstellungsmöglichkeit vermittelt hat, zum anderen aber auch Frau von Möwitz. Es war seine persönliche Empfehlung.« Sie machte eine winzige Pause. »Und seine Bitte.«

»Ach?«, entfuhr es Martin. »Ein Kunstfreund von der Insel? Würden Sie mir seinen Namen verraten?«

Die Antwort ging über in ein Rauschen seiner Ohren. Er klammerte sich am Schreibtisch fest, weil er glaubte zu fallen. Er musste mit Gert sprechen. Sofort. Im selben Augenblick schob sich ein Bild vor seine Augen, das die ganze Zeit gewesen war. Ein Bild, wie es treffender nicht sein konnte, wenn die Dinge so lagen, wie sie sich gerade darstellten.

»Was für ein Narr ich doch war«, flüsterte er in den Hörer. »Entschuldigen Sie bitte, ich rufe Sie später an. Sie haben uns sehr geholfen.«

*

»Das Netz, das er aufgebaut hat, könnte man mafiös nennen. Wer weiß, wo er überall seine Finger im Spiel hat.«

»Warum haben uns die Kollegen nicht früher informiert?«, wollte Martin wissen. Gert und er waren zeitgleich im Flur aufeinandergetroffen.

»Weil es keine offensichtlichen Hinweise auf ein kriminelles Geschehen gibt. Weit verzweigte Geschäfte zu machen, ist nicht verboten. Dass illegale Transaktionen stattfinden, kann im Augenblick nicht nachgewiesen werden.«

»Du meinst Geldwäsche?«

»Zum Beispiel. Wie gesagt: kaum ein Bereich, wo er nicht mitmischt. In erster Linie Immobilieninvestitionen – das ist für ihn am unauffälligsten. Wobei einiges über seine Frau läuft. Das kann steuerlichen Vorteilen geschuldet sein. Daneben ist er auf dem Kunstmarkt sehr aktiv. An- und Verkauf. Entdeckung neuer Namen. Beteiligung an Galerien. Das, was du gerade erfahren hast. Manchmal sind seine Beteiligungen minimal, aber wie heißt es so schön: Kleinvieh macht auch Mist. Es scheint fast, dass ihm das Netzwerken, das Strippenziehen am wichtigsten ist. Überall seine Finger im Spiel zu haben.«

Martin lehnte sich mit dem Rücken an seine Tür und verschränkte die Arme. »Strippenzieher«, flüsterte er. »Genau das richtige Wort. Mit dem er sogar kokettiert.«

»Wie meinst du das?«

»Das zeige ich dir, wenn wir bei ihm sind. Sollen wir?« Martin stieß sich mit dem Fuß von der Tür ab.

»Moment. Er wird nicht zu Hause sein. Für heute ist eine Demo geplant. Für den Norderneyer Umweltschutz. Gretas Einfluss erreicht die Insel.«

»Das würde Petra Mertens freuen«, rutschte es Martin raus.

»Stimmt. Und weil es sie freuen würde, geht es anderen gegen den Strich. Auf seinem Facebook-Profil hat er tüchtig ausgeteilt und angekündigt, ein Gegenprogramm zu starten.«

»Ein Gegenprogramm? Als One-Man-Show? Oder konnte er Mitläufer organisieren?«

»Keine Ahnung. Lass uns nachsehen. Das Ganze findet am Surfbecken statt. In ungefähr einer halben Stunde. Aber das Beste weißt du noch nicht: Neben all dem, was ich bisher aufgezählt habe, ist er noch in einer anderen großen Nummer drin. Es geht um ein Appartementhaus mit angrenzendem Luxushotel. Am Weststrand. Erste Reihe. Ein Millionenobjekt.«

»Das wundert mich nicht. Nach so etwas strecken auf der Insel viele die Hand aus.«

»Und weil er so ein Hans-Dampf-in-allen-Gassen ist, gibt es eine weitere Spekulationsanlage: eine Ölförderung im Wattenmeer.«

»Öl im Wattenmeer? Ich glaube, ich verhöre mich gerade.«

»Nein, tust du nicht. Gibt es woanders auch. Und unser Mann scheint eine Nase für alles zu haben, wo sich Geld machen lässt.«

»Als Bürgermeisterkandidat hatte er mehr Möglichkeiten der Einflussnahme. Nicht ungeschickt. Auf einer aufstrebenden Insel wie der unseren muss er in Goldgräberstimmung geraten sein.«

»Richtig. Deswegen hat er ziemlich viel auf eine Karte gesetzt. Gehofft, mit seinen Beziehungen die Projekte vorantreiben und realisieren zu können. Deswegen möglicherweise die Kontakte zu Thies. Und nun rate mal, wer auf dem besten Weg war, ihm einen gehörigen Strich durch die Rechnung zu machen?«

»Klar. Petra Mertens. Die nicht nur politisch, sondern auch beruflich versiert genug war, ihn zu durchschauen und ihm Steine in den Weg zu legen. Was ein astreines Motiv ergäbe.« Martin steckte die Hände hinten in die Hosentaschen. »Wollen wir los?«, fragte er und beließ es bei einem schiefen Grinsen. »Zum Surferbecken? Und Häusler auf den Zahn fühlen?«

»Unbedingt. Unterwegs versuche ich vorsichtshalber, dem Staatsanwalt einen Durchsuchungsbeschluss aus der Tasche zu ziehen. Und bitte – lass uns die Kollegen mitnehmen.«

»Du bist dir sicher? Ich wünschte, ich könnte es auch sein. Wenn es doch Entwarnung aus dem Rheinland gäbe. Eine Aussage von Elisabeth von Möwitz, die wäre jetzt das Tüpfelchen auf dem i.« Martin zog sein Handy aus der Tasche. »Leider erfüllt das Universum heute keine Wünsche. Scheiße. Immer noch nichts von Ruth.«

*

Ruth konnte es nicht glauben. Sie hatte die Waffe. Sie hatte sie erst in der Hand und dann saß sie darauf. Saß darauf wie ein Kind, dem man versuchte, ein Spielzeug wegzunehmen.

Schon als sie die Finger darum klammerte, hatte die Erleichterung sie geflutet. Das Ding hatte zwar täuschend echt ausgesehen, aber sie war sich in Sekundenbruchteilen sicher, dass es eine Softair-Pistole war. Sie verfluchte schon lange, dass der Nachbau solcher Anscheinswaffen erlaubt war. Wenn auch das Tragen in der Öffentlichkeit verboten war, kam es immer wieder zu Irritationen und gefährlichen Reaktionen.

Sie musste also nicht mit dieser Fake-Knarre auf Betty zielen. Erstens wusste diese, dass sie nicht echt war. Aber darum ging es nicht. Betty schien überhaupt nicht mehr klar zu sein, dass sie noch eben eine Pistole auf Ruth gerichtet hatte. Sie war ein einziges Stück Elend. Wahrscheinlich hatte das Reden über sich selbst, über Hanno, über ihren Zorn und ihre Ohnmacht die Emotionen, die damit verbunden waren, hochgeholt. Kraftlos wirkte sie. Erschüttert. Verstört.

Weil Betty schockstarr im Raum stehen geblieben war, hatte Ruth zur Waffe greifen können. Betty stellte keine Gefahr mehr da. Ruth entspannte sich. Es war nicht nötig, dass sie als Polizistin auftrat und ihr zusätzliche Angst einjagte.

Als es erneut klingelte, ging Betty mit seltsam anmutenden steifen Trippelschritten auf den Stubenwagen zu, nahm die Puppe auf, ließ sich zu Boden sinken und fiel in sich zusammen. Ihr Gesicht wirkte gespenstisch weiß.

Ruth wartete einen Augenblick und fragte dann leise: »Ist es in Ordnung, wenn ich die Tür öffne?«

Betty sah nicht auf. »Wenn ich das Mäuschen nicht hergeben muss. Das machen Sie doch? Mir helfen? Sie sagen denen doch, dass ich nichts Schlimmes getan habe? Dass ich eine gute Mutter bin. Eine viel bessere Mutter als …« Ihre Worte verloren sich.

Ruth stand auf, hielt die Waffe versteckt, um Betty nicht erneut zu beunruhigen, und warf erst auf der Treppe einen Blick darauf. Wie sie vermutet hatte. Eine Softair-Pistole. Sie hastete die Stufen hinunter und legte die Fake-Knarre auf die Kommode im Flur der ersten Etage. Den Kollegen mit so einem Ding in der Hand zu öffnen, würde für Missverständnisse sorgen. Softair hin oder her.

Und tatsächlich war das Szenario beängstigend genug, als sie die Türe öffnete und sich den bewaffneten Kollegen gegenübersah.

»Alles in Ordnung«, rief sie schnell. »Keine Gefahrenlage. Ich habe alles unter Kontrolle. Bitte stecken Sie die Waffen ein.«

Aus dem Hintergrund schälte sich eine Person. Ruth blinzelte. Oskar. Oskar war da. Was für ein Glück. Natürlich hatte sie damit gerechnet. Es gehofft. Aber ihn leibhaftig zu sehen, wie er auf sie zukam, warf sie fast um. Mit diesem Blick. Besorgt und erleichtert. Ernst und jungenhaft cool. Alles gleichzeitig. Alles, was sie an ihm liebte.

»Oskar.« Sie verbarg ihren Kopf an seiner Schulter. Ungewohnt glücklich darüber, sich fallen lassen zu können. »Tut mir leid, mein Alleingang. Aber jetzt ist alles gut.«

Sie hörte, wie sich die Polizisten räusperten.

»Entschuldigung.« Sie löste sich aus der Umarmung. »Ich glaube, wir brauchen kein großes Aufgebot. Ich würde aber dabei unterstützen, wenn eine Zeugenaussage aufgenommen werden muss. Und bitte Oskar, rufe Martin an. Allem Anschein nach ist das die falsche Spur. Elisabeth sollte benutzt werden für den Mord, ja. Aber so wie es aussieht, war sie nicht auf Norderney. Sie ist nicht die Täterin.«

Im selben Augenblick zerriss ein Schuss Ruths Worte.

Sie schlug sich die Hand vor den Mund. »Oh, nein«, rief sie aus. »Nein. Bitte. Jetzt mach doch keinen Quatsch!«

*

Er stand mitten im Surferbecken. Das Wasser würde eine Weile brauchen, bis es zurückkam. Trotzdem hatte er diese

Anglergummistiefel an, die weit über die Knie reichten. Um ihn herum stand eine Handvoll Demonstranten. Alle in gelben Ostfriesennerzen. Sie trugen Fischernetze und Eimer bei sich, hielten Transparente hoch, auf denen sie für den Schutz des Wattenmeeres im Besonderen und um den Stopp der Klimakatastrophe im Allgemeinen warben.

»Mehr habt ihr nicht, die sich für den Klimaschutz einsetzen?«, fragte Gert.

»Nee«, antwortete Martin gedehnt. Er war selbst verwundert, dass sich nur so wenige eingefunden hatten, um zu demonstrieren. »Liegt vielleicht am Wochentag? Ich weiß auch nicht, warum die das am Montagnachmittag machen. Vor Kurzem war das am Wochenende, da war deutlich mehr los.«

»Mit Petra Mertens?«

»Ja, sicher. Sie vorneweg. Die hat Aufbruchsstimmung auf der Insel vermittelt. Und das kann natürlich sein: Der Schock über ihren Tod sitzt den Gefolgsleuten in den Knochen.«

»Und unser Mann bekommt Auftrieb, was?« Gert deutete auf Malte Häusler, wie er da stand und Reden zu schwingen schien. Ein paar Wortfetzen drangen zu ihnen herüber.

»Guck mal, der wird gefilmt. Wird wahrscheinlich als Live-Veranstaltung in den sozialen Medien gepostet. Lass uns näher rangehen.«

Sie hatten die Polizeiautos hinter dem Deich stehen gelassen. Die Kollegen hielten sich im Hintergrund. Noch gab es keinen Anlass, sie um Unterstützung zu bitten.

Malte Häusler griff hinter sich und zog aus seinem Rucksack dünne Holzstäbe so wie Robin Hood die Pfeile aus dem Köcher.

»Ich glaube das nicht. Das sind Feuerwerksraketen. Was will er damit? Das ist nicht erlaubt.« Martin beschleunigte seinen Schritt.

Gert hielt ihn am Arm zurück. »Lass ihn machen. Ich will sehen, was er vorhat.«

Häusler steckte die Feuerwerkskörper in den schlammigen Boden. Dann drehte er sich effektvoll dem Handy zu, mit dem er aufgenommen wurde.

»Jede dieser Raketen steht für Verbote. Verbote, Regeln, Einschränkungen – wohin wir auch sehen. Macht das unsere Welt besser? Ich glaube, nein. Der Mensch entfaltet sich nur da, wo er frei sein kann. Wo jeder seines Glückes Schmied sein darf.«

»Er meint wahrscheinlich, seines Geldes Schmied.« Martin grummelte. Er hatte wenig Lust, Häusler unter seinen Augen gewähren zu lassen.

»Wir könnten so stolz sein. Auf unser Land, auf unsere Insel, auf unsere friesische Freiheit.«

»Friesisch habe ich verstanden. Ist er doch selbst nicht.«

»Psst«, machte Gert.

»Und diese Freiheit wollen uns einige Weltverbesserer zunichtemachen, indem sie Katastrophenszenarien heraufbeschwören, die nur eines sind: haltlos.«

Die kleine Gruppe um ihn herum begann zu murren und warf Gegenargumente ein. Häusler ignorierte sie und machte eine wegwerfende Handbewegung.

Dann bückte er sich und begann die einzelnen Raketen anzuzünden.

Dazu rief er aus:

»Rakete eins: Fahrverbote und Einschränkungen, Rakete zwei: kein freier Erwerb von Immobilien, Rakete drei: Einschränkungen des Baurechts auf der Meerseite, Rakete vier:

Zugang zur Energiegewinnung wird erschwert, Rakete fünf: kein Einsatz von Wassertaxis zum Festland, Rakete sechs: keine Ansiedlung von Fastfoodketten, Rakete sieben: keine Nutzbarmachung der Dünen rund um den Golfplatz für ein exklusives Wohngebiet.«

Wie ein Derwisch drehte er sich im Kreis beim Entzünden des Feuerwerks, das trotz der Helligkeit ein buntes Sternenmeer an den Himmel warf und mit lautem Zischen und Getöse auf sich aufmerksam machte.

»Spinnt der total?« Martin zeigte in Richtung des Vogelschutzgebietes. »So was will Bürgermeister werden? Mit so einer Nummer diskreditiert er sich gerade komplett.«

Die kleine Gruppe von Umweltschützern protestierte lautstark und zückte ihrerseits Handys. Wahrscheinlich, um das verbotene Treiben öffentlich anprangern zu können. Nun hatte einer von ihnen in Martin den Inselpolizisten erkannt.

»Herr Ziegler, wollen Sie nicht eingreifen?«

»Hatte ich vor.« Martin trat auf Häusler zu, der sich über die Gefahren ausließ, die seiner Meinung nach drohten. Er wandte sich an die Demonstranten: »Wenn Sie sich bitte zerstreuen? Ich müsste sonst Ihre Personalien aufnehmen.« Martin versuchte, mit Gesicht und Stimme zu signalisieren, auf wessen Seite er stand. Wichtig war nur, dass sie Häusler nicht weiterhin ein Publikum boten.

Dieser schien zu realisieren, wen er vor sich hatte. Mit einer kurzen, schnittigen Handbewegung unterbrach er die Handyaufnahme.

»Herr Häusler, wir benötigen eine weitere Aussage von Ihnen.« Gert war herangetreten, während Martin den Mann mit dem Handy bat, sie alleine zu lassen. Dieser warf Häusler zwar einen Blick zu, entfernte sich aber schnellen Schrittes.

Häuslers Augen flackerten. »Gibt es etwas Neues? Haben Sie den Täter gefasst?«

»Deswegen sind wir hier. Wir haben allen Grund zu der Annahme, dass Sie mehr mit dem Tod von Petra Mertens zu tun haben, als Sie uns weismachen wollten.«

Malte Häusler hielt Gerts Blick stand. Beinahe provozierend sah er ihm in die Augen. »So, so. Sie haben also allen Grund. Da bin ich gespannt.«

»Sagt Ihnen der Name Elisabeth von Möwitz etwas?«

Ein dezentes Zucken am linken Mundwinkel war die einzige Schwäche, die Martin an Häusler bemerkte. Ein Zucken, das so gut wie nicht zu sehen gewesen war.

»Fällt mir gerade nichts zu ein. Aber wie Sie sicher wissen, kennt man in der Immobilienbranche viel zu viele Menschen.«

»In der Immobilienbranche, in der Kunstszene, in der Kommunalpolitik, in den Branchen, die der Vermehrung des Geldes dienen, nicht wahr?«

Häusler grinste breit. »Gut recherchiert, mein Kompliment. Hört sich an, als würde der Neid des Beamtensöldners aus Ihnen sprechen. Was gibt es also? Was hat es mit dieser Dame auf sich, nach der Sie fragen? Ich glaube kaum, dass ich Ihnen weiterhelfen kann.«

Das Vibrieren in der Hosentasche kam so unerwartet, dass Martin fast ins Taumeln geriet. »Einen kleinen Moment«, sagte er entschuldigend und überflog die Zeilen auf dem Sperrbildschirm. Voller Hast gab er den Code ein und las die ganze Mail quer. Eine unglaubliche Erleichterung durchströmte seinen Körper. »Ruth geht es gut«, sagte er laut.

»Ruth geht es gut«, höhnte Häusler. »Sind Sie hier, um mir das zu erzählen? Ihre privaten Frauengeschichten haben nichts bei der Ausübung Ihres Dienstes zu suchen.«

»Freiheit«, warf Gert spöttisch ein. »Was Dienst ist und nicht, das entscheiden nicht Sie.«

»Hören Sie auf! Ziegler ist Inselpolizist. Es ist wohl kaum seine Aufgabe, Sie in Ihren Ermittlungen zu unterstützen. Was dadurch für ein Unsinn entsteht, hat sich gezeigt.« Er hob den Zeigefinger und zeigte abwechselnd auf die beiden Polizisten. »Das wird ein Nachspiel haben, glauben Sie es mir.«

Martin trat auf ihn zu, während er das Handy zurück in die Hosentasche schob. »Ja, ein Nachspiel wird es haben. Aber ein anderes, als Sie glauben. Wir verhaften Sie wegen des dringenden Tatverdachtes am Tod von Petra Mertens. Sie dürfen gerne Ihren Anwalt rufen. Ich empfehle es sogar, denn es wird eng, Häusler, verdammt eng. Lassen Sie mich es so sagen: Der Puppenspieler hat ausgespielt, nicht wahr? Was für ein treffendes Bild, wenn ich an das Gemälde in Ihrem Arbeitszimmer denke. Da hätte mir schon ein Licht aufgehen sollen. Aber jetzt hat das Strippenziehen ein Ende. Das Spiel ist aus.«

*

Es war ein jämmerliches Bild. Elisabeth von Möwitz stand im Flur, ließ die Arme hängen, die Augen waren geschlossen. Sie schwankte hin und her wie eine dünne Birke im Wind. Die Softairpistole hatten die Kollegen gesichert.

Auf dem Boden lag die Puppe. Der Strampler war im Bauchbereich komplett zerfetzt.

Ruth vergewisserte sich mit Blicken, ob sie den Versuch wagen konnte, mit Elisabeth zu sprechen. Vorsichtig trat sie auf sie zu. Fasste sie sanft am Oberarm. Betty öffnete langsam die Augen. Sah ausdruckslos durch Ruth hindurch.

»Wollen wir reden?«

Betty schüttelte den Kopf. »Es ist alles gut. Es ist vorbei. Das Böse hat keine Kraft mehr. Ich habe es verstanden, was der Geist gesagt hat. Das M. Das M stand für das Mäuschen. Das Mäuschen war das Böse. Das schuld war. Jetzt«, sie benetzte die Lippen, »jetzt sind alle weg. Alles ist gut. Alles gut.« Wie im Zeitlupentempo brach sie neben Ruth zusammen. Auf dem Boden liegend, öffnete sie die Augen. »Alles gut.«

*

FREITAG, 30.03.

Völlerei

»Wie schön, dass ihr zusammen auf die Insel kommen konntet.« Anne hob den Aperitif und prostete ihnen zu.

»Wie sollten wir das ausschlagen? Ein Schlemmerwochenende. Morgens ein opulentes Frühstück, mittags ein Frieseneis, nachmittags Lieblingskuchen und heute Abend das Essen in der ›Weissen Düne‹, einfach perfekt.« Ruth sah Oskar an. »Findest du doch auch?«

Er legte den Arm um sie. »Ich finde alles gut, was du gut findest. Ich bin heilfroh, dass diese Geschichte so glimpflich abgelaufen ist.«

»Das sind wir alle.« Gert Schneyder erhob auch sein Glas. »Und ich freue mich, dass wir uns heute kennenlernen. Martin hat viel von Ihnen erzählt. Trotz aller Gefahr, mit Ihrem Einsatz haben Sie der Überführung des Täters den entscheidenden Dreh gegeben.«

»Meine Freundin ärgert sich sehr, dass sie die Tarotkarten nicht richtig gedeutet hat. Dass es der Narr war und nicht der Teufel. Sie hält es für einen unverzeihlichen Fehler.« Marthe Dirkens stupste Daniela an, die neben ihr saß. »Und wir beide lagen auch falsch mit unserem Bürgermeister. Schade eigentlich.«

»Lasst das nicht den Thies hören.« Martin drohte ihnen mit dem Finger. »Aber Spaß beiseite, Frau Dirkens. Ein klein wenig waren sie schon beteiligt an der Aufklärung.«

»Nein? Wieso das?«

»Als wir uns hier getroffen haben, Sie wissen doch, vor ein paar Tagen.«

»Ja, natürlich weiß ich das, ich bin ja nicht senil.«

»Natürlich nicht. Da haben Sie von dem Bild gesprochen. Diese Kasperletheaterszene. Dieses Bild von Enke Cäcilie Jansson hatte Häusler gekauft, ich hatte es bei ihm gesehen. Und irgendetwas hatte sich da schon bei mir eingenistet: Der Mann, der alle Strippen zieht. Quasi ein Selbstbildnis. Wobei ja das Besondere ist, dass man aus seiner Perspektive auf die Puppen und das Publikum sieht. Wirklich interessant gemacht. Ein wunderbares Bild.«

»Strippen hat Häusler ja wirklich reichlich gezogen. Aus der Tatsache, dass er versucht hat, jeden, der ihm zunutze sein konnte, zu manipulieren, ist ein immer größeres Ding geworden.« Gert trommelte auf dem Tisch.

»Selbst Thies hat er um den Finger gewickelt mit einem günstigen Immobiliengeschäft, nicht wahr, Martin?«

»Stimmt, meine Liebste.«

»Aber KWK ist bei ihm abgeblitzt?«, wollte Daniela wissen.

Martin nickte. »Der war für ihn eine graue Maus. Er wusste immer, wer die Machtvollen waren. Die waren sein Ziel.«

»Die Nachforschungen, die er über Petra Mertens anstellte, dienten ursprünglich dazu, ihre Schwachstellen herauszufinden.« Gert sah Martin an. »Wovon es auch eine Menge gab. Der tote Exmann, die verrückte Schwägerin, der Kontaktabbruch zu sämtlichen Verwandten, wechselnde Positionen in Umweltfragen. Ein wahrer Fundus an Geheimnissen.«

»Aber Petra Mertens agierte auf Augenhöhe. Auch sie

hatte Erkundigungen eingezogen. Und siehe da: Bei den Geschäften des umtriebigen Malte Häusler ist nicht immer alles sauber zugegangen.« Martin kratzte ein letztes Mal in seinem Nachtisch. »Puh, Leute, ich bin so satt. Wer trägt mich hier raus?«

»Erst noch einen Absacker«, rief Frau Dirkens. »Der geht auf mich, ist ja meine Spezialität.« Sie zwinkerte. »Alle Spirituosen sind die Freunde eines langen Lebens. Sie desinfizieren von innen.«

Anne protestierte. »Als Ärztin widerspreche ich da energisch. Aber in Ihrem Fall scheint es tatsächlich so zu sein.«

»Ich bin für Kaffee vor dem Schnaps«, keuchte Daniela.

Das hielten alle für eine gute Idee, und ein leichtes Geplänkel über dies und das setzte ein, bis die verschiedenen Latte macchiato, Espressi und Cappuccino serviert waren.

»Erzählt«, bat Ruth, »was genau zur Eskalation der Sache beigetragen hat.«

»Ich fange an, wenn es recht ist«, sagte Gert mit Blick zu Martin. »Zusammengefasst schaukelten sich die gegenseitigen Nachforschungen hoch. Für Petra Mertens bekam das Ganze eine andere Dynamik, als immer mehr in ihrer privaten Vergangenheit gestochert wurde.«

»Sie hatte alles dafür getan, dass die Geschehnisse um den Tod ihres Mannes aus dem allgemeinen Gedächtnis verschwanden. Vollkommen verständlich, wie wir jetzt wissen. Wo doch der Junge Auslöser für den tragischen Unfall war.« Sabine Hollstein freute sich, etwas beitragen zu können.

»Wirklich tragisch, schlimm. Was wird aus den Kindern?«

»Wir haben Amtsvormundschaften eingerichtet. Sie leben vorläufig in einer Bereitschaftsfamilie und werden therapeutisch betreut. Die weitere Zukunft entscheidet sich nach Prüfung aller Optionen. Die Tante, Frau von Möwitz, und die Patin, Frau Merlenbusch, gehören sicher nicht dazu.«

Gert klopfte an sein Glas. »Ich mache weiter. Wahrscheinlich hat Frau Mertens sehr aktiv ins Geschäftsgebaren von Herrn Häusler eingewirkt, im für ihn negativen Sinne. Plötzlich stand für ihn fast alles auf dem Spiel. Finanzieller Ruin, aber auch das Aufdecken krimineller Machenschaften. Die Idee, Petra Mertens aus dem Weg zu räumen, hat sich schnell manifestiert. Aus seinem Weg, wohlgemerkt.«

»Und da kommt Betty von Möwitz ins Spiel. Die er zu Nachforschungen missbraucht und sie somit in eine psychotische Krise getrieben hat. Vorher war sie – wahrscheinlich dank der Puppe – relativ stabil.«

»Diese Geschichte mit der Puppe«, Oskar hob die Hand, »da bin ich dran. Ich recherchiere gerade zu dem Thema. Da entsteht eine Bewegung, natürlich gefüttert von einem Verkaufsmarkt, der sich das zunutze macht. Diese Frauen wollen übrigens nicht als psychisch krank angesehen werden. Sie fordern es gleichzusetzen mit Männern, die mit der Eisenbahn spielen.«

»Es ist sehr gewöhnungsbedürftig«, äußerte sich Ruth vorsichtig. »Und es liegt meist ein Trauma vor, beispielsweise der Verlust eines Kindes oder ein starker, unerfüllter Kinderwunsch.«

»Mensch, Leute, Gert wollte doch erzählen«, intervenierte Martin.

»Nur kurz: Häusler erkannte den Wahnsinn oder besser die psychische Instabilität. Die Geistergeschichten, das Tischchen, ihre Mutmaßungen zu Petra Mertens, das alles fiel bei ihm auf fruchtbaren Boden. Er tauchte ein: Tarot, Horoskop, Planetenweg. Der Koffer mit stinkendem, totem

Fisch und Maske diente mehr zur Verwirrung. War aber auch ein politisches Statement, weil Häusler damit beweisen wollte, dass Petra Mertens nicht immer die Klimaaktivistin war, als die sie sich ausgegeben hat. Die Schärpe wiederum sollte auf die Spur zu den Wurzeln im Rheinland führen.«

»Was gelungen ist. Wie aber hat er Frau Mertens nachts an den Planetenweg gelockt?«

»Durch seine Nachforschungen war er hinter ihre Affäre mit Thies gekommen. Die konnte er aber nicht als Druckmittel verwenden. Mit Thies hatte er seine eigenen Deals. Aber es nutzte ihm, um Frau Mertens eine Notsituation vorzugaukeln, die Joseph Thies betraf.« Gert zuckte mit den Schultern. »Nur, dass keineswegs ihr Liebhaber auf sie wartete, sondern Häusler.«

»So ein Schwein«, brachte es Daniela auf den Punkt, als Gert endete. »Männer, die nicht verlieren können. Wie gut, dass ich ein besseres Exemplar erwischt habe.« Sie schmiegte sich in Franks Arme.

»Ja, es ist alles tragisch. Wie immer, wenn ein Mensch gewaltsam ums Leben kommt. Aber in diesem Fall gibt es so viele traumatische Verwicklungen, das mag man gar nicht glauben.« Ruth sah alle der Reihe nach an. »In welche Richtungen menschliche Entscheidungen führen können, ohne dass man sie anfangs voraussehen kann.«

»Dominostein, sage ich doch«, murmelte Martin und winkte ab, als ihn alle fragend ansahen.

»Ja, das Leben mit seinen Zufällen und Schicksalen. Wie oft haben wir darüber schon gesprochen und diskutiert. Weißt du noch, Martin, damals an der Polizeihochschule.«

Martin lachte. »Mit viel Alkohol und fetter Pizza.«

Gert erhob erneut das Glas. »Das Essen ist wahrscheinlich heute deutlich besser, aber der Schmierstoff bleibt. Auf uns. Und unsere Zusammenarbeit. Ich danke euch allen. Jeder hat sein Scherflein dazu beigetragen.«

Die Gläser klirrten, als sie miteinander anstießen. Plötzlich begann Ruth zu husten und zu prusten. Martin von der einen und Oskar von der anderen Seite klopften ihr auf den Rücken.

»Was ist los? Verschluckt?« Anne warf ihr einen prüfenden Blick zu.

Ruth schüttelte wild den Kopf. Dann richtete sie sich auf, griff sich in die Locken und sagte: »Wisst ihr, was mir gerade aufgefallen ist? Der Geist. Dieses sprechende Tischchen. Der hatte recht!«

»Was? Wieso? Du glaubst doch nicht so einen Mist?« Alle redeten durcheinander.

Ruth lachte. »Doch, doch. Seht selbst.« Sie nahm einen Stift und zeichnete zwei Zacken auf ihre Hand. »Na, welcher Buchstabe ist das? Ganz klar ein M. Und M steht für Malte. Ich finde, wir sollten das Tischchen adoptieren. Für alle zukünftigen Fälle.«

Sie lachten.

Nur Martin murmelte: »Zukünftige Fälle. Aber nicht auf Norderney. Das reicht nun wirklich. Ob mit Geist oder ohne.«

»Und wenn dann nur mit Friesengeist!« Marthe Dirkens beugte sich vor und tätschelte seine Hand. »Mein Junge, mach dich mal nicht bange. Auf uns kannst du zählen. Aber du hast recht. Lassen wir lieber die Toten ruhen und erfreuen uns des Lebens. Auf dich, mein Lieblingsinselpolizist!«

ENDE

DANKSAGUNG

Die Vierte. Was für ein Wahnsinn!

Deswegen ein herzliches Danke an alle Leser*innen, die meine Bücher lesen, kommentieren, rezensieren, die mir Mails schreiben oder Fotos schicken, mich weiterempfehlen und mir in den sozialen Netzwerken folgen.

Ein herzliches Dankeschön an meine wunderbaren Lektorin Claudia Senghaas, an das ganze Team des Gmeiner-Verlags und an all die vielen engagierten Buchhändler*innen. Dank gilt auch meinem Mann Dirk und meinen Kinder Lukas und Sophie sowie dem Testleser-Team um Irene Kiesler-Lohmer, Martina Tendler, Nicole Berger, Nicole Peters, das diesmal von Doro Eßer ergänzt wurde. Ihr alle habt auch diesmal wieder einen großartigen Job gemacht. Der Dank gilt gleichfalls allen weiteren kleinen und großen Unterstützern, an alle in meinem Umfeld, die mich auch in schwierigen Zeiten ertragen und erdulden, und mir (notfalls mit Kaffee) wieder auf die Sprünge helfen.

Nicht zuletzt geht mein Dank auch wieder an die Orte, in denen ich meine Handlung angesiedelt habe: meine Lieblingsinsel Norderney und meine Heimat im Rheinland.

Ich danke insbesondere den Menschen, die mir erlaubt haben, »echte« Orte/Namen in diesen Kriminalroman einzubauen, und die mir durchweg dabei alle viel Vertrauen entgegengebracht haben.

Deswegen danke ich:

der Weissen Düne und dem Frieseneis, der Fischgenießerei und der Kaffeegenießerei, der Pizzeria Michelangelo, der Sternwarte Norderney und Herrn Ralf Ulrichs (alle Norderney)

der Black Coffee Pharmacy in Bonn und dem Café MIDI (alle Bonn)

»ad Erpelle«, den Kunst- und Kulturkreis Erpel e.V. Yassmo' (Christian Ottens), Enke Cäcilie Jansson und Thomas Broyer.

Zum Schluss ein besonderer Dank an alle Norderneyer, die mir helfen, dass ich meine Geschichten erzählen kann, und an alle Erpeler, die schon lange hofften, dass ihr schöner Weinort einmal Schauplatz werden wird.

Und damit noch ein letztes Statement: Nein – dieses Buch ist kein Enthüllungsbuch.

Nichts, was ich zu den Wahlkämpfen schreibe, ist so in irgendeiner Form passiert – und hätte doch in jedem Ort in Deutschland so geschehen können. Ich weiß das. Weil ich mit Kommunalpolitik groß geworden bin.

Aber: Weder schreibe ich über tatsächliche Ereignisse oder Personen auf der Insel noch liefere ich hier einen autobiographischen Roman. Doch wer mich kennt, weiß um die Anleihen aus eigenem Erleben als Bürgermeisterstochter und als Weinkönigin. Sieht, dass ich Orte eingebaut habe, die mir vertraut, ans Herz gewachsen und einer besonderen Erwähnung wert schienen. Aber: Wie immer gilt: Nichts davon, was ich schreibe, ist wahr, und dennoch könnte es so gewesen sein. Nichts macht mir mehr Spaß, als viele Einzelheiten in einen Topf zu werfen, sie zu durchmischen und in neuer Form zusammengesetzt zu präsentieren.

Und weil all das passieren kann, wenn man mir begegnet, steht auf einer meiner Kaffeetassen:

»I am a writer. Anything you say or do may be used in my story.«

Bleiben Sie achtsam. Ich könnte jederzeit in Ihrer Nähe sein.

Ruth Keiser und Martin Ziegler ermitteln:

1. Fall: Inselcocktail
ISBN 978-3-8392-2109-9

**2. Fall: Letzte
Hoffnung Meer**
ISBN 978-3-8392-2374-1

3. Fall: Inselaffäre
ISBN 978-3-8392-2576-9

4. Fall: Inselduell
ISBN 978-3-8392-2834-0

SPANNUNG

GMEINER

WWW.GMEINER-VERLAG.DE
Wir machen's spannend